BASTEI LÜBBE
TASCHENBUCH

Über den Autor

Mark de Jager wurde in Südafrika geboren und wuchs dort auf. Heute lebt er in London, wo er im Finanzsektor arbeitet. Er ist leidenschaftlich engagiert in der Science-Fiction- und Fantasyszene, besucht regelmäßig Conventions und ist verheiratet mit der Autorin Liz de Jager, die ihrerseits eine erfolgreiche Fantasyautorin ist. *Der Fluch des Feuers* ist sein Debütroman.

Mark de Jager

Der Fluch des Feuers

Roman

Aus dem Englischen von
Michael Krug

BASTEI LÜBBE TASCHENBUCH

BASTEI LÜBBE TASCHENBUCH
Band 20891

Dieser Titel ist auch als E-Book erschienen

MIX
Papier aus verantwortungsvollen Quellen
FSC® C019821

Vollständige Taschenbuchausgabe

Deutsche Erstausgabe

Titel der englischen Originalausgabe: »Infernal«
Originalverlag: First published as »Infernal« in 2014 by Del Rey, an imprint of Ebury Publishing. Ebury Publishing is a part of the Penguin Random House group of companies.

Textredaktion: Dr. Frank Weinreich, Bochum
Titelillustration: © Guter Punkt, München | www.guter-punkt.de
Umschlaggestaltung: Guter Punkt, München | www.guter-punkt.de
Satz: two-up, Düsseldorf
Gesetzt aus der Garamond
Druck und Verarbeitung: C.H. Beck, Nördlingen
Printed in Germany
ISBN 978-3-404-20891-3

1 3 5 7 6 4 2

Sie finden uns im Internet unter www.luebbe.de
Bitte beachten Sie auch: www.lesejury.de

Dem gemeinen Volk fällt es schwer, Menschen wie uns zu verstehen, die wir unser Leben der Beherrschung der Magie gewidmet haben. Sie lästern über die Mächte, die wir befehligen, und winseln ihre Priester um Beistand an. Und doch sind wir es, nicht die Priester, die den Göttern näher sind, denn mit der Sprache der Magie benutzen wir die Sprache der Schöpfung selbst. Nicht einer von ihnen würde leugnen, dass die Götter am Anbeginn der Zeit den Traumsänger stürzten, oder dass sie es waren, die aus seinen Gebeinen die Erde formten, mit seinem Blut die Meere füllten, aus seinem Feuer die Sonne und seinen Schwingen den Baldachin des Himmels fertigten. Sein lebendiges Fleisch diente ihnen dazu, den Menschen und alle Tiere zu erschaffen, ob groß oder klein, und sie bevölkerten mit ihnen die Erde, auf dass die Frucht ihres großen Feindes sie für alle Zeit lieben und anbeten würde.

Aber nur wir, die wenigen Auserkorenen, wissen, dass der Traumsänger besiegt wurde, nicht getötet, und dass sein Lied durch alle aus ihm geborenen Dinge hallt. Das Lied der Magie zu vernehmen, heißt, den Namen des Traumsängers zu hören, aus dem unser aller Namen entstammen. Und seinen Namen zu kennen, heißt, die Macht der Götter zu kennen.

Einleitung zum Pfad der Macht von Tiberius Talgoth, Erzmagier

Kapitel 1

Als ich erwachte, erwartete mich der Anblick kreisender Geier. Drei Kleckse, die sich vor dem kobaltblauen Himmel abzeichneten und mit jeder Runde tiefer flogen, beinah gemächlich, als wollten sie ihre nächste Mahlzeit in aller Ruhe genießen.

Ich setzte mich auf und rieb mir das Gesicht, um einen Teil des dichten Nebels zu vertreiben, der meinen Geist erfüllte, doch stattdessen ertappte ich mich dabei, auf eine fremd wirkende Hand zu starren. Anscheinend war es meine Hand, denn sie befand sich an meinem Arm, aber ich erkannte beides nicht wieder.

Die Geier taten krächzend ihren Unmut kund, stiegen höher und verzogen sich, um weiter die Umgebung zu beobachten, während ich mich gegen ein plötzliches Schlingern der Welt stemmte, als wäre ich gerade gefallen. Ich schüttelte den Kopf und versuchte abermals, den meine Sinne trübenden Nebel daraus zu vertreiben. Aber je mehr ich um Klarheit kämpfte, desto dichter zog sich der Dunst zusammen und erstickte jegliches Wissen, wo ich mich befinden mochte oder weshalb ich war, wo ich war. In den Tiefen meines Geistes regte sich eine Erinnerung, ein verschwommener Schemen von etwas, das mir wenig mehr als die kurze Bestätigung bot, dass ich genau darauf gehofft hatte, bevor es mir wieder entglitt.

Ich beugte und streckte die fünf kurzen Finger der Hand an meinem neuen Arm und beobachtete sie dabei. Die Haut, die sich um die Gelenke abwechselnd spannte und Falten warf, schien dunkler zu sein, als ich die meine in Erinnerung hatte. Doch war sie genauso unbehaart. Sie fühlte sich völlig normal an, dennoch jagte etwas an ihren Bewegungen einen Schauder durch meinen Körper. Als ich mich in eine sitzende Haltung mühte, spürte ich ein Aufflammen von Hitze am Hinterkopf, als hätte mich jemand dort mit einem glühenden Brandeisen berührt.

Mehr an Vorwarnung, dass etwas ganz und gar nicht stimmte, erhielt ich nicht.

Im einen Augenblick nahm ich nur den süßlichen Geruch zerdrückten Grases wahr, die krächzenden Rufe der Geier und den Gesang der Spatzen, im nächsten entriss mir ein Strudel blanker Schmerzen die Sinne. Unvorstellbare Qualen fegten über mich hinweg und durch mich hindurch, unaufhaltsam, unerbittlich. Eine gefühlte Ewigkeit verbrachte ich damit, zu schreien und mir zu wünschen, es möge mich überwältigen und zurück in Ohnmacht schleudern. Oder einfach töten. Doch eine solche Erleichterung ward mir nicht vergönnt. Ich blieb wach, konnte nichts tun. Mein Gehirn fühlte sich an, als risse es sich von innen heraus selbst in Stücke, und eine Flut von Empfindungen fegte alle Vernunft hinweg.

Als ich die Besinnung zurückerlangte, starrte ich wieder in die Wolken, allerdings fühlte sich mein Körper nun weit entfernt und so unempfänglich wie ein Stein an. Immer noch verhüllte der Nebel mein Gedächtnis. Er hatte sich jedoch ausreichend gelichtet und ich begriff, dass irgendetwas entsetzlich schiefgegangen sein musste. Ich spürte ein Ziehen entfernter Erinnerungen, aber erneut flossen sie aus meinem Geist ab, bevor ich ihnen mehr als ein vages Gefühl frustrierter Dringlichkeit entlocken konnte. Ich versuchte alles, was mir einfiel, während ich dort lag und von der Sonne in eine Wärme gehüllt wurde, die ich nicht empfinden konnte. Es gelang mir nicht einmal zu grunzen angesichts der Anstrengung, als ich versuchte, einen Arm zu bewegen. Ich versuchte es stattdessen mit einer Hand, dann mit lediglich einem Finger. Doch all meine Bemühungen endeten enttäuschend. Abgesehen vom Tastsinn schienen die übrigen Sinne zwar zu funktionieren, aber so tröstlich ich das vielleicht finden mochte, so nutzlos war es auch.

Das Grauen meiner Notlage wich allmählich einer Art Langeweile, als der erste Geier wieder in meinem Sichtfeld auftauchte.

Mit aller Kraft wünschte ich mir, er möge weiterfliegen, war jedoch nicht überrascht, als er meinem stummen Flehen keine Beachtung schenkte und mit seinem Gefährten im Schlepptau zurückkehrte. Ich bemühte mich redlich, die in mir aufkeimende Panik im Zaum zu halten, doch das Erscheinen eines dritten Vogels machte diesen Versuch endgültig zunichte. In immer engeren Spiralen sanken die drei Aasfresser auf mich zu, aufs Neue ermutigt von meinem unübersehbaren und erschreckend hartnäckigen Mangel an Bewegung. Tiefer und tiefer schwebten sie, bis sie aus meinem Sichtfeld verschwanden. Wenige Augenblicke später hörte ich die leisen, dumpfen Geräusche ihrer Landung, gefolgt von einem heiseren Krächzen und von Schnapplauten. Sie zankten untereinander, um zu ermitteln, welcher von ihnen der Erste bei dem Festschmaus wäre, den Stratus ihnen bieten würde.

Stratus.

Mein Name lautete Stratus. Wäre es mir möglich gewesen, ich hätte ihn vielleicht ein paar Mal laut ausgesprochen, vorerst jedoch musste ich mich damit begnügen, ihn zu denken. Stratus.

Ich wollte schluchzen, ich wollte schreien, wollte irgendetwas anderes tun, als nur dort zu liegen und darauf zu warten, von dreckigen Schnäbeln in Stücke gehackt zu werden. Aber es sah aus, als sollte mein Weg ein unschönes Ende finden. Der einzige Trost, den mir das Schicksal dabei anscheinend zu bieten hatte, bestand darin, dass mir zumindest die Schmerzen meines langsamen Todes erspart bleiben würden. Bedrohlich geriet der erste Geier in Sicht und klickte mit dem Schnabel, als er auf mich zuwatschelte. Ich versuchte alles, um etwas zu tun, irgendetwas. Doch nichts geschah. Ich glich einem lebenden Leichnam. Der Geier senkte den Kopf, und gleich darauf ruckte mein Körper, als der Vogel versuchte, in mein Fleisch zu hacken. Als er sich nach dem dritten Versuch aufrichtete, war der verheerende Schnabel von einer glänzenden, nassen Schicht meines Blutes benetzt. Er beugte sich wieder vor, dann schnellte er abrupt außer Sicht. Nur eine zu Boden schwebende Feder blieb dort zurück, wo er sich gerade noch befunden hatte.

Etwas, das wie eine besonders große und zornige Wespe klang, schwirrte laut an mir vorbei, dann vernahm ich aus der Nähe meiner Füße ein ersticktes Krächzen, gleich darauf gefolgt vom Geräusch schlagender Flügel. Einige Atemzüge verstrichen in Stille, bevor ich leise Schritte hörte, die auf mich zukamen. Zwei Paar Füße. Ich bezweifle, dass ich in der Lage gewesen wäre, sie wahrzunehmen, wenn ich nicht unbeweglich dort gelegen hätte, unfähig etwas anderes zu tun, als in den Himmel zu starren und zu lauschen.

Irgendwo zu meiner Rechten ertönte eine Stimme. Zuerst konnte ich die Sprache nicht verstehen, doch während ich zuhörte, veränderte sich etwas. Irgendwo in meinem Gehirn flammte Wärme auf, aber ein wesentlich sanfteres Gefühl als das heftige Brennen vor meinen Krämpfen. Es verschwand so schnell, wie es eingesetzt hatte, doch danach ordneten sich die gesprochenen Worte zu etwas an, das ich verstehen konnte.

»… wäre eine Gnade.«

»Mag sein, aber das sollte die Entscheidung des Diakons sein, nicht die unsere.«

Jemand kauerte sich neben mich und reichte einem für mich nicht sichtbaren Kameraden einen gekrümmten Bogen. Der Mann kam mir unnatürlich groß vor, als ich zu ihm aufschaute, eine Perspektive und eine Empfindung, die ich zutiefst beunruhigend fand. Er roch nach Schweiß, Leder und Schlamm. Eindringlich starrte er mich mit Augen an, die sich hell von seiner gebräunten Haut abhoben.

»Na schön«, sagte er. »Geh und hol ihn. Vielleicht kann er unserem nackten Freund hier dabei helfen, uns zu erzählen, was ihm widerfahren ist.«

Der andere Mann erwiderte nichts, aber ich hörte, wie er mit langen und trotzdem leisen Schritten von dannen ging. Mein Beobachter erhob sich wieder und begann, sich auf der Lichtung herumzubewegen, während ich versuchte, meine Gedanken zu ordnen. Die Panik war noch da und umkreiste mich wie ein Wolf einen verwundeten Hirsch, aber ich wollte diese unverhoffte

Atempause nicht vergeuden. Und wenn mir dieser »Diakon« helfen konnte, wollte ich auch diese Gelegenheit nicht ungenützt lassen. Eine Wahl hatte ich ohnehin nicht.

Es dauerte nicht lange, bis der Diakon eintraf, und bald umringte mich eine Schar von Männern in langen Roben, deren vereinter Körpergeruch beinahe überwältigend war. Befehle wurden gebrüllt, und ein Baldachin wurde über uns errichtet. Ein Mann in einer dunkleren Robe mit einer weißen Schärpe kniete sich neben mich und untersuchte meinen Körper, während die anderen verstummten und zurücktraten. Mit einem Laut der Anstrengung hob er meinen linken Arm, und ich fand es eigenartig beruhigend, dass mein Arm wesentlich größer als seiner wirkte. Er rieb und kratzte an meinen dunklen Nägeln, bevor er den Arm wieder neben meinen Körper sinken ließ.

»Und ihr habt ihn hier gefunden? So auf dem Boden liegend?« Der Diakon besaß eine leise Stimme, und seine Aussprache klang weit weniger kehlig als die meines bogentragenden Retters.

»Ja, Vater. Wir dachten, er wäre tot. Rings um ihn waren Geier, und er hat keine Regung gezeigt. Nicht einmal, als einer einen Brocken aus ihm gehackt hat.«

»Ihr habt richtig gehandelt, indem ihr mich auf ihn aufmerksam gemacht habt. Ihr könnt gehen.« Er schaute nicht einmal auf, als sie davonstapften. »Jules, komm hier rüber und bring mir meine Tasche.«

»Sofort, Vater.« Diese Stimme klang hoch und klar, von etwas Jungem. Nein, mir fiel das richtige Wort ein: ein Knabe.

Der Diakon beugte sich vor, bis sein zerfurchtes Antlitz mein Blickfeld ausfüllte und mir sein leichter Gewürzduft in die Nase drang. Seine weißen Haare kennzeichneten ihn als alt für einen Menschen, wenngleich nicht so alt, dass in seinem Geruch jener Hauch von Fäulnis mitgeschwungen hätte, den die Gebrechlichen verströmten.

»Was bist du doch für ein erlesenes Rätsel«, murmelte er.

»Hier bitte, Vater.«

Der Diakon lehnte sich zurück, verschwand außer Sicht, und

ich hörte das Klirren von Glas und ein Geräusch, als ob jemand herumkramte. Ich konzentrierte mich ganz auf mein Gehör und versuchte, ein Gespür dafür zu bekommen, was um mich herum geschah. Es waren mindestens drei verschiedene Stimmen zu hören. Dazu nahm ich jetzt auch noch deutlich einen Geruch nach Pferd und Metall wahr. Da ich den Kopf nicht drehen konnte, ließ sich kaum abschätzen, wo sich alle befanden, aber ich vermutete, dass sich die Männer ein gutes Dutzend Schritte nach rechts entfernt hatten, von wo aus sie das Geschehen zweifellos beobachteten.

»Wer ist er, Vater? Ich mag ihn nicht.«

Der alte Mann brummte. »Das hoffe ich, herauszufinden. Aber verrate mir, warum hast du das gesagt? Er ist verletzt und braucht unsere Hilfe.« Kurz verstummte er. »Du hast noch keinen Mann mit solcher Haut gesehen, oder?«

»Nein, Vater. Warum ist er schwarz? Ist er ein Dämon wie aus den Geschichten?« Der saure, durchdringende Geruch von Angst wehte mir aus der Richtung des Knaben entgegen, aber der alte Mann gab nur ein gackerndes Geräusch von sich, das ich als Gelächter auffasste.

»Und warum meinst du wohl, sollte ein Dämon hier draußen in der Sonne liegen und sich von Geiern anknabbern lassen?«

Wäre es mir möglich gewesen, ich hätte vielleicht gelacht. Zumindest so lange, bis mir ein verräterischer Teil meines Geistes die Frage gestellt hätte, wieso ich die Annahme des Jungen für so unwahrscheinlich hielt, zumal ich außer meinem Namen kaum etwas über mich wusste. Und meine Haut und Nägel waren tatsächlich viel dunkler als ihre. Wieso mochte das so sein? Vermutlich würde es sich klären, sobald erst geheilt war, was immer mit meinem Kopf nicht stimmte.

»Nein, Jules«, fuhr der alte Mann schließlich fort. »Die Menschen von den südlichen Inseln vor der Küste von Illutia sind für solche Haut bekannt. Wenn man weiter nach Süden reist, kann man sogar auf noch Dunklere stoßen. Und dennoch: Ich muss gestehen, dieser Körper ist viel schwerer als jeder, den ich je unter ihnen gesehen habe. Selbst unter ihrer Kriegerkaste.«

»Ich glaube nicht, dass er ein Krieger ist.«

»Wie kommst du darauf?«

»Er hat keine Narben. Sogar der Recke des Herzogs hat Narben.«

»Gut gemacht, Junge«, lobte der Diakon. »Das ist eine scharfsinnige Beobachtung.«

»Und was stimmt nicht mit ihm?«

»Das weiß ich nicht – noch nicht. Ich weiß nur, dass er schlichtweg zu groß und zu kräftig ist, um schon sein Leben lang ein Krüppel zu sein. Daher rechne ich damit, irgendeine Verletzung zu finden.« Er ragte über mir auf und zog meine Lider hoch, dann setzte er sich zurück und betrachtete mich. »Tja, mein Freund, ich werde wohl einen Blick ins Innere werfen müssen, um das Problem zu finden. Danach sehen wir weiter.«

»Was soll ich tun, Vater?«

»Sorg dafür, dass mich niemand stört, bis das Ritual vollendet ist. Wirklich niemand, hörst du? Die Magie ist heikel.«

»Ja, Vater.«

Magie. Ich wusste etwas über *Magie.* Ich konnte deutlich fühlen, wie die Vorstellung von ihr etwas in den in meinem Geist weggesperrten Erinnerungen anschlug, und für einen allzu kurzen Augenblick spürte ich, wie die Antworten auf all meine Fragen Gestalt annahmen, bevor sie wieder im Nebel verschwanden. Dennoch genügte es, um zu wissen, dass mich Hexerei in diese Lage gebracht hatte und sie allein mir helfen konnte. Allerdings fühlte sich jedwede Befähigung oder Begabung, die ich einmal für Magisches gehabt haben mochte, so entfernt und unmöglich zu erwecken an wie der Rest meiner selbst.

Der Diakon verlagerte seine Position und setzte sich hinter mich. Gleich darauf hörte ich ein lautes Grunzen, und meine Welt neigte sich. Ich durchlebte einen Augenblick völliger Verwirrung, in dem ich dachte, er hätte mir den Kopf abgeschnitten, dann jedoch wurde mir klar, dass er ihn lediglich angehoben hatte. Dadurch konnte ich weiter sehen, und es freute mich, festzustellen, dass sich meine Vermutung, wo der Rest der Leute wartete, als richtig herausstellte. Ein halbes Dutzend Männer standen ungefähr zwanzig Schritte zu meiner Rechten und unterhielten sich leise, während sie ihre Rösser beruhigten. Sie trugen Felle unter Westen aus Metallringen, zwei von ihnen jedoch eine andere Art Rüstung, mit flacheren, verzierten, auf Hochglanz polierten Oberflächen. Diese zwei hielten sich etwas abseits und hatten die Hände an den Schwertern, während sie den Diakon beobachteten. Mir gefiel ganz und gar nicht, wie sie aussahen.

»Du hast einen schweren Kopf, mein dunkler Freund«, meinte der Diakon hinter mir, wodurch meine Aufmerksamkeit zurück zu ihm wanderte. »Also, unter normalen Umständen würde ich dir jetzt sagen, du musst für diesen Teil ganz stillhalten, aber ich denke, wir wissen beide, dass es in deinem Fall daran nicht scheitern wird.«

Damit legte er mir die Hände aufs Gesicht und stimmte einen leisen Sprechgesang an. Ich lauschte aufmerksam und strebte dem Geräusch mit allem entgegen, was ich hatte. Ich sehnte mich plötzlich so verzweifelt nach einem Hauch Magie wie ein Verhungernder nach einem Krümel Brot. Ich verstand etwas von Magie, und obwohl ich nicht zu sagen vermochte, wie oder weshalb das so war, so wusste ich doch, dass sie der Schlüssel zu dem war, was ich mir angetan hatte – was immer das auch sein mochte.

Der alte Mann leierte eine Art Gebet. Es war ein eher kurzer Sermon, den er ständig wiederholte; eine Floskel nur, die für sich allein wenig bedeutete, aber durch die unablässige Wiederholung einen magischen Rhythmus aufbaute. Meine Haut vermochte die Berührung der Magie nicht zu fühlen, mein Geist hingegen schon. Ich spürte den Moment, in dem sein Gemurmel zu mehr als einem simplen Mantra aufstieg und sich eine Leitung zwischen ihm und den Liedlinien aufbaute. Es entstand eine Verbindung zu jenen pulsierenden Strömungen, die sich über die Welt spannten und auch mich einzuschließen begannen. Ich wehrte mich nicht gegen ihre Berührung, hätte es ohnehin nicht gekonnt, und langsam drang die Magie in mich ein. Ich sah sie als hell leuchtendes Netzwerk feiner, weißer Wurzeln, ein Geflecht, das irgendwo hinter meinen Augen entstand und begann, sich sachte zu entfalten. Das Licht spiegelte seine Absicht wider, zu heilen, und das war eine Erkenntnis, die mir dabei half, den natürlichen Instinkt meines Geistes zu unterdrücken, das Eindringen der Magie abzuwehren.

Der alte Mann suchte nach Schäden. Er versuchte abzutasten, wo etwas in meinem Körper beschädigt war, und als ich mich seiner Magie ergab, fing ich an, ein echtes Gespür für sie zu erlangen. Sie zielte allein auf meinen Körper ab, und da er keinerlei Energie darauf vergeudete, sie oder sich selbst abzuschirmen, ließ ich mich hineinziehen. Ich aalte mich in ihrem Glanz, bis ich gesättigt genug war, um mit ihr zu verschmelzen. Da ich nun die Art des Zaubers, den er benutzte, verstand, begriff ich seine penible, vorsichtige und planvolle Vorgehensweise. Er besaß eindeutig ein Verständnis von der Beschaffenheit des Körpers eines Menschen, das ich niemals hoffen konnte zu erlangen, ganz gleich, wie viele davon ich aß.

Aß?

Der Gedanke entfesselte eine Reihe weiterer Fragen, die durch meinen Verstand schossen und meine Verbindung zu seiner Magie schwächten. Hastig unterdrückte ich sie, bevor die Verbindung vollends abbrechen konnte. Über sie konnte ich mir auch später noch den Kopf zerbrechen, wenn ich nicht mehr völlig hilflos wäre.

Während ich seine Arbeit beobachtete und seine Magie durch meinen Körper trieb, nahm ich allmählich seine stetig wachsende Verwirrung wahr, weil er keine Verletzungen finden konnte. Seine Verwirrung wuchs und wuchs und färbte sich mit etwas anderem, etwas, das seine Absichten änderte und seine Magie in Richtung meines Geistes statt meines Körpers tasten ließ. Ich war mir nicht sicher, was ich davon halten sollte. Falls ich eine Art Dämon war, würde er vermutlich keine Zeit verlieren und mich von den beiden Männern in glänzender Rüstung in Stücke hacken lassen. Ich überlegte noch krampfhaft, wie ich ihn vertreiben sollte, als die Ranken seiner Magie in meinen Geist flossen, doch dann spürte ich, wie sie zurückschraken, als etwas *in mir* auf ihr Bohren reagierte.

Etwas, das nicht ich war.

Flüchtig nahm ich etwas Dunkles und Bestialisches wahr, eine verzerrte, sich windende Masse aus Magie, Fleisch und scharfen Kanten, die ein Versprechen von blanker Raserei und Blutvergießen ausstrahlte. Der Gesamteindruck war furchterregend, und ich schrak davor ebenso zurück wie der Diakon. Ich konnte fühlen, wie er seine Magie überstürzt einsammelte. Es war klar, dass er sich schleunigst aus meinem Geist zurückziehen wollte, und auch nicht schwer zu erahnen, warum; zumal ich selbst genauso sehr zurückwich. Durch meine Gedanken hallte ein einziges Wort.

Dämon.

Allerdings wusste ich auch: Wenn er sich zurückzog, würde mir die vielleicht einzige Aussicht darauf genommen, aus dem auszubrechen, was meinen Körper außer Gefecht gesetzt hatte. Also verstärkte ich den Griff um seine Magie, klammerte mich verzweifelt daran fest. Er spürte es und wehrte sich. Der sanfte Schimmer seiner Macht verdunkelte sich, als sich darin etwas einschlich, das sich nach Angst anfühlte. Er beschloss, den Zauber abzubrechen und den Schweif der Macht aufzugeben, den ich gepackt hielt, statt zu versuchen, ihn mir zu entwinden.

Einen Atemzug lang gehörte jenes Bröckchen Macht mir allein, und das animalische Etwas in meinem Geist sog es in sich auf. Dann spürte ich etwas am Schädelansatz, das eine sengende Hitze wie einen Blitzschlag durch meinen Körper jagte. Meine Muskeln erwachten mit einer Reihe heftiger, krampfhafter Zuckungen zum Leben, nach denen ich mich völlig ausgelaugt fühlte, und ich erbrach eine klare, zähe Flüssigkeit, als mich die Männer des Diakons mit gezückten, funkelnden Waffen umzingelten.

Kapitel 2

Jemand brüllte mich an, aber ich war noch zu sehr damit beschäftigt, Schleim auszuspucken und mich zu räuspern, um groß darauf zu achten. Als ich wieder Luft bekam, setzte ich mich langsam auf und sah mich um. Dabei bemühte ich mich, nicht auf die Vielzahl klickender und knirschender Laute zu achten, die jede meiner Bewegungen hervorzurufen schien. Ich spürte, wie sich meine Eingeweide verlagerten, als wollten sie es sich bequemer machen, aber es gab weder Blut noch Schmerzen, was aus meiner Sicht schon mal eine gehörige Verbesserung darstellte. Der Diakon hatte sich jetzt deutlich außerhalb meiner Reichweite positioniert, flankiert von den beiden Kriegern mit ihren glänzenden Rüstungen, und ich fragte mich, wie er seine Begegnung mit dem unbekannten Dämon, der in meinem Geist lauerte, gedeutet haben mochte.

»Wer bist du?«, fragte er schließlich, während ich spürte, wie ein Teil der Spannung aus meinen Schultern abfloss.

Ich bezweifelte sehr, dass er wusste, wie berechtigt seine Frage war oder wie angestrengt ich nachdenken musste, bevor ich antwortete.

»Ich bin Stratus«, sagte ich. Der Klang des Namens gefiel mir.

»Und wer bist du genau, Meneer Stratus?«, hakte der Diakon nach und starrte mich eindringlich an.

Ich fühlte mich zu steif, zu hungrig und zu verwirrt, um mir etwas Schlaues einfallen zu lassen. »Ich weiß es nicht«, erwiderte ich stattdessen schulterzuckend. Was meinen Schultern ein weiteres Knirschen entlockte.

»Er sagt die Wahrheit«, verkündete der Diakon, und gleich darauf spürte ich, wie etwas über meine Haut strich. Der gewitzte alte Mann hatte erneut seine Magie bei mir eingesetzt.

»Wo bin ich?«, erkundigte ich mich, ohne mir anmerken zu lassen, dass mir seine magische Gegenwart nicht entgangen war. Mir gefiel nicht, wie die gegen mich gezückten Waffen aussahen, und so hielt ich es für das Beste, so hilflos wie nur möglich zu erscheinen.

»Zwölf Meilen westlich der Thasper-Quere in Nord-Aldo.«

Das sagte mir nicht das Geringste, und man musste es mir im Gesicht angesehen haben, denn der Diakon gab den Männern ein Zeichen, und sie ließen ihre Waffen sinken. Allerdings währte meine Erleichterung nur kurz, da er ihnen als Nächstes befahl, mich zu fesseln. Zwei Männer stürmten vor, packten mich an den Armen und versuchten, mich auf die Beine zu ziehen. Allerdings waren meine Beine noch nicht ganz bereit, mich zu tragen, und es fühlte sich zudem so an, als wiesen meine Knie in die falsche Richtung. Die Männer gerieten ins Taumeln, als sie mich hochhieven wollten.

»Das ist ja ein verfluchter Ochse!«, brummte einer von ihnen, als meine Beine endlich aufhörten, so heftig zu wackeln. Mein Gleichgewichtsgefühl war völlig durcheinander, und ein weiterer Mann musste mich stützen, als mir die Handgelenke mit einem gewobenen Seil gefesselt wurden. Ich war größer und kräftiger als jeder Einzelne von ihnen, und ihr Geruch verriet mir, dass sie mich fürchteten, obwohl ich nackt und unbewaffnet war, während sie Schwerter, Äxte und Westen aus verwobenen Metallringen trugen.

Als meine Handgelenke gesichert waren, trat der Diakon vor. Ich ließ zu, dass er mein Kinn in die Hand nahm und meinen Kopf hin und her drehte. Während er mich eingehend betrachtete, zogen sich seine Augenbrauen zusammen. »Faszinierend«, befand er. »Du bist nicht, was du zu sein scheinst, doch jetzt fühle ich keine Bösartigkeit mehr in dir, obwohl ich weiß, dass sie vorhanden ist.«

»Warum fesselt ihr mich?«, fragte ich.

Er lächelte und tätschelte mir die Wange. »Nur eine Vorsichtsmaßnahme. Heute Nacht lasse ich dich zu mir bringen, damit ich deine Geheimnisse entschlüsseln kann. Sobald ich verstehe, was ich gesehen habe, können wir über deine Freiheit nachdenken.« Er wandte sich an einen der Männer. »Gebt ihm zu essen und besorgt ihm um Himmels willen etwas zum Anziehen. Steckt ihn dann zu den anderen. Wir haben schon genug Tageslicht vergeudet.«

»Wohin gehst du?«, fragte ich ihn, als er sich abwandte.

Kurz sah er mich an. »*Wir* reisen zur Thasper-Quere.«

»Warum?«

Er seufzte. »Weil mein Meister will, dass wir uns dort hinbegeben. Jetzt geh mit diesen Männern. Wenn du unschuldig bist, hast du nichts zu befürchten.« Damit schritt er davon, gefolgt von den zwei glänzenden Kriegern, während die anderen damit begannen, den Baldachin abzubauen.

Ich setzte mich nicht zur Wehr, als mich die Männer zu drei Wagen führten, die ein Stück abseits standen. Dort befanden sich weitere Männer, alle bewaffnet und durchdringend nach Eisen und Schweiß riechend. Mehrere starrten mich an, und ein paar lachten, als ich zum hintersten Wagen geführt wurde, wo noch mehr Männer im Schatten eines Leinenbaldachins saßen. Deren Hände waren ebenso gefesselt wie meine, und von ihren Fesseln erstreckte sich eine Kette zu einem geschlossenen Ring am Heck des Wagens. Sie rochen strenger als die Krieger rings um sie, schienen jedoch in einigermaßen gutem Gesundheitszustand zu sein. Die Krieger mussten meine Seile entfernen, damit ich mich anziehen konnte. Erst, nachdem sie mir die Kleidung gereicht hatten, erkannte ich, dass ich gar nicht sicher war, wie man die Sachen anlegte, und meine ersten Versuche fielen so tollpatschig aus, dass ich sie damit herzhaft zum Lachen brachte.

»Haltet ihn mal besser aus der Sonne raus«, schlug einer der Gefesselten vor, womit er eine weitere Runde Gelächter entfachte.

Ich atmete tief und langsam durch, danach gelang es mir, die Aufgabe ohne weitere Missgeschicke zu Ende zu bringen. Der Mann, der mich fesselte und an den Wagen kettete, gab mir einen kleinen, runden Brotlaib und einen Becher mit etwas, das nach alten Blättern roch. Vorsichtig nippte ich an dem Becher. Es gelang mir, genug im Mund zu behalten, um festzustellen, dass es sich um eine Art Bier handelte. Ich wischte mir das Kinn ab und versuchte es erneut, diesmal mit mehr Erfolg. Es schmeckte besser, als es roch, und es linderte die Schmerzen in meiner Kehle. Ich kaute an dem Brot. Nach ein paar vorsichtigen Bissen stellte ich fest, dass ich einen Heißhunger hatte, und verschlang den Rest in drei riesigen Happen, an denen ich mich beinah verschluckte.

»Und? Was hast du ausgefressen?«, wollte einer der Angeketteten von mir wissen.

»Ich weiß es nicht«, antwortete ich, was der Wahrheit entsprach. Der Mann schnaubte nur und schüttelte den Kopf.

»Tja, ich bin sicher, bis wir dort sind, fällt ihnen schon etwas ein, das sie dir zur Last legen können. Hel, vielleicht teilen sie dir sogar mit, was du getan hast, bevor sie über deine Bestrafung entscheiden.«

»Bestrafung? Wer würde es wagen, mich zu bestrafen?«

Darüber lachten alle. Der Mann, der gesprochen hatte, hob die Handgelenke an und rasselte mit der Kette. »Die geben dir keine so hübschen Armreifen, weil sie deine Freunde sein wollen.«

Nun, da ich darüber nachdachte, erschien mir das einleuchtend. Ich brauchte Zeit, um ausgiebig über alles zu grübeln, was sich zugetragen hatte, nicht zuletzt über die Möglichkeit, dass ich ein menschenfressender Dämon sein könnte. Obwohl ich immer noch Hunger hatte, verspürte ich keinen besonderen Drang, einen herzhaften Happen aus einem der Männer um mich herum zu reißen. War ich vielleicht doch kein räuberisches Monster? Immerhin hatte ich eine ganze Weile in der Sonne gelegen, und Geier hatten an mir rumgepickt. Darüber grübelte ich immer noch, als eine Reihe lauter Schreie und Pfiffe entlang der Wagen ertönte. Die Männer rings um mich standen auf, und ich tat es ihnen gleich. Meine Neugier über das, was hier vor sich ging, behielt ich für mich.

Nach einigen weiteren Rufen setzte sich der Wagen, an den wir gekettet waren, in Bewegung. Die Ketten strafften sich, bis wir hinter dem Gefährt einherlaufen mussten. Das Gehen gestaltete sich für mich schwierig, weil ich mich immer noch beklagenswert wackelig auf den Beinen fühlte. Mit vor dem Körper gefesselten

Händen taumelte ich hin und her, was mich gegen die Männer links und rechts von mir prallen ließ, die mir prompt auswichen, sodass ich ausgestreckt im Staub landete. Es dauerte, ehe es mir gelang, einigermaßen mitzuhalten.

Die Angeketteten schienen mich ein wenig mürrisch zu betrachten, als die Wagen kurz nach Sonnenuntergang anhielten. Besonders verdrossen kamen mir zwei Männer vor, die ich unterwegs zu Boden gerempelt hatte. Allerdings hatte ich genug eigene Probleme, weshalb ich beschloss, ihnen keine weitere Beachtung zu schenken. Das allerdings, so stellte sich heraus, verletzte ihren gekränkten Stolz nur noch mehr. Zwei der Wachleute kamen herbei und verteilten mehr von dem Bier sowie Schalen mit irgendeinem warmen, lecker riechenden Brei. Ich war zu hungrig, um mich groß zu fragen, worum es sich handeln mochte, und nachdem ich aufmerksam beobachtet hatte, wie man den winzigen zur Verfügung gestellten Schöpfer benutzte, begann ich zu essen. Ich hatte gerade den ersten Mundvoll geschluckt, als einer der beiden Gekränkten den Ellbogen nach hinten schnellen ließ und mir die Schale aus der Hand stieß. Sie prallte einmal zurück und landete dann verkehrt herum. Mein feiner warmer Brei ergoss sich über den Boden.

»Ach herrje, tut mir ja so leid«, behauptete der Mann, was natürlich eine himmelschreiende Lüge und nicht annähernd so lustig war, wie sein lachender Gefährte fand.

Ich starrte ihn an, als ein Anflug von Zorn in mir aufstieg. Ich hätte ihn unterdrücken können und es wahrscheinlich sogar getan, hätte der Mann meinen Augenblick der Nachdenklichkeit nicht als Schwäche ausgelegt und beschlossen, mich anzuspucken.

Ich blickte auf den Auswurf hinab, der mein Bein hinunterglitt, und der Zorn in mir entflammte zu rasender Wut. Mein Arm schnellte vor, und ich packte ihn an der Gurgel. Eigentlich wollte ich ihn bloß würgen, um ihm Anstand beizubringen, aber stattdessen spürte ich, wie unter meiner Handfläche etwas nachgab. Die Augen quollen ihm aus den Höhlen, bis ich dachte, sie würden herausspringen. Dabei machte er keinen Mucks, nur ein

Strom von Blut trat aus seiner Nase. Als ich ihn losließ, sackte er zu Boden. Die Luft entwich rasselnd aus seiner Lunge, und Blasen stiegen in dem Blut auf, dass mittlerweile die Hälfte seines Gesichts bedeckte. Die Männer um mich herum robbten rückwärts, vergaßen ihr Essen und ihre Getränke, als der Gestank entleerter Gedärme von der sich dunkel verfärbenden Hose des Gefallenen aufstieg.

Während die anderen nach den Wachen riefen, starrte ich auf meine Hände, die ich irgendwie für schwach und wirkungslos gehalten hatte. Ich war überzeugt davon, kaum Druck auf die Kehle des Mannes ausgeübt zu haben, dennoch war er ohne jeden Zweifel tot. Bevor ich eingehender darüber nachdenken konnte, trafen die Wachleute ein. Sie schienen nicht recht zu wissen, wie sie sich verhalten sollten, da ich nur dasaß und meine Finger betrachtete. Einer berührte den Toten am Hals und bestätigte, was alle bereits wussten.

»Was soll der Radau?« Ich erkannte die Stimme und den Geruch des Diakons, noch bevor er sich den Weg durch die dicht gedrängten Krieger rempelte. Er warf einen Blick auf den Leichnam, dann schaute er zu mir. »Was hast du da getan?«

»Nichts«, antwortete ich mit einem Schulterzucken. »Er hat mich angespuckt, also habe ich ihm leicht den Hals zugedrückt.«

»Du hast ihn getötet!«

Das war offensichtlich, also ersparte ich mir eine Bemerkung dazu. Der Diakon rieb sich übers Gesicht und gab zweien der Krieger ein Zeichen.

»Ich hätte wissen müssen, dass etwas in der Art geschehen würde. Packt ihn in Ketten. Die Hände hinter den Rücken. So bleibt er, bis wir die Quere erreichen.«

Beim Klang seiner Worte regte sich etwas in meinem Geist – genug, um zu wissen, dass mir überhaupt nicht gefiel, wie sich das Wort *Ketten* anhörte. Und da ich schon darüber nachdachte, konnte ich eigentlich auch den Seilen und dem Umstand, hinter einem Wagen hergezogen zu werden, nichts abgewinnen. Anscheinend war ich mit einem begrenzten Vorrat an Geduld erwacht.

»Keine Ketten«, sagte ich. Die Krieger wichen einen Schritt zurück, als ich aufstand. »Ich bin kein Tier, das ihr nach Belieben fesseln könnt.«

Als ich sprach, setzte sich einer der Krieger in glänzender Rüstung in Bewegung, um vor dem Diakon in Stellung zu gehen. Seine Kopfpanzerung stand offen und gab den Blick auf ein gerötetes, aber typisch unscheinbares menschliches Gesicht frei.

»Der Diakon hat gesprochen. Sein Wort ist das der Heiligen Kirche und somit das Wort von Drogah. Du wirst entweder gehorchen oder als Ketzer gebrandmarkt.«

Mein Blick glitt über seine Rüstung. Auf der Vorderseite wies der Panzer lächerliche Verzierungen auf. Sie bestanden aus etwas, das wie Schädel in Dornen aussah, die rings um ein Symbol angeordnet waren, das zwei nebeneinanderstehenden Kreuzen ähnelte. Am seltsamsten jedoch fand ich, dass ich instinktiv wusste, dass ich dieses Muster früher schon einmal gesehen hatte. Ich wusste nicht mehr, wo oder wie, aber welche Erinnerung mein ungebrochener Geist auch damit verband, es war keine erfreuliche.

»Du bist ein Pad… Padaladin. Ein Paladin«, brachte ich endlich heraus, erfreut darüber, dass sich ein fehlendes Teil, wenngleich ein kleines, ins Bild gefügt hatte.

»Ich gehöre in der Tat der geheiligten Bruderschaft an. Wir sind die Auserwählten von Drogah, die Verkörperung seines Willens auf dieser befleckten Erde.« Seine Stimme schwoll an, während er das sagte, bis der letzte Teil als Schrei ertönte, als wäre ich taub oder hätte aufgehört, ihm zuzuhören.

»Ich hasse Paladine«, sagte ich, hauptsächlich zu mir selbst. Ich hatte keine Ahnung, weshalb ich so schlecht auf den Begriff ansprach, doch in mir regte sich der starke Verdacht, dass ich es mir nicht gefallen lassen würde, von einem herumkommandiert zu werden. Vielleicht war ich doch ein Dämon.

»Dann bleibt mir kein anderes Mittel, als dich einen Ketzer zu nennen!«, rief der Paladin, zog das Schwert und kam mit gebleckten Zähnen auf mich zu, während seine Augen in den Höhlen rollten wie die eines tollwütigen Tieres.

Ohne nachzudenken, hob ich die Hände, bereit, mich gegen die plötzliche Raserei des Mannes zu verteidigen. Auch die Krieger, die fächerförmig hinter ihm in Stellung gingen, strahlten nicht unbedingt eine freundliche Gesinnung aus. Ihre kalten Schwerter würden diesem meinem Körper einen schrecklichen Tribut abverlangen.

Ich bemerkte einen kurzzeitigen Widerstand, als ich die Hände hob, dann folgte ein reißendes Geräusch, und genau wie die Männer um mich herum starrte ich auf die Seile, die ich gerade zerrissen hatte. Allerdings schaute ich als Erster wieder auf, und da die anderen noch abgelenkt waren, nützte ich die Gelegenheit, wirbelte herum und rannte auf den Wald zu.

Oder zumindest versuchte ich das. Das erste Dutzend Schritte spielten meine Beine noch bewundernswert mit, doch als ich den Baumstumpf erblickte, war es für mein unvollkommenes Geschick bereits zu spät, um ihm noch auszuweichen. Ich prallte von seiner knorrigen Oberfläche zurück und überschlug mich einige Male, was meinen Verfolgern genug Zeit verschaffte, um mich einzuholen und mit Knüppeln aus Holz auf mich einzuprügeln.

Ich versuchte zwar, mich mit den Armen zu schützen, aber es waren zu viele, und sie bewegten sich zu schnell. Das erste halbe Dutzend Hiebe ließ mich nach Luft schnappen, aber inmitten der Schmerzen spürte ich, wie mein Zorn wuchs. Ich streckte mich danach, und weil ich mich nicht mehr auf die Schläge konzentrierte, verloren die Schmerzen den Halt an meinem Geist. So vermutete ich zumindest.

Ich ließ einen Arm vorschnellen, packte den nächstbesten meiner Angreifer am Fußgelenk, und wie bei dem Mann, der meinen Brei verschüttet hatte, schloss ich die Finger und drückte zu. Es folgte ein Augenblick des Widerstands, bevor ich fühlte und hörte, wie seine Knochen in meiner Faust brachen. Er schrie auf und kippte um, und ich nützte die dadurch entstehende Lücke, um mich rasch auf die Beine zu rappeln und erneut in Richtung des Waldes loszupreschen, wobei ich einen weiteren Angreifer mit der Schulter rammte.

Zu den ersten Dingen, die ich in jener Nacht lernte, gehörte, dass man niemals durch einen stockfinsteren Wald rennen sollte. Ich verlor den Überblick über die Zahl der Sträucher und Wurzeln, über die ich stolperte, und darüber, wie oft ich um ein Haar ein Auge oder Schlimmeres durch hervorstehende Äste verloren hätte. Meine einzigen Vorteile bestanden darin, dass es meinen Verfolgern genauso schlecht erging und ich es leichter hatte, ihnen auszuweichen, weil ich dunkle Haut besaß und keine klirrende Rüstung trug. Und das reichte.

Ich versteckte mich hinter einem Baum und lauschte ihnen, bis ich sicher war, dass sie meine Spur verloren hatten, dann kehrte ich in Richtung der Wagen um.

Dort, wo die anderen Gefangenen immer noch in Ketten lagen, hielten sich einige Männer mit Fackeln auf, aber das Licht, das ihnen ein Gefühl der Sicherheit spendete, machte auch jedwede spärliche Nachtsicht zunichte, die sie besitzen mochten. Ich schlich an ihnen vorbei und folgte dem Geruch des Kochfeuers. Nur ein Mann saß daneben. Auf seinen Beinen ruhte eine große Schüssel, aus der er in stetem Takt den leckeren Brei in seinen Mund schaufelte. So leise wie möglich bewegte ich mich hinter ihn und packte ihn von hinten an der Gurgel. Ich achtete nicht darauf, als er verzweifelt nach meiner Hand fuchtelte, aber da er mir nichts getan hatte, musste ich ihn nicht töten. Mit größter Sorgfalt bemühte ich mich, meinen Griff nicht zu verstärken. Kaum hatte er aufgehört, zu zappeln und sich zu winden, ließ ich ihn fallen und war zufrieden, als er zu meinen Füßen bewusstlos weiterröchelte.

Ich bediente mich, füllte eine Schale bis zum Rand mit dem Brei und aß gierig, genoss den Geschmack und die Wärme der Pampe. Nach zwei weiteren Schalen legte sich der nagende Schmerz in meinem Bauch allmählich, und ich fühlte mich besser, als ich mich seit dem Erwachen auf jenem verfluchten Feld bisher gefühlt hatte.

Die Stimmen aus dem Wald wurden lauter, ein Zeichen, dass der Rest der Gruppe zurückkehrte. In der Nähe erblickte ich einen großen Sack sowie ein Schwert und einige weitere Gegenstände. Ich stopfte in den Sack, so viel ich konnte, dann rannte ich mit meiner Beute unter dem Arm zurück in Richtung Wald. Über die Hälfte des Weges hatte ich zurückgelegt, als der erste Pfeil an mir vorbeischwirrte. Den gestohlenen Sack an mich gedrückt, rannte ich bereits so schnell ich konnte, ohne das Wagnis eines weiteren Sturzes einzugehen. Ich musste mich für meine Sicherheit auf die Dunkelheit und den zunehmenden Abstand zu meinen Verfolgern verlassen.

Der zweite Pfeil traf mich ein halbes Dutzend Schritte weiter in den Rücken.

Kapitel 3

Der Treffer löste einen jähen und trotzdem dumpfen Schmerz aus, wie ein besonders heftiger Streich von einem Knüppel. Er brachte mich aus dem Tritt und hätte mich beinah mit dem Gesicht voran gegen einen Baum prallen lassen, aber irgendwie gelang es mir, mich rechtzeitig davon zu erholen und dem Stamm auszuweichen. Da meine Beine nach wie vor funktionierten, befahl ich mir, einfach weiterzulaufen, bis mich die Verletzung zwingen würde, anzuhalten. Doch als ich mir den Weg durch das Unterholz bahnte, ertappte ich mich dabei, ungeduldig darauf zu warten, dass genau das geschah. Ich konnte meine Verfolger hinter mir hören, aber das Ausmaß der Verletzung nicht zu kennen, lenkte mich ab.

Als ich es nicht mehr ertragen konnte, blieb ich stehen und fasste hinter mich, fand jedoch lediglich einen halb getrockneten Blutfleck. Weder ragte ein Pfeil aus meiner Haut, noch floss Blut an der Rückseite meiner Beine hinab. Ich leckte mir das Blut von den Fingern, hievte den gestohlenen Sack höher und setzte mich wieder in Bewegung. Vermutlich war es nur ein Streifschuss gewesen, oder der Treffer war wegen der Entfernung schwach ausgefallen. Ich konnte nicht sicher sein, aber ich hatte keine Lust, darauf zu warten, dass mich meine Verfolger fanden und mich darüber aufklärten.

Bedauerlicherweise hatten diese Männer andere Pläne, zudem erwiesen sie sich als weitaus geschickter und besser an Märsche durch den Wald gewöhnt als ich. Den ersten Hinweis darauf, dass sie mich gefunden hatten, erhielt ich, als sich ein Pfeil mit einem lauten, dumpfen Aufprall in einen Baumstamm vor mir bohrte.

»Bleib stehen und ergib dich!«, rief eine Stimme irgendwo zu meiner Linken. »Oder der Nächste schlägt in deinen Rücken ein.«

Angesichts der Tatsache, dass sie mir bereits in den Rücken geschossen hatten, kam es mir ein wenig seltsam vor, dass sie mir nun eine Wahl boten. Andererseits waren Menschen ganz allgemein seltsame Geschöpfe. Der Wald war verstummt, als hielten die kleinen Lebewesen im Baldachin und im Unterholz zusammen mit mir den Atem an. Ich drehte mich um und spähte mit zusammengekniffenen Augen dorthin in die Dunkelheit, von wo die Stimme ertönt war.

Je eindringlicher ich hinstarrte, desto merkwürdiger fühlten sich meine Augen an. Es kam mir vor, als würden sie anschwellen. Das war eine äußerst eigenartige Empfindung, zwar nicht wirklich schmerzhaft, aber höchst unerwartet und irgendwie komisch. Ich rieb mir die Augen, doch das Gefühl blieb. Die Befürchtung, mein Sehvermögen könnte versagen, begann, an meinen Gedanken zu nagen. Ich starrte weiter dorthin, wo ich den Späher wähnte, und widerstand dem Drang zu blinzeln, weil ich fürchtete, meine Augen würden sich nicht mehr öffnen. Stattdessen schlich sich um die Ränder meiner Sicht ein rötlicher Farbton ein, als füllten sich meine Augen mit Blut. Dann schwappte dieser rote Schleier über mein gesamtes Sichtfeld, und die undurchdringlichen Schatten, die den Wald so seltsam und beklemmend wirken ließen, fingen an, ihre Geheimnisse preiszugeben. Es war, als würde der gesamte Bereich ins Licht eines feuerroten Mondes getüncht. Schließlich erblickte ich den Späher, der in einer seichten Vertiefung kauerte. Sein gesamter Körper pulsierte im Takt seines Herzschlags mit einem sanften Licht. Ich kicherte, und nur der Sack in meiner Linken hielt mich davon ab, schadenfroh in die Hände zu klatschen, als sich das Blatt letztlich zu meinen Gunsten wendete.

»Ich sehe dich«, rief ich zurück und konnte beobachten, wie sich sein Kopf bewegte. Ich folgte der Linie seines Blicks und erspähte flüchtig einen ähnlichen rötlich-gelben Körper auf meiner anderen Seite.

»Wirf deine Waffen weg«, verlangte der erste Späher.

Etwas zögerlich ließ ich den Sack fallen; für das, was ich jetzt tun musste, würde ich beide Hände brauchen.

»Nein«, erwiderte ich und sprang vorwärts. Ich hörte nicht, wo sein Pfeil einschlug, es kümmerte mich auch nicht weiter. Das Grüppchen der Büsche vor mir überwand ich mühelos und wusste dabei, dass sie mich zumindest für ein paar Atemzüge aus den Augen verlieren würden. Die Zeit nutzte ich und arbeitete mich in spitzem Winkel rückwärts, um mich an ihnen vorbeizuschleichen. Ich rechnete damit, dass sie hinter mir herjagten, und wurde auch nicht enttäuscht.

Ich war überzeugt davon, dass mein Herzschlag laut genug war, um meine Position zu verraten, aber sie eilten an meinem Versteck unter einigen Wurzeln vorbei, ohne auch nur in meine Richtung zu schauen. Sie erwiesen sich als wunderbar geschickt darin, sich leise zu bewegen, und wichen Löchern und nach ihnen haschenden Ästen mit einer Mühelosigkeit aus, die man ihnen angesichts ihrer unterentwickelten Sinne nicht zugetraut hätte.

Ich wartete, bis mich der Nächste von ihnen passiert hatte, dann richtete ich mich auf und griff ihn von hinten an. Er drehte sich in dem Moment um, als ich seinem Rücken entgegensprang, und seine Augen weiteten sich, als er einen Pfeil abfeuerte. Harmlos schwirrte das Geschoss an mir vorbei, dann landete ich auf ihm. Ohne echten Widerstand ging er zu Boden und hörte auf, sich zu winden, als ich ihm eine Faust ins Gesicht hieb. Knochen brachen, und sein Schrei verwandelte sich in ein undeutliches, nasses Gurgeln.

»Allan!«, brüllte der zweite Späher, der von Baum zu Baum auf uns zugehuscht kam. Der Bedauernswerte röchelte zur Erwiderung, als ich mein Gewicht von seiner Brust nahm. Allan konnte nur noch liegen bleiben und sterben, als ich mich in Bewegung setzte, um seinen Freund abzufangen.

Allerdings wurde mein Hinterhalt von einem unverhofften Strahl Mondlicht vereitelt, und dem Späher blieb gerade genug Zeit, seinen Bogen anzuheben und einen Pfeil abzufeuern, bevor ich ihn zu Boden rammte.

Diesmal wurde ich knapp unterhalb der Rippen getroffen, und eine heftige Welle von Übelkeit überkam mich. Ich geriet ins Taumeln, als sich verschiedene Muskeln zusammenkrampften. Das hielt mich lang genug auf, dass mein Angreifer abermals zu dem Köcher an seiner Hüfte greifen konnte. Ich zupfte mir den Pfeil aus dem Leib und war überrascht, dass es fast keine Mühe kostete, ihn zu entfernen. Achtlos warf ich das Geschoss beiseite und griff mit einem Sprung an, bevor er den nächsten Pfeil richtig auf die Sehne bekam. Ich ballte die Hand zur Faust, traf ihn mitten in die Brust und beobachtete voll Verwunderung, wie er vom Boden abhob und gegen einen Baumstamm segelte, ungefähr zehn Schritte hinter der Stelle, an der er gestanden hatte. Ich starrte immer noch hin, als er mit jener knochenlosen Anmut zu Boden sackte, die nur Tote zuwege bringen.

Dann bewegte ich mich zurück ins Mondlicht, das weit greller schien, als es sollte, und untersuchte meine Wunde genauer. Ich konnte sehen, wo der Pfeil ein kleines »V« in meine Haut geschlagen hatte, doch die Verletzung erwies sich als überhaupt nicht tief und die Blutung fing schon an, zu gerinnen. Ich streckte und drehte mich vorsichtig in dem Versuch, auszuloten, ob die Wunde noch schmerzte, nahm aber nur ein dumpfes, unterschwelliges Pochen wahr. Dies war ganz offenbar ein weiterer Teil des Rätsels, über den ich mir den Kopf zu zerbrechen hatte, doch das würde warten müssen.

Nachdem ich mich vergewissert hatte, dass niemand sonst in der Nähe herumschlich, beugte ich mich über den Leichnam des zweiten Spähers und erleichterte ihn um seine Waffen und seinen Münzbeutel. Auch sein Hemd wollte ich mir nehmen, aber nachdem ich mehrere entmutigende Minuten mit dem Versuch vergeudet hatte, ihn aus dem Kleidungsstück zu schütteln, verwarf ich die Idee und begnügte mich damit, das Geld und die Schwerter der Toten an mich zu nehmen. Ich schlug meine Beute in ein Bündel ein und marschierte tiefer in den Wald, wobei ich darüber staunte, wie viel einfacher sich der Weg nun gestaltete, da ich mehr sehen konnte, auch wenn ich mich nach wie vor ein wenig wackelig auf den Beinen fühlte. Es erschien mir auch alles viel größer. Ich blieb in Bewegung, bis die tiefe Dunkelheit der

Nacht dem Versprechen des Morgengrauens wich. Da ich meine Verfolger weit und breit weder sah noch hörte, hielt ich es für sicher genug, um meine Flucht für eine Bestandsaufnahme dessen zu unterbrechen, was ich den toten Männern abgenommen hatte.

Um herauszufinden, wie ich mir eines der Schwerter angurten konnte, brauchte ich doppelt so lange wie zuvor dafür, mich in meine Kleidung zu zwängen, und selbst danach drohte das Schwert, mich bei jedem zweiten Schritt zum Stolpern zu bringen. Ich übte, es aus der Lederscheide zu ziehen, schwang es ein paar Mal herum und war zufrieden mit dem zischenden Geräusch, das die Klinge dabei verursachte. Versuchsweise hackte ich sie in einen Baum, womit ich das Kunststück zustande brachte, die Klinge abzubrechen. Das war enttäuschend. Ich beschloss, mir die Mühe mit dem anderen Schwert zu ersparen, warf den ganzen Krempel beiseite und behielt nur die Messer, die sich wesentlich praktischer verwenden und tragen ließen.

Nachdem das erledigt war, verbrachte ich einige Zeit damit, mich einfach ein bisschen an Ort und Stelle zu bewegen, um ein Gefühl für die Reichweite und Stärke dieses Körpers zu entwickeln. Der lange Marsch hatte deutlich dazu beigetragen, meinen mangelnden Gleichgewichtssinn zu festigen, der für den Großteil der Probleme verantwortlich gewesen war, die ich erlebt hatte. Neugierig hob ich das zweite Schwert auf und versuchte, es durchzubiegen, aber kaum übte ich etwas Druck darauf aus, knickte es einfach entzwei. Angewidert von der jämmerlichen Machart warf ich es beiseite und versuchte dasselbe bei einem nahen Jungbaum. Das grüne Holz bot kaum Widerstand und brach innerhalb eines Augenblicks mit einem feuchten Laut. Das ließ mich noch neugieriger werden. Ich ballte die Hand wieder zur Faust, biss die Zähne zusammen und schlug gegen eine nahe Kiefer. Rinde spritzte auf, der Baum erzitterte, und Nadeln regneten auf mich herab. Ich versuchte es erneut, ein bisschen härter diesmal. Das belohnte mich mit mit dem Anblick eines zur Seite wegspritzenden Kleckses von zu Brei zermalmtem Holz und dem zweier erschrockener Eichhörnchen, die mir gegenüber auf dem Boden landeten. Nach zwei, drei weiteren Hieben schwankte der Baum, bevor der Stamm mit einem lauten Knirschen und Knacken nachgab. Meine Knöchel waren zerschrammt und ein wenig blutig, doch die Knochen darunter fühlten sich nach wie vor unversehrt und stark an. Ich zuckte zusammen, als der Baum mit einem donnergleichen Laut auf dem Boden aufschlug und jeden Anschein von Heimlichkeit zunichtemachte.

Ich beugte meinen Arm und spürte, wie die Muskeln anschwollen. Als ich sie mit der anderen Hand anstupste, gaben sie ungefähr so viel nach wie ein Stein. Der Bizeps erwies sich als dichte, pralle Wölbung, und ich wusste, dass die Knochen darunter genauso stark waren – der gefallene Baum belegte das. Als Anzeichen der Morgendämmerung durch den Baldachin zu dringen begannen, wandte ich mich der Untersuchung der Wunde an meinem Rumpf zu. Wo mich der zweite Schütze getroffen hatte, gab es jetzt bloß nichts mehr zu sehen, nicht einmal Schorf. Erleichtert darüber, dass ich eine Sorge weniger hatte, über die ich mir den Kopf zerbrechen musste, versuchte ich, die Augen erneut zusammenzukneifen, um herauszufinden, ob diese … Blutsicht, die mich gerettet hatte, etwas Dauerhaftes darstellte. Ich kniff also die Augen zusammen, drückte mir mit den Handflächen gegen die Schläfen und blinzelte Hunderte Male in dem Bemühen, diese Sicht verschwinden zu lassen. Ich widmete mich dem so angestrengt, dass ein vorbeistreunender Fuchs innehielt, um mich anzustarren. Dem Fuchs nachzuschauen, als er schließlich von dannen zog, erwies sich als Schlüssel dazu, meine normale Sicht wiederherzustellen; es hatte etwas damit zu tun, die Augen zusammenzukneifen, während sich die Entfernung änderte, in die ich sah. Ich war zwar nicht völlig sicher, wie die Sache funktionierte, aber ich übte es mehrmals, bis der Übergang reibungslos verlief und ich das Gefühl meiner anschwellenden Augen als weniger beunruhigend empfand.

Wenn ich das wirklich alles selbst herbeigeführt hatte, hatte ich es gut gemacht. Abgesehen von der fehlenden Erinnerung und der Lähmung natürlich, aber schließlich war niemand perfekt. Ich erfreute mich bester Gesundheit, war stark und frei. Und so hungrig, dass ich mich dabei ertappte, zu überlegen, ob ich den Fuchs wohl dazu verleiten könnte, zurückzukommen. Stattdessen leerte ich den Sack, den ich aus dem Lager des Diakons stibitzt hatte, und hoffte, dass vielleicht ein feiner Schinken irgendwie meiner Aufmerksamkeit entgangen sein mochte. Doch der Großteil des Inhalts bestand aus Kräutern und gedörrten Flocken, die nach nichts schmeckten und meinen Mund austrockneten, bis mir die Zunge am Gaumen kleben blieb. Mit wenig Begeisterung kaute ich ein bisschen Dörrobst, das ich unter den Lebensmitteln fand, dann befestigte ich die Geldbeutel an einem Seil um meine Mitte und marschierte weiter. Eine bestimmte Richtung hatte ich nicht im Sinn, ich wollte nur darauf achten, nicht auf die Thasper-Quere zuzusteuern, wie es der Diakon tat. Das bedeutete, dass ich mich weiter Richtung Westen halten musste.

Bis die Sonne aufging und die Insekten erwachten, um lästige, beißende Schwärme zu bilden, gestaltete sich der Spaziergang durch den Wald tatsächlich angenehm. Unterwegs beobachtete ich, wie vereinzelte Lichtstrahlen durch die Blätter herabstachen, und lauschte den Vögeln. Mit dem ersten Mundvoll Stechmücken hatte sich die Idee jedoch erledigt, vielleicht ein Päuschen einzulegen und mir etwas mehr Zeit zu nehmen, um über das Geheimnis meiner Herkunft nachzugrübeln. Stattdessen konzentrierte ich mich darauf, so schnell wie möglich voranzukommen, denn anzuhalten hieß, sich als Festschmaus für alles mit Flügeln und einem Stachel zur Verfügung zu stellen.

Die Sonne hatte ihren Höhepunkt bereits deutlich überschritten, als die Bäume schließlich so licht wuchsen, dass man sie nicht mehr als Wald bezeichnen konnte. Die Veränderung bewirkte, dass die fliegenden Quälgeister von einem angenehmen Lüftchen ersetzt wurden. Mittlerweile konnte ich sehen, dass auf den Wald weitläufige, sanft hügelige Ebenen folgten, so weit das Auge reichte. Die Einförmigkeit der beeindruckenden Aussicht wurde von schmalen, krummen Pfaden, Grüppchen grauer Felsen und zerklüfteten Hecken und Zäunen unterbrochen, die einen Großteil der Umgebung in gelbe, grüne und braune Flicken unterteilten. Wo immer ich mich befinden mochte, das hier war keine Wildnis.

Ich grübelte noch darüber nach, in welche Richtung ich mich wenden sollte, als mir die Brise den unverwechselbaren Geruch von Menschen zutrug. Ihre übliche durchdringende Duftnote war mit den beißenderen Aromen von Metall und Öl angereichert. Bewaffnete also, und sie näherten sich mir. Ich unterdrückte ein Stöhnen. Ich war kein Freund des Waldes, wie es die Späher meiner Verfolger gewesen waren, dennoch hatte ich angenommen, ich sei ziemlich gut vorangekommen. Nur hatte ich dabei völlig die lästige Angewohnheit der Menschen vergessen, auf Pferden zu reiten. Der Hang, auf dem ich mich befand, bot herzlich wenig an Deckung. Abgesehen von einem abgebrochenen Baum, den ein heftiger Sturm zwischen zwei Felsblöcken eingekeilt hatte, war er frei einsehbar. Ich kletterte über den umgestürzten Stamm und hatte mich noch kaum dahinter geduckt, als zwei Reiter ungefähr hundert Schritte unterhalb von mir in Sicht gerieten. Sie wurden langsamer und teilten sich auf, hielten vereinzelt an und richteten sich auf, um besser sehen zu können. Es mutete seltsam an, doch trotz der drohenden Gefahr lief mir beim Geruch der Pferde das Wasser im Mund zusammen. Der Gedanke an all das leckere, dunkle Fleisch machte sich geradezu berauschend bemerkbar.

Sie bewegten sich näher zu mir, also wischte ich mir über den Mund und drängte die Gedanken an Essen aus meinem Verstand, als ich begann, meine Möglichkeiten abzuwägen. Ihre Gerüche kamen mir vertraut vor, was rasch jegliches Wunschdenken vom Tisch fegte, es könnte sich lediglich um unbedarfte Vorbeiziehende handeln. Zwar fühlte ich mich inzwischen recht sicher, was meinen Gleichgewichtssinn anging, doch ich wusste, dass ich es unmöglich mit der Geschwindigkeit eines Pferdes aufnehmen konnte. Ich brauchte einen schlaueren Plan, als einfach geradewegs auf sie zuzurennen. Der fiel mir ein, als mein Fuß auf einem losen Stein ausrutschte.

Als ich kurz danach hinter dem Baumstamm hervortrat, zogen

sie rasch ihre Schwerter und trieben ihre Rösser auf mich zu. Ich stolperte in ihre Richtung, umklammerte meinen Bauch, als litte ich Schmerzen. Sie rückten noch näher, und ich setzte meinen Mummenschanz fort, bis sie sich beide in Reichweite befanden.

Dann richtete ich mich auf, holte mit dem Arm weit aus und warf den ersten der Steine, die ich aufgelesen hatte, auf den Mann zu meiner Rechten. Kaum hatte das Geschoss meine Hand verlassen, wusste ich, dass es ein guter Wurf werden würde, und ersparte mir die Mühe, die Flugbahn zu beobachten. Als der Stein in die Brust des Mannes einschlug, hatte ich mich bereits herumgedreht und in Richtung des zweiten Mannes ausgeholt. Er wirkte unentschlossen, und ich rettete ihn vor der Demütigung weiterer Unentschlossenheit, indem ich ihm den Schädel mit einem weiteren feinen Wurf eindellte. Eigentlich hatte ich auf seine Brust gezielt.

Zu behaupten, ich wäre zufrieden mit mir gewesen, käme einer Untertreibung gleich, doch ich verlor kaum Zeit damit, die Zügel der Pferde zu ergreifen und sie an dem Baumstamm festzubinden. Der Mann, den ich in die Brust getroffen hatte, lebte noch, wenngleich das schaumige Blut auf seinen Lippen erahnen ließ, dass sich das demnächst ändern würde. Ich legte ihn neben seinen toten Kameraden und ließ ihn röchelnd eine Art Gebet leiern, während ich ihre Taschen durchwühlte.

»Was ist das?«, fragte ich und rieb den trockenen, flockigen Inhalt zwischen meinen Fingern. »Das habt ihr alle dabei.«

Stirnrunzelnd sah er mich an, bevor er einen Pfropfen Blut ausspuckte. »Hafer, du verfluchter Narr.«

»Hafer«, wiederholte ich. »Schmeckt abscheulich.« Ich leerte den Rest der Tasche und griff mir etwas Dörrfleisch und Obst. Ich beobachtete, wie er mich beobachtete, während ich einen Mundvoll kaute.

»Was bist du?«, fragte er rasselnd.

Ich zuckte mit den Schultern und nahm einen weiteren Bissen von dem geschmacklosen und unmöglich näher zu bestimmenden Fleisch. »Warum jagt ihr mich?«

»Du … hast unsere Männer getötet.«

»Ihr habt mich in Ketten gelegt und dann auch noch angegriffen.« Ich schluckte den Mundvoll hinunter, während er mehrfach abgehackt und japsend einatmete. »Du stirbst gerade«, erklärte ich ihm, aber seine einzige Erwiderung bestand in einem kurzen Hustenanfall, der sein Kinn rot färbte.

Es schien mir klar zu sein, dass er nicht gedachte, irgendwelche nützlichen Erkenntnisse über meine missliche Lage anzubieten, also machte ich mich daran, ihn und seinen toten Gefährten um alles Nützliche zu erleichtern, nämlich ihre Messer und Geldbeutel. Der Sterbende vergeudete keinen seiner verbliebenen Atemzüge mit Fragen oder Klagen, was ich klug von ihm fand, denn ich hätte beidem keine Beachtung geschenkt.

Ich hockte mich hin und leerte ihre Geldbeutel sowie das, was ich den Spähern abgenommen hatte, auf den Mantel des Toten, um die verschiedenartigen Münzen zu betrachten, die vor mir lagen. Sie waren ziemlich unterschiedlich, sowohl die Größe betreffend als auch das allgemeine Erscheinungsbild. Also teilte ich sie nach dem Metall, aus dem sie bestanden, in verschiedene Haufen auf.

»Was ist das?«, fragte ich den Hustenden, hielt eine sechskantige Münze mit dem stilisierten Bild eines Vogels hoch und wartete geduldig, während er abwechselnd mich und das Geldstück anstarrte.

»Ein Double.« Seiner Stimme gelang es kaum mehr, das Säuseln des Windes zu übertönen.

»Ist er wertvoller als das hier?« Ich hielt eine runde Silbermünze hoch. Einen Atemzug lang dachte ich, er wäre gestorben, dann jedoch hustete er weiteres Blut und blinzelte mich an wie eine Eule.

»Ja oder nein?«, drängte ich ihn.

Er starrte mich so lange schweigend an, dass ich schon zu überlegen begann, ob ich die Frage überhaupt laut ausgesprochen hatte oder nur daran gedacht hatte, es zu tun.

»Ja«, stieß er schließlich hervor.

»Ah.« Eigentlich wollte ich ihm noch weitere Fragen stellen, aber durch all das aus seinem Mund sickernde Blut sah er ziemlich grotesk aus, wenn ich ehrlich sein soll. Da überließ ich es ihm lieber, nach eigenem Gutdünken das Zeitliche zu segnen, und wandte meine Aufmerksamkeit den Pferden zu. Diesen großen, saftig und lecker aussehenden Pferden.

Ich führte eines der Tiere ein Stück zur Seite und tötete es so schmerzlos, wie ich konnte, dann benutzte ich meine neu erlangten Messer, um es zu zerlegen, was mir in meiner Vorstellung einfach erschienen war, sich in Wirklichkeit jedoch als alles andere als simpel entpuppte. Der Mann röchelte immer noch, als ich fertig wurde, und er beobachtete mich, als ich mir mit einem der erbeuteten Wasserschläuche das ärgste Blut abwusch. Das andere Pferd zeigte mir das Weiß seiner Augen, aber es konnte nicht fliehen, und ich ließ es in Ruhe.

»Weißt du, wie man Feuer macht?«, fragte ich.

Der Mund des Mannes bildete irgendwelche Worte, die jedoch nicht über seine Lippen drangen. Ich ging näher zu ihm und kauerte mich rittlings über seine Beine. Eigentlich hatte ich ihn auffordern wollen, zu wiederholen, was er zu sagen versuchte, doch stattdessen geschah etwas weit Merkwürdigeres. Sein Blick begegnete dem meinen, und als er mir in die Augen schaute, spürte ich, wie sich in meinem Geist etwas verlagerte, wie plötzlich ein Druck verschwand, den ich zuvor gar nicht wahrgenommen hatte. Das Dunkel seiner Augen schien mich zu verschlingen, und ich stand in Schwärze da, während Bilder mit unvorstellbarer Geschwindigkeit an mir vorüberrasten. Ich sah mich selbst, wie ich hinter den Bäumen hervorstolperte. Ich spürte seine Schmerzen und seine Überraschung, als der von mir geworfene Stein seine Rippen nach innen brach. Ich sah flüchtige Bilder von lachenden Männern um ein Feuer und schmeckte starken Wein auf den Lippen. Ich sah Städte und Ortschaften, Frauen mit langen Haaren, eine wilde Schlacht gegen Wichte und eine noch wildere mit Hunderten von Männern in schwerfälligen, quadratischen Formationen, die aufeinander einstachen und einhackten. Das und mehr sah ich, bevor die Bilder verblassten und mich die Schwärze freigab, auf dass ich von dem Mann kippte, über dem ich gehockt hatte. Meine Brust hob und senkte sich heftig, während ich nach Luft schnappte.

Ich setzte mich auf und brauchte mehrere tiefe Atemzüge, um mich zu beruhigen, während sich die Empfindungen verflüchtigten und sich die Wirklichkeit wieder festigte. Dann schaute ich wieder zu dem Mann, von dem ich nunmehr wusste, dass er Matthias hieß. Doch was auch immer da gerade auch geschehen sein mochte, es hatte ihn die letzte schwache Lebensglut gekostet, und seine Augen starrten blicklos zu den Wolken hoch. Ich rieb mir das Gesicht, als ich mich auf die Beine rappelte. Seine Gedanken und Erinnerungen gehörten nun mir, und wenngleich ich mich noch benommen von dieser jüngsten Enthüllung meiner dämonischen Kräfte fühlte, war ich eigentlich auch recht erfreut. Immerhin wusste ich, wo ich mich befand und dass keine weiteren Reiter nach mir suchten, da es der Diakon eilig damit hatte, seinen Meister zu treffen. Und, wichtiger noch, ich erinnerte mich daran, wie man ein Feuer anzündete. Denken klappt immer am besten mit vollem Magen, und schon bald briet ich Pferdefleisch über einem feinen Feuer und fühlte mich rundum zufrieden mit meiner morgendlichen Arbeit.

Während ich wartete, bis das Fleisch gerade richtig knusprig für meinen Geschmack wurde, sortierte ich den Haufen der Gegenstände, die ich aus den verschiedenen Säcken und Taschen der Reiter entkommen hatte. Es war nicht viel dabei, was mich interessierte, und ein paar der Gegenstände blieben mir völlig rätselhaft. Ihnen schenkte ich entweder keine Beachtung, oder ich warf sie über die Schulter sofort weg. Letztlich entschied ich mich, zwei feine, scharfe Messer, einen großen Mantel mit Kapuze, einen Goldring, den Matthias getragen hatte, und einen vollen Wasserschlauch zu behalten. Der Ring wanderte in meinen stetig anwachsenden Geldbeutel, der Rest in meinen Sack. Zufrieden damit, nunmehr angemessen ausgerüstet zu sein, wandte ich mich meinem Braten zu und aß, bis sich die Haut über meinem Bauch straff wie ein Fell über eine Trommel spannte. Die Reste wickelte ich in das Hemd, das ich Matthias vom Leib geschnitten hatte, verstaute auch sie in meinem Sack und setzte meine Reise nach Westen frohen Mutes fort.

Kapitel 4

Obwohl ich mich anfangs unbehaglich dabei fühlte, mit so vollem Magen zu marschieren, lagen der Wald und der arme, tote Matthias schon etliche Meilen hinter mir, als sich eine wolkenlose Nacht über den Himmel ausbreitete. Zwar war ich weder besonders müde noch war mir kalt, aber die Vorstellung eines Feuers weckte in mir etwas, das Durst ähnelte, und so verbrachte ich die dunkelsten Stunden ausgestreckt neben einem glimmenden Kohlenbett. Der langsame Tross der Sterne am Himmel bot einen funkelnden Hintergrund, während ich im Geist die Ereignisse des Tages noch einmal ablaufen ließ und eine Aufstellung dessen vornahm, was ich erfahren hatte.

Ich hatte nach wie vor keine Ahnung, wie ich auf jenes Feld gelangt war, geschweige denn, warum. Ich wusste nur, dass der Körper, in dem ich steckte, nicht wirklich mein eigener, aber immerhin stark und widerstandsfähig war. In gewisser Weise schuldete ich den Männern, die mich gehetzt hatten, sogar Dank, denn ohne die Verfolgung durch sie und die Konfrontationen, die sich daraus ergeben hatten, hätte ich vielleicht wesentlich länger gebraucht, um so viel über mich in Erfahrung zu bringen. Und doch wusste ich immer noch so wenig. War ich wirklich ein Dämon? Fand ich aufgrund jenes Erbes die Vorstellung von Feuer so ansprechend? Und falls ich eine irgendeiner Hel entsprungene Kreatur war, wieso steckte ich dann im Körper eines Menschen?

Während ich versuchte, Erinnerungen aus meinem Gedächtnis hervorzulocken, starrte ich zu den Sternen empor. Ich war mit dem Gefühl erwacht, dass mir gelungen war, was immer ich hatte vollbringen wollen – und mit einem undeutlichen Empfinden von Dringlichkeit, das erahnen ließ, ich könnte mir dies absichtlich angetan haben. Ich konnte wohl kaum auf der Jagd nach etwas gewesen sein. Nicht, wenn ich mich dabei für eine menschliche Gestalt entschieden hatte. Oder war es umgekehrt? Wurde ich etwa gejagt? Bei dem Gedanken lief mir ein Schauder über den Rücken, und ich spürte, dass er etwas in mir anschlug, das sich richtig anfühlte. Also *wurde* ich gejagt. Aber von wem oder was? Wenn ich meinen Feind nicht kannte, wie sollte ich mich dann vor ihm schützen? Oder vor ihr. Oder womöglich sogar vor einem *Es*, falls ich tatsächlich ein Dämon war, der irgendwie aus irgendeiner schrecklichen Hel entkommen konnte.

Und wenn ich nicht in der Lage gewesen war, mich mit vollständigem, gesundem Geist zu verteidigen, wie konnte ich dann hoffen, das zu bewerkstelligen, wenn ich mich nicht einmal an den Rest meines Namens zu erinnern vermochte? Welches Grauen mich auch verfolgte, ich war anscheinend der Ansicht gewesen, meine beste Verteidigung bestünde in der Anonymität, die eine menschliche Gestalt bot.

Mit solchen Gedanken im Kopf streckte ich versuchsweise die Hand aus und hielt sie über die nahe Glut. Ich konnte die Hitze zwar spüren, empfand sie aber keineswegs als unangenehm, und sie schien sich kaum zu steigern, als ich die Hand langsam senkte. Neugierig geworden ergriff ich ein großes, glühendes Stück Kohle und ließ es auf meiner Handfläche herumrollen. Trotz des goldroten Schimmers, der davon ausging, konnte ich kaum echte Hitze spüren. Ganz im Gegenteil fühlte es sich eher angenehm an. Ich experimentierte weiter, fügte nach und nach mehr Kohlen hinzu, bis ein kleiner Haufen davon meine Hand ausfüllte. Erst da fing es an, unbehaglich zu werden. Wissbegierig geworden setzte ich mich auf, ergriff ein paar weitere Kohlen aus der Glut und starrte sie an. Ich versuchte, sie mit Willenskraft in Flammen aufgehen zu lassen. Ich erinnerte mich daran, wie richtig es mir erschienen war, als die Magie des Diakons meinen Körper durchwirkt hatte; es hatte sich einfach natürlich angefühlt. Aber was immer ich zu dem Zeitpunkt empfunden haben mochte, nun entzog es sich mir beharrlich, ganz gleich, wie viel von meinem infernalen Willen ich der Aufgabe widmete.

Ich wischte mir die glühenden Kohlen von der Hand und legte mich wieder hin, als sich plötzlich ein Schmerz in meinem Kopf ausbreitete, der im Einklang mit meinem Herzschlag pulsierte. Stöhnend setzte ich mich wieder auf und hoffte, ein paar Bissen Pferdefleisch und ein Schluck des warmen, leicht nach Ziege schmeckenden Wassers aus dem Schlauch würde die Schmerzen besänftigen, aber bevor ich etwas davon aus meinem Sack hervorkramen konnte, fing meine Nase zu bluten an. Es strömte nur so heraus, und ich hatte keine Ahnung, wie ich es stillen sollte. Ich versuchte, mir die Nase zuzukneifen, aber dadurch fühlte es sich nur so an, als staue sich das Blut in meinen Mund zurück. Also kauerte ich mich stattdessen über die Kohle, ließ das Blut darauf tropfen und sah zu, wie es zischend verdunstete. Es dauerte nicht lange, doch meine Kopfschmerzen wurden schlimmer, als die Blutung aufhörte. Erst rieb ich mir die Schläfen, dann presste ich dagegen, aber nichts, was ich tat, bewirkte einen Unterschied. Was immer das sein mochte, es tobte *in* meinem Kopf.

Nachdem ich mich in eine etwas angenehmere Lage zurückgelegt hatte, versuchte ich, mich auf die Schmerzen zu konzentrieren. Doch das war schwieriger, als es klingt. Ich schloss die Augen und hörte auf, dagegen anzukämpfen. Schmerz geht normalerweise von einer Verletzung aus und ist lediglich eine Beschwerde des Körpers darüber, dass man etwas Dummes getan hat. Das Fleisch und der Geist wissen das, deshalb versuchen beide, vor dem zurückzuscheuen, was einen verletzt – eine instinktive Reaktion, die zu überwinden einiges an Disziplin erfordert. Ich wusste, dass ich mir den Kopf nicht verletzt hatte, jedenfalls nicht äußerlich, was bedeutete, es musste etwas mit dem zu tun haben, was ich bei dem Versuch mit den Kohlen angestellt hatte. Ich versuchte es erneut, und die Schmerzen schwollen prompt an. Ein Großteil von mir schrie auf und wollte, dass ich damit aufhörte, aber ich zwang mich, weiterzumachen, und richtete das Augenmerk auf die Gedanken, die zu den qualvollsten Reaktionen führten.

Mit Schmerzen verhält es sich so, dass man sich daran gewöhnen kann – wie wenn man in einen eisigen See springt, der einem zuerst den Atem verschlägt. Wenn man jedoch die ersten Qualen überdauert, stellt man fest, dass der Schmerz um die tausend Schattierungen besitzt. Es bilden sich feine Abstufungen heraus, die jemand, der den Mut besitzt, lesen und als Anleitung zum Verständnis dessen benutzen kann, was sich dahinter verbirgt. Genau das tat ich. Ich spürte, dass ich auch wieder blutete, doch das nahm ich nur als entfernte Sorge wahr, als einzelne misstönende Note in einem weitaus größeren Ganzen.

Ich hörte das geisterhafte Echo der Magie des Diakons in meinem Geist, und dort, inmitten der tosenden Schmerzen, vernahm ich eine andere Note. Sie war schwächer als die Magie des Diakons und irgendwie unvollständig, aber ich erkannte sie als meine eigene. Ich streckte meinen Geist danach aus und spürte, wie die Magie reagierte. Als ich sie auf mich zuzog, nahm ich ein Nachlassen des hartnäckigen Gewichts der Schmerzen wahr. Es mochte sich nur um ein kleines Bruchstück von Macht handeln, aber Magie schien die einzige Konstante zu sein, die sich durch alles zog, was mir widerfahren war. Die Magie war vielleicht der einzige Teil meines früheren Ichs, den ich in diesen neuen Körper mitgenommen hatte. Damit stellte sie den Schlüssel dazu dar, herauszufinden, wer ich war und wonach ich suchte. Den Schlüssel zu meiner Freiheit.

Ich spürte, wie die in mir verborgene Hexerei erwachte und nach den Liedlinien rief. Weder Schmerzen noch seltsame Hitze rasten diesmal durch meinen Körper. Als der Ruf beantwortet wurde, empfand ich nur ein verbessertes Bewusstsein eines Teils dessen, was ich verloren hatte. Im Mittelpunkt aller Magie steht die Harmonie. Jedes Lebewesen besitzt einen wahren Namen, ein einzigartiges Lied, das einen Bestandteil des größeren Ganzen bildet, und diese Harmonie ähnelte ihm. Im Gegensatz zu den meisten hatte ich meinen wahren Namen gekannt, nur war meine Erinnerung daran irgendwie in Bruchstücke zerfallen oder mir genommen worden. Was ich gefunden hatte, war nur ein Stück davon, eine einzelne Note eines vergessenen Lieds. Immerhin war dies ein Anfang. Abgesehen davon, dass die Weigerung meines

Geistes, irgendwelche Erinnerungen preiszugeben, einen Spalt weit aufgezwängt wurde, erhielt ich dadurch einen Ausgangspunkt für meine weitere Suche, und als der regere Teil meines Gehirns allmählich wahrnahm, dass die Morgendämmerung anbrach, hatte ich drei weitere Bruchstücke entdeckt. Langsam stieg ich aus meinem tranceartigen Zustand auf. Das halb getrocknete und von Mücken befallene Blut meines anhaltenden Nasenblutens bröckelte, als ich den Kopf hob. Während ich dort gelegen hatte, tief in meinem Geist versunken, vollkommen verwundbar und sorglos, hatte die Sonne den Himmel erklommen und mich in eine Wärme gehüllt, die ich nicht gespürt hatte.

In meinem Geist wirbelten die gesammelten Bruchstücke meines wahren Namens herum und fügten sich zu einem festeren Ganzen zusammen. Ich erschauderte wohlig, als knisternd eine stete Verbindung zwischen mir und den Liedlinien zum Leben erwachte. Etwas Derartiges hatte ich noch nie zuvor empfunden, doch ich stellte mir vor, dass jemand sich so fühlen musste, der blind und taub war, dessen Sinne dann unverhofft und vollständig wiederhergestellt wurden. Ich öffnete die Hand und beobachtete voll Staunen, wie die Luft über meiner Handfläche vor Magie zu schimmern begann. Sie bündelte sich nur langsam, ein Tröpfeln im Vergleich zu dem Strom, mit dem mich meine bruchstückhaften Erinnerungen neckten. Aber sie gehörte *mir*. Ich hielt die Konzentration aufrecht, und langsam kehrte die Magie zurück zu mir, erfüllte einen Teil der Leere in mir mit einem angenehmen Pulsieren.

Trotz des Umstands, dass ich in dieser menschlichen Gestalt festsaß, fühlte ich mich überraschend gut. All meine Wunden waren verheilt, ich war stark und gesund und hoffentlich gar nicht so weit davon entfernt, meine volle Macht zurückzuerlangen. Ich machte es mir gemütlich und begann, einige einfache Zaubergebilde zu erschaffen. Ein jedes fertigte ich komplexer als das davor, bis die Übergänge reibungslos und schnell vonstatten gingen. Als ich mich davon überzeugt hatte, dass ich vollständige Kontrolle über meine Macht besaß, war der Mond bereits aufgegangen.

Aber die Bemühungen, sie zurückzuerlangen, hatten mich erschöpft. Nachdem ich das Feuer geschürt hatte, aß ich die Reste des Pferdefleisches, schloss die Augen und bekam bis zum nächsten Morgen nichts mehr von der Welt mit.

Das Lager hatte ich einen halben Tagesmarsch hinter mir gelassen, als ich den nächsten Menschen erblickte, eine vornübergebeugte Gestalt, die einen Handkarren zog. Laut meiner jüngst erlangten Erinnerungen befand ich mich auf der Straße zu einer kleinen Ortschaft namens Fünfulm, wo das örtliche Weizenbier ziemlich gut, wenngleich hoffnungslos überteuert war. Der Mann mit dem Handkarren stapfte an mir vorbei, ohne aufzuschauen. Das war ungewohnt, aber ich empfand es als durchaus ermutigend, zumal ich Matthias' Kapuzenmantel auch in der Hoffnung angelegt hatte, damit ein bisschen weniger auffällig zu sein.

Kurz nach der Begegnung mit dem Mann und seinem Karren geriet die Ortschaft in Sicht. Die Straße lief geradewegs auf ein breites Tor mit zwei Flügeln zu, das eine durchhängende Palisade teilte, die das Dorf umgab. Dahinter konnte ich eine Reihe niedriger Gebäude und Dutzende Dorfbewohner ausmachen, die umherliefen und taten, was immer Menschen in einer Ortschaft tun, die nicht in Flammen steht. Ich zog meine Kapuze hoch und kauerte mich in den Schatten eines großen Felsblocks, während ich meine Möglichkeiten abwog.

Das Tor stand weit offen und wurde praktisch nicht bewacht, es sei denn, man zählte die stämmige Gestalt, die mit einem Speer auf dem Schoß an der Wand schlief, als brauchbare Verteidigung. Sofern sich diese Menschen des Krieges bewusst waren, von dem ich durch Matthias' Erinnerungen erfahren hatte, ließen sie es sich nicht anmerken. Dutzende Gestalten wieselten auf einer Straße umher, die mitten durch die Ortschaft verlief, und die sie sich mit einer Reihe von Wagen und Karren verschiedener Größen teilen mussten. Eigentlich schienen sie nur herumzustehen und einander gelegentlich mit Gesten zu bedenken. Je mehr ich darüber nachdachte, desto weniger gefiel mir die Vorstellung, dort hinunterzugehen und Aufmerksamkeit auf mich zu ziehen. Zwar besaß ich jetzt einige ihrer Münzen, aber würden sie für eine Mahlzeit reichen? Matthias' Erinnerungen meinten zwar, das würden sie, dennoch erschien es mir ein unnötiges Wagnis, zumal die Gegend ringsum nur so vor unzähligen wild lebenden, leckeren Tieren strotzte. Außerdem gefiel mir das gegen meine Hüfte klopfende Gewicht der Münzen irgendwie. Ich richtete mich auf, drehte mich so, dass sich Fünfulm zu meiner Rechten befand, und marschierte in Richtung der Zitadelle los, die Matthias' Erinnerungen angedeutet hatten.

Kapitel 5

Meine Entscheidung, Fünfulm links liegen zu lassen, fühlte sich richtig an, obwohl ein Teil von mir schon gern herausgefunden hätte, wie Weizenbier schmeckte. Meine eigenen Gedanken und Probleme scheuerten die feineren Einzelheiten von Matthias' Erinnerungen zunehmend weg. Zurück blieb nur ein verschwommenes Wissen, dass in einiger Entfernung vor mir eine Zitadelle stattlicher Größe zu finden sein würde. Ich hatte nichts, womit ich seine Vorstellung von »einiger Entfernung« mit meiner eigenen vergleichen konnte, doch die Sonne schien, ich fühlte mich stark und war frei. Es störte mich nicht weiter. Während ich marschierte, ließ ich die Gedanken wandern, weil ich hoffte, es würde die an mir nagenden Fragen dämpfen, wenn ich an nichts Bestimmtes dachte.

Das Gehen fiel mir in diesem Zustand leicht, so leicht, dass ich kaum mitbekam, dass die Sonne untergegangen war, während ich wanderte und mittlerweile Melodien vor mich hin summte, an deren Herkunft ich mich nicht erinnern konnte. Erst, als ich das warme, gelbe Licht erblickte, das von einem entfernten Gehöft ausging, begann ich, meiner Umgebung wieder mehr Beachtung zu schenken. Ich war hungrig – zwar noch nicht besorgniserregend hungrig, doch ich vermutete, bis zum Morgengrauen würde sich das ändern. Ich liebäugelte mit dem Gedanken, dem Gehöft einen Besuch abzustatten, entschied jedoch, mich stattdessen einfach an einem der zahlreichen Schafe auf den Feldern zu bedienen. Bedauerlicherweise wehte ein verräterischer Windstoß meinen Geruch zu den Tieren, scheuchte den Widder auf, und schon bald blökte die gesamte Herde und rannte panisch umher. Die Tür des Bauernhauses öffnete sich, und in demselben warmen, gelben Licht zeichneten sich die Umrisse der Gestalten wütender, brüllender

Männer sowie undeutliche Formen von Bluthunden ab, die aus dem Gebäude stürmten.

Seufzend lehnte ich den Kopf gegen einen Zaunpfosten. Musste in diesen Gefilden immer alles so schwierig sein? Ich wollte doch nur ein kleines Schaf. Wölfe und Hunde gaben trotz all ihres Gekläffs und Sabberns gute Gefährten und noch bessere Mahlzeiten ab, wenn es die Umstände verlangten, aber dies war weder der rechte Zeitpunkt noch der rechte Ort dafür. Ich griff auf meine Hexenkunst zurück und pflanzte in den Kopf des vordersten Hundes die Vorstellung, dass mein Geruch in die entgegengesetzte Richtung verliefe. Sowohl belustigt als auch erleichtert beobachtete ich, wie das Rudel über die Felder davonpreschte. Bald darauf folgten ihnen die schwingenden Laternen des Bauern und seiner Knechte. Ich hüpfte in die Koppel, schnappte mir ein verwirrt dreinschauendes Lamm und trat die Flucht an, lange bevor der Hund wieder klar denken konnte.

Als die Sonne am nächsten Morgen aufging, hatte ich mich bereits von meinem Farnbett unter den Sternen erhoben und marschierte die Straße entlang. Zwar hatte ich es nicht besonders eilig damit, diese Zitadelle zu erreichen, aber ich dachte mir, dass es an einem Ort, der prächtig genug war, um als Zitadelle bezeichnet zu werden, bestimmt ein, zwei Weise geben würde, Männer, deren Gehirne ich auf die eine oder andere Art nach Hinweisen über mich durchstöbern könnte.

Die Landschaft veränderte sich, während ich reiste. Die wild wachsenden Hecken, die Felsausstriche und die Bäume wurden weniger und immer mehr von ebenen, umzäunten Feldern abgelöst, die wiederum gesprenkelt waren von Männern und Frauen, die große Hüte trugen. Die meisten dieser bestellten Felder wiesen auch Gruppen bewaffneter Männer mit großen Bluthunden auf, die zu bellen und zu heulen begannen, sobald sie meinen Geruch witterten. Ich schenkte den starrenden Blicken der Bewaffneten keine Beachtung, und größtenteils schenkten sie auch ihrerseits mir keine Beachtung, wenngleich einige parallel mit mir liefen, die Speere und Schwerter gezückt, bis ich an ihrem Gebiet vorüber war. Ich überließ sie ihrem Machtgehabe, marschierte weiter und hielt nur an, um gelegentlich aus einem Bach zu trinken.

Meine Hexenkunst erwies sich als weitaus wirkungsvoller als eine Falle, wenn es darum ging, mich mit Nahrung zu versorgen, und ich wurde bemerkenswert geschickt darin, Hasen auszuknipsen oder einen bodengebundenen fetten, aber überraschend flinken Vogel zu erlegen, der sich als ausgesprochen köstlich entpuppte. Richtig sinnvoll war das indes nicht, denn der Einsatz meiner Hexenkunst steigerte meinen Appetit, wodurch ich wiederum häufiger Essen auftreiben musste. Ungeachtet dessen empfand ich es als unterhaltsame Zerstreuung, und durch die Gewohnheit, Ausschau nach kleiner Beute zu halten, blieb ich gleichzeitig wachsamer.

Am nächsten Morgen brach ich auf, als noch die Dämmerung den Himmel beherrschte. Mir stand der Sinn nach einem herzhaften Frühstück. Ich schnupperte in der Luft gerade nach Anzeichen auf geeignete Freiwillige, als ich den Geruch von Menschen aufschnappte. Das war nun bestenfalls enttäuschend. Ich wurde langsamer und atmete tiefer ein. Die Straße verlief an dieser Stelle gewunden durch eine Reihe von Felsausstrichen und beschrieb mehrere scharfe Kehren in ihrem Verlauf durch niedrige Hügel, die nur den entschlossensten Ziegen genug zum Grasen boten. Ich fragte mich, weshalb ich irgendwo vor mir mindestens ein Dutzend Männer witterte, aber keine Spur von einem Feuer oder Kochgerüchen zu erhaschen war. Allerdings erschienen mir Menschen genauso unberechenbar wie wild, und so empfand ich ihre Gegenwart zwar als ein wenig unerwartet, aber sie bereitete mir kein übermäßiges Kopfzerbrechen. Sie würden ihre mir unverständlichen Gründe für ihr Verhalten haben.

Lange, bevor der erste der Männer vor mir auf den Pfad trat, hörte und roch ich, wie sie sich bewegten. Es waren insgesamt fünf, alle in verschiedene Schichten aus Tierhäuten gekleidet, jeder mit einer blauen, um die Mitte gebundenen Schärpe. Ihre Hände ruhten auf kleinen Schilden und den Griffen von Schwertern, die an kompliziert aussehenden Gürteln hingen.

»Halt!«, rief derjenige in der Mitte.

Ich schaute zurück und stellte ohne jede Überraschung fest, dass sich weitere fünf hinter mir auf der Straße eingefunden hatten. Somit blieben zwei, die ich noch nicht sehen konnte.

»Guten Morgen«, entbot ich ihnen.

»Nicht für dich, Bürschchen«, entgegnete der Sprecher, was die Männer neben ihm dazu brachte, grinsend die Zähne zu entblößen, die sich hell gegen ihre dreckigen Gesichter abzeichneten. »Trägst du Waffen?«

»Offensichtlich«, lautete meine unmittelbare Antwort, und ich hob die Arme. Erst, als ich es laut aussprach, wurde mir klar, dass er damit wohl doch nicht meine Arme, sondern die Messer gemeint hatte, was mich zum Lachen brachte.

»Veralberst du mich?«, fragte er. Augenscheinlich entging ihm der Witz völlig.

»Ich trage für gewöhnlich keine Waffen«, erklärte ich.

»Tja, du trägst jetzt welche, und das verstößt gegen das Gesetz.« Allerdings lächelte er dabei, was ich verwirrend fand. »Das bedeutet, du wirst mit uns kommen müssen.«

»Ihr habt mehr Waffen als ich.«

»Wir sind Soldaten der Krone«, klärte er mich auf und zupfte an seiner Schärpe. »Und du, *mein Herr*, trägst in einer Zeit des Krieges Waffen auf dem Gebiet der Krone.«

»Es ist nicht mein Krieg.«

»Ist er wohl, sobald du bewaffnet herumläufst.«

Ich wartete darauf, dass er fortfuhr, aber er stand nur mit unter den Gürtel gehakten Daumen da. Einer der Männer hinter mir hüstelte, dann blieb das leise Klimpern ihrer Gürtelschnallen, als sie unruhig von einem Bein aufs andere traten, für einige Atemzüge das einzige Geräusch.

»Nun?«, hakte der Sprecher nach. »Händigst du sie uns aus?«

»Ich denke eher nicht.«

»Und ich denke, du hast keine Wahl. Ich meine, sieh dich doch mal um. Wäre doch jammerschade, einen so prächtigen Morgen zu verderben, indem du stirbst.«

Es war in der Tat ein prächtiger Morgen, nur hatte ich nicht die Absicht, zu sterben. Ich wollte gerade etwas in der Richtung erwidern, als mir ein anderer Gedanke kam. »Warum seid ihr hier?«, wollte ich wissen. »Wer hat euch geschickt?«

Einer oder zwei der Männer lachten darüber, insgesamt jedoch schien sie die Frage zu verwirren. »Wisst ihr, wer ich bin?«, wagte ich zu fragen.

»Ich weiß, *was* du bist«, erwiderte der Mann in der Mitte, und die Präsenz in mir regte sich, als meine Herzen erwartungsvoll schneller schlugen.

»Ja?«

»Ziemlich glücklos und im Namen des Königs verhaftet.« Er sah den Mann neben ihm an, während meine Schultern enttäuscht herabsackten. »Nimm ihm die Waffen ab«, befahl er.

»Runter! Runter! Auf den Boden!«, brüllte mich der andere Mann an, als er sich mir näherte und die Hand auf den Griff seines Schwertes legte. Ich spürte, wie sich das eingeringelte, verborgene Wesen in mir schüttelte, als es erwachte, während der Mann auf mich zukam. Ich wollte diesen Kampf nicht, zumal ich es mit zwölf Gegnern zu tun hatte, doch die Bestie in mir kicherte bei dem Gedanken nur trocken und gespenstisch. Ein Schauder breitete sich über meine Haut aus, als dieser fremdartige Geist in mir aufstieg und dem meinen begegnete, begleitet von einer Flut von Zorn, der meine Sinne mit dem Verlangen erfüllte, zu kämpfen. Zu töten.

Bevor mir klar wurde, dass ich eine Entscheidung getroffen hatte, bewegte ich mich schon. Ich beobachtete mit einer seltsamen, wie losgelösten Neugier, dass ich den Schwertarm des Mannes abfing und die Faust gegen seinen Unterkiefer schwang, den Knochen zertrümmerte und seine Zunge durchtrennte. Ein undeutlicher Schrei erhob sich rings um mich, als ihm seine Gefährten verspätet zu Hilfe eilten. Der Stahl ihrer Waffen blitzte in der Morgensonne, als er zu Boden fiel, die Hände auf das Gesicht gepresst.

Ich griff sie ebenfalls an. Meiner Kehle entrang sich unwillkürlich ein Knurren, das sie zaudern ließ. Vor allem den gedrungenen kleinen Mann, der das Pech hatte, mir am nächsten zu sein, und somit der Erste war, der mir im Weg stand. Sein Streich fiel schwach und schlecht gezielt aus, was für meinen Hieb gegen seinen Hals nicht galt. Ich riss die Klinge heraus, als ich an ihm vorbeitrat, und hatte daher keine Gelegenheit, zu sehen, wie das Blut aus seinem aufgeschlitzten Hals schoss. Ich blieb in Bewegung, stach und schnitt mit meinen gestohlenen Messern, bis mir ein geschickterer Gegner beide aus den Händen schlug und eine Handfläche tief aufriss. Die Schmerzen stürmten heftig und plötzlich auf mich ein, und das dumpfe Gebrüll, das meinen Kopf erfüllt hatte, geriet ins Stocken. Der tollkühne Wagemut, den mir die Bestie verliehen hatte, fiel von mir ab, und ich drückte mir die blutige Hand an die Brust.

Ein Speer schnellte vor, und ich spürte seinen Stich. Ich ergriff ihn, brach den Schaft ab und trieb das gesplitterte Ende in den Rücken meines Angreifers, als er versuchte, mir auszuweichen. Aber mit jedem verstreichenden Augenblick prasselten mehr Hiebe auf mich ein, und es glänzte bereits mehr als ein Schwert rot. Ein Streich traf meine Stirn und ließ Blut in meine Augen rinnen. Ich schwenkte wild die Hände, bekam etwas zu fassen und drückte zu. Ein Mann, den ich nicht sehen konnte, schrie auf. Etwas traf mich am Hinterkopf, und plötzlich spürte ich Gras in meinem Gesicht. Mein Körper erzitterte unter der Wucht, mit der die verbliebenen Männer Vergeltung an mir übten.

Es war seltsam, so in meinem eigenen Blut zu liegen. Es fühlte sich wichtig an, eine Erinnerung an etwas Vertrautes und Bedeutsames, das mir unbedingt einfallen sollte. Aber ich war zu benommen, um klar zu denken. Bilder und Stimmen wurden bald deutlich, bald wieder undeutlich, und ich wusste nicht, ob ich sie tatsächlich hörte und sah oder ob sie nur aus meinem Gedächtnis auftauchten.

Irgendwann, nachdem die Sonne untergegangen war, kehrte ich langsam ins Bewusstsein zurück. Als Erstes setzte die Wahrnehmung des Gewichts und der Form des Körpers ein, der meinen Geist umhüllte, danach folgten die Restschmerzen meiner Verletzungen und das brennende Pochen in meinen Schultern. Mein linkes Auge war bis auf einen schmalen Schlitz zugeschwollen, das rechte von irgendetwas verkrustet, das knisternd wegbröckelte, als ich das Lid schließlich zwang, sich zu öffnen.

Es herrschte Nacht, und man hatte mich mit einem kratzigen, festen Seil am Rand des Lagers der Männer an den Stumpf eines Baumes mit rauer Rinde gefesselt. Die Glut eines kleinen, vernachlässigten Feuers schimmerte trüb in der Mitte von sechs oder sieben unförmigen, schnarchenden Klumpen. Eine Gestalt saß mit dem Rücken an einen Stein gelehnt, und nach einigen Minuten Konzentration, die erneut pochende Schmerzen in meinem Kopf auslösten, gelang es mir, zu erkennen, dass auch dieser Mann schlief. Sein Herz schlug langsam und gleichmäßig.

Mit einigen Schwierigkeiten erweckte ich meine Nachtsicht, was mir weitere, diesmal stechende Schmerzen durch den Schädel jagte. Ich konnte sie nicht aufrechterhalten, und mir blieb kaum genug Zeit, um den blutrot getünchten Blick einmal über das erbärmliche Lager wandern zu lassen. Seine Anlage entbehrte jeder Vernunft. Sollte irgendein nächtliches Raubtier die Männer anfallen, würde mindestens die Hälfte von ihnen den Kameraden im Weg herumstehen oder über die neben jedem Mann liegenden Waffen und Rüstungen stolpern. An einer Seite der kleinen Senke konnte ich fünf dunklere Erhebungen erkennen. An einer davon befanden sich gerade zwei emsig buddelnde Schakale, die den Geruch der Toten genauso mühelos gewittert hatten wie ich. Sie waren nicht besonders tief vergraben, was ich als weiteren Beweis für die Faulheit meiner Häscher auslegte.

Schließlich betrachtete ich mich selbst. Verschorfte Blutklümpchen sprenkelten meine Haut. Ein Großteil des Blutes stammte wahrscheinlich von mir selbst. Um meinen linken Oberschenkel hatte man einen speckig aussehenden Stoffstreifen gewickelt. Er strotzte vor einer Mischung aus menschlichem Blut und meinem eigenen, deshalb vermutete ich, dass es sich um einen behelfsmäßigen Verband handelte, den man aus der Kleidung der Toten geschnitten hatte. Das kleine, metallische, in den Knoten eingeflochtene Symbol fand ich deutlich bemerkenswerter. Meine Sicht hielt nicht lange genug an, um Einzelheiten zu erkennen, aber es handelte sich um ein Dreieck mit etwas darin, und es schimmerte leicht auf eine Weise, die eindeutig nichts mit dem Mondlicht zu tun hatte. Der Versuch, meine Nachtsicht zu bewahren, schmerzte zu sehr, also blinzelte ich sie weg und seufzte erleichtert, als sich die Schmerzen in meinem Kopf von einem wilden Stechen zu einem immer noch grausamen Pochen verringerten. Die Haut in meinem Gesicht fühlte sich straff gespannt und trocken an, als ich die Miene verzog, und ein behutsames Tasten bestätigte, dass ich einen weiteren, zweifellos genauso dreckigen Verband um den Kopf trug.

Ein sanfter Druck gegen den Baum verriet mir, dass an meinem Hinterkopf eine geschwollene Beule prangte, und die jähen Schmerzen, die auf die vorsichtige Berührung folgten, ließen mich krampfhaft Hals- und Schultermuskeln anspannen. Sogar sitzend verschwamm mir davon die Sicht, und ich fühlte mich aus dem Gleichgewicht gebracht. Es hatte keinen Sinn, Hexerei zu versuchen, solange ich in derart schlechter Verfassung war. Ein vom Schmerz verursachtes Zusammenzucken zum falschen Zeitpunkt konnte verheerende Folgen haben, ganz gleich, woran ich mich in dem Augenblick gerade versuchen mochte. Hexerei war ein Segen, doch wie ein Sturm, der eine Stadt überfluten oder einen Wald plätten kann, war sie zugleich eine Naturgewalt, die keine Treue kannte und sich denen gegenüber, die sie nicht achteten, rücksichtslos gebärdete. Die Kontrolle während des Aufbaus eines magischen Gebildes zu verlieren, wäre so, als entfache man ein Feuer, während man selbst auf dem Zunder steht.

So gut es ging, tröstete ich mich mit dem Gedanken, dass sie mich nicht getötet hatten, als sich ihnen die Gelegenheit dazu geboten hatte. Das war ein Fehler, den sie noch bereuen würden, wie ich mir still gelobte. Mein Körper würde sich mit der Zeit selbst heilen, also brauchte ich nur zu warten, bis der richtige Moment kam, und unterdes versuchen, solange am Leben zu bleiben. Langsam winkelte ich die Beine an. Ich biss die Zähne angesichts der neuen Schmerzen zusammen, die meine Bewegung zur Folge hatten, stützte die Arme auf die Knie und die Stirn auf die Arme. Als sich das erste Unbehagen legte, fand ich die Haltung erträglich genug, um in ein unruhiges Dösen abzugleiten.

Ich hatte das Gefühl, kaum die Augen geschlossen zu haben, als mir jemand in die Rippen trat. Der Schreck des jähen Erwachens schmerzte stärker als der Tritt selbst, und mein gequältes Stöhnen schien meinen Peiniger zu erfreuen.

»Er lebt noch«, verkündete er.

Als er dastand und auf mich herabblickte, fühlte ich mich vollkommen hilflos und war es auch. Ich konnte ihm nur die Zähne entgegenfletschen, obwohl dadurch einige Platzwunden wieder aufbrachen.

»Im Gegensatz zu deinen Freunden«, fauchte ich ihm entgegen. »Mach mich los, dann schicke ich dich zu ihnen.« Es war bloße Prahlerei, und die spärliche Befriedigung, die ich daraus zog, war die unmittelbar folgenden Prügel nicht wert. Mein Peiniger schwitzte längst, als er es endlich leid wurde, mich zu treten, wohingegen ich wieder blutete, da sein Angriff mehrere der Wunden des Vortags erneut hatte aufbrechen lassen.

»Halt dein verfluchtes Maul«, warnte er mich verspätet und betonte den Befehl mit einem Pfropfen Spucke, als er davonstapfte, wobei er mit dem rechten Bein leicht hinkte. Demnach war es mir zumindest gelungen, ihn gewissermaßen zu verletzen. Ich verspürte jedoch keine Lust, diese Methode noch einmal einzusetzen.

Ich lag da und wartete, während sie taten, womit auch immer sie solchen Lärm verursachten. Ein Schnüffeln offenbarte mir, dass sie etwas kochten. Es roch so schal, dass es mich an den Hafer erinnerte, den alle hier mit sich zu führen schienen, und bald danach sammelten sie ihre Habseligkeiten ein und zogen mich auf die Beine, wobei links und rechts von mir nicht wenige Flüche ertönten.

Es fühlte sich an, als schwanke der Boden unter mir, als ich mich an dem Baum abstützte. Die Horizonte wogten an den Rändern meines Sichtfelds auf und ab. Ich hatte alle Hände voll damit zu tun, aufrecht zu bleiben und zu gehen, daher achtete ich nicht sonderlich auf meine Umgebung, als sie mich einen Pfad nach dem anderen entlangscheuchten und gelegentlich vorwärtsschubsten. Aber es gelang mir unterwegs, einen ausführlichen Blick auf das in meine Fesseln eingebundene magische Symbol zu werfen. Es handelte sich um ein Auge innerhalb eines Dreiecks. In die Bronze waren kantige Runenzeichen geprägt, deren Bedeutung mir ohne Unterstützung durch meine Hexenkunst jedoch schleierhaft blieb. Ungeachtet dessen fand ich die Machart mangelhaft, und ich bezweifelte, dass mehr als ein grundlegendes Muster von Magie darin enthalten sein konnte. Die Zeichen bewirkten bei mir nichts, was ich hätte fühlen können. Die Männer dachten vermutlich, es würde mich davor schützen, Wundbrand oder etwas Ähnliches zu bekommen. Schon bald vermochte das Ding nicht mehr, meine Aufmerksamkeit zu fesseln. Ich ließ meine Gedanken ziellos umherwandern, während wir uns den Weg durch eine Hügellandschaft bahnten, die so ziemlich wie jede andere aussah.

Einige Zeit, nachdem die Sonne ihren Höchststand überschritten hatte, hielten die Männer an, und mir wurde ein Becher Wasser gereicht, den ich gierig hinunterstürzte. Ausgeruht wurde jedoch nur kurz. Der Rest jenes Tages sowie der nächste verliefen ähnlich eintönig, nur dass die Felsen und Hügel allmählich in Wälder und schließlich wieder in ebenes Grasland übergingen. Dort trafen wir auf weitere Soldaten, die mehrere Dutzend Männer zwischen sich hertrieben. Die zwei Soldatengruppen trafen sich mit einem Gewirr von Schulterklopfen und Händeschütteln, woraus ich schloss, dass sie einander wohl kennen mussten. Viele drehten sich um und zeigten auf mich, aber ich war zu wund und müde, um groß darauf zu achten oder mich darum zu kümmern, was sie sagten. Es würde ohnehin nichts ändern. Sie hielten mich von den anderen Gefangenen getrennt, als wir den Marsch fortsetzten, und mir entging nicht, dass jene anderen Gefangenen beträchtlich mehr Freiheit und auch Nahrung zu genießen schienen als ich. Allerdings sahen die meisten von ihnen auch entweder zu jung oder zu alt aus, um eine vernünftige Chance zu haben, ihre Häscher zu töten.

Nach Sonnenuntergang an dem Tag, als wir mit den anderen zusammengetroffen waren, erblickte ich unser Ziel. Zuerst witterte ich es; eine Mischung aus Holzrauch, Menschen und Tieren. Doch was mich dann überraschte, war das Ausmaß des Lagers. Ein Holzwall, der einen halben Wald das Leben gekostet haben musste, umgab Reihen um Reihen von Zelten. Wie weit sie sich wirklich erstreckten, würde wohl erst das Licht des nächsten Morgens offenbaren.

»Was ist das für ein Ort?«, fragte ich einen meiner Häscher, aber statt mir zu antworten, stieß mich der Rüpel nur erneut und befahl mir, weiterzugehen.

Nachdem Männer auf den Wällen ein paar Runden lang die Männer um mich herum angebrüllt hatten, öffneten sich zwei Torflügel, und wir betraten das Lager. Es roch genauso übel, wie ich erwartet hatte, und in der Hoffnung, ich würde anfangen, daran zu glauben, redete ich mir beharrlich ein, es sei bloß Schlamm, durch den ich hier watete. Der Pfad durch das Lager verlief alle hundert Schritte in scharfen Winkeln, was mir Gelegenheit verschaffte, mich umzusehen. Zuerst wirkte alles chaotisch. Männer marschierten hier und dort zu irgendwelchen unergründlichen Zwecken, und die Luft strotzte vor den Gerüchen von kochendem Essen, Pferden, Männern und allem, was dazugehörte. Von den Männern gab es so viele, dass ich aufhörte, sie zu zählen – jedes Zelt beherbergte mindestens vier oder fünf, und die Zelte bildeten unüberschaubar viele Reihen.

Irgendwo in der Nähe der Mitte des Lagers wurden wir in einen kleineren Block von Zelten getrieben, den eine dünne Palisade umgab, die entschieden danach aussah, dass sie eher als Begrenzung denn als echte Verteidigungseinrichtung diente. Unsere Bewacher stießen willkürlich Männer in Zelte, bis sie bei mir angelangten. Nach ein bisschen weiterem Gebrüll führte mich einer der weniger Streitlustigen zu einem kleineren Zelt und wies mich an, hineinzugehen und drinzubleiben, bis man mich riefe. Ich spähte hinein und stellte angenehm überrascht fest, dass es nicht nur trocken war, sondern dass mich auch einige Decken erwarteten. Auf der Schwelle streifte ich den ärgsten Schlamm von den Füßen, dann trat ich ein und ließ mich auf die Decken sinken. Kaum hatte ich die Arme unter dem Kopf verschränkt, übermannte mich ein tiefer, traumloser Schlaf.

Kurz vor dem Morgengrauen erwachte ich vom schrillen Geräusch von etwas, das sich wie eine Gans in höchster Not anhörte. Kurz wiederholte sich der Laut von jeder Seite, bevor er verhallte. Ich setzte mich auf und wartete, doch nichts geschah, und langsam entspannte ich mich wieder. Ich fühlte mich besser, als es mir seit dem letzten Kampf bisher gegangen war, und beschloss, vorsichtig den Verband von meinem Kopf zu wickeln. Erfreut ertastete ich, dass die Schwellung an meinem Hinterkopf nicht mehr die Größe eines kleinen Eis aufwies und auch nicht annähernd so empfindlich reagierte wie zuvor. Es war meine erste echte Gelegenheit, eine Bestandsaufnahme meiner Verletzungen durchzuführen, seit ich sie erlitten hatte, ohne dabei getreten zu werden oder ohne dass sich mein Kopf anfühlte, als könnte er jeden Moment aufbrechen. Die wollte ich nicht vergeuden.

Also setzte ich mich gemütlich hin, schloss die Augen, kehrte meine Aufmerksamkeit nach innen und konzentrierte mich auf meine Atmung, bis die Geräusche des Lagers in den Hintergrund traten. Die oberflächlicheren Wunden und Blutergüsse, die ich mir zugezogen hatte, waren bereits größtenteils verblasst. Die ausgeprägten Heilfähigkeiten meines Körpers hatten sich recht wirkungsvoll darum gekümmert. Die wenigen hautdurchdringenden Verletzungen, die ich davongetragen hatte, waren ebenfalls dabei zu verheilen, indem neues Gewebe durch die Wundkanäle wuchs und sie verschloss. Die Verletzung an meinem Kopf blieb die einzige, die mich beunruhigte. Behutsam tastete ich nach meiner Hexenkunst und spürte, wie sie antwortete, wenngleich schwach und unsicher. Zweifellos Nachwirkungen des Schlags gegen den Schädel, den ich eingesteckt hatte. Aber das unangenehme Pochen, das von dem verwundeten Bereich ausgegangen war, fühlte sich deutlich weniger heftig an als bei den Gelegenheiten, da ich es unterwegs hierher erkundet hatte. Außerdem bekam ich kein Nasenbluten mehr, was ich als deutliche Verbesserung gegenüber dem letzten Versuch betrachtete. Zwar fand ich es dennoch enttäuschend, dass ich nicht in der Lage war, meine Heilung zu beschleunigen, doch ich konnte damit zufrieden sein, dass sie auch so voranschritt und ich anfing, meine Kraft zurückzuerlangen. Vorausgesetzt, es würde sich die nächsten paar Tage nichts allzu Gewalttätiges ereignen, könnte ich einfach abwarten und nach vollständiger Genesung sowohl meine Stärke als auch meine Hexenkunst aufstocken, bevor ich meine Reise fortsetzte.

Ich löste mich von den Gedanken und saß nur noch tief durchatmend da. Langsam, aber sicher spürte ich, wie sich meine Muskeln entspannten. Die unnatürliche Steifheit, in die mein Körper infolge der Verletzungen verfallen war, ließ merklich nach. Die Geräusche und Gerüche jenseits meines kleinen Zeltes verblassten, bis es nur noch mich, meinen Atem und das beruhigende, vertraute Doppelpochen meiner Herzen gab. Vor meinem Zelt rannten Männer hin und her und taten, womit sich so viele Menschen auf einem Haufen eben beschäftigen. Die Sonne kreuzte ihren bekannten Weg über das Firmament und ließ die Temperatur im Zelt auf ein Maß ansteigen, das nur wenige außer mir als angenehm empfunden hätten.

Erst, als sich die Sonne schließlich dem Horizont zuneigte, rührte ich mich und sandte die Sinne aus, um mir ein Bild von dem Lager um mich herum zu verschaffen. Die Gerüche hier waren anders, zeugten stärker von Pferden und sonstigen Tieren als noch am Eingang der Anlage. Ich konnte Feuer und Essen riechen, vorwiegend Brot, und die Witterung der Männer um mich herum verriet mir, dass sie sich in einem Zustand der Ruhe befanden. Vereinzelt drang das Wiehern von Pferden zu mir und erhob sich über die Hintergrundgeräusche von Hämmern und plaudernden Menschengruppen. Die anderen Gefangenen in meiner Nähe wurden lauter und aktiver, und als der Ton ihrer Unterhaltungen anschwoll, konnte ich auch mehr Gebrüll von dem Eingang zu unserem kleinen Pferch hören. Ich schüttelte den letzten Rest meines meditativen Zustands ab und erhob mich – wenige Augenblicke, bevor die Zeltklappe weit aufgeschlagen wurde. Drei Männer standen da. Zwei trugen Messinglaternen und steckten in ganz ähnlichen Rüstungen mit den bekannten blauen Schärpen um die Mitte. Der Mann in ihrer Mitte hingegen war älter, bärtig, und unter einem langen roten Hemd zeichnete sich eine Weste aus schimmernden Metallringen ab.

»Ist er das?«, fragte er denjenigen auf der linken Seite.

»Das ist er.«

»Tja, ihr habt nicht übertrieben«, meinte der Bärtige und verschränkte die Arme vor der Brust, während er mich von oben bis unten musterte. »Und ich dachte schon, ihr hättet euch das bloß ausgedacht, um euch den Weg zurück ins Lager zu erschleichen.«

»Niemals, Feldwebel«, erwiderte der Mann links.

»So beeindruckend seine Größe auch sein mag, mir ist immer noch nicht klar, warum ihr ihn nicht einfach getötet habt. Wir sind eine Armee, kein Zirkus.«

»Er ist nicht … natürlich.«

»Ich versichere dir, es gibt reichlich schwarze Männer auf der Welt, wenngleich ich wetten würde, dass sie alle kleiner als dieser Lump hier sind.«

»Nein, darum geht es nicht. Hat der Page nicht ordentlich aufgeschrieben, wie dieser Mann Owen den Kopf abgeschnitten hat?«

Ich konnte mich nicht daran erinnern, jemandem den Kopf abgeschnitten zu haben. Und ich war mir ziemlich sicher, dass ich mich daran erinnert hätte, denn wenngleich mir das als etwas angemessen Dämonisches für mich erschien, wäre es auch eine fürchterliche Sauerei gewesen. Ich rührte mich nicht und wartete neugierig ab, was sie noch sagen würden.

»Ja, aber das ist wohl kaum bahnbrechend.«

»Mit einem Messer.«

»Auch das ist nicht wirklich aufregend, Korporal. Die Elfadi machen das seit Jahren, um Eindringlinge davon abzuschrecken, ihr sogenanntes Heimatland zu betreten.«

»Mit einem einzigen Hieb?«

»Was? Das ist unmöglich, es sei denn, deine Vorstellung von einem Messer ähnelt eher einem Schwert.«

»Damit.« Der Korporal hob ein Messer, und ich erkannte es als jenes, dass ich den toten Spähern abgenommen hatte. Das schien mir bereits ewig lange her zu sein.

»Auf keinen Fall kann er …«

»Wir haben es alle gesehen.«

Ich wusste noch, dass ich jemandem damit die Kehle aufgeschlitzt hatte, allerdings hatte ich nicht innegehalten, um zu sehen, was danach geschehen war. Ich hielt es für durchaus möglich, dass sie nicht logen. Das Messer war scharf, und im Vergleich zu diesen Menschen war ich unheimlich stark.

Der Bärtige betastete mit dem Daumen die Schneide des Messers und starrte mich eine Weile nachdenklich an. Der Korporal lächelte indes.

»Seht Ihr? Ich hab Euch ja gesagt, dass es merkwürdig war. Er ist groß, aber trotzdem … Er ist unnatürlich.«

»Mag sein, mag sein.« Der Bärtige tippte mit der Messerspitze gegen seine Handschuhe. »Du da«, sagte er und sah mich zum ersten Mal unverwandt an. »Verstehst du unsere Sprache?«

»Ja«, antwortete ich.

»Gut. Weißt du, wer ich bin?«

»Ich habe nicht die geringste Ahnung.« Ich wusste ja nicht einmal, wer ich selbst war. »Vielleicht könntest du ja einen von denen da fragen.« Ich deutete auf die Männer neben ihm.

»Ich werde mir vormerken, dass du dich für unterhaltsam hältst«, meinte der Bärtige, bevor er sich an den Mann zu seiner Linken wandte. »Ich habe genug gesehen. Teilt jemanden zum Wachdienst ein und bringt ihn zum Kommandozelt. Der Seneschall mag Kuriositäten.«

Mein Magen nutzte die Gelegenheit, um mich daran zu erinnern, dass er in letzter Zeit nicht allzu viel zum Verdauen bekommen hatte. »Ich möchte etwas zu essen«, meldete ich mich zu Wort, obwohl ich vermutete, dass sie es durch das Knurren meines Magens bereits wussten. »Lamm, wenn ihr welches habt.«

Der Bärtige erwiderte nichts, es sei denn, man zählte sein lautes Schnauben, bevor er sich abwandte und außer Sicht stapfte. Die zwei anderen blieben zurück und starrten mich an. Der auf der linken Seite bleckte mir gelbliche Zähne entgegen und hakte die Daumen unter seinen Gürtel.

»Jetzt bist du nicht mehr so hart, was?«

»Immer noch härter als du.«

»Das werden wir ja sehen, wenn dir der Strick um den Hals gelegt wird.«

»Welcher Strick?«, fragte ich.

»Was glaubst du?«, fragte er seinen Gefährten, ohne auf meine Frage einzugehen. »Wie wird sich sein Gesicht verfärben?«

»Keine Ahnung, Lev«, gab der andere zurück. »Vielleicht wird es ja weiß.«

»Welcher Strick?«, fragte ich erneut.

Derjenige namens Lev ließ abermals seine hässlichen Zähne aufblitzen. »Du hast meine Kumpel getötet, du gottloser Mistkerl. Es wird mir eine Freude sein, dir beim Sterben zuzusehen.«

»Drohungen? Habt ihr etwa vor, mich zu Tode zu langweilen?« Das Rumoren meines Magens wurde von der weit düstereren Regung der Bestie überlagert. Seit dem Kampf hatte ich ihre Gegenwart nicht mehr wahrgenommen und insgeheim gehofft, die Beule an meinem Kopf hätte sie irgendwie aus mir verdrängt.

»Die Kirche droht nicht, das solltest du wissen. Aber sie mag feine Hinrichtungen durch den Strick, und ich werde in der ersten Reihe stehen, um dabei zuzusehen, wie du strampelst und dich einnässt, du Drecksack.«

Ich versuchte noch, zu begreifen, was er gesagt hatte, als die beiden zurücktraten und die Zeltklappe zuklatschten. Dann hörte ich, wie der Korporal einige Männer anwies, mir die Beine zu brechen, sollte ich auch nur hinausspähen. Ich konnte fühlen, dass die Kreatur in mir rastlos war, aufgewühlt. Ich selbst fühlte mich ähnlich.

»Was willst du von mir?«, fragte ich und blickte auf meine leeren Hände hinab. »Was bist du?« Ich rechnete nicht mit einer Erwiderung, deshalb empfand ich die Bilder von Blut und zerfetztem Fleisch, die jäh durch meinen Geist blitzten, genauso heftig wie einen Schlag ins Gesicht. Allerdings überraschten mich nicht bloß die Bilder selbst, sondern der Eindruck einer beinah urgewaltigen Raserei, die sich unmittelbar jenseits der Grenzen meines Geistes erhob. Dort spielte sich ein rötlich-goldenes Inferno ab, das die gesamte Welt versengen wollte. Ich spürte, wie jene Wut sich gegen mich presste, und allein das Gefühl ließ meine Knie einknicken und mich zu Boden sinken. Ich nahm wahr, dass mich die Bestie aus jenen rötlichen Tiefen beobachtete. Ihre Gegenwart war so fremdartig und voller Gewalt, dass keine andere Bezeichnung für sie passend zu sein schien.

Für jeden hier mochte es wirken, als wäre ich allein im Zelt, doch ich wusste, das stimmte nicht. Ich konnte den prüfenden Blick der Kreatur auf mir spüren wie den eines eingesperrten Raubtiers: geduldig und bereit, beim ersten Anzeichen von Schwäche anzugreifen. Würde die Schwäche, die dem Tod vorausgeht, ausreichen, um die Bestie zu befreien, und falls ja, was würde dann mit mir geschehen? Durfte ich darauf hoffen, dass sie mich retten würde, oder würde ich in ihrer entfesselten Raserei schlichtweg verbrennen?

Wer würde um mich trauern, wenn ich nicht einmal wusste, wer oder was ich war? Die Einzigen, denen etwas an meinem Tod liegen würde, wären diejenigen, die ihn verursachten. Sollte es dazu kommen, wünschte ich mir, dass sich die Bestie losriss, sobald es so weit wäre. Als hätte sie meine Gedanken wahrgenommen, fühlte ich, wie der Druck des prüfenden Blickes nachließ und sich das Gewicht zurückzog. Ich fiel auf meine Decken zurück, und mir wurde schlagartig bewusst, dass mein Atem in kurzen, abgehackten Stößen ging.

»Was bist du?«, fragte ich erneut. »Was sind wir?«

Ich bekam keine weitere Antwort und rang noch mit meinen Gefühlen, als die Wachen kamen, um mich zu meinem Verhängnis zu geleiten.

Kapitel 6

Es ist unsere Pflicht, nach neuem Wissen zu streben und unseren Geist zu stärken. Bedenke immer, dass von allen Dingen allein das Wissen heilig ist. Lasse es dein Gott sein und seine Propheten deine Lehrer.

Einleitung zum Pfad der Macht von Tiberius Talgoth, Erzmagier

Die Wachen vor dem Zelt trugen von Kopf bis Fuß Rüstung und standen mit gezückten Waffen da. Magische Symbole ähnlich dem Auge in dem Dreieck, das immer noch von dem ausgefransten Verband an meinem Bein hing, baumelten auch an ihren Gürteln, während noch mehr dieser Zeichen ihre Waffen und Handgelenke zierten. Mich beeindruckte, in welcher Hülle und Fülle diese Zauber vorhanden waren, fragte mich aber zugleich, wie sie so viele davon besitzen konnten. Zwar bezweifelte ich, dass sie besonders mächtig waren, dennoch war es nicht einfach, einen unbelebten Gegenstand auch nur mit der geringsten Magie zu beseelen. Und schon gar nicht in solcher Zahl.

Der Mann namens Lev stand hinter den Wachleuten und winkte mir zu, als sie mich aufforderten, die Hände zu heben, damit sie mir Metallringe um die Gelenke legen konnten. Ich glaube, dass Lev gelächelt hat, aber eine jähe Regung der Bestie lenkte meine Aufmerksamkeit von seiner dreckigen Fratze ab. Sie mochte Ketten nicht, und ich stellte fest, dass ich einer Meinung mit ihr war. Die Glieder, die in die Schellen mündeten, waren flach, rechteckig und aus kaltem Eisen. Ich tröstete mich mit dem Gedanken, dass ich wahrscheinlich in der Lage war, sie zu zerbrechen, wenn ich mich anstrengte und nicht daran störte, mir ein wenig die Haut wundzuscheuern. Allerdings ging es nicht um die Handschellen an sich, sondern um den Akt der Unterwerfung, für den sie standen. Unterwerfung und die Herrschaft anderer über uns. Beides behagte uns so gar nicht.

Als mir dieser Gedanke durch den Kopf ging, spürte ich etwas von der Bestie ausgehen, ein Bruchstück einer Empfindung, bei der es sich um Zustimmung handeln mochte, in der jedoch auch noch vieles andere mitschwang. Stolpernd kam ich zum Stehen, als ich versuchte, Verbindung mit der Bestie aufzunehmen. Noch nie hatte ich so deutlich einen flüchtigen Eindruck davon bekommen, dass diese *Kreatur* mehr war als blinde Wut. Sie zu verstehen, schien mir der Schlüssel dazu, auch ein Verständnis dafür zu gewinnen, was ich mir angetan hatte.

Das stumpfe Ende eines Speers bohrte sich in meinen Rücken, als ich anhielt. Ich setzte mich wieder in Bewegung und ließ jenen Moment hinter mir zurück. Die Bestie hatte sich in jene dunklen Ritzen meines Geistes zurückgezogen, die sie bewohnte. Finster funkelte ich die Wachleute an, aber sie schenkten dem gewalttätigen Tod, den mein Blick zweifellos versprach, beharrlich keine Beachtung. Sie hatten ein Quadrat um mich gebildet, als sie mich dorthin geleiteten, wo ich gewogen und gemessen werden sollte. Ihr Geruch verriet die Neugier, die sie so angestrengt versuchten, sich nicht anmerken zu lassen, während wir marschierten.

Das konnte man von den Männern, die von den dem Pfad am nächsten aufgestellten Zelten aus zusahen, nicht behaupten. Sie starrten unverhohlen auf unseren Tross und forderten ihre Kameraden mit Rufen auf, ihnen zu verraten, was vor sich ging. Als wir vor einem von mehreren größeren Zelten mit roten Dächern eintrafen, hatten wir um die zwanzig oder mehr neugierige Schaulustige angelockt, die verhalten jubelten, als mich die Wachen auf einen freien Platz vor einem der Zelte führten. Der Platz maß vielleicht zwanzig Schritte auf jeder Seite und bestand aus festerem Untergrund ohne besondere Merkmale, abgesehen von einem dicken, kantigen Pfosten neben einem Holzpflock mit tiefen Rillen in der Oberfläche. Die Wachleute wichen zurück, bis sie sich an den Rändern des Platzes befanden, wo sie die Schaulustigen zurückhielten, während ich in der Mitte gefangen blieb.

Ich verscheuchte einige der hartnäckigeren Fluginsekten, die sich überall zu tummeln schienen, und wartete darauf, dass etwas Aufregenderes geschehen würde, als dass ein Junge die Fackeln in den Ecken anzündete. Die Neuartigkeit der Situation hatte bereits ihren Reiz verloren, als endlich die Klappe des nächsten Zeltes aufgeworfen wurde und ein Mann in derselben Rüstung heraustrat, diesmal allerdings mit einer grünen Schärpe um die Mitte.

»Komm her«, sagte er schlicht und gab mir mit einem gekrümmten Finger ein entsprechendes Zeichen. Schon deshalb konnte ich ihn auf Anhieb nicht leiden. Ich rührte mich nicht, woraufhin er einen Schritt weiter vortrat.

»Du da. Herkommen. Sofort!« Dabei zeigte er hilfreich auf den Boden vor ihm, als wäre ich ein Hund, den er zu sich rief. Ich blieb, wo ich war, und verkniff mir sogar ein Lächeln, als er herüberkam und sich vor mir aufbaute. Das war dann wohl ein Versuch, mich einzuschüchtern. Er wirkte ein wenig älter als die meisten der Männer, die ich bisher im Lager gesehen hatte, und seinem Geruch nach genoss er zudem eine üppigere Kost. Das erinnerte mich daran, wie hungrig ich war.

»Du wirst gehorchen!«

»Warum?« Die Frage schien ihn zu überraschen.

»Ich vertrete den Seneschall dieser Armee, Gefangener, und wenn du weißt, was gut für dich …«

»Gibt es ein Gesetz gegen gute Manieren?« Es mochte kleinlich sein, aber das Zusammenspiel von Hunger, Ketten und seiner Unhöflichkeit ärgerten mich nun mal.

»Ich … Du …« Stammelnd verstummte er, während einer oder zwei seiner Wachleute um uns herum leise hüstelten. »Komm jetzt mit. Bitte.«

Sogar ich merkte, dass er das vollkommen unaufrichtig meinte, dennoch betrachtete ich es als eine Art Sieg, der mich ein wenig aufmunterte. Ich nickte zustimmend und folgte ihm in das Zelt. Es war weit größer als jenes, in dem ich geschlafen hatte, und die Hälfte des Platzes wurde von einem hufeisenförmigen Tisch eingenommen, an dem drei Männer saßen. Einer davon war der

Bärtige von vorhin. Auch in der anderen Hälfte des Zeltes standen Tische, allerdings handelte es sich dabei um eher klapprig aussehende Stücke, über die sich jüngere Männer beugten und im Licht schimmernder Laternen auf Papierhaufen hinunterstarrten. Zwischendurch warfen sie verstohlene Blicke auf mich. Ich wurde in die Mitte des Hufeisens geschoben und stand dort stumm, während die drei Männer sich reichlich Zeit damit ließen, mich eingehend zu betrachten.

»Ich möchte etwas zu essen«, verkündete ich, als ich ein Tablett mit kleinen Broten und Obst erspähte.

»Ruhe!«, brüllte der Mann mit der grünen Schärpe, der mich hereingeholt hatte. »Du redest nur, wenn du angesprochen wirst.«

Ich kann es nicht besonders gut leiden, wenn ich angebrüllt werde, und erst recht nicht, wenn ich hungrig bin und sich dann auch noch jemand mit dem Gedanken trägt, mich zu töten.

»Du beleidigst mich. Schrei mich noch einmal an, und es wird das Letzte sein, was du tust.«

Sein Mund klappte auf, aber es drangen keine Worte über seine Lippen. Er schaute zu den Männern am Tisch, und mir wurde klar, dass er lediglich einen ihrer Handlanger verkörperte, einen angeketteten Hund, kaum mehr als die Männer draußen im Lager.

»Wie ist dein Name?«, fragte mich der Mann, der in der Mitte saß und dessen Schädel fast so kahl wie meiner war, allerdings runzlig wie der Hals eines Geiers.

»Stratus.«

»Nur Stratus?«

»Ja.« Das war in meinen Augen keine Lüge, denn den Rest wusste ich ja wirklich nicht. Ich beschloss, nicht nur aufrichtig, sondern auch höflich zu bleiben. »Wie ist deiner?«

»Aron, Seneschall der ersten Armee.«

»Was willst du von mir, Aron Seneschall?«

»Was *wir* wollen, Meneer Stratus, ist, zu erfahren, wer und was du bist«, warf der Bärtige ein, dessen Worte gedämpft klangen, weil er sich dabei mit der Hand über das Gesicht fuhr. Der Bart sah ziemlich üppig aus, und ich musste zugeben: Hätte ich einen solchen Pelz im Gesicht, würde ich wohl auch viel Zeit damit verbringen, ihn zu striegeln. Aber wie sollte ich auf seine Frage antworten?

»Ich bin niemand von Bedeutung. Nur ein Wanderer, der angegriffen wurde und sich verteidigt hat.«

»Ein Wanderer, der aussieht, als könnte er mit einem Troll ringen und der …« Kurz verstummte er und blickte auf ein Blatt Papier, das auf dem Tisch vor ihm lag. »… der fünf unserer Männer getötet und zwei weitere verwundet hat.«

Ich zwang mich, angesichts der Äußerung nicht mit den Schultern zu zucken. Für diese Leute schienen die Toten eine Rolle zu spielen. »Wie ich schon sagte, sie haben mich angegriffen. Zwölf von ihnen, wenn ich mich recht entsinne. Ist es einem Mann nicht gestattet, sich gegen solche Tyrannei zu verteidigen?«

»Wir sind im Krieg, falls du das noch nicht bemerkt hast.« Ein weiteres Streichen über den Bart. »Dass du Männer des Königs in Kriegszeiten getötet hast, macht dich zum Feind.«

Schon wieder der Krieg.

Ich erinnerte mich daran, etwas über den Krieg in den Gedanken des Spähers gesehen zu haben, allerdings waren mir die Einzelheiten mittlerweile entglitten.

»Hinzu kommt der verstörende Bericht, dass du einen Mann mit einem einzigen Streich eines völlig unscheinbaren Messers enthauptet hast, was selbst die stärksten Ritter nicht hoffen könnten, nachzuahmen.«

»Vermutlich hatte er bloß einen dünnen Hals«, bot ich als Erklärung an, doch er wischte meinen Einwand mit einer wegwerfenden Geste vom Tisch.

»Weißt du, was das ist?«, fragte der dritte Mann, der bisher noch kein Wort gesprochen hatte. Er trug so etwas wie einen langen Kittel und war sehr dünn, fast so dünn, wie ich mich in jenem Augenblick fühlte. Dazu war er überall glattrasiert, abgesehen von einigen Haaren am Kinn, die seinem Gesicht ein etwas ziegenhaftes Aussehen verliehen. Der Mann warf etwas Metallisches auf den Tisch, und ich stellte fest, dass es sich um dasselbe Auge in einem Dreieck handelte, das in meinen Verband eingewoben war.

»Ja«, erwiderte ich. »So etwas ist an meinem Bein angebracht.« Ich hob das Knie und zeigte es ihnen. »Wer bist du?«

»Mein Name ist Alexander.« Er deutete auf das magische Symbol auf dem Tisch. »Bitte heb es auf.«

Ich rückte zum Rand des Tisches vor und ergriff es, um es näher zu betrachten. Es erwies sich als schwerer und war von wesentlich besserer Machart als das grob gefertigte, das ich trug. Auch die Runen waren schärfer und tiefer, und wenngleich ich nicht viel von Runenkunde verstand, wusste ich, dass saubere, scharfe Linien von höchster Bedeutung waren. Sie stellten Kanäle dar, denen Magie und Absicht folgten. Eine falsche Abfolge der Berührungspunkte konnte genauso gefährlich sein wie ein schlecht angefertigter Zauber oder mangelhaftes Hexenwerk, denen Energie zugeführt wurde. Meine Finger kribbelten, als ich es hielt, und ich fragte mich, worauf ich wohl ansprach.

»Weißt du, was das ist?«

Er musste es wissen, daher vermutete ich, er meinte wohl etwas anderes als ein Auge aus Bronze. »Ein Schutzzauber, aber ich bin nicht sicher, wogegen.«

Der ziegengesichtige Mann lächelte, wobei er klobige Zähne entblößte, die meinen ursprünglichen Eindruck von ihm nur verstärkten. »Ja. Aber ich finde bemerkenswert, dass du das sagst. Die meisten Menschen würden antworten: ›ein Schutzzauber gegen Böses‹.«

»Ich bin nicht wie die meisten, und das Böse ist schwer zu definieren.«

»Tatsächlich?«, hakte er nach.

»Natürlich. Das Böse ist ein Beweggrund. Man kann sich nicht gegen Beweggründe schützen, nur gegen die Handlungen, zu denen sie anregen.«

Die Männer wechselten Blicke miteinander, bevor der Ziegengesichtige wieder das Wort ergriff. »Weise gesprochen, Meneer Stratus.« Er lehnte sich zurück und drehte einen der Ringe an seinen dünnen, fast fleischlosen Fingern. Ich spürte, wie der Schutzzauber in meinen Händen zu vibrieren begann, er summte wie ein gefangenes Insekt. Dieser Mann war ein Zauberer! »Aber beantworte mir Folgendes, Stratus: Was sind deine Beweggründe? Wer bist du?«

Ich spürte, wie seine Magie aus dem Schutzzauber erblühte, der mehr als das war, nämlich eine auf die Schwingungen seiner Magie abgestimmte Leitung. Eine ebenso gerissene wie einfache Idee. Einen Gegenstand wie dieses Bannsymbol heranzuziehen und auf die eigene Magie anzupassen, verstärkte die Macht eines Zaubers, da weit weniger beim Übertragen der Macht verloren ging. Und das Bannsymbol dann jemandem zu geben, auf den man es abgesehen hat, ging noch einen Schritt weiter, denn der bloße Akt der bereitwilligen Entgegennahme ließ die Fähigkeit des Empfängers schmelzen, sich gegen das zu wehren, was ihm da geschickt wurde. In diesem Fall handelte es sich um den Zwang, die Wahrheit zu sagen. Ich versuchte, ihn zurückzudrängen, aber angesichts meiner Kopfverletzung und des nagenden Hungers hatte ich ungefähr so gute Erfolgsaussichten dabei wie ein krankes Kind, das gegen einen ausgewachsenen Bären kämpft. Ich spürte, wie sich seine Magie in mich bohrte.

»Ich bin Stratus …« Ich versuchte, den Rest hinzuzufügen. Ich wollte es wirklich tun, konnte es jedoch nicht. Seine Magie war listig und schlau, und dennoch war sie nicht stark genug, ein so tief in meinem Geist verborgenes Geheimnis hervorzukitzeln. »Ich bin unterwegs zur Stadt.«

»Zu welcher Stadt, Stratus?«

»Ich … Ich weiß es nicht. Der Nächstgelegenen.«

»Warum, Stratus?«

»Ich suche den Rat eurer Weisen.« Mich beschlich eine Ahnung, was er als Nächstes fragen würde, und das wollte ich wirklich nicht, doch ich hatte keine Möglichkeit, ihn davon abzuhalten. Jedes Wort, das mir dieser Zauber entlockte, stärkte seine Macht und die Zielgenauigkeit, mit der er mich aushorchte, wie eine Glied für Glied geschmiedete Kette.

»Welchen Rat suchst du, Stratus?«

»Ich …« Die Anstrengung meines geistigen Kampfes gegen

den Zwang übertrug sich in die körperliche Welt. Die Ketten um meine Handgelenke rasselten, als sich mein Körper anspannte. »Ich will wissen … wer … was ich bin.«

»Was glaubst du denn, wer du bist, Stratus?«

Die Magie bahnte sich schlängelnd einen Weg durch mich, und ehe ich wusste, wie mir geschah, hörte ich meine Stimme antworten: »Ich weiß nicht, wer ich bin. Ich besitze keine Erinnerung, die über diese Woche hinausreicht.«

Da beugten sich die drei Männer vor und hefteten ihre volle Aufmerksamkeit auf mich. Ich knirschte mit den Zähnen, und meine Muskeln begannen vor lauter Anstrengung zu zittern.

»Warum hast du gesagt, du willst wissen, *was* du bist, Stratus?«

Das war genau die Frage, die ich nicht hatte hören wollen. Wenn ich wahrheitsgemäß antwortete, dass ich es nicht wusste, aber glaubte, ich könnte eine Art heraufbeschworener oder befreiter Dämon sein, bedurfte es keiner großen Vorstellungskraft, um sich auszumalen, dass sie mit mir weit Schlimmeres anstellen würden, als mich nur in Ketten zu legen. Ich spürte, wie sich meine Zunge rührte, als die Magie die Antwort aus meinem Geist hebelte, und versuchte, sie tief in den Rachen zurückzudrängen. Mit aller Kraft konzentrierte ich mich auf meine Kiefermuskeln und zwang sie, angespannt zu bleiben. Es musste wohl bis zu einem gewissen Grad geklappt haben, denn der ziegengesichtige Zauberer stellte mir eine andere Frage.

»Bist du irgendeine Art Spitzel für Penullin?«

Damit war ihm natürlich ein Fehler unterlaufen, der sich jedoch als Segen für mich erwies. Seine Ungeduld hatte den Schwerpunkt des Zaubers verlagert, nicht viel, aber genug, um seine Macht über mich zu lockern. Ein laufendes Unterfangen wie dieser Zwang erforderte zielgerichtete Konzentration und unablässige Wiederholung. Indem er mir gestattete, eine Frage unbeantwortet zu lassen, und, was noch wichtiger war, meinen Namen unausgesprochen ließ, waren das von ihm errichtete Muster und damit die zuvor so genaue Ausrichtung des Zaubers gestört worden. Sogar ein unvollständiger Name konnte beeinflussen, wie sich Magie auf den

Angesprochenen auswirkte, aber durch das Zusammenspiel dieser Fehler hatte ein Teil der Macht, die mir diese Frage in den Geist getrieben hatte, ihren Zweck verloren.

Wie damals, als sich der Diakon aus meinem Geist zurückgezogen hatte, wagte sich die Bestie hervor und sog jenes winzige Körnchen Macht gierig in sich auf. Mein Mund und meine Kehle teilten dem Zauberer mit, dass ich kein penullischer Spitzel sei und auch noch nie zuvor in Penullin gewesen war, aber in meinem Geist sah ich, wie ein Lichtschimmer über etwas mit scharfkantigen Winkeln strich. Dann wurde der Schimmer von Dunkelheit verschluckt, und die verschlungene, entsetzliche Bedrohung verschwand wieder in die Finsternis. Aber sie hatte mir ein Geschenk zurückgelassen, gleichsam einen Beweis ihrer Gefährtenschaft, indem sie auf irgendeine Weise meine Kopfverletzung geheilt hatte.

Das bewirkte zwei Dinge, eines von körperlicher Natur, das andere nicht: zum einen verschwand die Prellung, die mein Gehirn benebelt hatte, zum anderen vermochte ich meine Hexenkunst wieder zu spüren. Die Art des Drucks hatte sich verändert, und durch das Zusammenwirken der neuen Umstände lockerte sich der Griff der Magie meines Gegenübers um meinen Willen noch ein wenig mehr. Ich bezweifelte, dass er es inmitten all meiner vorherigen Gegenwehr bemerkte, und empfand das als herrliche Ironie, denn nun diente ein Teil derjenigen Magie, die er in seinen Zauber leitete, dazu, meine Stärke zu nähren. Ich konnte fühlen, wie das Bannsymbol darauf reagierte, aber meine Hand war groß genug, um die Finger um das Amulett zu schließen und dessen Leuchten vor dem Blick der Männer zu verbergen.

»Was ist deine früheste Erinnerung, Stratus?«

»Dass ich auf einem Feld aufgewacht bin und Geier über mir kreisen sah.«

»Warum warst du auf jenem Feld, Stratus?«

Zwar verspürte ich immer noch den Drang, zu antworten, doch mittlerweile glich es mehr einem Vorschlag als einem Befehl. Ich hatte die Note seiner Magie in meinem Geist beinah bestimmt und wollte die Situation noch ein wenig länger hinauszögern.

»Wenn ich schon sterben musste, wollte ich im Sonnenschein sterben.« Einen Atemzug lang gerieten meine sorgfältigen Pläne ins Stocken. Woher war das gekommen? Sein Zauber musste eindeutig tiefer vorgedrungen sein, als mir klar gewesen war.

»Warum wolltest du sterben, Stratus?«

»Ich *wollte* nicht sterben, aber falls ich keine andere Wahl hätte, wollte ich im Licht sterben.«

»Wird das noch lange dauern?«, fragte der Bärtige im Flüsterton, und ich hätte beinah gelächelt, denn die Unterbrechung störte die Konzentration des ziegengesichtigen Zauberers und führte zu einer Unachtsamkeit, die mir genügte, um die Note seiner Magie zu hören. Damit konnte ich sie nachahmen und unterwandern. Ich verlor keine Zeit und brachte meinen Willen zum Einsatz, um die Kontrolle über seinen Zauber zu übernehmen. Es gestaltete sich geradezu lachhaft einfach, denn wer immer ihn gelehrt hatte, derjenige hatte ihm nicht beigebracht, damit zu rechnen, dass er auf echten Widerstand stoßen könnte.

»Alexander.« Er schaute auf, als ich seinen Namen sagte und den Klang seiner Magie in das Wort mischte. Ein Zauberer sollte es eigentlich besser wissen, als irgendjemandem seinen Namen oder auch nur einen Teil davon zu nennen, selbst im Rahmen einer zwanglosen Unterhaltung. Zwar gewährte er mir keine echte Macht über ihn, aber er gestaltete es etwas einfacher, meine Absichten auf ihn zu bündeln. Mir war derselbe Fehler unterlaufen, doch solange ich meine Hexenkunst hatte, besaß ich zumindest eine Verteidigung gegen den Missbrauch meines Namens. Alexander, der Ziegengesichtige, hatte keine solchen Vorkehrungen getroffen, und es belustigte mich, zu beobachten, wie er sich verhielt, als er plötzlich begriff, dass da etwas entsetzlich schiefgegangen war. Er versuchte, seine Magie aufzulösen, was ich ihm allerdings nicht gestattete. Stattdessen kehrte ich den Zwang um und trieb ihn geradewegs zurück in seinen Geist. Ich spürte, wie sich sein Wille krümmte und wand, aber gegen seine eigene Magie konnte er herzlich wenig ausrichten.

Mir entging nicht, dass uns der Bärtige und der Seneschall anstarrten, und den Gedanken des Zauberers konnte ich entnehmen, dass sie nicht lange warten würden, bevor sie Verdacht schöpften und handelten. Im Augenblick hatte ich gerade einen Vorteil, den ich ohne jedes Zögern nutzen musste, wenn ich meine Freiheit wiedererlangen wollte. Der erste und einfachste Teil meines dürftigen Planes bestand darin, dem Zauberer zu befehlen, auf seinem Platz zu bleiben und zu schweigen. Im zweiten Schritt musste ich meine Hände von den Schellen befreien, was sich fast genauso einfach bewerkstelligen ließ. Ich hätte die Ketten auch zerreißen können, doch stattdessen hob ich sie an und beschwor Magie, die ich dem Zauberer abzapfte, um sie in das Schloss zu jagen, wo sie sich in alle Richtungen gleichzeitig ausweitete, gegen die Mechanik drückte und das Schloss aufspringen ließ.

An der Stelle war es unmöglich, zu verbergen, was vor sich ging, und mein einziger Vorteil blieben die anderthalb Herzschläge, die es dauern würde, bis die Männer begriffen, was sie da sahen, und entsprechend handelten. Ich packte einen der gefallenen Eisenringe, schwang ihn in einem engen Bogen und drosch das andere Ende seitlich gegen den Kopf von Aron, dem Seneschall. Beim Aufprall ertönte ein lautes metallisches Klirren, das die Geräusche der brechenden Knochen überlagerte. Der Bärtige wollte hastig hinter dem Tisch hervorstürmen, aber in der Eile verhedderten sich seine Beine lange genug in seinem umstürzenden Stuhl, dass ich die Kette fallen lassen, herumwirbeln und ihm in die Stirn schlagen konnte. Das ließ ihn zusammensacken wie eine Marionette, deren Fäden jemand durchgeschnitten hatte. Der Zauberer beobachtete all das äußerlich völlig ruhig, eingehüllt und gefangen in seiner eigenen Magie.

»Wachen!«, schrie der Mann hinter mir – der Unhöfliche mit der grünen Schärpe. Ich drehte mich zu ihm um, aber er preschte bereits auf den Vordereingang des Zeltes zu, und so sehr ich ihn auch fangen und in Stücke brechen wollte, wusste ich doch, dass ich ihn laufen lassen musste. Seine Flucht war der Auslöser für die anderen Männer im Zelt, hinter ihm herzustürmen und ihr Papier und ihre Tintenfässchen restlos zu vergessen. Hätte sich einer von ihnen die Mühe gemacht, über die Schulter zurückzuschauen, hätte derjenige gesehen, wie ich ein Loch in die Rückseite des Zeltes schnitt und mit meinem zahmen Zauberer im Schlepptau hinauseilte, aber niemand tat es.

»Bring mich zum nächstgelegenen Weg aus dem Lager und sorge dafür, dass uns niemand aufhält, Alexander«, befahl ich ihm, und er gehorchte auf Anhieb. Ich ließ ihn vor mir laufen und zwang mich, gewöhnliche Gehgeschwindigkeit beizubehalten. Durch das Lager zu rennen war tückisch, solange wir nicht auf den frei geräumten Wegen blieben. Aber wenn wir das taten, konnten wir ebenso gut eine Flagge schwenken, um anzuzeigen, wo wir uns befanden. In jenem Augenblick waren Dunkelheit und das beschränkte Sehvermögen von Menschen meine wichtigsten Verbündeten. Hinter uns nahm der Tumult zu, und ich vernahm das an panisches Gänsequaken erinnernde Geräusch der Kriegshörner. Rings um uns rappelten sich Männer auf und setzten sich in die Richtung in Bewegung, aus der wir kamen. Vorläufig schenkten uns nur wenige Beachtung.

Wir befanden uns keine hundert Schritte mehr von den Toren entfernt, als eine gewisse Ordnung in die Truppe kam, was ich schade fand. Alexander war nützlich, und ich hätte viel von ihm erfahren können. So erteilte ich ihm seine letzten Anweisungen und schickte ihn seines Weges. Das Schicksal hat einen seltsamen und grausamen Sinn für Ironie. Da hatte ich endlich einen eigenen Zauberer gefunden, der vielleicht in der Lage gewesen wäre, mir ein paar Antworten zu geben, doch ich konnte seine Gedanken nicht lesen, ohne den Zwang von ihm zu nehmen. Und den Zwang konnte ich nicht von ihm nehmen, weil er für mich etwas tun musste, was er sonst nicht tun würde. Alles nur, damit ich entkommen und mir einen anderen Zauberer suchen konnte.

Ich wartete hinter einem der größeren Zelte, während Alexander zu seiner Aufgabe davonwankte. Als er aus meinem Sichtfeld verschwand, blieb mir nichts, als darauf zu vertrauen, dass er wirklich glaubte, es wäre einerseits seine Idee und andererseits die beste, die er je gehabt hatte. Immerhin hatte ich nach wie vor das uns verbindende magische Symbol, also würde ich es zumindest bemerken, falls es ihm irgendwie gelang, den Zwang abzuschütteln. Das Amulett in der Hand zu halten, würde mir ausreichend Vorwarnung verschaffen, um etwas ähnlich Unbesonnenes zu planen, sollte dieser Plan fehlschlagen. Ich kauerte mich hin und versuchte, nicht auf das klägliche Grummeln meines Magens zu achten, während ich wartete.

Nicht viel später schoss eine Flammensäule so dick wie eine alte Eiche und mindestens so hoch aus der Mitte des Gewirrs von Zelten empor, und selbst dort, wo ich mich versteckte, hörte ich noch das leise *Wusch* der sich entzündenden Luft und spürte, wie ein heißer Wind über mich hinwegwehte. Flammen zu beschwören, ist nicht schwierig, wenn man den Dreh erst heraushat, noch praktischer jedoch ist es, ein vorhandenes Feuer zu beeinflussen. Alexander, der vermutlich gerade irgendwo am Fuß der Flammensäule briet, hatte all seine Magie dafür aufgewandt, eines der Kochfeuer zu schüren. Ich hatte ihn davon überzeugt, das grelle Licht der aufsteigenden Säule werde all seinen kleinen Freunden helfen, mich in der Dunkelheit zu finden. Es mochte nicht der ausgeklügeltste aller Pläne gewesen sein, aber mir war schließlich auch nicht viel Zeit geblieben, um ihn auszuarbeiten.

Die Wirkung jedoch fiel so spektakulär aus, wie ich gehofft hatte. Die Ordnung, die sie gerade erst wiederhergestellt hatten, zerbröckelte, als sich die Männer, die das Pech gehabt hatten, sich zu nah bei Alexander aufzuhalten, in lebende Fackeln verwandelten und noch mehr Zelte in Brand steckten, während sie schreiend umherrannten. Inmitten des darauffolgenden Chaos marschierte ich zu den Toren, griff mir einen umherliegenden Ranzen als Ersatz für den Sack, den ich unterwegs verloren hatte, und walzte den einzigen verbliebenen Wachmann platt, der sich von dem Spektakel abwandte und mir in den Weg stellen wollte. Das nunmehr nutzlose Amulett des Zauberers warf ich in den Schlamm, als ich dem Lager den Rücken zukehrte und in die Nacht davonmarschierte.

Kapitel 7

Die erste Röte der Morgendämmerung zeichnete sich am Horizont ab, als ich eine Senke fand, in der ich das Bündel in Augenschein nehmen konnte, das ich gestohlen hatte. Eigentlich hatte ich vorgehabt, mit flotten, forschen Schritten weiterzumarschieren, bis es vollständig hell war, hatte aber feststellen müssen, dass meine Gedanken immer wieder abwanderten und meine Sicht verschwamm, weil sich mein Hunger von einem lästigen Nagen zu einem ständigen Schmerz auswuchs. Ich hatte gespürt, dass meine Kraft nachließ, als ich mich gezwungen hatte, nicht weiter darauf zu achten und weiterzugehen. Als ich schließlich in einen Baum gelaufen war, musste ich mir eingestehen, dass ich mich wohl zu weit getrieben hatte. So stark dieser Körper auch sein mochte, brauchte er doch wie jeder andere Nahrung. Ich riss den Ranzen auf und warf mit raschen Handgriffen die Kleidung und das sonstige banale Zubehör eines menschlichen Lebens weg, während ich alles Essbare beiseitelegte. Sonst hatte das Bündel nicht viel zu bieten außer einem recht brauchbaren Messer und ein paar glänzenden Münzen, die ich jedoch als dürftigen Ersatz für das betrachtete, was man mir weggenommen hatte.

Ich sah den Ranzen ein zweites Mal durch, bevor ich mich hinsetzte und auf die magere Ausbeute starrte: eine kleine Flasche mit etwas, das nach Apfeln schmeckte und mir die Kehle wärmte, ein einziger, leicht geschwärzter Brotlaib, beinah so hart wie ein Stein, und ein Beutel mit dem allgegenwärtigen Hafer. Ich goss das Apfelgetränk auf den Brotlaib und walkte ihn, bis er weich genug wurde, um ihn in kleinere Stücke zu brechen, die mir beim Kauen trotzdem noch eine Menge Mühe abverlangten. So hungrig ich war: Den Hafer ließ ich für die Krähen zurück. Ich bekam ihn einfach nicht hinunter.

Als ich aufstand und mich wieder in Bewegung setzte, versuchte ich, mir einzureden, dass ich mich eine Spur besser fühlte, aber es klang einfach nicht richtig. Als sich dann die goldene Scheibe der Sonne über den Horizont erhoben hatte, fühlte es sich vielmehr so an, als klebe mein Magen an der Wirbelsäule. Ich konnte nur noch an Essen denken und hielt in der Gegend vor mir aufmerksam nach Gelegenheiten für eine schnelle Nahrungsaufnahme Ausschau. Allerdings sollte ich enttäuscht werden, denn das Lager des Seneschalls und seine Reiter hatten die Landschaft kahl gefegt und alles erlegt, was sie nicht vertrieben oder gefangen hatten. Ich versuchte sogar, meine noch kaum wiederhergestellte Hexenkunst einzusetzen, um irgendetwas aus dem Unterholz aufzuscheuchen, doch es verbarg sich nichts darin, das etwas Größeres als ein Spatz der Bezeichnung »Mahlzeit« für würdig befunden hätte.

Wie immer schürte die Verwendung meiner Hexenkunst meinen Hunger nur zusätzlich, und schon bald wurde ich langsamer und fing an, zu stolpern, während die Gedanken an Essen alle anderen überwältigten. Schließlich gelangte ich zu einem kleinen Bächlein und bückte mich, um daraus zu trinken, weil ich hoffte, ein Bauch voll Wasser würde mir helfen, wenigstens einigermaßen bei Sinnen zu bleiben. Ich hatte noch kaum den ersten körnigen Mundvoll geschluckt, als mir vier Männer in die kleine Talsenke folgten.

Als Erstes ging mir durch den Kopf *Ich bin erschöpfter, als ich dachte*, statt zu erkennen, dass ich in Gefahr schwebte. Dabei war das aufgrund ihrer blauen Schärpen und der Waffen in ihren Händen eigentlich offensichtlich. Doch in meinem beklagenswerten Zustand hatte ich sie nicht einmal gerochen. Zwei näherten sich mir von vorn, zwei von hinten. Drei waren mit dicken Knüppeln bewaffnet, mindestens einer mit einer Klinge, die irgendwo zwischen einem Messer und einem Schwert einzureihen war.

»Du da«, rief der mit dem Messer und deutete mit seiner Waffe auf mich, als ich mich auf die Fersen zurücksetzte. »Du kommst mit uns.«

Müde und hungrig, wie ich war, erkannte ich das Zusammenziehen meiner Eingeweide und den Druck in meinem Hinterkopf zu langsam als das, was sie ankündigten. Als ich spürte, wie sich die Raserei in meiner Brust ausbreitete, war es zu spät, um den Ausbruch meines inneren Dämons noch zu verhindern. Die Wut, die sich aus ihm ergoss, war so berauschend wie immer. Sie versprach Erlösung von dem Hunger und der Schwäche, und obwohl ein kleiner Teil von mir wusste, dass sie lediglich auf meinen Geist drückte und ihn nicht von innen beherrschte, genügte ihr schieres Ausmaß, um meine Herzen wild pochen und die Hände zu hammerartigen Fäusten ballen zu lassen. Ein Feuer muss einen nicht unmittelbar berühren, damit man seine Hitze fühlen kann.

Der Messermann sagte wieder etwas, nur konnte ich seine Worte nicht hören. Immerhin waren sie bedeutungslos für mich. Genau wie er selbst. Oder wie die anderen. Für wen hielten die sich eigentlich, dass sie *mich* herausforderten? *Mich* bedrohten? Ihm blieb gerade noch Zeit, die Augen zu aufzureißen, bevor ich ihn an der Gurgel packte und vom Boden hob, auf dass er sich in der Luft baumelnd krümmte und strampelte wie das Ungeziefer, das er war. Ich schloss die Faust, und als er ein letztes Mal austrat, erlebte ich einen Moment der Besonnenheit, in dem der Nebel der Wut und der Verwirrung, der mich seit meinem Erwachen umgeben hatte, von mir abfiel. Es war, als kämpfe sich die Sonne durch eine dichte Wolkendecke. Aber obwohl ich versuchte, daran festzuhalten, verschluckten die Wolken das Licht wieder, und ich hörte mich verzweifelt aufschreien. Das klägliche Gebrüll der Bestie in mir bildete ein stummes Echo zum Klang meiner Stimme. Ich verzehrte mich nach jenem Licht, jenem vollkommenen Frieden.

Ich suchte danach und befahl ihm in Gedanken, zu mir zurückzukehren, noch während ich die nächsten zwei Soldaten hinmetzelte und in Stücke riss, als verstecke sich jener Frieden in ihnen. Der letzte Mann überraschte mich, indem er mit Schwung angriff. Sein Knüppel sauste krachend auf die Rückseite meiner Schulter und dann auf meinen Arm herab, als ich von dem Hieb zurückzuckte. Aufgrund der Prügel, die ich von den Wachleuten des Diakons eingesteckt hatte, wusste ich, dass ein solcher Treffer zwar schmerzte, mir aber mit größter Wahrscheinlichkeit keine schwere Verletzung zufügen konnte, also stürmte ich recht sorglos auf ihn zu. Er tänzelte zurück und drosch mir mit dem Knüppel übers Kinn, hart genug, um meine Zähne gegeneinanderschlagen zu lassen.

Es war ein erschütternder Treffer, und als ich zurücktaumelte, spürte ich die Bestürzung der Bestie, die ihren Halt an mir verlor. Mein Gegner setzte nach, als ich versuchte, das Gleichgewicht zurückzuerlangen. Mehrere weitere heftige Hiebe trafen mich, und wenngleich es mir gelang, den Kopf zu schützen, empfand ich es als extrem ärgerlich, auf diese Weise von einem Mann mit etwas verprügelt zu werden, das im Wesentlich ein großer Stock war.

Eine Kombination dieses Gefühls und der Schwere meiner Glieder veranlasste mich, meine Hexenkunst statt der Kraft meiner Arme einzusetzen, um ihn zu besiegen. Nach meiner Flucht aus dem Lager hatte ich Feuer noch frisch im Gedächtnis, also griff ich danach, als ich erneut zurückwankte.

Das Gebilde war mir vertraut und es ließ sich bereitwillig erschaffen. Bevor er einen weiteren Treffer landen konnte, schleuderte ich ihm einen Ball gebündelter Hitze entgegen. So wie wir braucht Feuer Luft, und je stärker man es zusammenpresst, desto verzweifelter versucht es zu atmen. Der von mir geworfene Flammenball hatte sich auf die Größe eines Apfels ausgeweitet, als er meinen Gegner traf, und breitete sich fauchend wie eine Katze über seinen Arm aus, als das Feuer die benötigte Luft einsog und sich durch seine Haut zu brennen begann.

Er schrie auf und ließ den Knüppel fallen, um fuchtelnd auf die Flammen einzuschlagen. Irgendwo in mir sah die Bestie dabei zu und lachte. Doch so unterhaltsam sein Gehopse auch sein mochte, ich konnte es nicht gebrauchen, dass der Rauch und das Gebrüll weitere Soldaten anlockten, die womöglich nach mir suchten. Ich hob seinen Knüppel auf und schlug hart genug damit zu, um sowohl das Holz als auch das Genick des Mannes brechen, was seine Schreie jäh zum Verstummen brachte. Dann setzte ich mich auf die schlammige Böschung und konzentrierte mich auf meine Atmung. Die Hexenkunst hatte mir so schnell zur Verfügung gestanden, wie sie es sollte, nur hatte sie mir mehr abverlangt, als es mich gekostet hätte, ihn zu Boden zu ringen.

Es gab keine Anzeichen darauf, dass irgendeiner der Männer etwas zu essen bei sich hatte. Ich war zutiefst enttäuscht, schließlich musste ich wieder zu Kräften kommen, und zwar bald. Da die Verbindung zu den Liedlinien in diesem Gebiet so schwach war, laugte meine Hexenkunst nicht nur die spärlichen Reserven aus, die ich von dem Zauberer abgezweigt hatte, sondern forderte auch ihren Tribut von meinem eigenen Körper. Ich beäugte schon einen kümmerlichen Frosch im Bach, als ich den Geruch von verkohlendem Fleisch aufschnappte. Mein Blick folgte der Nase dorthin, wo der leicht glimmende Arm des Toten angewinkelt über seiner Brust lag.

Ich bemerkte den Geifer kaum, der mir vom Mundwinkel troff, als ich das gebratene Glied mit dem langen Messer seines Gefährten abhackte. Eine Weile hielt ich es abwägend in der Hand, hin- und hergerissen zwischen dem verzweifelten, beißenden Hunger in mir und dem Wissen, dass diese Idee vielleicht nicht gänzlich meine eigene war.

Der Zwiespalt dauerte jedoch gerade so lange an, wie man gebraucht hätte, um davon zu erzählen, und das letzte Zögern verflog, sobald ich den ersten Mundvoll davon gekostet hatte. Dass mir der Geschmack von Menschenfleisch bekannt vorkam, war keine besondere Offenbarung für mich, sehr wohl jedoch die zusätzliche Zahnreihe, die sich von meinem Gaumen herabsenkte, während ich aß. Das Geräusch und das Gefühl von Zahnschmelz, der über Knochen schabt, sind sogar noch unangenehmer, als es sich beim Erzählen anhört, aber dies waren die Zähne eines Raubtiers. Die Zähne eines Dämons, dafür geschaffen, Fleisch zu zerreißen und Knochen zu brechen. Genau das taten sie äußerst wirkungsvoll. Sie teilten das Fleisch besser, als es jedes Messer vermocht hätte, und beseitigten endgültig jeglichen Rest an Glauben, bei meiner Person könne es sich vielleicht nur um einen

Menschen in den Klauen schrecklicher Wahnvorstellungen handeln.

Da der Einbruch der Dunkelheit unmittelbar bevorstand und der Bach in einer natürlichen Vertiefung verlief, beschloss ich, ein weiteres Feuer zu wagen, wenngleich es diesmal eines war, das ich mit Zunder statt mit meinen Kräften entfachte. Ich nährte die Glut mit den Knüppeln der Toten und brachte den Rest meines Abendessens zum Braten darüber in Position. Nachdem ich meine Mahlzeit ohne weitere Störung beendet hatte, fühlte ich mich unermesslich besser, auch wenn ich das Knirschen meiner wieder in die Kiefer zurückweichenden, geheimen Zähne über mich ergehen lassen musste. Wie ich es in jener ersten Nacht im Wald mit meinen Augen gemacht hatte, zwang ich mich daraufhin, die Zusatzzähne mehrmals aus- und einzufahren, bis ich das Gefühl bekam, Kontrolle über den Mechanismus gewonnen zu haben. Anders als bei den Augen wurde das Gefühl allerdings mit größerer Übung nicht weniger unangenehm. Immerhin sind Augen formbar, während es in einem Schädel menschlicher Größe nur bedingten Platz dafür gibt, wo sich solche Zähne verstecken können.

Die unerwartete Fülle an Nahrung ließ mich schläfrig werden. Da ich zu dem Schluss gelangte, dass mein Körper Zeit brauchte, um diese reiche Beute zu verarbeiten, entfernte ich mich ein Stück von der Feuerstelle und legte mich in einen flachen Graben. Eigentlich wollte ich mich dort nur für eine kurze Weile ausruhen, aber der Schlaf sog mich fast sofort in seine Tiefen.

Als ich erwachte, hing der morgendliche Nebel noch tief über dem Gras. Eine Zeit lang lag ich nur da und lauschte den leisen Geräuschen der Umgebung, bevor ich mich aufrichtete. Ich fühlte mich unbeschreiblich viel besser, als ich den Tau und die nachklingende Trägheit von mir abschüttelte. In meine Kiefer hatte sich eine Steifheit eingenistet, die vom Üben mit meinen Dämonenzähnen oder auch nur vom erschütternden Treffer des Knüppels des toten Mannes herrühren mochte. Vielleicht auch ein bisschen von beidem, doch so oder so, fühlte ich mich so gut wie seit Langem nicht. Mit frischem Schwung brach ich auf, allerdings vorsichtiger als zuvor und unter ständiger Kontrolle der Witterung.

Das Glück schien mir allmählich holder zu werden, denn abgesehen von einem flüchtigen Blick auf mehrere Reiter in der Ferne gelang es mir, den ganzen Tag auf keinerlei Menschen zu treffen. Trotz der etlichen Stunden, die ich gewandert war, verspürte ich keine Notwendigkeit, zu schlafen, zwang mich jedoch dazu, auszuruhen, bis der Mond aufging. Dabei teilte ich mir mein Grasbett und etwas von den Resten des gebratenen Fleisches mit einem kleinen Schakal, der sich glücklich schätzen durfte, mir nicht am Vortag begegnet zu sein. Mit dem neben mir ausgestreckten Schakal verfiel ich in einen leichten Schlaf und erwachte, als er aufstand, um seine vom Mondlicht erhellte Jagd fortzusetzen. Es war eine wunderschöne, klare Nacht, und zweimal wäre ich beinah gestürzt, weil ich mehr Zeit damit verbrachte, die Muster in den Sternen zu betrachten, als auf den Boden vor mir zu achten.

Die Sonne kletterte am nächsten Vormittag noch auf ihren Höchststand zu, als ich einem Pfad folgte, der gewunden auf eine größere, erhöhte Straße in der Ferne zulief. Ich hielt an, um Wasser zu trinken, und beobachtete eine Weile die Umgebung, aufmerksam Ausschau nach Anzeichen für versteckte Verfolger oder einen Hinterhalt suchend. Als ich keine entdeckte, wandte ich mich der Hochstraße zu, die sich als deutlich verkehrsreicher erwies, als ich es bisher erlebt hatte. Zumindest bedeutete das, ich war in der richtigen Richtung unterwegs.

Ich wanderte den Weg einen Hang hinunter und durch dicht bepflanzte Felder, hielt dabei nur inne, um den aufschauenden Arbeitern auf eine Weise zuzuwinken, die hoffentlich freundlich wirkte, während sie beobachteten, wie ich vorbeimarschierte. Nur einer erwiderte die Geste, doch das genügte mir schon. Danach bückten sie sich wieder, um der seltsamen und bedeutungslosen Aufgabe nachzugehen, mit der sie beschäftigt waren. Ich folgte dem Weg über eine kleine Rampe hinauf, die mich zur Hochstraße brachte. Letztere erwies sich als erheblich breiter und war mit glatten Steinen gepflastert.

Ich grüßte einige Leute, als ich auf ihre Höhe gelangte, allerdings wurde der Gruß von niemandem mit etwas erwidert, das ich selbst bei großzügigster Auslegung als Begeisterung einstufen hätte können. Die meisten schraken vor mir zurück und wurden langsamer, bis ich an ihnen vorbei war. Hätte mir auch nur das Geringste an ihrer Meinung gelegen, wäre ich vielleicht beleidigt gewesen. Einige Meilen verbrachte ich mit dem Versuch, dieses rätselhafte Verhalten zu ergründen, indem ich auf verschiedene Weise an die Gruppen herantrat, die ich passierte, doch meine zusätzlichen Bemühungen beschworen nur ein neues Maß an Angriffslust von einigen der Männer herauf. Es war erschöpfend und verwirrend, bis ich mein Bestreben schließlich aufgab, mir einfach die Kapuze über den Kopf zog und mich aufs Gehen konzentrierte.

In der Ferne stieg ein bräunlicher Dunst auf, und als die Straße weiter anstieg, erkannte ich, dass es sich um eine Folgeerscheinung der Morgenfeuer in der Zitadelle handelte, was mich anspornte, da ich bereits weiter gekommen war, als ich gedacht hatte. Ich blieb stehen, als die gewaltigen Ausmaße der Stadt in Sicht gerieten. Etwas Derartiges hatte ich noch nie zuvor gesehen, und obwohl die Bestie anderer Meinung zu sein schien, lieferte sie mir keinen Hinweis auf das Wie oder Warum. Fünfulm wäre schon in den Schatten der großen Steinmauern und befestigten Türme untergegangen, die den Ort umgaben. Es handelte sich unbestreitbar um eine beeindruckende Leistung der menschlichen Baukunst, die sich vor mir über den Horizont erstreckte. Die schiere Anzahl der Gebäude vermittelte den Anschein, die Stadt würde wie eine Flutwelle herausschwappen, sollte die Mauer aufbrechen. Ich versuchte, mir vorzustellen, wie vieler Menschen es bedurfte, um einen solchen Ort zu füllen. Allerdings fiel der Gedanke in sich zusammen, als ich anfing, über die Aussicht darauf zu grübeln, innerhalb dieser Mauern gefangen zu sein, umgeben von Tausenden, die unweigerlich mit scharfen Waffen Jagd auf mich machen würden.

Wenn ich keine Wiederholung der Ereignisse im Lager des Seneschalls wollte, musste ich unbedingt einen klaren Kopf bekommen, bevor ich die Stadt betrat. Ich setzte mich am Straßenrand auf einen der behauenen Steine. Ein darin eingemeißelter, kunstvoller Pfeil zeigte in Richtung der Stadt, als könnte irgendjemand übersehen, wie sehr sie die Landschaft beherrschte. Im Großen und Ganzen schenkten mir die Vorbeiziehenden keine Beachtung, was völlig in Ordnung war, aber die Reaktion einiger bewaffneter Männer, die eine Kutsche begleiteten, brachte mich ins Grübeln. Ich hatte die Kutsche, ein prunkvolles, leuchtend rot bemaltes Gefährt mit glitzerndem Ziertand, mit einiger Neugier beobachtet, als hätte ich dergleichen noch nie zuvor gesehen. Vermutlich war ich für den Geschmack der Männer *zu* aufmerksam, denn zwei von ihnen ließen ihre Rösser stampfend vor mir anhalten. Sie sprachen kein Wort, während sie ihre kleine, gebietsbeanspruchende Vorführung veranstalteten, und ich denke, die Geräusche und die Größe der Pferde sowie die polierten Speere der Männer hätten mir tatsächlich Angst eingeflößt, wenn ich ein Mensch gewesen wäre. Sie konnten ja nicht ahnen, dass mein erster Gedanke bei ihrem Anblick die Frage war, ob ihre Reittiere oder sie selbst besser schmecken würden.

Ich saß da und beobachtete das Spektakel. Sie befanden sich so nah, dass ich hören und beinah fühlen konnte, wie die mächtigen Herzen ihrer Rösser gedämpft wummerten. Menschenfleisch fand ich zwar gar nicht übel, aber hätte ich die Wahl zwischen Mensch und Pferd, würde im Regelfall der Mensch den nächsten Tag noch erleben. Das Wasser lief mir im Mund zusammen, und ich stöhnte vor frischem Hunger – oder vielleicht auch bloß vor Gier. Das Geräusch ging zum Glück im Klirren ihrer Rüstungen unter. Doch mittlerweile war die Kutsche vorübergerollt, und mit einer letzten schwungvollen Geste preschten sie ihr hinterher, während ich entschied, noch ein Weilchen sitzen zu bleiben, bis der Geruch des Pferdefleisches meine Sinne aus seinem Bann entlassen würde.

Ich hockte immer noch dort, als ein alter Mann zu mir geschlendert kam, auf dem Rücken einen übergroßen Ranzen, behangen mit allerlei Kupfertöpfen, die bei jedem Schritt wie Glocken bimmelten. Er gab ein eigenartiges, pfeifendes Geräusch von sich und bleckte mir den Großteil seiner verbliebenen Zähne entgegen, ein Anblick, der mich zurückschrecken ließ, bis mir klar wurde, dass er lachte.

»Du hast ja ganz schön Mumm, Söhnchen.« Seine Stimme glich einem Gackern, und er bedachte mich mit einem weiteren gebrochenen Lächeln, wobei sich seine borstigen Augenbrauen hoben und senkten. Ich ging nicht davon aus, dass er damit irgendeine Frage stellen wollte, und zuckte daher zur Antwort nur mit den Schultern.

»Bist du einfältig?«, wollte er als Nächstes von mir wissen.

»Bin ich nicht.«

Er wackelte mit dem Kopf, als hätte ich soeben etwas Tiefgründiges von mir gegeben. »Dachte ja bloß. Man kriegt nämlich leicht die Augen ausgestochen, wenn man das Gesocks so anglotzt.«

»Welches Gesocks?«

»Bist du sicher, dass du nicht einfältig bist? Die selbstgerechten Laffen da in der Kutsche.«

Abermals zuckte ich mit den Schultern. »Ich fand bloß das Rot recht bemerkenswert.« *Und all das köstliche Pferdefleisch.* Darüber johlte er geradezu vor Entzücken und stützte sich schwer auf seinen Stock, während er wieder zu Atem gelangte.

»Wer sind sie, diese selbstgerechten Laffen?«, fragte ich.

»Die Stahrulls.«

Entgeistert starrte ich ihn an. »Die Stahrulls?« Ich kannte diese Bezeichnung, und ausnahmsweise tischte mir mein Gehirn eine brauchbare Erinnerung zu dem Namen auf. »Aus dem Geschlecht der Könige von Krandin?«

»Nein, die berühmten Schornsteinfeger. Natürlich aus dem verfluchten Königsgeschlecht.« Er schüttelte den Kopf. »Und was hast du eigentlich mit deinen Augenbrauen gemacht?«

Ich berührte meinen Stirnansatz. Im Gegensatz zu den Haarbüscheln, die über seinen Augen sprossen, fühlte sich meine Stirn so glatt und unbehaart wie der Rest meiner selbst an.

»Ich glaube nicht, dass ich je welche hatte«, sagte ich und verspürte unerwarteterweise das Bedürfnis, mich für diesen Mangel zu rechtfertigen. »Und ich glaube auch nicht, dass ich ohne Ausgangsmaterial welche hätte erschaffen können.«

»Hä?«

»Egal, vergiss das. Was kannst du mir über die Stahrulls erzählen?«

Er schniefte laut. »Söhnchen, ich bin Kesselflicker. Wenn es irgendwelchen Klatsch gibt, dann habe ich ihn auf jeden Fall gehört. Aber du musst dich schon von deinem schwarzen Hintern erheben und mit mir wandern, wenn du ihn hören willst.«

Ich stand auf und wollte mir den Staub abklopfen, den die Pferde aufgewirbelt hatten, dann jedoch bemerkte ich, wie dreckig mein behelfsmäßiger Kittel ohnehin war und sparte mir die Mühe. Die verschiedenen Blutflecke waren zu einem dunklen Braun getrocknet, und weil ich im Unterholz geschlafen hatte, bedeckten Blätter und Kletten den Stoff.

»Herrje. Du bist ja ein ganz schön großer Bursche.« Er streckte mir eine knochige Hand entgegen. »Ich bin Kräh.«

Ich ergriff seine Hand vorsichtig, denn ich wollte sie nicht zermalmen. »Wie der Vogel?«

»Dir entgeht aber auch gar nichts, was?« Er hielt meine Hand fest, während seine beeindruckenden Augenbrauen einen weiteren Deut höher wanderten. »In diesen Gefilden zählt es als gute Manieren, im Gegenzug ebenfalls den Namen zu nennen.«

Das merkte ich mir vor. »Stratus.«

»Ihr Fremdlinge habt schon wirklich komische Namen. Woher kommst du?«

»Von vielen verschiedenen Orten.«

»Schon klar, schon klar. Fremdlinge«, brummte er, dann hievte er sein gewaltiges Bündel mit einem Schulterzucken und einem lauten Klimpern höher und setzte sich in Bewegung. »Wieso bist du überhaupt so neugierig auf die Königlichen?«

»Ich habe meine Gründe.« Dass ich die selbst nicht genau kannte, fügte ich nicht hinzu.

Er grunzte und sog geräuschvoll die Luft durch die Zähne ein, sagte aber eine Weile nichts mehr. Ich genoss die Erfahrung einer Unterhaltung, die nicht auf eskalierende Drohungen hinauslief, und war daher zufrieden damit, einfach abzuwarten. Erst knapp eine Viertelmeile später begann er zu sprechen. Anfangs kam es stockend, doch schon bald verwandelte sich das Tröpfeln der Worte in eine Flut. Ein Teil von mir wollte ihn lieber schütteln, bis er mir erzählte, was ich wirklich wissen wollte. Aber sein langatmiges, ausschweifendes Selbstgespräch bot mir außerdem Einblicke in Gesichtspunkte der menschlichen Gesellschaft, mit denen ich wahrscheinlich bisher noch nicht in Berührung gekommen war. Das mochte nützlich werden, auch wenn es sich bisweilen fast qualvoll langweilig ausnahm.

Der Krieg zwischen dem Königreich Krandin und dem Kaiserreich Penullin schien derzeit das vordringlichste Thema für alle zu sein, Kräh eingeschlossen. Er schien nicht überrascht, dass ich so wenig darüber wusste, oder vielleicht gefiel ihm auch bloß der Klang der eigenen Stimme, jedenfalls erfuhr ich im Verlauf der nächsten Meilen eine Menge darüber. Beinahe zehn Jahre lang hatten die beiden Parteien den Krieg geradezu zivilisiert geführt, wie es Kräh beschrieb, aber in den letzten ein, zwei Jahren, seit der Kaiser von Penullin eine neue Vorliebe für Zauberer entdeckt hatte, waren die Auseinandersetzungen wesentlich barbarischer geworden. Kräh sprach von Schlachten, bei denen Zehntausende Männer gestorben und zum Verfaulen in der Sonne liegen gelassen worden waren. Er erzählte von Städten und Ortschaften, die man niedergebrannt hatte, während ihre Bewohner spurlos verschwanden. Als ich ihn fragte, wer dabei sei zu gewinnen, spuckte er einen unfassbar gewaltigen Schleimpfropfen ins Gebüsch.

»Kommt ganz drauf an, mit wem du gerade redest, schätze ich. Aber so weit es mir zu Ohren gekommen ist, haben die Penullier den Großteil des Südens eingenommen. Liegt an der verflixten Armee von Zauberern und dem Mistkerl, der sie anführt.«

Ich spürte, wie sich die Kreatur in mir unbehaglich regte, als er das sagte. »Bist du sicher, dass es Zauberer sind?«

Er kicherte feucht. »Das habe ich gehört, und zwar inzwischen von zu vielen Leuten, um daran zu glauben, dass es sich bloß um Klatsch handelt. Soweit man's mir erzählt hat, sind das wohl rechte Drecksäcke, die Feuer auf Ortschaften regnen lassen und Menschen in Brand stecken oder noch Schlimmeres mit ihnen anstellen. Sie haben sich angewöhnt, ihren Anführer ›Herr der Würmer‹ zu nennen. Angeblich kommt er nur nachts heraus, und noch niemand hat je sein Gesicht gesehen.«

»Vielleicht, weil es nachts zu dunkel ist.«

Kräh stimmte ein weiteres gurgelndes Lachen an. »Schon möglich. Aber Spaß und komische Bezeichnungen beiseite – es ist schon eine üble, üble Sache. Sie fackeln links und rechts und auch in der Mitte Dörfer ab, sogar solche, die sich ergeben. Und sie metzeln jeden hin, der sich nicht bereitwillig gefangen nehmen lässt.« Er schüttelte den Kopf und verlangsamte die Schritte, um eine Art Tonpfeife und einen Beutel mit getrockneten Blättern aus seinen zahlreichen Taschen hervorzuholen, bevor er fortfuhr. »Für Leute wie mich, die viel reisen müssen, ist das üble Kunde, verdammt üble Kunde. Diejenigen, die nicht in den Krieg gezogen sind, die sind tot, und daher sind Recht und Ordnung und damit auch jedes Ehrgefühl von den Straßen verschwunden. Da draußen gibt es Halunken, die schneiden einem für ein Huhn glatt die Kehle durch – oder auch nur, wenn ihnen gerade langweilig ist. Ich hab all dem den Rücken zugekehrt und bin nach Norden aufgebrochen, sobald ich entschieden hatte, dass es nicht bloß der Krieg ist, der die Leute so einschüchtert.«

Das musste ich erst mal auf mich wirken lassen. Mich kümmerte wirklich nicht, was sich die Menschen gegenseitig antaten, ebenso wenig berührten mich ihre Gründe dafür. Doch das Chaos, das damit einherging, konnte meine Reisen wesentlich schwieriger gestalten. Ich schaute zu Kräh hinüber, der Blätter in den Kopf der Pfeife gestopft hatte und sich gerade über eine kleine Schatulle beugte.

»Was machst du damit?«, fragte ich.

»Ich mach 'nen verflixten Kuchen«, log er um die zwischen seine Zähne geklemmte Pfeife herum.

Seufzend rieb ich mir die Stirn. So unterhaltsam ich sein Geschwafel fand, wir näherten uns allmählich der Zitadelle, und ich hatte weder die Zeit noch die Absicht, zu warten, bis er zum Ende seiner Geschichte oder gar zu einem springenden Punkt kommen würde.

»Kräh«, fuhr ich ihn in so scharfem Tonfall an, dass seine Aufmerksamkeit jäh zu mir zurückschwenkte. Er richtete sich auf und starrte mich an. Ich legte eine Prise Macht in meinen Blick, als er dem seinen begegnete, und sog seine Gedanken in meinen Geist. Davon wurde er leicht benommen, und während er damit beschäftigt war, die Fassung zurückzuerlangen, nützte ich die Zeit, um das Gewirr der Gedanken, Bilder und Empfindungen zu sortieren, die ich aus ihm geschöpft hatte. Ein Großteil erwies sich als bedeutungslos für mich; Erinnerungen an Frauen, bei denen er gedacht hatte, es würde sich vielleicht die Gelegenheit für ihn bieten, sich mit ihnen zu paaren, oder an Handel, bei denen er die Oberhand hatte. Doch ich stieß auf ein goldenes Körnchen, bei dem ich spürte, dass die Bestie in mir stark darauf ansprach. Ich konnte fühlen, wie das Gewicht ihrer fremdartigen und furchterregenden Aufmerksamkeit erwachte und sich auf mich richtete, und obwohl es eine flüchtige Berührung blieb, genügte das Potenzial dahinter, um mir kurzzeitig den Atem zu verschlagen.

Das Körnchen war ein Name.

Vielleicht wäre es mir auch gelungen, noch tiefer in Krähs Geist vorzustoßen, aber ich war noch nicht wieder in Bestform und besaß bestenfalls eine grobe Kontrolle über meine Macht. Und wenngleich mir sein Tod keinen Schmerz bereitet hätte, war der alte Mann auf seine Weise freundlich zu mir gewesen. Es wäre schlichtweg unanständig gewesen, ihn zu töten, auch wenn der Grund es gerechtfertigt hätte. Und so wartete ich, bis er in der Lage war weiterzugehen, bevor ich ihn wie der höfliche Dämon, der ich war, noch etwas mehr ausquetschte.

»Erzähl mir von Navar Louw.«

Kräh riss sich die Pfeife aus dem Mund, als hätte sie ihm in die

Zunge gebissen, und drehte sich mir mit einem Gesichtsausdruck zu, der an Wildheit grenzte.

»Warum? Wo hast du diesen Namen gehört?« Er richtete das Mundstück der Pfeife auf mich. »Am besten vergisst du einfach, dass er überhaupt je erwähnt wurde. Ganz bestimmt willst du ihn nicht laut aussprechen.« Er sah sich bang um, kaum dass er fertig gesprochen hatte.

»Das ist keine Antwort. Wer ist das?«

Wieder sah er sich um, dann rückte er näher, und ich witterte einen Anflug von Angst in seinem Geruch. Er packte mich am Ellbogen und versuchte, mich vorwärtszuschieben. Neugierig geworden gestattete ich ihm, mich zu führen, und wir gingen zum Rand der Straße.

»Wonach hältst du Ausschau?«, fragte ich ihn, als er weitere Zeit damit vergeudete, sich umzusehen.

»Sag mir, wo du diesen Namen gehört hast«, verlangte er und verstärkte den Griff um meinen Ellbogen. Falls er mich damit einschüchtern wollte, war das ein lachhaftes Unterfangen, und ich vermutete, das wusste er bereits.

»Ich habe gehört, wie ihn jemand erwähnt hat. Etwas im Zusammenhang damit, dass er einer der Zauberer sei.« Ich bemühte mich, nicht über meine eigene List und Tücke zu lächeln.

»Er ist nicht bloß *einer* von ihnen. Er ist … du weißt schon … *er*.«

Ich wusste es nicht. »Wer sonst sollte er sein?«

»Bist zu wirklich ganz sicher, dass du nicht einfältig bist?«, zischte mich Kräh förmlich an. »Er ist der Oberzauberer. Das ist der Name des verdammten Herrn der Würmer höchstpersönlich.«

»Oh.« Ich dachte darüber nach. »Nun, sich Herr der Würmer zu nennen, klingt auf jeden Fall eindrucksvoller als Meneer Louw.« Mit einem Schulterzucken schüttelte ich seinen Griff ab. »Und?«

»Und was?«

»Warum starrst du alle hier so an?«

»Weil der Mann, der mir das verraten hat, am nächsten Morgen nicht mehr aufgewacht ist.«

»Und weiter? Menschen sterben andauernd.«

»Nicht, indem sie die eigenen Eingeweide auskotzen und dann zerplatzen.«

Da konnte ich ihm nicht widersprechen. Ich wusste, dass ich schon viele Tote gesehen hatte, auch wenn ich mich nicht an die näheren Umstände erinnern konnte. Trotzdem war ich mir ziemlich sicher, dass ich mich an etwas Derartiges erinnern *würde*. Unwillkürlich fragte ich mich, wie das dieser Louw bewerkstelligt haben mochte, sofern er Magie dafür verwendet hatte. Es würde einiger Vorbereitung, steter Konzentration und wesentlich mehr Energie als für einen schlichten Feuerball bedürfen. Dafür würde es aber auch einen entschieden überzeugenderen Eindruck hinterlassen. Dieser Louw besaß eine grausame Vorstellungskraft und offensichtlich allzu viel freie Zeit.

»Ich bin froh, dass du allmählich zu verstehen scheinst, worauf ich hinauswill«, meinte Kräh und holte mich damit aus meinen Gedanken zurück. Allerdings erklärte das immer noch nicht, wonach er Ausschau hielt, doch ich beschloss, es seiner Verschrobenheit zuzuschreiben und dabei bewenden zu lassen.

»Was weißt du sonst noch über ihn?«

»Hast du nicht zugehört?«

»Selbstverständlich habe ich zugehört. Aber es dürfte wohl kaum ein großes Geheimnis sein, oder? Ist ja nicht so, als hätte dir der Mann Louws wahren Namen verraten. Wieso tötet er also jemanden auf solch eine Weise, um eine Tatsache zu verschleiern, die mit Sicherheit ein Großteil seines Gefolges längst kennt?« Ich dachte schon wieder laut nach, sah jedoch in diesem Fall nichts Verwerfliches darin. Erfreut stellte ich fest, dass dieser Gedanke auch Kräh kurz zum Grübeln brachte, obwohl er gleich darauf wieder an seiner Pfeife herumfingerte.

»Ich weiß es nicht«, brummte er.

Warum also wollte er seinen Namen verbergen? Allein, darüber nachzudenken, verursachte der Bestie Unbehagen und brachte die in meinen Kiefern versteckten Raubtierzähne zum Schmerzen. Für mich bestand kein Zweifel daran, dass dieser sogenannte

Oberzauberer etwas mit den Umständen meiner augenblicklichen Situation zu tun hatte, aber inwiefern? Hatte er mich in diesen Körper getrieben, oder schlimmer noch, verkörperte ich vielleicht eine seiner Beschwörungen? Meine Frustration wuchs, und mit ihr mein Zorn. Ich kämpfte dagegen an und drängte das Bedürfnis zurück, mir Erleichterung durch Zerstörung zu verschaffen, so berauschend ich die Vorstellung auch fand. Stattdessen wandte ich mich Kräh zu, der immer noch versuchte, irgendetwas mit seiner kleinen Pfeife zu tun.

»Was machst du da?«, wiederholte ich meine Frage von vorhin. »Und ich weiß, dass es nichts mit Kuchen zu tun hat.«

Schnaubend kaute er auf dem langen Teil der Pfeife. »Ich versuche, das Kraut anzuzünden.«

»Ah, verstehe, es ist aromatisch. Warte.« Ich bündelte meine Hexenkunst auf einen Punkt vor meiner Gestalt, bis eine kleine Flamme erschien. Kräh starrte darauf, als hätte er noch nie zuvor Feuer gesehen. Dann beugte er sich flink vor und sog die Flamme ein paar Mal in den Kopf seiner Pfeife, wobei er sich um ein Haar die Augenbrauen versengt hätte. Duftender Rauch stieg aus dem Pfeifenkopf auf, und der Geruch rüttelte aus meinem Gedächtnis eine Erinnerung an einen lodernden Wald vor einem nächtlichen Himmel wach, die Luft lebendig von dem durchdringenden Aroma von brennendem Harz und dem Knacken explodierender Bäume.

»Komm schon, sag's mir. Wie hast du das gemacht?«

Mit einem Blinzeln ließ ich das Erinnerungsinferno vor meinem geistigen Auge verschwinden und richtete die Aufmerksamkeit wieder auf Kräh. Immer noch war sein Geruch von säuerlicher Angst durchwirkt, und sein Herz schlug schneller als zuvor. Ich vermutete, dass er noch nicht viel Hexerei aus nächster Nähe erlebt hatte, und das wäre ja wohl nicht überraschend. Zauberer sind selten unter Menschen, und Hexer sind selten unter Zauberern. Ich konnte mir nur vorstellen, wie beängstigend die Vorstellung einer ganzen Armee von ihnen sein musste. Ich wagte einen weiteren Blick in Krähs Augen, nur ein flüchtiger Kontakt, aber dank der letzten Verbindung zwischen uns genügte das, um zu erfahren, dass er sich nunmehr sorgte, ich könnte ein Spitzel des sogenannten Herrn der Würmer sein.

Ich war nicht sicher, wie ich es anstellen sollte, ihn vom Gegenteil zu überzeugen, also entschied ich mich für die unterschwellige und wirkungsvolle Alternative, erneut seinem Blick zu begegnen, diesmal mit Hexerei.

»Ich bin keiner seiner Schergen«, sagte ich zu Kräh. »Ich bin wie du, ein Flüchtling vor dem Krieg. Du hast nichts zu befürchten.« Meine Macht knisterte zwischen uns, trug meine Worte über die Hürde seiner wachsenden Angst hinweg und pflanzte sie in seine Gedanken. Im Grunde genommen handelte es sich um eine Umkehr des Gedankenlesens, nur wesentlich feiner als der Zwang, den ich bei Alexander, dem toten Zauberer, eingesetzt hatte. Behutsam zog ich mich aus Krähs Geist zurück, bevor ich den Blick von ihm löste.

Er blinzelte einige Male, dann bekam er einen langen und qualvoll klingenden Hustenanfall. Als er sich legte, waren auch seine Bedenken verflogen. Ich tätschelte ihm die Schulter, sorgsam darauf bedacht, nicht zu viel Kraft aufzuwenden. Er winkte die Geste weg.

»Verfluchtes Ding«, stieß er rasselnd hervor und leerte den Inhalt des Pfeifenkopfs auf die Straße. »Passiert mir dauernd.«

Ich ließ ihn weiter vor sich hin brummen und husten, als wir den Marsch wieder fortsetzten. Ich glaubte, von Kräh alles erfahren zu haben, was ich von ihm erfahren konnte, und mittlerweile ragte die Zitadelle hoch und groß vor uns auf. Im Gegensatz zu Fünfulm jedoch wurde der Eingang hier von mehreren Männern aufmerksam bewacht, und alle trugen dieselbe blaue Schärpe wie die Soldaten im Lager. Sie befragten die Leute, die sich den Toren näherten, und während ich hinsah, jagten sie zwei Männer davon, die nicht annähernd so zerlumpt auftraten wie ich. Sie verpassten ihnen als Dreingabe noch einen Hieb mit einem Stock. Eine beachtliche Menschenmenge, die beständig weiter anschwoll, wartete darauf, eingelassen zu werden.

»Was war das denn eben?«, fragte ich Kräh und zeigte auf die zwei davonhumpelnden Männer.

Er deutete auf einige Kratzer auf einem neben den Toren hängenden Holzbrett. »Der Herzog hat das Kriegsrecht verhängt, daher können die Wachen entscheiden, wer hineindarf.« Er sah mich an. »Für Landstreicher stehen die Aussichten schlecht.«

»Ich bin *kein* Landstreicher.«

»Tja, entschuldige, wenn ich das so sage, aber du siehst schon verdammt wie einer aus.«

Ich behielt die Erwiderung, die mir auf der Zunge lag, für mich und achtete stattdessen ein wenig mehr auf die Menschenmenge um uns herum. Schon bald wurde mir klar, dass meine Kluft tatsächlich jämmerlicher als die Aufmachung der meisten Leute war. Nicht wenige von ihnen glotzten mich obendrein an, und ich war alles andere als sicher, ob mir das gefiel. Angst, Ungeduld und eine wachsende Menschenansammlung bildeten die vollkommenen Zutaten für eine unbändige Meute, und wenngleich ein Aufstand recht unterhaltsam sein konnte, fand ich es weniger ansprechend, zum Mittelpunkt der Aufmerksamkeit zu werden. Ich wandte mich ab und bahnte mir den Weg zum Rand der Menge, wobei ich mich bemühte, nicht zu ruppig vorzugehen.

»Wo willst du denn hin?«

Überrascht stellte ich fest, dass Kräh mir folgte.

»Ich mag kein Landstreicher sein, aber vielleicht sehe ich tatsächlich wie einer aus«, räumte ich ein und hob mir den zerschlissenen Stoff meines Kittels vor Augen. »Ich wollte mich nach einem anderen Weg in die Stadt umsehen.«

»Das kannst du nicht machen«, warnte mich Kräh und kam näher. »Und sag so etwas nicht so verflucht laut. Verstehst du, wenn sie dich dabei erwischen, wie du über die Mauer kletterst, jagen sie, ohne zu zögern, einen Pfeil in dich hinein.«

»Ich gehe, wenn es dunkel wird.« Ich rieb mir die Arme. »Niemand wird mich sehen.«

»Weißt du, die haben Laternen. Und du bist zu massig, um über eine Mauer zu klettern.«

»Siehst du eigentlich immer alles so schwarz?«

»Es gibt eine simplere Möglichkeit.« Kurz verstummte er, dann beugte er sich dicht zu mir. »Du könntest dir einfach neue Kleidung kaufen.«

Trotz seines Alters und der schwächlichen Erscheinung machte Kräh damit einen brauchbaren Vorschlag, und ich war nicht zu verbohrt, das zuzugeben.

»Eine gute Idee, danke.« Er rührte sich nicht, als ich mich aufrichtete, aber er trat vor mich hin, als ich mich umdrehte.

»Du hast kein Geld, oder?« Ich brauchte einen Augenblick, um zu begreifen, dass das eine echte Frage war und er nicht etwa Geld von mir wollte.

»Nicht viel«, gestand ich. Und als ich es aussprach, wurde mir klar, dass es mir nicht gefiel, kein Geld zu besitzen. All die unterschiedlichen Formen und Werte der Münzen empfand ich zwar immer noch als verwirrend, doch mit der Vorstellung, reich zu sein, konnte ich mich überraschend leicht anfreunden. Vielleicht war ich es in meinem früheren Leben gewesen? Das war ein Gedanke, der mich zugleich aufmunterte und bedrückte.

Kräh schnalzte geräuschvoll mit der Zunge, und mit einer Anmut, die mich überraschte, schwang er das gewaltige Bündel von seinem Rücken, um es federweich auf dem Boden abzusetzen. Ohne es sah er viel kleiner und verletzlicher aus, wie eine Schnecke, die ihr Haus verloren hatte. Es ist nicht geprahlt, wenn ich sage, ich hätte mühelos ein Loch geradewegs in ihn schlagen können. Ich beobachtete, wie er sich an einem der zahlreichen eingewickelten Packen in seinem Bündel zu schaffen machte und ein eingerolltes Gewand hervorzog. Mit einer fließenden Bewegung schnippte er es los und breitete es zu einem überaus langen, hellbraunen Kittel aus.

»Beeindruckend«, sagte ich.

»Nur zu, nimm das Ding«, forderte er mich auf und hielt es mir entgegen.

»Was ist der Preis?«

Er spuckte zur Seite aus. »Den hast du schon bezahlt. Nimm es.

Hier würde es mir ohnehin nicht gelingen, es zu verkaufen. Dieser Tage besteht nicht viel Bedarf an Roben.«

Ich nahm das Kleidungsstück entgegen, das für mich nach wie vor lediglich wie ein überlanger Kittel aussah. »Du schenkst mir das?«, fragte ich.

»Ja, du schlicht gestrickter Tölpel.«

Ich starrte den schrumpeligen kleinen Mann vor mir an und bemühte mich, zu verstehen, was ich empfand. Sogar durch die Bestie pulsierte so etwas wie Verwirrung.

»Danke, Kräh«, sagte ich, als ich endlich die Stimme wiederfand. »Du bist der erste Mensch, der mir solche Großzügigkeit entgegenbringt.«

»Ist nichts weiter dabei. Klingt so, als könntest du ein wenig Glück gebrauchen, und ich habe mich darüber gefreut, mit jemandem reden zu können.«

Ich streckte die Hand aus, wie ich es bei anderen Menschen beobachtet hatte, und Kräh ergriff sie, so gut er konnte. Ich schüttelte sie behutsam.

»Ich werde diese Schuld zurückzahlen, Freund Kräh.«

Er tätschelte meine Hand, dann wandte er sich ab, um sein Bündel wieder zuzuziehen. Nach einigen langen Augenblicken richtete er sich auf und räusperte sich.

»Dann heißt es wohl, Abschied nehmen, was?«, meinte er.

»Scheint so.« Ich war nicht sicher, was ich sonst sagen sollte. Kräh starrte mich an, als erwarte er mehr, doch ich hatte keine Ahnung, was die Regeln für eine solche Gelegenheit vorsahen. Schon damit, mich zu bedanken – oder genauer gesagt, mich zu bedanken *und* es auch zu meinen –, hatte ich mich in für mich unbekannte Gefilde vorgewagt.

»Tja«, brummte er und rieb sich das Kinn, »du bist schon ein eigenartiger Bursche, Söhnchen. Viel Glück, und versuch, nicht umgebracht zu werden.«

Die Gelegenheit packte ich beim Schopf. »Und obwohl du schon alt bist, hoffe ich, dass du nicht allzu bald stirbst.«

Seine Augenbrauen zogen sich zusammen, was ich als Zeichen

dafür erkannte, dass er nachdachte, und mich beschlich der Verdacht, dass ich den Sinn seiner Verabschiedung vielleicht doch nicht richtig erfasst hatte. Er krächzte etwas, das vielleicht ein Lachen sein sollte oder auch nur ein weiterer Schleimpfropfen, der sich aus seiner Lunge hocharbeiten wollte, dann hievte er sich sein Bündel wieder auf den Rücken. Mit einem letzten Winken drehte sich Kräh um und wanderte davon. Er ließ mich zurück, während ich meine verdreckte Kleidung abstreifte und die Mischung aus Robe und Kittel überzog, die er mir geschenkt hatte.

Ich fühlte mich ziemlich zuversichtlich, als ich mich in die Armlöcher mühte. Immerhin war dies meine erste Begegnung mit einem Menschen gewesen, die nicht zu einem Todesfall, einem Feuer oder einer Flucht geführt hatte, und obendrein hatte ich noch ein mir freiwillig überlassenes Geschenk erhalten. Mittlerweile hatte ich Kräh aus den Augen verloren, aber ich hoffte aufrichtig, mir würde sich die Gelegenheit bieten, es ihm zu vergelten, bevor er starb.

Neu eingekleidet wanderte ich am Rand der Menschenansammlung herum zu einer Stelle, an der geschäftstüchtige Händler einige Bänke aufgestellt hatten und Erfrischungen feilboten. Ich wollte nicht darauf vertrauen, dass die Bänke mein Gewicht verkrafteten, also zahlte ich vorsichtshalber von meinem nunmehr spärlichen Vorrat an Münzen für einen Becher des angeblich erlesensten Weins in ganz Krandin und setzte mich mit dem Rücken an eine Mauer gelehnt auf den Boden. Der Wein erwies sich als nicht annähernd so fein, wie ich erwartet hatte, aber eigentlich diente er sowieso nur als Vorwand, um zu verharren und das An- und Abschwellen der Herde vor den Toren zu beobachten, während es allmählich dunkel wurde. Kurz vor Sonnenuntergang hatten die Wachen die Tore unter dem missbilligenden Chor der Menge geschlossen. Als offenkundig wurde, dass man sie nicht wieder öffnen würde, begann die Ansammlung, sich aufzulösen. Einige Leute hockten sich einfach dorthin, wo sie zuvor gestanden hatten, während andere wie ich zu den Erfrischungen schlenderten.

Kurz danach breitete sich der Geruch von Kochfeuern aus, und obwohl die Menschen ausgesperrt worden waren wie Rinder aus einem Gehöft, kam in dem spontan entstehenden Lager eine beinah festliche Stimmung auf. Ich trank die letzten, sauren Reste des Weins und gab weitere meiner kostbaren Münzen für einen kleinen, mit irgendeinem süßen Gemüse gefüllten Brotlaib aus. Es war eine eher ausreichende als befriedigende Mahlzeit, aber Fleisch gab es keines, jedenfalls nicht, ohne meine Anonymität aufs Spiel zu setzen.

Ich hielt Ausschau nach Kräh, doch von dem alten Mann fehlte weit und breit jede Spur, also schlenderte ich stattdessen dorthin, wo ein Spielmann einige Reisende unterhielt, indem er abwechselnd Bälle jonglierte und etwas sang, das ich für Volksweisen hielt. Meines Erachtens besaß er keine besonders gute Stimme, dennoch genügte sie als Zerstreuung für einige Stunden, bis ich mich bereit fühlte, mir ein Plätzchen zum Schlafen zu suchen.

Kapitel 8

Meine neue Kleidung passte mir recht gut – ein bisschen eng um die Schultern vielleicht, trotzdem deutlich bequemer als die Lumpen, die ich davor getragen hatte. Schuhe hatte ich zwar immer noch keine, aber der Robenkittel war lang genug, um meine Füße zu bedecken, solange ich stillstand. Und so begab es sich, dass ich mich recht zuversichtlich fühlte, als ich mich in meinen neuen Prunkgewändern anstellte und darauf wartete, bis sich die Tore bei Sonnenaufgang öffnen würden. Es wurde ziemlich gedrängelt, als die Menschen vorwärtsbrandeten, aber durch den Besitz meines neuen Kleidungsstücks besänftigt, reagierte ich nicht allzu schlimm darauf. Ein Kichern konnte ich mir allerdings nicht verkneifen, als ein besonders ungestümer junger Mann beschloss, mich mit dem Ellbogen allzu rücksichtslos aus dem Weg zu rempeln. Ich hörte den Knochen über den Lärm der Menge brechen, und danach verschwand er bemerkenswert schnell. Schließlich kam ich an die Reihe, und ich wurde von den zwei Männern vorwärtsgerufen, die am Tor das Sagen zu haben schienen.

»Name?«, fragte mich der Erste, der mich von oben bis unten musterte.

»Ich bin Stratus.«

Er entbot mir als Erwiderung ein Brummen. »Was ist der Zweck deines Besuchs?«

Ich beschloss, zumindest in gewisser Weise ehrlich zu sein. »Ich möchte mich in einer Angelegenheit mit euren Weisen besprechen.«

»Weisen?«

»Ja. Euren Ältesten. Vielleicht Gelehrten.«

»Bist du ein Gelehrter?«

»Ja.«

»Hast du einen Förderer oder Angehörige in der Stadt?«

»Nein. Warum?«

»Die Stadt steht unter Kriegsrecht. Wir können keine Freibeuter innerhalb der Mauern gebrauchen.«

Ich dachte an die Landstreicher und daran, was Kräh zu mir gesagt hatte. »Ich mag keine Schuhe tragen, aber ich habe Geld«, log ich.

»Dann lass es uns sehen.«

Ich schluckte den Fluch hinunter, der mir auf der Zunge lag. »Natürlich.«

Seine Rüstung wies eines jener Schutzsymbole auf, die es so reichlich im Lager der Armee gegeben hatte, und nun bedauerte ich, mir nicht die Zeit genommen zu haben, sie und ihren Zweck eingehender zu erkunden. Ich hätte ihm die Vorstellung in den Kopf pflanzen können, dass ich genug Geld besaß, aber wenn der Schutzbann auf derartige Einflussnahmen eingestellt war, würde er ihn vielleicht warnen. Und in der Umgebung gab es genug Bögen und Schwerter, dass ich keine Lust hatte, herauszufinden, wie die Wachleute darauf reagieren würden. Gemächlich kramte ich meinen Geldbeutel aus meiner Robe hervor, um mir etwas Vorbereitungszeit zu verschaffen.

Ich öffnete den Beutel und hielt ihn behutsam so, dass nur der Mann, mit dem ich sprach, hineinspähen konnte. »Hier«, sagte ich und berührte ihn leicht am Ellbogen, als er sich vorbeugte.

»In Ordnung«, murmelte er und nickte, als er in den fast leeren Beutel blickte. Ich zwang mich, ruhig zu bleiben und das Bild der dicht gedrängten Goldmünzen in meinem Geist unbeirrt aufrechtzuerhalten, dankbar, dass ich mir die Zeit genommen hatte, sie genau zu betrachten. Ich übertrug das Bild in den Beutel und benutzte die zwei Münzen darin als Anker, an dem ich die Illusion festmachte. Den Mann am Ellbogen zu berühren, half mir, das Trugbild zu festigen, indem ich den Winkel verengte, aus dem er die Münzen sehen konnte. Allerdings bedeutete das auch, dass der Anblick so vage wurde, wie er in Wirklichkeit war, sobald die Wache sich zu stark bewegte oder jemand anders in die Börse linste.

»Na schön«, meinte der Wachmann und kritzelte etwas in sein Büchlein. »Ich schlage vor, du gehst zum *Fuchs und Hasen*, solange die dort noch Platz haben.« Darüber lächelten er und sein Gefährte breit. Er gab den Männern hinter ihm einen Wink, und sie traten beiseite. Ich hatte keine Ahnung, was es hieß, zu einem Fuchs und einem Hasen zu gehen, war jedoch rundum zufrieden damit, mir dieses Problem für später aufzuheben. Ich entbot ihm und den Männern, die das Tor aufhielten, ein meiner Ansicht nach dankbares Lächeln und bahnte mir den Weg in die Stadt und zum nächsten Abschnitt meiner Suche.

Hinter den Toren folgte ein breiter, langer Gang mit Löchern, die in regelmäßigen Abständen in die Mauern eingelassen waren. Ich blieb stehen und spähte in eines hinein. Überrascht stellte ich fest, dass mir ein Mann entgegenstarrte.

»Sieh zu, dass du weiterkommst«, befahl er mir knurrend. Außerdem nannte er mich noch einen Trottel, doch ich entschied, nicht darauf einzugehen. Der flüchtige Blick, den ich ins Innere der Mauern erhaschen konnte, hatte mehrere bewaffnete Männer offenbart, was nahelegte, dass es sich um eine Verteidigungsmaßnahme und nicht um eine Schwachstelle handelte. Nachdem ich ein weiteres Doppeltor passierte, fand ich mich plötzlich in der Zitadelle wieder. Ich trat hinaus auf einen kleinen, offenen Platz, umgeben von hohen Gebäuden mit schmalen Fenstern. Es wimmelte von Menschen in allen Formen und Größen. Fast sofort bestürmte mich mindestens ein halbes Dutzend Marktschreier, jeder mit verschiedenen Schmuckstücken oder Gemüse und in einem Fall einem Fisch, der auf jeden Fall längst tot gewesen war, als ich auf jenem Feld das Bewusstsein wiedererlangt hatte.

Ich schenkte ihnen allen keine Beachtung und drängte mich durch die wuselnde Menge, bis ich zur gegenüberliegenden Seite des Platzes gelangte. Nach der Erfahrung war mir seltsam heiß geworden, dafür fühlte ich mich nicht im Geringsten durcheinander. Nur meine Nase war wund und brannte nach der Fülle der von der Menschenanhäufung verströmten Gerüche. Wohin ich mich auch wandte, brüllten, zankten oder lachten Männer und Frauen. Die Geräusche drangen aus jedem Winkel auf mich ein. Ich ging die erste Straße hinunter, die ich erreichte. Doch dieser Weg erwies sich als verstopft von Handkarren und kleinen, von Pferden gezogenen Wagen, deren Fahrer sich gegenseitig mit Drohungen und Beleidigungen bedachten, als sie sich in eindeutig zu schmalen Platzverhältnissen schabend aneinander vorbeizwängten. Die Geräusche hallten von den Mauern der Geschäfte und Häuser wider, die zu beiden Seiten hoch über mir aufragten. Ihre überfrachteten Fassaden strotzten vor offenen Fenstern, aus denen weitere Gesichter herausglotzten und der Horde unten gelegentlich Ermutigungen zuriefen. Ich wich zurück und rempelte dabei gegen das halbe Dutzend Männer, die längst eine weitere Menschentraube hinter mir bildeten.

Alles war durchdrungen vom mehligen Geruch der Menschen, der trotzdem nur eine Schicht des dichten Miefs bildete, der meine Sinne bestürmte. Menschliche Ausscheidungen, verdorbene Lebensmittel, Kot von Tieren, Ungeziefer, abgestandenes Wasser und Rauch schwängerten die Luft und gestalteten es für mich schwierig zu atmen. Saubere Luft gab es hier jedenfalls nicht. Ich stolperte, als ich mir rempelnd den Weg eine andere Straße hinunter bahnte. Die Gesichter und Stimmen von Menschen verschwammen ineinander, während ich mich durch sie hindurchdrängte. Taumelnd bog ich um eine Ecke, und als ich zum ersten Mal weit und breit niemanden erblickte, kauerte ich mich hin, schlang die Arme um die Knie und versuchte, den Lärm und die Gerüche auszusperren, die mich zu ersticken drohten. Ich war nicht sicher, wie lange ich so verharrt hatte, aber ich blieb so weit bei Bewusstsein, dass ich ein Tippen auf meiner Schulter wahrnahm.

»He, Freund«, wandte sich eine männliche Stimme an mich, »ist alles in Ordnung?«

Langsam hob ich den Kopf, gewappnet für den Fall, dass die Gerüche und Geräusche erneut über mich hereinbrächen. Aber sie schienen tatsächlich nachgelassen zu haben, und ich spähte mit zusammengekniffenen Augen zu dem neben mir stehenden Mann hoch.

»Ja.«

»Neu in der Stadt, was?«

»Ja.«

»Und eine richtige Plaudertasche bist du auch, nicht wahr, mein Freund?« Er hockte sich neben mich. »Hör mal, ich weiß, wie das ist. Also warum lässt du mich dir nicht helfen? Sag mir, wohin du musst, und ich zeige dir den Weg.«

Ich wagte nicht, seinen Geruch zu kosten – nicht jetzt, wo es mir endlich gelungen war, eine Art Gleichgewicht für meine Sinne herzustellen. Das Angebot klang vernünftig, und einen anderen Plan hatte ich ohnehin nicht. Also nickte ich zustimmend und stand langsam auf, dann lehnte ich mich an die Mauer, als eine unerwartete Woge von Schwindelgefühlen über mir zusammenschwappte.

»Sachte«, sagte mein neuer Freund und bot mir eine stützende Hand. Es war eine gut gemeinte Geste, allerdings bezweifelte ich, dass er oder die zwei Männer hinter ihm in der Lage wären, mich aufzufangen, falls ich umfiel. »Wo du herkommst, werden die Leute wohl ziemlich groß, was?«

»Ja. Von den Inseln im Süden.« Ich konnte mich nicht mehr ganz daran erinnern, was der Diakon gesagt hat. Es schien mir so ewig lange her zu sein.

»Sicher, sicher.« Er deutete weiter die Straße hinunter, in der ich gesessen hatte. »Komm, gehen wir hier entlang. Da ist es ruhiger als auf diesen ungemütlichen, betriebsamen Straßen.«

Ruhiger war es tatsächlich, trotzdem müffelte es auch hier nach verdorbenen Lebensmitteln und menschlicher Losung. Man musste mir mein Unbehagen im Gesicht angesehen haben, denn er tätschelte meine Schulter und beruhigte mich. »Keine Sorge, wir sind fast da.«

Ich drehte mich um und musterte ihn. Obwohl mir immer noch leicht schwummerig war, achtete ich nun genauer auf das, was sich mir offenbarte. Ich gebe freimütig zu, dass meine Erfahrungen im Umgang mit Menschen bestenfalls beschränkt sind; vorbehaltlich meiner mir verschlossenen Erinnerungen. Allerdings fielen die Erfahrungen, die ich bisher gehabt hatte, vorwiegend unter jene Art sozialer Interaktion, bei der Verletzungen oder Diebstahl beabsichtigt sind. Da mein Gehirn mittlerweile ein wenig besser arbeitete, brauchte es nicht lange, um zu erkennen, dass mein ach so freundlicher Führer und seine Freunde in beiden Missionen unterwegs waren.

»Ah«, sagte er und trat vor mich hin. »Du beginnst, zu verstehen.«

Ich schaute über die Schulter zurück und war eher enttäuscht als überrascht darüber, dass seine Freunde mittlerweile einen Knüppel und ein Messer gezückt hatten. Auch der Führer holte eine Waffe hervor. Es war ein Messer mit einer schmalen Klinge, das mir eigentlich recht gut gefiel.

»Reich den Geldbeutel rüber, Großer«, forderte er mich auf und hielt das Messer mit ruhigem Griff, bereit, mich damit anzugreifen.

Ich atmete beruhigend durch, als sich die Bestie in mir bei der Aussicht auf die bevorstehende Gewalt aufplusterte.

Der Führer neigte zur Antwort darauf die Klinge. »Das ist es nicht wert, Freund. Niemand wird sich um einen weiteren Fremdling kümmern, und selbst wenn jemand es tut, sind wir bis dahin längst in einer Kutsche nach Norden. Reich ihn einfach rüber.«

In Anbetracht der Tatsache, wie wenig ich in Wirklichkeit besaß, liebäugelte ich mit dem Gedanken, genau das zu tun, doch ich konnte mich einfach nicht dazu durchringen. Es ging dabei mehr um den Grundsatz als um sonst etwas.

»Nein«, entgegnete ich.

»Ganz wie du willst«, meinte der Führer dazu und bedachte den hinter mir stehenden Mann mit einem hilfreichen Nicken. Ich trat wuchtig einen langen Schritt zurück mitten hinein in den Schwung des Knüppels, wodurch ich den Hieb verdarb und den Angreifer platschend auf den Rücken beförderte. Sein Gefährte mit dem Messer reagierte zu langsam und hätte mir ebenso gut ankündigen können, wo und wann er versuchen würde, mich zu stechen. Ich fing seinen Unterarm ab, verbog ihn nach hinten und zog ihn selbst nach vorn, damit sein Gesicht Bekanntschaft mit meinem nach oben schnellenden Knie machen konnte, als er vorwärts fiel. Ich hörte und spürte das Brechen von Knochen. Die Wucht des Treffers löste seinen Unterkiefer aus dem Gelenk und trieb ihn in seinen Hals zurück.

Der Führer starrte mich indes nur an. Er hatte sein scharfes Messerchen und die kühle Großspurigkeit anscheinend vergessen. Als ich einen Schritt auf ihn zutrat, nahm er die Beine in die Hand, was ich einerseits befriedigend, andererseits enttäuschend fand. Sein Messer hatte mir wirklich gefallen.

Ich hob den Knüppel vom Boden auf und zog ihn über den Schädel des ersten Mannes, bevor auch er die Flucht ergreifen konnte, danach nahm ich ihre Geldbeutel an mich. Sie würden die Münzen nicht mehr brauchen, und ich war immer noch knapp bei Kasse, nachdem ich außerhalb der Tore für den Wein und das Brot bezahlt hatte. Abgesehen vom Segen meiner wieder aufgefüllten Mittel hatte mir das Handgemenge genug Ablenkung geboten, dass sich mein Kopf klarer anfühlte, als er das seit meinem Eintreten durch die Tore getan hatte. Der Gestank war zwar immer noch vorhanden, aber ich vermeinte nicht mehr, darin zu ertrinken.

Ich ließ ihre Körper für die Straßenfeger zurück und bahnte mir den Weg weiter die schmale Gasse hinab, die letztlich in eine breitere Straße mündete. Auch die erwies sich als verstopft mit Leuten, die alle möglichen Dinge zu verkaufen versuchten, von Schuhen über Hüte bis hin zu geschnitzten Einrichtungsgegenständen. Trotz ihres geradezu verzweifelten Marktgeschreis und des schier endlosen Stroms von Menschen, der sich an ihnen vorbeiwälzte, schienen sie keine allzu guten Umsätze zu erzielen. Ich schloss mich dem Fluss an, der sich tiefer in die Stadt bewegte, und hielt gelegentlich inne, um interessante Stände zu begutachten. Ungeachtet der beflissenen Bemühungen der Anbieter kaufte ich jedoch nichts, wenngleich ich bei einigen kunstfertig hergestellten Schmuckgegenständen schon in Versuchung geriet. Die Straße führte zu einem weiteren Platz, und obwohl er sich als kleiner entpuppte als jener an den Stadttoren, war dies ein Ort, an dem sich vier Straßen kreuzten, weshalb hier genauso viel Betrieb auf weniger Raum herrschte.

Ich hielt mich an den Rand der Menschenmenge, doch das Geräusch rinnenden Wassers lockte mich auf einen wundersamen Anblick zu. In der Mitte eines runden, von glatten Steinrosen gesäumten Beckens erhob sich das lebensgroße Bronzeabbild eines Ritters auf einem sich aufbäumenden Ross. Allein die Handwerkskunst war es wert, dafür innezuhalten, ganz zu schweigen von dem Wasser, das von in den Sockel gemeißelten dicken Kindern mit Trompeten verspritzt wurde. Diese Strahlen sprühten ohne Unterlass heraus und schufen einen feinen, glitzernden Vorhang und Regenbögen, die über das Wasser trieben. Dennoch lief das Becken nicht über. Ich umrundete es mehrere Male, bewunderte es aus jedem Blickwinkel. Etwas Derartiges hatte ich noch nie gesehen, und es erschien mir absonderlich, dass ich offensichtlich der Einzige war, der diesem Kunstwerk Beachtung schenkte. Dann jedoch kam es einem Teil von mir auf tragische Weise nur allzu menschlich vor, etwas so Prachtvolles zu erschaffen und es dann mit Missachtung zu strafen.

An der Rückseite der Statue prangte eine Inschrift, doch die Schriftzeichen waren völlig bedeutungslos für mich. Ich versuchte, einige Vorbeiziehende danach zu fragen, aber entweder beachteten sie mich gar nicht oder sie schraken vor mir zurück. Schließlich packte ich den Ärmel eines dicklichen, gut gekleideten Mannes. Auch er versteifte den Körper, aber ich ließ ihn los, sobald er die Schritte verlangsamte.

»Entschuldigung, Freund«, sagte ich und bot ihm mein feinstes Lächeln dar. »Was besagt diese Inschrift da?« Ich deutete auf das Hinterteil des Pferdes.

Einen Atemzug lang schien er einfach davoneilen zu wollen, dann jedoch ergab er sich seinem Los. »Ich kann die Worte von hier aus nicht lesen«, antwortete er und wischte den Ärmel ab, an dem ich ihn gepackt gehabt hatte. »Aber das ist die Statue von Henkman dem Eroberer, dem ersten Paladin.«

Bei der Erwähnung des Namens spannte sich die Bestie in mir an und horchte voll plötzlicher Aufmerksamkeit auf. Ich spürte, wie die Hitze ihres Bewusstseins von hinten gegen meine Augen drückte und Lichtranken über meine Sicht tänzeln ließ. Nach außen musste das wohl so gewirkt haben, als würde mir gleich schlecht, denn als ich wieder klar sehen konnte, eilte der dralle, aber hilfsbereite Mann mit einem auf den Mund gepressten Tuch über den Platz und starrte mich an, während er sich davonmachte, so schnell er konnte. Ich ging zur Vorderseite der Statue und blickte eindringlich in Henkmans Antlitz, das auf ewig zu einem stummen Schrei erstarrt war, den niemand je hören würde. Angestrengt suchte ich in dem Gesicht oder in den Umrissen des Körpers nach irgendetwas Vertrautem, doch es hatte sich nichts verändert. Aber ich kannte einen weiteren Namen, ein weiteres Teil zur Lösung des Rätsels. Was hatten ein selbsternannter dunkler Zauberer und ein toter Paladin mit mir zu tun?

»Navar Louw. Henkman.« Ich wiederholte ihre Namen, probierte unterschiedliche Sprechweisen und Akzente aus, doch nun empfand ich sie nur noch als Wörter.

Komm schon, erzähl mir irgendetwas Nützliches, bat ich stumm die Kreatur in mir, die in ihren Schlummerzustand zurückverfallen war und beharrlich nutzlos blieb. Wenn sie oder ich keine brauchbaren Antworten liefern konnten, würde ich einfach jemanden finden müssen, der dazu in der Lage war. Was bedeutete, dass mein ursprünglicher Plan, einen Weisen zu finden, immer noch der beste zu sein schien. Zuerst jedoch brauchte ich etwas zu essen und einen Platz zum Schlafen. Irgendwie vermisste ich Kräh, denn trotz all seiner Unzulänglichkeiten war er ein nützlicher Quell willkürlichen Wissens und verschiedenster Auskünfte gewesen. Ich näherte mich einem der nahen Marktschreier, der gerade damit beschäftigt war, die letzten Schmuckstücke wegzupacken, die er zu verhökern versucht hatte.

»Weißt du etwas über einen Fuchs und einen Hasen?«, fragte

ich ihn. Zuerst antwortete er nicht, sondern glotzte mich nur an. »Ich glaube, damit sind nicht wirklich Tiere, sondern ein Ort gemeint«, fügte ich hilfreich hinzu und entblößte abermals mein freundliches Lächeln, wenngleich es ihn nicht sonderlich zu ermutigen schien. Ich schloss den Mund und überprüfte mit der Zunge rasch meine Zähne, aber es handelte sich nach wie vor um meine menschlichen.

»Ja, äh, also, wie war das noch gleich?«

»Ein Fuchs und ein Hase.«

»Ah«, sagte er, starrte mich dabei immer noch an. »Da entlang. An einer Straßenecke.« Er deutete an dem Brunnen vorbei. »Allerdings würde ich woandershin gehen.«

»Warum? Das wurde mir empfohlen.«

»Ehrlich, ich mein's nur gut – der Besitzer hat nicht viel für Fremdlinge übrig. Wer immer dir den Ort empfohlen hat, kennt ihn entweder nicht oder mag dich nicht besonders.«

»Also würde es Schwierigkeiten geben, wenn ich dorthin ginge?«

»Ja. Du solltest besser weiter nach oben gehen, näher zum Palast. Zugegeben, dort kostet es zwar mehr, aber du wirst froh darüber sein.«

»Danke«, sagte ich, überließ ihn seiner Arbeit, die Waren zu verstauen, und schlenderte zurück zum Brunnen. Ich fand die Geräusche des Wassers ungemein beruhigend, und nachdem sich meine ärgste Enttäuschung gelegt hatte, trat ich den Weg zum *Fuchs und Hasen* an, mehr aus Neugier als sonst etwas. Es handelte sich um ein großes, knallig gestrichenes Gebäude mit einem zwar hilfreichen, aber jämmerlich gemalten Fuchs und einem noch erbärmlicher aussehenden Hasen auf einem Schild neben dem Eingang.

Ich trat ein und bemühte mich, angesichts des dichten, abgestandenen Miefs, der in der Luft hing und jedweder Brise trotzte, der es gelang, sich durch die schmalen Fenster zu zwängen, nicht zu würgen. Allein das genügte, um mich zu überzeugen, dass dies kein Ort war, an dem ich länger verweilen wollte, ganz abgesehen von dem feuchten Stroh auf dem Boden und den Dutzenden

Männern, die weitaus prunkvollere Pfeifen als die von Kräh zwischen feuchte Lippen geklemmt hielten. Aus diesen Kolben stiegen Rauchwolken auf, die als dichte Schwaden um das fleckige Gebälk trieben.

Ich kehrte der Herberge den Rücken zu und schloss mich wieder dem Gedränge der Menschen draußen auf der Straße an. Ich beschloss, den Rat des Marktschreiers zu beherzigen, und marschierte los in Richtung Oberstadt.

Kapitel 9

Die Strasse vor der Herberge war überfüllt mit Männern und Frauen, die große Bündel trugen oder Handkarren zogen, und ich hielt mich bestmöglich am Rand. Die Gebäude hier ragten höher auf als andere, die ich gesehen hatte. Holzaufbauten verschiedenster Machart thronten auf den Dächern der darunterliegenden Steingeschosse, vielleicht aufgrund der schmäler werdenden Straße. Ich hatte den Überblick über die Anzahl der Wagen verloren, die meine Beine gestreift hatten, und als ein Streit den Strom der Menschen zum Erliegen brachte und sich rings um mich ein enges Knäuel unzufriedener Leute zu bilden begann, wusste ich, dass ich von ihnen wegmusste.

Zum Glück befand ich mich nah genug am Rand, dass es wenig Mühe kostete, in die nächstgelegene Gasse abzubiegen. Sie schlängelte sich um die Rückseite mehrerer Gebäude und erwies sich als so schmal, dass ich mich gelegentlich seitwärts drehen musste, um den Haufen von Unrat auszuweichen, die darin zurückgelassen worden waren. Oben neigten sich die Bauwerke einander zu, als flüsterten sie miteinander, entweder, weil sie schlampig errichtet worden waren, oder aber absichtlich. Jedenfalls entstanden dadurch Pfützen von Schatten so tief wie die Nacht, obwohl die Sonne noch über den Himmel kreuzte. Es fühlte sich bedrückend an. Die Luft war so dicht, dass ich Angst hatte, ersticken zu müssen, und es stank nicht, als ob es von etwas Natürlichem herrührte. Dies war ein Miasma, das ich nie zuvor gerochen hatte.

Ganz gleich, wie viele Male die Gasse sich in noch schmalere Pfade verzweigte, der Mief blieb. Die widerwärtigsten Ausdünstungen der Stadt schienen in jene schmalen Räume gesickert zu sein und sich zwischen ihnen verdichtet zu haben, bis sie zu einem einzigen, erstickenden Gifthauch geworden waren, der zweifellos selbst eine Fliege zum Erbrechen veranlasst hätte. Und dennoch lebten Menschen unter diesem Gestank und glotzten mich mit Augen an, die sich hell gegen ihre verdreckte Haut abzeichneten. Nur wenige dieser Gestalten trugen ordentliche Kleidung, und so, wie sich die Haut straff über ihre Knochen spannte, vermutete ich, dass sich der Winter all diejenigen holen würde, die überhaupt bis dahin überlebten. Aber sie erwiesen sich als flink und geschickt, pressten sich in Ritzen und erklommen die Seiten der Gebäude wie Spinnen, wo immer ich ihnen nahekam.

Es ließ sich schwer abschätzen, wie lange ich kreuz und quer durch jene dumpfen Gassen wanderte. Die Schatten waren kaum von der allgemeinen Düsternis zu unterscheiden, und die Sonne verlor sich hinter der beachtlichen Höhe der Gebäude. Erst, als ich anfing, meine eigene Duftspur wiederzuerkennen, wurde mir klar, dass ich mich höchstwahrscheinlich verirrt hatte. Aber das wussten die schmuddeligen Bewohner dieser Jauchegrube wohl schon wesentlich länger als ich. Sie beobachteten mich von den Enden freiliegender Balken und verschiedenen anderen hohen Plätzen. In der trüben Düsternis waren sie fast unsichtbar. Ich blieb stehen und blickte zu einer kleinen Gruppe von ihnen hinauf. Sogar mit dem Vorteil meiner Blutsicht ließ sich schwer sagen, ob es sich um Erwachsene oder um Kinder handelte.

»Hallo«, versuchte ich, sie anzusprechen. Sie sahen einander an, und nachdem sie zu einer wortlosen Entscheidung gelangt waren, stieg einer der geringfügig Größeren zu mir herab. Der Mann schwang sich mit beneidenswerter Geschicklichkeit auf die Straße.

»Hallo«, erwiderte er mit leiser Stimme. »Du verlaufen.«

Es klang mehr wie eine Aussage denn wie eine Frage, daher nickte ich nur bejahend.

Er lächelte, und der Atem, der zwischen den Überresten seiner Zähne hervorquoll, hätte mich beinah einen Schritt zurückweichen lassen. »Schlechter Ort.«

Während er sprach, schlangen sich seine Finger um den Griff eines kleinen Messers, das an einem Riemen um seinen Hals baumelte. Es schien sich tatsächlich um menschliche Wesen zu handeln, aber ich würde schon diesen Gestank tagelang mit mir herumschleppen. Das Letzte, was ich wollte, war, auch noch über und über von ihrem Blut besudelt zu werden. Ich flüsterte meiner Hexenkunst zu, formte sie zu etwas, das dem ähnelte, was ich benutzt hatte, um Krähs Pfeife anzuzünden, und schlagartig erschien ein kleiner Feuerball mit steter, nicht flackernder Flamme über meiner ausgestreckten Hand.

Meine Kontrolle wurde besser, aber das war eine Errungenschaft, die diese schmutzigen Gestalten rings um mich natürlich nicht zu schätzen wussten. Sie fauchten nur und krallten an ihren Augen. Ihrem Sprecher erging es geringfügig schlechter als den anderen, weil er sich mir am nächsten befand und derjenige war, auf den sich das Licht richtete. Er taumelte zurück, vergaß sein Messer, und ich nützte die Gelegenheit, um selbst eines zu ziehen und die Spitze mit genug Nachdruck unter seinem Kinn anzusetzen, dass er sich unwillkürlich auf die Zehenspitzen aufrichtete.

»Nicht tun mir weh, Herr, bitte!«, quiekte er. Ich verringerte die Helligkeit der verdichteten Flamme, entfernte das Messer jedoch nicht.

»Ich will dir nicht wehtun«, log ich ihn an. »Ich will nur meinen Weg hier raus und einen guten Platz zum Essen und Schlafen finden.«

»Ich zeige dir, magische Mann. Ganz schnell.«

Ich bezweifelte, dass diese schuppige Kreatur die Gelegenheit verstreichen lassen würde, den eigenen Vater abzustechen, wenn sie dadurch Münzen in die Tasche bekäme; sofern die Lumpen, die der Bursche trug, überhaupt Taschen besaßen. Ich ließ ihn die Spitze des Messers unter dem Kinn noch einige Herzschläge lang spüren, dann nahm ich die Klinge zurück.

»Wenn du wegrennst, verbrenne ich dich«, warnte ich ihn und ließ den Feuerball auf- und abhüpfen. Da mischte sich der beruhigende Geruch seiner Angst mit den banaleren Ausdünstungen seiner erbärmlichen Kost und nicht vorhandenen Körperpflege, und ich wusste, dass ich ihn hatte. Ich kramte in meinem Geldbeutel und holte ein paar der Münzen hervor, um die ich die Leichen meiner jüngsten Angreifer erleichtert hatte. Die Geldstücke erwiesen sich als beschlagen und sahen ziemlich hässlich aus, dennoch ließen sie die Augen des Mannes vor Gier geradezu aufleuchten.

»Wenn du mir hilfst, bekommst du die hier. Haben wir eine Abmachung?«

»Ja, abgemacht.« Damit spuckte er sich in die Hand und streckte sie mir entgegen. Mit einer Mischung aus Grauen und Abscheu starrte ich auf die nasse Stelle, und der Feuerball loderte entsprechend auf. Rasch ließ er die Hand sinken.

»Abgemacht, abgemacht. Du mir folg.«

Das tat ich. Selbstsicher bahnte er sich den Weg durch die inzwischen mitternachtsschwarze Gasse und zog gewieft angeordnetes Holz beiseite, das andere Ausgänge verbarg. Nur einmal schaute er über die Schulter zu mir zurück, und was immer er sah oder hörte, ließ ihn etwas ausstoßen, das ich nicht verstehen musste, um zu wissen, dass es sich um einen Fluch der einen oder anderen Art handelte. Danach bewegte er sich schneller voran, doch da ich mittlerweile seinen Geruch kannte und meine Blutsicht erwacht war, hatte ich keinerlei Mühe, mit ihm Schritt zu halten. Als wir unverhofft auf eine gewöhnliche, breitere Straße gelangten, empfand ich den plötzlichen Ansturm bewegter, einigermaßen unverseuchter Luft nach der Widerwärtigkeit der Gassen als beinahe berauschend. Allerdings hatte ich keine Ahnung, wo wir uns befanden, was ich auch zum Ausdruck brachte. Mein gezähmter Führer grinste in der Dunkelheit und zeigte die Straße entlang.

»Willst du schlafen, das ist beste Ort. Viele Herbergen und Häuser. Gutes Futter.«

»Wo sind die Stadttore von hier aus?«

Er zeigte zur Seite und vollführte mit der Hand eine eigenartige, wackelnde Auf- und Abbewegung. Ich ahmte die Geste nach, was ihn dazu bewog, laut mit der Zunge zu schnalzen.

»Stufen. Musst du gehen hinunter in untere Stadt.«

Mich beeindruckte, wie weit wir tatsächlich gekommen waren. Ungeachtet all des Gestanks und Ungemachs befand ich mich fast dort, wo ich hingewollt hatte. Da freute ich mich darüber, ihn nicht niedergemetzelt zu haben.

»Wie ist dein Name?«

»Jovar.«

Ich reichte ihm die Münzen, die ich ihm versprochen hatte. »Danke, Jovar.«

Die Münzen verschwanden schneller als die Zunge einer Viper. »Gut, magische Mann. Wir uns sehen wieder.« Er winkte mir flüchtig zu, dann verschwand er zurück in die Gasse.

»Das glaube ich nicht«, murmelte ich in die Düsternis und forderte damit den Sinn für Humor des Schicksals heraus.

Ich verharrte noch ein Weilchen, während sich meine Sinne nach und nach von der Misshandlung erholten, der ich sie ausgesetzt hatte. Während ich wartete, kam eine Gruppe des Weges, die aus einem Dutzend junger Männer bestand. Sie lachten und riefen einander zu, achteten so gut wie überhaupt nicht auf irgendetwas oder irgendjemanden um sie herum. Kaum hatten sie mich passiert, trat ich hinter sie und genoss den zarten Hauch von Gewürzen und Ölen, der ihnen folgte. Ich war mir der verschiedenen, frischen Schmutzflecken durchaus bewusst, die mir mein Umweg durch die Gassen beschert hatte, daher fand ich es erfreulich, dass die Gruppe genug Lärm veranstaltete, um jegliche Aufmerksamkeit anderer von mir abzulenken.

Als sie ein Stück weiter geräuschvoll in eines der Wirtshäuser polterten, beschloss ich aus dem Stegreif, ihnen zu folgen. Ihre Ankunft wurde mit einer Runde Jubel begrüßt, was ich zwar seltsam fand, mir aber gut in den Kram passte. Der Gastraum präsentierte sich dicht gedrängt und strotzte genauso sehr vor Rauch wie der im *Fuchs und Hasen*, wenngleich hier die miefenden Untertöne von Körperausscheidungen und faulendem Stroh fehlten. In unregelmäßigen Abständen hingen Zierlaternen aus Bronze von Ketten. Der warme Schein ihres Lichts und die tänzelnden Schatten, die sie warfen, ließen die Wandbilder funkeln und wabern, als besäßen sie ein Eigenleben. Insgesamt war es ein fesselndes Spektakel, das meine Aufmerksamkeit zu lange in Beschlag nahm, weshalb ich mit jemandem zusammenstieß. Da sich mein übliches Glück einstellte, entpuppte sich derjenige als groß und griesgrämig.

»Was glaubst du denn, wer du bist?«, herrschte er mich an und hob meinen Kittel mit zwei Fingern ein Stück hoch. »Du stinkender Tölpel. Bist du schwarz oder einfach nur dreckig? Wer hat dich hereingelassen?«

Seine laute Stimme hatte die Aufmerksamkeit der jungen Männer erregt, mit denen ich hereingekommen war. Sie sahen sich gegenseitig an, dann brachen sie in Gelächter aus.

»Du liebe Güte, Krykis, der gehört nicht zu uns. Er ist ja fast so eine Monstrosität wie du.«

Ich rechnete damit, dass dieser »Krykis« den Mann schlagen würde, der gesprochen hatte, stattdessen jedoch lächelte er nur.

»Niemand ist so monströs wie ich, mein Fürst.«

»Du wärst überrascht«, warf ich im Plauderton ein.

Der Fürst klatschte in die Hände und lachte ein bisschen lauter. »Wunderbar! Was meinst du dazu, Krykis? Denkst du, er ist monströser als du?«

»Vielleicht sollte ich ihn aufmachen und mal drinnen nachsehen.«

Darüber musste ich unwillkürlich seufzen. *Drei Worte*. Ich hatte bloß drei Worte gesprochen, und schon schickte sich wieder ein Mensch zu dem Versuch an, mich zu verletzen. Das Einzige, was mich daran überraschte, war, dass ich mich dabei ertappte, erneut eher enttäuscht als wütend darüber zu sein. Es erschien mir alles so bedeutungslos. Als ich mich umsah, konnte ich so viel Kunstfertigkeit in den geschmackvoll verzierten Bechern erkennen, aus denen hier getrunken wurde, in den bunten Fensterglasscheiben, in den Laternen und besonders in den Wandbildern, die als Verzierung der Mauern dienten. Alles schien so vielversprechend, und dennoch wurde ich von einem hohlköpfigen Narren herausgefordert.

Er starrte mich an, und aus seiner Haltung sprach so eindeutig Streitlust, dass es sogar ein Hund verstanden hätte. Ich begegnete seinem Blick und sah ihm tief in die Augen, während ich seine Gedanken nach irgendwelchen Eigenschaften durchforstete, die für ihn sprachen. Ich sah einen Wirbelsturm der Gewalt, Bilder von Prügel, die ausgeteilt und eingesteckt wurden, während um ihn herum Menschenmengen tobten, und ich spürte wie sehr er den Triumph genoss und ein Gefühl von Macht, als er über seinen gefallenen Gegnern stand. Weder wollte noch brauchte ich diesen Kampf, aber die Überheblichkeit, die ich in seinen früheren Siegen wahrnahm, und sein beinah tiergleiches Bedürfnis, seine Überlegenheit unter Beweis zu stellen, verrieten mir, dass er wohl kaum darauf verzichten würde. Ich legte einen Hauch Hexerei in meinen Blick und griff in seinen Geist. Ich ließ ihn ein gewisses Maß der Raserei spüren, die von dem Dämon ausging wie Hitze von einem Ofen. Ich spürte, wie sein Hochmut schrumpfte, als sich die Bedrohlichkeit in mir erhob und ihre Aufmerksamkeit auf ihn richtete. Sie streifte kaum die Ränder seines Geistes, doch allein das genügte. Er blinzelte heftig und wandte den Blick ab.

»Mach dich vom Acker«, forderte er mich knurrend auf und leckte sich über die trockenen Lippen. »Ich will meine Fäuste nicht mit deinem Blut verdrecken.«

Ich rührte mich nicht von der Stelle, bis er mir aus dem Weg ging und den Blick auf die Bodendielen heftete. Erst, als das Rumoren der Unterhaltungen um uns herum wieder anschwoll, wurde mir bewusst, dass die meisten Anwesenden das Aufeinandertreffen eingehend beobachtet hatten, darunter der Gastwirt. Er legte das Tuch beiseite, dass er bei sich hatte.

»Das ist ja alles schön und gut, aber wir schenken hier nicht aus an …«

»Sag nicht *meinesgleichen*.«

»Nur, wenn deinesgleichen Landstreicher sind.«

Ich zeigte ihm meinen Geldbeutel, da schien er sich zu entspannen. Kurz darauf stellte sich der Mann, den Krykis mit »Fürst« angesprochen hatte, neben mich.

»Einen Trunk für den Mann, der Krykis in Grund und Boden gestarrt hat. Auf meine Rechnung. Was darf es sein, Freund?«

»Ein Weizenbier. Ich habe gehört, das soll gut sein.«

»Und recht hast du«, meinte der Fürst mit einem Lächeln. »Zwei davon.«

»Dein Gesicht ist bemalt.« Ich hatte gar nicht vorgehabt, es laut auszusprechen, es rutschte mir einfach heraus. Zu meiner Überraschung hörte er nicht auf, mich anzulächeln.

»Abgesehen davon, dass ich gelegentlich peinlich bin, rühme ich mich auch damit, modisch zu sein.«

»Von Mode verstehe ich nichts«, gab ich zurück.

»Das ist nicht zu übersehen.« Die Biere wurden vor uns abgestellt, und er berührte mich am Arm. »Komm, setz dich zu uns.«

Ich zuckte zustimmend mit den Schultern und folgte ihm zu einem der größeren Tische, wo ich darauf achtete, dass sich die Beine der Bank unmittelbar unter mir befanden. Der Fürst deutete nacheinander auf jeden der Männer und sprach ihre Namen laut aus. Sie interessierten mich nicht genug, um darauf zu achten, und ich nippte stattdessen an meinem Bier. Es schmeckte wesentlich besser als das andere, das ich bisher gekostet hatte, und ich dankte dem toten Späher stumm für die Empfehlung.

»Und wie lautet dein Name?«, erkundigte sich der bemalte Fürst schließlich.

»Stratus.«

»Nur Stratus?«

Ich öffnete den Mund, um »natürlich« zu sagen, wusste jedoch, dass es nicht stimmte. Ich hatte noch einen anderen Namen, aber so wie meine Hexenkunst war er zerbrochen und wurde von der Kreatur in mir verhüllt.

»Ja, nur Stratus.« Ich rief mir das Protokoll für Begegnungen dieser Art ins Gedächtnis. »Und wie heißt du?«

»Lucien. Lucien Stahrull.«

Ich erkannte den Namen, und er merkte es mir an. Er neigte mir den Becher in einer Art spöttischem Gruß zu. Keiner der anderen zeigte eine Regung.

»Bist du Soldat, Stratus?«, fragte einer der Männer neben mir.

»Groß genug siehst du jedenfalls aus. Zu welchem Regiment gehörst du?«

»Die Schwarzen sind bei den Hilfstruppen. Muss so sein«, warf ein anderer ein.

»Er ist groß genug für einen Belagerungsbrecher.«

»Ich bin kein Soldat«, meldete ich mich zu Wort und stellte meinen mittlerweile leeren Krug ab, »und ich habe nie eine Belagerung durchbrochen.«

Derselbe Mann, der mich gefragt hatte, ob ich Soldat sei, beugte sich vor und zeigte auf den Fürsten. »Wärst du denn gern Soldat? Seine Herrschaft könnte das veranlassen.«

Lucien breitete die Hände aus. »Das stimmt.«

»Ich bin kein Soldat«, wiederholte ich. »Und ich habe kein Interesse an eurem unbedeutenden Krieg.«

Mehrere der Männer ließen ihre Krüge geräuschvoll auf den Tisch niedersausen und begannen, mich anzubrüllen. Da immer noch alle saßen und keine einzige Waffe aufblitzte, schenkte ich ihnen keine Beachtung. Der Fürst hingegen hatte keine Regung gezeigt und sah mich über den Metallrand seines Kruges hinweg eindringlich an. Langsam senkte er den Krug auf den Tisch, und die anderen verstummten angesichts der Geste.

»Es ist nicht bloß unser unbedeutender Krieg, Stratus«, erklärte er mir in gemessenem Ton. »Es geht nicht mehr nur um Provinzen oder Königreiche. Und wenngleich du das Blau jetzt noch nicht tragen magst, so wirst du doch Soldat sein, bevor er zu Ende ist.« Er ließ den Blick durch den Raum wandern. »Das werden wir alle sein, denn unser Feind verlangt es.«

»Der da ist der Herr der Würmer?«, wagte ich zu fragen. Niemand sonst am Tisch redete noch, und diejenigen, die nicht entweder den Fürsten oder mich anglotzten, stierten in ihre Getränke, als hätten sie darin etwas verloren. Auch eine Frau, die allein an einem nahen Tisch saß, beobachtete uns. Vor ihr stand ein unangetasteter Krug Bier, an ihrem Bein lehnte ein Schwert.

»So ist es«, bestätigte Lucien und lenkte meine Aufmerksamkeit wieder auf ihn.

»Er ist bloß ein Mensch.«

»Er ist ein *Zauberer*«, zischte der Mann neben mir, der mich allmählich zu verärgern anfing.

»Zauberer bluten.«

»Das gefällt mir!«, rief Lucien, und ein Lächeln breitete sich wieder auf seinen bemalten Zügen aus. »Zauberer bluten. Darauf trinke ich.« Er hob den Krug an und senkte ihn erst wieder, als er leer getrunken war. »Olaf! Noch eine Runde. Wir müssen darauf trinken, dass Zauberer bluten.«

Frische Krüge wurden gebracht. Jeder war randvoll, dennoch verlangte der Gastwirt keine Bezahlung. Ich leerte meinen in zwei mächtigen Zügen und genoss, wie das Nass einen Durst stillte, der mir gar nicht bewusst gewesen war. Die anderen um den Tisch fingen an, Möglichkeiten aufzuzählen, einen Zauberer zu töten. Bei jedem neuen Vorschlag nippten sie an ihren Bieren. Sie dachten sich immer neue Wege aus, jemanden zu töten, und nach einer ganzen Reihe weiterer Krüge wurden die Anregungen unglaublich anstößig und dabei immer elaborierter. Aus dem Nippen waren gierige Schlucke geworden, bei denen mehr Bier auf ihre Gewänder verschüttet wurde, als ihre Kehlen hinunterrann. Ich stellte fest, dass ich den siebten Krug genauso sehr genoss wie den ersten, und wartete darauf, dass Lucien eine weitere Runde bestellte, als er plötzlich vom Stuhl kippte.

Ich befreite mich von der Bank und ging zu ihm, um mich zu vergewissern, dass er nicht tot war. Er lachte, als ich mich über ihn beugte und anbot, ihm aufzuhelfen.

»Nein! Nicht auf! Wir müssen … etwas zu essen auftreiben. Etwas Gutes mit richtigem Fleisch.« Undeutlich zeigte er in Richtung der Tür, dann rieb er sich über das Gesicht, wobei er die Farbe darauf verschmierte. »Ich hatte ganz vergessen, wie stark man hier das Bier braut.«

»Müssen wir flüchten?«, fragte ich und schaute zu Olaf hinüber, der uns beobachtete.

Lucien runzelte die Stirn. »Flüchten?«

»Wir haben Olaf nicht bezahlt.«

Lucien grölte vor Gelächter und klammerte sich mit einer Hand an meiner Schulter fest, während er mit der anderen zum Ausgang deutete. »Auf zum Essen! Olaf, leb wohl!«

Ich beschloss mitzuspielen, und niemand unternahm einen Versuch, uns aufzuhalten, nicht einmal die Männer am Tisch, die noch wach waren. Es war vollkommen dunkel draußen, doch das schien den Fürsten nicht zu stören. »Hier lang!«, rief er, und ich trug ihn halb in die entsprechende Richtung, bis er mich anhalten ließ und eine andere einschlug. Ich war überzeugt davon, dass er sich verirrt hatte, wahnsinnig war oder auch beides. Er ließ uns in eine andere Gaststätte einkehren, wo er für jeden von uns einen Krug des »besten Bieres« bestellte und mich dafür bezahlen ließ, als ihn niemand erkannte. Ich hatte davor noch nie mit einem betrunkenen Menschen zu tun gehabt und fand ihn unterhaltsam, auch wenn er sich ständig an mich klammerte. Daher störte es mich nicht allzu sehr. »Wer bist du, Stratus? Warum bist du so schwarz? Bei Gottes Zähnen, ich kann dich ja kaum sehen.«

Er beugte sich über einen Tisch, den man aus einem alten Fass gefertigt hatte und der beinah genauso sehr schwankte wie er. Lucien betrachtete mich mit zusammengekniffenen Augen, als befände ich mich weit entfernt. Vielleicht lag es an etwas im Bier oder vielleicht daran, dass ich – soweit ich mich erinnern konnte – noch nie zuvor mit einem Prinzen der Menschen getrunken hatte, jedenfalls entschied ich, ihm die Wahrheit zu sagen. Ich holte tief Luft und stellte erfreut fest, dass er auf meine Antwort wartete.

»Ich weiß es nicht.«

Kaum hatte ich es laut ausgesprochen, empfand ich es gar nicht mehr als eine so dramatische Offenbarung. Lucien jedoch brachte es so ausgelassen zum Lachen, dass er sich quer über den Tisch übergab und erneut vom Stuhl fiel.

»Für heute Nacht hat er genug«, sagte eine Stimme hinter mir. Eine Stimme, die ich nicht erkannte, und wie alle Hexer besaß ich ein gutes Ohr für Stimmen. Ich stand auf und drehte mich gleichzeitig um. Eine Frau von ungefähr derselben Größe und demselben Körperbau wie Lucien stand vor mir. Ich brauchte einen

Atemzug lang, um zu begreifen, dass ich auf die schwerttragende Frau hinunterblickte, die zuvor in dem anderen Wirtshaus gewesen war.

»Warum verfolgst du uns?«, fragte ich sie, mehr als Vorwand, um eine ordentliche Nase von ihrem Geruch aufzunehmen, als aus echter Wissbegier. Der Geruchssinn ist mächtiger als alle anderen, auch wenn Menschen ihn nicht richtig zu nützen wissen. Ich sog also ihren Duft ein, der sich als äußerst stark herausstellte, zumal sie in diesem beengten Raum so nah vor mir stand. Er verriet mir, dass sie jung und wohlgenährt war und sich gerade von einer Verletzung erholte, doch es schwang deutlich noch etwas anderes darin mit. Etwas, das mir vertraut vorkam. Sie roch nach Lucien, aber auch nach etwas anderem.

»... von Belang für dich. Du brauchst nur beiseitezutreten und mich von hier an übernehmen lassen«, sagte sie.

»Ich mag ihn«, erklärte ich und trat einen Schritt zurück.

»Jeder mag einen Prinzen«, gab sie zurück und kniete sich neben ihn. Dann drehte sie sein Gesicht und wischte es mit einem kleinen Tuch ab, das sie anschließend zurück in eine Tasche steckte. Einige Atemzüge lang beobachtete sie ihn, bevor sie sich seufzend seinen Arm um die Schulter schlang und ihn vor Anstrengung ächzend auf die Beine hievte. Das betrachtete ich als eindrucksvolle Leistung, zumal er mindestens so viel wog wie sie, wahrscheinlich noch mehr.

»Wohin bringst du ihn?«

»Nach Hause. Du kannst also deiner Wege ziehen. Du hattest mehr als genug kostenlose Getränke.«

Ich folgte ihnen nach draußen und atmete tief durch, um den Geruch des Wirtshauses aus dem Kopf zu bekommen. Die Frau setzte wieder zum Reden an, aber ich hob eine Hand, um sie zum Schweigen zu bringen. Ich atmete erneut tief die Nachtluft ein und versuchte, die Duftspur wiederzufinden, die ich gerade flüchtig aufgeschnappt hatte. Eine Duftspur, die zwar fein, aber auf eine gewisse Weise abscheulicher als alles war, was ich an jenem Tag gerochen hatte. Der Eindruck war sogar noch widerlicher als der Mief in den Gassen, doch davon abgesehen lag darin etwas, das die Bestie in mir zum Knurren brachte. Ich hob den Kopf und drehte mich im Kreis, suchte, es zu fassen zu kriegen.

Ich wollte diesen Geruch unbedingt finden, um ihm zurück zu seinem Ursprung zu folgen und diesen dann dazu zu bringen, mir etwas über mich zu erzählen. Daher ging ich ein paar Schritte und schnupperte unterwegs die Luft, überzeugt davon, dass ich die Spur entdeckt hatte. Ich drehte mich um, wollte es der Frau und Lucien sagen, aber sie waren bereits verschwunden, und ihre Duftspur führte mich geradewegs auf die Quelle des unnatürlichen Gestanks zu, was immer sie auch sein mochte.

Kapitel 10

Mittlerweile lagen die Straßen ruhiger da. Die Dunkelheit hatte selbst die Hartnäckigsten zurück in ihre Eigenheime getrieben. Der Frau war es gelungen, Lucien wieder zum Gehen zu bringen, wenngleich es kaum mehr als ein besseres Torkeln war, und ich konnte sie mühelos einholen. Ein weiterer Mann war zu ihnen gestoßen, und im Licht der Laterne, die er trug, sah ich, dass es sich um einen der Soldaten mit Schärpe handelte. Er hob die Laterne an und zückte sein Schwert, als er hörte, wie ich mich näherte. Auch die Frau drehte sich um, und ich sah, dass sie ihr Schwert gezogen hatte, auch wenn es kleiner als das des Soldaten war. Nur Lucien lächelte erfreut, als ich ins Licht trat.

»Stratus!«, rief er. »Du solltest wirklich eine Lampe oder so bei dir tragen. Ich kann nur deine Zähne sehen. Ich dachte schon, wir hätten dich verloren.«

»Ja«, presste die Frau zwischen zusammengebissenen Zähnen hervor und stellte sich zwischen Lucien und mich. »Dachten wir. Was willst du?«

»Oh, sei vorsichtig. Sie ist so wild«, warnte mich Lucien und brüllte das letzte Wort förmlich, bevor er in Gelächter ausbrach.

»Was willst du?«, wiederholte die Frau, ohne auf den Prinzen zu achten. Ihre Schwerthand erwies sich als ruhig. Trotz der geringen Größe ihrer Klinge sah sie nach jemandem aus, den ich lieber ein gutes Stück von mir fernhalten wollte.

Ich war nicht recht sicher, wie ich Geschöpfen, die kaum einen bratenden Ochsen aus zehn Schritt Entfernung wittern konnten, die Bedeutung des Geruchs erklären sollte, dem ich folgte.

»Etwas Übles liegt in der Luft«, verkündete ich.

»Dafür ist Haarfett da«, lallte Lucien. »Wir sollten uns Kuchen besorgen. Wo ist noch mal dieser Ort, den du so magst, Tatta?«

»Nenn mich nicht so.«

»Jetzt sei doch nicht so empfindlich.« Sie versteifte sich, als er einen Arm um ihre Schultern schlang.

Dann stieß sie ihn mit einer jähen Bewegung von sich. »Bitte, bleib hinter mir.«

»Ich dachte, du liebst mich«, murrte er und rieb sich die Brust.

»Du bist betrunken.«

Der widerliche Gestank verdichtete sich mit jedem verstreichenden Augenblick, den wir dort standen, aber selbst ich hatte nicht damit gerechnet, dass er in der Lage sein könnte, sich auf das Licht auszuwirken. Als ich angesichts der Eindringlichkeit der Duftnote zu würgen anfing, wurde das Licht der Laterne auf einmal trüber, als senke der Soldat sie langsam in ein Fass.

»Was um alles in der Hel ist das?«, fragte er und schüttelte die Laterne.

»Magie«, zischte die Frau, trat näher zu Lucien und zog mit der anderen Hand einen gekrümmten Dolch aus einer Scheide an ihrem Rücken.

»Nein, keine Magie«, widersprach ich, »das ist etwas anderes.«

Magie fühlte sich nicht so besudelt an, als hinterließe sie einen schmierigen Rückstand an allem um sie herum. Magie stellt einen Bestandteil derselben Energie dar, die allen Geschöpfen Leben spendet. Sie ist so notwendig für das Leben und die natürliche Ordnung wie das Aufgehen der Sonne. Sie kann auch gefährlich sein, aber wie der Blitz, der eine Kuh erschlägt, oder das Wasser, das ein unachtsames Kind ertränkt, ist sie nicht an sich schlecht oder bösartig. Dieser miefende Makel aber ließ etwas anderes erahnen.

Ich erweckte meine Blutsicht in dem Augenblick, bevor das Licht erlosch, und das mittlerweile vertraute Rot färbte mein Blickfeld. Ich sah fünf mit flinken, leicht hopsenden Schritten näherkommende Gestalten, die jene unnatürliche Dunkelheit zu verbergen getrachtet hatte. Sie sahen wie Menschen aus, aber angesichts ihrer zerlumpten Kleidung und des Gestanks, der von ihnen ausging, konnte ich mir nicht sicher sein. Was sie wollten, war anhand der langen Messer in ihren Händen klar. Die drei Menschen starrten verwirrt um sich, die Augen im verzweifelten, aber fruchtlosen Versuch geweitet, irgendetwas zu erkennen. Ich beschwor meine Hexenkunst und entsandte einen Feuerball in die Luft über uns. Er schwebte, statt zu explodieren, und verströmte Licht. Es war nicht heller als das des Vollmonds im Herbst, aber genug, um den Überraschungsangriff zu vereiteln.

Im Gegensatz zu dem Soldaten hielt die Frau mit dem Schwert nicht inne, um zu dem Licht zu schauen oder sich zu fragen, wie es entstanden war. Sie sprang nach vorn, kam dem Angriff des vordersten Meuchlers zuvor, schlug sein Messer mit dem Schwert weg, stieß den Dolch tief in seinen Hals und schlitzte ihn damit auf. Zwei stürmten auf Lucien zu, und ich wusste, dass ich sie nicht rechtzeitig erreichen könnte. Meine Hexenkunst war nicht stark genug, um zwei Feuerbälle gleichzeitig zu unterhalten. Aber sie genügte, um das Messer, das ich warf, auf dem Weg zu seinem Ziel zu beschleunigen und es kerzengerade auf den Angreifer zurasen zu lassen, sodass es mit genug Wucht in ihn einschlug, um ihn von den Füßen zu heben. Die andere dunkle Gestalt hieb auf Lucien ein und war wohl genauso überrascht wie ich, als der Prinz jäh auswich, den Arm des Messerkämpfers packte und ihn verblüffend schwungvoll zu Boden warf.

Die zwei verbleibenden Angreifer fielen über den Soldaten her, der zu spät erkannte, welchen Fehler er damit begangen hatte, auf mein Licht zu starren. Die langen Klingen ihrer Messer trafen seinen Hals und seinen Schritt, und als er zu Boden fiel, flutete sein Lebensblut dermaßen üppig aus den Wunden, dass er innerhalb weniger Herzschläge tot sein würde. Die zwei kamen in schrägen Winkeln auf mich zu, doch ich war bereit für sie. Ich sprang auf den Ersten zu und fegte seine Klinge mit dem Arm beiseite, wie es zuvor die Frau getan hatte. Eine eigene Klinge hatte ich nicht zur Hand, also begnügte ich mich damit, ihm eine Faust aufs Ohr zu rammen, als er sich durch den Schwung meiner Abwehr drehte. Er ging zu Boden. Das Messer des zweiten Angreifers stach bereits auf mich zu, und ich wusste, dass er zu nah war, als dass ich etwas dagegen unternehmen konnte.

Ich spürte ein Brennen, als die Klinge mich unter den Rippen traf, dann ein langes Kratzen, als es nicht in mich eindringen konnte und mir nur die Haut aufriss, bis es von einer Rippe abprallte. Ich hatte nicht vor, dem Burschen die Gelegenheit einzuräumen, seinen Fehler zu beheben. Ich packte seinen Arm und zog mit einer Hand so kraftvoll daran, wie ich konnte. Es war deutlich zu spüren, wie der Arm aus der Schulter sprang. Bevor er den Schrei entfesseln konnte, den der weit aufgerissene Mund ankündigte, hieb ich ihm die Handkante seitlich gegen den Hals und brach zumindest einen der Wirbel darin. Ich ließ ihn leblos zu Boden sacken, drehte mich um und sah, wie die Frau auf den Hals des Mannes einhackte, den Lucien zu Boden geschleudert hatte.

»Wir müssen ihnen die Köpfe abtrennen«, brüllte sie. Lucien lehnte über einer nahen Mauer und würgte geräuschvoll.

»Warum? Sind sie wertvoll?«

»Jetzt werd mal nicht komisch hier«, sagte sie, während sie durch einen hartnäckigen Muskel sägte. »Dies sind Handlanger des Herrn der Würmer. Wenn wir ihnen die Köpfe nicht abtrennen, könnten sie wiederauferstehen.«

Ich schnaubte ungläubig. »Das Einzige, was sie tun werden, ist, als Futter für die Krähen dienen.«

Ich überließ sie ihrer grausigen Arbeit und betastete behutsam die Wunde an meiner Brust. Sie erwies sich als lang, war aber nicht tief und hatte bereits zu bluten aufgehört. Trotzdem brannte sie. Ich ließ den Kittel wieder sinken und ging zu dem hinüber, dem ich aufs Ohr geschlagen hatte. Ich hatte mich bemüht, ihn nicht hart genug zu treffen, um ihn zu töten, und es sah so aus, als wäre es mir geglückt. Als ich ihm die Kleider vom Leib riss, kam ein recht gewöhnlicher menschlicher Mann zum Vorschein, wenngleich es einer war, der eine Reihe von Zeichnungen am Körper und im Gesicht trug. Die Spiralmuster kamen mir seltsam vertraut vor, doch zu welchen Erinnerungen sie auch gehörten, sie lagen zu tief vergraben, um etwas Nützliches damit anfangen zu können. Abgesehen von dem Messer trug er nichts bei sich, nicht einmal ein paar Münzen. Ich stupste ihn mehrmals, aber er blieb hartnäckig bewusstlos. Dieser Zustand änderte sich jedoch schlagartig, als ich herzhaft seinen Schritt quetschte.

Wild fuchtelnd sog er scharf die Luft ein, als er ins Bewusstsein zurückkehrte, dann erstarrte er, als er mich erblickte.

»Die Bestie!«, stieß er hervor, bevor ich ihn am Kiefer packte und seinen Kopf fixierte.

»Erzähl mir alles«, forderte ich ihn auf, als ich mich vorbeugte und ihm tief in die Augen starrte. Die Gegenwart in mir rührte sich gierig, als ich in seinen Geist vorstieß. Endlich jemand, der mich kannte. Der Mann setzte sich zur Wehr, sowohl gegen meinen Griff als auch gegen mein Eindringen in seinen Geist, doch seine Stärke bei beiden Unterfangen ließ zu wünschen übrig. Das Licht der Laterne kehrte zurück, also zögerte ich nicht, die Energie des Feuerballs in mich zurückzuholen und sie zu nützen, um meinen Vorstoß in seinen Geist zu befeuern.

Ich drängte mich durch seine frischsten Erinnerungen, vorbei an dem Hinterhalt, in den sie uns gelockt hatten, vorbei an dem Erschrecken über ihr Versagen. Ich wollte wissen, weshalb sie es getan hatten und wer sie waren. Ich konnte fühlen, wie er verzweifelt versuchte, seine geistige Verteidigung zu stärken. Einen neugierigen Anfänger hätte er vielleicht aufzuhalten vermocht, für meine Fähigkeiten stellte das jedoch kein Hindernis dar. Ich unterwanderte sämtliche Barrieren mühelos, dann riss ich sie einfach weg. Sein schlagartig ungeschützter Geist schrak mit einem fast greifbaren Gefühl wachsender Angst zurück, doch ich setzte schonungslos nach.

Ein dunkler Raum, die Luft stickig vor geheiligtem Weihrauch. Wir sind zu sechst, und obwohl wir nicht sprechen, gibt es keine Geheimnisse zwischen uns. Wir sind alle gleich, dem Meister verschworen und von ihm höchstpersönlich für diese Aufgabe auserwählt. Lange haben wir gewartet. Jeder von uns hat sich den Weg in die Stadt im Verlauf der vergangenen Wochen auf seiner eigenen Strecke gebahnt.

Wir haben auf unseren Befehl gewartet, jeden Tag ohne den Segen des Meisters, so lange, dass geringere Menschen es wie eine Woche ohne Brot und Wasser empfunden hätten. Jeder von uns konnte den Druck der Übermittlung spüren, und mit großer Beflissenheit bereiteten wir das Gefäß vor, das Rorik zum Tempel gebracht hatte. Die Frau schrie blökend wie das Schaf, das sie war, als er mit dem Messer über ihr ausholte. Bis zum letztem Atemzug war sie der großen Ehre nicht gewahr, die ihr zuteilwurde. Er schnitzte die heiligen Worte in ihr lebendiges Fleisch, dann sprach er sie laut aus. Die Runen entfalteten sich wie rote Blütenblätter und befreiten das in ihrem besudelten Leib gefangene Blut, auf dass es sich in die Luft erhob, wo es sich vereinte, um das Antlitz des Meisters zu bilden.

»Ich suche einen, der in die Stadt kommen könnte, und ihr werdet ihn für mich finden, falls er es tut. Seine Haut ist schwarz und unbehaart, und er ragt eine Hand höher auf als gewöhnliche Männer. Benachrichtigt mich, wenn ihr ihn findet, und lauert ihm auf, so es euch gelingt. Aber seid vorsichtig, denn seine Stärke ist groß. Bedient euch meiner Macht, wenn es sein muss.«

»Ja, Meister«, sagten wir wie aus einer Kehle, und jeder von uns platzte vor Stolz über die Ehre, mit der wir bedacht wurden.

»Gebt acht auf die Metze, die den Prinzen bewacht, denn diese Bestie könnte nach ihr suchen. Nehmt sie gefangen, wenn ihr könnt.«

»Ja, Meister.«

Damit endete die Übermittlung, und wir genossen die Wärme des nunmehr befreiten Blutes, nahmen seine schlummernde Macht in uns auf. In jener Nacht speisten wir gut, danach begannen wir mit unserer Wache.

Ich bohrte weiter, suchte mehr über diesen Meister zu erfahren. Doch ich spürte, wie sich etwas tief im Geist des Mannes Vergrabenes rührte. Zuerst dachte ich, er hätte seine Kraft gebündelt, um mir erneut Widerstand zu leisten, dann jedoch nahm ich einen einzigen, jähen Impuls von Magie wahr, der das Gebilde des Zaubers für den Bruchteil eines Atemzugs erhellte. Es war keine besonders mächtige oder ausgeklügelte Falle, nur eine gewiefte.

Der Zauber entfesselte einen Impuls, der wie eine Flutwelle durch sein Gehirn fegte, von den Knochen ringsum zurückprallte, und jede Woge fiel heftiger aus als die davor, als sie gegeneinanderklatschten. Der stille Angriff verflüssigte sein Gehirn innerhalb weniger Herzschläge. Als ich seinen Kopf losließ, hatte es bereits begonnen, als zähflüssiger Brei aus seiner Nase zu sickern.

Ich trat einen Schritt von seinem Körper weg, zugleich enttäuscht darüber, dass es mir nicht gelungen war, tiefer zu graben, und erfreut, dass ich ein weiteres kleines Teil zur Lösung meines Rätsels hatte erlangen können.

»Was zur Hel ist das?«, fragte die Frau, deren Kleidung mittlerweile vom Blut der Toten durchtränkt war. Als das Licht der restlichen Laternen allmählich zurückkehrte, sah ich die zahlreichen Knorpelbrocken und Hautfetzen entlang der Schneide ihres blutigen Schwertes.

»Du stinkst nach ihrem Blut«, sagte ich.

»Tja, dagegen kann ich im Augenblick wohl kaum etwas unternehmen, oder?« Sie trat den Toten zu meinen Füßen, wodurch ein wenig mehr des gräulichen Glibbers aus ihm herausquoll. »Was hast du mit ihm gemacht?«

»Das sind die Überreste seines Gehirns«, erklärte ich ihr und konnte nicht umhin zu bemerken, wie sie den Griff um ihr Schwert verlagerte. »Das war ich nicht.«

»Genau. Wie auch du es nicht warst, der das Licht hat erscheinen lassen.«

»Doch, das war schon ich.«

»Wer bist du?«, verlangte sie zu erfahren und hob das Schwert an, während sie gleichzeitig Abstand zwischen uns brachte. »*Was* bist du?«

»Ich bin ein Insulaner von der Küste von Illutia. Ich …«

»Lass den Quatsch«, fiel sie mir ins Wort und umkreiste mich langsam. »Die Wahrheit, oder die Garde wird sieben Leichen finden, nicht sechs.«

»Sechs.« Jetzt fiel es mir wieder ein. »Es sind … waren sechs. Ich habe es in seinem Geist gesehen. Sechs Angreifer. Das bedeutet, dass noch mindestens einer von ihnen frei herumläuft. Und sie waren auf der Suche nach di…«

»Ich bin nicht erst gestern vom Rübenkarren gefallen. Die Wahrheit, und hör gefälligst auf mit diesem verrückten Mist.« Sie hielt die Spitze des Schwertes unverwandt in meine Richtung.

Verwirrt starrte ich sie an.

»Lass ihn zufrieden«, meldete sich Lucien zu Wort, der die Laterne des toten Soldaten aufgehoben hatte. »Ohne sein Hexenlicht wären wir inzwischen beide tot.«

»Ja, aber …«

»Kein Aber, Tatyana. Das ist weder der richtige Zeitpunkt noch der richtige Ort dafür.«

Sie ließ das Schwert sinken. »Bist du verletzt?«

»Nein«, antwortete er. »Mir wird zwar morgen jeder Knochen im Leib wehtun, aber dank ihm bin ich nicht verletzt.« Er blickte auf den toten Soldaten hinab, der mir nur geringfügig blasser vorkam als Lucien. »Stratus, kannst du ihn tragen? Ich will seinen Leichnam nicht hier bei diesem Abschaum zurücklassen.«

Ich nickte, hievte mir den Soldaten auf die Schulter und verzog das Gesicht, als ich spürte, wie sein bereits abkühlendes Blut in meine neue Kluft sickerte. Die Frau, Tatyana, ließ mich nicht aus den Augen, während sie die schlimmste Sauerei von ihren Händen und ihrem Schwert an der Kleidung der Toten abwischte. Als sie anscheinend zufrieden mit dem Ergebnis war, setzte sie sich in Bewegung und ging Lucien voraus. So bahnten wir uns den Weg durch die verwaisten Straßen in Richtung des Palasts, der im Herzen der Stadt thronte.

Wer mochte diese Frau sein, dass der Meister der toten Männer gedacht hatte, ich könnte sie suchen wollen? Ich behielt sie aufmerksam im Auge, während wir gingen. Sie wirkte in keiner Weise aufgewühlt von der Gewalt, die sich so kürzlich zugetragen hatte. Ihr Herzschlag pochte in einem starken, regelmäßigen Takt. Etwas an ihrem Geruch empfand ich als vertraut, doch ich erkannte sie nicht. Es schien mir aber auch so, dass damit wohl zu rechnen gewesen war. Die beiden zum Palast zu begleiten, würde mir die

Gelegenheit verschaffen, in ihrer Nähe zu bleiben und der Sache auf den Grund zu gehen. Doch ich würde sehr vorsichtig dabei vorgehen müssen. Wenn sie mit demselben Zauber verflucht war wie der Mann, in dessen Geist ich herumgestochert hatte, bestand die Möglichkeit, dass eine unmittelbare Frage auch ihr Gehirn zum Schmelzen bringen würde. Ich würde mich in Geduld üben müssen.

In der Zwischenzeit würde sich mir dafür die Gelegenheit bieten, den Palast zu sehen. Ich glaubte nicht, dass ich je zuvor in einem Palast gewesen war. Die Aussicht weckte meine Neugier, aber die Bestie in mir schüttelte sich nur vor höhnischem Gelächter.

Kapitel 11

Der Palast erwies sich als herbe Enttäuschung. Er schien mir kaum mehr als eine nette, aber überwucherte Herberge zu sein. Davor standen bewaffnete Wachleute, die über unseren Anblick nicht allzu erfreut wirkten, nicht einmal über den von Lucien. Wenigstens versuchte niemand, uns zu töten, obwohl eine unbestreitbare Spannung in der Luft lag, als ich den toten Soldaten zu Füßen der Wachleute ablegte, auch wenn es auf Luciens Geheiß erfolgte. Ich hatte beinah vergessen gehabt, dass ich den Leichnam getragen hatte.

»Was geschieht als Nächstes?«, fragte ich Lucien, während ich beobachtete, wie drei der Wachleute den Toten auf eine Decke hoben, durch deren Seiten Stangen gefädelt waren.

»Vorläufig nichts mehr. Morgen früh reden wir mit meinem Bruder Jean, obwohl er bis dahin bereits alles wissen wird.«

»Nein, mit ihm, habe ich gemeint.« Ich stupste mit dem Fuß das Bein des Verstorbenen, womit ich mir von den anderen Wachleuten eine Runde Verwünschungen und leerer Drohungen einhandelte. »Ich habe hier noch keine Bestattungsriten miterlebt.« Ich besaß eine deutliche Erinnerung daran, wie jemand Bedeutendem das Fleisch von den Knochen gekocht wurde, damit man sie anschließend schnitzen und mit kostbaren Edelsteinen besetzen konnte, allerdings fehlte mir jeglicher Zusammenhang dafür. »Kocht ihr ihn sofort? Was macht ihr danach mit dem Fleisch?«

Lucien wusste über die hiesigen Totenrituale anscheinend genauso wenig Bescheid wie ich, denn eine Weile erwiderte er nichts und starrte nur schweigend entweder auf den Boden oder auf mich. »Darüber unterhalten wir uns morgen früh«, antwortete er schließlich. Mittlerweile hatten die Wachleute den Leichnam hochgehoben und trugen ihn auf der Stangendecke davon. »Tatyana, kannst du bitte eine Unterkunft für Stratus finden?«

Gleich nach unserer Ankunft hatte sie sich kurz davongeschlichen und die Gelegenheit genützt, um einen Großteil des Blutes von sich abzuwaschen. »Natürlich. Wird nicht lange dauern.« Sie schnippte laut mit den Fingern und gab mir ein Zeichen. »Hier lang.«

Ich folgte ihr einen weiteren unscheinbaren Korridor hinab, bis sie auf etwa halbem Weg vor einer Tür stehen blieb. »Hier.«

Ich spähte in die dunkle Kammer hinter der Tür. Es handelte sich um einen schlichten, rechteckigen Raum mit einem Bett und einer Kommode mit einem Waschbecken darauf. Den Boden bedeckte eine gewobene Matte, die ich recht ansprechend fand.

»Ist sehr schön«, befand ich und trat ein.

»Mach nichts kaputt und verlass diesen Raum nicht. Hast du verstanden?«

»Natürlich habe ich verstanden. Aber warum soll ich nicht hinaus?«

Sie kniff sich den Nasenrücken. »Weil jeder dieser Wachmänner nach einem Vorwand suchen würde, dich etwas Respekt zu lehren. Bleib einfach hier drin, bis wir dich holen.« Damit schlug sie geräuschvoll die Tür zu und zog vor sich hin brummend von dannen.

Ich beschloss, keine Zeit mit dem Versuch zu vergeuden, zu verstehen, was sie damit meinte, und stattdessen das Beste aus etwas zu machen, was mir ein sauberer und stiller Platz zum Schlafen zu sein schien. Nachdem ich meine Kleidung abgelegt hatte, benutzte ich ein wenig Wasser, um das Ärgste des an mir klebenden Blutes abzuwaschen, bevor es noch Ungeziefer anlockte. Dann legte ich mich vorsichtig auf das Bett. Das erwies sich zwar nicht als so weich wie der Farn, auf dem ich im Wald geschlafen hatte, dafür krabbelte weniger Getier darin herum. Es dauerte nur wenige tiefe Atemzüge, bis mich der Schlaf überwältigte. Es fühlte sich an, als hätte ich die Augen gerade erst geschlossen, als Tatyana wieder auftauchte und mich wachtrat.

Durch trübe Tiefen stieg ich zu Bewusstsein auf, als sie gerade aufhörte, mich zu verwünschen, um stattdessen ihren Fuß zu reiben.

»Hast du in deiner Rüstung geschlafen oder was?«

»Ich trage keine Rüstung«, erwiderte ich und richtete mich auf.

»Oh, um der Götter willen«, stieß sie hervor, »zieh dir gefälligst verflucht noch mal etwas an.«

»Meine Kleidung stinkt nach Blut. Ich werde mir andere beschaffen müssen.«

»Warte einfach hier. Ich sehe nach, ob wir in den Vorratsräumen etwas in deiner Größe haben.« Kurz starrte sie mich noch an, bevor sie ging, zweifellos, um Maß zu nehmen und abzuwägen, was mir passen würde. Ich nützte die Zeit bis zu ihrer Rückkehr, um ein paar verschiedene Gebilde mit meiner Hexenkunst auszuprobieren. Das war eine gute Übung und half mir, die Überreste der halb geformten Träume zu vertreiben, die mich im Schlaf heimgesucht hatten. Die Liedlinien hallten hier recht stark wider, und die Erholung, die ich gehabt hatte, so kurz sie gewesen sein mochte, hatte die Macht aufgefüllt, die ich in der vergangenen Nacht verbraucht hatte. Sogar die Wunde, die mir der kuttentragende Menschenfresser verpasst hatte, war spurlos verschwunden, und ich stellte fest, dass ich mich in sehr guter Stimmung befand. So gut, dass mich nicht einmal Tatyanas Gelächter ärgerte, als ich mich mühsam in die Kleidung quälte, die sie mir mitgebracht hatte.

»Jetzt können wir frühstücken«, erklärte sie, endlich zufrieden damit, dass ich mein Hemd richtig herum anhatte. Es saß enger als der Rest der Kleidung, aber nicht so eng, dass es meine Bewegungsfreiheit eingeschränkt hätte. Außerdem war es weich und roch zart nach zerstoßenen Kiefernnadeln.

»Oh ja. Ich bin sehr hungrig«, verkündete ich, und plötzlich wurde mir bewusst, wie hohl sich mein Magen anfühlte. »Ich könnte glatt ein Pferd verschlingen.«

»Ich auch.«

»Lügnerin.«

Ich folgte ihr in einen großen Raum mit hoher Decke, in dem mindestens ein Dutzend Männer speiste. Da ich nicht mehr Aufmerksamkeit erregen wollte, als ich es ohnehin schon tat, ahmte ich nach, was Tatyana machte, und schon bald saß ich an einem Tisch, wo ich Hühnereier aß, die jemand rücksichtsvollerweise gekocht hatte, dazu rotes Obst und Brot. Sie ergriff erst wieder das Wort, nachdem sie ihre zweite Portion beendet hatte. Ich war da gerade mit meiner vierten beschäftigt.

»Also, wie lautet deine Geschichte?«, wollte sie wissen. »Du erscheinst aus dem Nichts, und kurz danach werden wir von einer Truppe Meuchelmörder überfallen. Und du bist auch kein Insulaner. Ich habe mit einigen zusammen gedient. Abgesehen von der Haut siehst du vollkommen anders als sie aus. Sie sind schlank wie anmutige große Katzen. Im Vergleich dazu bist du ein vermaledeiter Höhlenbär.« Sie fuhrwerkte mit einem Zahnstocher in ihrem Mund herum. »Ebenso wenig klingst du wie einer von ihnen. Also fang an, zu reden.«

Ich legte den Brotlaib hin, an dem ich gekaut hatte. Mit etwas in der Art hatte ich gerechnet, seit es Lucien in der vergangenen Nacht angeschnitten hatte, denn ich hatte mir gedacht, wenn schon er in dem Zustand, in dem er war, spüren konnte, dass etwas nicht zusammenpasste, dann konnte man sich an den Fingern einer Hand ausrechnen, dass es noch einmal zur Sprache kommen würde. Bereits beim ersten Mal hatte ich entschieden, es mit der Wahrheit zu versuchen, und ich wollte es wieder so halten.

»Würdest du es auch wissen wollen, wenn die Antworten nicht das sind, was du hören möchtest?« Ich schaute zum anderen Tisch hinüber, an dem sich die Männer in gedämpftem Tonfall miteinander unterhielten. »Sind sie deswegen immer noch hier? Um mich zu verprügeln, falls dir nicht gefällt, was du zu hören bekommst?«

Sie schnaubte. »Zum einen würde ich keine Frage stellen, wenn ich keine Antwort darauf wollte. Und zum anderen bin ich keine Soldatin, jedenfalls nicht mehr. Den Haufen da drüben kümmere ich nicht mehr im Geringsten, wenn man einmal davon absieht, dass sie sich das Maul über mich zerreißen, weil ich mehr verdiene als sie.« Unwirsch riss sie einen Brocken vom Rand meines Brotlaibs ab. »Also rede endlich.«

Weder ihr Geruch noch ihr Herzschlag änderten sich, als sie sprach. Es schien ganz so, als würde sie die Wahrheit sagen.

»Ich weiß nicht, wer ich bin«, erklärte ich und beobachtete sie dabei aufmerksam. »Vor mehreren Tagen bin ich auf einem Feld aufgewacht, ohne mich daran erinnern zu können, wie ich dort gelandet war. Zuerst war ich gelähmt, aber ein Diakon hat mir dabei geholfen, die Herrschaft über diesen Körper zu erlangen.«

»Du bist auf einem Feld aufgewacht?« Wieder schnaubte sie höhnisch. »Jetzt hör aber auf, du musst dich doch wenigstens an irgendetwas erinnern. Und es war rein zufällig ein Diakon dort?«

Ich erzählte ihr von den Geiern und meiner Rettung, aber sie schüttelte fortwährend den Kopf, also hielt ich inne. »Warum machst du das dauernd?«

»Weil du lauter Quatsch laberst. Diakone wandern nicht mit bewaffneten Begleitgarden und Gefangenen durch die Landschaft, und am allerwenigsten mit Paladinen. Was ist wirklich passiert?«

»Das ist die Wahrheit.«

»Na schön. Und wie ist es dazu gekommen, dass ein vormals gelähmter schwarzer Zauberer, nachdem er von diesem wandernden Diakon geheilt wurde, in Falkenburg Bier mit einem Prinzen von Krandin getrunken hat?«

Ich schilderte ihr, was sich ereignet hatte, seit ich den Männern des Diakons entkommen war, wenngleich ich bestimmte Einzelheiten meiner Gefangennahme durch die Männer des Seneschalls ein wenig schönfärbte. Tatyana unterbrach mich nicht, sie saß nur da und kaute auf demselben, mittlerweile triefnassen Stück Brot. Sie ließ es sinken, als ich ihr von der infernalen Gegenwart in meinem Geist und der kaum gebändigten Raserei erzählte, von der sie umgeben war. Als ich berichtete, wie ich den Arm jenes Soldaten gegessen hatte, warf sie den Brocken endgültig weg. Wenngleich ich gelegentlich Mühe hatte, die richtigen Worte zu finden, fühlte es sich eigenartig normal an, über meine Erlebnisse zu reden, und ich verspürte Erleichterung darüber, die Gedanken aussprechen zu können, mit denen ich schon so lange gehadert hatte. Ich endete mit den Geschehnissen der vergangenen Nacht, dann lehnte ich mich zurück und beobachtete neugierig, wie sie sich verhalten würde.

»Also, das ist jetzt wirklich heftig«, befand sie und wischte sich die Krumen von den Händen. »Nicht dass ich die, äh, Ehrlichkeit nicht zu schätzen wüsste, nur das ist echt viel zu verdauen. Aber falls es dir irgendeine Hilfe ist: Ich glaube nicht, dass du ein Dämon bist. Ein Menschenfresser vielleicht, aber kein Dämon.«

»Wie kannst du dir dessen so sicher sein?«

»Ich bin zwar keine Priesterin, aber ich habe Schriften gelesen, und wenngleich die Vorstellung, dass du jemanden gegessen hast, das Abscheulichste ist, was ich seit Langem gehört habe, verblasst es doch im Vergleich zu echten Schilderungen dämonischer Angriffe. Der Gedanke, ein Dämon könnte sich darüber beklagen, dass seine Kleidung etwas streng riecht, und dann Eier zum Frühstück essen, ist, offen gestanden, geradezu lachhaft.«

»Es ist sehr freundlich von dir, das zu sagen.«

»Kurz zusammengefasst: Deine Geschichte stinkt immer noch zum Himmel. Ich gebe zu, dass du einige beeindruckende Asse im Ärmel hast, andererseits beweist das nicht viel. Ich habe schon Einsiedler gesehen, die haben für ein paar Münzen Kaninchen aus ihren Hinterteilen gezogen.«

»Wirklich?«

Sie wischte die Frage mit einer verwerfenden Geste beiseite. »Außerdem habe ich gesehen, was der Krieg bei manchen Leuten anrichten kann, ganz zu schweigen von einem tüchtigen Schlag auf den Kopf. Was du beschreibst, könnte sich auch alles bloß in deinem Verstand abspielen. Und höchstwahrscheinlich ist es auch so.«

»Sogar die Hexerei?«

»Auch Zauberer können ihren Verstand verlieren.«

Zauberer gehörten einer anderen Gattung als Hexer an, doch ich ersparte es mir, sie zu berichtigen. Im Grunde genommen hatte ich mit Empörung oder Angst gerechnet, aber auf keinen Fall damit, dass sie die ganze Sache so mir nichts, dir nichts abtun würde. Ich liebäugelte mit dem Gedanken, die Reihe der Fangzähne auszufahren, um ihr zu zeigen, dass meine Erzählung entschieden mehr als ein Tagtraum war, nur mochte ich das Gefühl nicht, das damit einherging. Wenn sie es vorzog, mir nicht zu glauben, dann sollte sie es eben bleiben lassen.

»Weißt du«, fuhr sie fort, »alles, woran mir etwas liegt, ist Lucien. Was hast du mit ihm am Hut? Was willst du von ihm?«

»Liebst du ihn?«

»Was?« Tatyana erstarrte, als sie das Wort aussprach. Ihre Augen weiteten sich jäh, während ihre Brauen zusammenstießen. »Nein. Wie kommst du darauf?«

»Lucien hat es gestern Nacht gesagt.«

»Lucien war betrunken.« Sie verschränkte die Arme vor der Brust. »Er ist mein Schutzbefohlener. Ich bin seine Leibwächterin, das ist alles. Unsere Positionen wurden vor langer Zeit abgesteckt. Und jetzt wechsel nicht das Thema.«

»Wollte ich gar nicht. Ich glaube, dass Lucien irgendwie mit dem in Verbindung steht, was ich bin. Die Kreatur in mir, die Bestie, hat auf den Namen Stahrull angesprochen.«

»Die Bestie, ja?«

»Ich habe mir angewöhnt, sie so zu nennen.«

»*Wahnvorstellung* wäre vielleicht die bessere Bezeichnung.«

»Nenn es wie du willst, aber sie ist ein Bestandteil des Rätsels. Bisher hat sie nur auf drei Namen reagiert. Stahrull, Henkman und …«

»Henkman?«, fiel sie mir ins Wort.

»Ja, er war der erste Paladin. Ich habe gestern eine überaus beeindruckende Statue von ihm gesehen.«

»Ich weiß, wer er war.« Sie beugte sich näher. »Aber warum hast du … hat sie auf den Namen reagiert?« Tatyana starrte auf meine Brust, als rechne sie damit, es könnte etwas daraus hervorplatzen.

»Gerade das versuche ich ja, herauszufinden.« Ihr Herzschlag hatte sich beschleunigt, als sie die Frage gestellt hatte, was mich neugierig werden ließ. »Ich weiß wenig bis gar nichts über Henkman und habe keine Ahnung, warum dir oder mir an einem toten Paladin gelegen sein sollte.«

»Er ist seit langer Zeit tot. Seit ungefähr siebenhundert Jahren. Vielleicht hast du ja bloß eine Schwäche für schlechte Bildhauerei.«

»Ich fand die Statue ziemlich erstaunlich.«

»Sie ist Müll. Die Rüstung ist völlig falsch für jene Epoche. Damals trug man vorwiegend Kettenpanzer. Und die Helme waren topfartig und hatten kein Visier. Und dann erst dieses Geweih daran! Lächerlich.«

»Also hast du sie auch schon gesehen.«

Tatyana ergriff ein Messer und spießte damit ein Stück übrig gebliebenes Obst auf. »Mein Großvater hat das vermaledeite Ding enthüllt. Er hat es gehasst und bis zum Tag seines Todes nicht aufgehört, darüber zu lästern.«

»Dein Großvater?«

»Ja. War damals ein großer Anlass, der siebenhundertste Jahrestag seines *›triumphalen und ruhmvollen Todes‹*. Von den Gebäuden haben Wimpel gehangen, Spielmannstruppen sind aufgetreten, und jede Menge Adelsleute waren zugegen. Ich war noch ein Kind, aber es war eine große Sache für die Familie, und ich weiß noch, dass ich mir an dem Tag wie eine Prinzessin vorgekommen bin.«

»Aber du bist keine Prinzessin.«

»Ach, das ist dir aufgefallen?«

»Was war so besonders an seinem Tod?«

»Er hat den letzten Drachen erlegt. Nur hat ihn der Drache dabei entzweigebissen.«

Ich musste diese Geschichte schon einmal gehört haben, denn ich fühlte, wie sie in meinem Geist widerhallte, doch die näheren Umstände entzogen sich ärgerlicherweise meinem Zugriff.

»Ich persönlich hätte ja eher sein Leben und seine Siege gefeiert. Du weißt schon, die unbedeutenderen Dinge, zum Beispiel, dass er ganz allein den Dämonenkönig besiegt hat. Aber ich vermute, ein guter Tod macht einfach mehr Laune.«

»Es sei denn, man ist selbst derjenige, der stirbt, würde ich meinen.« Darüber lachte sie prustend. »Wenn du keine Prinzessin bist, gehe ich mal davon aus, dass dein Großvater kein Prinz war. Wieso also ist ihm diese Ehre zuteilgeworden?«

Tatyana antwortete nicht sofort. Stattdessen saß sie eine Weile da und drehte das kleine Messer unablässig in den Fingern.

»Mein Name – mein Familienname – ist Henkman. Er war mit mir verwandt.« Sie schaute auf, als die Bestie in mir erwachte und sich schüttelte. Was immer Tatyana noch hinzufügte, ging in einem tiefen, durchbrochen klingenden Knurren in meiner Brust unter. Ein Knurren, das jedoch nur ich allein hören konnte.

Kapitel 12

Ich krümmte mich, als sich meine Bauchmuskulatur mit einer so jähen Heftigkeit zusammenkrampfte, dass ich beinahe mit dem Gesicht auf den Tisch knallte. Als ich meine Leibesmitte umklammerte, konnte ich fühlen, wie die Muskeln unter meiner Haut zuckten, als versuche etwas Wellenförmiges, einen Weg hindurch nach draußen zu finden. Der Gedanke brachte mich zum Stöhnen, und ich kämpfte gegen die stechenden Schmerzen an, drängte sie zurück. Ob echt oder eingebildet, es fühlte sich an, als würde mich die Bestie in Stücke reißen.

Rote und schwarze Blitze zuckten durch meine Sicht und fluteten das Bild von Tatyana, die sich von ihrem Stuhl erhob. Ich spürte nicht, wie ich von meinem Stuhl kippte, ebenso wenig hörte ich das Geschrei, das darauf folgte. Aber ich war gestürzt. Das Ungetüm in mir versuchte, sich zu befreien, und scherte sich nicht um das Blutvergießen, das es kosten würde. Es *wollte* Tatyana, wollte sie verbrennen und zerreißen. Die roten und schwarzen Flecken wirbelten über meine Sicht, lösten sich wieder und wieder in kleinere Bruchstücke auf, bis sie meinen Geist wie eine stürmische See erfüllten, die in hundert Farbtönen von Blut glitzerte. Ich spürte, wie ich in jenem Meer versank, wie das Blut meinen Mund füllte und das über meine Lippen dringende Gebrüll zum Verstummen brachte. Es gab keinen Geschmack und keine Geräusche mehr, nachdem ich unter die Oberfläche geglitten war, nur eine vollkommene Stille und die wirbelnden Schatten, die sich für einen Augenblick zu Bildern verdichteten, bevor sie zerschmolzen.

Ein feuerspeiender Berg. Paladine mit vor Hitze weißglühenden Schwertern, die auf mich zupreschen. Eine brennende Stadt, um-

geben von einem Feld voller geschwärzter, zerbrochener Knochen; Tausende und Abertausende davon. Eine Hand mit langen Klauen, die meine Hand ergreift und wieder verschwindet, bevor ich sie sehen kann.

Und in der Dunkelheit rührte sich ein unmöglich großer Schemen und begann, sich zu erheben. Ein rötliches Flimmern erhellte ihn wie eine sterbende, von einem schwefeligen Wind angefachte Glut. Ich spürte, wie ein Empfinden tiefer, verbitterter Wut mit dem Schemen aufstieg und sich mir entgegenstreckte. Mich zu sich winkte. Mir zurief. *Stratus. Stratus.*

»Stratus, verdammt noch mal!«

Die Stimme hallte plötzlich in meinen Ohren wider, nicht mehr in meinem Geist. Dann spürte ich, wie das Gewicht meines Körpers zurückkehrte, und damit setzte auch die Wahrnehmung eines kalten Bodens unter mir ein, und die von Luft, nicht Blut, die in meinen Mund drang. Japsend schlug ich die Augen auf und erblickte Tatyana, die rittlings auf meiner Brust kauerte, den Arm über die Schulter erhoben, ein schlaffer Handschuh dazu angesetzt, mir einen weiteren brennenden Hieb auf die Wange zu verpassen.

»Bitte hör auf.«

Sie schlug mich trotzdem noch ein letztes Mal, bevor sie aufstand. Ich setzte mich auf, tastete meine Mitte behutsam nach Rückständen der stechenden Schmerzen ab, konnte jedoch keine entdecken. Die gesplitterten Überreste des Stuhls lagen um mich herum verstreut.

»Würdest du mir wohl erklären, was gerade passiert ist?«, forderte sie mich auf und lehnte die Hüfte gegen den Tisch. »Wir haben gerade geredet, da bist du auf einmal bleicher geworden, als ich dich je zuvor gesehen habe, und umgekippt. Einen Moment dachte ich, jemand hätte auf dich eingestochen.«

»Ich … weiß es nicht.« Doch das tat ich sehr wohl. *Sie* hatte *Tatyana* gewollt. Ich konnte die Bestie immer noch in mir spüren. Sie mochte vorläufig gebändigt sein, war aber nach wie vor wach. Die

Gegenwart des Ungetüms machte sich als dumpfer Druck hinter meinen Augen bemerkbar. Der Meister der toten Meuchelmörder hatte richtig mit seiner Vermutung gelegen, dass Tatyana und ich irgendwie miteinander in Verbindung standen, aber wie konnte er das wissen, während weder sie noch ich es geahnt hatten? Die *Bestie* wusste es zweifellos, nur wollte sie ihre Geheimnisse nicht preisgeben. So deutlich hatte ich die Gegenwart des Ungeheuers noch nie zuvor gespürt, und als ich aufstand, sah ich nicht den Raum oder Tatyana, sondern die Bilder, die mich durch das Blut und die Dunkelheit in meinem Geist heimgesucht hatten.

Wie schon zuvor fehlte mir jeder Zusammenhang für das, was ich gesehen hatte, und ich konnte nur vermuten, dass es sich um Erinnerungen handelte. Ob nun meine oder die der Bestie, das wusste ich nicht. Die Erinnerung an die anstürmenden Paladine erklärte zumindest, warum ich so heftig auf jene reagiert hatte, die mit dem Diakon gereist waren. Das hieß jedoch, dass diese Bilder meinem eigenen oder zumindest einem geteilten Gedächtnis entstammten. Warum aber sollten mich gut und gern zwanzig oder noch mehr Paladine angreifen, wenn ich keine dämonische Ausgeburt der Hel war? Zwar fühlte ich mich nicht besonders wie eine, aber die unbändige Wut, die von der Bestie ausgegangen war, gab doch Anlass zu der Vermutung, dass dieser Teil meiner selbst vielleicht doch nicht so tief vergraben lag, wie ich gedacht hatte. Sollte das Ungetüm noch stärker werden, war ich dann nach wie vor in der Lage, es zurückzudrängen? Was würde geschehen, wenn mir das nicht gelang?

Die Bilder der Toten und der brennenden Stadt halfen mir nicht weiter. Demzufolge, was mir Kräh und Tatyana erzählt hatten, spielten sich solche Begebenheiten im gesamten Königreich ab, während wir hier im Palast saßen. Der Berg hingegen grenzte es schon eher ein. Seine Umrisse hatten sich deutlich gegen das Rot des Feuers abgezeichnet, das ihn umhüllt hatte. Der lodernde Berg. Wenn ich ihn finden konnte, hatte ich wenigstens einen Ausgangspunkt. Ein weiteres Klatschen von Tatyanas Handschuh auf meine Wange riss mich aus meinen Gedanken.

»Da bist du ja. Du hattest schon wieder diesen Blick aufgesetzt. Hast du dir den Kopf angeschlagen?«, erkundigte sie sich, als ich die Erinnerungen wegblinzelte und sie ansah.

»Nein.«

»Also, was ist passiert? Oder gehört vom Stuhl zu kippen zu den Dingen, die deinesgleichen eben so machen?«

Ich entschied, über die letzte Bemerkung hinwegzusehen. »Dein Name. Das Ungetüm hat darauf reagiert. Sehr stark reagiert.«

Schnaubend stieß sie den Atem aus. »Das hast du bereits gesagt.«

»Ja, aber da ging es um eine Statue. Du … bist eine *lebende* Henkman.« Ich widerstand dem plötzlichen Drang, sie zu berühren. »Das ist anscheinend etwas völlig anderes.«

»Tja, na ja, gib dich mal keinen allzu großen Hoffnungen hin. Ich habe sie nicht gemocht, als sie noch gelebt hat, und viel hat sich daran nicht geändert.«

»Wen?«

»Meine Familie.«

»Sie ist tot?

»Ja. Ich bin die Letzte des Geschlechts. Eigentlich geradezu poetisch. Siebenhundert Jahre Heldentradition, und die Einzige, die überlebt hat, ist eine Enttäuschung.«

Irgendwo tief in mir stimmte die Bestie ein träges Lachen an, das ich noch unheimlicher als ihr übliches Knurren fand. Sie freute sich über das, was sie hörte, und als das Lachen verhallt war, konnte ich spüren, wie sie wohlig in die Tiefen zurücksank, als wäre sie satt. Das weckte in mir den Wunsch, zu erfahren, warum sie das tat, und als Tatyana weiter darüber vor sich hin murmelte, zwang ich mich, ihr mehr Beachtung zu schenken.

»Warum warst du eine Enttäuschung?«

»Aufmerksam zuzuhören, gehört nicht gerade zu deinen Stärken, was?« Kurz wandte sie sich ab, dann atmete sie laut aus und ließ sich wieder auf ihren Stuhl plumpsen. »Falls es dir entgangen ist, ich bin mit dem Fluch der Bürde geschlagen, eine Frau zu sein. Das gestaltet es ein klein wenig unmöglich, ein geachtetes Mitglied der Kirche zu werden.«

»Ist mir nicht entgangen. Dein Mondblut naht, der Geruch ist recht eindeutig.«

»Zum Leidwesen meiner Familie … Halt, was?«

»Ich gebe sehr wohl aufmerksam acht.« Ich lächelte, um ihr zu verdeutlichen, dass ich ihre Schilderungen genoss, trotzdem dauerte es eine Weile, bevor sie fortfuhr.

»Wie dem auch sei. Für meinen lieben, verstorbenen Vater bestand das Problem darin, dass ich kein Mann bin. Obendrein war ich eine schwierige Geburt, die meine Mutter verheert hat. Er hegte von Anfang an einen Groll gegen mich, und meiner Mutter nahm er übel, dass sie nicht gestorben war und ihm dadurch die Gelegenheit verwehrte, noch einmal zu heiraten. Die Henkmans hielten immer schon die stolze Tradition hoch, im Kampf zu sterben, und dafür waren eine Menge Söhne nötig.«

Sie bleckte die Zähne, während sie sprach, und ich nahm wahr, dass ihr Herz angestrengter zu schlagen begann. Grundsätzlich konnte ich mit menschlichen Gefühlsregungen wenig anfangen, aber ich war vertraut genug mit ihnen, um Zorn zu erkennen, wenn er mir begegnete.

»Das erscheint mir ungerecht.«

»Es wurde noch schlimmer, nachdem mein einziger Bruder getötet worden war. Auf einmal gab es keinen männlichen Erben mehr, der den Namen und die Traditionen der Familie weitertragen konnte. Irgendwie war das natürlich auch meine Schuld. Als Vater mich dann wie eine Zuchtstute verheiraten wollte, habe ich das Haus verlassen und bin nie zurückgekehrt.« Sie starrte mich eindringlich an und schüttelte den Kopf. »Ich kann nicht fassen, dass ich hier sitze und dir all das erzähle.«

»Und dann sind sie gestorben?«, lenkte ich sie zurück auf den Punkt.

Sie tippte mit dem kleinen Messer eine Weile auf den Tisch, bevor sie antwortete. »Ja. Meine Mutter hat ihm im Schlaf in den Hals gestochen und sich anschließend die eigenen Pulsadern aufgeschlitzt. Wie du dir wohl vorstellen kannst, war das nicht sonderlich hilfreich für das Familienvermögen.«

»Folgte das auch einer Tradition?«

»Versuchst du gerade, lustig zu sein? Denn das bist du ehrlich nicht.«

»Ganz und gar nicht.«

Einige Augenblicke lang musterte sie mich etwas argwöhnisch, bevor sie erneut den Kopf schüttelte. »Ich weiß nicht, was passiert ist.« Sie warf das Messer beiseite und betrachtete den Saft, den es auf ihren Fingern hinterlassen hatte. Bevor sie noch etwas sagen konnte, öffneten sich die Türen am Ende des Raumes, und ein Mann in glänzenden Gewändern kam auf uns zugeschritten.

»Prinz Lucien wünscht eure Anwesenheit beim Empfang im Ostflügel.« Seine Stimme klang hoch und klar, doch sein Geruch war unbestreitbar der eines Mannes. Kaum hatte er zu Ende gesprochen, machte er auf dem Absatz kehrt und stakste davon. Zurück blieb die verblassende Duftwolke irgendeiner süßlich riechenden Blume.

»Wer war das?«

»Bloß ein Page. Die sind überall, und sie sind alle so. Komm mit«, forderte mich Tatyana auf und erhob sich von ihrem Stuhl. »Vielleicht wird dir sogar das Privileg zuteil, Jean kennenzulernen, den Kronprinzen von Krandin.«

Es sah so aus, als erwarte sie eine Reaktion von mir. »Wie aufregend.«

»Ich glaube, du und ich haben sehr unterschiedliche Vorstellungen davon, was aufregend bedeutet.«

Lucien sah wesentlich besser aus als in der vergangenen Nacht und roch auch erheblich angenehmer – er war so verändert, dass ich ihn vielleicht gar nicht erkannt hätte, wenn ich nicht davon ausgegangen wäre, ihn hier anzutreffen. Da es so wenig gab, was menschliche Gesichter voneinander unterschied, fiel es mir selbst in den besten Fällen schwer, sie auseinanderzuhalten. Daher hatte ich die bewusste Anstrengung unternommen, mir Luciens Züge zu merken, als ich wusste, wer er war. Und dennoch, trotz aller Aufmerksamkeit, die ich ihm widmete: Das Zusammenspiel von bunter Kleidung, noch mehr Farbe auf den Wangen und einer besseren Haltung bewirkte einen sichtlichen Unterschied.

In dem Raum hielten sich mehrere andere Leute auf, die meisten um ihn geschart. Ihre Unterhaltungen verstummten, als wir den sparsam eingerichteten Raum betraten. Tatyana zollte ihm aufwendig Ehrerbietung, indem sie sich beinahe tief genug verbeugte, um ihr Genick zu entblößen, wenn auch nur kurz. Danach schaute sie zu mir, was ich als ein bisschen merkwürdig empfand. Ich entbot ihr ein ermutigendes Lächeln, während ich mir einen Apfel aus einer Schale auf einem kleinen Tisch griff, der einsam und verlassen in der Mitte des Raumes stand. Die anderen Anwesenden beobachteten mich, als hätten sie noch nie jemanden essen gesehen, und ich fand ihre gaffenden Blicke ein wenig entnervend. Ich schnupperte an dem Apfel, aber er roch vollkommen normal und war gerade richtig gereift.

»Stratus ist ein Besucher unserer Gefilde«, erklärte Lucien, kam herüber und klopfte mir auf die Schulter. Ich biss von dem Apfel ab, erfreut darüber, dass mir wenigstens irgendjemand meine Geschichte abgekauft hatte.

Während ich kaute, beugte sich Lucien vor und flüsterte: »Du solltest dich verneigen, wenn du in meine Gegenwart gelangst.«

»Warum?«

»In diesem Palast bin ich ein Prinz von Krandin.«

»Ich stamme nicht aus Krandin.«

»Das gehört zum Protokoll. Es hat nichts zu bedeuten.«

»Dann spielt es ja auch keine Rolle«, erwiderte ich mit einem letzten Mundvoll süßem Apfel.

Er ergriff meinen Arm, und ich hatte den Eindruck, er versuchte, ihn zu drücken. »So hör doch. Mir ist das egal, aber Jean nicht. Verneig dich vor ihm, sonst könnte es böse für dich enden.«

»Ich entblöße mein Genick für keinen Mann.«

»Er ist aber nicht irgendein Mann. Er ist …«

Bevor er den Satz beenden konnte, öffnete sich die andere Tür, und ein weiterer bunt gekleideter Mann trat ein. »Prinz Jean lädt Euch ein, seinem Kriegsrat beizuwohnen.«

»Kriegsrat?«, murmelte Lucien und strich sein Gewand glatt.

»Ich dachte, wir treffen ihn allein«, merkte Tatyana an.

»Es muss etwas geschehen sein«, erwiderte Lucien.

»Bleib bei mir im Hintergrund«, forderte Tatyana mich auf und berührte mich am Handgelenk.

Ich nickte zustimmend, wie ich es zuvor bei den anderen beobachtet hatte, und sie schienen damit zufrieden zu sein. Nachdem Lucien und alle weiteren Menschen durch die Tür gegangen waren, nahm ich mir noch einen Apfel und folgte ihnen in einen breiten Gang, wobei ich den Pagen an der Tür mit meinem freundlichsten Lächeln bedachte. Der Korridor entsprach schon eher dem, was ich von einem Gebäude erwartete, das sich Palast nennt. Die Wände waren unterbrochen von großen Fenstern mit herrlich klarem Glas in den verschiedensten Farben und gesäumt von einer Reihe sowohl großer als auch kleiner Statuen, die Menschen und Tiere darstellten. Einige waren mit derartiger Kunstfertigkeit erschaffen worden, dass ich halb in Versuchung geriet, sie auf Anzeichen von Magie zu untersuchen. Bildteppiche in kräftigen Farben und Gemälde zierten die Mauern, jedes Stück ein Ausdruck der besseren Facetten der Menschheit. Ich fand diese Umgebung überaus beruhigend und hätte mit Freuden den Tag damit verbracht, die Kunstwerke zu bewundern, aber Tatyana kam zurück und forderte mich auf, mich zu beeilen, was ich widerwillig auch tat.

Doch die Kammer, in der Prinz Jean wartete, entschädigte mich. Sie war von kreisrunder Bauweise, und oben in die Kuppeldecke hatte man große Glasscheiben eingesetzt, die den Raum in Licht von allen Regenbogenfarben tauchten. Die Mitte beherrschte ein großer, runder Tisch, um den sich etwa zwanzig oder mehr Männer verschiedenen Alters versammelt hatten. Hinter ihnen befand sich eine weitere, größere Doppeltür, und daneben standen vier Paladine. Auch die Bestie bemerkte sie, und ich spürte, wie sie sich in mir regte. Sie wirkte allerdings recht träge, als könne sie fühlen, dass ich nunmehr ihre Sicht auf diese Krieger der Kirche teilte und als fühlte sie sich deshalb nicht mehr so bedroht von ihnen.

Niemand schenkte mir Beachtung, als wir eintraten, also nutzte ich die Gelegenheit, um die kleine Statue eines sich aufbäumenden Hengstes zu bewundern, bevor ich den Weg zu den anderen antrat, um herauszufinden, worüber sie redeten. Es dauerte ein Weilchen, bis ich verstand, was ich da vor mir sah, doch letztlich erkannte ich es als Landkarte. Ich gab kein Wort von mir und lauschte aufmerksam. Schließlich wurde ich dafür belohnt, indem jemand auf das Symbol hinwies, das für Falkenburg stand. Sobald ich wusste, wo wir uns befanden und wo Norden lag, gestaltete es sich erheblich einfacher, dem zu folgen, was die Karte zeigte. Sie umfasste sogar kleine, blaue Figuren von Menschen und Pferden, die offensichtlich für Jeans Streitkräfte standen, während rote die penullischen Armeen kennzeichneten. Sogar für mich war unübersehbar, dass auf der Karte ein ziemlich erschreckendes Ungleichgewicht zugunsten der Roten herrschte.

»Wenn die Roten die penullischen Armeen sind, was sind dann die schwarzen?«, flüsterte ich Tatyana zu.

»Sie kennzeichnen die Orte, an denen die Zauberer des Herrn der Würmer gesehen worden sind.«

Gut, es war ein menschlicher Krieg, aber mir gefiel die Machart der Karte und die Raffinesse der Symbole. In gewisser Weise, so ging mir durch den Kopf, ähnelte das ein wenig einem Spiel, an dem ich mich einst erfreut hatte. So richtig konnte ich mich daran nicht erinnern, nur, dass man die Figuren des Gegners auf eine bestimmte Weise umkreisen musste, um sie zu erobern. Ziemlich zufrieden darüber, meinem widerspenstigen Geist eine Erinnerung abgerungen zu haben, knabberte ich an meinem Apfel und versuchte, zu begreifen, was in der Kammer gesagt wurde.

»Hoheit, wir können sie nicht einfach aufgeben.« Der Sprecher war in so gut wie jeder Hinsicht durchschnittlich, abgesehen von dem knalligen Rot, das sich über seine Wangen ausbreitete. Er wies mit einem weißen Stock auf ein Grüppchen blauer »Soldaten« auf dem Tisch. »Wir können es uns schlecht leisten, so viel Ausrüstung zu verlieren, ganz abgesehen davon, dass wir die Auswirkungen auf die Moral überstehen müssten.«

Ein Stimmengewirr erhob sich, als er zu Ende gesprochen hatte. Einige unterstützten seine Äußerung, andere hingegen nutzten den Augenblick, um mit ihren eigenen Stöcken auf verschiedene andere Figuren zu zeigen. Inmitten des Tumults stand nur ein einziger Mann völlig regungslos da und erregte dadurch meine Aufmerksamkeit. Er war klein, und wenngleich seine Kleidung feiner als die aller anderen wirkte, konnte sie doch nicht verschleiern, wie dick er war. Mit auf dem üppigen Wanst verschränkten Armen stand er da und starrte eine Zeit lang auf den Tisch hinab, dann hob er eine Hand. Schlagartig senkte sich Ruhe über die Kammer. Ich vermutete, dass es sich bei ihm um die Hoheit handelte, die der andere Mann zuvor angesprochen hatte. Dies war zweifellos Prinz Jean.

»Meint Ihr, das wüsste ich nicht?«

Seine Stimme erklang überraschend forsch und kräftig. Sie glich mühelos aus, was ihm an beeindruckender Körperlichkeit fehlte. Er rückte näher zu dem kleinen Grüppchen von Blau und dem Halbkreis aus Schwarz und Rot, der es umgab. »Wir können den südlichen Pass nicht benutzen, wie also schlagt Ihr vor, die Einkesselung zu durchbrechen? Bellamys Armee ist aufgeteilt und hält mit Müh und Not Aswald, und die Rote Garde kämpft an zwei Fronten.«

Der ursprüngliche Sprecher tippte auf einen blauen Block irgendwo zwischen den beiden blauen Symbolen, auf die der Mann, der meiner Ansicht nach Prinz Jean sein musste, hingewiesen hatte.

»Baron Guderians schwere Reiterei könnte durchbrechen. Alles, was dafür nötig wäre, ist eine Gelegenheit. Ich kenne Fischer, Hoheit. Wenn er nur eine halbe Gelegenheit dafür sieht, schafft er seine Leute raus.«

Ein Mann am gegenüberliegenden Ende des Tisches schnaubte weithin vernehmlich. »Falls Ihr es vergessen habt, Guderian ist durch und durch Neustrianer. Fischers Mutter war Alamannin. Es wäre vermutlich einfacher, einen Fisch zum Fliegen zu überreden, als diese beiden, einander zu retten.«

»Vielleicht, wenn es bloß um ein weiteres Grenzgeplänkel ginge, aber hier steht wesentlich mehr auf dem Spiel als ein paar Schafe und Bauersfrauen.«

»Ihr verbringt wohl nicht viel Zeit mit Neustrianern, oder, Sardis?«

Bevor der erste Sprecher etwas darauf erwidern konnte, klatschte Prinz Jeans Stock auf die Karte. Der plötzliche, peitschende Laut ließ mehrere Männer zusammenzucken.

»Wisst Ihr eigentlich, wie man eine Karte liest?«, fragte er und richtete den Stock auf den Mann namens Sardis, dann auf eine Reihe von Schnörkeln. »Was ist das? Antwortet mir, verdammt.«

»Niedrige Hügel, Hoheit.« *Klack.* »Hohe Hügel, Hoheit.« *Klack.* »Grasland, Hoheit.«

»So weit, so gut. Und was ist das?« Er deutete auf kleine, pfeilförmige Kennzeichen rings um das fragliche blaue Symbol.

»Bäume, Hoheit.«

»Bäume, ganz recht. Und worauf weisen so viele kleine Bäume hin, wenn sie so dicht beisammen stehen?« Der Mann, der ursprünglich das Wort ergriffen hatte, war zunehmend errötet, während Prinz Jean gesprochen hatte, und die Männer um ihn herum wichen langsam von ihm weg. Er murmelte etwas zur Erwiderung.

»Lauter, Fürst.«

»Auf einen Wald, Hoheit.«

»Auf einen Wald. Bravo! Und wollt Ihr eine Vermutung wagen, weshalb ich beschlossen habe, meine schwere Reiterei *nicht* in den vermaledeiten Gudsberg-Wald zu schicken?«

»Nein. Ich meine, ja. Ich verstehe es, Hoheit. Verzeiht.«

Jean tippte mit seinem Stock mehrmals gegen das Symbol, bevor er fortfuhr. »Versteht mich nicht falsch, meine Herren. Wenn wir die Männer zur Verfügung hätten, dann hätte ich es versucht.«

»Gibt es irgendwelche Kunde über ihre Lage?«, fragte ein Mann mit üppiger Behaarung auf der Oberlippe.

Jean erwiderte nichts, sondern deutete auf einen Mann in einer blauen Robe, der sich geräuschvoll unter seinem grauen Bart räusperte.

»Wir haben Fürst Fischers Lager kurz vor Tagesanbruch mit Hellsicht begutachtet. Seine Streitkräfte scheinen auf ein Drittel der ursprünglichen Truppenstärke geschrumpft zu sein, und von den ihm verbliebenen Männern ist vielleicht die Hälfte verwundet.«

Ein Zauberer. Ein Anflug von Erregung brandete knisternd durch mich. Haargenau solch einen Mann hatte ich hier zu finden gehofft. Wenn mir jemand etwas über mich erzählen konnte, dann er. Seine Stimme klang volltönend und gebieterisch, wie es sich für die Stimme eines Zauberers gehörte, der lange Jahre damit verbracht hatte, seine Kunst auszuüben.

»Ist Fischer selbst noch am Leben?«, fragte ein anderer Mann.

»Wir wissen es nicht. Der Feind hat unsere Hellsicht abgeblockt, bevor wir Fürst Fischer finden oder Verbindung mit ihm aufnehmen konnten. Sehr wohl jedoch ist es uns gelungen, mehrere Kompanien des Feindes zu sehen, die sich für die Schlacht vorbereitet haben. Falls Fischer zu dem Zeitpunkt noch am Leben war, ist er es meiner Meinung nach inzwischen nicht mehr.«

»Vorausgesetzt, Eure sogenannte Hellsicht war überhaupt zutreffend, Fronsac.« Das kam von einem Mann, der irgendwo auf der anderen Seite der Säule stand, an die ich mich lehnte. Seine Stimme hörte sich nach dem gebieterischen Ton des Zauberers eher näselnd und kraftlos an. »Verzeiht, wenn ich mich wiederhole, Hoheit, aber Ihr solltet Euer Vertrauen in die Kirche setzen, nicht in einen Orden, dessen Mitglieder in Scharen zum Banner unseres Feindes geströmt sind wie Dirnen ins Bett eines wohlhabenden Händlers.«

»Es haben schon vier meiner Lehrlinge im Dienst für die Krone ihr Leben gelassen, Kardinal.« Das letzte Wort spie der Mann namens Fronsac hervor, wie es nur ein Zauberer konnte. »Darunter mein eigener Sohn.«

»Das beweist lediglich, dass Euer Orden genauso unfähig ist, wie er zu Verrat neigt.«

»Genug!« Prinz Jeans Befehl tönte scharf dazwischen und brachte sowohl den Kardinal als auch den Zauberer sowie alle anderen Anwesenden abrupt zum Schweigen. Ich hatte gespürt, wie die Verbindung des Zauberers zu den Liedlinien angeschwollen war, als der Zorn seine Macht zu ihm gerufen hatte, aber er verkniff sich, was immer ihm auf der Zunge gelegen hatte oder was er tun wollte, und der Ansturm floss wieder ab. Allerdings löste er seinen Blick nicht von dem Kardinal.

Prinz Jean ergriff als Erster das Wort. »Kardinal, Ihr vergesst Euch, und ich dulde dieses Gezänk nicht länger.«

»Wie Ihr befehlt, Hoheit«, erwiderte der Kardinal mit einer kleinen Verbeugung.

Der Zauberer machte auf dem Absatz kehrt und stapfte aus dem Raum. Ich war hin- und hergerissen zwischen dem Wunsch, ihm zu folgen, und der Neugier, zu erfahren, wie es weitergehen würde. Wäre der Zauberer nicht so wütend gewesen, wäre ich vielleicht hinter ihm hergeeilt, so jedoch entschied ich, stattdessen zu bleiben. Der Prinz deutete auf einen jüngeren Mann, der ihm einen Becher von irgendetwas reichte. Während er trank, begann ein anderer Mann, einige der Teile auf dem Tisch zu verschieben. Die Versammelten beobachteten ihn dabei schweigend, bis er die Hand ausstreckte und nach einem Blick zu Prinz Jean ein blaues Symbol entfernte und durch ein rotes ersetzte. Das sorgte bei den Anwesenden für eine Runde von lautem Ächzen und gemeinsamem Stöhnen.

»Hoheit, das kann nicht stimmen!«

»Gewiss liegt ein Irrtum vor!«

Die Stadt, in der wir uns befanden, wurde durch ein ähnliches blaues Symbol gekennzeichnet. Es stand wohl zu vermuten, dass dies bedeutete, dass eine Ortschaft oder Stadt gefallen und von den Roten besetzt worden war. Nun bildete sie jedenfalls die Spitze eines schmalen roten Keils, der die verbliebenen blauen Symbole in zwei Hälften teilte.

»Es liegt kein Irrtum vor. Er hätte es Euch selbst mitgeteilt«, sagte Prinz Jean. »Magus Fronsac und sein Zirkel mussten gestern mit ansehen, wie Garreton gefallen ist.«

»Wissen wir, wer den Ort eingenommen hat?« Der Sprecher

trug keine Prunkgewänder wie die anderen, und die Dicke seiner Arme und des Halses kennzeichneten ihn als Krieger.

»Was spielt das für eine Rolle?«, warf der Mann neben ihm ein.

»Garreton hat Mauern so hoch wie Falkenburg und eine größere Garnison, dennoch ist der Ort binnen einer Woche erobert worden. Findet Ihr nicht, es wäre gut zu wissen, wem das auf welche Weise gelungen ist?«

»Baron Karsten hat wieder einmal recht«, befand Prinz Jean, bevor der andere Mann etwas erwidern konnte. »Die Stadt ist an Fürst Novstans vierte Armee gefallen.«

»Dieselbe, die Aknak überrannt hat«, sagte Baron Karsten. »Reiten die Zauberer immer noch mit den Soldaten?«

»Das tun sie.«

Ich spürte, wie Tatyanas Körper sich bei den Worten versteifte und gleich darauf ein zarter Unterton von Furcht ihren Geruch färbte. Ich wollte sie deswegen fragen, doch da ergriff schon wieder Prinz Jean das Wort.

»… habe ich diesen Rat einberufen.« Der Prinz trank seinen Becher leer und gab ihn weg. »Novstans vierte Armee steht an vorderster Front des Keils, der in unser …« Plötzlich verstummte er, und erst, als Tatyana an meinem Ärmel zupfte, schaute ich auf und stellte fest, dass der Prinz und alle anderen im Raum mich ansahen.

»Und wer bist du?«, erkundigte sich Prinz Jean.

Ich erinnerte mich an Luciens eindringliches Ersuchen, dass ich Jean in irgendeiner Form Hochachtung zollen sollte, doch das fiel mir unheimlich schwer. Der Prinz hatte rein gar nichts an sich, was auf Anhieb Respekt abverlangte, jedenfalls nicht mir. So konnte ich mich lediglich dazu durchringen, mich von der Säule zu lösen und aufrecht zu stehen, bevor ich antwortete.

»Ich bin Stratus.« Ich hörte, wie Tatyana zischend die Luft einsog, also fügte ich noch ein »Hoheit« hinzu.

Ein weiterer, in rote und schwarze Gewänder gekleideter Mann kam um die Säule herum, so groß wie der Prinz, aber älter und dünner. Unvermittelt erstarrte er, als er mich erblickte. Sein Mund klappte auf, doch es drang nichts heraus.

»Stratus ist auf meine Einladung hier, Jean«, ergriff Lucien das Wort und schob sich an einigen der Umstehenden vorbei. »Ich entschuldige mich dafür, ihn nicht schon früher vorgestellt zu haben, aber ich hatte nicht mit dem vollen Rat gerechnet.«

»Und gewiss auch dafür, nicht um meine Erlaubnis ersucht zu haben, einen völlig Fremden zu einem vertraulichen Rat mitzubringen, nicht wahr?«

Lucien neigte den Kopf in Jeans Richtung. »Ja, auch dafür. Selbstverständlich.«

Der alte Mann in Rot und Schwarz starrte mich immer noch an, und als ich den Blick hob, um dem seinen zu begegnen, zuckte er zurück. Neugierig schnupperte ich die Luft. Als ich seinen Geruch aufgeschnappt hatte, entsprach der ganz dem, was ich von einem älteren Mann erwartet hätte, aber es schwang darin auch Furcht und etwas Saures mit. Doch die Luft im Ratssaal war zu überfrachtet, um dem genauer nachzugehen.

»Kardinal?«, sagte Prinz Jean. »Kennt Ihr diesen Mann?«

»Nein«, stieß der Kardinal mit leiser Stimme hervor, als hätte er Mühe, zu atmen. »Verzeiht, Hoheit, ich habe völlig die Zeit übersehen. Ich muss den Neuankömmlingen einen Segen spenden.« Abrupt wandte er sich ab und eilte aus dem Raum, sobald Jean genickt hatte. Über die Schulter warf er einen letzten Blick auf mich.

Der Kardinal. Ich wusste nicht viel über Menschen und ihre Götter, aber von dem Titel hatte ich schon gehört. Er verkörperte einen ranghohen Priester und damit einen Mann genau der Art, von der ich erwarten würde, dass sie einen Dämon erkannte, wenn sie einen sah.

Kapitel 13

Ich weiss nicht mehr viel von dem, was nach dem Abgang des Kardinals gesagt wurde, jedenfalls schien Prinz Jean alles andere als zufrieden damit, wie die Dinge liefen. Ich beäugte immer noch den Tisch mit der Landkarte, als mich Tatyana am Arm packte und aufforderte, zu gehen. Zuerst wehrte ich mich dagegen, aber sie blieb hartnäckig, und so ließ ich mich schließlich von ihr aus dem Raum führen. Auf dem Rückweg ging sie voraus. Wir kamen wieder durch den Gang mit den schönen Kunstwerken, und ich hielt einen Moment lang inne, um mich von ihrem Griff zu befreien.

»Was hast du vor?«

»Ich möchte mir die Skulpturen ansehen.« Ich zeigte auf eine aus rotem Stein gefertigte nackte Frau, die sich auf dem Rücken eines rennenden Wolfs festklammerte. »Vor allem die da.«

Sie schaute zu dem Stück, dann zuckte sie mit den Schultern. »Wozu?«

»Weil es hervorragend ist«, antwortete ich. Und das stimmte. Jede Linie passte perfekt zu den Proportionen, sogar die Abbildung der Muskulatur im Fell des Wolfes. »Findest du nicht?«

»Statuen sind nicht mein Ding«, verkündete sie und ließ sich ohne jede Anmut auf eine Bank in der Nähe plumpsen.

»Dann bist du dafür zu bedauern.« Ich hörte nicht, was sie als Nächstes von sich gab, weil ich mich auf den Boden kniete, um das Werk eingehend zu betrachten, bis ich es mir ins Gedächtnis eingebrannt hatte. »Wohin gehen wir eigentlich?«, fragte ich, als ich wieder aufstand.

»Wir treffen Lucien in seinen Gemächern. Er will, dass wir uns auf eine Geschichte einigen, bevor Jean dort eintrifft.«

»Was für eine Geschichte?«

»Bei Gottes Zähnen, Stratus, stellst du dich absichtlich dumm?«

»Nein …«

Sie starrte mich an, dann schüttelte sie nur den Kopf und stapfte davon. »Komm mit«, forderte sie mich auf.

Ich folgte ihr. Unterwegs wandten sich meine Gedanken dem Kardinal und seiner Reaktion auf meinen Anblick zu. Niemand sonst, dem ich mit diesem Körper bisher begegnet war, hatte sich mir gegenüber so verhalten. Falls er mich als Dämon oder ein sonstiges seltsames Beschwörungswerk erkannt hatte, was würde er tun? Hätte er nicht auf der Stelle die Paladine rufen müssen, um mich ergreifen zu lassen?

»Was weißt du über diesen Kardinal?«, fragte ich.

»Polsson?« Ein weiteres Schulterzucken. »Nicht viel, abgesehen davon, dass er so engstirnig und verbiestert ist wie die meisten ranghohen Kirchenvertreter. Er ist ein echter Fanatiker, was der Grund dafür sein könnte, weshalb ihn die Orden so sehr mögen. Warum fragst du?«

»Es hatte den Anschein, als hätte er mich erkannt.«

»Hmmm. Du hast recht, er hat gewirkt, als hätte er einen Geist gesehen.«

»Vielleicht kann er ja sehen, was ich in Wirklichkeit bin.«

»Jetzt kommt aber nicht wieder dieser Dämonenunfug, oder? Vielleicht mag er bloß keine Zauberer oder schwarzen Menschen.«

»Das ergibt keinen Sinn. Zum einen bin ich kein Zauberer, und zum anderen: Wenn er mich nicht kennt, warum sollte er mich dann nicht mögen?«

»Vergiss es. Geh und frag ihn, wenn du es unbedingt wissen willst.«

»Ich glaube, das mache ich.«

»Nein! Sei kein Narr«, herrschte sie mich an und trat auf mich zu.

Verwirrt starrte ich sie an. »Aber du hast doch gerade gesagt, dass ich es tun soll.«

»Das weiß ich, aber ich habe doch nicht damit gerechnet, dass du zustimmst. Verdammt noch mal.« Sie wich in eine Türnische zurück und winkte mich näher. »Hör zu«, sagte sie leise. »Ich weiß zwar nicht viel über Polsson selbst, aber ich kenne seinesgleichen. Den Großteil meiner Kindheit habe ich meinen Vater über Leute wie ihn schimpfen gehört. Wenn du dich ihm in den Weg stellst, macht er Jagd auf dich. Du willst dich bestimmt auf keinen wie auch immer gearteten Kampf mit der Kirche einlassen, vertrau mir. Das Beste, worauf du hoffen kannst, ist, dass er dich einfach vergisst.«

»Er hat mir nicht besonders gefährlich ausgesehen.«

»Nicht er selbst, nein. Aber er hat die Gefolgstreue der Orden und das Geld der Kirche hinter sich, und dadurch ist er jemand, mit dem man sich auf keinen Fall anlegen sollte.« Tatyana sah sich um, bevor sie sich wieder in Bewegung setzte.

»Was sind die Orden?«

»Die Paladine. Es gibt drei Arten, aber wenn man all das Zeremoniell und die unterschiedlichen Rüstungen weglässt, sind das alle dieselben Fanatiker.«

»Ich mag sie nicht.«

»Nur Menschen, die sie nicht kennen, mögen sie.«

Ich hatte immer noch nicht begriffen, wieso ich den Kardinal nicht fragen sollte, was er über mich wusste. Aber es lag Furcht in Tatyanas Geruch, wenn sie von ihm sprach, und wenn sich jemand fürchtete, der so geschickt mit einem Messer umzugehen verstand und einen Prinzen zu seinem Freundeskreis zählte, wäre es töricht von mir gewesen, dies nicht zu beherzigen. Ich würde mir einen Plan einfallen lassen müssen, um mit dem Kardinal zu reden, um ihn irgendwie davon zu überzeugen, dass ich keine Bedrohung darstellte, der er mit den Schwertern seiner Orden begegnen musste.

»Was ist mit dem Zauberer?«, fragte ich, als Tatyana an eine Tür klopfte. »Könnte ich mit ihm reden?«

Sie öffnete die Tür und trat ein, statt mir zu antworten. Ich folgte ihr und fand mich in einem rechteckigen Raum mit mehreren Tischen wieder, überfrachtet mit möglicherweise mehr

Schmuck, Büchern und Kleidung, als ich auf dem Marktplatz gesehen hatte.

»Was ist das für ein Ort?«, erkundigte ich mich und drängte die sofort einsetzende Versuchung zurück, die Schätze zu durchwühlen.

»Das ist einer meiner persönlichen Räume«, antwortete Lucien vom anderen Ende der Kammer, wo er damit kämpfte, eine Flasche aus Glas zu öffnen. »Ich sammle Dinge.« Mit einem Ploppen flutschte der Korken aus der Flasche, und Lucien schenkte drei Becher mit einem stark duftenden Wein voll.

»Protziges Gerümpel«, murmelte Tatyana, aber Lucien schien sie zu überhören.

»Ich auch. Jedenfalls früher«, erklärte ich und runzelte die Stirn, als eine schemenhafte Erinnerung die Ränder meines Gedächtnisses umspielte.

»Was für Dinge?«, hakte Lucien nach und reichte mir einen der Becher. Es handelte sich tatsächlich um Wein, aber einen, der ausgesprochen würzig roch. Ich atmete das Aroma ein und schloss die Augen, während ich den Trank von meinem überragenden Geruchssinn erkunden ließ. Einige Bestandteile erkannte ich, und während der Geruch meine Sinne erfüllte, konnte ich mich beinahe daran erinnern, wo ich sie zuletzt geschmeckt hatte. An einem heißen und trockenen Ort, an dem mich die Sonne mit wunderbarer Hitze gestreichelt hatte.

»Statuen«, warf Tatyana ein und klang weit entfernt. »Deshalb haben wir so lange gebraucht. Er ist stehen geblieben, um einige davon in der Ostgalerie anzuglotzen.«

»Nicht bloß Statuen. Skulpturen. Und ungewöhnliche Steine«, fügte ich mit nach wie vor geschlossenen Augen hinzu. Tatyana stimmte ein kurzes Lachen an, und ich beschloss, ihr keine Beachtung zu schenken. Der Wein hatte mir die letzten der in ihm enthaltenen Geheimnisse offenbart, und ich nippte versuchsweise daran. Er schmeckte besser als erwartet, also trank ich ihn aus.

»Sachte damit«, warnte Lucien. »Wir müssen bereit für Jean sein.«

»Wir sollten uns auf eine Geschichte einigen«, schlug ich eingedenk Tatyanas Worten vor.

»Ja, genau«, pflichtete Lucien mir bei. Er schien erfreut über meine Einsicht zu sein. »Pass auf, Stratus, ich will ehrlich sein. Die vergangene Nacht war ganz schön heftig, und das Bier hat es auch nicht gerade besser gemacht. Tatsache ist, dass ich …« Kurz verstummte er und nickte in Tatyanas Richtung. »Dass wir nicht das Geringste über dich wissen.«

»Ich habe Tatyana heute Morgen viel von mir erzählt«, sagte ich.

»Ach ja?«

»Hat er wirklich, und wir müssen darüber reden«, meldete sich Tatyana zu Wort.

»Es war überaus hilfreich. Ich habe dabei selbst einige Dinge erfahren«, verriet ich. »Hast du gewusst, dass sie eine Henkman ist?«

»Ja, das wusste ich. Das ist einer der Gründe, warum ich sie in meine Dienste aufgenommen habe. Aber hier geht es nicht um sie, es geht darum, dass ich realistisch sein muss. Du hast uns das Leben gerettet, aber ich fürchte, das ist eine Schuld, die zurückzuzahlen sich unter den derzeitigen Umständen als schwierig erweisen könnte.«

»Lucien, wir müssen reden«, warf Tatyana ein. »Bevor du noch etwas anderes sagst.«

Ich begriff, was sie vorhatte. »Soll ich es ihm sagen?«, bot ich ihr an.

»Nein, ich halte es für besser, wenn ich das mache«, entgegnete Tatyana. »Kannst du draußen warten?«

»Warum?«

»Tu's einfach!« Ihr Ton ließ Lucien mit dem Becher auf halbem Weg zu seinen Lippen innehalten.

»Dann warte ich draußen«, lenkte ich ein und stellte mich vor die Tür, die einer der beiden prompt verriegelte. Dem Klang der Schritte nach eher Tatyana. Langsam blies ich den Atem aus und entsandte einen Hauch meiner Hexenkunst in die Tür. Sie wies keine Schutzbanne auf, und so durchdrang meine Magie sie so mühelos, als wäre sie gar nicht vorhanden. In meinem Geist sah ich, wie sie sich ausbreitete, wie ein neu entstehendes Spinnennetz nach außen strebt. Jedes Geräusch im Raum brachte die Ranken zum Vibrieren, die diese Schwingungen direkt in meinen wartenden Kopf übertrugen.

»Er ist wahnsinnig, Lucien. Ich weiß nicht, wieso oder warum, aber er hat eindeutig nicht alle Tassen im Schrank. Er hält sich für einen Dämon, um Himmels willen. Ich konnte ihn gerade noch davon abhalten, all das Polsson zu gestehen.«

Lucien lachte. »Ein Dämon?«

»Ja, ein verfluchter Dämon.«

»Ein Dämon wie in den Armeen der Hel? Wie um alles in der Welt kommt er darauf?«

»Na, mal sehen. Er kann Magie wirken, seine Nägel und seine Haut sind so schwarz wie Kohle, und …«

»Du hast gesagt, er sieht aus wie die Südländer, mit denen du gedient hast.«

»Auf den ersten Blick vielleicht, aber er ist überhaupt nicht wie sie. Deren Haut ist braun, ein sattes Braun. Er hingegen ist eher grau. Oder bläulich wie die nächtliche Finsternis. Und wer hat schon schwarze Fingernägel? Ach ja, und das wird dir gefallen. Anscheinend ist er auf dem Weg in die Stadt in einen Kampf mit einigen Soldaten geraten und hat versehentlich einen von ihnen gegessen.«

»Was? Soll das ein Scherz sein? Bei Gott, du meinst es ernst. Aber das ist Wahnsinn. Wie im Namen Gottes kann man jemanden versehentlich essen?«

»Tja, soweit ich das mitbekommen habe, war es auch nicht das erste Mal. Weißt du, ich denke, er könnte einen Schlag auf den Kopf abbekommen haben oder so. Du weißt ja, was sich in Aknak zugetragen hat. Vielleicht hat er etwas Ähnliches erlebt, und es hat sein Gehirn durcheinandergebracht. Ich weiß, dass die Geschehnisse dort mehr als nur ein paar meiner Männer vor Angst um den Verstand gebracht haben, und die waren hartgesotten. Aber wie dem auch sein mag, ich glaube nicht, dass du ihn mit Polsson reden lassen kannst. Oder mit Jean.«

»Bei Gottes Zähnen, nein. Wenn auch nur ein Gerücht darüber nach außen dränge, wären die Bemühungen der vergangenen drei Monate umsonst. Was soll ich tun? Jean ist wahrscheinlich schon unterwegs hierher.«

Draußen im Gang verzog ich das Gesicht. Tatyana hatte meinen Schilderungen eindeutig nicht mit der nötigen Aufmerksamkeit zugehört. Aber wie dem auch sein mochte: Es auf diese Weise zusammengefasst zu hören, ließ das Ganze alles andere als schmeichelhaft erscheinen. Andererseits: Spielte es wirklich eine Rolle, was sie über mich dachten? Ich war ehrlich zu ihnen gewesen, hatte also in der Hinsicht ein reines Gewissen. Natürlich blieb die Tatsache, dass sie irgendwie einen Bestandteil dessen bildeten, was mir widerfahren war. Aber was für einen Beweis dafür hatte ich schon, wenn man von den dämlichen Reaktionen der Gegenwart absah, die meinen Geist heimsuchten? Sie kannten mich überhaupt nicht, und ihr Gedächtnis war unversehrt, was also verhieß das für mich? Sofern ich sie nicht festnagelte und ihre Erinnerungen stückchenweise zerlegte, bezweifelte ich, dass sich etwas Nützliches daraus ergeben würde, mich in ihrer Gesellschaft aufzuhalten.

Vielleicht war es an der Zeit, meine Suche an einen anderen Ort zu verlagern. Es galt nach wie vor, den sechsten Meuchelmörder zu finden, und da war auch noch jener Zauberer, an den ich herantreten konnte. Ich holte meine Magie zurück, formte sie um und entsandte sie ins Türschloss. Als ich in das Zimmer trat, hatte ich die Macht bereits wieder in mich aufgesogen. Schweigend beobachteten mich die beiden, als ich mich näherte, und sofern meine Fähigkeiten sie beeindruckten, ließen sie es sich in keiner Weise anmerken. Allerdings entging mir nicht, wie Tatyanas Hand zu ihrem Schwert wanderte. Das fand ich schon verletzend.

»Stratus, bitte, wir sind hier noch nicht fertig. Könntest du wohl …«, setzte Tatyana an, aber ich schenkte ihr keine Beachtung.

»Ich habe gehört, was ihr gesagt habt. Ihr haltet mich immer noch für wahnsinnig. Und vielleicht bin ich das auch, aber es ist keine Art von Wahnsinn, die ihr kennen würdet.« Lucien wollte sich erheben, aber ich hieß ihn mit einer Handbewegung innehalten. »Ihr wolltet etwas über mich erfahren, und ich habe euch erzählt, so viel ich über mich weiß. Ich bin weder auf Wohltätigkeit noch auf Mitgefühl aus, nur auf Antworten.«

»Wir glauben nicht, dass du wahnsinnig bist, höchstens verwirrt«, sagte Lucien. »Ich habe vieles gelesen, darunter geschichtliche Berichte, die manch einer als verboten betrachten würde, und ich kann dir sagen, dass mir noch keine Schilderung eines Dämons untergekommen ist, der jemandem das Leben retten würde oder Eier zum Frühstück und feine Skulpturen mag.«

»Die Skulpturen waren nicht für mich, sie …« Die Worte drangen über meine Lippen, ohne von meinem Gehirn geschickt worden zu sein. Ich hatte sie gebremst, bevor die drei letzten hervorsprudeln konnten, nun jedoch fügte ich sie mit leiserer Stimme hinzu. »Sie waren für sie.«

Darauf reagierte das Ungeheuer in mir merkwürdig. Es wich zurück, als hätte es sich verbrannt, statt sein übliches Knurren oder spöttisches Gelächter vernehmen zu lassen.

Sie.

Meine Gedanken prallten aufeinander, und was ich mir als einfallsreiche Entgegnung auf Luciens geistlose Bemerkung zurechtgelegt gehabt hatte, ging in dem Gewühl unter. Dieser Gedanke war wichtig. *Sie* war wichtig. *Rede mit mir, sag mir irgendetwas,* bekniete ich die Bestie im Geiste, aber sie blieb stumm. Plötzlich fühlte sich das Ungetüm angesichts des Wissens, dass es bei der Sache eine Sie gab, nicht mehr so bedrohlich an. Eine *Sie* für *es*.

»Paaren sich Dämonen?«, fragte ich und unterbrach damit, was immer Lucien gerade sagen wollte. Ich hatte nicht mitbekommen, wie er aufgestanden war.

»Nicht jetzt, Stratus. Bitte. Wir können uns nachher bei einem guten Wein darüber unterhalten.«

Ich fühlte mich seltsam entfernt, als ich beobachtete, wie er die

Tür öffnete und seinen dicken Bruder sowie zwei andere Männer hereinbat. Ich schenkte mir einen weiteren randvollen Becher jenes würzigen Weines ein, während die Männer miteinander zu reden begannen. Ich fragte mich, ob ich allein an jenem heißen, trockenen Ort geweilt hatte, wo ich dieses Gewürz schon einmal gerochen hatte. Hatte ich eine Gefährtin, ein Weib? Und falls ja, wo steckte sie jetzt? Für jeden Hinweis, den ich fand, schien sich ein Dutzend neuer Fragen aufzutun.

Ich spürte eine Hand auf meinem Arm und drehte mich um. Tatyana stand da und deutete in Richtung der Männer. An der Stelle geriet ich in Versuchung, einfach davonzumarschieren, all diese Scheinheiligkeit hinter mir zu lassen und mir meinen eigenen Weg zu suchen. Doch trotz all ihrer Unzulänglichkeiten waren sie freundlich zu mir gewesen, und es bestand immer noch die Aussicht darauf, dass sie in der Lage waren, mir zu helfen, wenigstens einige meiner Fragen zu beantworten.

»Mein Bruder erzählt mir gerade, dass du ihm das Leben gerettet hast«, sagte Jean. »Seiner Schilderung zufolgte bist du ein richtiger Held.« Er musterte mich von oben bis unten, und falls er sich mir unterlegen fühlte, ließ er es sich nicht anmerken.

Ich neigte das Haupt, einerseits, um Luciens Anliegen nachzukommen, Respekt zu zeigen, andererseits, um mir die Gelegenheit zu verschaffen, eine ordentliche Nase seines Geruchs einzuatmen. Ich hatte nicht viel Zeit, um ihn gründlich zu untersuchen, aber was ich oberflächlich wahrnahm, bestärkte meine ursprüngliche Meinung über den Mann. Er genoss eine üppige Kost, wenngleich mit weit weniger Wein und Bier als Lucien, aber ihm fehlte etwas. In ihm steckte eine Schwäche, doch es würde mehr als eines beiläufigen Schnupperns bedürfen, um sie genauer zu erkunden.

»Ich bin nichts dergleichen«, gab ich zurück.

»Dann erzähl mir in deinen Worten, was sich zugetragen hat.« Seine Stimme klang leise, dennoch schwang darin etwas mit, ein Widerhall der Befehlsgewalt, mit der er zuvor den Kriegsrat zum Schweigen gebracht hatte. Das machte mich neugierig.

»Ich hatte den Verdacht, dass etwas im Busch sein könnte, aber die verdorbenen Männer haben zugeschlagen, bevor ich weiter darüber nachdenken konnte. Wir haben sie getötet.«

»Nun, du drückst dich eindeutig weit weniger poetisch aus als Lucien.« Er nippte an dem Wein, den Lucien ihm reichte, und schmatzte geräuschvoll mit den Lippen. »Sehr gut, Bruder«, lobte er. Sein Blick wanderte wieder zu mir. »Mein Bruder sammelt unter anderem auch Wein.« Er trank einen weiteren kleinen Schluck, ohne den Blick von mir zu lösen. »Warum bezeichnest du sie als verdorbene Männer?«

»Wegen ihres Geruchs. An ihnen haftet ein Gestank wie an niemandem sonst. Er erfüllt die Luft wie ein öliger Nebel.« Ich hatte Mühe, die richtigen Worte zu finden, um das zu beschreiben. »Man braucht nur einen Hauch davon zu riechen, um zu wissen, dass nicht gut sein kann, was immer ihn verursacht.«

Jean lächelte flüchtig. »Es erscheint mir seltsam, Menschen wegen ihres Geruchs zum Tode zu verurteilen. Wenn es danach ginge, hätten wir niemanden mehr auf den Feldern.«

Darüber lachten die anderen, aber mir schmeckte ganz und gar nicht, dass sie meine Äußerung so leichtfertig abtaten. »Vielleicht fehlen mir die richtigen Worte dafür«, räumte ich ein, »doch ich weiß, dass es wahr ist. Es war ein Geruch, den kein natürliches Leben hervorbringen könnte.«

»Und das weißt du wegen deiner Zauberkunst?«, fragte Jean.

»Es ist Hexenkunst, keine Zauberkunst. Aber es stimmt schon.«

»Tu so, als würde niemand von uns hier den Unterschied kennen. Sollte nicht allzu schwierig sein.«

Ich nippte an meinem eigenen Wein, während ich überlegte, wie ich es ihnen diesmal so erklären konnte, dass sie es verstehen würden. Die Antwort lieferte mir eine unbeachtet zwischen Luciens Schätzen liegende Harfe. Ich zeigte darauf.

»Wäre Magie eine Harfe, würde ein Zauberer von einem Lehrer lernen, wie man darauf spielt. Er würde einige Lieder lernen. Ein Hexer hingegen könnte sie einfach ergreifen und sein eigenes Lied darauf komponieren.« Damit war ich ziemlich zufrieden.

»Also bist du besser als ein Zauberer.«

»Zweifellos.«

Darüber lachte Jean, bevor er sich an einen der Männer wandte, die zusammen mit ihm den Raum betreten hatten. »Und was meinst du dazu, junger Damiano?«

»Ich würde sagen, er liest zu viele Geschichten«, antwortete Damiano.

Ich erweckte einen Teil meiner Macht und begutachtete Jeans Begleiter. Die Armreifen an seinen Handgelenken schimmerten leicht, und ich konnte zarte Linien erkennen, die über die Bereiche seiner Haut verliefen, die ich sehen konnte. Also ein Zauberer, aber allem Anschein nach kein besonders starker. Zauberer leiten ihre Macht über ihre Körper, und der wiederholte Einsatz ihrer Kräfte lässt im Verlauf der Zeit so etwas wie Narben entlang der Bahnen ihrer Leiber entstehen. Die Narben dieses Mannes waren zart und beschränkten sich vorwiegend auf die Arme, was nahelegte, dass er den Großteil seiner Macht von seinen verzauberten Armreifen bezog. Und das roch in meinen Augen nach Faulheit.

»Ich lese nicht«, erklärte ich. »Aber ebenso wenig lüge ich.«

Immer noch beobachtete ich ihn, aber auch ohne meine Hexenkunst als Unterstützung meines Sehvermögens wäre offensichtlich gewesen, dass er auf die Macht in seinen Armreifen zurückgriff. Durchaus hilfreicherweise starrte er mir seinerseits in die Augen. Das hielt er wahrscheinlich für eine herausfordernde Geste, doch so bekam ich die Gelegenheit, eine schlichte Suggestion zu formen und in seinen Geist zu pflanzen: Für ihn explodierte einer der Armreifen und trennte ihm das Handgelenk ab. Einen Gegenstand zu verzaubern, ist wirklich harte Arbeit. Ein echter Meister seines Faches hätte sich wohl kaum die Mühe gemacht, sein Können derart billigem Zeug zu widmen, wie Damiano es trug. Danach zu urteilen, wie bereitwillig sein Geist meine Suggestion akzeptierte, hegte er wohl bereits eigene Zweifel und war damit umso empfänglicher für meinen Einfluss. Ich kappte die Verbindung, und mir blieb sogar noch genug Zeit für einen Blick zu Jean, bevor der junge Zauberer gellend kreischte, zu Boden fiel und eine völlig unversehrte Hand mit der anderen umklammerte.

Jeans Augen sahen in die meinen, als sich der Mann hin- und herwälzte, und ich wollte die Gelegenheit nicht ungenützt lassen, die sich mir dadurch bot. Ich drang in seinen Geist ein. Kaum kratzte ich an der Oberfläche seiner Gedanken, flammte jedoch schon ein mächtiger Schutzbann auf, der mich aussperrte. Rasch zog ich mich zurück und erhaschte von ihm kaum mehr als einen vagen Eindruck von Erschöpfung und allgemeiner Verärgerung. Ich überspielte das versuchte Eindringen mit einem Blinzeln, doch Jean ließ sich in keiner Weise anmerken, ob er es überhaupt wahrgenommen hatte.

»Was ist das? Was hast du mit ihm gemacht?«, verlangte er zu erfahren und blinzelte seinerseits, als er sich abwandte, um Damiano zu beobachten, der seine Hand verwirrt anstarrte, als sich die Suggestion langsam auflöste. Mittlerweile starrten alle auf mich, und ich müsste lügen, um zu behaupten, dass ich mich nicht über die Note der Angst in der Luft freute.

»Genug, um meine Worte zu beweisen«, antwortete ich in der Hoffnung, sie würden mich nicht weiter auf die Probe stellen wollen. Der dritte Mann half dem Zauberer auf einen Stuhl, während Jean an seinem Wein nippte und wieder mich beobachtete.

»Faszinierend«, befand er und stellte seinen Becher ab. »Ich hatte eigentlich im Sinn, dich für einige Tage in eine Zelle stecken zu lassen, um herauszufinden, woraus du geschnitzt bist, aber wie es scheint, wird das Urteilsvermögen meines Bruders allmählich besser.«

»Also, echt komisch, dass du das sagst, denn wir waren gerade dabei …«

»Lass mich ausreden, Lucien.« Er wandte sich mir zu. »Du hast gesehen, womit wir es zu tun haben, Meneer Stratus. Ich hätte nie gedacht, dass eine Zeit kommen würde, in der sich mein Bruder als Kriegsherr verdingen muss, und du solltest wissen, dass ich das durchaus mit Liebe sage. Er wurde für Sommer und Ballsäle geschaffen, nicht für das Schlachtfeld. Aber die Zeiten sind nun mal so, wie sie sind, und dieser Krieg gleicht keinem anderen, mit dem ich mich befasst habe.« Er deutete zu Damiano, der auf dem Stuhl saß und seine Hand anstierte. »Wegen ihnen. Wegen der Zauberer. Die Hälfte der Armee hasst sie, der Rest vertraut ihnen nicht, dennoch schreien alle nach mehr von ihnen. Und jetzt muss mein Bruder losreiten, um Männer in den Krieg zu führen, und selbst für ihn habe ich nur wenige, die ich erübrigen kann.«

Der Prinz verstummte, um erneut an seinem Wein zu nippen, und ich ertappte mich dabei, angespannt darauf zu warten, was als Nächstes kommen würde. Er mochte äußerlich nicht viel hermachen, aber mit einer solchen Stimme hätte er sich gut geschlagen, wenn er die Absicht gehabt hätte, selbst ein Zauberer zu werden.

»Ich möchte, dass du den Eid ablegst und mit ihm reitest.«

»Hoheit!« Damiano erhob sich von dem Stuhl, wobei er einen Arm sichtlich schonte. »Mein Meister …«

»Dein Meister wird das genehmigen müssen, ja, das ist mir bewusst. Aber mein Gefühl sagt mir, dass es die richtige Entscheidung ist. Was sagst du dazu, Meneer Stratus?«

Ich schaute zu Lucien und Tatyana, und sogar für mich offenbarte sich unübersehbar, dass Jeans Entscheidung sie völlig überraschte. Das Schicksal schien fest entschlossen zu sein, unsere Wege miteinander zu verstricken.

»Ich bin zwar kein Zauberer, aber ich sage ja.«

Kapitel 14

Kurz nachdem Damiano eingewilligt hatte, ein Treffen zwischen Magus Fronsac – der anscheinend immer noch zu wütend auf den Kardinal war, um direkt an ihn heranzutreten – und mir zu veranlassen, waren Prinz Jean und seine handzahmen Zauberer gegangen.

»Warst du das?«, fragte Lucien, kaum dass sich die Tür hinter ihnen geschlossen hatte.

»Was war ich?«

»Der ihn dazu gebracht, dich einzuladen, mein … unser persönlicher Zauberer zu werden.«

»Ich bin kein Zauberer. Und nein, das war ich nicht. Um ehrlich zu sein, angesichts all der an ihm angebrachten Schutzbanne bezweifle ich, dass es mir gelungen wäre, selbst wenn ich es gewollt hätte.«

»Also hast du es versucht?«, hakte Lucien mit anschwellender Stimme nach.

»Nein. Ich war bloß neugierig.«

»Was hast du dann getan?«

So viele Fragen. »Ich habe versucht, einen kleinen Blick in seinen Geist zu werfen, allerdings nur aus Neugier, nicht zu irgendwelchen dunklen Zwecken. Trotzdem muss ich sagen, dass ich mich über seine Entscheidung durchaus freue.«

»Warum?«, wollte Tatyana wissen.

»Weil ich es satthabe, mehr Fragen als Antworten zu bekommen, und ich glaube, dass ich Antworten mit größerer Wahrscheinlichkeit innerhalb der Mauern dieser Stadt finden kann. Heute Abend werde ich mit diesem Fronsac sprechen, danach sehen wir weiter.« Und am nächsten Morgen würden wir beginnen, die Straßen nach dem sechsten Meuchelmörder zu durchforsten, aber das offenbarte ich ihnen noch nicht. Ich wurde nämlich ihrer endlosen Fragen und ihres unablässigen Geredes allmählich überdrüssig.

»Stratus, wegen dem Zauberer. Du darfst ihm nicht sagen, dass du dich für einen Dämon hältst. Das wäre glatter Selbstmord.«

»Falls er gut ist, wird das gar nicht nötig sein.«

»Was hast du dann vor?«, fragte Lucien und stellte seinen Becher ab.

Ich seufzte. »Das kommt ganz darauf an, was er tut. Wenn er angreift, werde ich mich verteidigen.«

»Das darfst du nicht«, entgegnete Lucien. »Wir brauchen ihn. Es ist schwer zu erklären, aber dabei musst du mir einfach vertrauen.«

»Nein.«

»Nein?«

»Nein. Ich werde nicht untätig dasitzen und mich angreifen lassen, nur weil du es gesagt hast.« Vor meinem geistigen Auge zog eine verschwommene Erinnerung an ein sandiges Gebiet vorbei, in dem ein Geruch von Blut und Magie vorherrschte. *Mein Blut, aber nicht meine Magie.* Das Bild trieb auseinander, bevor ich es besser zu fassen bekam, aber das hatte schon genügt, die Bestie zum Knurren zu bringen.

»Stratus, als Prinz und als Freund ersuche ich dich, mir zu vertrauen. Unterwirf dich Fronsac und tu ihm nichts an.«

»Ich pfeife auf deine Titel – und auf eine Freundschaft, die von mir verlangt, mich wie ein Schaf meinem Untergang zu fügen.« Wie immer hatte die Regung des Ungetüms meinen Geduldsfaden verkürzt, und vermutlich hatte ich in einem schärferen Ton als nötig gesprochen, denn Lucien sprang überstürzt auf.

»Du tätest gut daran, mir zu gehorchen.«

»Erspar mir deine Drohungen, kleiner Prinz.«

Einen Atemzug lang dachte ich, er würde mich schlagen. Stattdessen jedoch presste er die Lippen zu einer schmalen Linie zusammen, bevor er alles andere als langsam aus dem Raum marschierte und die Tür heftig hinter sich zuknallte.

»Das war unnötig.« Tatyana starrte mich finster an, die Arme vor der Brust verschränkt. Ihr Herz hämmerte laut. »Du solltest ihm ein wenig Respekt entgegenbringen.«

»Du bist einer Meinung mit ihm? Dass ich mich diesem Zauberer ungeschützt entblößen und ihn tun lassen soll, was er will?«

»Es ist schon etwas komplizierter.«

»Nein, ist es nicht. Ihr warnt mich, dass Ehrlichkeit einem Selbstmord gleichkommt, und dann fordert ihr mich auf, mich von ihm töten zu lassen? Das ist einfach nur dumm.«

»Doch nicht die Art von Selbstmord, du dämlicher Ochse.« Sie fuhr sich mit den Händen durch die Haare, und ich fragte mich unwillkürlich, wie sich das wohl anfühlen musste. »Es liegt an diesem Ort hier«, sagte sie nach einigen Atemzügen und deutete auf die Mauern ringsum. »Wenn man genug Zeit hier verbringt, vergisst man, dass nicht jeder auf dieselbe Weise denkt.«

»Das verstehe ich nicht.«

»Natürlich nicht. Fronsac darf nicht denken, dass wir, dass Lucien wissentlich jemanden in Jeans Gegenwart gelassen hat, der ein Dämon sein könnte. Vor allem keinen Zauberer. Selbst wenn es nicht stimmt, würde es doch Jeans Ruf und damit die Bündnisse schwächen, die um die Königsfamilie herum aufgebaut worden sind, sollte es jemals nach außen dringen. Ich weiß, das ist vertrackt, aber du musst mir dabei einfach vertrauen.«

Ich hatte wenig Ahnung von den Verschachtelungen menschlicher Politik und verspürte keinerlei Lust, mein diesbezügliches Wissen zu erweitern. Aber der Zauberer und die Prinzen schienen darin aufzugehen, und wenn ich die Antworten bekommen wollte, die ich von Fronsac brauchte, würde ich etwas Sorgfalt walten lassen müssen. Ich versuchte, mein Zögern zu verschleiern, indem ich Tatyana ersuchte, es mir noch einmal zu erklären. Nach drei oder vier weiteren Runden mit Erläuterungen besaß ich ein brauchbares Verständnis der Verträge und Versprechungen, die dafür sorgten, dass die Stadt und die Soldaten Nachschub bekamen und die Zauberer den Krieg weiterhin unterstützten. Eine beachtliche Leistung, wenn man Tatyanas Mangel an Geduld bedachte.

Bald danach überbrachte einer der Diener eine Botschaft für Tatyana, die sie wüst zum Fluchen brachte und ohne jegliche Verabschiedung von mir aus dem Raum eilen ließ. Danach zu urteilen, wie ein Teil der Anspannung aus meinen Schultern abfloss, sobald ich alleine war, muss ich Stille wohl schon immer genossen haben. Meine Stimmung besserte sich zusätzlich, als ich die Reste des würzigen Weines leerte und mich gemütlich in Luciens gewaltigem Lehnsessel niederließ. Er fühlte sich wie ein unfassbar weiches Grasbett an, auch wenn er nicht so angenehm duftete.

Eine Weile dachte ich an überhaupt nichts, und irgendwann fiel ich in einen leichten Schlaf. Ich wurde von einem Diener geweckt, der die Becher und die nunmehr leere Flasche aus dem Raum trug. Ich kämpfte mich aus den Tiefen des Sessels hoch, als sich der Diener entschuldigte und dazu ansetzte, den Raum zu verlassen. Doch mein Geist war noch zu sehr umwölkt, um die Erklärungen richtig mitzubekommen, verschleiert von den Überresten der Bilder und halb geformten Träumen, die in mir aufgestiegen waren, während ich gedöst hatte. Richtig erinnern konnte ich mich nur an einen langen Tross von Wagen auf einer staubigen Straße und an eine Steinsäule mit darin eingeritzten Spiralmustern. Nichts davon kam meinem wachen Verstand auch nur annähernd vertraut vor.

Allerdings bewirkte der Schlaf noch etwas anderes. Er rüttelte nämlich die Erinnerung an den düsteren Raum wach, den ich flüchtig im Gedächtnis jenes Meuchelmörders erspäht hatte, bevor sein Gehirn geschmolzen war. Abgesehen von Lucien und Tatyana stellten jene Mörder das einzige andere Teil zur Lösung des Rätsels dar, das ich besaß. Da ich keine Ahnung hatte, wann Lucien aufbrechen würde, und somit auch ich, sah ich wenig Sinn darin, noch mehr Zeit zu vergeuden.

Also hievte ich mich aus der verlockenden Gemütlichkeit des Sessels und marschierte zur Tür hinaus, ohne auf die neugierigen Blicke der Wachleute und Bediensteten zu achten. Ich wusste genau, was ich wollte, und würde mich nicht davon abbringen lassen. Ich hegte eine Überzeugung, die mich einerseits beruhigte und andererseits ein Feuer in meiner Brust entfachte. Aber nach einem Dutzend Gängen, die einander glichen wie ein Ei dem anderen, und nach mehreren Treppenfluchten schrumpfte meine Schrittlänge auf die eines bloßen Menschen. Ich war an vielleicht hundert Türen vorbeigekommen, und alle führten zu weiteren Räumen und Gängen. Allmählich machte sich neben der Entschlossenheit, die mich erfasst hatte, der Gedanke breit, einfach geradewegs durch Mauern hindurchzubrechen oder mir einen Weg über das Dach zu bahnen. Ich stand kurz davor, genau das zu tun, als vor mir ein junger Mann durch eine Tür herauskam, der ein Bündel Schwerter trug.

»Ist alles in Ordnung, Herr?«, erkundigte er sich.

»Wie geht es am schnellsten nach draußen?«

»Über die Exerzierplätze bei den Kasernen, wenn es Euch nichts ausmacht, dass Ihr in der Sarggasse landet.«

»Ist mir egal.«

»Folgt mir.«

Ich kam seiner Aufforderung nach, und nach einigen weiteren Türen trat ich endlich hinaus in den Sonnenschein. Als ich kein Dach mehr über mir hatte, spürte ich, wie sich mein Rückgrat unwillkürlich streckte, und ich atmete mehrmals tief durch. Die leichte Brise strotzte vor den Gerüchen von Menschen, Eisen und Schlamm, war damit aber immer noch angenehmer als die abgestandene Luft im Palast. Ich atmete abermals tief ein und nahm einen vertrauten Duft wahr. Tatyana befand sich in der Nähe. Mein junger Führer sagte etwas zu mir und deutete auf eine Tür in einer hohen Mauer, also vermutete ich, dass es sich um den Weg nach draußen handelte. Ich nickte ihm zu und folgte Tatyanas Geruch auf einen weiteren, kleineren Hof. Mindestens vierzig Männer hielten sich dort auf, die meisten davon jung. Alle standen in einer grob quadratischen Formation um Tatyana herum, während sie und ein jüngerer, stämmigerer Mann einander mit gezückten Schwertern umkreisten. Einige der Umstehenden jubelten, und ich stand kurz davor, einen Feuerball auf Tatyanas Gegner zu schleudern, als ein älterer Mann begann, den Rand der Formation entlangzuschreiten. Der Jubel erstarb, als er das Wort ergriff, also hielt ich mich zurück und lauschte.

»Ein Gefecht dieser Art bringt Menschen dazu, sich wie Tiere zu gebärden. Sie halten nach Schwächen Ausschau, wie sich ein Löwe alte oder verletzte Opfer aussucht. Ihr werdet das auch tun. Wenn es dazu kommt, fühlt es sich natürlich und richtig an. Aber wie die Stärke, die aus Wut entspringt, ist es eine Lüge. Ihr dürft euren Augen nicht vertrauen. Gegen wen würdet ihr kämpfen wollen? Gegen mich oder gegen sie?« Er zeigte auf Tatyana, und ein Gemurmel ging durch die Schar der jungen Männer.

»Gegen sie, aber nur, wenn wir ringen!«, rief eine Stimme, was prompt eine Runde Gelächter auslöste. Tatyanas Gegenüber trat vor und schwenkte das Schwert hin und her. Die Klinge zischte auf eine Weise durch die Luft, die ich ziemlich beeindruckend fand.

Tatyana verlagerte den Griff um ihr Schwert so, dass ihre Klinge gerade nach oben wies. Der Mann bemerkte es, und sein Schwert schoss vor, fast zu schnell für mich, um der Bewegung zu folgen. Metall prallte klirrend auf Metall, und plötzlich stand Tatyana auf seiner gegenüberliegenden Seite. Sie befand sich außerhalb seiner Reichweite, während ihre Klinge auf seiner Schulter ruhte. Es wäre ein tödlicher Stoß gewesen. Wieder schwang der Mann seine Waffe und grunzte dabei vor Anstrengung, doch es sauste nur durch Luft, während Tatyanas Schwert als Nächstes auf seiner anderen Schulter landete. Da entfesselte er eine ganze Reihe von Angriffen, jeder ungestümer als der davor, doch bei seinem dritten Schritt nach vorn trat sie ein Bein unter ihm weg, sodass er zur Seite wirbelte. Sofort setzte sie nach, hieb ihm mit der flachen Seite des Schwertes gegen die Schläfe und fällte ihn so. Die Männer, die jeden Vorstoß des Mannes bejubelt hatten, verstummten, als Tatyana ihr Schwert zurückzog und die Klinge lässig auf die eigene Schulter sinken ließ.

»Überstürzte Entscheidungen können euch genauso schnell töten wie Vermessenheit«, warnte der ältere Mann und trat wieder vor. »Beurteilt euren Gegner nicht nach dem, was er zu sein scheint. Geht davon aus, dass jeder, mit dem ihr es zu tun bekommt, besser ist als ihr. Schneller. Jeder Kampf sollte so gefochten werden, als wäre es euer letzter. Also, wer will als Nächster? Carter, was ist mit dir?«

Ich bahnte mir den Weg zurück zum Tor. Ich hatte mich schon gefragt, wieso ein Prinz nur eine Leibwächterin hatte, doch nun verstand ich das ein wenig besser. In Gedanken merkte ich mir vor, Tatyana aus der Ferne oder im Schlaf zu töten, sollte es je dazu kommen.

Die Sonne stand bereits hoch am Himmel, als ich letztlich das Palastgelände hinter mir ließ. Ihr gedämpftes Licht tünchte die Wolken über mir in Silber. Ich kämpfte mich eine dicht gedrängte Gasse draußen entlang und folgte der Begrenzungsmauer des Palastes, bis ich zu dem Eingang gelangte, den wir ursprünglich benutzt hatten. Von dort konnte ich den Weg zurückfolgen, den wir gekommen waren, obwohl es sich als schwieriger erwies, als ich gedacht hatte.

Straßen, die in der Nacht verwaist gewesen waren, präsentierten sich nun verstopft von Massen lauter Menschen, die Staubwolken aufwirbelten. Die Formen der Gebäude, die ich in der Dunkelheit flüchtig wahrgenommen hatte, lagen jetzt verzerrt im Sonnenlicht, so schwach es auch durch die Wolkendecke dringen mochte. Vielleicht lag es daran, dass ich mich genervt fühlte, aber die Menschen auf den Straßen erschienen mir lauter und aufgeregter, als ich es in Erinnerung hatte. Erst nach einer Begegnung mit einem besonders aufdringlichen Marktschreier, die beinahe in Gewalt geendet hätte, wurde mir bewusst, dass unterschwellig der saure Beigeschmack von Angst im allgegenwärtigen Geruch ihrer Ausdünstungen mitschwang. Nachdem ich ihn bemerkt hatte, bekam ich ihn nicht mehr aus der Nase, jedenfalls nicht, bis ich den Schauplatz des Hinterhalts wiederfand. Der Gestank unserer Angreifer beherrschte nach wie vor die Stelle, an der ihr Blut das Kopfsteinpflaster besudelt hatte. Es war einfach, ihn trotz der Fülle all der Gerüche auszumachen, die mit ihm wetteiferten.

Ich kauerte mich dorthin, wo das Gehirn des einen Mannes aus seinem Kopf gesickert war. So verstopft die Straße sein mochte, die Stelle war nicht schwer zu finden, weil die meisten Vorbeiziehenden einen Bogen um sie beschrieben. Vermutlich war ihnen gar nicht bewusst, dass sie es taten. Beinahe empfand ich Mitleid mit den Leuten, denen die Aufgabe zugefallen war, die Leichen der Attentäter wegzuschaffen. Hätte ich genug Macht zu erübrigen gehabt, wäre es interessant gewesen, die Menschen mithilfe meiner Hexenkunst zu beobachten, um mal zu schauen, ob ich wohl den Augenblick erkannte, in dem der winzige Hauch der Liedlinien warnend in ihnen anschlug und sie von einer Bedrohung weglenkte, die sie nicht bewusst wahrzunehmen vermochten. Ein Vorteil dieses Verhaltens der Menschen war, dass sich niemand in meiner Nähe aufhalten wollte oder mich fragte, was ich tat, und das passte mir gut so.

Ich benutzte einen Zweig, um den Staub aus den Ritzen zwischen den Kopfsteinen zu kratzen, bis ich auf Überreste von Gehirnmasse stieß. Das Gewebe war sogar noch feucht, aber nicht einmal die Fliegen wollten sich daran laben. Ich tunkte die Spitze des Zweigs hinein und hob die Probe an, weil ich sehen wollte, ob sie so auf Sonnenlicht reagierte wie weiland das Fleisch der Bluttrinker, aber der Zweig hing nur da und baumelte hin und her wie ein Pendel, während in meinem Geist eine Idee Gestalt annahm. Die Hitze und die Zeit, die seit dem Austreten der Masse verstrichen war, hatten ihr nicht gerade gutgetan.

Ich fasste einen Entschluss. Wenngleich ich wusste, dass mir kein dauerhafter Schaden entstehen würde, drehte sich mir beim Gedanken an das, was ich gleich machen würde, der Magen um. Er krampfte sich zusammen, als flehe er mich um Gnade an.

Ich tauchte den Finger in die glibberige Masse und steckte ihn mir in den Mund. Lieber würde ich die Hinterteile von tausend Aasgeiern verspeisen, als mich noch einmal etwas auch nur annähernd so Unangenehmem wie der Erfahrung dieser Masse auszusetzen. War schon der Geruch entsetzlich gewesen, so verstärkte der Geschmack das Unbehagen so ungefähr um das Zehnfache. Er füllte meine Sinne nicht bloß aus, sondern explodierte förmlich durch sie hindurch und scheuerte dabei alles andere weg. Auf einmal konnte ich mich nicht mehr an den Geruch von Gras oder den Geschmack des Weines erinnern, den ich so genossen hatte, und nahm nur noch den Mief von Fäulnis und Verderbnis und Tod in seiner reinsten, höchsten Konzentration wahr. Unwillkürlich würgte ich und taumelte umher wie ein vom Vollmond berührter Wahnsinniger, als der Geschmack durch mich hindurchbrannte. Letztlich ließ das Gefühl jedoch nach, und ich sackte gegen eine nahe Mauer. Der Geschmack und der Geruch hatten sich mir tief eingeprägt, und es würde sehr lange dauern, bis sie verblassten. Doch das war ein Preis, den ich bereitwillig zahlen wollte, wenn er nur ein Ende der durch meinen Geist wirbelnden Fragen bewirkte.

Mit einer weiteren Folge meiner Tat hatte ich nicht gerechnet, nämlich mit der, dass durch das Schlucken der abscheulichen Masse auch der Geist einer Erinnerung freigesetzt wurde, die sie einst beherbergt hatte. Viel war es nicht, nur der zwischen einem Blinzeln und dem nächsten wahrgenommene Eindruck eines kauernden Wasserspeiers. Doch das gab mir einen Anhaltspunkt, und war allein schon den Preis beinahe wert. Ich arbeitete mich kreisförmig von dort aus vor, wo der Mann gestorben war, bis ich die Stelle fand, an der er gestanden haben musste, um sich an jenen kleinen Wasserspeier aus dem richtigen Blickwinkel zu erinnern. Unmittelbar daneben befand sich eine Mauer mit rauer Oberfläche, und als ich das Gesicht dagegendrückte, entdeckten meine nunmehr darauf ausgerichteten Sinne den leichten Rückstand des Gestanks der Meuchler. Hier hatten sie gestanden, einer hinter dem anderen, alle an die Mauer gepresst.

Ich folgte dem Geruch, bis die Witterung schwächer wurde, dann rückte ich langsam weiter die Straße hinunter vor. Sie hatten sich in der Dunkelheit fortbewegt, doch was für Fähigkeiten ihnen ihre eigenartige Magie auch gewährt haben mochte, Nachtsicht hatte nicht dazu gehört. An einer Stelle hatten sie sich den Weg an fest montierten Tischen vorbei ertastet, an einer anderen über den Pfosten eines Vordachs am Eingang eines Geschäfts. Winzige, leicht zu übersehende Spuren. Als die Fährte drohte, vollends im Sand zu verlaufen, griff ich auf ein wenig meiner Hexenkunst zurück und verknüpfte sie mit meinem Geruchssinn, um ihn zu verstärken. Das trieb mir zwar Tränen in die Augen und den Geschmack von Blut in den Mund, bescherte mir jedoch auch eine neue Spur, der ich folgen konnte.

Als ich schließlich ihr Versteck fand, hatte die Nacht die Herrschaft über den Himmel übernommen. Ihr Unterschlupf befand sich am Rand der Oberstadt. Hier standen die Gebäude immer noch dicht beisammen, besaßen aber nur Ladenfronten auf der Straßenseite. Einige wiesen sogar hübsche kleine Gärten auf, nicht jedoch das Haus, zu dem mich die Spur der Männer führte. Es handelte sich um einen dunklen Schemen in einer Reihe hellerer Gebäude, der wie ein fehlender Zahn in einem ansonsten gesunden Gebiss anmutete. Die Fenster und der Haupteingang waren mit Brettern vernagelt, und was immer im Garten vor dem Haus gewachsen sein mochte, war längst verwelkt und verweht. Geblieben waren nur Vertiefungen aus Stein, die an geplünderte Gräber gemahnten.

Die Schatten verbargen mich, als ich die Hand auf die Tür drückte und sie vorsichtig nach Schutzzaubern abtastete. Ich konnte keine entdecken. Ich stützte mich mit den Beinen ab und drosch die Faust gegen das Holz, und nach drei kräftigen Schlägen splitterte der Teil, an dem die Angeln befestigt waren. Die Tür ächzte und knarrte, als ich sie aufbrach, doch die Dunkelheit dahinter schien die Geräusche aufzusaugen. Ich zückte eines meiner Messer und trat ein, lauschte auf etwas anderes als die Ratten in den Wänden. Mein Geruchs- und Geschmackssinn lagen infolge der Widerwärtigkeit der Gehirnmasse immer noch danieder und würden eine ganze Zeit lang zu wenig zu gebrauchen sein. Also musste ich mich auf meine Sicht und mein Gehör verlassen.

Ich brauchte einen Augenblick, um meine Nachtsicht wachzurütteln, doch schon bald hielt die bekannte rote Tönung Einzug in mein Blickfeld und verlieh der Düsternis vor mir Tiefe und Form. Das Erdgeschoss bestand aus einem einzigen großen Raum mit einigen zerbrochenen Stühlen, einem umgekippten Tisch und je einer Tür zu beiden Seiten einer steilen Treppe, die zu den oberen Stockwerken führte. Mir gefiel die Vorstellung nicht, dass sich von hinten jemand an mich anschleichen könnte, daher überprüfte ich zuerst jede der Türen am Fuß der Treppe, das Messer im Anschlag. Die erste Kammer erwies sich als leer, abgesehen von mehreren Haufen alter Kleidung, die größtenteils von Schimmel gesprenkelt waren. In einem der größeren Haufen bewegte sich etwas. Ich ging hin und trat ihn auseinander, womit ich aber nur eine Ratte aufscheuchte, die benommen und verdrossen zu einem der Löcher in der Wand davonwieselte.

Hinter der zweiten Tür kam ein Raum zum Vorschein, aus dem man alles außer einem niedrigen Tisch entfernt hatte. Auf ihm lag der Leichnam einer Frau. Oder zumindest ein Teil davon. Ihre Mörder und die Ratten hatten nicht genug von der Toten übriggelassen, um auch nur zu erahnen, wer sie gewesen sein mochte, und ich ertappte mich dabei, länger auf die Leiche zu starren, als ich beabsichtigt hatte. Sie mochte nur eine weitere tote Frau sein, aber etwas daran, wie sie hier gestorben war, ganz allein und vollkommen verängstigt, brachte mich ins Grübeln. Allerdings gab es nichts mehr, was ich für sie tun konnte, also ließ ich sie in der Dunkelheit zurück und kehrte zurück zur Treppe. Bevor ich die Stufen erklomm, schüttelte ich heftig die Schultern in dem Versuch, die eigenartige Wehmut zu vertreiben, die mich befallen hatte. Zum Glück lauerte am Rand meines Geistes die Bestie, allzeit bereit, jedewede Gefühlsregung in Wut zu verwandeln, und ausnahmsweise begrüßte ich ihre Bemühungen.

Das Holz ächzte und knackte laut, als die Stufen mein Gewicht aufnahmen, aber sie hielten ihm stand. Vor mir erstreckte sich ein schmaler Gang mit vier Türen und einer weiteren, kleineren Treppenflucht, die aussah, als wäre sie von einem Blinden gebaut worden. Auch wirkte sie so fragil, dass sie kaum in der Lage sein würde, mich zu tragen. Ich rückte zur ersten Tür vor und blieb daneben stehen. Mein Geruchssinn war immer noch so gut wie nutzlos, daher würde mir stattdessen meine Hexenkunst als Ersatz dienen müssen. Ich schloss die Augen und konzentrierte mich auf mein Gehör, während ich dasselbe Netz spann, das ich benutzt hatte, um Tatyana und Lucien zu belauschen.

Ich ließ es durch die Räume treiben, konnte jedoch nur die gewöhnlichen Geräusche von Ungeziefer und tropfendem Wasser hören. Gerade, als ich das Netz wieder einholen wollte, erfasste es über mir das leise Scharren von etwas, das nur menschliche Füße sein konnten. Ich bündelte alle Aufmerksamkeit, und als die Schritte innehielten, vernahm ich ein Herz, das noch schneller schlug, als ich es bei jemandem erwartet hätte, der von mir gejagt wurde. Da ich nun wusste, wo sich die Gestalt befand, holte ich das Gebilde rasch zurück und sog gierig die ungenutzte Energie auf. Die Stufen würde ich unmöglich erklimmen können, also musste ich den- oder diejenige über mir irgendwie zu mir locken.

Bevor ich jedoch auch nur darüber nachdenken konnte, hörte ich das vertraute Knarren der Treppe hinter mir. Entweder hatte ich jemanden übersehen, oder der Meuchelmörder über mir hatte irgendwie Hilfe angefordert. Falls sie dachten, dass mir zwei von ihnen Angst einjagten, stand ihnen eine harte Lektion in Sachen Enttäuschung bevor.

Ich bewegte mich an die gegenüberliegende Wand und wappnete mich sowohl mit meinen Messern als auch mit meiner Hexenkunst. Ich wollte allerdings Antworten bekommen, bevor ich sie tötete. Da im Haus solche Dunkelheit herrschte, würde ein kräftiger Lichtblitz recht verheerende Auswirkungen auf menschliche Augen haben. Die Spitze eines Schwertes geriet als Erstes in Sicht, und ich spürte, wie das Lichtgebilde in mir knisterte, als wolle es unbedingt entfesselt werden.

Zwei Dinge geschahen, als der Neuankömmling um die Ecke bog. Zum einen sah ich, dass es sich um Tatyana handelte, zum anderen schleuderte mich ein unsichtbarer Hammer gegen die Wand.

Holz und Staub spritzten um mich herum auf, und nur ein besonders dicker, senkrecht stehender Balken verhinderte, dass ich durch die Wand hinaus auf die Straße flog. Ich prallte von dem

Balken zurück und fiel auf die gesplitterten Bodendielen. Meine Sicht und das Gehör wirkten verzerrt, als befände ich mich unter Wasser. Ich wollte mich aufrappeln, doch ein weiterer Hammerschlag warf mich gegen die Decke, gegen die ich so wuchtig prallte, dass die Holzbalken knackten und meine Haut aufplatzte. Als ich wieder krachend auf dem Boden landete, gelang es mir, mich auf den Rücken zu rollen, wodurch ich einen flüchtigen Blick auf meinen Angreifer erhaschte, der mit katzengleicher Anmut einige Schritte entfernt landete.

»Erbärmlich«, sagte er und klatschte in die Hände. Sofort krachte ein weiterer Hieb in mich und trieb mich *durch* den Boden, sodass ich im Eingangsbereich landete, gepfählt von einem guten Dutzend Bodendielen und außerstande, mich irgendwie beschirmen, als ein Gutteil des Hauses auf mich herabstürzte.

Kapitel 15

Um mich herum tobten die Feuer, verschlangen die Stadt und diejenigen, die zu langsam vor dem Vormarsch der Flammen flüchteten. Ich konnte ihre Schreie im Tosen des Infernos hören und in den um mich peitschenden Winden roch ich, wie sie geröstet wurden. Diejenigen, die meinen ursprünglichen Angriff überlebt hatten, versteckten sich vor mir. Sie kauerten wie das Gewürm, das sie waren, zwischen so heißen Steinen, dass sie jedwede Haut versengten, die sie berührte. Ich überließ sie ihrem Schicksal und beobachtete, wie ein weiteres Gebäude unter dem Aufstieben von Glut und Funken einstürzte, und als sich der Rauch lichtete, kam dahinter mein Ziel zum Vorschein. Es erzürnte mich zwar, dass der Turm der Kathedrale noch stand, doch ich wusste, dass ich das schon bald ändern würde.

Ich konnte immer noch den Rauch und verkohltes Fleisch riechen, als ich mit einem Ruck ins Bewusstsein zurückkehrte und die Ratte aufschreckte, die gerade zu dem Schluss gelangt war, mein Gesicht könnte eine gute Mahlzeit abgeben. Sie und ihre weniger abenteuerlustigen Gefährten nahmen hopsend Reißaus, als ich gierig nach Luft schnappte. Was ich durch den Mund einsog, war mit etwas weit weniger Angenehmem als Rauch oder Ratten überfrachtet, und wenn der Gestank nicht genügt hätte, um mich vollends zu wecken, hätten es mit Sicherheit die Schmerzen und die mit ihnen einsetzenden Erinnerungen getan. Ich lag auf einem Bett aus gesplittertem Holz und Nägeln, von denen sich nicht wenige in meine Haut gebohrt hatten. Wegen der Trockenheit des Holzes steckten unzählige scharfkantige Enden von Splittern in mir fest.

Ich sah mich um, so gut es ging. Tatyana konnte ich riechen, aber nirgendwo ausmachen. Ich konnte ihr Blut riechen, und ich verrenkte mich so weit, wie es das Holz zuließ, das mich durchbohrt hatte, um nach ihr Ausschau zu halten. Ich musste mich im Fallen gedreht haben, denn meine linke Seite erwies sich als größtenteils unverletzt – im Gegensatz zur rechten. Nicht nur mein Arm und mein Bein waren an mehreren Stellen durchstochen, auch in meiner Seite steckte zumindest ein Splitter von beachtlicher Größe. Aber ich hustete kein Blut, also hatten meine Rippen die Splitter zumindest von meinen Lungenflügeln ferngehalten. Damit war ich jedoch ziemlich optimistisch, wenn man bedachte, dass trotz allem ein splitteriger Holzbrocken der halben Länge meines Arms tief in meinem Fleisch steckte.

»Wenigstens lebst du noch«, hörte ich irgendwo hinter mir eine Stimme. Sie erschreckte mich, und ich spürte ein schmerzhaftes Reißen, als ich vor Überraschung zusammenzuckte. »Wärst du nicht meinem Meister versprochen, würde ich mir deine wunderschönen, schimmernden Augen sofort holen und dabei zusehen, wie du verblutest.« Kleidung raschelte, und mich erreichte ein übelkeiterregender Duftschwall süßer Gewürze, als sich mein Peiniger bewegte und knapp außerhalb meines Sichtfelds hinter mir hinkauerte.

Ich biss die Zähne gegen die Schmerzen zusammen und schwang den linken Arm nach oben und hinten, die Finger weit ausgestreckt. Ein vergeblicher Versuch, irgendeinen Teil von ihm zu fassen zu bekommen. Stattdessen spürte ich, wie etwas eine heiße Linie über meine Handfläche zog, und gleich darauf erreichte mich der Geruch meines eigenen Blutes.

»Wahrscheinlich ist sie schon tot, deine kleine Dirne.« Ich erhaschte einen flüchtigen Blick auf den langen Dolch, mit dem er mich geschnitten hatte. Der Stahl schimmerte leicht vor Runen. »Soll ich dir ihren Kopf bringen?«

»Ich würde deinen bevorzugen.«

»Deine Stimme ist nicht so, wie ich sie erwartet hatte. Ich frage mich, ob du immer noch gleich klingst, wenn du schreist …« Ein weiteres Rascheln. »Lass es uns herausfinden.« Mit einem unsichtbaren Fuß trat er zu, traf das Ende des langen, zwischen meine Rippen gekeilten Splitters und trieb ihn ein wenig tiefer in den Fleischtunnel. Die Schmerzen waren unfassbar; es fühlte sich an, als hätte er eine entzündete Fackel in meinen Körper geworfen. Er tat es zwei weitere Male, und beim dritten Tritt konnte ich den Schrei nicht länger hinter meinen Zähnen zurückhalten.

»Ja!«, rief mein Angreifer und dehnte das Wort zu einem Zischen aus. »Noch mal!« Ein weiteres Mal verlieh ich den Schmerzen Ausdruck, als grelle Blitze über meine Sicht zuckten. Als ich wieder klar sehen konnte, erblickte ich ihn in kauernder Haltung zu meiner Rechten, ein dunkler Schemen im Mondlicht, das durch einen kaputten Fensterladen hereinschien.

»Dein Blut ist erlesen«, sagte er, die Stimme ein Flüstern. »Ich kann die Macht darin schmecken. Allmählich beginne ich zu verstehen, weshalb dich mein Meister mit solchem Nachdruck sucht.«

Ich spuckte einen Pfropfen besagten Blutes aus dem Mund; es schmeckte vor allem nach Niederlage. Der Pflock in meiner Seite mochte meine Lungenflügel verfehlt haben, aber er übte einen ständigen Druck auf meine Rippen aus, was es schwierig gestaltete, zu atmen. Zwischen japsenden Atemzügen konnte ich hören, wie mein Blut aus den Wunden tropfte.

»Zeit zu schlafen, Monster«, sagte mein Peiniger. Zu dem Messer gesellte sich etwas noch Grauenerregenderes. Es handelte sich um einen Kupferzylinder mit einer langen, sich verjüngenden Spitze, von der eine in magischem Schimmer leuchtende Flüssigkeit tropfte. »Der Meister …«

»Kann sich in die Hel verpissen«, sagte eine Stimme hinter ihm.

Der Meuchelmörder sprang auf, drehte sich in der Bewegung und schwang dabei die Kupfervorrichtung in weitem Bogen. Ich erhaschte einen flüchtigen Blick auf Tatyana, die sich darunter hinwegduckte und sich damit in den Weg des Dolchs in seiner anderen Hand bewegte.

Ich sah, wie die Klinge in sie eindrang. Der Schreck über den Treffer ließ sie erstarren, und als sie von ihm wegtaumelte, geschahen zwei Dinge: Seine Hand ließ den Dolch los, den er bis zum Heft in ihre linke Seite gestoßen hatte, und sie trieb ihren eigenen Dolch seitlich in seinen Hals. Im Gegensatz zu ihm ließ sie ihre Waffe jedoch nicht los, als sie nach hinten sackte. Ihr fallendes Gewicht riss seine Kehle auf, und die Wunde besprühte uns mit seinem stinkenden Blut.

»Tatyana!«, brüllte ich, obwohl mir die Luft fehlte, um es lauter als mit meiner normalen Stimme hervorzubringen. Sie antwortete nicht, und brach nur mit einem rasselnden Atemzug auf den Boden zusammen. Das Holz zerrte an mir, als ich mich hochzustemmen versuchte, was erneut einen Sturm von Lichtern auslöste, die durch meine Sicht tänzelten. Ich spürte, wie meine Verletzungen weiter aufbrachen, als das schartige Holz in mir sägte, und mit dem Blut floss auch meine Stärke aus mir ab. Mit einem Aufschrei, der zu gleichen Teilen von Schmerz, von Wut und von Verzweiflung zeugte, sank ich zurück.

Mein Geist reagierte unmittelbar. Ich konnte fühlen, wie sich die Bestie, der Dämon aufbäumte. Seine höhnische Verächtlichkeit schwappte über mir zusammen, doch darunter nahm ich eine andere Note wahr. *Angst.* Es war nur ein flüchtiger Eindruck, der gleich darauf von einer Flutwelle des Zorns mit sich gerissen wurde. Und wie eine entfachte Flamme erwachte darob auch meine eigene Wut. Ich klammerte mich daran fest und schürte sie mit all der Frustration, die ich empfand. Der Schmerzensschrei auf meinen Lippen schlug in ein Knurren um, und als ich mich aus den Trümmern hievte, blutend aus Dutzenden in mich gebohrter Splitter, war aus dem Knurren ein Gebrüll geworden, das wiedergab, was ich in meinem Geist hörte. Ich fasste hinter mich und schlang die Hand um den Ansatz des Pflocks, den der Meuchler so tief in mich getreten hatte. Mit einem Ruck drehte ich ihn, bis das Blut üppiger floss und den Kanal, den das Holz gegraben hatte, glitschiger werden ließ, dann riss ich ihn mit einem Aufschrei heraus, der die Überreste der Läden polternd herunterfallen ließ.

Ich schleppte mich zu Tatyana und fiel neben ihr auf die Knie. Der Antrieb durch meine Wut ließ bereits nach, da mein Blut aus so vielen Wunden aus mir floss und mich schwächte. Sie hatte die Hände um den Griff des Dolchs geschlungen, doch ihr fehlte die Kraft, um ihn ganz herauszuziehen. Blut durchtränkte ihre Kleidung, und ich konnte ein Flattern in ihrem Herzschlag hören, einen Makel, der umso ausgeprägter werden würde, je mehr Blut aus ihrem Körper pulsierte.

»Ich sterbe«, presste sie zwischen zusammengebissenen, blutigen Zähnen hervor.

»So ist es«, bestätigte ich und zog ihre Hände von der Wunde weg.

Sie hatte keine Kraft mehr, Druck darauf auszuüben, geschweige denn, um sich gegen mich zu wehren. Ich brauchte nicht das Geschick des Diakons, um zu wissen, dass ihre Verletzung tödlich war, zumal sich die Klinge in den Herzmuskel gebohrt hatte. Sie verging vor meinen Augen, und mit ihr die Geheimnisse, die sich in ihrem Kopf verbargen.

Während ich den mittlerweile von ihrem statt meinem Blut nassen Dolche betrachtete, keimte in mir eine Idee, auf die ich mich sogleich stürzte. Ich biss in meinen Finger. Meine scharfen Dämonenzähne durchdrangen die zähe Haut, bis ich mein Blut schmeckte. Ich ließ es ungehindert fließen, während ich die schwindende Reserve meiner Hexenkunst anzapfte und ein Heilgebilde formte. Mittlerweile war ich recht geschickt darin geworden, und etwas, das robust genug war, um bei meiner Masse zu funktionieren, würde bei ihrer zierlichen Gestalt mit Sicherheit schnell genug wirken. Ich spürte, wie sich die Form vervollständigte, dann tauchte ich einen Finger in die Wunde in ihrer Brust. Da ich nicht genug Zeit gehabt hatte, um das Heilgebilde vollständig für einen rein menschlichen Körper anzupassen, würde mein Blut als Bindemittel dienen müssen. Die Heilung würde dort beginnen, wo die Konzentration meines Blutes am größten war. Das Blut, das sich bereits auf der Klinge der Waffe befand, würde sich als äußerst nützlich erweisen.

Tatyana versuchte zu schreien, hatte jedoch nurmehr die Kraft für ein langes Zischen. Ich konnte an meinem Finger die beschädigte Seitenwand ihres Herzens spüren, das so unregelmäßig schlug wie das Flattern der Flügel eines Falters. Ich fühlte, wie es ins Stocken geriet, als sich mein Blut und meine Hexenkunst darüber ausbreiteten und in das beschädigte Gewebe eindrangen. Sie verwoben es, setzten es instand, wurden ein Teil davon. Ich konnte fühlen, wie es geschah, und ich sah die hauchfeinen Kraftlinien, die uns verbanden. Den Vorgang nun abzubrechen, hieße, sie zu töten, also ließ ich sowohl das Blut als auch die Magie nach Bedarf fließen. Ich ließ beides in sie strömen, bis ihr Herz mit neuer Stärke zu schlagen anfing, noch mehr von meinem Blut in sich sog und es durch jeden Teil ihres Körpers pumpte. Ich konnte spüren, wie sich ihr Muskelgewebe um meinen Finger zusammenzog, bis ein zarter, aber beharrlicher Druck entstand, der den Finger nach und nach unweigerlich aus ihrem Fleisch schob.

Die betäubende Wirkung meiner Wut war so gut wie aufgebraucht, und ich musste alles aufwenden, was ich noch hatte, um wach zu bleiben, während ihr Körper auf die neuen Energien reagierte, die ihn durchströmten. Ich hielt ihren Kopf ruhig, als krampfhafte Zuckungen drohten, ihn gegen den Boden zu schlagen. Der Anfall ging jedoch rasch vorüber, und ihre Atmung wurde tiefer, regelmäßiger, klang gesünder. Mir blieb gerade noch genug Zeit, um mich zu beglückwünschen, bevor die vor meiner Sicht tänzelnden Lichtpünktchen die Schlacht gegen meinen Willen gewannen und sich zu einer gleißenden Sonne verdichteten, nur um dann jäh zu erlöschen, sodass mich Schwärze umfing.

Der Geruch von Essen weckte mich, und das Knurren meines leeren Magens ging der Rückkehr ins Bewusstsein voraus. Als ich die Augen aufschlug, erblickte ich Tatyana, die mir gegenübersaß. Ein in Soße getunkter Brocken Brot befand sich auf halbem Weg zwischen der Schüssel auf ihren Beinen und ihrem offenen Mund.

»Riecht gut«, befand ich und zögerte, mich zu bewegen, falls das Fehlen der Schmerzen nur eine Tücke war.

»Willkommen zurück.«

»Was machst du hier?«

»Dir die schwarze Haut retten, wie es scheint.«

»Ich musste nicht gerettet werden.«

»Also war es Teil einer breiter angelegten Strategie, dich zu pfählen und zu verbluten? Du bist wirklich gerissen.«

Ich entschied, nicht darauf zu antworten, und mich stattdessen in eine bequemere Position zu hieven. »Warum bist du mir gefolgt?«

»Was glaubst du wohl, warum?«

Ich bemühte mich, angesichts ihres Tons nicht zu knurren. Woher sollte ich denn wissen, was für Gedanken durch Menschenköpfe schwirren?

»Ist jetzt nicht von Bedeutung. Wie lange hab ich geschlafen?«

Sie lächelte, als sie sich das Brot in die Futterluke stopfte und mit vollem Mund sprach. »Die ganze Nacht und den Großteil des nächsten Tags.«

Ich hob den rechten Arm. Er war mit von meinem Blut durchtränktem Stoff verbunden. Mein Bein hatte sie ähnlich versorgt.

»Sorgen bereitet mir vor allem dein Rücken«, fügte Tatyana hinzu. »Ich habe an Splittern herausgezogen, so viel ich konnte, und die Wunde mit Wein und Honig ausgewaschen, aber ich kann die Blutung nicht stoppen.«

»Danke«, sagte ich und meinte es aufrichtig. Abgesehen von Krähs Geschenk war dies das Netteste, was je ein Mensch für mich getan hatte, soweit ich mich erinnern konnte. »Um den Rest kümmere ich mich selbst.«

Ich schloss die Augen und kehrte meine Aufmerksamkeit nach innen. Zum Glück musste ich die Wunde nicht sehen können, um daran zu arbeiten. Das Heilgebilde tauchte mühelos in meinem Geist auf, und ich senkte mein Bewusstsein mit dessen Energie in die Wunde. Es steckten immer noch mehrere Splitter in meinem Fleisch, das um sie herum angeschwollen war. Mit der Zeit würden Eiter und Körperflüssigkeiten sie aus dem Körper pressen, nur wäre das sowohl unangenehm als auch schmerzhaft und mochte durchaus neue Probleme verursachen. Also schlang ich zarte Ranken der Energie meiner Hexenkunst um jeden einzelnen Splitter und verfestigte die Flüssigkeiten, um glatte Ränder zu bilden, dann wies ich mein Gewebe an, sie auszutreiben. Der Vorgang gestaltete sich erfreulich schmerzlos, steigerte jedoch den Hunger, den ich sowieso schon verspürte, zu etwas Gewaltigem.

Schließlich öffnete ich die Lider und setzte mich langsam auf, während winzige Klümpchen aus Holz und Blut aus der zerklüfteten, nassen Narbe an meinem Rücken glitten. Tatyana beobachtete mich aufmerksam und stellte ihre mittlerweile leere Schüssel weg, als ich mich schwerfällig auf die Beine stemmte.

»Dein Rücken …«

»Wird aufhören, zu bluten, sobald die letzten Splitter ausgestoßen sind. Das hast du sehr gut gemacht.« Ich sah mich um, betrachtete die Trümmer der Treppe. Angesichts der Masse trockenen, scharfkantigen Gerölls erschien es mir, dass wir noch glimpflich davongekommen waren, vor allem Tatyana. Ich ging zu dem Toten hinüber und drehte ihn mit dem Fuß auf den Rücken herum. Dank der klaffenden Wunde an seinem Hals bewegte sich sein Kopf dabei kaum.

»Kennst du ihn?«

»Nein.« Tatyana trommelte mit den Fingern auf die Schüssel. »Was ist passiert, Stratus? Was hast du mit mir gemacht?«

Ich war zu beschäftigt gewesen, um darüber nachzudenken, wie sie vielleicht reagieren würde, wenngleich ich wohl am ehesten mit überschwänglicher Dankbarkeit gerechnet hätte. »Ich habe deine Wunde geheilt«, antwortete ich, um es einfach zu halten.

Tatyana schüttelte den Kopf. »Wie? Ich habe genug Verletzungen durch Klingen gesehen, um zu wissen, dass ich eigentlich tot sein müsste. Bin ich aber nicht.« Sie warf mir etwas zu, das ich auffing, ohne nachzudenken. Eine Pfeilspitze. »Das ist heute Morgen aus meiner Schulter gefallen. Hat seit dem Untergang von Aknak in meinen Knochen gesteckt.«

»Bronze?« Ich drehte die Pfeilspitze zwischen den Fingern. »Wie reizend.«

»Die Gebirgsstämme verwenden sie immer noch, aber wechsle jetzt nicht das Thema. Was hast du mit mir gemacht?«

Ich nahm mir einen Augenblick Zeit, um darüber nachzudenken. Eigentlich hatte ich die Heilung auf ihr Herz gerichtet, nirgendwohin sonst. Ich rieb über die Oberfläche der Pfeilspitze. Die rauen Wirbel meiner Haut schabten die letzten Spuren ihres Blutes ab. Daran lag es – an ihrem Blut, und, wichtiger noch, an meinem Blut, das nunmehr mit dem ihren vermischt war. Statt lediglich eine vorübergehende Leitung für den Heilzauber zu bilden, hatte sich mein Blut während der Übertragung der Energie und der Wiederherstellung ihres Herzens irgendwie dauerhaft mit ihrem verbunden. Und wenn es die Heilung fortgesetzt hatte, nachdem die Verbindung vermeintlich von mir gekappt worden war, musste es in irgendeiner Weise immer noch mit mir verbunden sein.

»Was ist? Warum siehst du mich so an?«

Ich kniete mich vor sie hin. »Vertraust du mir?«

»Nein, wieso?«

»Ich muss etwas ausprobieren, bevor ich dir antworte.«

Sie rieb an ihrem blutigen Hemd, dann nickte sie zustimmend. Es dauerte länger, als mir lieb war, meine Hexenkunst zu erwecken. Als es endlich gelang, schenkte ich Tatyana ein hoffentlich beruhigendes Lächeln und stach ihr in den Arm.

Mit einem spitzen Schrei sprang sie zurück, umklammerte den Arm und brüllte mich an. Ich achtete nicht darauf, was sie sagte, und beobachtete sie stattdessen durch den Filter meiner Hexenkunst. Ich sah, wie das Licht des Heilgebildes in ihr erwachte. Der Schimmer überlagerte erst die Knochen, dann strömte er auf die Wunde in ihrem Arm zu. Hätte ich nicht durch den Filter meiner Hexenkunst zugesehen, wäre mir der dünne Lichtfaden, nicht dicker als eines ihrer Haare, entgangen, der flackernd zwischen uns entstand und ein winziges Maß meiner Energie auf sie übertrug. Ich löste den Schleier auf und erhob mich.

»Beweg die Hand«, forderte ich sie auf.

»Leck mich, du verfluchter Irrer.«

»Tatyana. Beweg die Hand.«

Sie murmelte etwas Gehässiges, hob jedoch langsam die Hand

und starrte ungläubig auf ihren unversehrten Arm. »Was zur Hel soll das? Wie …«

»Hexerei«, sagte ich. »Als ich deine Wunde geheilt habe, da … ist ein wenig von mir in dir zurückgeblieben.«

Tatyana rieb sich den Arm. »Ich bin nicht ganz sicher, was ich davon halten soll.«

Ich tat die Äußerung mit einem Schulterzucken ab. »Es abzulehnen ändert nichts daran.«

»Wird das jetzt immer passieren?«

»Ich denke schon, jedenfalls so lange, bis ich sterbe. Aber sei gewarnt: Auf diese Weise zu heilen, hat einen Preis. Das Gebilde heilt Wunden und Krankheiten, doch wenn du nicht tüchtig isst, höhlt dich die Unmenge an Energie, die dein Körper dafür aufbringen muss, unweigerlich aus.«

»Mann, das klingt ja toll. Herzlichen Dank auch.«

»Gern geschehen.« Ich blickte auf den toten Meuchelmörder hinab. »Und jetzt muss ich etwas tun, was dir wahrscheinlich auch nicht besonders gefallen wird. Mir jedenfalls wird es das nicht.«

»Du willst mich doch nicht etwa noch mal stechen, oder?«

»Nein«, antwortete ich und zeigte auf den Leichnam. »Ich muss nur sein Gehirn essen.«

Kapitel 16

Tatyana starrte mich so lange wortlos an, dass ich schon anfing, mich zu fragen, ob ich überhaupt laut gesprochen oder es doch nur gedacht hatte. Als ich gerade wiederholen wollte, was ich vorhatte, richtete sie den Blick erst auf den Toten, dann wieder auf mich.

»Du willst ihn also essen«, sagte sie. Es klang wie eine Feststellung.

»Nur sein Gehirn«, berichtigte ich sie.

»Sein Gehirn.«

»Wiederholst du das alles aus einem bestimmten Grund?«

»Ja, wenn es sein muss, dann schon! Das kannst du nicht machen, Stratus.«

»Natürlich kann ich. Muss ich sogar, da du ihn ja getötet hast.«

»Das ist krank und in so vielerlei Hinsicht einfach nur falsch. Und wenn du nicht flach auf dem Rücken gelegen und wie ein abgestochenes Schwein geblutet hättest, wäre ich nicht gezwungen gewesen, ihn zu töten.«

Ich entschied, den letzten Teil zu überhören. »Also, das ist jetzt nichts, was ich besonders gern tue. Eigentlich wollte ich ihn finden, um Antworten von ihm zu bekommen, nur kann ich das jetzt nicht mehr.« Ich dachte an das undeutliche Bild zurück, dass die bitter schmeckende Gehirnmasse von der Straße zutage gefördert hatte, und malte mir aus, um wie viel aussagekräftiger das Ergebnis bei einem frischeren, nicht zu Brei geschmolzenen Gehirn sein mochte. »Das ist die einzige Möglichkeit, die ich habe, um einen Toten sprechen zu hören.«

»Das kannst du nicht tun«, wiederholte sie nach wie vor kopfschüttelnd. »Das ist *Nekromantie.*« Sie flüsterte das Wort.

»Nekromantie?« Das war kein Wort, das ich schon einmal gehört hatte. Ich beherrschte die Sprache gut genug, um zu wissen, dass *Nekros* ein älteres Wort für die Welt der Toten war, allerdings war es mir noch nie in einem bestimmten Zusammenhang verwendet untergekommen. »Du weißt, dass Nekromantie Totenbeschwörung bedeutet und auf die Verwendung von Magie hinweist, die sich auf Tote auswirkt?«

»Genau das habe ich gemeint. Die Art von Zauberei, der sich die Leute des Herrn der Würmer bedienen.«

Tatyana ließ keine Anzeichen darauf erkennen, dass sie sich das nur ausdachte, um mich davon abzubringen, das Gehirn zu essen, und das bereitete mir Kopfzerbrechen.

»Soll das heißen, die Magie des Herrn der Würmer wirkt sich auf Tote aus?«

»Nuschele ich etwa? Sie holt die Toten aus ihren verfluchten Gräbern, falls du das damit meinst, dass sie sich auf sie auswirkt.«

»Das ist unmöglich.«

»Ich hatte es in Aknak mit den Toten zu tun, also wag es nicht, zu behaupten, es wäre unmöglich oder ich sei eine verfluchte Lügnerin.«

»Ich habe schon mehrmals gehört, dass dieses Aknak erwähnt wird. Was ist dort geschehen? Ich weiß, dass es eine Ortschaft sein muss, die gefallen ist, aber darüber hinaus nichts.«

Tatyana setzte sich hin und starrte eine Weile auf ihre Hände, bevor sie zu sprechen begann. So, wie sie es schilderte, hatten sie und ihre mittlerweile toten Kameraden in den Diensten eines Söldnerverbands gestanden, der dafür bezahlt worden war, eine Stadt namens Aknak zu verteidigen. Sie hatten gute Arbeit geleistet und den Ort mehrere Wochen lang gegen den penullischen Vormarsch gehalten. Dann begannen neue Angriffe, allerdings nicht durch die Soldaten außerhalb der Stadtmauern. Vielmehr wandten sich diejenigen gegen die Verteidiger, die innerhalb der Mauern gefallen waren. Ich ersuchte sie, die Geschichte zu wiederholen, da ich sie zu unfassbar fand, um sie zu glauben.

»Die Toten sind auferstanden und haben euch angegriffen?«, fragte ich zum dritten Mal nach. »Bist du sicher?«

»Das ist die Wahrheit. Ich habe sie mit eigenen Augen gesehen und mit diesen Händen gegen sie gekämpft. Mir ist egal, wie krank oder wahnsinnig jemand ist, man sticht ihm ins Herz oder schlitzt ihm die Kehle auf, und er verblutet. Er stirbt. Ich sage dir, die Toten sind aufgestanden und umhergelaufen. Und sie waren unaufhaltsam, es sei denn, man hat ihnen den Schädel eingeschlagen oder ihre Köpfe abgehackt.« Sie spuckte auf den Toten zu meinen Füßen. »Natürlich haben wir das erst herausgefunden, nachdem sie die Mauern überrannt hatten, und da war es zu spät, ihn noch zu retten.«

»Wen zu retten?«

Sie wischte die Frage mit einer verwerfenden Geste weg. »Spielt keine Rolle.«

Da musste ich ihr recht geben. Ich stand auf und begann, auf und ab zu laufen, was mir immer beim Nachdenken half. Mir fiel nicht ansatzweise ein, wieso jemand etwas Derartiges tun sollte, geschweige denn, wie es überhaupt zu bewerkstelligen wäre. Alle Magie entstammte den Liedlinien und diese waren ihrerseits ein Bestandteil jener Kraft, die jedes lebendige Wesen mit Leben erfüllte. Das war das genaue Gegenteil der kalten, negativen Energie, die dieses Leben von der Welt der Toten trennte. Die Vorstellung, jemand könnte diese Macht entstellen und missbrauchen, um durch den Schleier zu fassen und die Toten zurück in diese Welt zu holen, fand ich nahezu unbegreiflich. Negative Kraft war keine Form von Energie, die irgendein lebendes Wesen nutzen konnte – sie und die Liedlinien waren Gegensätze, wie Feuer und Wasser.

»Und du glaubst, es war das Werk der Zauberer des Herrn der Würmer? Seiner *Totenbeschwörer?*«, fragte ich.

»Wir haben einen von ihnen gefasst. Der Hauptmann hat ihn verhört, und ich kann dir sagen, ganz gleich, wie fanatisch jemand ist, ein bisschen Feuer rückt die Prioritäten ganz schnell zurecht.«

»Kann ich mir vorstellen.« Ich erwähnte nicht, dass in meinem Fall ein feines Feuer eher die Stimmung hob.

»Als er endlich zu reden begann, war er schon ganz schön verbrannt, deshalb ist alles ziemlich bruchstückhaft aus ihm hervorgesprudelt. Er hat immer wieder behauptet, seine Schattenbrüder würden kommen und die Göttin des Todes, der sie dienen, würde ihn niemals sterben lassen.«

»Und hat sie?«

»Was?«

»Ihn sterben lassen.«

»Oh ja. Weißt du, er hat den Jungs Angst eingejagt, und darauf sprechen sie nicht besonders gut an.«

In meinem Geist nahm eine Idee nach und nach Gestalt an. »Ich möchte auch mit einem dieser Totenbeschwörer reden, solange er noch lebendig ist.« Ich hockte mich neben den Leichnam. »Aber vorerst begnüge ich mich mit dem, was mir zur Verfügung steht.«

»Du willst es immer noch tun?«

»Ja. Sein Gehirn wird nicht frischer.«

»Dabei kann ich nicht zusehen. Ich kann noch nicht mal daran denken.«

»Dann warte draußen. Wenn ich fertig bin, werde ich etwas zu essen brauchen – richtiges Essen.«

»Du willst essen? Nachdem du das hier getan hast?«

»Ich werde hungrig sein, also ja.«

»Fein.«

Damit kletterte sie seitlich durch das Loch hinaus und verschwand in der Düsternis des Erdgeschosses. Da mich somit nichts mehr aufhielt, zog ich eines meiner Messer und machte mich daran, den Schädel zu öffnen.

»Mal sehen, was du über Totenbeschwörer weißt«, murmelte ich, schnitt mir eine großzügige Scheibe vom Gehirn ab und aß sie, bevor aufkommende Zweifel meine Entscheidung ins Wanken bringen konnten.

Zuerst dachte ich, dass ich es vielleicht mit einem Stück von einem anderen Teil versuchen sollte oder dass jenes Bild aus dem Gehirn des anderen Mannes eine Anomalie gewesen war, denn nichts passierte.

Doch ich behielt die kalte Gehirnmasse im Mund. Die Beschaffenheit fand ich beinah genauso verstörend wie den Gedanken, dass es in Wahrheit nicht annähernd so übel schmeckte, wie ich erwartet hatte. Dann jedoch überwältigten mich die Rückstände der fauligen Magie, die durch seinen Körper geströmt war, und jegliche Gedanken verpufften, als ich mich darauf konzentrieren musste, den Drang zu bekämpfen, mich zu übergeben. Meine Sturheit wurde belohnt, als sich die ersten Bilder in meinem Geist zu formen begannen. Anfangs waren sie blass, beinahe durchscheinend, aber je länger ich die Lippen zusammengepresst hielt, desto deutlicher wurden sie, bis ich sie nicht mehr als Fremder sah, sondern mit den Augen des Mannes selbst.

Ein großer Saal mit tausenden Schriftrollen und Büchern. Dunkelheit überwältigt die wenigen Laternen. Dutzende Männer in Roben knien vor ihm, und in seinen Augen leuchtet der kalte Schein des Mondes. Ich bin ihm am nächsten und die Hand des Meisters ruht auf meinem Kopf. Infolge der Macht, die ihn erfüllt, ist seine Berührung so kalt, dass sie sich sengendend anfühlt.

Die Bilder erstrahlten in meinem Kopf, dann verblassten sie zu einem trüben Dunst. Von diesem ersten Erfolg ermutigt arbeitete ich mich tiefer in sein Gehirn vor und stopfte mir einen weiteren Brocken in den Mund. Schmecken konnte ich ihn nicht mehr.

Der grauhaarige General wirft sich vor mir nieder. Ich befehlige jetzt für meinen Meister diese Armee, nicht länger der Mann im Staub zu meinen Füßen. Sein Ehrgefühl und sein Stolz sind ausgelöscht, er kennt nur noch Angst. Tausend frische Leichen liegen in ordentlichen Reihen um mich herum, und meine Kehle schmerzt davon, in so vielen die Blutsaat auszubringen. Schon bald wird sie gedeihen. Die Göttin wird ihnen befehlen, sich zu erheben, und ich werde unter der Pracht der Berührung ihrer kalten Erhabenheit erbeben.

Was ich bisher gesehen hatte, fand ich zwar interessant, aber kaum aufschlussreich, und insgeheim verfluchte ich Tatyanas Geschick im Umgang mit dem Dolch. Dieses Unterfangen hätte sich wesentlich einfacher und deutlich weniger unangenehm gestaltet, wenn er noch am Leben gewesen wäre oder wenigstens nur im Sterben gelegen hätte. Ich schnitt ein weiteres Stück aus seinem Gehirn, diesmal von der anderen Seite des Schädels.

Die Straßen der Stadt sind verstopft von Marktschreiern und Käufern. Dieser Ort wird als Nächster fallen, und ich lache über all ihre unbedeutenden Ängste und Begierden. Diese Narren wissen nicht, dass sie bereits tot sind. Die Gruft wird von den heiligen Zeichen des Meisters geschützt, aber für mich öffnet sich der Stein. Ich trete den Weg über die lange Treppe an, die mich zu unserem großen Tempel führt. Ich schäme mich dafür, dass ich geflohen bin, als die Bestie meine Brüder dahinmetzelte, und dafür, dass ich nun die Hilfe des Zunfters in Anspruch nehmen muss, dieses noch kaum der Macht des Meisters entwöhnten Narren. Jetzt wird ihm der Ruhm zuteilwerden, die Bestie zu fangen.

Ich versuchte, mich auf das bereits verblassende Bild der Gestalt dieses Torwächters zu konzentrieren, an den der tote Totenbeschwörer gedacht hatte. Aber wie die Bilder davor löste es sich in Nebel auf und damit auch die letzten Reste meiner Entschlossenheit. Mein Magen entleerte sich mit ungewöhnlicher Heftigkeit, und als die Krämpfe endlich nachließen, wusste ich, dass meine Willenskraft nicht ausreichen würde, um einen weiteren Versuch zu unternehmen. Ohne einen weiteren Blick auf den Kadaver des Mannes kämpfte ich mich zum Rand des Lochs vor und zog mich hoch. Ich stöhnte, als die Anstrengung eine frische Narbe an meinem Rücken erneut aufbrechen ließ. Mit den letzten Resten meiner Hexenkunst gelang es mir, die Blutung zu stoppen, bevor ich mich zu Tatyana schleppte, die auf mich wartete.

»Ist es erledigt?«, erkundigte sie sich. Ich antwortete mit einem kraftlosen Nicken. Sie drehte sich um und begann, davonzugehen. »Ich kenne einen Ort, der sich gut eignet, wenn man richtig ausgehungert ist. Der Koch ist dick wie ein Fass, das ist immer ein gutes Zeichen.«

Mir fehlten sowohl die Kraft als auch die geistige Klarheit, um etwas darauf zu erwidern, also konzentrierte ich mich ganz darauf, einen Fuß vor den anderen zu setzen und unterwegs nicht zu verbluten. Es ist schon seltsam, dass man nicht bemerkt, wie viele Stufen oder Hügel es an einem Ort gibt, bis man ihn müde oder verletzt bewältigen muss. Ich war fast davon überzeugt, dass Tatyana mich vorsätzlich den grausamsten aller möglichen Wege entlangführte, als sie plötzlich hinter einigen am Straßenrand stehenden Männern anhielt.

»Bleibst du hier? Ich muss zurück und mit Lucien reden.«

»Wo ist ›hier‹?«

»Das Wirtshaus. Du hast gesagt, du wärst hungrig.«

Ich spähte zu den Männern hinter ihr. »Warum stehen wir auf der Straße?«

»Das ist eine Menschenschlange. Es ist fast Abendbrotzeit, und das Wirtshaus ist sehr beliebt.«

»Ich bleibe so lange, wie man mich hier mit Essen versorgen kann.« Sofern mich nicht vorher die Erschöpfung übermannte, die von mir verlangte, mich in die nächstbeste Türnische zu legen und so lange zu schlafen, bis meine Feinde an Altersschwäche starben.

»Heb mir ein Stück Pastete auf. Ich komme zurück.« Damit tätschelte sie mir die Schulter und marschierte beneidenswert schwungvoll davon.

Die Luft strotzte vor all dem üblichen Mief, den ich mit der Stadt in Verbindung brachte; ein stickiger Dunst, nur gelegentlich vom Wind aufgelockert, sodass interessantere Gerüche an die Oberfläche dringen konnten. Interessante Gerüche wie jene, die aus der Küche des Wirtshauses drangen. Düfte, reich an Gewürzen und Aromen, die ich noch nie zuvor wahrgenommen hatte. Mein Magen knurrte so laut, dass ich mich fragte, ob ich versehentlich irgendeine Kreatur verschluckt hatte, ohne es zu bemerken. Die zwei Männer vor mir drehten sich bei dem Geräusch um, aber keiner von ihnen wirkte beunruhigt.

»Genau die Wirkung haben seine Pasteten«, meinte der Größere der beiden. Sein Gefährte grinste nur weiter vor sich hin, als wäre er unheimlich stolz auf seine kleinen gelben Zähne.

»Dicke Männer machen die leckersten Pasteten«, erklärte ich und war überrascht, als sie mir zustimmten.

»Einem dünnen Kerl in der Küche kann man nicht vertrauen, hat mein Vater immer gesagt.«

Der Größere schaute zu mir auf. »Und woher kommst du?«

»Fünfulm?«, versuchte ich etwas unsicher.

Dazu schüttelte er den Kopf. »Fünfulm ist ein Drecksloch, aber ein kleines Drecksloch. Es hat noch nie jemand erwähnt, dass dort ein Clan riesiger schwarzer Menschen lebt.«

Ich dachte daran zurück, was mir Kräh über den Krieg und die aufgeriebenen Ortschaften erzählt hatte, und zermarterte mir das Hirn, bis einer der Namen dieser Orte aus meinem Gedächtnis auftauchte.

»Davor war ich in Dawlish«, verkündete ich und hoffte, dass es sich durch die Pause umso dramatischer anhören würde.

Mein Befrager schürzte die Lippen. »Das war eine traurige Sache. Tut mir leid.«

Zum Glück beschnitt das erfolgreich ihr Interesse an mir, und der Rest der Wartezeit verstrich ereignislos, während ich lauschte, wie sie sich leise darüber unterhielten, wer für die anscheinend berüchtigte Geschichte über die Verbrennung der Kathedrale von Dawlish und der darin Versammelten verantwortlich war.

Schließlich betrat ich das Wirtshaus, das den beschwingten Namen »Die Pastetenlaube« führte, und wurde von einem spindeldürren Jungen mit Schürze rasch zu einem Platz auf einer der Gemeinschaftsbänke geführt. Ich war zu beschäftigt damit, die Luft zu schmecken, um groß darauf zu achten, wohin ich gesetzt wurde, bis die Bank ohne Vorwarnung unter meinem Gewicht zusammenbrach und mindestens ein Dutzend Männer und mich zusammen mit einer beträchtlichen Zahl von Bechern und halb aufgegessenen Pasteten über den Boden verteilte. Der Sturz erschütterte meine Verletzungen, und als ich mich auf die Beine rappelte, knurrte ich halb vor Schmerzen, halb vor Zorn. Das brachte einen der Männer nicht davon ab, mich anzubrüllen, und ich stand kurz davor, ihm sagenhafte Gewalt anzutun, als ein anderer Mann – er war tatsächlich so rund wie ein Fass – durch eine Nebentür hereingeeilt kam und sich mit einer Stimme, die einem Zauberer zur Ehre gereicht hätte, Ruhe ausbat. Sein plötzliches Erscheinen und die Art seines Auftritts genügten, um meinen Zorn abzulenken, und ich ließ die Hände sinken, als er herüberkam und das gesplitterte Ende der Bank betrachtete.

»Sieht so aus, als hätte da jemand ein paar zu viele meiner Köstlichkeiten genossen, was?«, meinte er zu niemand Bestimmtem und beschwor Gelächter herauf. »Na schön, na schön. Wir bringen euch frische Pasteten, aber auf Sitzplätze werdet ihr warten müssen.« Schließlich trat er vor mich hin. »Und du, mein überaus großer Freund, setzt dich dort drüben hin, wo die Bänke aus Ziegeln und Stein gemacht sind!« Weiteres Gelächter folgte, als er mich am Handgelenk packte und zur anderen Seite des Raumes führte, bevor er mir zuzwinkerte und zurück in die Küche watschelte.

Einer der Jungen kam zu meinem Tisch herüber und stellte eine Pastete von der Größe eines Kopfs vor mich auf den Tisch. Er blieb, bis ich eines meiner kleinen Messer zog, um hineinzuschneiden, wodurch sich eine verlockend duftende Dampfwolke in die Luft erhob, die mich vor Wonne stöhnen ließ. Ich sog so viel davon ein, wie ich konnte, bevor ich langsam ausatmete. Dicke Soße sammelte sich auf dem Teller, während ich mich dafür wappnete, mit dem Essen zu beginnen. Mein Zögern entstand aus der Befürchtung, der Geschmack würde dem Versprechen des Aromas nicht gerecht werden können. Aber ich wurde nicht enttäuscht. Ich leckte den Teller geradezu sauber, dann kam der kleine Bursche wieder herüber und verharrte erneut an meinem Tisch.

»Den Teller bitte, Herr«, bat er mich schließlich.

Ich reichte ihm den Teller. »Bring mir noch einen. Und habt ihr Weizenbier?«

»Äh, ja.«

Ich aß zwei weitere Pasteten und leerte insgesamt vier Krüge, bevor der Hunger allmählich nachließ. Dann bestellte ich von beidem eine weitere Runde, saß nur da und beobachtete den Raum, während ich auf Tatyanas Rückkehr wartete. Niemand belästigte mich, obwohl ich reichlich angeglotzt wurde. Allerdings schauten auch alle hastig wieder weg, sobald ich die Blicke erwidern wollte. Mein Körper war mit großer Begeisterung über die aufgenommene Nahrung hergefallen, und nun konnte ich fühlen, wie die Kraft in mich zurückkehrte, während ich einfach nur dasaß. Gleichzeitig ließen auch die restlichen Schmerzen meiner Wunden deutlich nach. Ohne die Ablenkung der Verletzungen und die Notwendigkeit, so viel Essen wie möglich in mich hineinzustopfen, begann ich, auf die Unterhaltungen um mich herum zu achten, ganz besonders dann, wenn Luciens Name fiel.

»Mein Vetter, du weißt schon welcher, er arbeitet dort unten. Er hat es auch gehört. Nur Bauern und Knaben.«

»Aber Prinz Lucien hat die Ritter.«

»Soweit ich gehört habe, hängen an dem einzigen Schwert, das er je geschwungen hat, kleine Bällchen dran.« Darauf folgte eine Runde Gelächter.

»Die Ritter …«

»Pah. Zur Hel mit den Rittern! Die werden sich nicht die Hände damit schmutzig machen, die armen Seelen in der Mitte zu retten.« Der Sprecher war ein alter Mann mit Haaren, die überall zu sprießen schienen, nur nicht auf seinem Haupt. »Die werden erst ins Geschehen reiten, wenn es fast vorbei ist, und noch genauso glänzen wie am Anfang, wenn sie wieder herauskommen. Wart's nur ab.«

»Was ist mit den Zauberern?«

»Zauberer!« Ein krächzendes Lachen drang über die Lippen des alten Mannes. »Die sind auf dem Schlachtfeld schlimmer als Weiber. Außerdem ist es schwierig, mit einem Schwert im Kopf zu zaubern.«

»Hast du gesehen, dass sie die unteren Märkte räumen? Mein

Vetter sagt, sie haben viele davon entfernt, um Platz für die Ritter zu schaffen.«

»Dein Vetter ist ein schlimmeres Klatschweib als meine Ginny.« Der alte Mann stocherte an der Kruste seiner Pastete. »Das ist ein schlechtes Zeichen. Der Krieg kommt allmählich zu nahe.«

»Hast du vor, wegzugehen?«

»Ich werde lieber in meinem eigenen Heim überfallen als draußen auf der Straße. Solange kann ich nachts wenigstens in meinem eigenen Bett schlafen.«

Ich schaute auf, als ich Tatyanas Geruch witterte. Die Männer am Tisch verstummten, als sie an ihnen vorbeiging, und ihre Köpfe drehten sich im Einklang. Ich hörte, wie der alte Mann flüsterte: »Da ist sie – die, von der ich dir erzählt habe.« Tatyana bekam davon ebenso wenig mit wie von ihren starrenden Blicken, als sie sich auf den Platz mir gegenüber plumpsen ließ und sogleich meine Pastete und mein Bier vor sich zog.

»... so was von hungrig ...«, war alles, was ich verstehen konnte, als sie darüber herfiel. Ich gab dem kleinen Pastetenträger ein Zeichen, der überaus aufmerksam geworden war, nachdem ich meine zweite Pastete bestellt hatte. Ich verlangte zwei weitere Pasteten und Biere, danach sah ich Tatyana einfach beim Schmausen zu. Sie hatte schon vorher kaum Fett auf den Rippen gehabt, und bei der Schwere ihrer Verletzungen musste die Heilung alles verbrannt haben, was sie an Reserven besessen haben mochte. Ich habe schon immer gern gegessen, aber der Hunger, den man durch den Einsatz von Hexerei bekommt, lässt sich jemandem, der ihn nicht selbst erfahren hat, nur schwer erklären. Tatyana hätte ebenso gut diesen grauenhaften Hafer essen können und hätte ihn trotzdem für die beste Mahlzeit gehalten, die sie je genossen hatte.

Unsere neuen Pasteten und Biere trafen gerade rechtzeitig ein, als sie meinen Krug leerte, und einen Moment lang dachte ich, sie würde mich glatt umarmen. Stattdessen stürzte sie sich in einen unterhaltsam zu beobachtenden Kampf zwischen dem überwältigenden Drang, zu essen, und der Notwendigkeit, die Pastete ausreichend abkühlen zu lassen, sodass sie ihr nicht die Haut von der

Zunge brannte. Mir machte die Hitze des Essens nichts aus, ich empfand sie im Gegenteil geradezu als Balsam für meinen gepeinigten Geschmackssinn. Schweigend aßen wir eine Weile, während sich die Männer am Tisch darüber unterhielten, ob Tatyana nun gutaussehend oder verflucht sein mochte. Ich merkte mir vor, sie irgendwann später darauf anzusprechen, was die Leute damit meinten. Schließlich lehnte sie sich wohlig stöhnend zurück. Ihr leerer Teller glänzte sauber.

»Bei den Göttern, das habe ich dringend gebraucht«, erklärte sie. »Aber jetzt müssen wir zurück in den Palast.«

»Ich wollte mit dir darüber reden, was ich in seinem Geh…«

»Sag es bloß nicht, jedenfalls nicht jetzt, in Ordnung?« Tatyana leerte ihren Krug. »Komm mit. Fronsac hat verlangt, dich zu sehen.«

»Der Zauberer?«

»Genau der.«

Kapitel 17

Es dauerte nicht lange, bis ich anfing, mich unbehaglich zu fühlen, während ich auf meine Audienz bei dem Zauberer wartete. Ein griesgrämiger Wachmann hatte mir den Weg zu Fronsacs Gemächern erklärt, die in meinen Augen nicht unbedingt nach denen eines Zauberers aussahen. Ich tat, wie mir geheißen, und erreichte mein Ziel rechtzeitig und mit dem festen Vorsatz, meine Gedanken über Menschenfleisch für mich zu behalten. Die Heimstatt Fronsacs erwies sich als Ansammlung schlichter Räumlichkeiten. Weit und breit gab es keine Spur von einem Turm, und alles wirkte wesentlich beengter als in Luciens Räumen. Schon wegen der hier eingepferchten, unzähligen Bücher, Schriftrollen sowie der fünf anwesenden Lehrlinge schien alles viel kleiner. Eben jene Lehrlinge fingen nun allmählich an, mich zu verärgern; vor allem jene drei, die eine weit höhere Meinung von ihren magischen Fähigkeiten an den Tag legten, als sie hätten haben sollen.

Ihren ersten Zauber wirkten sie fast noch, bevor ich mich jenem der drei angekündigt hatte, der am ältesten aussah. Es war ein dermaßen brüchiges, erbärmlich gewobenes Gebilde, dass es selbst dann Mühe gehabt hätte, sich zu entfalten, wenn ich es nicht wie ein Spinnennetz weggewischt hätte. Der zweite Versuch fiel besser, aber so langsam aus, dass mir reichlich Zeit blieb, die Absicht hinter dem Zauber zu durchschauen und zu entscheiden, wie ich damit verfahren sollte. Meine Hexenkunst wollte ich für den Fall schonen, dass ich sie bei meiner Begegnung mit dem Zauberer bräuchte, und da es sich bei dem Gebilde lediglich um etwas handelte, das feindselige Magie und verborgene Waffen aufspüren sollte, ließ ich es gewähren. Leider werteten die Lehrlinge das eindeutig als Sieg oder zumindest als Bestätigung ihrer vermeintlichen Begabung, und den Rest meiner Wartezeit verbrachte ich damit, mich mit einer Reihe ähnlicher Lächerlichkeiten herumzuschlagen. Ich war gerade aufgestanden, um sie in die Schranken zu weisen, als die Tür aufschwang und der Zauberer selbst hereinkam.

Aufgrund der schlummernden Energie, die er ausstrahlte, stand für mich fest: Was immer Fronsac tat, musste erheblich mächtiger sein als alles, womit seine Lakaien um sich warfen. Er musterte mich von oben bis unten, dann steuerte er auf eine geschlossene Tür auf der gegenüberliegenden Seite des Raumes zu.

»Komm mit«, forderte er mich über die Schulter zurück auf. »Ich habe nicht die ganze Nacht Zeit.«

Der Raum, in den er mich führte, erwies sich als wesentlich weniger vollgestopft. Vielleicht lag es aber auch nur daran, dass mehr Ordnung darin herrschte. Auch hier beanspruchten Bücher jede ebene Fläche, und an den Wänden hingen Zierwerke und kompliziert aussehende Schaubilder. Darunter erkannte ich einige astrologische Symbole, davon abgesehen jedoch wenig. Insgesamt sah das alles schon ziemlich nach Zauberer aus, und wäre ich nicht in der Lage gewesen, zu spüren, wie wenig Restmagie den Raum durchwirkte, hätte mich das vielleicht sogar beeindruckt.

Der Zauberer ließ sich auf einem gepolsterten Sessel nieder und bot mir einen Platz auf einem ähnlichen Sitzmöbel vor seinem nach Arbeit aussehenden Schreibtisch an. Dann entzündete er eine Kerze zwischen uns. Ich wog die vermutliche Tragkraft des Holzes ab, ehe ich mich so behutsam wie jemand, der in Lava zu baden gedenkt, darauf hinabsenkte. Der Stuhl hielt meinem Gewicht stand, wenngleich nicht ohne Klage.

»Du bist also ein Zauberer.«

»Nein«, entgegnete ich und drängte die sofort in mir aufsteigende Verärgerung zurück. »Ich verstehe zwar die Grundsätze der Zauberei, aber ich bin kein Zauberer.«

Er kratzte sich am Bart, der den Großteil seines Gesichts überwucherte, und zog ein zusammengefaltetes Stück Papier aus der Tasche hervor. Ein kleines Licht erschien über seiner Schulter, und ich beglückwünschte ihn stumm zu seiner Beherrschung der Magie. Ich hatte weder gespürt noch gehört, wie er das Licht herbeibeschworen hatte. Es mochte eine Kleinigkeit sein, aber nach der armseligen Darbietung seiner Untergebenen empfand ich es als beruhigend, etwas zu sehen, das an echte Begabung erinnerte. Nach einigen Atemzügen warf er das Papier beiseite, und das Licht erlosch.

»Ich weiß, was du bist«, erklärte er, lehnte sich zurück und verschränkte die Arme vor der Brust. Ich spürte, wie sich mein Herzschlag jäh beschleunigte, und nur ein warnendes Knarren des Sessels hinderte mich daran, mich vorzubeugen.

»Dann sag es mir«, verlangte ich. Meine Stimme klang wegen eines unerwartet trockenen Mundes und eines förmlich ausgedörrten Halses rau.

»Du bist ein Hexer, und erst der zweite, den ich in über vierzig Jahren gesehen habe.«

»Oh.« Meine Schultern sackten herab. »Wer war der Erste?«

»Ausgerechnet der Sohn eines Köhlers.« Wieder fuhr er sich mit den Fingern durch den Bart, und ich ertappte mich erneut dabei, zu überlegen, wie sich das wohl anfühlen musste. »Er war ein netter Bursche.«

»Was ist aus ihm geworden?«

»Er hat die Herrschaft über seine Gabe verloren und ist explodiert. Dabei hat er außerdem eine uralte Kathedrale, eine halbe Ortschaft und alles vernichtet, was wir über Hexer wussten.«

Ich rieb mir das Kinn, als mir ein Gedanke in den Kopf kroch. »Wie uralt war die Kathedrale?«

»Ungefähr fünfhundert Jahre, ein paar Jahrzehnte mehr oder weniger. Warum fragst du?«

»Eure Kathedralen und heiligen Stätten werden häufig auf den Pfaden der Liedlinien und manchmal sogar auf einem Konflux errichtet, an dem mehrere Linien zusammentreffen. Ich vermute, die Nähe von so viel Macht war zu viel für diesen Köhlersohn.«

Sein Bart zuckte, und ich brauchte einen Augenblick, um zu erkennen, dass er lächelte.

»Aber das hast du ja bereits gewusst«, fügte ich hinzu.

»Ich habe dich da drin beobachtet.« Er deutete in die Richtung des Raumes, durch den wir hereingekommen waren. »Es war schon außergewöhnlich, mit anzusehen, wie schnell du reagieren kannst. Meine Lehrlinge werden durch die Anstrengung, die du ihnen abverlangtest, den restlichen Abend wohl an Nasenbluten leiden.«

»Das war ein Test?«

Der Zauberer nickte. »So ist es. Wenn es etwas gibt, das ich nicht habe, Meneer Stratus, dann ist das Zeit. Zeit, um meine Lehrlinge so auszubilden, wie ich es sollte, beispielsweise. Zeit, um diejenigen um mich zu scharen, die mich noch Meister nennen, auf dass sie dem Ruf des Königreichs folgen. Zeit, um meine Söhne zu betrauern. Und nun die Zeit, um mir den Kopf über einen Fremden zu zerbrechen. Und das, obwohl er den Mann, dem ich diene, irgendwie davon überzeugt hat, ich sollte ihm, einem Fremden mit einer zweifellos gefährlichen Gabe und unbekannten Beweggründen, gestatten, mit uns zu gehen.«

»Wenn ich einem der Prinzen etwas antun wollte, hätte ich längst gehandelt.«

»Ich weiß. Das ist der Grund, weshalb ich neugierig bin und du nicht bereits an einen Anker gefesselt auf dem Grund des Flusses liegst.« Ich schwieg dazu, während er Wein für uns einschenkte. »Wohin bist du gestern gegangen?«

Ich nippte an dem Wein, als ich mir meine Antwort durch den Kopf gehen ließ. »Ich habe den letzten der Meuchelmörder gesucht, die Lucien angegriffen haben.«

»Und hast du ihn gefunden?«

»Ja.«

»Und hast du ihn getötet?« Er spielte mit einem der mit Runen verzierten Ringe an seiner Hand, während er sprach, und ich spürte eine unterschwellige, aber tiefe Regung von Macht rings um mich. Als ich eine Ranke meiner eigenen Macht entsandte, nahm ich rasch die Stärke der Schutzbanne wahr, die er gerade erweckt hatte. Sie waren in die Wände und in den Boden geritzt, geschickt vor Blicken verborgen, da sie sich unter den Dielen und hinter den Schautafeln und Wandbehängen befanden. Ich konnte die Kraft der in ihnen gespeicherten Magie spüren. Die Runen waren scharf und tief und zusätzlich verstärkt. Mit genug Zeit wäre es mir vielleicht gelungen, sie nacheinander aufzulösen, aber sie waren eindeutig alle miteinander verbunden und insgesamt ziemlich tödlich.

»Nein.« Ich trank einen weiteren Schluck von dem Wein und verkniff mir ein Lächeln, als er mich stirnrunzelnd ansah. Anscheinend wusste er doch nicht so viel, wie er mich glauben lassen wollte. »Dieses Vorrecht wurde Tatyana Henkman zuteil.«

»Sie ist ziemlich beeindruckend. Dennoch ist es enttäuschend, dass er nicht lebend gefasst werden konnte.«

»Ich verdanke ihr mein Leben.« *Eine Schuld, die ich beglichen habe.*

»Dann hast du wenigstens etwas mit Prinz Lucien gemeinsam.«

Ich konnte fühlen, wie seine Magie anschwoll, als er abermals mit seinen Ringen spielte, und eine Woge von Energie spülte über mich hinweg, als er einen weiteren Bann erweckte. Gierig sog ich die Streuenergie in mich auf.

»Was hast du bei Prinz Jean versucht?«

Ich dachte an die Schutzzauber zurück, die mich aus Prinz Jeans Geist ausgesperrt hatten, und meine Achtung vor diesem Zauberer wuchs ein Stückchen mehr. »Ich bin beeindruckt, dass du das bemerkt hast. Ich habe ihn ja kaum angesehen.«

»Die Königsfamilie zu beschützen, ist meine vornehmste Aufgabe«, erwiderte er, und diesmal spürte ich, wie er die Macht ballte, die seine Ringe erweckt hatten. »Und es ist eine Verantwortung, die ich äußerst ernst nehme.«

»Was du auch solltest«, meinte ich und nahm die Mühe auf mich, zu lächeln, als ich selbst meine Hexengabe erweckte und in ein Verteidigungsgebilde fließen ließ, das ich mir zuvor bereits zurechtgelegt hatte. Obwohl sich meine Macht weitgehend erholt hatte, beschlich mich inmitten all seiner sorgfältig erschaffenen Banne der Verdacht, was immer ich ihm entgegenzusetzen hätte, könnte sich als ungefähr so nützlich wie eine Rüstung aus Papier erweisen. Aber ich brauchte seine Magie gar nicht zu besiegen – ich musste nur genug Zeit herausschinden, um mich über den Schreibtisch zu strecken und ihm den Kiefer zu brechen. Denn ein bewusstloser Zauberer ist kaum mehr als ein schlafender Mensch in feinen Gewändern. Ich konnte fühlen, wie seine Magie über die Haut meiner eigenen, schlichten Schutzbanne floss. Er berührte sie nur hauchzart, und das verunsicherte mich, denn ich wusste nicht recht, wie ich darauf reagieren sollte. Auch die Bestie achtete aufmerksam auf alles, doch ich spürte, dass sie sich vorläufig damit begnügte, zu beobachten.

Fronsacs Geruch empfand ich als ähnlich verwirrend; eine Mischung aus tief verwurzelten Kräuteraromen und den magischen Rückständen seiner Vorbereitungen. Sollte dies ein weiterer Test sein? Unter anderen Umständen wäre ich bereits über den Schreibtisch gehechtet, um jedweden Versuch zu unterbinden, mich anzugreifen. Da er kein Wort von sich gab und nur dasaß und mich beobachtete, tat ich es ihm gleich. Er musste ja wissen, welche Stärke er gegen mich zum Einsatz bringen konnte, aber er hielt sie zurück. Auch erschien er mir zu entspannt, um auf einen baldigen Angriff aus zu sein. Also gelangte ich zu dem Schluss, dass er mich nun persönlich auf die Probe stellen wollte.

Ich verdrängte die Gedanken an die rings um mich lodernden Schutzbanne und begann, mich auf das Gefühl der Magie zu konzentrieren, die er bewusst auf mich richtete. Ich stimmte mich auf ihren Ton ein, bis ich ihn deutlich hören konnte, eine höhere Note als meine eigene. Es war, als drücke man gegen jemandes Hand. Dadurch konnte man viel über die Stärke des anderen und darüber erfahren, wie er sie benutzte. Aber wenn der andere zurückdrückte und schlau war, konnte er dieselben Schlüsse ziehen. Fronsac erwies sich als überaus genau, und das nicht nicht nur dabei, wie er Zauber wob, sondern auch dabei, wie er meine Schutzbanne untersuchte. Ich spürte, wie er bald hier, bald da an ihnen tastete, immer und immer wieder, bis er jeden Zoll davon erkundet hatte.

Allerdings stellte seine beständige, verlässliche Herangehensweise zugleich eine Schwäche dar. Von einem Zauberer gewirkte Zauber sind nicht veränderlich, und wenngleich es keine Möglichkeit gibt, abzusehen, was ein gut ausgebildeter Zauberer gleich wirken wird, lässt sich der Zweck eines Zaubers, sobald er entfesselt ist, rasch erkennen und seine Wirkung vorhersagen. Im Gegensatz zu Hexern können Zauberer ihre Banne nicht nach Bedarf anpassen. Sie müssen sie abbrechen und mit dem geänderten Zweck im Sinn neu wirken, und das macht sie berechenbar.

Schließlich gelang es ihm, durch meine Schutzbanne zu schlüpfen, aber das Lächeln, das sich in seinem Antlitz ausbreitete, hatte nicht lange Bestand. Seine Augenbrauen hoben sich so schnell, wie sein Mund aufklappte, als er die Ranke meiner Hexenkunst spürte, die sich ihrerseits den Weg durch *seine* Verteidigung gebahnt hatte, und zwar durch die winzigen Bereiche, die sich jedes Mal auftaten, wenn er die Konzentration verlagerte. Bei jeder Berührung hatte ich ein bruchstückhaftes Gefühl von seinen Absichten wahrgenommen. Nach und nach fügten sich die Teile zusammen, bis ich verstand, was er bezweckte. Es handelte sich nicht um Böswilligkeit, sondern um den Ausdruck eines tief empfundenen Pflichtgefühls. Die Zeit hatte nicht gereicht, um darauf zu achten, was er von mir bezogen hatte oder ob er überhaupt zu beidem gleichzeitig in der Lage gewesen war, und so konnte ich nur hoffen, dass er die Bestie in mir nicht erspürt hatte.

Ich weiß nicht, wie lange wir so dort saßen, aber als wir uns letztlich beide zurücklehnten, war die Kerze, die er auf dem Schreibtisch angezündet hatte, zu einem unförmigen, knisternd brutzelnden Stumpen heruntergebrannt. Mein Kopf pochte mit jedem Schlag meiner Herzen qualvoll, da der lange geistige Ringkampf meine Kräfte völlig ausgezehrt hatte. Hätte ich nicht so herzhaft gegessen, bevor ich hierhergekommen war, wäre es mir erheblich schlechter ergangen, aber auch so hatte es mich ausgelaugt, und ich würde einige Zeit brauchen, um mich davon zu erholen. Vorläufig war ich für Magie so anfällig wie jeder gewöhnliche Mensch, und dieses Gefühl behagte mir gar nicht.

So schmerzhaft und hohl sich mein Kopf auch anfühlen

mochte, ich hielt mich dafür bereit, Fronsac anzuspringen, sollte er Anzeichen dafür erkennen lassen, einen neuen magischen Angriff auf mich zu unternehmen. Was er jedoch nicht tat. Er saß nur da, die Lider halb geschlossen, als könnte er jeden Augenblick einschlafen, doch meine Sicht war gut genug, um mir zu verraten, dass er mich in Wirklichkeit aufmerksam beobachtete.

»Du treibst ein interessantes Spiel, Meneer Stratus. Nur wenige haben mir bisher so geschickt Widerstand geleistet, und noch niemandem ist es gelungen, meine Verteidigung so zu durchdringen wie du es getan hast.«

»Nur Stratus«, gab ich zurück, achtete nicht auf die warnende Stimme in meinem Kopf und hielt mir vor Augen, dass es sich dabei lediglich um einen Teil meines Namens handelte. Ich griff zu meinem Wein und leerte den Becher in einem Zug.

»Ich habe den Eindruck, dass du ein Mann mit vielen Geheimnissen bist.« Der Zauberer schenkte für uns beide nach, und ich nahm das Getränk dankbar entgegen. Mein Körper brauchte Energie, und mich kümmerte nicht, woher sie stammte. Wäre ich allein gewesen, ich hätte vielleicht sogar begonnen, an seinem Schreibtisch zu nagen.

»Jeder hat Geheimnisse, Meneer Fronsac.«

»Auch mir genügt ein einfaches Fronsac.« Er nippte an seinem Wein. »Du bist ein gefährlicher Mann, Stratus. Ein Mann der Art, die ich gern entweder tot oder für meine Sache vereidigt sehe.«

Ich spürte, wie die Schutzbanne an meiner Haut knisterten, und zwang mich, die Muskeln zu entspannen. »Ich würde die zweite Möglichkeit vorziehen.«

»Ich muss gestehen, es freut mich, das zu hören, Stratus. Wenn du schon gefährlich für jemanden bist, der gegen dich gewappnet ist, vermute ich, dass dich unsere Feinde als das fleischgewordene Unheil empfinden werden.« Er beugte sich vor, und ich konnte fühlen, wie das Gewicht seiner Macht gegen mich drückte.

»Stratus, gibst du mir dein Wort darauf, dass du Prinz Jean zur Seite stehen und den Herrn der Würmer mit allen Mitteln bekämpfen wirst?«

Es war eine feierliche Frage, die er auf angemessen feierliche Weise stellte, und nur ein Narr hätte sie überstürzt beantwortet. Jemandem sein Wort zu geben, ist etwas Folgenschweres, vor allem, wenn man es einem gerissenen Zauberer oder Hexer gibt. Es ist mehr als ein schlichtes Versprechen und übertrifft sogar einen Eid. Den Schwur zu brechen, den man leistete, verhieß, demjenigen, dessen Vertrauen man enttäuschte, seinen wahren Namen zu überlassen, was demjenigen mehr Macht über einen verlieh, als sie sogar die Götter hatten. Fronsac mein Wort zu geben, bedeutete, dass ich mich dem Haus Krandin verpflichtete und mich zum Gegner dieses Navar Louws erklärte, der sich selbst als den Herrn der Würmer bezeichnete. Andererseits hatte ich das größtenteils ohnehin schon getan, oder? Das Knurren, das ich von der Bestie in mir bei der bloßen Erwähnung von Louws Namen wahrnahm, verdeutlichte überzeugend ihre Meinung über diesen Mann und verriet mir, dass sie mich von innen her in Stücke reißen würde, sollte ich irgendetwas anderes versuchen, als ihn zur Strecke zu bringen.

»Ich gebe dir mein Wort, Fronsac. Ich werde Prinz Jean zur Seite stehen und den Herrn der Würmer in all seinen Formen bekämpfen.«

Einen Augenblick lang musterte mich Fronsac noch stumm, bevor er die Hand zur Faust ballte und einen Befehl flüsterte. Ich spürte, wie sich die Banne zurückzogen. Das Nachlassen des Drucks genügte, um mich erleichtert seufzen zu lassen.

»Ich nenne ihn nur den Wurm. Herr ist er höchstens über Leid und Kummer.« Damit erhob sich der Zauberer und streckte die Hand aus, und ich muss gestehen, dass ich einen Moment lang fast in Panik geriet, weil ich dachte, es könnte ein weiterer Test sein, bevor ich die Geste schließlich erkannte. Ich ergriff seine Hand und achtete darauf, sie nicht zu zerdrücken, als wir uns die Hände gegenseitig schüttelten.

»Es stimmt mich froh, diese Worte von dir zu hören. Ich werde Prinz Jean die Neuigkeit überbringen und freue mich bereits darauf, deine Magie näher zu ergründen, Stratus. Vorzugsweise in einem gemütlicheren Sessel und bei einem feinen Weinbrand.«

Ich war immer noch unsicher, was ich darüber dachte, ihm das Geheimnis meiner Herkunft anzuvertrauen, aber als ich mich zum Gehen wandte, tröstete ich mich damit, dass gegenseitiger Respekt eine gute Grundlage schien, um ihn zu gegebener Zeit darauf anzusprechen.

»Gleichfalls, Fronsac. Es gibt noch etwas, das ich mit dir besprechen möchte, bevor wir die Zitadelle verlassen.«

»Ich werde sehen, was ich tun kann. Sprich mit meinen Lehrlingen, sie werden dir einen Zeitpunkt nennen.«

Damit öffnete er die Tür für mich, und ich trat hinaus in den verwaisten Raum dahinter. Von seinen Lehrlingen fehlte jede Spur, und es herrschte Dunkelheit, doch das schwache Mondlicht, das durch die Fenster einfiel, genügte, um mir den Weg um die verschiedenen Haufen von Gerümpel zu bahnen.

»Karl?«, rief der Magus hinter mir.

Neugierig schaute ich über die Schulter zurück und sah, dass der Magus an der Tür verharrt war. »Wer ist Karl?«, fragte ich.

»Mein erster Lehrling. Er sollte auf die Wachsteine aufpassen, während ich mit dir gesprochen habe.«

»Wachsteine?«

»Sie helfen uns, die Schutzbanne zu kontrollieren«, erklärte er und schwenkte die Hand. »Karl sollte eigentlich hier sein.«

Ich schnupperte die Luft, sog eine Nasevoll der Gerüche ein, die uns umgaben. Meine Sinne waren noch auf den Gestank der Nekromantie eingestimmt – vielleicht auch davon traumatisiert –, und trotz aller damit wetteifernden Aromen fiel er mir als Erstes auf.

»Totenbeschwörer«, sagte ich, ohne nachzudenken. Ich musste dem Magus zugutehalten, dass er mein Urteil nicht hinterfragte. Ich spürte ein Ziehen, als er seine Zauberkunst einsetzte, doch ohne meine Hexengabe hatte ich keine Ahnung, was er vorbereitete.

»Ich muss zu Jean«, verkündete er, dann sprang er mit flatternden Gewändern über eine halb geöffnete Truhe und stürmte aus dem Raum, wobei er eine leichte Spur ausgetretener Magie zurückließ, die ich prompt aufsog. Ich wollte ihm gerade folgen, als mir der Gestank jener dunklen Magie erneut beißend in die Nase stieg. Eine leere Flasche rollte am anderen Ende des Raumes klirrend über den Boden, und als ich mich umdrehte, rappelte sich einer der Lehrlinge hinter einem Schreibtisch auf die Beine. Er schwankte wie ein Betrunkener.

»Karl?«, fragte ich vorsichtig, bekam jedoch keine Antwort. Er hob nur den Kopf und starrte mich mit leerem Blick und toten Augen an, die in einem kalten Licht leuchteten.

Anscheinend hatte der Schatten der Totenbeschwörer Falkenburg erreicht.

Kapitel 18

Die Kreatur, die einst Karl gewesen war, kam schlurfend auf mich zu, während ich sie anstarrte, gebannt von einer Mischung aus Faszination und Abscheu. War er wirklich tot oder handelte es sich um eine Art makabres Puppenspiel? Ich wusste, dass ich selbst in der Lage wäre, meine Suggestionsmacht unter den richtigen Umständen dazu zu benutzen, andere zu beherrschen. Also bestand zumindest die Möglichkeit, dass Karl lediglich unter einem ähnlichen Bann stand. Allerdings erklärte das nicht das Fehlen seines Herzschlags oder den Gestank, der mit jedem schlurfenden Schritt stärker wurde, den er sich mir näherte. Ein ungeschützter Geist glich einer Festung mit unversperrten Toren, und ich bezweifelte, dass Magus Fronsac den Geist seiner Lehrlinge ohne irgendeine Form von Schutzzauber gelassen haben würde. Es musste sich um einen zielgerichteten Angriff gehandelt haben.

Da mir meine Hexenkunst im Augenblick nicht zur Verfügung stand, konnte ich nicht ertasten, welche Art von Magie dafür sorgte, dass er sich auf mich zubewegte. Andererseits vereinfachte es meine Möglichkeiten. Ich wollte ihn nicht töten, jedenfalls nicht, bevor ich Gelegenheit gehabt hätte, ihn zu studieren, also nutzte ich die Zeit, die mir seine unbeholfene Art der Fortbewegung verschaffte, um mich nach etwas umzusehen, womit ich ihn fesseln konnte. Als ich endlich etwas Geeignetes entdeckte, hatte er mich beinah erreicht. Ich wollte gerade dazu ansetzen, den moderigen Wandteppich über ihn zu werfen, als er mit einer Geschwindigkeit und Kraft angriff, die sein schwerfälliger Gang durch den Raum nicht ansatzweise hatte erahnen lassen. Seine Hand klemmte sich mit verblüffender Stärke um mein Handgelenk, während er mit den zu Klauen verkrümmten Fingern der anderen nur knapp mein

Gesicht verfehlte. Das hatte ich mir wirklich selbst eingebrockt. Ich hatte mich zu sehr vom »Wie« seines Vormarsches ablenken lassen, um einen Gedanken auf das »Warum« zu verschwenden. Ohne nachzudenken, schlug ich ihm in den Bauch, was jedoch nur bewirkte, dass ein stinkender Schwall Luft und etwas Speichel aus seinem Mund quollen.

Er atmete nicht. Und es sah auch nicht so aus, als brächte ihn der Hieb, der einen gewöhnlichen Menschen mit ziemlicher Sicherheit außer Gefecht gesetzt hätte, irgendwie in Bedrängnis. Wieder krallte er in Richtung meines Gesichts, aber ich fing sein Handgelenk ab und verstärkte den Griff, bis seine Knochen brachen. Immer noch ließ er sich nicht das Geringste anmerken, und dabei konnte ich spüren, wie die scharfkantigen, gesplitterten Knochenenden aneinanderschabten, als er versuchte, sich aus meinem Griff zu befreien. Ohne Vorwarnung schnellte er auf mich zu, und seine Zähne klackten eine Handbreit von meinem Arm entfernt aufeinander. Viel Schaden würden die kleinen, rechteckigen Beißerchen an meiner Haut nicht anrichten, doch ich empfand schon den Gedanken an die Berührung seines feuchten Munds als unerträglich.

Er mochte von einer Art Kraft des Wahnsinns beseelt gewesen sein, dennoch gab es nach wie vor Grenzen dafür, wie viel Kraft menschliche Muskeln aufbringen konnten, vor allem, wenn einige der Knochen darunter gebrochen waren. Ich brach ihm auch den anderen Arm und trat die Beine unter ihm weg, sodass er hilflos zu Boden fiel. Dann wickelte ich ihn rasch in den Wandteppich, so fest ich konnte, und sicherte ihn mit meinem Gürtel. Das hielt ihn nicht davon ab, jedes Mal, wenn ich mich bewegte, mit den Zähnen nach mir zu schnappen, doch nun mutete es beinah komisch an.

Ich ließ ihn in der Dunkelheit liegen und verließ den Raum. Der Gang draußen erwies sich zum Glück als frei von dem Gestank, und ich nahm mir einige Augenblicke Zeit, um meine Sinne zu beruhigen, bevor ich Fronsacs Witterung aufnahm, um seiner Fährte zu folgen. Die Gemächer des Zauberers lagen beinah am Rand des Palastgeländes und waren mit dem Haupttrakt über einen langen, schmalen Gang aus minderwertigem Mauerwerk verbunden. Ich schritt den Korridor entlang, folgte dem Geruch des Mannes und lauschte der wachsenden Zahl der Schreie, die aus dem Hauptgebäude stammten. Die Türen am Ende standen offen, und von den dort zuvor postierten Wachen fehlte jede Spur, wenngleich ich in den Gängen dahinter, gleichsam als Ausgleich, auf jede Menge von ihnen stieß. Sie eilten alle in dieselbe Richtung wie ich, was mir das Vorankommen zwar erleichterte, allerdings auch die Fährte verwässerte. Ich musste in eine Nische zurückweichen, bevor ich sie wieder aufschnappte und mich weiter der Mauer entlang vorarbeiten konnte. Die Spur führte zu einer schmalen, unscheinbaren Tür, die sich hinter einem halb abgestorbenen, eingetopften Baum verbarg. Die Tür war nicht abgesperrt, und der dazugehörige, offenbar nicht mehr genutzte Raum erwies sich als fast genauso unscheinbar wie die Tür selbst.

Die Fährte des Magiers führte geradewegs durch den Raum zu einem großen Gemälde, das ich trotz der fürchterlichen Darstellung tatsächlich erkannte. Es zeigte einen Ritter, dessen geweihverzierter Helm erahnen ließ, dass es sich um Henkman handelte. Jenen Paladin, der mit einer Lanze auf etwas einstach, das am ehesten einer gewaltigen Sumpfechse mit fledermausartigen Flügeln glich. Das Bild war genauso hässlich wie lächerlich – einerseits hätten solche Flügel niemals das Gewicht der Kreatur zu tragen vermocht, und andererseits, wenn sie fliegen konnte, warum sollte sie dann auf dem Boden kämpfen, wo der Mann den Vorteil der Reichweite seiner Waffe hatte? Sowohl hässlich als auch lächerlich, und in einem Anflug reiner Boshaftigkeit streckte ich den Arm aus und riss das Bild in der Mitte auseinander. Es mochte ein Akt mutwilliger Zerstörung sein, doch er zauberte ein Lächeln in mein Gesicht und brachte sogar die Bestie in mit zu einem Zucken, das ich als Belustigung auffasste.

Das Gemälde zu zerreißen, bescherte mir jedoch nicht nur einen Moment flüchtiger Befriedigung. Als es auseinanderfiel, kam auch eine dahinter versteckte Tür zum Vorschein. Sie besaß keinen Griff, und gegen sie zu drücken, fühlte sich an, als versuche man, eine Steinmauer zu verschieben. Mich beschlich die Sorge, sie könnte auf Fronsacs Magie eingestimmt sein. In dem Fall hätte ich in meinem gegenwärtigen Zustand keine Chance, sie zu überwinden. Allerdings fühlte sich die Tür zu alt für etwas an, das der Magus erschaffen haben könnte. Ungefähr auf Augenhöhe des Zauberers drückte ich das Gesicht gegen die Mauer und leckte an dem Stein. Zuerst schmeckte ich nur Staub, aber als ich tiefer wanderte, fand ich eine Spur seines Geruchs, zweifellos dort, wo er den Stein berührt hatte. Nach etwas Herumprobieren fand ich den richtigen Winkel, um den verborgenen Hebel zu betätigen.

Die Tür glitt zur Seite, und ich duckte mich in den schmalen, aber überraschend sauberen Gang dahinter. Er folgte einer langgestreckten Krümmung und an manchen Stellen wurde er so schmal, dass ich sogar seitwärts gehend beide Mauern streifte. Unterwegs konnte ich Stimmen hören, an einigen Stellen lauter als an anderen; die Dicke der Mauer schien an diesen Stellen zu variieren. Außerdem sah ich weitere Türen, aber da Fronsac keine davon benutzt hatte, schenkte auch ich ihnen vorläufig keine Beachtung. Schließlich führte seine Fährte zu einem dieser Ausgänge, und ich hielt das Ohr an die Tür, um zu erkunden, was sich dahinter befinden mochte.

Ich hörte mehrere Männer und mindestens eine Frau, die gleichzeitig redeten, aber trotz meines überragenden Gehörs konnte ich unmöglich verstehen, was gesagt wurde. Jedenfalls klangen die Stimmen aufgeregt, daher beschloss ich, noch etwas länger zu warten, bevor ich etwas unternahm. Das Letzte, was ich wollte, war, dass ein übereifriger Wachmann oder Paladin mehrere Zoll Stahl in mich hineinbohrte. Anscheinend war ich aber nicht der Einzige, der diesen Lärm nicht mochte, denn gleich darauf senkte sich völlige Stille über den Raum, gefolgt von einer Woge der Magie, deren Note ich mittlerweile kannte. Fronsac hatte für Ruhe gesorgt, um leichter etwaige magische Bedrohungen zu erkennen, bevor sie sich offenbaren konnte.

Plötzlich glitt die Tür weg, an der ich lehnte, und ich stolperte in den Raum und auf die gezückten Schwerter zu, die mich darin erwarteten.

Ich erlangte das Gleichgewicht gerade noch rechtzeitig wieder, um nicht in die vordersten Schwertspitzen hineinzustolpern. Sie gehörten zu vier Wachleuten, zwei davon Paladine, wie ich anhand der Rüstung erkannte, und keiner wirkte auch nur im Entferntesten erfreut darüber, mich zu sehen. Langsam hob ich die Hände, um ihnen zu zeigen, dass ich nicht bewaffnet war, gleichzeitig spannte ich den Körper an, um aus dem Weg zu springen, sollten sie mich trotzdem angreifen. Hinter ihnen konnte ich rund ein Dutzend Leute ausmachen, doch ich wollte den Blick nicht von ihren Waffen lösen. Was gut war, denn als Fronsac die magische Stille aufhob, die er verhängt hatte, ließ das unverhoffte Wiedereinsetzen von Geräuschen einen der Wachmänner vorwärtsspringen. Mit einer Drehung wich ich aus und wurde gerade mal um eine Handbreit verfehlt. Nur mühsam widerstand ich der Versuchung, dem Kerl das Schwert aus der Hand zu reißen. Da man nun wieder etwas hörte, fingen alle Anwesenden erneut zu brüllen an, darunter die Wachmänner und die Paladine, die mich abwechselnd aufforderten, mich nicht zu rühren, die Hände höher zu heben oder mich auf den Boden zu legen.

»Ruhe!« Fronsacs Stimme hallte dröhnend durch den Raum. Wie ironisch das war, entging den Männern und Frauen, die taumelnd von ihm zurückwichen. Der Zauberer trat vor und drängte sich zwischen die Wachleute. »Stratus. Was machst du hier?«

»Ich bin dir gefolgt«, sagte ich. Immerhin entsprach das der Wahrheit. »Ich dachte, du könntest vielleicht Hilfe brauchen, zumal dein Lehrling außer Gefecht gesetzt ist.«

»Karl?«

»Ja, er war hinter dem …«

»Hoheit, Prinz Jean, das ist kein Zufall!« Ich erkannte die Stimme, die sich hinter Fronsac erhob, und tatsächlich, dort stand der Kardinal. Eine Hand hatte er auf den Arm von Prinz Jean gelegt, während er mit der anderen Hand auf mich zeigte. »Er steckt mit dem Herrn der Würmer unter einer Decke!«

Die Behauptung schuf eine eigene, kurzlebige Blase der Stille, die jedoch rasch zerplatzte und von empörtem, aufgeregtem Geschrei abgelöst wurde. Nicht wenige der Anwesenden wichen zurück und umklammerten Talismane und Medaillons. Ich schaute erst zum Kardinal, dann zu Prinz Jean, der mich seinerseits eindringlich anstarrte.

Es war Fronsac, der als Erster das Wort ergriff. »Das ist Unsinn, Hoheit. Er war zum Zeitpunkt des Angriffs bei mir und wurde von mir auf die Probe gestellt.«

»Und das ist bestimmt bloß ein weiterer Zufall.«

»Was genau soll das heißen, Polsson?« Ich konnte fühlen, wie Fronsacs Magie kurz aus seiner Reichweite flackerte, als seine Gefühle die Kontrolle darüber beeinträchtigten.

»Gar nichts natürlich. Es war sicher nur ein Zufall, dass der Prinz just zu der Zeit angegriffen wurde, als sowohl das Oberhaupt eines fragwürdigen Zirkels als auch dieser … dunkle Fremde außer Sicht waren.«

»Das reicht!«, brüllte Prinz Jean, und der Widerhall seiner Stimme brachte alle im Raum so wirkungsvoll zum Schweigen wie zuvor Fronsacs Zauber. Er zeigte erst auf die Wachleute, dann auf mich. »Schafft ihn in eine Zelle.«

Die Bestie in mir reagierte darauf, bevor ich es konnte. Sie mochte keine Ketten, und Zellen mochte sie noch weniger. Die Mischung dessen und der Paladine ließ sie in mir anschwellen und sich entfalten. Ich taumelte und lehnte mich an den Rand der Tür, als das Ungeheuer gegen die Ränder meines Geistes drängte.

»Nein«, stieß ich mit halb erstickter Stimme hervor. Jene schreckliche, aufgestaute Wut presste mit aller Kraft gegen meinen Geist. Ich kämpfte dagegen an, konnte jedoch fühlen, wie sie in meine eigene Gefühlswelt einsickerte. Die unerwartete Begegnung offenbarte einen bisher verborgenen Unterton der Panik in der Bestie. Allerdings blieb mir keine Zeit, um darüber nachzudenken – nicht, wenn ich sie davon abhalten wollte, dass ich jetzt gleich etwas durch und durch Dummes tat. Ich wurde die Gänge entlanggestoßen und -gezogen, taub für alles außer der berauschenden Wut, die aus der Bestie aufstieg. Sie versprach mir eine seltene Belohnung, wenn ich nur ihrem Drang nachgäbe, dem Kardinal das Gesicht durch den Hinterkopf aus dem Schädel zu schlagen und die Paladine in Stücke zu fetzen, um ihren urtümlich anmutenden Durst nach Rache zu stillen.

Kapitel 19

Von all den Stimmen, die sich gegen die uns als den Auserwählten verliehene Macht erheben, sind keine lauter oder gefährlicher als die des uralten Ordens der Paladine. Ihr Zweck endete, als der letzte Dämon besiegt wurde, dennoch ist ihr Orden weiter gediehen. Ihre plumpe, sklavische Hingabe an die Lehren der Kirche und die erzwungene Ahnungslosigkeit ihres Glaubens machen sie zu einer stumpfen, aber wirkungsvollen Waffe, wenn sie von einem listigen Geist geführt wird. Bei jeglichem Umgang mit ihnen gilt es, äußerste Vorsicht walten zu lassen.

Einleitung zum Pfad der Macht von Tiberius Talgoth, Erzmagier

Erst einige Zeit, nachdem die Tür hinter mir zugeworfen worden war, zog sich die Bestie schließlich zurück, und ich erlangte die Herrschaft über mich wieder. Bereitwillig war sie nicht gegangen, und ich konnte von dem Kampf herrührende schmerzende Knöchel vorweisen, war es ihr doch gelungen, mich in blinder Wut auf die eisenbeschlagene Tür eindreschen zu lassen.

Ironisch fand ich, dass der Raum, in den man mich gesperrt hatte, besser ausgestattet war als die Kammer, in der man mich als Gast des Prinzen untergebracht hatte. Sogar die Teppiche hier drin waren dicker. Dennoch bestand kein Zweifel daran, um was für eine Art von Raum es sich handelte. Die Fenster waren zu schmal, als dass etwas Größeres als eine Krähe hätte hindurchschlüpfen können, und Hiebe wie die, mit denen ich auf die Tür eingeschlagen hatte, hätten in jeder normalen ein Loch hinterlassen. Ich setzte mich an den Tisch, tauchte die Knöchel in die bereitgestellte Schale mit kühlem Wasser und beobachtete, wie es sich rosa verfärbte.

Das Ringen mit der Bestie hatte meine Gedanken und Gefühle derart durcheinandergebracht, dass ich nicht mehr mit Sicherheit zu sagen vermochte, welche ihr und welche mir gehörten. Es war seltsam gewesen, eine solche Panik unter all der Wut wahrzunehmen, diese unerwartete Verwundbarkeit. Das Ungeheuer hatte sich sonst immer gefährlich und stark angefühlt. Hatte ich mir etwa vorschnell ein Bild von ihm gemacht? Was für eine Kreatur konnte solche Raserei und Gewalt in sich bergen, gleichzeitig jedoch derartige Panik beim Gedanken an eine Zelle und eine entfernte, nur halb ausgeformte Erinnerung an eine Gefährtin? Oder gehörte das zu ihrem Plan, meine Sicherheit zu unterwandern und eine Schwäche in mir zu schaffen, die sie sich dann zunutze machen könnte?

Als einige Zeit später Männer in meine Zelle kamen, überraschte mich ihre Ankunft. Die Tür schwang auf, prallte krachend gegen die Wand, und fünf Paladine marschierten herein. Ihre Stiefel und ihre Stimmen klangen nach der Stille meiner Einsamkeit entschieden zu laut. Ich stand auf, als sie kurze Speere in meine Richtung senkten, jeder mit einem langgezogenen Dreieck aus schimmerndem Metall als Spitze, das verheerend scharf aussah. Ihr Geruch schwappte über mich hinweg, geradezu erstickend vor Streitlust und Wut, und das war eine Mischung, die ich nicht außer Acht lassen durfte, wenn ich ihre Speere aus meinem Körper fernhalten wollte. Ich wich zurück und hob die Hände in einer hoffentlich beschwichtigenden Geste, aber sie rückten weiter gegen mich vor, bis ich mit dem Rücken gegen die Wand stieß.

»Er ist gesichert«, rief einer der Paladine und hörte sich dabei laut an, obwohl der Vollhelm seine Stimme dämpfte. Gleich darauf trat der Kardinal ein, gefolgt von zwei weiteren Gestalten in rötlichen Roben, jede mit einem großen Buch in den Händen.

»Tja«, sagte der Kardinal und sah sich in der Kammer um. »Mit deiner Schurkerei ist es zu Ende, Drogah sei Dank.« Er gab ein Zeichen und sein Gefolge legte die Bücher auf dem Tisch ab. »Du kannst ebenso gut gleich gestehen und uns allen eine Menge Unannehmlichkeiten ersparen.«

»Ihr habt den Falschen«, beteuerte ich und beäugte dabei die beharrlich auf meine Brust gerichtete Reihe der Speerspitzen. »Ich habe nichts zu gestehen.«

»Jeder hat etwas zu gestehen.« Der Kardinal ging zu den Büchern. »Diesen mit billigen Tricks hausierenden Laien magst du zum Narren gehalten haben, aber unter den Auserwählten Drogahs wirst du keinen so fruchtbaren Nährboden für deine Lügen und deine Gottlosigkeit finden.«

Drogah lautete der Name, den sie ihrem Gott gegeben hatten, aber danach zu urteilen, wie die Speerspitzen ein wenig näher auf mich zurückten, waren seine Worte wohl eher für die Paladine als für mich gedacht. Ich beschloss, mich dazu noch nicht zu äußern, und beobachtete, wie er flink durch eines der Bücher blätterte. Dabei erhaschte ich flüchtige Blicke auf bunt verzierte Seitenränder und Schautafeln, die jenen an den Wänden von Fronsacs Arbeitszimmer bemerkenswert ähnlich sahen. Wiederum entschied ich, zu schweigen.

»Ah«, sagte der Kardinal und strich die Seiten des Buches glatt. »Jetzt können wir beginnen. Ich werde dir gleich eine Frage stellen, und du solltest berücksichtigen, dass ich es wissen werde, wenn du mich belügst. Glaub mir ruhig, wenn ich dir sage, dass die Folgen einer falschen Antwort entschieden unangenehm ausfallen werden. Hast du verstanden?«

»Ich habe verstanden«, erwiderte ich, obwohl ich eher neugierig war, wie er vorhatte, die Wahrheit meiner Antworten zu ergründen. Ich hatte keinen Versuch wahrgenommen, mir einen Zwang aufzuerlegen, und allgemein überhaupt keine Regung seiner Magie gespürt. Und es handelte sich um Magie, ganz gleich, wie es diese sogenannten Auserwählten Drogahs auch nennen mochten; der einzige Unterschied zwischen Fronsacs Magie und der des Kardinals bestand in der Art, wie sie die Brücke zwischen ihrer Absicht und den Liedlinien schufen.

»Gut, dann fangen wir an.«

Aufmerksam beobachtete ich und lauschte, wie er eine Reihe merkwürdig klingender Worte rief und einen glitzernden Stab in einem seltsamen Muster schwenkte. Nichts davon ähnelte irgendeiner Art von Magie, die mir je untergekommen wäre, zumindest soweit ich mich erinnern konnte. Ich konnte aber auch nichts davon fühlen, dass mich irgendwelche Magie berührte. Das war rätselhaft und beunruhigend zugleich. Das Einzige, woran ich mich letztlich bisher zuverlässig erinnert hatte, das Einzige, dessen ich mir sicher zu sein schien, war die Magie. Nun beschlich mich der Eindruck, dass mein Wissen und meine Fähigkeiten irgendwie mangelhaft waren.

»Nun denn«, sagte der Kardinal und hob den Stab erneut. »Lautet dein Name Stratus?«

»Das habe ich bereits gesagt.«

Weder sah noch hörte ich den Befehl, den er den Speerträgern gab, aber gleich darauf rammte mir einer das stumpfe Ende kräftig in den Bauch. Mein Muskelgewebe war an der Stelle dicht genug, dass es weder schmerzte noch irgendeinen Schaden zufügte. Aber die Überraschung ließ mich auf eine Weise grunzen, die sie zufriedenzustellen schien.

»Danach habe ich nicht gefragt. Lautet dein Name Stratus?«

»Ja«, sagte ich und achtete auf Ranken tastender Magie, fand jedoch auch jetzt keine. Vielleicht war meine Hexenkunst im Augenblick zu schwach, um es wahrzunehmen.

»Schon besser. Bist du ein Handlanger des Herrn der Würmer?«

»Nein«, antwortete ich. Mich überraschte, dass er geradewegs darauf zu sprechen kam, zumal ich es bereits rundheraus abgestritten hatte.

»Lügner. Weißt du, was das ist?« Er hob ein Blatt Papier an.

»Nein.«

»Es ist der Bericht über einen Angriff auf einen der Sammelpunkte unserer Armee. Ich will dich nicht mit all den militärischen Fachbegriffen langweilen, aber er beschreibt in allen Einzelheiten, wie ein dunkelhäutiger Zauberer, der sich selbst Stratus nannte, Aron, den Seneschall der ersten Armee, und über zwei Dutzend weitere Soldaten tötete, bevor er in die Nacht verschwand. Einen von Prinz Jean persönlich ausgesuchten Seneschall, der den Ge-

genangriff anführen sollte, mit dem der Vormarsch des Feindes auf diese Stadt vereitelt worden wäre.«

Ich biss mir auf die Innenseite der Unterlippe, als ich darüber nachdachte. Ich hätte mir denken können, dass sie Anstoß an der Art nehmen würden, wie ich das Lager verlassen hatte.

»Und nun stoßen wir auf dich, einen dunkelhäutigen Zauberer, der sich selbst Stratus nennt. Und in derselben Stadt, in der du dich aufhältst, tobt auf einmal Nekromantie durch den königlichen Palast. Also frage ich dich noch einmal: Bist du ein Handlanger des Herrn der Würmer?«

»Ich bin keiner seiner Handlanger. Mir ist bewusst, dass es so erscheinen kö…«

»Bruder Elq.«

Mir blieb keine Gelegenheit, mich zu fragen, was das bedeuten mochte, da mir einer der Paladine den Speer mit einem schnellen Stoß in die Schulter jagte. Die schmale, verjüngte Spitze drang tief ein.

Die Schmerzen folgten einen Herzschlag nach dem Treffer. Ich war verprügelt, von dem einen oder anderen Pfeil angeschossen und sogar von einer Bodendiele gepfählt worden, doch all das war nichts im Vergleich zu den heißen, stechenden Qualen, die von dieser Wunde ausstrahlten. Ich presste die andere Hand darauf und spürte, wie sich das Blut den Weg zwischen meinen Fingern hindurch bahnte. Etwas anderes konnte ich nicht tun, denn der Speer von Bruder Elq kam erneut auf mich zu und hielt erst kurz vor meiner anderen Schulter inne. Ich konnte mein von der scharf geschliffenen Spitze tropfendes Blut sehen, das einen roten Hintergrund für die zarten Runen bildete, die auf einmal entlang der Klinge loderten.

»Bist du ein Handlanger des Herrn der Würmer?«

»Nein«, beharrte ich. Sofort stach Bruder Elqs Speer in meine andere Schulter, bis das Metall gegen den Knochen schabte. Ich versuchte, mich zu befreien, war jedoch an der Wand gefangen. Die anderen vier Speere blieben auf mich gerichtet, und ich verspürte einen Anflug echter Angst, als ich mit einer Willensanstrengung den Arm hob, um zu versuchen, die neue Wunde zuzudrücken. Warm lief mir das Blut die Arme hinab und tropfte von meinen Ellbogen zu Boden.

»Bist du ein Handlanger des Herrn der Würmer?«

Während der Kardinal sprach, setzte sich der blutige Speer erneut in Bewegung. Die Spitze hob sich, bis sie sich so knapp vor meinem linken Auge befand, dass ich sie nur verschwommen sah. Ich presste meinen Kopf gegen die Wand, als könnte ich irgendwie ein Teil des Mauerwerks werden. Ich hätte mich von Beginn an nicht so passiv verhalten sollen, doch nun war es zu spät. Meine Arme waren erheblich geschwächt, meine Hexenmacht hatte sich noch nicht erholt, und ich konnte nirgendwohin außer in das Hindernis der Speere. Welche Möglichkeit blieb mir also noch?

»Ja«, sagte ich.

So sehr es mir widerstrebte, klein beizugeben: Vor die Wahl zwischen dem Verlust meiner Würde und einem Auge gestellt, würde ich mich immer dafür entscheiden, Letzteres zu behalten.

»Sieh an, sieh an. Wie es scheint, hatte ich also doch recht. Vor den hier versammelten Zeugen und kraft der mir von Drogah verliehenen Macht erkläre ich dich zu einem Ketzer und Gefangenen der Kirche. Nehmt ihn in Gewahrsam.«

Kapitel 20

Sie boten mir keine Hilfe für meine Wunden an, bis wir einen deutlich hässlicheren Raum erreichten. Dieser verfügte über Steinmauern so dick wie die jeder Festung, die mir je untergekommen war. Es gab nicht einmal eine Decke oder einen Läufer, nur ein Bett aus verschiedenen Gräsern, die von der feuchten, durch einen winzigen Schlitz von einem Fenster hereinwehenden Luft schwammig geworden waren. Ein Priester, den ich nicht kannte, versorgte mich, während mir die drei Paladine, die ihn begleiteten, ihre Speere an die Kehle hielten. Es ärgerte mich, als er meinen Kittel zerschnitt, aber er ließ nicht erkennen, dass er etwas bemerkt hatte, als er die Wunden mit einer süßlich riechenden Salbe einschmierte. Dann stimmte er auf wesentlich vertrautere Weise als der Kardinal einen Sprechgesang an. Es handelte sich um die Wiederholung des Gebets, das die erforderliche Harmonie schuf, damit die Liedlinien die Energie zur Erfüllung seiner Absicht bereitstellen konnten.

Ich spürte, wie seine Magie in die Wunden sank, und seufzte, als die tiefen Qualen, die mit der Zeit immer schlimmer geworden waren, sofort nachließen. Da entschied ich spontan, ihm zu verzeihen, dass er meinen Kittel ruiniert hatte. Mehrfach spannte ich meine Schultern an, zwang die beschädigten Muskeln, sich zusammenzuziehen und zu entspannen. Dadurch entstanden kleine Risse im neu gebildeten Gewebe, die den Priester dazu nötigten, die Verbindung länger aufrechtzuerhalten, als er vorgehabt hatte.

Der Priester stellte sich einigermaßen geschickt an, aber ich vertraute darauf, dass er die unterschwellige Manipulation meinerseits nicht bemerken oder sie für ein natürliches Schaudern meiner Muskeln halten würde. Die meinem Körper innewohnenden Heilkräfte würden diese kleinen Risse mühelos bewältigen und bereiteten mir keine Sorgen. Ich wollte, dass er mir noch mehr Magie zuführte, die ich verwenden konnte, um der Regeneration meiner Macht Vorschub zu leisten, und er enttäuschte mich nicht. Ich zögerte es hinaus, so lange ich konnte. Als ich spürte, wie sich die Absicht hinter dem Zauber veränderte, weil er neugierig wurde, ließ ich ab. An der Stelle äußerte ich nachdrücklich meine Erleichterung, und bald darauf beendete er den Zauber.

»Danke«, sagte ich, aber er nahm diese Höflichkeit kaum zur Kenntnis.

»Hände ausstrecken«, befahl mir einer der Paladine. Ich erkannte ihn an seinem Geruch als jenen namens Elq und atmete tief und langsam ein, um mir seine Witterung tief ins Gedächtnis zu brennen.

Ich würde ihn finden.

Nicht an diesem Tag und wahrscheinlich auch nicht am nächsten, aber irgendwann würde ich ihn finden und ihm die Verletzungen, die er mir zugefügt hatte, zehnfach zurückzahlen. Vorerst jedoch musste ich am Leben und gesund bleiben, wenn es je dazu kommen sollte. Also streckte ich die Hände aus und ließ mir erneut Schellen anlegen. Erfreut stellte ich fest, dass sie dieselben flachen Eisenglieder aufwiesen wie jene, die man mir im Lager der Armee verpasst hatte.

Elq versetzte der Kette einen tüchtigen Ruck und versuchte, mich gegen die Wand zu stoßen, doch ich hatte es satt, herumgeschubst und gestochen zu werden. Ich hielt – für meine Begriffe schwach – dagegen und war überrascht, als er meinem Blick begegnete. Wenn man bedachte, wie abergläubisch und von Zaubern überfrachtet diese Paladine waren, fand ich es verblüffend, dass er es wagte, einem selbsternannten Hexer in die Augen zu sehen. Waren ihre Lehren wirklich so unzulänglich? Es war noch zu früh für mich, um mir solche Dummheit zunutze zu machen, aber ich merkte es mir als wertvolles Wissen für später vor. Wieder stieß er mich, und obwohl kaum mehr Kraft dahinter lag als beim ersten Mal, schlurfte ich hilfsbereit rückwärts. Ich konnte das Triumphgefühl, das er ausstrahlte, beinahe schmecken.

Ich streckte den Kopf vor und atmete seinen Geruch noch tiefer ein. Irgendetwas daran kam mir fehl am Platz vor, wie der Gestank von Aas inmitten eines Blumenbeets. Ich würde seine Gedanken durchforsten oder sein Gehirn kosten müssen, um mir sicher sein zu können, aber irgendetwas an ihm war seltsam. Seinem Geruch nach reagierte er auf diesen zutiefst bedeutungslosen Akt der Unterjochung, als hätte er gerade Beischlaf vollzogen oder eine große Schlacht gewonnen.

»Was machst du da?«, wollte er knurrend von mir wissen und versetzte mir einen weiteren Stoß. Da ich neugierig war, was geschehen würde, leistete ich ihm erneut Widerstand. Er schlug mir mit einer panzerbehandschuhten Faust in den Bauch, die ich aufgrund der dichten Muskelmasse und der dicken Haut kaum spürte. Glauben ließ ich ihn natürlich etwas anderes. Ich wusste genug darüber, wie Menschen auszusehen pflegten, wenn sie auf diese Weise getroffen wurden, um einen überzeugenden Mummenschanz aufzuführen. Kurz danach gingen die drei Paladine.

Als das Schloss der schweren Tür verriegelt wurde, richtete ich mich auf und lauschte ihren davonmarschierenden Schritten hinterher. Ich hielt immer noch den Atemzug mit seinem Geruch ein, den ich im Vorbeugen eingesogen hatte. Jetzt ließ ich ihn langsam durch die Nase entweichen, während ich mich an die Wand lehnte. Das genügte, um mir zu verraten, dass etwas in Bruder Elq durch und durch instabil war. Wenngleich es für einen Krieger durchaus von Vorteil sein konnte, so leicht in Raserei zu verfallen, fühlte es sich nicht natürlich an, auch wenn ich nur beschränkte Erfahrung darin besaß, was es hieß, menschlich zu sein. Jedenfalls kam es mir entschieden eigenartig vor, aber vielleicht steckte nichts Schlimmeres dahinter als seine Ernährung. Ohne auf die eine oder andere Weise in seinen Kopf einzudringen, konnte ich jedenfalls nur raten.

Da meine Wunden versorgt waren, sich meine Macht allmählich erholte und keine Aussicht darauf bestand, die dicken Mauern zu durchbrechen, blieb mir nichts anderes übrig, als abzuwarten. Erleichtert, dass ich von den Schmerzen erlöst war, legte ich mich zum Schlafen hin, allerdings auf den Steinboden statt auf die verdorbenen Gräser. Mit den Schellen gestaltete sich das nicht einfach, also nutzte ich den Anlass, und zerriss die Kette. Um die Schellen selbst zu entfernen, fehlte mir eine Möglichkeit sie aufzuhebeln, doch ich empfand es schon mal als Verbesserung, die Kette losgeworden zu sein. Ungeachtet meines restlichen Unbehagens schlief ich ein. Als ich erwachte, verriet mir der Winkel der Schatten, dass ein voller Tag verstrichen war, und ich fühlte mich nach der Ruhe erheblich besser, wenn auch hungriger. Der Heilzauber des Priesters baute auf denselben Grundsätzen auf wie das, was ich für mich selbst und im weiteren Sinne für Tatyana bewirkt hatte, dazu kam die Energie, die er mir unwissentlich zugeführt hatte. Mittlerweile jedoch war diese bereits aufgebraucht. Einerseits, weil mein Körper mehr benötigte, als er mir geben konnte, andererseits, weil ich einen guten Teil davon benutzt hatte, um meine Hexermacht aufzustocken.

Als ich mich hinsetzte und versuchte, meine Gedanken zu ordnen, verhielt sich die Kreatur in mir unruhig, und ihr Unbehagen wegen der Gefangenschaft begann, auf mich überzugreifen. Ich überlegte, ob ich noch mehr schlafen sollte, doch jene süße Besinnungslosigkeit wurde mir verwehrt, also lief ich stattdessen auf und ab. Anfangs half es, aber es rüttelte auch blasse, zusammenhanglose Erinnerungen an einen anderen Ort und eine andere Zeit wach, die ein Gefühl wachsender Wut bei mir hervorriefen. Es war ein Zorn, den ich weder verstand, noch aus mir herauslassen konnte. Ich ging zu dem als Fenster dienenden Schlitz, doch die kühle Abendluft half mir nicht, da sie mir nur die Geräusche der Menschen und Tiere zutrug, die einander zuriefen, während sie frei ihr Leben lebten. Jeder dieser Rufe schien mich zu verhöhnen, während ich in meinem neuen Kerker stand, und am liebsten hätte ich die Steine eingerissen, um über sie herzufallen, um zu töten, bis sie alle zum Schweigen gebracht wären.

Da rohe Gewalt nichts bewirkt hatte, setzte die Bestie nun ihre Verschlagenheit ein, um mich zu überlisten. Sie flüsterte mir zu, statt wie zuvor zu brüllen. Ich konnte fühlen, wie ihre Brust vor

Triumph anschwoll, als ich der in mir aufsteigenden Wut Ausdruck verlieh und sie mit einem wortlosen Ruf, halb Schrei, halb Knurren, durch das Fenster in die Welt hinausbrüllte. Das musste ich, denn sonst wäre sie sicher in anderer Form aus mir ausgebrochen.

»Nein«, hauchte ich und stieß mich vom Fenster ab. Als das Echo verhallte, wurde mir nach und nach bewusst, wie tief ich in den Einflussbereich der Bestie abgeglitten war. Mehr als alles andere erschreckte mich dabei das Gefühl unserer Verbundenheit. Für einen Moment hatte ich die Wut weder als fremdartig noch als bedrückend empfunden, sondern als gerechtfertigt.

Als verdient.

Und so sehr ich es nicht wahrhaben wollte, hielt es mir doch unausweichlich vor Augen, dass die Kreatur in mir, was immer sie auch sein mochte, ein Teil von mir war und immer einen Teil von mir gebildet hatte.

Ich versuchte noch, mir darüber klar zu werden, was ich dabei empfand, als ich das Geräusch von Stimmen aus dem Gang vor der Tür vernahm. Im Augenblick wäre kein guter Zeitpunkt für einen Paladin, mir zu nah zu kommen, wenngleich die Bestie anders darüber dachte. Ich konnte spüren, wie sie mir ihre Wut entgegenstreckte. Es fühlte sich an, wie eine Flamme auf der Suche nach Feuerholz. Die Tür schwang auf, und ein Paladin stapfte herein. Seine Überheblichkeit zeigte sich sowohl in seiner Haltung als auch in seinem Geruch. Jedes Klirren und Klappern seiner Rüstung schürte die Flamme in mir.

Ich konnte mich nicht entsinnen, dass ich je jemanden dringender hatte töten wollen als ihn in diesem Augenblick.

Meine Hände hatten sich bereits zu Fäusten geballt, als Tatyana hinter ihm den Raum betrat, begleitet von einem plötzlichen Schwall ihres sauberen und vertrauten Dufts. Ich spürte, wie die Macht in mir aufflackerte, als sie jenen Funken ihrer selbst erkannte, der in Tatyana lebte, und danach pulsierte sie stärker weiter.

»Lass uns allein«, forderte sie den Paladin auf. Geräuschvoll stellte er die Laterne auf dem Tisch ab und schlug die Tür ziemlich heftig hinter sich zu.

»Tatyana«, sagte ich und räusperte mich, weil meine Stimme durch die mittlerweile zurückweichende Wut ganz belegt klang. Sie schenkte mir zunächst keine Beachtung, sondern sank auf Hände und Knie, um durch die Ritze unter der Tür hindurchzuspähen. Als sie sich aufrichtete, hielt sie sich einen Finger an die Lippen. Das war eine Geste, die ich kannte.

»Ich überbringe dir eine Botschaft von Prinz Lucien«, verkündete sie, zupfte an ihrem Ohr und deutete auf die Tür. »Er äußert tiefe Traurigkeit über dein Geständnis der Klüngelei mit unserem größten Feind und deinen Verrat an der Freundschaft, die er dir entgegengebracht hat.«

Während sie sprach, kam sie auf mich zu und beugte sich zu mir, bis ihre Lippen mein Ohr berührten.

»Ist es wahr?«, flüsterte sie. »Das mit dem Lager des Seneschalls?«

Nun verstand ich ihr Verhalten; der Paladin belauschte uns. »Sag dem Prinzen, dass ich seine Freundschaft nach wie vor in höchsten Ehren halte«, erwiderte ich in normalem Ton, dann beugte ich mich so dicht zu ihr wie sie zuvor zu mir. »Ja«, bestätigte ich mit leiser Stimme, »aber es war nicht so, wie die behaupten.«

»Ich werde Prinz Lucien deine Worte überbringen«, erklärte sie laut, dann kam sie wieder näher, packte mich am Arm und bohrte die Nägel in meine Haut. »Was hast du mit mir gemacht?«

»Mein Dank ist dir gewiss«, sagte ich genauso laut. Dann leiser: »Du weißt, was ich getan habe. Du lagst im Sterben.«

»Ich weiß, dass du mich geheilt hast. Aber das ist nicht alles, oder?«, zischte Tatyana und schüttelte meinen Arm. »Was hast du gemacht? Was hast du in mir zurückgelassen?«

»Was meinst du damit?«, fragte ich und ersparte mir die Mühe, es zu flüstern.

»Die Träume«, antwortete sie mit einem Blick zur Tür. »Uns bleibt nicht viel Zeit, bis die merken, dass Lucien mich gar nicht geschickt hat. Die Träume, Stratus. Du musst sie beenden.«

»Die Träume«, wiederholte ich verwirrt.

»Ja, diese vermaledeiten Träume!«

»Was für Träume?«

Einige Augenblicke lang starrte sie mich eindringlich an, bevor sie meinen Arm losließ und einen Schritt zurücktrat. »Du weißt es nicht.«

»Erzähl mir davon«, bat ich sie. Etwas wie Angst hatte sich in ihren Geruch eingeschlichen, und zuerst dachte ich, sie würde nichts mehr sagen. Dann verschränkte sie jedoch die Arme über der Brust und sah mich wieder an.

»Es ist dunkel.« Der Tonfall ihrer Stimme schwankte. »Ich bin irgendwo gefangen, und ich stecke in einem Raum. In einem Kerker. Nein, einem Käfig. Er wird kleiner und kleiner, bis ich nicht mehr atmen kann und die Gitterstäbe meine Haut verbrennen. Ich bin gefangen, und irgendjemand ruft andauernd meinen Namen und sagt, ich hätte etwas versprochen.« Kurz verstummte sie und holte rasselnd Luft. »Aber es ist *dein* Name, der gerufen wird, nicht meiner.« Eine weitere Pause. »Die Stimme, Stratus«, fügte sie hinzu, und nun war es eindeutig Angst, die ich roch. »Ich kann diese Stimme nicht noch einmal hören.«

»Ist sie wütend?«, fragte ich. Eine Idee bahnte sich den Weg in meinen Geist.

»Wütend?«, sagte Tatyana. »Bei Gottes Bart, nein. Es ist die kläglichste, herzzerreißendste Stimme, die ich je in meinem Leben gehört habe. Ich … habe Dinge getan, auf die ich nicht stolz bin, und ich habe noch schlimmere mitangesehen, und das sind Erinnerungen, die ich nach Möglichkeit zu meiden versuche. Aber wenn ich diese Stimme höre, kehren sie alle zu mir zurück, und ich kann sie nicht aufhalten.«

Schaudernd atmete sie durch und strich ihre Ärmel mit unnötiger Aggressivität glatt, während ich sie entgeistert anglotzte. Soweit ich wusste, hatte ich etwas Derartiges nie gehört. Meine Erinnerungen und mein Verständnis meiner Hexenkunst bildeten das eine Element, dessen ich mir sicher war, doch dieser Teil gehörte nicht dazu. Hatte es damit zu tun, dass ich Tatyana geheilt hatte, oder steckte etwas Finstereres dahinter? Eine Übertragung des Herrn der Würmer vielleicht, wie jene, gegen die Fronsac die beiden Prinzen abschirmte?

»Ich muss sie sehen«, verkündete ich. Sie hatte jeden Versuch aufgegeben, zu flüstern, also tat ich es ihr gleich.

»Was?«

»Die Träume. Ich muss sie sehen.«

»Das will ich nicht«, stieß Tatyana hervor und wich erneut einen Schritt zurück. »Hol einfach deine Magie aus mir heraus.«

»So funktioniert das nicht, Tatyana. Die Wunden mögen verheilt sein, aber mein Blut ist jetzt ein Teil von deinem. Selbst wenn ich wüsste, wie man es herausfiltern könnte, würde dadurch höchstwahrscheinlich vergiftet, was in dir übrig bliebe. Es würde dich umbringen.«

Sie drehte sich um und trat an das kleine Fenster, wo sie tief die frischere Luft einatmete.

»Ich habe dir die Wahrheit gesagt, als ich dir erzählte, dass ich nicht weiß, wer oder was ich bin. Diese Träume könnten ein Teil davon sein.« Ich achtete darauf, meiner Stimme einen ruhigen Klang zu verleihen. »Je mehr ich erfahre, desto besser wird meine Aussicht darauf, meine Zukunft selbst in die Hand zu nehmen.«

»Und was ist mit meiner?« Wäre mein Gehör nicht so gut gewesen, wäre mir das vermutlich entgangen. Ich trat ein paar Schritte auf sie zu, nah genug, um sie wieder richtig hören und die Unsicherheit und die ihren Geruch beherrschende Angst riechen zu können.

»Ich glaube, deine und meine Zukunft könnten miteinander verknüpft sein – zu ei…« Ich wollte noch »zu einem gewissen Grad« sagen, womit ich meinte, dass ich bestimmt in der Lage sein würde, ihr mit ihrer Zukunft zu helfen, sobald die meine klarer wäre. Aber sie schnitt mir das Wort ab, indem sie jäh zu mir herumwirbelte und einen Finger in meine Richtung stieß, der mir beinah in den Mund gefahren wäre.

»Das weiß ich, du Trottel!« Wieder stieß der Finger zu, und ich musste an mich halten, ihn nicht zu brechen. »Was glaubst du, dass die da draußen« – dabei zeigte sie mit demselben Finger zur Tür – »wohl täten, wenn sie wüssten, was du in dem Haus gemacht hast? Ich vermute mal, das hast du ihnen noch nicht verraten, sonst hätten sie dich schon aufgeknüpft.«

»Ich habe ihnen gar nichts erzählt.«

»Das mag sein, aber Polsson stolziert durch den Palast, als würde er ihm gehören.«

Ich tat die Äußerung mit einem Schulterzucken ab. Es war nicht Kardinal Polsson, der mich interessierte. »Die Träume, Tatyana. Ich brauche sie.«

Da wirbelte sie von mir weg, als hätte ich sie geschlagen. Sie schritt zum Ende des Raumes und wieder zurück, die Arme immer noch vor der Brust verschränkt. Ich fand interessant, wie sich ihr Duft veränderte, als sie ein unhörbares inneres Streitgespräch mit sich selbst führte. Unwillkürlich fragte ich mich, ob ich deshalb empfänglicher für sie war, weil sie einen ausgeprägteren Geruch als die meisten Menschen an sich hatte, oder ob es an der Verbindung der Hexenmagie zwischen uns lag.

»Na schön«, lenkte sie nach ihrem dritten Rundgang durch den Raum ein. »Aber ich stelle zwei Bedingungen. Erstens darfst du mich nicht mehr stechen und keinen Teil von mir essen. Und zweitens musst du aufhören, das zu tun.«

»Was tun?«

»So an mir zu schnuppern. Hast du eine Ahnung, wie nervtötend das ist?«

»Mir war nicht bewusst, dass ich das tue.« Was natürlich nicht stimmte, doch ich hatte nicht damit gerechnet, dass es jemand bemerken würde. Die Menschen in der Stadt schienen nicht zu zögern, sich ständig gegenseitig anzuniesen, zu beschnüffeln und anzuhusten, daher fand ich aufrichtig, ein gelegentliches Schnuppern hie und da sei kaum der Rede wert.

»Tja, tust du aber, und ich mag es nicht.«

»Du hast einen interessanten Geruch.«

»Gott, Stratus. Das macht es nicht besser.«

Aus dem Gang draußen vernahm ich den gedämpften Widerhall von Stimmen. »Sie kommen zurück«, verkündete ich.

»Wie machen wir das? Ich bin nicht sicher, ob ich noch mal hierherkommen kann.«

»Wo bin ich überhaupt?«

»In der Sepulkralkirche von Sankt Tomas in der Nähe der niedrigen Ostmauer. Die Paladine haben sie und mehrere andere Kirchen als Kasernen in Beschlag genommen.«

»Was ist eine Sepulkralkirche?« Meine Zunge stolperte über das fremdartige Wort.

»Was? Das ist eine Kirche für die Totenpriester. Sie halten Gottesdienste für die Toten ab.«

In meinem Geist regte sich etwas, als sie es mir erklärte, doch es war nicht der rechte Zeitpunkt, um darüber nachzugrübeln.

»Ich muss hier raus.« Mittlerweile waren die Stimmen aus dem Gang lauter, und ich hörte das vertraute Klirren von Rüstung und Schlüsseln.

»Das ist unmöglich. Du würdest mehr als ein Katapult brauchen, um diese alten Mauern zu durchbrechen, außerdem laufen hier überall Paladine rum.«

Ich tätschelte die uralten Steine. »Überlass das ruhig mir. Ich warte im Versteck der Meuchler auf dich.«

Tatyana blieb gerade noch Zeit, zustimmend zu nicken, bevor die Tür aufschwang und mehrere Paladine hereinstürmten. Ihre beißenden, von Streitlust gefärbten Gerüche überlagerten rasch Tatyanas Duft, als sie ausschwärmten, die verheerenden Lanzen gezückt und bereit, damit zuzustoßen.

»Du da, Metze. Du hast kein Recht, hier zu sein«, brüllte einer, den ich aufgrund der weißen Strähnen in seinem Bart für den Befehlshaber hielt.

Ich sah, wie Tatyana den Körper anspannte, als er sie so anredete, aber ich berührte sie am Arm, um sie abzulenken. Es würde schon für mich allein schwierig genug werden, hier auszubrechen. Das zusätzliche Problem, gleichzeitig auch noch sie befreien oder rächen zu müssen, konnte ich nicht gebrauchen. Sie schüttelte meine Berührung ab und stolzierte zwischen den Paladinen hindurch davon. Den Graubart rempelte sie dabei so herzhaft, dass er taumelte, als er sich weigerte, ihr aus dem Weg zu gehen. Bevor er sich davon erholen konnte, stürmte sie davon und ließ die Paladine achtlos hinter sich zurück, sodass sie schleunigst den Raum verlassen mussten, um sie einzuholen. Tatyana besaß ein feuriges Gemüt. Das gefiel mir.

Kapitel 21

Glaube ist schon etwas Seltsames. Ich denke nicht, dass ich je selbst einen hatte, zumindest keinen der Art, wie ihn die Menschen haben, mit all ihren Kirchen und Tempeln und unverständlichen, von ihren Göttern auferlegten Regeln. Nein, einen Glauben dieser Art hatte ich nie, obwohl er mir durchaus begegnet war. Aber im Wesentlichen, in der Wirklichkeit lief ein Glauben, ganz gleich welcher Form, darauf hinaus, dass man an etwas glaubte, von dem man keinen Grund hatte, es für real zu halten. Wodurch Glauben in vielerlei Hinsicht zu etwas wie Hexerei wurde. Was die Ironie ergänzte, dass zwar natürlich geborene, menschliche Hexer ausgesprochen selten auftraten, die Menschen sich jedoch in Kirchen ihre eigene Hexerei erschaffen konnten. Wie Sankt Tomas.

Ich hatte keine Ahnung, wer Sankt Tomas gewesen war oder weshalb er als berühmt galt, abgesehen davon, dass er das Zeitliche gesegnet hatte. Vielleicht lag es daran, weil er auf aufsehenerregende Weise gestorben war. Jedenfalls hatten die unzähligen Tausenden Männer und Frauen, die schon in dieser Kirche gekniet hatten, um ihre Gefühle und Absichten in die Steine zu ergießen, das wohl ganz anders gesehen.

Es war kein Geheimnis, dass man die ältesten und prunkvollsten Kirchen der Menschheit entweder auf oder in der Nähe von Orten der natürlichen Welt errichtet hatte, an denen der Schleier so dünn war, dass man die Liedlinien beinah hören konnte. Ich konnte mir mühelos vorstellen, wie ein längst verstorbener Schamane festgestellt hatte, dass er bessere Ergebnisse erzielte, wenn er sein kleines Ritual an einem bestimmten Platz durchführte, und dies Geheimnis an seine Nachfolger weitergab. Und so weiter und so fort über all die Jahrhunderte, bis schließlich jemand Stein auf

Stein türmte und dem Gebäude anschließend einen Namen gab; ein Akt darstellte, der die Macht des Ortes noch einmal verstärkte.

Da die Kirche so nah an einer Liedlinie lag, würde sich die gebündelte Hingabe aus Hunderten von Jahren gefühlsträchtiger Rituale, Predigten und Gebete mit der vorhandenen magischen Strahlung vermengt und den Stein gründlich durchwirkt haben. Tatsächlich verhielt es sich so, dass die Menschen durch das Beten zu einem Gott, den es höchstwahrscheinlich nicht gab, ihn gleichsam nach und nach entstehen ließen. Was den Gläubigen Trost spendete, waren die geisterhaften Rückstände der Gebete ihrer Ahnen, und denselben Zuspruch würden ihre Gebete eines Tages für noch ungeborene Generationen bewirken.

All das ging mir durch den Kopf, als ich nackt auf dem Steinboden meiner Zelle lag, die Glieder ausgestreckt, um mit möglichst großen Anteilen der Kraft dieses Ortes in Berührung zu kommen. Anfangs hatte es sich als schwierig erwiesen, den Geist dieses Ortes zu erspüren, da er keine bestimmte Signatur besaß, nichts, was einem einzelnen Namen oder Wesen ähnelte, wie es bei der Magie eines Zauberers oder Hexers der Fall war. Vielmehr handelte es sich um das Ergebnis Tausender Willen und Persönlichkeiten, um einen Chor individueller Noten, die von der Zeit zu einem neuen Ganzen verschmolzen worden waren. Ich jagte nicht dahinter her und rief es auch nicht. Stattdessen wartete ich und lauschte, bis ich nur noch das Lied von Sankt Tomas hören konnte.

Ich wusste, dass ich nicht hoffen durfte, es nachzuahmen, jedenfalls nicht in seiner Gesamtheit. Aber wie bei jedem Rudel oder Schwarm gab es einzelne Teile, die hervorstachen. Dabei handelte es sich um die schemenhaften Rückstände derjenigen Gläubigen, die diesem Ort mehr gegeben hatten als andere. Wie ein Jäger, der sich den prächtigsten Hirsch aussucht, sonderte ich diese Geister behutsam vom Rest ab und lernte ihr Lied so genau, dass ich mich mit ihnen verbinden konnte. Ich schaffte es jedoch nicht, mehr als eine Handvoll von ihnen gleichzeitig mit mir zu verknüpfen, indem ich die Echos ihrer Namen zu einem geflüsterten, rhythmischen Sprechgesang verwob.

Das gesamte Unterfangen war ein gefährliches Spiel. Falls mich jemand hörte und in die Zelle platzte, würde mir vielleicht nicht genug Zeit bleiben, um die Energie vorsichtig von mir zu lösen. Und das mochte durchaus dazu führen, dass sie sich in mir manifestierte – auf unvorhersehbare, aber wahrscheinlich aufsehenerregend tödliche Weise.

Was ich vorhatte stellte also schon ein Risiko dar, ein beträchtliches sogar, aber wenn ich mein Schicksal selbst in die Hand nehmen wollte, benötigte ich sowohl Antworten als auch Macht. Beides würde mir nicht einfach zufliegen, wenn ich nur herumhockte und nichts unternahm. Ich war zuversichtlich, dass ich die Tür aufbrechen könnte, wenn ich nur genug Zeit hatte. Doch wohin dann? Natürlich war ich Menschen körperlich überlegen, aber es gab sehr viele von ihnen. Ich hingegen war allein, und ihre verzauberten Speere stachen tief. Vielleicht würden sich Fronsac oder Jean letztlich hinter mich stellen. Darauf zu hoffen, bedeutete jedoch, dass ich hierbleiben musste; eingesperrt und in Erwartung einer wunderbaren Rettung, wie irgendein verzweifeltes Geschöpf aus der Geschichte eines Barden.

Der Bestie behagte das Risiko auch nicht. Ich konnte fühlen, wie sie sich in mir regte, an den Rändern meines Geistes kratzte und schnappte wie ein alter Wolf. Aber da ihr die Vorstellung, darauf zu warten, dass Menschen über unser Schicksal entschieden, noch weniger gefiel, hegte ich die Hoffnung, dass sie mich diesen Kampf auf meine Weise austragen ließ, statt mir ihre blindwütige Raserei aufzuzwingen.

Ich ließ den Gedanken fahren und konzentrierte mich auf meine Atmung, bis das Gefühl der in und durch meinen Leib strömenden Luft alles für mich wurde. Mein Körper wurde leichter und leichter, bis ich spürte, wie sich die Ketten lösten, die meinen Geist fesselten. Ich stieg über meinen Leib auf und öffnete die Augen. Unter mir lag mein Körper, als schliefe er, und wäre durch etwas mit meinem Geist verbunden, das aussah wie eine aus frisch gegossenem Gold erschaffene Schlange. Ich sah dunkle, rauchartige Schemen, die vor dem Licht zurückschraken, das von der Verbindung ausstrahlte, und erkannte sie als die Geister von Verstorbenen, die zu schwach gewesen waren, um in die Welt der Toten überzutreten. Die Luft fühlte sich durch ihre Gegenwart merkwürdig stickig an, aber schließlich handelte es sich bei diesem Ort um eine den Toten gewidmete Kathedrale. Doch nicht sie waren es, die mich interessierten.

Ich beschwor meine Hexenkunst herauf und hüllte mich in dasselbe goldene Licht, das mich mit meinem Körper verband. Die dichte Wolke der Geister wich vor mir zurück wie Rauch, der in einem heftigen Wind verweht. Das Licht entstammte den Liedlinien, der Essenz des Lebens selbst, und war für einen Geist so unerträglich wie die Kälte des Todes für Lebende. Ich stieg durch die stummen Geister und das Dach empor, hinauf zum Strom der Energie, der mich lockte.

Die Liedlinien verhielten sich nicht statisch, vielmehr strömten sie wie ein Fluss und schufen auf sehr ähnliche Weise Kanäle. Schnitte man einen Zauberer vorsichtig genug auf, würde man leichte Narben in seinem Fleisch erkennen können, vor allem, wenn er gespeicherte Energie verwendete, wie es die meisten taten, die ich bisher gesehen hatte. Traten neue Energien an einem Ort ein, wo ein bestimmter Energiestrom so alt und stark war wie hier, entstand eine Störung im Strom wie von Steinen, die man in einen spiegelglatten Fluss wirft und deren Wellen sich zu ihrer Quelle zurückverfolgen lassen.

Ich konnte den Pfad des vereinten Stroms der durch Sankt Tomas fließenden Liedlinien als eine dichte, von goldenen Blitzen durchzuckte Wolkenbank sehen. Ihre Macht begrüßte mich wie eine laue Brise, aber es wäre gefährlich, sich davon einlullen zu lassen. Sobald ich in die Wolke gelangte, würde ich mich gänzlich im Reich der Elementarkräfte befinden, in dem es keinen Platz für die Wirklichkeit gab und ein verirrter Gedanke mein Verhängnis bedeuten konnte.

In dieser Form besaß ich keine Lunge, also musste ich mich damit begnügen, an eine tiefe, ruhige Atmung zu denken, als ich in die Wolke eintauchte. Zierliche Lichtranken schnellten aus ihr hervor, umgarnten mich und zogen mich in ihre tosenden Tiefen.

Ich sank in die Macht der Liedlinien wie in den sprichwörtlichen Fluss, dem sie so sehr glichen, und ließ mich von dem vollkommenen, goldenen Licht umhüllen. Statt mich zu wehren, gestattete ich meinem Bewusstsein sich von der Strömung forttragen zu lassen, während ich mich darauf konzentrierte, die Lieder jener Geister herauszufiltern, von denen ich erkannt hatte, dass sie zu Sankt Tomas gehörten. Meine Bindung an sie würde mir als Anker dienen und mich in dem Energiemuster halten, das die Sepulkralkirche umgab. Das sollte verhindern, dass ich zu tief in die volle Erhabenheit der Liedlinien gezogen wurde und für immer verloren ging.

Kapitel 22

Die Fertigkeit, in den eigenen Träumen zu wandeln, ist ohne natürliche Begabung schwierig zu meistern, doch sie ist unerlässlich, wenn man zu den tieferen Mysterien unserer Kunst vordringen will. Die magischen Energien, denen wir ausgesetzt werden, können Träume mit Macht anreichern, und mit der richtigen Schulung können die Stärksten unter uns in die stoffliche Welt eingreifen. Jünger, die eine besondere Begabung für diese Fertigkeit zeigen, sind von der Berührung des Traumsängers gezeichnet und sollten zu ihrer eigenen Sicherheit von den anderen getrennt werden.

Einleitung zum Pfad der Macht von Tiberius Talgoth, Erzmagier

Hier war der Energiefluss langsamer als der Elementarstrom der Liedlinien, dennoch war jeder längere, unmittelbare Kontakt damit genauso gefährlich. Verirrte Gedanken konnten dazu verleiten, sich in einem Zyklus erneut durchlebter Erinnerungen zu verlaufen. Weil die Zeit genauso im Fluss war wie die Macht, die einen hier umströmte, konnte es passieren, dass man selbst dann, wenn man es schaffte, aus dem Zyklus auszubrechen, zu einem Körper zurückkehrte, der mittlerweile verhungert oder getötet worden war. Eine böse oder gewalttätige Erinnerung konnte bewirken, dass man den Schmerz oder die Verletzung erneut durchlebte, und dann trug der auf die Rückkehr seines Geistes wartende Körper die gleiche Wunde davon und blutete.

Die Echos, die mich durch Sankt Tomas geleiteten, hatten solche Schicksale erlitten und entschieden, hierzubleiben und in denselben Erinnerungen weiterzuleben, die sie für alle Ewigkeit verdammt hatten, statt sich der Kälte und Ungewissheit dessen zu stellen, was sie nach dem Tod erwartete.

All dessen war ich mir bewusst, als ich in etwas trieb, das ich als goldenen Fluss wahrnahm, allmählich dessen Macht in mich aufnahm und mein Bewusstsein entsandte, um einen Eindruck von Sankt Tomas in der stofflichen Welt zu erlangen. Es ähnelte ein wenig der Hellsicht, die Fronsac benutzte, nur verwendete er Werkzeuge, um sich den Weg zu bahnen, statt den nackten Geist der gebündelten Macht auszusetzen. Das zeugte von seiner Weisheit. Ich war vielleicht ein Dutzend Mal durch Sankt Tomas geschwebt, hatte mein Bild von dem Ort mit jedem Durchgang ausgeweitet und wollte mich gerade in meinen Körper zurückziehen, als der Angriff einsetzte.

Meine erste Vorwarnung war eine Rückenflosse, die durch das »Wasser« des imaginären Flusses auf mich zuhielt. Der Anblick ließ mich erstarren. Es handelte sich um keine Einbildung, und mir blieb kaum Zeit, das zu begreifen, bevor die Erscheinung untertauchte und mich umschlang. Sie fühlte sich so kalt an, dass sie meine Konzentration zerriss, während sie mich in die Tiefe zog.

Da ich in dieser Gestalt keine Lunge besaß, brauchte ich nicht zu atmen, doch wie bei jeder Magie spielte die Symbolik eine bedeutende Rolle. Ich erhaschte einen flüchtigen Blick auf eine Masse durchscheinenden Fleisches und zu viele Mäuler, als sich der Angreifer um mich wand und zappelte. Aber der Vorteil der Überraschung verlor schnell seine Wirkung, immerhin war ich ein aus den Liedlinien geborener Hexer, kein minderer Zauberer. Ich bündelte meinen Willen, und meine Hände erstrahlten vor Energie, als ich die Kreatur packte, entzweiriss, woraufhin sich etwas ins Wasser ergoss, das wie eine Mischung aus Fett und Blut aussah. Als sich das Ungeheuer zu einem fauligen Brei auflöste, erblickte ich den matten, widerlichen Strang, der es mit der stofflichen Welt verband, und folgte ihm hastig, bevor ihn die Liedlinien mit sich reißen konnten. Anfangs gestaltete es sich schwierig, etwas zu erkennen, doch nach und nach verdichteten sich die Bilder zu einer dunklen Halle mit niedriger Decke, gesäumt von Steinkästen und bewacht von einem aus Stein gemeißelten Skelett, hinter dem ein wie ein ausgefranster Flügel aussehendes Leichentuch wehte.

Als die Bilder verblassten, ließ ich mich durch die Oberfläche aufsteigen. Ich war durchaus zufrieden mit mir. Dadurch entglitt mir meine Disziplin, und kaum wurde mir klar, dass ich nicht daran denken sollte, wie still sich die Bestie verhielt, erwachte sie auch schon in mir.

Geradezu schlagartig begann das Wasser um mich herum, zu wirbeln und zu schäumen, als tobe ein heftiger Sturm. Ich versuchte, die Bestie zu bändigen, aber sie konnte die Macht, die Energie rings um mich spüren und versuchte, danach zu greifen. Ich wollte mir gar nicht ausmalen, welche Folgen das nach sich ziehen mochte, noch besorgniserregender jedoch war, wie sich das Erscheinungsbild der Liedlinie veränderte. Die Form, die ihr mein Wille auferlegt hatte, bröckelte und verzerrte sich.

Die Gegenwart der Bestie in meinem Geist störte die Harmonie meiner Verbindung sowohl zu den Geistern von Sankt Tomas, die mir als Anker dienten, als auch zu den Liedlinien selbst. Ich konnte die Veränderungen um mich herum deutlich fühlen und bemühte mich verzweifelt, die Bestie zurückzudrängen, doch der Schaden war bereits angerichtet. Ich verlor meinen Anker und wurde zurück in die Liedlinien gezogen.

Ich spürte, wie ich in die Tiefen glitt, dorthin, wo die Macht am stärksten war. Die Energie sickerte in mich hinein wie Eis in einen Felsen. Sie rankte sich um mich, wo immer sie konnte, und trachtete danach, mich zu sprengen. Ich wusste, wenn es ihr gelänge, würde sie mein innerstes Wesen in dessen reinste Form zermahlen und mich wieder in eine bloße Note aus purer Energie und Harmonie verwandeln. Selbst, wenn ich die Zeit gehabt hätte, zu dem Schluss zu gelangen, dass da keinerlei Böswilligkeit war, mit der sie mich zu töten versuchte, wäre mir das doch nur ein schwacher Trost gewesen. So aber klammerte ich mich an dem goldenen Strang fest, der mich zu meinem stofflichen Körper zurückführen würde, in die Sicherheit der Wirklichkeit, und mein Geist raste ihn entlang, verfolgt von einem Machtschwall der Liedlinien.

Es glich einem Wettkampf, den mein Geist so versinnbildlichte, als versuchte ich, eine Tür gegen eine anstürmende Flutwelle geschlossen zu halten. In Anbetracht dessen, wo ich mich befand und was ich tat, wurde dieses Bild zu meiner Realität: Ich konnte fühlen, wie das Wasser über meine Füße strömte, und spürte die raue, eisenbeschlagene Tür an meiner Haut, als ich mich dagegen warf, mich gegen die Elementarkraft stemmte, die sie aufzwängen und hereinstürzen wollte, um alles, was da war, in ihrer vollkommenen Harmonie zu ertränken.

Splitter bohrten sich in meine Haut und in die Sohlen meiner Füße, als ich sie gegen den Boden presste, um besseren Halt zu finden. Meine eng gebündelten Gedanken zerfransten, und jeder sich lösende Strang schwächte mich. Wenn ich keine Ahnung mehr hatte, wer oder was ich war, wie sollte ich mein Wesen dann zusammenhalten? Ich spürte, wie sich die Tür, die für meinen Willen stand, unter dem Druck verbog, und dass kleine Strahlen leuchtenden Wassers um die Ränder hereinspritzten, als sie erst ein Stück nachgab, dann noch eines. Ich hörte, wie Holz knackte, das Geräusch so scharf und laut wie die Peitschen, die einst außerhalb meines Käfigs geknallt hatten. Ich war im Begriff, den Kampf zu verlieren, und schon der Gedanke daran beschleunigte den Vorgang. Das Holz würde nachgeben, und ich würde in all der Macht ertrinken. Ich würde darin treiben und mich langsam auflösen, bis nichts mehr von mir übrig bliebe.

Neuerlich erwachte die Bestie in mir, und ich spürte ihren geschmolzenen Blick auf mir. Doch ich konnte kein Quäntchen Willenskraft erübrigen, um gegen sie anzukämpfen. Ich spürte, wie sie begann, hinter mir Gestalt anzunehmen, und versuchte, mich nicht zu fragen, wie sie aussehen mochte. Ich hatte keine Ahnung, was mit mir – oder ihr – geschehen würde, wenn sie mich jetzt angriff. Hingegen wusste ich ohne jeden Zweifel, dass ich für immer ins Nichts eingehen würde, wenn ich den Kampf gegen die Flut verlöre.

Das würden wir beide.

Ich nahm wahr, wie ihre Gegenwart hinter mir erstarkte, und spürte den Augenblick, in dem sie Gestalt annahm. Die seltsame Realität, in der wir uns befanden, krümmte sich, als sich ihre Form ausweitete und den Raum mit einer heißen, trockenen Hitze erfüllte. Für einen Lidschlag konnte ich ihre Neugier und Verwunderung fühlen, dann wurde die Verbindung zwischen uns durch ein herunterrasselndes Fallgitter aus blanker Wut und Frustration abgeschnitten. Allerdings gab es nichts, was ich dagegen tun konnte, außer mich für das zu wappnen, was als Nächstes geschehen würde, was immer das sein mochte.

Doch es erfolgte kein Angriff. Stattdessen warf sich die Bestie mit mir auf die Tür, stemmte die Schulter dagegen, so nah bei mir, dass ich ihren Atem im Genick spürte, sengend und stinkend nach verkohltem Fleisch und Sumpfgas. Ich hörte ihr knurrendes Gebrüll in meiner Brust, als sie zusammen mit mir schob, um die Tür zu schließen, die uns beide bedrohte. Langsam schrumpften die Wasserstrahlen, die um die Ränder hereinflossen, zu dünnen Rinnsalen, als wir die Tür mit vereinter Kraft zudrückten. Kaum war die Tür versiegelt, senkten sich die Klauen der Bestie auf meine Schulter, und sie zog mich zu sich.

Ich erwachte auf dem Boden meiner Kerkerzelle. Meine strampelnden Beine katapultierten mich rückwärts, bis ich mit dem Rücken so hart gegen die Wand knallte, dass Staub und uralter Mörtel rieselten. Zusammengesunken saß ich gegen die Mauer gelehnt, so regungslos, dass sich die Mäuse wieder aus ihren Löchern hervorwagten, während sich mein Geist nach dem jähen Ausstoß aus dem goldenen Fluss nach und nach wieder zusammenfügte. Langsam lichtete sich der Nebel vor meiner Sicht, und bald danach verhallte das anhaltende Klingeln in meinen Ohren. Immer noch konnte ich die Energie um mich herum fühlen. Doch das war ebenso sehr eine Nebenwirkung meines geistigen Ausflugs wie der Umstand, dass meine Hexenmacht voll aufgeladen war.

Ich fühlte mich wieder vollständig, trotz der eiskalten Schauder, die über meine Haut tänzelten, wenn ich an jenen Atem in meinem Genick und die Klauenhand auf meiner Schulter zurückdachte. Auf selbiger Schulter prangten fünf blasse Male, eingebrannt wie die Narben von tief hineingeschlagenen Krallen. Die Bedeutung dessen, was geschehen war, war zu weitreichend und schwerwiegend, um in diesem Augenblick darüber nachzudenken. Zuerst musste ich fliehen. Das Spiel, das die Bestie mit mir trieb, würde warten müssen.

Ich erhob mich vom Boden und zog meine Kleidung wieder an. Meinen zerschnittenen Kittel hatte man durch ein unförmiges Gewand ersetzt, das weder weiß noch braun war und enttäuschend stark dem ähnelte, was die Paladine trugen. Kurz spielte ich mit dem Gedanken, es zurückzulassen, da ich nackt mit meiner dunklen Haut viel leichter mit den Schatten verschmelzen könnte, allerdings hatte ich mittlerweile gelernt, dass selbst ein flüchtiger Blick auf einen nackten Mann mehr Aufsehen erregte, als es ein bekleideter mit einem schlichten Gewand hervorrief.

Ich ging zur Tür, legte die Hand über das Schloss und beschwor meine wiederhergestellte Hexenkunst mit einer Mühelosigkeit herauf, die Welten von meinem Zustand am Tag zuvor entfernt war. Ich durfte nicht das Wagnis eingehen, zu übersehen, dass die Schlösser oder die Tür gegen Magie oder gegen mich geschützt sein könnten. Es wäre ein grausamer Aberwitz, beim ersten Hindernis mit meinen Plänen zu scheitern, doch ich entdeckte keinerlei Schutzbann, nur einen gut geölten Mechanismus, der klickte und sich drehte, als ich ihn behutsam mit den Fingern meiner Hexenmacht betätigte. Der Riegel glitt zurück. Ich öffnete die Tür und spähte in den Gang dahinter. Er erwies sich als schmaler Raum mit einer steilen Gewölbedecke, wie geschaffen für große, ausgemergelte Männer, aber nur spärlich erhellt, dafür reichlich mit gemeißelten Totenschädeln verziert. Der beharrliche Mief von abgestandenem Weihrauchduft ließ die stickige Atmosphäre noch drückender werden. Ich blieb in Deckung und schnupperte die Luft, nahm die süße Würze von verbranntem Harz und die älteren Rückstände von Menschengerüchen wahr. Erst unlängst war ein Wachmann in der Nähe gewesen, und anhand der Art, wie dieser Duft sich ausbreitete, vermutete ich, dass er patrouillierte, statt fest auf einem Posten zu bleiben.

Ein Wachmann. Ich fühlte mich tatsächlich ein wenig beleidigt, die Bestie umso mehr.

Nachdem ich die Tür hinter mir geschlossen hatte, folgte ich der Fährte dieses Postens. Meine nackten Füße bewegten sich geräuschlos über den Steinboden. Die Luft wurde frischer, je weiter ich marschierte. Als Quelle erwies sich ein schmaler Durchgang, der weiter vorn von dem Korridor abzweigte. Vorsichtig schlich ich um die Ecke. Dieser enge Gang entpuppte sich als Steg entlang einer Leere, die zu einem kopfsteingepflasterten Hof fünf oder sechs Körperlängen unter mir abfiel. Die Steine schimmerten im Licht der Laternen von Wachen, die den Hof überquerten. Ich kauerte mich hin und beschwor meine Blutsicht herauf. Der Wachmann, dem ich gefolgt war, zeichnete sich deutlich da ab, wo er stand und mit einem Kameraden redete. Es sah so aus, als äßen sie dabei etwas, ein Anblick, der meinem Magen prompt ein anklagendes Rumoren entlockte. Ich fügte das der Liste der Dinge hinzu, denen ich keine Beachtung schenken durfte.

Zwei Wachmänner. Zwischen uns erstreckten sich genug Schatten, dass ich zuversichtlich war, nah genug an die beiden heranzukommen, um mit dem Überraschungsmoment auf meiner Seite erfolgreich zuzuschlagen. Andererseits würden die Schatten auch ausreichen, mich davonzustehlen, ohne bemerkt zu werden. Ich tippte mir mit einem Fingernagel gegen die Zähne, während ich darüber nachgrübelte. So sehr es mir widerstrebte, bewaffnete Männer im Rücken zu haben, Verstohlenheit hatte in diesem Fall durchaus etwas für sich. Mit einem letzten Blick zu dem eingeschlagenen Bündel, auf dem sie sich niedergelassen hatten, wandte ich mich wieder dem Hauptgang zu und bahnte mir den Weg zu der schmalen, gewundenen Treppe, zu der er führte. Der Platz im Treppenhaus wäre auch ohne die Fülle der Totenschädel und der geflügelten Säuglinge, die an jeder zweiten Ecke hervorragten, verwinkelt und beengt genug gewesen. Ich gestattete mir eine stumme Verwünschung der Erbauer der Kirche, während ich mich an der Wand entlangschabend hinunter ins Erdgeschoss kämpfte. Die Freiheit befand sich nur wenige Türen entfernt.

Kapitel 23

Das untere Geschoss der Kirche strotzte vor dem Geruch von Menschen, ein Dunst, den selbst noch so viel Weihrauch und billiges Lampenöl nicht übertünchen konnten. Die Treppe, die ich benutzt hatte, mündete in einen kleinen Flur mit zwei Ausgängen. Der erste führte über den Hof, den ich von oben gesehen hatte, der zweite durch eine große Doppeltür, gesäumt von tiefen, mit menschlichen Schädeln vollgepfropften Nischen zu beiden Seiten. Dabei handelte es sich nicht um die aus Stein geformten Fassungen, die einen aus jedem Winkel beobachteten, sondern um *echte* Schädel, deren Haut und Haare längst zu Staub zerfallen waren, die Zähne auf ewig zu einem Grinsen gebleckt. Für den Eingang zum Hauptschiff der Kirche bot sich somit kein besonders einladender Anblick, nicht einmal für mich, und hätte ich mir nicht die Zeit genommen, das Gebäude über die Liedlinien zu erkunden, ich hätte mich vermutlich für den Hof entschieden. Letzterer stellte eine verlockende Wahl dar, allerdings wusste ich, dass er vorbei an mehreren Schlafgemächern voller Männer führte.

Ich entsandte einen Schwall meiner Hexenkunst, um die entlang der Mauer flackernden Fackeln zu löschen, dann rückte ich durch die Schatten vor. Etwas Vertrautes zerrte an meinem Geist, als ich ungefähr die Hälfte des Weges zurückgelegt hatte. Vertraut, aber unerwünscht. Was immer mir in der Liedlinie begegnet war, befand sich ganz in der Nähe, und zwar höchstwahrscheinlich unmittelbar unter mir. Vielleicht hätte ich es gar nicht bemerkt, wenn ich meine Hexengabe nicht erweckt hätte, aber nun, da ich darum wusste, gelang es mir nicht mehr, es zu verdrängen.

Ich kauerte mich in der Dunkelheit nieder, hin- und hergerissen zwischen der Notwendigkeit, zu fliehen, und dem Verlangen,

Antworten zu finden. In jedem Augenblick, den ich verharrte, riskierte ich die Entdeckung meiner Flucht und somit ein schauerliches Ende durch die Horde der Paladine, die derzeit die Kathedrale verseuchte.

Während ich mir darüber den Kopf zerbrach, sah ich, wie zwei von ihnen den Hof betraten. Einer trug eine hell leuchtende Laterne. So stark und schnell ich sein mochte, ihre kurzen, verheerenden Speere hatten sich der Aufgabe, Löcher in mich zu stechen, als durchaus gewachsen erwiesen. Und in Anbetracht des labilen Gemütszustands der Krieger bezweifelte ich, dass viel nötig wäre, um sie von meiner Gefangennahme direkt zum Totschlag umschalten zu lassen. Was sowohl die Bestie als auch ich vorzugsweise vermeiden wollten. Was immer ich tun würde, ich musste bald handeln, denn die Unterhaltung der Wachleute, die sie aufgehalten hatte, endete gerade, und die beiden kamen geradewegs auf mich zu. Das Licht ihrer Laterne verschlang mit jedem Schritt, den sie sich näherten, mehr von den mich verbergenden Schatten. *Ihre Laterne.*

Ich lächelte, als ich in der Finsternis ein neues Hexengebilde wob, erfreut, dass ich es bereits in der Hinterhand gehabt hatte. Als ich mit der Form zufrieden war, führte ich ihr etwas mehr Energie zu und entfesselte sie. Das Gebilde war für jeden außer mir geräuschlos und unsichtbar, als es losflog und sich um die Laterne wickelte, sich mit der bestehenden Flamme vermengte und sich dann hundertfach verstärkte, ehe der Mann, der die Laterne trug, auch nur blinzeln konnte.

Das Glas zersprang mit einem lauten Knall, und brennendes Öl spritzte auf die beiden Männer. Sie schrien auf, als sich die flüssigen Flammen in ihren Bärten und an ihrer Kleidung festsetzten. Ich bezweifelte, dass dies tödliche Folgen hatte, doch das war auch gar nicht meine Hauptabsicht. Während sie schrien und ihnen weitere Paladine zu Hilfe eilten, preschte ich durch die verbliebenen Schatten und huschte durch die schädelverzierten Türen.

Wie sich herausstellte, führten sie tatsächlich zum Hauptbereich der Kirche von Sankt Tomas, der Kapelle oder der Kathedrale. Die verschiedenen Bezeichnungen, mit denen die Menschen dieselben Arten von Stätten versahen, ergaben wenig Sinn für mich. Nachdem ich die Türen hinter mir geschlossen hatte, trat ich in den Raum und sah mich um. Die Kapelle war nicht nur höher und größer als das Gebäude, das ich gerade verlassen hatte, sondern auch wesentlich bemerkenswerter. Weitere grinsende Totenschädel und geflügelte Ritter zierten jede der einundzwanzig Säulen, die anmuteten, als wären sie vom Dach heruntergeflossen. Hatte der Gang draußen schon vor Totenschädeln und Motiven des menschlichen Todes gestrotzt, so ertrank die Kathedrale förmlich darin. Jede der Säulen wurde von Kugeln magischen Lichts erhellt. Ihr goldener Schein beließ das Dach in tiefe Schatten gehüllt, wodurch es schien, als senke sich die hohläugige Ansammlung der Schädel auf diejenigen herab, die unten saßen. Die Handwerkskunst dahinter fand ich erstaunlich, doch mich beschlich der Eindruck, dass ihr Zweck eher darin bestand, unten versammelte Trauernde einzuschüchtern, als ihnen Trost zu spenden.

Ich löste den Blick von den Skelettköpfen und konzentrierte ihn auf die Handvoll Gestalten, die vor dem Altar knieten. Sie schienen mein Eindringen nicht bemerkt zu haben und widmeten sich weiter ihren leisen Sprechgesängen. In dem höhlenartigen Raum übertrugen sich Geräusche weit, und ihre weißen Gewänder ließen mich in Verbindung mit einem kräftigen Körperbau vermuten, dass es sich um Paladine handelte. Leider befanden sich in der Kapelle auch einige Priester, deren dunkle Roben einen deutlichen Kontrast zu den Gewändern der Paladine bildeten. Ein solcher Priester kam gerade auf mich zu, die Hände in den Ärmeln verborgen, aber ein Lächeln im Gesicht. Es war zu spät, um zurückzuweichen oder mich zu verstecken, also verharrte ich, wo ich stand.

»Sei gegrüßt, Bruder«, sagte er mit leiser Stimme und zog die Hände aus den Ärmeln. In keiner davon befand sich eine Waffe, trotzdem blieb ich wachsam. »Bist du für die Segnung des Kardinals hier?«

»Nein«, erwiderte ich und rang mir ein Lächeln ab. »Ich hatte schon eine, danke. Ich wollte gerade gehen.« Ich deutete zur Tür auf der gegenüberliegenden Seite, die meiner Ansicht nach zum Hauptausgang führen sollte.

»In die Krypta?« Sein Lächeln war verschwunden, aber er verhielt sich immer noch ruhig.

Ich verkniff mir den Fluch, der mir von den Lippen zu sprudeln drohte, und behielt stattdessen mein eigenes Lächeln bei. »Ja. Danke. Bruder.«

»Natürlich.«

Er trat aus dem Weg. Ich hatte befürchtet, er wäre argwöhnischer, doch nun lächelte er wieder.

»Danke«, wiederholte ich und steuerte auf die Tür zur Krypta zu. Ich brauchte nicht über die Schulter zurückzuschauen, um zu wissen, dass er mich nach wie vor beobachtete. Ich schob die Tür auf und trat hindurch, als entspräche das genau dem, was ich von Anfang an gewollt hatte. Dunkelheit empfing mich, was zum Glück kein Hindernis darstellte, und schon bald offenbarte das klare, stete Licht von der über meiner linken Hand schwebenden, magischen Kugel in der Nähe einen Eimer und einige Fackeln. Allerdings verspürte ich kein Verlangen, der Liste all der Dinge, die schiefgingen, auch noch das Einatmen öligen Rauchs hinzuzufügen.

So, wie ich es sah, war ich nun schon mal hier und konnte mir genauso gut ansehen, was diese Störung der natürlichen Energien der Kirche verursachte. Ich schickte die Lichtkugel voraus, als ich die Treppe hinunterstieg, zu der mich der Gang führte. Bei dem gleichmäßigen Licht fand ich mühelos den Weg zu der kleinen Kammer unten. Es handelte sich nicht um einen richtigen Raum, eher um eine bessere Nische mit mehreren Zierblöcken an der Wand, jeder überbordend mit der üblichen, mir unverständlichen menschlichen Schrift bedeckt. Drei Gänge führten von der Kammer weg, alle gleichermaßen dunkel. Ich schloss die Augen und entsandte behutsam die Fühler meiner Hexenkunst, bis ich wieder das unangenehme Ziehen der dunklen Magie spürte, die mich weniger nach rechts lockte, sondern mir vielmehr riet, diese Richtung um jeden Preis zu meiden. Natürlich schlug ich diesen Rat in den Wind und wählte genau den Gang. Das mir vorausfliegende Licht enthüllte weitere Stufen, die allerdings deutlich steiler und zahlreicher waren.

Ich passierte mehrere kleine Flure, jeder mit weiteren in die Wände gemeißelten Inschriften und nicht wenigen mit Nischen voller Totenschädel verziert. Von Letzteren waren einige halb von geschmolzenem Wachs erstickt, andere mit Bändern und billigen Medaillons geschmückt, die in der abgestandenen Luft längst einen grünen Beschlag angenommen hatten und irgendwie unförmig aussahen. Allmählich bedauerte ich meine Entscheidung, hier runterspaziert zu sein. Schließlich würde ich später den ganzen Weg zurück hinaufsteigen müssen – was auch ohne die Gefahr, dass dies unter Umständen überstürzt zu geschehen hatte, langwierig und ermüdend werden würde. Ich schob diese Sorgen beiseite, als der Gestank von dunkler Magie in der unbewegten Luft merklich dichter wurde. Obwohl ich wusste, dass dies kein physischer Geruch, wie etwa der von Ausscheidungen war, ertappte ich mich dabei, durch den Mund zu atmen. Als ich die Kammer am Fuß der Stufen erreichte, erwarteten mich neuerlich drei Türen, zwei davon aus schlichtem Holz, die dritte mit Eisen beschlagen.

Ich witterte die dunkle Magie irgendwo hinter der eisenbeschlagenen Tür. Der Gestank hing durchdringend in der Luft und bewog mich, jetzt auch noch durch einen zusammengefalteten Zipfel meines Kittels zu atmen; ein vergeblicher Versuch, einen Teil des Unbehagens zu unterdrücken.

An die Tür war ein Schild aus Holz genagelt. Welchen Rat oder welche Anweisung man darauf gepinselt hatte, erschloss sich mir ebenso wenig wie die Bedeutung des mit einem Muster versehenen Wachskleckses in der Ecke. Etwas von derart erbärmlicher Machart verdiente es meines Erachtens ohnehin nicht, ernst genommen zu werden, und mit einem Schnauben der Verachtung für solch jämmerliche Bemühungen versuchte ich, die Tür zu öffnen. Natürlich war sie abgesperrt, überraschend fand ich aber, dass sie auch mit Schutzbannen belegt war.

Ich rappelte mich vom Boden auf und schüttelte den Kopf, um das schmerzhafte Klingeln in meinen Ohren loszuwerden. Der Schutzbann hatte eine Art Donnerschlag ausgelöst, und wäre ich ein menschlicher, vor dem Schloss kniender Dieb statt eines faulen Hexers gewesen, der sich mit Magie auf den Türknauf gestützt hatte, hätte ich aufgrund der explosiven Veränderung des Drucks vermutlich jetzt eher mein Gesicht vom Boden zu kratzen versucht. Es war dumm gewesen und hatte mich auf schmerzliche Weise daran erinnert, dass Selbstgefälligkeit mich umbringen konnte und höchstwahrscheinlich auch würde. Ich befand mich tief genug unter der Erde, dass der Lärm höchstens die untere Hälfte der Treppe hinaufgehallt sein konnte. Glaubte ich zumindest. Allerdings bestand durchaus die Möglichkeit, dass derjenige, der den Schutzbann an der Tür angebracht hatte, es bemerkt hatte, als er ausgelöst wurde.

Dagegen konnte ich herzlich wenig unternehmen, und ich tröstete mich damit, dass der mechanische Teil des Schlosses nun, da der Schutzbann verbraucht war, so einfach zu öffnen sein würde, wie ich es mir beim ersten Versuch gedacht hatte. Die Tür schwang nach innen auf. Falls sie dabei ein Geräusch verursachte, ging es im nach wie vor anhaltenden Klingeln in meinen Ohren unter. Ich schickte die Lichtkugel hinein, während ich von der Tür aus in den Raum schaute. Ich hatte meine Lektion gelernt. Eine Kammer erstreckte sich vor mir, breiter als hoch, die Decke ein niedriges, gekrümmtes Gebilde, das in der Mitte kaum eine Armeslänge über meinen Kopf aufragte und sich verbreiternd nach unten verlief. In Höhe meiner Hüfte stieß die Decke auf Wände, die in regelmäßigen Abständen Flächen aus hellerem Stein aufwiesen. Im Zentrum standen vier dicke Säulen, die eine Steingruft in ihrer Mitte einrahmten. Eine der Seiten der Gruft war aufgebrochen, und dort auf dem Deckel kauerte wie eine monströse Krähe ein aus Stein gemeißeltes Skelett, hinter dem ein Leichentuch wehte, das einem fransigen Flügel glich. Der seltsame Zauber, dem ich in meiner Vision begegnet war, musste irgendwo in der Nähe verankert sein.

Langsam näherte ich mich der Gruft, überprüfte mit meiner Magie das Gestein, den Boden und die Decke auf Anzeichen von Schutzbannen, die sich hinter den hineingemeißelten Glyphen verbergen mochten. Ich konnte zwar Spuren von Zaubern wahrnehmen, aber keiner schien noch aktiv zu sein, was mich vermuten ließ, dass die in die Kammer eingewobenen Schutzvorrichtungen entweder ausgelöst worden waren oder sich durch Alter und Vernachlässigung schlichtweg verflüchtigt hatten. Dafür spürte ich, dass sich die Quelle des Makels zwar in der Nähe befand, aber nicht auf die Gruft konzentriert war. Neugierig blieb ich stehen und drehte mich langsam im Kreis. Ich brachte die Stimme in meinem Kopf zum Verstummen, die mich dafür schalt, meine Hexenkunst so freimütig zu vergeuden, und konzentrierte mich auf das schlüpfrige, unangenehme Gefühl der dunklen Magie, die gegen die meine drückte. Sie schien überall zu sein, wirkte von allen Seiten auf mich ein, während ich mich um mich selbst drehte. Bevor mir klar wurde, weshalb, bemerkte ich, wie sich meine Verwirrung zu Panik auswuchs. Mit wenigen langen Schritten war ich beim Nächstbesten der hellen Rechtecke in der Wand, obwohl ich mich wegen der niedrigen Decke tief ducken, beinahe kriechen musste, um es zu erreichen. Als ich die Hand ausstreckte, um sie auf den Stein zu legen, wölbte sich ihr ein knisternder Bogen violetten Lichts entgegen. *Interessant.*

Ich brach ein Stück von dem steinernen Umhang des Skeletts ab, um damit ein Loch in den hellen Stein zu schlagen. Dabei entlud sich der Schutzbann in Form eines heißen Blitzes violetten Lichts an dem Brocken in meinen Händen. Wie ich vermutet hatte, bildete der helle Stein eine Abdeckung für einen Hohlraum und war kein eigentlicher Bestandteil der Wand. Einen Lidschlag lang steigerte sich der Gestank drastisch, dann verflachte er zumindest so weit, dass meine Augen zu tränen aufhörten. Ich bückte mich tiefer und entsandte mein Licht in das Loch. Als sich die Dunkelheit lüftete, offenbarte das mehrere übereinandergestapelte, menschliche Leichen. Man brauchte nicht besonders empfänglich zu sein, um zu spüren, dass es sich dabei nicht bloß um verstorbene Menschen handelte – die Kälte der negativen, toten Energie, die sie durchtränkte, wehte wie ein frostiger Nordwind aus dem Loch. Ich schrak zurück, weil es sich so unnatürlich anfühlte, dann bahnte ich mir den Weg zur nächsten Steinplatte und zur übernächsten.

Insgesamt zählte ich neun Stück. Jede barg zwischen vier und sechs Leichen, abgesehen von der letzten, hinter der eine lange Kiste mit von Stroh umgebenen Glasflaschen versteckt war. Ich spähte tiefer in das Loch, nachdem ich die Kiste daraus entfernt hatte, konnte jedoch nur eine vor langer Zeit verstorbene Ratte ausmachen, deren ranziges Fell sich durch die darunter schmausenden Maden kräuselte. Neugierig holte ich eine Flasche aus der Kiste, schlug den Verschluss auf und schnupperte vorsichtig daran. *Wein.* Sonst konnte ich nichts riechen und geriet beinah in Versuchung, davon zu kosten.

Stattdessen legte ich die Flasche zurück und linste erneut in das Loch. Das unbarmherzige weiße Licht meiner Kugel zeigte mir die auf dem Rücken liegende Ratte. Ich wollte mich gerade wieder entfernen, als sie den Kopf hob und in meine Richtung drehte. Und obwohl von den Augen wenig mehr als vertiefte Hohlräume übrig waren, wusste ich, dass sie mich *ansah*. Voll morbider Faszination beobachtete ich, wie das tote Tier sich aufrichtete, die Glieder schüttelte, als wären sie gelähmt gewesen, und dann begann, sich auf mich zuzuschleppen. Es herrschte solche Stille, dass ich das Klicken und Kratzen der winzigen Krallen und das nasse Gurgeln des aufgeblähten Bauchs hören konnte, als sich die Ratte durch das Loch zog.

»Was bist du?«, flüsterte ich vor dem Loch kauernd, außerstande, den Blick von der Unmöglichkeit dessen abzuwenden, was ich da bezeugte. Es ist eine Sache, *von* etwas zu wissen, eine völlig andere hingegen, es mit eigenen Augen zu sehen. Deshalb hatte mich die Ratte schon fast erreicht, ehe mir endlich der Gedanke kam, ich könne womöglich in Gefahr schweben. Das Kräuseln, das die Seiten der toten Ratte hatte zucken lassen, war stärker geworden, bis sich das lose Fell bauschte und zusammenzog wie ein im Wind flatternder Wimpel. Die großen Muskeln in meinen Beinen hatten gerade begonnen, auf das Flehen meines Geistes zu hören, sich doch endlich von der elendigen Kreatur zu entfernen, als die ihre Kiefer weit aufriss. In einer Reihe krampfhafter Zuckungen, unter deren Heftigkeit sämtliche ihrer Knochen brachen, erbrach sie ihr Innerstes nach außen.

Kalter Schleim und geronnenes Blut spritzten in meine Richtung, als ich halb fallend, halb springend zurückwich. Aber nicht der Kranz aus Blut auf dem Boden ließ mich vor Grauen aufschreien. Diese Ehre gebührte der Masse bleicher, sich windender Würmer, die sich inmitten des Schleims und des Blutes krümmten. Die spitzen Enden ihrer Körper zappelten in der Luft hin und her wie einst die Schnurrhaare der Ratte.

Ich zögerte nur kurz, bevor ich sie und die Überreste der Ratte mit meiner Magie zu einer schwarzen Kruste verbrannte. Als der Rauch aus dem Loch hervorquoll und sich zur Decke emporkräuselte, wahrte ich Abstand. Eine Bewegung auf dem Boden erregte meine Aufmerksamkeit, und ich sah, dass mehrere der Würmer weit genug ausgespien worden waren, um dem Feuer entronnen zu sein, und sie krochen geradewegs auf mich zu. Aber als ich mein Feuer für einen neuerlichen Einsatz vorbereitete, geriet ihr Vormarsch ins Stocken, und ihre Bewegungen wurden unstet. Ich wartete, und innerhalb weniger Atemzüge sackten sie zusammen und lagen still. Ich verharrte noch ein wenig länger, aber sie rührten sich nicht mehr. Um was immer es sich bei ihnen auch handeln mochte – besonders widerstandsfähig waren sie offenbar nicht. Mehr als einen schwachen Trost beinhaltete diese Erkenntnis jedoch nicht. Der Art, wie sie sich bewegt hatten, haftete etwas Entsetzliches an, und um ganz sicherzugehen, verbrannte ich die toten Würmer trotzdem. Ich starrte auf die verkohlten Überreste der Ratte, und ließ das Grauen erneut vor meinem geistigen Auge ablaufen. Es war die reinste Verhöhnung des Lebens.

»Er hat die eigenen Eingeweide ausgekotzt und ist dann zerplatzt.« Ich selbst sprach die Worte, doch meine Ohren hörten sie in Krähs Stimme. Zwei solche Tode konnten kein Zufall sein, wenn sie durch die Bedrohung der Nekromantie miteinander verbunden waren. Ich vergoss den Inhalt der angebrochenen Flasche auf den Boden, und wenngleich ich in dem Wein keine sich krümmenden Schemen ausmachen konnte, hegte ich keinen Zweifel mehr daran, dass er irgendwie verflucht sein musste. Der gesamte Bereich war tief in dunkle Magie getaucht worden. Ihren Einfluss so nah bei den Liedlinien zu entdecken, empfand ich als ebenso übelkeit- wie besorgniserregend. Es war eine durchdringende Kraft, und wenngleich sie nicht stark genug sein mochte, um der ständigen, reinigenden Wirkung der natürlichen Energien an diesem Ort standzuhalten, würde ihre Gegenwart wie ein im Fleisch steckender Splitter mit der Zeit das gesamte Gebiet verseuchen. Menschen würden diesen Einfluss nicht so wahrnehmen können wie ich, trotzdem würden sie anfangen, sich unbehaglich zu fühlen. Wenn aber weniger Gläubige hierherkamen, würde der Energiestrom versiegen, letztlich vielleicht so sehr, dass die dunkle Magie die Oberhand erlangte. Ich wusste, dass mir nur wenig Zeit blieb, bevor die Paladine und ihresgleichen nach mir suchen würden – sofern sie das nicht längst taten – aber ich brachte es nicht fertig, zu gehen, solange dieser Ort auf solche Weise schwärte.

Ich brauchte ein Feuer, so heiß und vernichtend wie möglich. Doch meine Hexenkunst wäre trotz allen Bemühens noch nicht stark genug, um mehr zu tun, als ein Feuer zu entfachen, das mehr als den Wein verdampfen ließ. Ich wollte den Makel aber restlos auslöschen. Wie bei der Ratte sollte nicht mehr als ein rußiger Fleck davon zurückbleiben.

Und so machte ich mich daran, die leere Kiste die Treppe hinaufzutragen. Der Aufstieg erwies sich als so mühsam, wie ich befürchtet hatte, besonders angesichts der sperrigen Kiste. Aber zumindest blieb mir zur Abwechslung das Glück hold, denn als ich die oberen Gänge erreichte, fand ich schnell, wonach ich suchte – einen mit Vorräten überfrachteten Lagerraum. Ich packte in die Kiste, was ich brauchte, und trat den beschwerlichen Weg zurück hinunter über die Stufen an, stärkte meine Beine und meinen Rücken mit hexenmagischer Energie, um nicht schneller und unbequemer unten anzukommen, als mir lieb war.

Die Leichen zu bewegen gestaltete sich weit schwieriger, als es das Tragen der voll beladenen Kiste gewesen war. Eigentlich wollte ich sie überhaupt nicht anfassen, aber ihre Haut war von irgendeinem bitteren Öl überzogen, dass sie mir beständig wegglitschten. Dadurch war ich gezwungen, umso fester zuzupacken. Sogar die Bestie war davon beunruhigt, wie sich die toten Leiber anfühlten, doch wie üblich bot sie mir keine neuen Erkenntnisse über den Grund. Ich verwünschte sie, während ich weiterschuftete.

Schließlich war es geschafft. Ich hoffte zumindest, es würde reichen. Ich zündete das erste Feuerholz an und wärmte mir die Hände in den Flammen, um zu versuchen, das juckende Unbehagen loszuwerden, das die Berührung all der toten Haut hinterlassen hatte. Ob es half oder nicht, konnte nur die Zeit weisen, aber zumindest fühlte ich mich dadurch besser. Mit einem Stöhnen, das sich noch etliche Male wiederholen sollte, erklomm ich abermals die Treppe und drückte mir dabei zwei Flaschen Wein, die ich behalten hatte, an die Brust. Am obersten Treppenabsatz hielt ich inne, stellte die Flaschen beiseite und legte die Hände um das große Fass, das ich dort zurückgelassen hatte, um es über den Rand zu stoßen.

»Was machst du da?«

Jäh hielt ich inne und drehte mich um. Die Überraschung verlangsamte meine Gedanken. Zwei Paladine standen an der Ecke des Ganges, jeder mit einer flackernden Fackel in der einen Hand und einem Schwert in der anderen. In Gedanken verfluchte ich den Priester, als die beiden auf mich zukamen.

»Tritt zurück«, forderte mich einer auf und deutete mit seinem Schwert.

»Gleich«, erwiderte ich und entbot ihnen ein falsches Lächeln, bevor ich die Arme durchstreckte, mich mit den Beinen abstieß und das Fass über die Kante kippte.

Die Paladine stürmten vorwärts, als es fiel. Der erste ließ sich von seiner Neugier hinreißen, und ich brauchte ihn nur ebenfalls über die Kante zu schubsen, als er stehen blieb, um dem Fass nachzuschauen, das krachend unten landete. Als er fiel, hörte ich ein lautes *Wusch*, als sich das Laternenöl im Fass an dem unten von mir entfachten Feuer entzündete. Vielleicht schrie der Paladin auf, doch ich war zu beschäftigt damit, dem Schwert seines Gefährten auszuweichen, um darauf zu achten. Er erwies sich als schnell und wäre womöglich in der Lage gewesen, mich zu verletzen, allerdings beging er den Fehler, um Hilfe zu rufen, was mir als Ablenkung genügte, um sein Schwert zu packen und ihn herumzuwirbeln. Ein Fuß gegen das Hinterteil schickte auch ihn in den Schlot hinab, in den sich das Treppenhaus verwandelt hatte.

Ich schnappte mir die Flaschen und eilte auf den Ausgang zu. Es wäre verlockend gewesen, dabei zuzusehen, wie die Flammen das Treppenhaus heraufrasten, aber der Rauch war zu dicht und erstickend. Als ich die Tür hinter mir schloss und mich umdrehte, sah ich mich drei Priestern gegenüber.

»Ist die Segnung schon vorbei?«, fragte ich im ruhigsten Tonfall, den ich aufzubringen vermochte.

»Wo sind die Brüder Sando und Frederick?«

»Sie … überprüfen gerade den Lagerraum. Bruder«, fügte ich rasch mit derselben gefassten Stimme hinzu.

Der Älteste der Priester trat vor. »Davon will ich mich überzeugen. Du bleibst hier.« Er zeigte auf einen der anderen Priester. »Geh und ruf die Wachen.«

»Vielleicht solltet ihr sie lieber nicht stören«, meinte ich und warf einen Blick am ältesten Priester vorbei. Abgesehen von diesen drei Priestern und zwei weiteren, die am entfernten Altar werkelten und uns keinerlei Beachtung schenkten, schien die Kapelle verwaist zu sein.

»Geh mir aus dem Weg«, sagte der Priester in einem Ton, den er zweifellos für streng und gebieterisch hielt.

»Wie du willst«, gab ich zurück und trat beiseite. Er öffnete die Tür und taumelte zurück, als ihm schwarzer Rauch entgegenwallte. Es war ein Leichtes, ihn in den Gang hinter der Tür zu treten. Der Rauch teilte sich, als wollte er ihn willkommen heißen.

Als er auf dem Boden landete, hatten die zwei anderen Priester bereits fast die halbe Strecke zu den Türen mit den Wachleuten dahinter zurückgelegt. Ich geriet in Versuchung, ihnen eine Flasche hinterherzuwerfen. Ich bin recht geschickt mit Wurfgeschossen aller Art. Doch stattdessen entschied ich mich dafür, einem von ihnen mit einer Faust aus verdichteter Luft einen Schlag aufs Ohr zu verpassen. Es wurde kein harter Schlag, nicht mit so wenig Zeit zur Vorbereitung, aber der Luftstoß genügte immer noch, einen Mann von den Beinen zu reißen und dasselbe Klingeln in den Ohren wie mich erleben zu lassen, nachdem ich den Schutzzauber an der Eisentür ausgelöst hatte. Das fand ich nur gerecht.

Als zusätzlicher, unerwarteter Vorteil stellte sich heraus, dass er gegen den anderen Priester krachte. Die Schmuckstücke und Amulette, die sie trugen, waren der Aufgabe, sie gegen einen so unverhohlenen Angriff zu schützen, eindeutig nicht gewachsen. Das war interessant, fand ich.

Während die beiden noch damit beschäftigt waren, sich voneinander zu entwirren, war ich schon zu ihnen hinübergerast und schlug ihre Köpfe zusammen. Ich glaubte nicht, dass ich dadurch einen oder beide getötet hatte, aber es genügte, um sicherzustellen, dass sie nicht aufstehen würden, geschweige denn, davonrennen. Die Priester am Altar hatten sich beim Geräusch des Sturzes ihrer Brüder umgedreht, doch ich hegte die Hoffnung, dass sie durch die zwar stimmungsvolle, aber letztlich schlechte Beleuchtung nicht sehen konnten, was geschehen war. Ich winkte ihnen zu, und zu meiner großen Erleichterung winkte einer von ihnen zurück.

Kaum hatte er sich wieder dem Altar zugedreht, rannte ich zur anderen Tür, eilte die zum Glück menschenleeren Gänge auf der anderen Seite der Kapelle entlang und gelangte schließlich durch eine kleine Seitentür nach draußen. Ich huschte durch die Schatten, die den Friedhof überzogen, und befand mich bereits an der gegenüberliegenden Mauer, als hinter mir die Glocken ertönten.

Kapitel 24

»Du hast die Kirche in Brand gesteckt.«

»Mich noch einmal danach zu fragen, ändert nichts an meiner Antwort«, sagte ich mit dem Mund voll Brot und Fleisch. Tatyanas Wunden waren so gut wie verheilt, doch die Energie, die das Heilgebilde benötigte, hatte ihren Tribut gefordert, und so hatte sie fürsorglich daran gedacht, mehr als genug Essen für uns beide mitzubringen. Sie hatte mich in dem mittlerweile verwaisten Haus erwartet, das die Totenbeschwörer als Versteck benutzt hatten. Sie war nicht untätig gewesen und hatte den Raum leergeräumt, der voll mit alter Kleidung gewesen war. Dort saßen wir nun, aßen und unterhielten uns im Licht einer einzigen, dicken Kerze.

»Das war keine Frage. Ich habe es nur laut ausgesprochen, weil ich versuchen wollte, zu verstehen, warum zur Hel du so etwas tust.« Sie schwenkte ihr Messer in meine Richtung. »Ich weiß, ich weiß, die kalten Leichen.«

»Nicht bloß kalt. Die waren noch was ganz anderes, und ich bin überzeugt davon, hätte ich sie einfach zurückgelassen, hätte das nur noch größere Probleme verursacht.«

»Größere Probleme, als Paladine und Priester in einer Kirche zu verbrennen? In einer Stadt, die mittlerweile der Herrschaft der Priesterschaft untersteht?«

»Das ist ein Problem anderer Art. Aber sag mir, was ist aus Prinz Jean geworden? Ich dachte, niemand außer einer Königin oder einem König könnte einem Prinzen Befehle erteilen.«

»Na ja, solche Dinge können mitunter recht verzwickt sein. Ich bin jetzt schon seit mehreren Jahren bei Lucien und blick trotzdem nur mit Müh und Not durch. Viele Dinge spielen sich hinter verschlossenen Türen ab, verstehst du?«

»Eigentlich nicht.«

Sie tippte mit dem Messer gegen den Tisch. »Nein, natürlich nicht. Also, weder die Kirche noch das Königshaus können einander direkt Befehle erteilen, und deshalb werden die meisten Dinge ausgehandelt. Sie sollen zusammenarbeiten, um gegenseitig dafür zu sorgen, dass sie ehrlich bleiben.«

»Das kann ich verstehen. Aber wie kommt es, dass die Kirche jetzt das Sagen hat?«

»Dafür spielen mehrere Dinge zusammen. Zum einen: Sie haben mehr bewaffnete Männer in der Stadt. Zum anderen: Die Menschen haben Angst. Und wenn Menschen Angst haben, rennen sie zur Kirche, und das verleiht der Kirche eine Menge Gewicht. Stellt sich Jean gegen die Kirche, stellt er sich gegen das Volk. Wie du dir vielleicht ausrechnen kannst, verschafft das der Kirche bei ihren Verhandlungen einen ziemlichen Vorteil. Wenn der Krieg vorbei ist, wird die Hälfte dieser Provinz als Gegenleistung für die Verteidigung der Stadt ihr gehören.«

»Eure Feinde marschieren auf die Stadt zu. Das sollte doch wohl wichtiger sein als die Frage, wer sie regiert, *falls* sie überlebt, oder?«

»Was glaubst du wohl, warum die Menschen solche Angst haben? Es hat sich die Kunde verbreitet, dass eine Armee von Zauberern unterwegs hierher ist, und deshalb versuchen genauso viele Menschen herein- wie hinauszugelangen. Es ist ein verfluchtes Chaos.«

»Und ist es so?«

»Ist was wie?«

»Ist denn eine Armee von Zauberern unterwegs hierher? Ich erinnere mich daran, dass irgendeine Stadt gefallen ist und erwartet wurde, dass jemand namens Novstan in diese Richtung marschiert.«

»Also hörst du doch gelegentlich mal zu. Ja, Novstans vierte Armee hat Garreton eingenommen.« Tatyana beugte sich vor. »Es heißt, die Größe des Zirkels, der mit seiner Armee reitet, habe sich verdoppelt. Es ist nicht wirklich eine Armee von Zauberern, nicht im Vergleich zu einer richtigen Armee. Aber es sind mehr, als wir je zuvor zusammen auf einem Haufen gesehen haben. Es kursiert das Gerücht, der Herr der Würmer höchstpersönlich reise mit ihnen, und wenn sich das verbreitet, werden sie die Stadt gar nicht belagern müssen. Dann reißen die Menschen sie selbst in Stücke.«

»Und Lucien soll eure Armee gegen sie anführen?«

Sie atmete schnaubend durch. »Ja. Ich fürchte, er fängt allmählich an, all die Schmeicheleien zu glauben, mit denen ihn Jeans Kriecher überhäufen.«

»Das verstehe ich nicht.«

»Lucien ist nicht übel bei einem Handgemenge, und ich habe ihm ein wenig bei der Beherrschung des Umgangs mit dem Schwert geholfen, aber so, wie die über ihn reden, könnte man meinen, er sei ein Held aus grauer Vorzeit, der wiedergeboren wurde, um das Königreich zu retten. Ich bin sicher, Jean hat das angezettelt. Aber wenn man Lucien das sagt, stößt man bei ihm auf taube Ohren. Er liebt seinen Bruder.« Sie fuhr sich mit einer Hand durch die Haare. »Das gehört alles zu der Idee, Luciens Ruf zu stärken, um den Milizen ein wenig Rückgrat zu verleihen. Lächerlich daran ist nur, dass er tatsächlich anfängt, diesen Quatsch zu glauben.«

»Hast du ihn deswegen verlassen?«

»Ich habe ihn nicht verlassen. Ich gebe mein Wort nicht leichtfertig, und habe ich es gegeben, breche ich es nicht.« Tatyana spielte mit ihrem Messer, presste es in die Handfläche, bis die Schneide kurz davorstand, die Haut zu durchdringen. »Ich habe versucht, ihm Vernunft einzureden, aber er hat sich benommen wie ein kleines Kind. Er hat mich weggeschickt und gemeint, jetzt, da er richtige Paladine habe, die ihn beschützen, bräuchte er meinen Schutz nicht mehr. Das hat er gesagt. Zu mir.« Sie starrte auf einen Blutstropfen, der sich über ihre Handfläche schlängelte. »Einfach so, obwohl er nur meinetwegen überhaupt noch atmet.«

»Und so hast du dir den Weg zu mir gebahnt?«

»Du bist der einzige Zauberer, den ich kenne. Also, persönlich, meine ich.«

»Hexer.«

»Schon gut, meinetwegen. Ich dachte mir, ich könnte ja versuchen, erst mal selbst einen klaren Kopf zu bekommen, bevor ich zurückgehe und ihm den seinen einschlage. Oder bevor es die Armee des Herrn der Würmer für mich erledigt.«

»Das ist eine passende, aber seltsame und beunruhigende Bezeichnung.«

»Angst ist eine Waffe.« Bei diesen Worten tippte Tatyana mit dem Messer gegen eine der Weinflaschen auf dem Tisch. »Und wie passt magischer Wein zu all dem?«

»Ich bin mir noch nicht sicher. Zuerst dachte ich, es müsste irgendein Gift sein, aber nachdem ich diese Ratte gesehen habe, weiß ich, es ist kein Gift. Alles in der Kammer war von etwas durchwirkt, das man nekromantische Energie nennen kann.« Ich deutete auf die Flaschen. »Darunter auch die da. Sie sind von derselben Magie durchtränkt.«

»Gut, aber warum?«

»Das ist genau die Frage, die ich nicht beantworten kann.« Während ich die dunkle Flüssigkeit hinter dem Glas anstarrte, kaute ich auf einem Brötchen. »Magie ist lediglich Energie, die durch eine Absicht geformt wird, wie wenn ein Holzarbeiter aus einem Baumstamm einen Stuhl formt. In diesem Fall erkenne ich die Absicht nicht.«

Tatyana schnaubte höhnisch. »Ich weiß ja nicht, wie das bei dir ist, aber ich habe bei Wein die Absicht, ihn zu trinken.«

Mit dem Rest des Brötchens auf halbem Weg zu meinem Mund hielt ich jäh inne, als sich in meinem Verstand etwas zusammenfügte. »Das ist es!«, rief ich und ließ das Brötchen fallen. »Du bist sehr weise, Tatyana Henkman.«

»Bin ich das? Ja, bin ich wohl.« Sie legte das Messer beiseite. »Aber nur der Klarheit halber, wieso bin ich auf einmal so weise?«

»Die Absicht. Das hier« – ich tippte auf eine der Flaschen – »ist nicht der Zauber. Es ist nur ein Bestandteil davon, wie ein Armreifen, der die geladene Macht zusammenhält. Die Absicht liefert derjenige, der den Wein trinkt. Das ist plump, aber auch ziemlich gerissen.«

Tatyana lehnte sich zur Seite und spähte zur Tür hinaus. »Ich glaube, meine Weisheit ist gerade gegangen. Wovon redest du da? Und erzähl mir bitte nicht noch mehr von diesen Magie singenden Regenbogen, die uns alle vereinen.«

»Ich muss mit Fronsac sprechen.«

»Das wird wohl eher nicht passieren. Nach dir wird überall gesucht, Stratus. Hörst du diese Glocken? Die läuten nicht zum nächsten Gottesdienst, das ist ein Alarm. Jeder Wachmann und Soldat da draußen hält Ausschau nach einem großen, schwarzen Mann. Ich weiß nicht, ob dir das aufgefallen ist, aber davon gibt es in diesen Gefilden herzlich wenige.«

»Das ist doch lächerlich. Es war bloß ein Lagerraum, noch dazu unterirdisch. Weiter kann es nicht gebrannt haben.«

Tatyana rieb sich mit beiden Händen das Gesicht. »Du hast drei Priester und zwei Paladine getötet. In einer Kirche. Während du unter dem Vorwurf, ein Totenbeschwörer zu sein, in Gewahrsam warst. Was du obendrein noch gestanden hast.«

»Ich wusste nicht, dass die Paladine dort unten waren. Und der Rauch hat sie getötet, nicht ich. Also bin ich unschuldig.«

»Das beweist man nicht, indem man Feuer legt und Menschen tötet.«

Ich drängte die in mir brodelnde Verärgerung zurück, bevor die Bestie davon aufwachte, und atmete tief durch. »Ja, gut. Aber es bleibt die Tatsache, dass sich ein Totenbeschwörer in der Stadt aufhält, und ich habe den Verdacht, dass er irgendetwas mit den Paladinen macht. Und falls dem so ist, dann solltet ihr euch wohl kaum darauf verlassen, dass sie euch schon verteidigen werden.«

»Da ist nicht möglich. Paladine werden gesegnet und vor solchen Dingen geschützt. Sie sind mehr als bloß geschickte Kämpfer, sie sind heilige Krieger. Jeder von ihnen ist selbst ein Priester. Das weiß jeder.«

»Ich habe nicht viel an Beweisen für einen solchen Segen und Schutz gesehen.« Bedeutungsvoll tippte ich mit einem Fingernagel gegen die Weinflasche. »Es sei denn, sie schütteln den Schutz irgendwie ab, ohne es zu wissen.«

Tatyana legte die Stirn in Falten. Ich schwieg, weil ich wollte, dass sie selbst darauf kam. »Also schwächt der Wein ihren Segen?«

»Möglicherweise. Wenn der Wein irgendwie so geschaffen oder mit der Absicht getränkt wurde, dass jeder, der ihn trinkt, empfänglicher für dunkle Magie wird, dann wird sich die Wirkung noch steigern, wenn man ihn freiwillig trinkt. Vor allem in dem Fall, dass derjenige bereits eine ganz ähnliche Gesinnung besitzt.«

Ihr Stirnrunzeln vertiefte sich. »Wenn also der Holzarbeiter den Stuhl mit der Absicht erschafft, dass jeder, der darauf sitzt, einschlafen soll, dann schläft man ein, wenn man sich darauf setzt?«

Ich lächelte. »Vor allem, wenn man bereits müde ist. Und umso mehr, wenn der Handwerker dich gewarnt hat, dass du einschlafen wirst. Ja, so ungefähr.«

»So etwas ist wirklich möglich?«

»Wichtig ist die Symbolik.« Ich spielte mit meinem fallen gelassenen Brötchen. »Als ich das Gehirn des Totenbeschwörers aß, da habe ich noch etwas anderes gesehen. Ich dachte, ich hätte es durchschaut, als ich in die Gruft hinuntergestiegen bin, aber das stimmte nicht.«

»Wovon redest du jetzt wieder?«

»Vertraust du mir?«

»Auf keinen Fall. Du hast mich gestochen, als du mich das zuletzt gefragt hast.«

Den Punkt gestand ich ihr mit einem Nicken zu. »Ich will dir zeigen, was ich gesehen habe. Dadurch wird es für dich einfacher, zu verstehen, wonach ich suche.«

»Wie?«, wollte sie mit reichlich Argwohn in der Stimme wissen.

»Ich will es dir hier zeigen«, erklärte ich und tippte mir an die Schläfe. »Bei der Magie, die uns verbindet, sollte das recht einfach sein.«

Ein Hauch Angst schlich sich in ihren Duft. »Kannst du es nicht einfach an die Wand malen oder so?«

An die Wand malen. Eine so harmlose Floskel, doch sie schlug eine der Erinnerungen an, die mein Geist so eifersüchtig hütete.

Für einen Atemzug erinnerte ich mich an eine Höhle: warm, trocken, von einem großen Feuer erhellt, meine Hände von Farbe bedeckt, während ich damit beschäftigt bin, das Geweih eines großen Elchs zu vollenden.

»Stratus? Wirkst du gerade Magie?«

»Was?« Die Bilder verblassten, als ich blinzelte. »Magie? Nein, ich habe mich gerade an etwas erinnert. Von davor.«

»Davor?«

»Manchmal sehe ich ... erinnere ich mich an Dinge aus der Zeit, bevor ich wurde, was ich jetzt bin.«

»So wie die Träume?« Der Geruch ihrer Angst wurde stärker. »Hast du wieder welche gehabt?«

Tatyana blickte auf ihre Hände hinab. »Ja«, gestand sie leise.

Ich freute mich über mein gutes Gespür, ließ es mir aber nicht anmerken. Umgekehrt wollte auch ich sehen, was sie gesehen hatte, und es würde einfacher sein, wenn sie sich nicht gegen den Versuch wehrte.

»Gleichzeitig kannst du mir die Träume zeigen. Vielleicht kann ich sie aus dir herausholen. Das könnte der Grund sein, warum du sie siehst.«

»Meinst du wirklich?«

»Es kann nur helfen.«

Sie atmete tief ein und blies die Luft langsam aus. »Na schön. Was muss ich tun?«

»Sieh mir einfach in die Augen.«

»Darf ich blinzeln?«

Ich lächelte. »Ja, das wird unsere Verbindung nicht beeinträchtigen.«

»Also gut.« Tatyana räumte die Reste des Essens weg und stützte die Ellbogen auf den Tisch, das Kinn auf die Hände. Ich erweckte meine Hexenkunst und ahmte ihre Haltung nach. Aus dieser Nähe konnte ich fühlen, wie der in ihr schlummernde Zauber auf mich reagierte. Ich konnte spüren, wie er sich von ihrem Herzen hinter ihre Augen emporschlängelte, und als sich unsere Blicke begegneten, leuchtete das Grün darin in meiner Sicht bereits ein wenig. Ich hörte sie japsen, als die Magie zwischen uns zum Leben erwachte.

Ihre Verwirrung und Furcht offenbarten sich mir, als mein Wille durch die Verbindung floss, ihre Wahrnehmung verzerrte und unser beider Sicht vereinte. Es behagte ihr nicht, die Kontrolle zu verlieren, und sie setzte sich vergebens zur Wehr. Tatyana zappelte wie ein gefangenes Tier, aber sie kämpfte nach den Regeln der stofflichen Welt, die hier nicht galten. Ich übertrug ein Gefühl der Ruhe auf sie und ließ sie ein Bild von mir sehen, wie sie mich kannte, da legte sich ihre Gegenwehr.

Was ist das? Was geht hier vor sich? Davon hast du mir nichts erzählt. Ich habe Angst!

Die Gedanken quollen aus ihr hervor, und ich steigerte behutsam das Gefühl der Ruhe, bis es mehr einem Befehl als einer Suggestion glich und Tatyana den Widerstand schließlich aufgab. Ich begann, indem ich ihr den Leichnam des Totenbeschwörers zeigte, ersparte ihr jedoch die übelkeiterregende Scheußlichkeit des Geschmacks seines besudelten Fleisches. Ich hatte keine Ahnung, ob sich eine geistige Übertragung übergeben konnte, zog es aber vor, es nicht in meinem eigenen Kopf herauszufinden. Also ließ ich das Bild wieder verblassen und zeigte ihr danach, was ich gesehen hatte.

Die Gruft steht offen, der Eingang wird nur von einem Schnitter aus Stein bewacht. Glatte Stufen unter meinen Füßen, der lange Weg zu unserem Tempel. Die Bestie hat meine Brüder gemetzelt, und ich fürchte den Zorn meines Meisters.

Tatyana verstand, was ich getan hatte, und als sich ihr Interesse auf ein einziges Bild, eine einzige Empfindung bündelte, entschwand das letzte unterdrückte Gefühl von Panik ihrerseits und wurde von Freude ersetzt. Sie wusste von der Gruft, und wenngleich ich sicher war, dass sie keine Ahnung hatte, wie oder dass sie es überhaupt tat, zeigte sie mir einen langen, schmalen Streifen schlammigen Bodens im Schatten der Mauern der Zitadelle. Und dort, stolz unter ihnen, befand sich die Gruft. Tatyanas Erinnerung daran zeigte sie, wie sie hinter Lucien ging, gelangweilt und hungrig, während er eine Skizze des über den Sturz drapierten Schnitters mit Holzkohle auf Pergament bannte.

Ich ließ die Erinnerung los und übertrug mehr Ruhe in sie, denn nun war sie damit an der Reihe, mir das zu zeigen, was sie mir versprochen hatte. Den Traum.

Ihre Aufmerksamkeit nach innen zu kehren, erwies sich als einfacher, als ich gedacht hatte, und ich fragte mich unwillkürlich, ob es an ihrem nunmehr vermischten Blut oder einer in ihr schlummernden Fähigkeit lag. So oder so, die Suggestion, die sie brauchte, um mir den Traum zu zeigen, stieß auf keinerlei Widerstand, was die Dinge entschieden erleichterte. Nichtsdestotrotz dauerte es eine Weile, bis ich verstand, was ich sah. Erinnerungen an etwas, das jemand bei wachem Bewusstsein gesehen oder gehört hatte, ließen sich leicht lesen. Bei Träumen hingegen gestaltete es sich von Natur aus schwieriger, sie zu begreifen. Und bevor ich genau das fand, wonach ich suchte, musste ich mich durch ein Gewirr halb ausgeformter Erinnerungen und Fantasien kämpfen, die auseinanderbrachen und sich zu neuen, unmöglichen Gebilden zusammenfügten, wenn ich zu angestrengt versuchte, sie zu sehen.

Als ich schließlich das entdeckte, was ich wollte, glich es einer Art Bollwerk inmitten der ansonsten fließenden Erinnerungen in diesem Teil ihres Geistes. Als hätten ihm die Angst und die Gefühle, die es heraufbeschworen hatte, eine tatsächliche Masse verliehen. Ich schlüpfte durch die Außenhülle und sank tief genug in den Traum, um zu sehen, was Tatyana gesehen hatte.

Ich lief die Seiten meines Käfigs entlang auf und ab. Das modrige Schilf und die welken Gräser unter meinen Füßen dämpften meine Schritte. Die Abmessungen waren mir längst so vertraut, dass sie ein Teil meines Wesens geworden schienen. Ich streckte die Arme nach den Gitterstäben aus, zog sie aber zurück, als die kantigen Runen da-

rauf zischend zum Leben erwachten und ihre Hitze drohte, mir die Haut von den Händen zu sengen. Jenseits der Gitter herrschte Dunkelheit, eine urtümliche Schwärze, die jegliche Erinnerung an Licht vermissen ließ. Aber ich konnte fühlen, dass sie nicht leer war, dass sich im Herzen der Finsternis etwas regte. Ich spürte einen Luftzug, als es sich mit dem Geräusch von über Knochen gezogenem Eisen näherte, und ich wusste: Welches schauerliche Monster in der Finsternis auch lauerte, es suchte nach mir. Ich schrak davor zurück, fürchtete, dass etwas Schreckliches geschehen würde, wenn ich die Augen des Ungeheuers in der Dunkelheit erblickte. Ich spürte, wie die Gitterstäbe gegen meine Haut drückten, dann die stechenden Schmerzen, als die glühenden Runen meinen Rücken brandmarkten, und ich schrie mit einer Stimme auf, die nicht die meine war. Die Kreatur in der Finsternis hörte den Schrei, und ich wusste, dass sie sich mir zudrehte, obwohl ich immer noch nichts als die verblassenden Runen sehen konnte.

»Stratus.« Die Stimme ertönte kleinlaut und schwach wie ein letztes, mit einem sterbenden Atemzug ausgesprochenes Flehen. »Stratus.« Während die Stimme sprach, verbog sich das Metall um mich herum kreischend, und ich spürte, wie das Dach nach innen einknickte wie von der Faust eines Riesen zerknüllt.

»Wo bist du?« Seufzend drangen die Worte aus der Dunkelheit, und ich hörte einen Hunger aus ihnen heraus, eine klägliche Verzweiflung. Rings um mich sang das Metall sein Lied des Schmerzes, als es sich weiter verbog und die Gitterstäbe nach innen presste. Das Zischen der Runen war lauter als das klägliche Schluchzen, das aus der Finsternis drang.

»Es ist kalt, Stratus.« Ich roch mein bratendes Fleisch, als das zerrissene Metall an einem Dutzend Stellen tiefer in mich stieß, und mein Blut blubberte, während es die zerbrochenen Gitterstäbe hinunterlief. »Du hast es versprochen … du hast es versprochen.« Ich spürte, wie mein Auge zerplatzte, als der letzte Gitterstab in mich drang und lodernd in mein Gehirn fuhr.

»Stratus!« Die Stimme klang anders. Ich schrak davor zurück, aber statt zerbrochenem Metall spürte ich Holz unter mir. Ich atmete tief ein und öffnete die Augen. Beide Augen. Beide unversehrt.

Ich sah mich um und entließ den Atemzug, den ich unbewusst angehalten hatte, als sich die Wirklichkeit um mich herum wieder festigte. Tatyana kniete neben mir. Die Magie in ihr schimmerte zart, als sie heilte, was immer ihr Nasenbluten verursacht hatte.

»Oh«, war alles, was ich herausbrachte, als ich mich aufsetzte.

»Du hast es gesehen«, sagte sie, und ich konnte nur nicken. Ich fühlte mich so ausgelaugt, als hätte ich nicht gerade erst mehrere Brotlaibe und eine Keule kaltes Fleisch gegessen.

»Du bist stärker, als ich dir zugetraut hätte, Tatyana Henkman.« Und ich meinte es ernst. Das einmal zu erleben, war schon grauenvoll genug, aber jedes Mal davon erwartet zu werden, wenn mich der Schlaf überwältigte, hätte mich zweifellos in den Wahnsinn getrieben.

»Ist es jetzt weg?«, fragte sie und ergriff meine Hand. Die Berührung löste ein Echo des Traumes in meinem Geist aus, und ein Schauder durchlief mich bei der Erinnerung an jene Stimme. Und nicht nur ich erschauderte, denn tief in mir war die Bestie erwacht. Doch sie schwieg, die Hitze ihrer Wut und Lust auf Gewalt war zu einer schwachen Glut verkommen. Als hätte das Ungeheuer meine stille Beobachtung gespürt, flammte die Wut wieder auf und schnitt mich von ihr ab, aber nicht, bevor ich den Kummer und das Entsetzen in ihm fühlte, die sein Feuer beim Hören ihrer Stimme so abkühlt hatte.

»*Ihrer* Stimme«, sprach ich laut aus.

»Was?« Tatyana setzte sich zurück und ließ meine Hand los.

»Ihrer Stimme. Es weiß, wessen Stimme das war.«

»Und ›es‹ ist dein … Dämon?«

»Ja.« Ich tastete nach der Bestie, doch sie war verschwunden. »Aber mehr wird er mir nicht verraten.«

»Ich will, dass es weggeht«, sagte Tatyana und rieb sich die Brust.

»Was für eine Kreatur lebt in mir«, sagte ich mehr zu mir selbst als zu ihr, »die solche Träume hat? Wer ist sie? Was mag mit den beiden geschehen sein?« *Mit uns*, flüsterte mein verräterischer Geist.

»Ich mein's ernst. Ich will das und deine verworrenen Dämonenträume nicht haben. Nimm es zurück.«

»Ich glaube, du bist es jetzt los. Die Botschaft ist mir überbracht worden.«

»Dann hoffen wir das lieber. Wenn ich das noch mal hören muss, bringe ich mich nämlich um.«

Kapitel 25

»Das ist eine schlechte Idee.«

Ich verlangsamte die Schritte, als wir uns einer Ecke näherten. »Das sagst du andauernd, nur hast du noch keinen anderen Vorschlag unterbreitet.«

»Dazu hatte ich ja auch keine Gelegenheit, oder?«, entgegnete Tatyana, und ihr Flüstern wurde lauter. »Wir müssen uns hinsetzen und es durchdenken.«

»Wir hatten einen Platz, an dem wir nachdenken konnten. Du hast darauf bestanden, dass wir von dort aufbrechen.«

»Tja, vielleicht hätte ich besser reagiert, wenn du mich vorgewarnt hättest, dass im Nebenzimmer ein verfluchter Opferaltar war.«

Ich spähte um die Ecke, während sie versuchte, ihre Überreaktion auf die Leiche, auf die sie versehentlich gestoßen war, wegzuerklären. Wahrscheinlich hatte sie recht damit, dass es eine schlechte Idee war, allerdings hatte ich im Augenblick keine andere. Wir hatten uns den Weg zur Gruft durch die nächtlichen Straßen vor dem Morgengrauen mit größter Sorgfalt gebahnt und bereits mehrere bewaffnete Patrouillen gesehen. Der Kardinal verlor keine Zeit dabei, die neuen politischen Muskeln spielen zu lassen, eine Floskel, die Tatyana eingefallen war und die mir recht gut gefiel. Abgesehen vom erhöhten Aufkommen der Patrouillen hatte er auch mehrere neue Gesetze eingeführt, die dafür sorgten, dass die Menschen nachts hinter verschlossenen Türen blieben. Tatyanas meinte, dass ihm dies das Recht verlieh, obdachlose Flüchtlinge zu verhaften – und »die Art von Menschen, die sich nur nachts hervorwagt«; eine Vorliebe, die man seitens der Kirche eindeutig nicht gerne sah.

Ich wollte gerade um die Ecke biegen, als ich das Geräusch von

Stimmen in der Luft aufschnappte. Ich rückte ein Stück weiter zurück und flüsterte Tatyana eine Warnung zu. Es schien ewig zu dauern, bis die Sprecher auftauchten, und bis dahin hatte mir die Kombination der Geräusche und eines vorteilhaften Windes bereits verraten, dass es mindestens ein Dutzend Männer sein musste, alle bewaffnet und gerüstet und höchstwahrscheinlich Paladine. Womit ich nicht gerechnet hatte, bis sie aus einer nahen Straße hervorkamen, war, dass sich Lucien unter ihnen befand.

»Lucien ist bei ihnen«, flüsterte ich Tatyana zu und spürte, wie sie zusammenzuckte und sich ihr Herzschlag merklich beschleunigte.

»Wo?«, fragte sie. »Geht es ihm gut?«

Als die Patrouille auf der Kreuzung der drei Straßen zum Stehen kam, befand sich der nächste Paladin höchstens dreißig Schritte von uns entfernt, aber trotz meiner hervorragenden Sicht hatte ich Mühe, Lucien unter ihnen auszumachen.

»Verdammt, Stratus«, zischte Tatyana, als sie sich an mir vorbeidrängte, um selbst um die Ecke zu spähen.

»Die sehen alle gleich aus«, sagte ich. Es fiel mir schon schwer genug, mich an einzelne Gesichter zu erinnern, aber wenn alle dieselbe Aufmachung trugen, wurde es zu einer echten Herausforderung.

»Jetzt ist nicht der richtige Zeitpunkt dafür«, mahnte sie und zeigte auf eine Gestalt in Rüstung auf einer Seite. »Da. Er hat sich die Haare schneiden lassen, aber das ist er. Mit dem blauen Vorderflug.«

»Ich weiß nicht, was das ist.«

»Die Rüstung an seiner Schulter. Siehst du?«

»Danke. Ja. Er sieht größer aus.«

»Ist schwierig, in einer Rüstung zu lümmeln.«

»Sollen wir mit ihm reden?«

Stirnrunzelnd beobachtete Tatyana die Gruppe eine Weile beim Plaudern, bevor sie zu einer Entscheidung gelangte. »Ja, aber du bleibst hier. Unternimm nichts, sonst machst du es nur noch schlimmer.«

In Anbetracht dessen, dass die Paladine hier die Streitlustigen waren, fand ich das ungerecht, entschied jedoch, nichts darauf zu erwidern.

Ich hielt sie am Arm zurück. »Falls etwas passiert, schließt du die Augen.«

»Was?«

»Vertrau mir.«

»Es jagt mir jedes Mal Angst ein, wenn du das sagst.« Sie löste den Arm aus meinem Griff, nickte aber, bevor sie um die Ecke trat.

Allerdings konnte es nicht schaden, vorbereitet zu sein, und während Tatyana auf die Gruppe zuging und Lucien rief, begann ich, ein Verteidigungsgebilde zu weben, das hoffentlich gegen ihre Überzahl helfen würde, sollte etwas schieflaufen.

Als ich wieder um die Ecke spähte, sah ich, dass zwei der Paladine Tatyana mehrere Schritte von Lucien entfernt aufgehalten hatten. Ich drehte den Kopf, damit ich sie besser hören konnte.

»Ich würde das lieber unter vier Augen mit dir besprechen«, sagte sie gerade.

Lucien zog einen seiner Metallhandschuhe aus und fuhr sich mit den Fingern über die nunmehr fast kahle Kopfhaut. »Ich … wir sollten in einer oder vielleicht zwei Stunden zurück im Palast sein …«

»Verzeiht, Hoheit«, mischte sich einer der Paladine ein, »aber ein geheimes Konklave mit diesem … Weib wäre unschicklich. Sie ist unrein. Ihr müsst sie in Gewahrsam nehmen lassen, damit …«

»Ich habe dich schon beim ersten Mal verstanden«, fiel Lucien dem Paladin ins Wort und schwenkte eine Hand.

»Dieses *Weib*?«, fauchte Tatyana. »Unrein?«

Sie trat einen Schritt vor, und einer der Paladine griff sie an, aber bevor seine Hand sie berühren konnte, packte sie seinen Arm und trat ihm gleichzeitig die Beine unter dem Körper weg. Der Gerüstete landete krachend auf dem Kopfsteinpflaster. Ein gerissener Bewegungsablauf, den ich mir merken wollte.

Sein Gefährte stieß einen Schrei aus, und mehrere andere

wandten sich mit gezogenen Waffen gegen Tatyana. Auch der Paladin, der sich mir am nächsten befand, hatte sich umgedreht, um nachzusehen, was vor sich ging, wodurch er mir die Mühe ersparte, mich anschleichen zu müssen. Ich packte ihn von hinten, eine Hand um sein Genick, während ich mit der anderen seinen dicken Gürtel ergriff, bevor ich ihn mit einer Drehung der Hüften gegen die nächste Mauer schleuderte. Wie erwartet schepperte es laut. Das schuf die Aufmerksamkeit, die ich erregen wollte.

»Der Dämon!«, brüllte einer der Paladine, die auf Tatyana zugestürmt waren, und gleich darauf führte er ein ganzes Gewimmel von Männern an, die stattdessen in meine Richtung losrannten. Perfekt. Ich holte tief Luft, konzentrierte mich und entfesselte das Hexengebilde, das ich vorbereitet hatte. Ich schloss vorsorglich die Augen. Eine Armeslänge von meinem Kopf entfernt gleißte ein Lichtball, so grell, dass ich die Umrisse der Männer beinah durch meine geschlossenen Lider sehen konnte. Der schwierigste Teil daran, ein Licht zu erschaffen – was nicht mehr als eine simple Abwandlung von Feuer ist –, besteht darin, die Menge an Macht auszutarieren, die man hineinfließen lässt. Ich war noch nicht wieder ausreichend in Übung und hatte dem Licht mehr Energie als nötig verpasst, wodurch die auf mich zupreschenden Männer gezwungen waren, in eine kleine Sonne zu blicken.

Ich öffnete die Augen, während das grelle Gleißen nachließ, und trat zurück, als die Paladine taumelnd zum Stehen kamen. Einige waren von ihren Visieren ein wenig geschützt worden, aber keiner war völlig unbeeinträchtigt davongekommen. Den, der am klarsten wirkte, schlug ich zu Boden und hinterließ eine faustgroße Delle in seinem hübschen Brustpanzer, dann eilte ich dorthin, wo Tatyana einen benommenen Lucien stützte.

»Wird er wieder?«, fragte sie mich.

Ich deutete auf die hinter mir umherwankenden Gestalten. »Siehst du? Sind alle noch am Leben.«

»Stratus! Wird Lucien …«

»Ja, ja, er wird wieder. Sie werden alle wieder.« Die Lüge ging mir leichter von den Lippen, als ich erwartet hatte.

»Gut.« Sie half dem Prinzen, sich auf einen nahen Trog zu setzen, und begann, ihm eindringlich zuzuflüstern. Überall um uns herum tauchten aus vorsichtig geöffneten Fensterläden blasse Gesichter auf, und Rufe wie »Mord!« und »Hilfe!« hallten durch die Straßen.

»Wir sollten wohl besser verschwinden«, meinte ich, und nachdem ich es zum dritten Mal wiederholt hatte, ließ Tatyana endlich von Lucien ab. Mehrere Paladine waren bereits wieder auf den Beinen, wenngleich alle etwas wackelig wirkten.

»Stratus«, rief Lucien, als wir uns zum Gehen wandten. Neugierig steuerte ich auf ihn zu.

»Lucien.«

»Kümmere dich um Tatyana.« Er rieb sich die roten, tränenden Augen. »Sie verschenkt ihr Vertrauen nicht leichtfertig.«

»Du tätest gut daran, dir das selbst vor Augen zu halten«, erwiderte ich und widerstand dem Drang, herauszufinden, wie sich sein geschorener Kopf anfühlte.

Es sah so aus, als wollte er noch etwas hinzufügen, doch dann neigte er nur den Kopf und rieb sich weiter die Augen.

Ich eilte hinter Tatyana her, die uns durch eine verwirrende Abfolge schmaler Straßen und Gassen führte, bis wir das Gebrüll nicht mehr hörten und keine Gesichter mehr auf uns herabstarrten. Sie sagte kein Wort, und ich war rundum zufrieden damit, ihr schweigend zu folgen.

Letztlich lichtete sich das dichte Gedränge der Gebäude, und wir wanderten hinaus auf einen schmalen Geländestreifen in der Nähe der nordöstlichen Mauer. Die Umgebung wirkte trostlos und war von etlichen Blöcken und Platten aus Stein gesprenkelt. Wie mir Tatyana erklärte, handelte es sich dabei um Denkmäler für die Toten, was ich angesichts des Zustands der meisten irgendwie ironisch fand. Wenigstens erwies sich die Gruft als einfach zu finden.

Abgesehen von dem moosbewachsenen, ansonsten jedoch fein gefertigten Skelett über dem Eingang sah sie für mich wie ein wenig bemerkenswerter, von der Witterung gezeichneter Steinkasten aus. Das änderte sich, als ich meine Magie aussandte und das violette Licht erblickte, das sich um die am Eingang verborgenen nekromantischen Schutzbanne scharte. Die Vorrichtungen waren so dicht gestaffelt, dass die Luft ringsum aussah, als hätte sie Blutergüsse. Es gestaltete sich schwierig, sich auf die Banne zu konzentrieren, beinah so, als befänden sie sich mehrere Zoll tief unter Wasser. Das war ein klarer Hinweis auf ihre Stärke. Wer immer sie angebracht hatte, war alles andere als ein Laie und hatte eine beträchtliche Menge Zeit und Energie aufgewandt, um sicherzustellen, dass dieser Eingang unangetastet blieb.

Ich schaute auf, als Tatyana davonmarschieren wollte. Neugierig und ein wenig argwöhnisch packte ich sie am Arm, als sie an mir vorbeilief.

»Wo willst du denn hin?«

»Ich gehe zum Markt.«

»Zum Markt? Jetzt? Hast du nicht gesagt, die Märkte wären alle aufgelöst worden.«

»Was? Oh, ja.« Sie rieb sich den Kopf, und ich spürte das Ziehen meiner Magie in ihr, die auf irgendetwas ansprach. Auf etwas, in der Nähe, das den Schutzbannen an der Gruft ähnelte.

Ohne ihren Arm loszulassen, sandte ich einen Impuls meiner Magie in sie und führte dem Funken meiner selbst in ihrem Blut neue Energie zu, genug, um die Wirkung der Schutzbanne aufzuheben. Sie japste und taumelte, aber ich stützte sie.

»Was war das?« Sie rieb sich die Arme.

»Die Gruft ist mit Schutzbannen versehen. Du musst in ihren Einflussbereich geraten sein.«

»Mist.« Tatyana starrte die Gruft an, als erwarte sie, von irgendetwas geschlagen zu werden.

»Ich glaube, die äußeren Banne dienen dazu, Menschen von dem Ort wegzulenken. Jetzt solltest du eine Zeit lang dagegen gefeit sein, aber bleib hinter mir.«

»Wird es lange dauern?«

»Könnte sein. Aber das weiß ich erst, wenn ich angefangen habe.«

»Ich mache mir Sorgen um Lucien.«

Ich setzte mich auf ein verwittertes Gedenkmal und sah sie an. »Er ist wohlauf. In dem Licht war keine Hitze.«

»Das meine ich nicht. Ich mache mir Sorgen wegen der Paladine. Darüber, was sie zu ihm sagen könnten. Über mich.«

Ich war mir nicht sicher, was sie von mir wollte. Was sollte ich darauf erwidern? Sie musste doch wissen, dass ich keine Ahnung hatte, was die Paladine sagen oder tun würden, jedenfalls nicht, ohne mein Messer bei ihnen zum Einsatz zu bringen.

»Er hat mir gesagt, ich soll mich um dich kümmern«, verriet ich ihr. Das schien für diesen Augenblick die passende Äußerung gewesen zu sein, denn ein flüchtiges Lächeln trat in ihre Züge, und sie setzte sich neben mich.

Ich wandte mich wieder der Gruft zu, erhob mich von dem Gedenkmal und ging näher, bis ich die Stelle erreichte, an der die Banne zu reagieren begannen. Dann kauerte ich mich hin und streckte vorsichtig die Hand aus, bis ich den Stein berührte. Die Schutzbanne, die mich zum Markt schicken wollten, waberten mit einem dunkelvioletten Licht, während sich andere erst jetzt zu regen begannen. Ich ließ die Finger am Rand der Gruft, ein gutes Stück von der Tür entfernt, und sandte langsam einige weitere Ranken meiner Hexenkunst aus. Wenn ich die Banne überwinden wollte, musste ich erst herausfinden, wie viele es waren und was sie bewirkten. Das bedeutete, ich musste sie nacheinander testen.

Am Rande nahm ich war, wie der Tag verstrich, während ich an ihnen arbeitete. Ich spürte, wie Tatyana unruhig wurde, als sich ihre Geduld verflüchtigte wie der Morgennebel; eine entfernte Reibung an meiner Magie. Ich konnte es fühlen, als sie einige Zeit später ging, nachdem die Sonne ihren Höchststand überschritten hatte. Nicht allzu lange danach kehrte sie mit Essen zurück, aber ich ließ mich davon nicht ablenken.

Die Vereinigung mit den Energien der Kirche war insofern befriedigend gewesen, als sie meine volle Aufmerksamkeit verlangt hatte, dennoch schien es sich nur um ein Mittel zum Zweck gehandelt zu haben. Bei diesen Schutzbannen verhielt es sich anders.

Ich musste das nicht unbedingt tun, wollte es aber. Sie kamen mir fremdartig und doch zugleich vertraut vor, und die Komplexität ihrer Herausforderung beschäftigte meinen Geist nicht nur, sondern beflügelte ihn. Mit jeder Rune, die ich entschlüsselte und unwirksam machte, steigerte sich ein Gefühl von Stolz in mir. Was auch immer oder wer auch immer ich sein mochte, dies hier war eine Sache, von der ich etwas verstand. Auf diese Weise in der Gegenwart von Magie zu arbeiten, empfand ich wie ein Sonnenbad.

Die Nacht scharte bereits ihre Kräfte, als das dunkle Violett der letzten Rune flackerte und erlosch. Ich setzte mich zurück, und meine tauben Beine drohten, mich im Stich und ausgestreckt auf den Boden plumpsen zu lassen.

»Stratus? Geht es dir gut?«, fragte Tatyana mit schläfriger Stimme. Sie war den Großteil des Nachmittags immer wieder kurz eingedöst.

»Ja«, krächzte ich. »Hast du noch etwas von dem Essen übrig?«

Hatte sie, und ich verschlang alles, während sie mir zusah und mich mit einem Dutzend Fragen verhörte, von denen ich elf keine Beachtung schenkte.

»Ja, der Eingang ist offen.« Ich stand auf, streckte mich und fühlte mich bemerkenswert erfrischt, wenn man den Strom der Hexenmagie bedachte, den ich den gesamten Nachmittag hindurch verbraucht hatte. Nachdem ich mich umgesehen hatte, lachte ich. Wir befanden uns auf einem Friedhof, und hätte ich gewusst, wie man es macht, ich hätte darauf gewettet, dass hier einst eine Kirche gestanden hatte. Und wo es eine Kirche gab, da gab es in der Regel auch irgendeine Form von Energie. Einen Großteil dessen, was ich aufgewendet hatte, musste ich bereits während der Arbeit unbemerkt wiederaufgenommen haben; ein unerwarteter Vorteil der langsamen, steten Vorgehensweise, für die ich mich entschieden hatte.

»Bist du bereit?«, fragte ich.

»Was? Du willst da jetzt reingehen?«

»Warum nicht? Die Zeit drängt.«

»Zeit? Du hast den ganzen Tag damit verbracht, eine verfluchte Gruft anzustarren!«

»Ich musste die Schutzbanne entfernen. Wenn dir lieber gewesen wäre, die Lunge und die Leber außen auf der Haut zu tragen, hättest du etwas sagen sollen.«

Tatyana verschränkte die Arme vor der Brust. »Es wird bereits dunkel.«

»Unter der Erde ist es immer dunkel. Da macht die Tageszeit keinen Unterschied.«

»Ist es nicht sicherer, einen solchen Ort tagsüber zu betreten?«

Ich schaute zum Himmel empor, doch es war noch nicht spät genug, um den Mond zu sehen. Auch seine Macht konnte ich nicht spüren, also musste er sich noch relativ früh in seinem Zyklus befinden. »Nein«, antwortete ich. »Auch das macht keinen Unterschied. Vollmond hätte vielleicht etwas geändert, aber das spielt heute Nacht keine Rolle.«

»Ich habe keine Laterne mitgebracht.«

»Wir brauchen keine.« Ich ließ eine Flamme über meine Fingerspitzen tänzeln und lächelte, während sie sich mit den Fingern durch die kurzen, hellen Haare fuhr und mit den Absätzen auf dem Steinboden trommelte. Dann schaute sie zum rasch dunkler werdenden Himmel auf und fluchte lauthals, bevor sie aufstand.

»Na schön. Dann bringen wir es eben hinter uns.«

»Ich gehe als Erster.« Meine Muskeln spannten sich an, als ich die schwere Tür aufschob. Der Stein knirschte laut und ein Geruch von nasser Erde schlug uns entgegen. Die Luft wirkte beinah feucht unter dem Gestank von Nekromantie, der so dicht war, dass ich zurücktaumelte und mir den Kopf an dem niedrigen Sturz anschlug.

»Was ist? Bist du verletzt?«

Ich war zu beschäftigt mit dem Versuch, das Essen in mir zu behalten, um etwas zu erwidern. Tatyana schob sich an mir vorbei, ein Messer mit langer Klinge in der Hand. Aus der Düsternis schaute sie zu mir zurück.

»Leer. Aber es riecht ein bisschen muffig.«

Ich sog ein wenig von der einen Hauch frischeren Luft aus der Nähe des Eingangs ein. »Muffig?«

Sie fuchtelte mit dem Messer. »Du weißt schon. Feucht und dreckig.«

»Du kannst ihn riechen? Den Makel?«

»Riecht er wie die Unterseite eines alten Steins oder wie ein Teich voller Frösche?«

»Nein.«

»Dann ist das deine Antwort.« Sie steckte das Messer weg. *Steckte es in die Scheide*, berichtigte mich eine zusammenhanglose Erinnerung. »Erinnere mich daran, dass ich eines von Luciens duftenden Taschentüchern für deine empfindliche Nase mitbringe, wenn wir das nächste Mal in einer alten Gruft herumkriechen.«

»Mache ich.« Es wäre mir ein Leichtes gewesen, sie den Gestank riechen zu lassen, nur brachte es nichts, uns beide anfällig zu machen für das, was uns dort unten erwartete. Was immer das auch sein mochte.

Da mittlerweile durch die offene Tür der ärgste Gestank nach draußen geströmt war, schnupperte ich vorsichtig die Luft. Zwar hatte sich schon eine deutliche Verbesserung eingestellt, aber das anhaltende Aroma der Gehirne, die ich gekostet hatte, ließ mich vermuten, dass es sehr lange dauern würde, bis ich diesen Geschmack oder Geruch vergessen konnte.

Zumindest war die Luft inzwischen auch für mich atembar. Ich rückte in die kleine Gruft vor und zog die Tür hinter uns zu, ohne auf Tatyanas verhaltenen, widerwilligen Aufschrei zu achten, als die Steinplatte mit hallender Endgültigkeit hinter uns zufiel. Ihre Angst würzte die Luft, und ich empfand den mittlerweile vertrauten Geruch tatsächlich als tröstlich. Er ließ ein wenig nach, als ich eine Kugel hexerischen Lichts entfachte, was um uns herum ungefähr ein Dutzend leerer Ablagen zum Vorschein brachte.

»Das ist alles?«, fragte Tatyana, als sie sich umsah. »Wir haben einen ganzen Tag für einen dampfenden Haufen Nichts vergeudet?«

Ich achtete nicht weiter auf sie, als ich dem Gestank zu einer gewieft getarnten Öffnung im Boden folgte und die Erde um die Ränder wegblies, um sie Tatyana zu zeigen.

»Gerissen«, befand sie. »Du brauchst doch nicht etwa noch einen Tag, um den Eingang da zu öffnen, oder? Denn falls ja, warte ich draußen.«

»Nein, dieser hat keine Schutzbanne. Es sollte mir gelingen, ihn viel schneller aufzubrechen. Tritt zurück.«

»Du bist ja so was von männlich.«

»Danke.«

»Das war kein verfluchtes Kompliment, du Hornochse.«

Mit nicht wenig Verwirrung beobachtete ich, wie sie den Raum abschritt und dabei gelegentlich mit dem Griff ihres Dolches gegen die Wand klopfte. Sie murmelte etwas bei sich, als sie schließlich in eine Art Ritze über einer der leeren Ablagen fasste, die Hand drehte und mich anlächelte, während die Öffnung aufschwang und mehrere Steinstufen offenbarte, die in pechschwarze Finsternis hinabführten.

»Beeindruckend«, sagte ich und war wirklich beeindruckt. »Woher hast du das gewusst?«

»Auch eine Dame braucht ihre Geheimnisse«, erwiderte Tatyana und spähte die Stufen hinab. »Nun? Nach dir.«

Ich schickte die Lichtkugel ein Stück voraus und beschwor gerade genug von meiner Hexenkunst, um etwaige Schutzbanne zu sehen, die unter Umständen auf den Stufen angebracht waren. Dann zwängte ich mich durch die Öffnung und begann einen langen und erschöpfenden Abstieg, wobei meine Schultern die meiste Zeit an beiden Wänden entlangschabten. Hätte ich die Gabe der Voraussicht besessen, ich hätte uns an der Stelle anhalten lassen und besser für das gerüstet, was vor uns lag, so jedoch ging ich weiter mit einer Gefühlsmischung von Hoffnung und Überschwang voraus.

Die Treppe führte verwinkelt in die Tiefe. Alle fünfundzwanzig Stufen folgte eine Wende, und abgesehen von einer verblüffenden Fülle von Spinnen wies sie kaum etwas Bemerkenswertes auf. In Gefahr fühlte ich mich nur einmal, als Tatyana gegen meinen Rücken prallte, nachdem sie in ein besonders dichtes Spinnennetz gelaufen war. Ungefähr zehn Wendungen später gelangten wir zu einer soliden, eisenbeschlagenen Tür aus Holz. Ich nahm keine Schutzbanne daran wahr, aber das Schloss erwies sich als außergewöhnliche Vorrichtung, für die meine Hexenkunst fast volle drei Herzschläge brauchte, um sie zu öffnen.

Auf gut geschmierten Angeln schwang die Tür auf und offenbarte das erste der Grauen, die sich in der Dunkelheit unter der Stadt verbargen.

Kapitel 26

Der Raum erwies sich als quadratisch und maß um die zwanzig Schritte entlang jeder Wand. Auf der gegenüberliegenden Seite war ein offener Bogendurchgang. Zwischen unserem Platz und dem Bogen befanden sich etliche menschliche Leichen, die in zwei großen Haufen zu beiden Seiten der Kammer so aufeinandergetürmt waren, dass nur ein schmaler, von blicklosen Augen und schlaffen Händen gebildeter Durchgang verblieb. Die Luft war von dem übelkeiterregend süßlichen Moder verwesenden Fleisches gesättigt, und ich bezweifelte, dass jenes Tropfen, das ich hörte, von etwas so Harmlosem wie Grundwasser ausging.

Hinter mir krümmte sich Tatyana, als ihr Geist und Körper krampfhaft zu begreifen versuchten, was wir sahen und rochen. Ich trat beiseite, um es ihr zu ermöglichen, den Kampf allein auszutragen. Es verhielt sich keineswegs so, dass ich den Gestank in irgendeiner Weise als angenehm empfand, aber da ich diesem seltsamen, durchdringenden Aroma, das die Nekromantie umgab, bereits wiederholt ausgesetzt gewesen war, hatte ich so etwas wie einen besonderen Sinn dafür entwickelt. Der Verfall stellte einen natürlichen, wenngleich nicht allzu angenehmen Vorgang dar. Letztlich handelte es sich lediglich um Gase. Tote beunruhigten mich nicht sonderlich, und ich hegte wenig Zweifel daran, dass ich in der Vergangenheit selbst reichlich getötet hatte.

Als offensichtliche Frage blieb jedoch, was diese Leichen hier bewirken sollten. Doch nichts, was ich sah, bot eine unmittelbare Antwort. Die Toten ließen keine Anzeichen dafür erkennen, von etwas Größerem als Grabratten misshandelt oder angenagt worden zu sein, daher fand ich, man könnte getrost davon ausgehen, dass es sich nicht um eine bizarre Speisekammer handelte.

»Wir sollten weitergehen, hier ist nichts von Bedeutung«,

merkte ich an und lenkte mein Licht auf die Dunkelheit des Bogens zu.

»Kann nicht atmen«, stieß Tatyana keuchend hervor und presste das Gesicht in die Beuge ihres Ellbogens.

»Unsinn. Die Luft mag ein wenig stickig sein, trotzdem kann man sie ohne Weiteres atmen.«

Sie antwortete darauf mit einem Würgelaut, kauerte sich hin und kniff sich die Nase zu. »Ich nicht.«

Als ich umkehrte und ihr eine Hand auf die Haare legte, zuckte sie zusammen. »Halt still«, forderte ich sie auf, übertrug durch meine Berührung ein wenig Hexenmacht. Indem ich das Heilgebilde in ihr als Anker benutzte, schuf ich eine Brücke zwischen uns. Oder vielmehr von meinem Mund zu ihrem.

»Heb den Kopf«, forderte ich sie auf, als ich die Berührung beendete.

Sie tat es und schnupperte verhalten. Dann hustete sie. »Was hast du gemacht? Der Gestank ist weg, aber die Luft schmeckt immer noch … feucht.«

»Das ist mein Atem.«

»Sehr witzig. Ehrlich, ich meine, das ist zwar viel besser, aber trotzdem … nass und fleischig.«

»Wie ich schon sagte, es ist mein Atem.«

»Ja, hab ich gehört. Ich bleibe bei meiner früheren Meinung, dass Humor zu den Dingen zählt, von denen du lieber die Finger lassen solltest.«

»Ist nicht weiter wichtig«, gab ich mich geschlagen und entbot ihr eines der Schulterzucken, die ihr so zu gefallen schienen. Wir hatten vordringlichere Probleme als jenes, dass sie sich den Kopf über solche Nebensächlichkeiten zerbrach.

Der Bogen führte zu einem kurzen, keine zehn Schritte langen Gang, der in einen weiteren Raum von ähnlicher Größe mündete, auf dessen gegenüberliegender Seite sich eine moosüberzogene Tür befand. Der Raum enthielt weitere Leichen. Doch während jene, die wir gerade hinter uns gelassen hatten, noch feucht vor Säften und im Verwesen begriffen waren, schienen diese älter und verdorrter zu sein. Auch bildeten sie ordentlichere Stapel. Letzteres mochte allerdings bloß daran liegen, dass kein Fett mehr aus ihnen austrat und sie daher nicht hin und her rutschen konnten.

»Was um alles in der Welt ist das für ein Ort?«, murmelte Tatyana hinter mir.

»Ich weiß es nicht.« Vorsichtig rieb ich die Haut der nächstbesten Leiche. »Jemand hat sich die Mühe gemacht, sie in verschiedene Arten zu unterteilen, aber aus welchem Grund?« Ich kostete meinen Finger, schmeckte jedoch nur, was ich erwartet hatte.

»Das machst du jetzt nicht wirklich, oder?«, presste Tatyana mit erstickter Stimme hervor.

»Was?«

Sie deutete auf den Kadaver. »Ihn essen.«

»Zum einen esse ich kein Aas«, erwiderte ich. »Und zum anderen bin ich im Augenblick nicht hungrig.«

Damit schien sie zufrieden zu sein, denn sie zog nur ihre Jacke enger um sich und starrte auf den Boden. Ich wiederum schloss die Augen und entsandte fächerförmig meine Hexenmagie. Ich ließ sie durch den Raum treiben, und tastete nach allem, was einen Hinweis darauf liefern mochte, worum es sich hierbei handelte. Antworten erhielt ich dadurch keine, doch ich spürte das unangenehme Ziehen nekromantischer Energie an den Rändern meiner Wahrnehmung. Ich ließ mich von dem Gefühl zu einem kleinen Tisch in der Ecke leiten, auf dem sich ein Haufen Lumpen türmte. Behutsam hob ich die Lumpen an, die sich als einziges Stück Stoff entpuppten, das um etwas gewickelt worden war, das sich in seiner Mitte befand. Es handelte sich um einen dicken Zylinder aus Kupfer, ein wenig länger als meine Finger. An einem Ende wies er eine nadelähnliche Spitze auf, am anderen befand sich ein T-förmiger Hebel. Dunkle Flecken, der Großteil davon zu einer bröckeligen Kruste geronnen, überzogen das Ding.

»Interessant«, merkte ich an. »Der Meuchelmörder, dem du in dem Haus die Kehle aufgeschlitzt hast, hatte etwas Ähnliches bei sich. Irgendeine Ahnung, was das sein könnte, bevor ich es berühre?«

»Er hatte so etwas bei sich? Ich denke, es war ein Messer.«

»Er hatte beides, aber gestochen hat er dich mit dem Messer.«

»Schönen Dank auch für die Erinnerung.«

»Gern geschehen.«

Tatyana seufzte und beugte sich näher. »Sieht wie etwas aus, das ich die Priester in den Heilzelten benutzen gesehen habe.«

»Ja?«

»Ich weiß nicht, wie es heißt, aber ich erinnere mich daran, wie sie es in die Beule an jemandes Kopf gestochen und dafür verwendet haben, das Blut und den Glibber herauszusaugen.«

Nachdem sie mir diesen Zusammenhang eröffnet hatte, konnte ich erkennen, wie der Gegenstand funktionierte, und mein Gefühl, in ihrer Schuld zu stehen, wuchs weiter. Ich ergriff das Ding vom Tisch und schnupperte vorsichtig daran. Ich roch altes Blut, Alkohol und ausgetretene Fette. Doch da war auch noch etwas anderes, etwas, das sich irgendwo zwischen Mulch und altem Fell einordnen ließ und wofür ich keine Bezeichnung hatte. Zweifellos handelte es sich aber um etwas, das mit Nekromantie zu tun hatte und höchstwahrscheinlich daraus entstanden war.

Ich drehte den Zylinder herum und fuhr die zarten, in die Oberfläche eingeritzten Runen und Zeichen nach, die mir allesamt nichts sagten. Als ich versuchsweise an dem T-förmigen Hebel zog und ihn drückte, bewegte sich im Inneren etwas. Dann drückte ich kräftiger und konnte beobachten, wie eine schmierige, schwarze Flüssigkeit von der hohlen Spitze tropfte. Als ich den Druck weiter verstärkte, begann der Tropfen schwarzer Flüssigkeit, sich zu winden und zu krümmen, als er sich streckte wie eine Schlange, auf die jemand getreten war. Tatyana stieß einen lauten Fluch aus. Das Wort an sich kannte ich nicht, doch der Tonfall ließ keinerlei Zweifel über die Bedeutung zu.

Was aus der Flüssigkeit entstand, sah wie ein Wurm aus, wie etwas, das aus dem Schleim abgestandener Tümpel erwuchs, nur schwarz und körnig. Ich zielte mit der Spitze auf die Lumpen und drückte den Griff, bis das wurmähnliche Ding mit einem leisen *Blubb* von der Nadel fiel.

»Was in Drogahs Namen ist das?«

Ich ersparte mir zunächst die Mühe einer Antwort und beobachtete stattdessen, wie der Wurm in seinem eigenen Schleim versank und in einen Schlummer verfiel. In dem Zustand unterschied er sich kaum noch von dem matten Glibber, der ihn umgab.

»Ich weiß es nicht.« Als ich mein Licht näher hinschweben ließ und die Helligkeit auf den Schleim bündelte, krümmte sich der Wurm darin wild hin und her. Ich leitete etwas mehr Energie in die Lichtkugel, vereinte das Gebilde mit jenem für Hitze und briet die Kreatur in ihrem eigenen Dreck. Es mochte ein derbes Experiment sein, aber der Gestank, der zusammen mit Rauch davon aufstieg, bestätigte meine Befürchtung – es handelte sich ohne jeden Zweifel um eine nekromantische, von dunkler Energie durchwirkte Kreatur. Ich kühlte mein Licht ab und ließ es zur nächstbesten Leiche schweben, als sich ein schrecklicher Verdacht in meine Gedanken schlich, aber das Fleisch des Kadavers erwies sich als zu fleckig und runzlig, um die Male zu erkennen, die ein solches Wesen daran hätte hinterlassen können.

Tatyana beobachtete all das. Sie behielt ihre Angst im Griff, wenngleich sie ihre Anspannung nicht verhehlen konnte. »Was war das, Stratus?«

»Ich weiß es nicht. So etwas habe ich noch nie zuvor gesehen.«

»Aber du hast einen Verdacht, nicht wahr?«

Ich bestätigte ihre Auffassungsgabe mit einem Nicken. »Dieses Ding, dieser Wurm war keine natürliche Kreatur. Das heißt, vielleicht war er das sogar einmal, aber jetzt ist er es nicht mehr.«

»Glaubst du, er ist aus den Leichen gekommen?«

Ich hob das metallene Instrument an. »Das hier kann man drücken oder ziehen. Bis ich weiß, wie man es bei diesen Leichen benutzt, wage ich nicht, Vermutungen anzustellen.«

Tatyana betrachtete die Vorrichtung, dann schaute sie zu den Leichen und wieder zurück. Schließlich verzog sie das Gesicht zu einer Grimasse. »Bei Drogahs Zähnen! Diese kranken Mistkerle.«

Ruckartig wandte sie sich von dem Leichenstapel ab, der sich ihr am nächsten auftürmte, und stieß dadurch gegen den auf der anderen Seite. Hätte sie ihre Haare nicht so kurz getragen, hätten sich die Finger der Kadaver darin verheddert. Während sie fluchte und zeterte, überlegte ich hin und her, ob ich die Spritzröhre mitnehmen sollte oder nicht. Einerseits wäre es interessant, sie zu studieren, andererseits gefiel mir die Vorstellung nicht besonders, mit einem Behältnis voller nekromantischer Würmer an meinem Gürtel herumzulaufen. Letztlich entschied ich mich dafür, das Ding liegen zu lassen. So geheim, wie diese Kammern angelegt waren, gab es höchstwahrscheinlich keinen anderen Ausgang. Da konnte ich es auf dem Rückweg immer noch mitnehmen, wenn ich wollte.

Die von Moos überwucherte Tür auf der gegenüberliegenden Seite ließ sich überraschend einfach öffnen und offenbarte weitere Stufen, die noch tiefer in eine Finsternis hinabführten. Die herrschende Schwärze schien das Licht förmlich aus meiner Energiekugel zu saugen. Der von unten aufsteigende Gestank hätte mich an sich nicht überraschen sollen, trotzdem wäre ich beinahe davon überwältigt worden. Die Erinnerung daran war etwas völlig anderes, als ihm tatsächlich erneut ausgesetzt zu werden, erst recht an einem Ort wie diesem, an dem er sich für lange Zeit ungestört verdichtet hatte. Ich lehnte mich an den kalten Stein und kämpfte gegen den Drang meines Körpers an, den Inhalt meiner Eingeweide durch die eine oder andere Öffnung auszuscheiden.

»Magie?«, fragte Tatyana schlicht, und ich konnte nur nicken. Sie wartete sichtlich frustriert, bis ich wieder aus eigener Kraft stehen konnte.

»Nekromantie«, erklärte ich und führte meinem Licht mehr Energie zu, bis es wieder so hell wie zuvor schimmerte. Ich konnte fühlen, wie die Dunkelheit dagegendrückte wie ein Strom, der in die entgegengesetzte Richtung floss. Nur widerwillig teilte sie sich und schloss sich sofort wieder hinter uns. Noch besorgniserregender jedoch fand ich die zunehmende Eindringlichkeit des Gestanks, der die Luft verseuchte. Hier unten gab es mehr als nur schlummernde Totenbeschwörermagie. Hier unten lauerte jemand oder etwas.

»Was ist das für ein Ort?«, fragte Tatyana, und obwohl außer dem leisen Tappen unserer Füße und unserer Atmung keine Geräusche ertönten, klangen ihre Worte leise, von der Dunkelheit um uns herum ihrer Kraft beraubt.

»Es ist deine Stadt, nicht meine«, gab ich zurück und ließ den Blick auf die rutschigen Stufen vor mir gerichtet. Ich hatte keine Ahnung, wie tief unter der Erde wir uns befanden, und den Gedanken, mir die Knochen zu brechen, während nur die Sterne wussten, was aus der Finsternis hervorkroch, wollte ich nicht weiter vertiefen.

»Ist nicht meine«, entgegnete Tatyana. »Ich bin aus dem Norden. Bist du schon mal in Balfont gewesen?«

»Kann ich nicht behaupten.«

»Der Ort ist berühmt wegen einer gewaltigen Schlacht, die dort vor Jahrhunderten geschlagen wurde, aber in Wirklichkeit gibt es dort nicht viel zu sehen. Einen hübschen Brunnen, die beste Brauerei in Krandin und eine große Kirche wegen des Friedhofs. Aber es hat dort eine Menge Statuen, die dir gefallen würden.«

Sie haben ihr gefallen, nicht mir.

»Das klingt nett«, meinte ich und hoffte, der von mir gewählte Tonfall würde das Gespräch beenden. Alles klang angenehmer als das feuchtkalte Loch, in das wir gerade hinabstiegen, aber ich konnte es wirklich nicht gebrauchen, dass ausgerechnet jetzt irgendwelche tief vergrabenen Erinnerungen auftauchten. Es war schlimm genug, dass ich fühlen konnte, wie sich die Bestie in mir regte, weil die stete Berührung mit der Nekromantie sie aus ihrem Schlummer weckte.

»Es war auch nett. Ich habe früher Gelehrte und Chronisten begleitet, wenn sie losgezogen sind, um das Schlachtfeld zu studieren. Das war die perfekte Ausrede, um sich nicht endlose Lektionen anhören zu müssen. Weißt du, angeblich spukt es auf dem Schlachtfeld. Alle paar Jahre erheben sich die Geister der toten Soldaten und kämpfen und durchleben ihre Tode erneut. Einige der Gelehrten hatten so viele Amulette und gesegnete Glocken dabei, dass es fast schon komisch war. Ich habe dort immer nur Traurigkeit empfunden, niemals Angst.«

»Willst du damit auch auf irgendetwas hinaus?«

»Was? Nein. Na ja, nur, dass ich nicht von hier bin. Kein Grund, so gereizt zu sein.«

»Ich bin nicht gereizt.«

»Du bist schlimmer als ein Höhlenbär mit einem mächtigen Kater. Und Bären stochern zumindest nicht in Haufen verwesender Leichen herum und sehen dabei rundum selbstzufrieden aus.«

Ich blieb stehen, und Tatyana fluchte erneut, als sie gegen meinen Rücken stieß. Ich drehte mich um und sah sie an. Wegen der Stufen befanden wir uns ausnahmsweise auf Augenhöhe miteinander. »Ich versuche gerade, mich auf das vorzubereiten, was uns am Fuß dieser Treppe erwartet, was immer es sein mag. Das ist nicht der richtige Zeitpunkt für Unbeschwertheit oder Albereien.«

Sie hob das Kinn an und zeigte mit einer trotzigen Bewegung auf sich. »Sieht es so aus, als würde ich hier hinten tanzen und lachen?«

»Nein, tut es nicht. Aber du redest über belanglose Dinge. Das lenkt ab.«

»Na und? Dann rede ich eben. Das tun normale Leute nun mal, wenn sie einem Wahnsinnigen, der sich für einen Dämon hält, eine Treppe hinab unter einen verfluchten Friedhof folgen.«

»Ich wusste gar nicht, dass normale Leute überhaupt Wahnsinnigen, die sich für einen Dämon halten, auf Friedhöfe folgen.«

Sie verschränkte die Arme vor der Brust. »Mag sein.« Ihr Lächeln verblasste so schnell, wie es aufgeblitzt war, als sie an mir vorbeischaute und schauderte. »Pass auf, ich fühle mich hier unten wirklich nicht wohl. Die Luft ist unangenehm, alles ist schleimig, und wenn ich anfange, über all die Erde nachzudenken, die über uns hängt, und mir vorstelle, was für ein Monster da unten lauern könnte … Ich glaube, dann verliere ich den Verstand.«

»Du hast Angst.«

»Natürlich hab ich Angst, verflucht noch eins!«

»Ich auch.« Da es der Wahrheit entsprach, schämte ich mich nicht, es zuzugeben. Trotz all meiner Stärke und beträchtlichen Fähigkeiten im Umgang mit Hexenmagie waren meine Reserven begrenzt, und es geisterten immer noch viel mehr Fragen durch meinen Kopf, als ich an Antworten hatte, nicht zuletzt jene, wie Totenbeschwörerei in der Praxis funktionierte. Wenn ich das nicht wusste, wie sollte ich mich dann dagegen schützen? Ich wäre ein Narr gewesen, hätte ich keine Angst gehabt.

»Wirklich?«

»Natürlich. Ich bin Vieles, aber ich bin kein Narr.«

»Ich bin jetzt nicht sicher, ob ich mich dadurch besser fühle.« Sie blies einen langen Atemzug aus und legte eine Hand auf das Heft ihres Schwertes. »Weißt du was? Bringen wir es einfach hinter uns. Ich habe diesen Ort satt.«

»Einverstanden«, erwiderte ich. Danach bahnten wir uns weiter den Weg die Treppe hinunter. Aber meine Konzentration war durchbrochen, und ich ertappte mich dabei, mir zu wünschen, sie würde wieder etwas sagen. Das allein war schon eine so eigenartige Erfahrung, dass sie mich eine Weile ablenkte. Doch die Stufen ließen noch keine Anzeichen erkennen, dass sie irgendwann zu enden gedachten. Es war völlig unklar, wann wir erreichten, was immer unten sein mochte, und vermutlich, weil Tatyana den Gedanken in meinen Kopf gepflanzt hatte, wurde mir jetzt sehr bewusst, wie weit wir uns vom Sonnenlicht entfernt aufhielten und wie kalt es allmählich wurde.

»Was ich vorher darüber gesagt habe, dass ich kein Aas esse, stimmt nicht ganz«, erklärte ich und wurde geringfügig langsamer. »Wenn man genauer darüber nachdenkt, tut das übrigens jeder. Der einzige Unterschied liegt doch in der Frische.«

»Willst du damit auch auf irgendetwas hinaus?«, erwiderte Tatyana.

Ich lächelte, als ich meine eigenen Worte wiedererkannte. »Ich bin nicht gereizt.«

»Das beurteile ich.«

Nicht lange danach kamen wir unten an. Der plötzliche Übergang auf flachen Untergrund nach so vielen Stufen überraschte uns beide und ließ uns denkbar ungraziös zu Boden stolpern.

Ich steigerte die Helligkeit der Lichtkugel, nachdem wir uns aufgerappelt hatten, und vertrieb das Zittern aus meinen müden Muskeln. Die Wände um uns herum bestanden nicht mehr aus rauem, unbehauenem Stein, sondern aus grauen, von sterblichen Händen bearbeiteten Blöcken. In den Fugen dazwischen, wo der uralte Mörtel abgebröckelt war, hatten sich unzählige bleiche, wuselnde Kreaturen eingenistet. Vor uns ragte etwas so Prachtvolles auf, dass es keine bloße Pforte oder Torbogen sein konnte. Der Durchgang war anderthalbmal so hoch wie ich und mehrere Male so breit. Gesäumt wurde er von Statuen, deren Erhabenheit längst dem endlosen Tröpfeln der Feuchtigkeit von oben zum Opfer gefallen war. Geblieben war nicht mehr als eine Andeutung dessen, was sie einst dargestellt haben mochten. Die blinden, gesichtslosen Schemen, welche die Zeit hinterlassen hatte, wirkten zugleich beunruhigend und irgendwie tragisch. Als das Licht der Kugel sie erfasste, schienen sie sich zu bewegen, doch dieser Eindruck wurde nur von den Horden bleicher Insekten hervorgerufen, die vor dem Licht die Flucht ergriffen.

Ich hatte mit einem Kraftausdruck oder einer Frage von Tatyana gerechnet, aber sie blieb stumm. Sie hatte das Schwert gezogen und hielt es dicht vor der Brust, während sie in die undurchbrochene Schwärze jenseits des Lichtkreises starrte. Wäre mein Geruchssinn nicht durch den steten Ansturm der Nekromantie abgestumpft gewesen, hätte ich zweifellos das schärfere Aroma ihrer Angst wahrnehmen können.

»Das ist die Unterstadt.«

»Du hast von diesem Ort gewusst?«

»Nein. Ich meine ja. In gewisser Weise zumindest. Ich habe gehört, wie er erwähnt wurde. Hier, im heutigen Falkenburg, hat es für viele hundert Jahre eine Stadt gegeben, und sie ist mehrfach geplündert und dem Erdboden gleichgemacht worden. Ich vermute, die Überlebenden fanden es einfacher, die Überreste aufzuschütten, statt sie auszugraben.«

»Interessant.« Die Bestie strahlte einen Anflug von Verachtung aus, der jedoch rasch verflog.

Ich legte den Kopf erst auf die eine, dann auf die andere Seite schief und lockerte meine Schultermuskeln, bevor ich stumm einer Reihe von Schutzzaubern Energie zuführte, von denen ich hoffte, sie würden unsere Chancen verbessern, sollten wir in einen Hinterhalt geraten. Dann schaute ich zu Tatyana zurück, die knapp nickte, und damit schritten wir durch das Portal.

Kapitel 27

Wir passierten den Eingang und dessen blinde Wächter, dann folgten wir dem breiteren Gang dahinter. Anders als alles, was ich bisher gesehen hatte, verlief die Decke gekrümmt statt gewölbt. Alle zwanzig Schritte kennzeichnete ein Bogendurchgang aus hellerem Stein den Tunnel. Trotz der Feuchtigkeit, die den Stein zerfraß wie ein Geschwür, und der Wurzeln, die durch die Decke gedrungen waren, fand ich die Bauweise des Ganges ziemlich bemerkenswert. Früher einmal musste er wahrhaft beeindruckend gewesen sein. Wir gelangten an eine Gabelung, wo sich der Tunnel in zwei geringfügig schmalere, aber gleich unangenehm wirkende Gänge teilte. An der Stelle nahm ich zum ersten Mal ein entschiedenes Ziehen an meiner Hexenmagie wahr. Was immer sich im rechten Gang befand, war die Quelle des Gifthauchs dunkler Energie, der diese Ebene durchwirkte.

»Warum nach rechts?«, fragte Tatyana, als ich die Lichtkugel in jenen Gang vorausschickte.

»Das ist die Richtung, aus der ich die Nekromantie am stärksten wahrnehme.«

»Und was ist mit links?«

»Was soll damit sein?«

»Wir sollten auch dort nachsehen. Ich will nicht, dass mich irgendein hinterhältiger Mistkerl von hinten anspringt.«

»Wir könnten uns aufteilen.«

»Wenn du denkst, ich würde hier unten allein herumschleichen, bist du schwer auf dem Holzweg.«

»Ich könnte dir ein eigenes Licht geben.«

»Nein. Das ist eine dumme Idee. Und wir gehen zuerst nach links.« Damit klatschte sie mir mit der flachen Seite ihres Schwertes gegen das Bein. »Mach schon.«

Ich schluckte meine Verärgerung über ihren Ton hinunter, wobei mir nicht gerade half, dass ihr Einwand durchaus berechtigt war. Also holte ich die Lichtkugel zurück und entsandte sie in den linken Gang. Der Boden war übersät von Geröll und schimmligen Knochen, wenigstens blieb er jedoch eben, was aber schon das einzig Gute war, was sich darüber sagen ließ. Wäre mein Licht nicht so hell gewesen, wir wären vermutlich geradewegs in eine Grube gefallen, die ein Stück entfernt im Boden klaffte. Von gemeinsamer Neugier beseelt knieten wir uns an den Rand, als ich mein Licht hineinschickte. Es offenbarte eine schmale Wunde im Erdreich, die mindestens hundert Ellen tiefer in eine weitere Kammer mündete, deren Boden zerbrochenes Mauerwerk übersäte. Danach bewegten wir uns noch vorsichtiger weiter und erstarrten bei jeder Bewegung zu unseren Füßen, bereit, über jegliche etwaige falsche Sicherheit hinwegzuspringen, in die uns ein weiterer Flicken desselben Bodens wiegen mochte.

Kurz, nachdem wir uns durch einen Abschnitt gekämpft hatten, der unter meinem Gewicht ziemlich nachgegeben und geknarrt hatte, hörte ich etwas anderes als die Geräusche, die wir verursachten, und das stete Tropfen von Flüssigkeiten.

Ich hob eine Hand, in die Tatyana mit einem leisen Quieken hineinlief. »Hörst du das?«

»Aua. Was soll ich hören?« Sie legte den Kopf schief, und nach einem Atemzug nickte sie. »Klingt, als ob jemand weint.«

»Das könnte alles Mögliche sein. Bleib auf der Hut.«

»Dann will ich mal versuchen, hier hinten nicht einzuschlafen, in Ordnung?«

»Das wäre wahrscheinlich am besten.«

Ich setzte mich wieder in Bewegung und ließ das Licht noch etwas dunkler werden. Zugleich bereitete ich jedoch einen Energieschub vor, sodass ich ihn dem Licht mit einem einzigen Gedanken zuführen konnte. Ein plötzlich erstrahlendes, grelles Licht würde verheerend für alles sein, was sich an die Dunkelheit gewöhnt hatte. Und es würde mich sehr viel weniger Energie kosten als Feuer. Das Schluchzen wurde lauter, als der Gang gekrümmt nach links verlief. Dann wurde daraus ein Schrei, als wir der Biegung folgten.

Und nicht nur einer.

Ein ganzer Chor von Schreien setzte ein und hallte durch den Korridor. Nach der vergleichsweisen Stille bisher fühlte sich der schrille Lärm entsetzlich an.

Vor uns wurde der Gang wieder gerade, und ich führte der Kugel etwas mehr Energie zu, sodass vier in die linke Wand eingelassene Türen zum Vorschein kamen. Die Schreie drangen dahinter hervor. Jede der Türen wies ein kleines Fenster mit drei lotrechten Eisenstäben auf. Das Schwert auf Schulterhöhe angehoben bewegte sich Tatyana seitlich neben die erste Tür. Dann drehte sie sich, um durch das kleine Fenster zu spähen, das Schwert gezückt und bereit zuzustoßen, sollte etwas versuchen, sie anzuspringen. Ich schickte die Lichtkugel an ihr vorbei, um zu erhellen, was sich drinnen befand, womit ich eine Flut weiterer Schreie heraufbeschwor, die verdächtig nach »Meine Augen! Meine Augen!« klangen.

Tatyana sagte kein Wort, winkte mich nur näher. Ich spähte selbst durch das Fenster, als sie zur Seite trat und das Schwert sinken ließ. Ich brauchte einen Moment, um zu begreifen, was ich sah, aber letztlich erkannte ich die Masse in der gegenüberliegenden Ecke als mehrere Männer und Frauen, deren Gestalten unter Schmutz und dreckverkrusteten Decken formlos wirkten. Dass alle mit den Händen die Gesichter bedeckten, war auch nicht hilfreich dabei, festzustellen, um wen es sich handelte.

»In den anderen drei Zellen ist es dasselbe«, meldete Tatyana. »Weg mit dem Licht, verdammt.«

Ich wollte es gerade näher hinbewegen, um mehr Einzelheiten ausmachen zu können, aber stattdessen ließ ich es trüber werden. Tatyana schien damit zufrieden zu sein, denn ihr Fluchen hörte auf.

»Könnt ihr wohl bitte aufhören, zu schreien?«, fragte ich, aber ebenso gut hätte ich mit den Ziegelsteinen sprechen können. »Kannst du nicht irgendetwas tun?«, fragte ich Tatyana.

»Ich?«

»Du bist eine von ihnen. Sag etwas Beruhigendes.«

»Kannst du die Tür öffnen?«

Ich legte die Hand auf die Tür. Sie wies keine Schutzbanne auf, nur ein mechanisches Schloss. Ich wollte keine Hexenmagie dafür vergeuden, und da das Holz, an dem das Schloss befestigt war, kaum zwei Fingerbreit in der Dicke maß, trat ich das Schloss einfach heraus.

»Sie ist offen«, verkündete ich.

Seltsamerweise dämpfte dieser Akt der Gewalt die Schreie ein wenig. Tatyana trat ein, das Schwert nach wie vor in der Hand, die Spitze aber gesenkt.

»Hallo«, sagte sie und kniete sich vor die vorderste der Gestalten. Zuerst schrak die Person zurück, denn jedoch kam langsam ein Gesicht zum Vorschein, das sich blass gegen die steifen Decken abzeichnete.

»Hallo«, krächzte es zurück.

»Wer bist du?«, fragte Tatyana. Endlich ließ das Geschrei auch in den anderen Zellen nach und wurde von einem Weinen abgelöst, das geringfügig erträglicher war.

»Du … du bist keine von denen?«

»Keine von wem?«

»Den Z-zauberern.« Das Gesicht drehte sich mir zu, und die Stimme schlug in ein Stöhnen um. »Wer ist er?«

»Keine Sorge, er ist ein Freund. Haben dich die Zauberer hierhergebracht?« Darauf folgte ein Nicken als Antwort.

Mittlerweile waren fünf weitere Gesichter aus der unförmigen Masse der zusammenkauernden Gestalten aufgetaucht. »Mein Sohn«, sagte eines davon. »Habt ihr meinen Sohn gesehen? Sie haben ihn mitgenommen.«

»Nein, tut mir leid. Hört mal, wir wollen euch helfen, aber ihr müsst uns sagen, was ihr …«

»Er ist ein guter Junge. Er hat rote Haare. Seid ihr sicher, dass ihr ihn nicht gesehen habt? Ich muss ihn finden.« Die Gestalt kroch auf Tatyana zu. Eine an ein Bein gebundene Schiene aus

Holz gestaltete die Bewegungen linkisch. Der Knochen war eindeutig gebrochen, und so geschwollen, wie das Fleisch gegen die Verbände presste, musste die Wundfäule längst eingesetzt haben.

»Helft uns«, stieß eine andere Gestalt hervor, die sich wankend auf die Beine mühte. »Wir müssen hier raus!«

Jemand anderes rappelte sich auf und rannte zur Tür. »Nein, warte!«, rief Tatyana, aber die Gestalt, eindeutig ein Mann, stieß ihre Hand weg, flüchtete aus der Zelle. Er zuckte vor mir zurück, bevor er in vollem Lauf den Gang hinunter davonraste. Angesichts der Finsternis hielt ich das für ziemlich dumm, und ich überließ ihn seinem Schicksal. Jedenfalls würde ich bestimmt nicht hinter ihm herrennen.

In der Zelle wich Tatyana in Richtung der Tür zurück, als die Gefangenen auf sie zukamen, ihre Forderungen eindringlicher und immer hysterischer. Die Gestalt mit dem gebrochenen Bein hechtete vorwärts und packte Tatyana am Fußgelenk. Ich bin sicher, sie tat es nicht in böser Absicht, aber Tatyanas unmittelbare Reaktion bestand darin, mit dem anderen Fuß zuzutreten. Es wurde ein kräftiger Treffer, dennoch ließ die Frau nicht los und rief immer wieder: »Mein Sohn, mein Sohn!« Auch die anderen Gefangenen bedrängten Tatyana mittlerweile.

»Ich könnte hier etwas Hilfe gebrauchen!«, rief sie, und ich vermutete, sie meinte mich.

Also ging ich hinein und versetzte der Frau mit dem gebrochenen Bein einen schnellen Tritt, dessen Wucht ihren Halt an Tatyana löste und ihr ein paar Rippen brach. Sie rutschte über den Boden und brachte einen weiteren der Gefangenen zum Stolpern. Somit blieb nur noch einer, der mit fuchtelnden Armen auf Tatyana zuhielt. Als ich mich umdrehte, um ihm eine Faust in den Rücken zu jagen, knurrte Tatyana und schlug ihm den Knauf ihres Schwertgriffs gegen die Stirn. Sofort sackte er zusammen und blieb als schlaffes Gewirr von Gliedmaßen zu ihren Füßen liegen. Er wimmerte wie ein verirrtes Lamm. Die zwei anderen Gefangen wichen so weit zurück, wie es ihnen die Zelle gestattete, die Augen geweitet. Da ertönte plötzlich ein gellender Schrei irgendwo aus dem Gang draußen. Er verhallte schnell, und ich vermutete, dass der Mann, der die Flucht ergriffen hatte, auf dasselbe Loch im Boden gestoßen war wie zuvor wir.

»Bei Gottes Zähnen. Was ist nur mit euch Leuten los? Wir versuchen, euch zu helfen!«

Die zwei Gefangenen zuckten bei ihren Worten zusammen und sanken auf den Boden.

»Sie haben den Verstand verloren«, äußerte ich meine Meinung. »Sehen wir in den anderen Räumen nach.«

»Und weiter? Sollen wir sie hierlassen?«

»Nun … ja. Wir könnten sie auch einfach töten. Dann wäre es auf jeden Fall leiser, und wir müssten uns nicht den Kopf darüber zerbrechen, dass sie uns in die Quere kommen könnten.«

»Das können wir nicht tun«, fauchte mich Tatyana an. »Sie sind nicht der Feind und eindeutig gegen ihren Willen hier.«

»Das bezweifle ich ja gar nicht, aber sie sind uns auch nicht nützlich.«

»Das heißt noch lange nicht, dass wir sie einfach umbringen können!« Bei den Worten stöhnten die Gefangenen und zuckten zusammen.

»Dann lassen wir sie hier. Es sei denn, du ziehst es vor, sie hinauszuführen.« Ich deutete auf den klaffenden Schlund der Finsternis draußen.

Unnötig heftig steckte Tatyana ihr Schwert in die Scheide. »Mistkerl.«

Ich achtete nicht weiter darauf und spähte in den nächsten Raum. Die Lichtkugel hielt ich diesmal gedämpft. Wenig überraschend brachten die nächste und übernächste Zelle so ziemlich dasselbe wie die erste zutage. Weiße Augen, dreckige Haut, schreiende Münder. Bei der vierten jedoch verhielt es sich ein wenig anders. In dem Raum stand eine einzige Frau mit einer jungen Gestalt hinter ihr und starrte mich trotzig an, als ich die Lichtkugel hineinschickte. Das Licht ließ sie zwar zusammenzucken, und jähe Tränen gruben Furchen durch den Dreck in ihrem Gesicht, aber sie rührte sich nicht von der Stelle.

»Sie könnte nützlich sein«, befand ich, wich einen Schritt zurück und trat das Schloss heraus, was sich eigenartig befriedigend anfühlte.

»Lass mich zuerst hineingehen«, bot Tatyana an und schob langsam die Überreste der Tür auf. Nach zwei Schritten in die Zelle fiel ein schwarzer Schemen auf sie. Was immer es sein mochte, hatte eindeutig über der Tür gelauert.

Bevor ich einschreiten konnte, um ihr zu helfen, vollführte sie eine schnelle Bewegung, und plötzlich lag der dunkle Schemen unter ihr, ein Arm sauber verdreht, die Gestalt bewegungsunfähig. Wer immer es sein mochte, gab ein lautes Quieken von sich, hielt aber völlig still. Die Frau und der Junge erweckten den Anschein, als wollten sie ebenfalls eingreifen, also schickte ich meine Lichtkugel geradewegs auf sie zu, was sie stolpern und die Augen bedecken ließ.

»Magische Mann.« Die Stimme der Gestalt, die von Tatyana außer Gefecht gesetzt worden war, klang vertraut. Ich kauerte mich daneben und spähte in die schmalen Züge des derzeit gegen den Boden gepressten Gesichts. Unter normalen Umständen hätte mir sein Geruch geholfen, ihn einzuordnen, im Moment musste ich mich jedoch auf meine Augen verlassen, was für mich gegenüber Menschen immer schwierig war.

»Magische Mann«, sagte er abermals. »Tu nicht weh Jovar.«

»Jovar«, wiederholte ich, als die Erinnerung an die Kreatur aus meinem Gedächtnis auftauchte. »Du hast gesagt, du würdest mich wiedersehen, und recht hattest du. Schlau. Lass ihn los, Tatyana.«

»Du kennst diesen Mann?«

»Ja. Jovar hat mir geholfen, als ich ursprünglich in die Stadt gekommen bin.« Ich hielt es nicht für notwendig, zu erwähnen, dass ich mir seine Unterstützung mit der Drohung sichern musste, ihm sonst den Garaus zu machen. Tatyana ließ von seinem Arm ab und löste sich von ihm. Jovar rappelte sich auf und rieb den Arm, den sie ihm beinah gebrochen hätte. Die Frau und der Knabe bewegten sich zu ihm und suchten, was Jovars zierliche Gestalt an Schutz bot. Auf dem Boden hinter ihm lag ein Metallsplitter, dessen schimmernde Spitze das einzige auch nur annähernd Saubere in der Kerkerzelle war.

»Was ist passiert, Jovar?«, fragte ich.

»Sind Männer gekommen und haben uns gejagt. Haben uns gebracht hierher.«

»Was für Männer?«

»Kirchenmänner. Mit Rot auf Brust«, beschrieb er und zeigte auf die eigene Brust, deutete die Form des Kreuzes von Drogah so weit an, dass die Bedeutung unmissverständlich war.

»Paladine?«, fragte Tatyana.

Jovar nickte und spuckte aus. »Viele sie haben getötet, die anderen sie haben mitgenommen.«

»Haben sie dich hierhergebracht?«

»Ja. Viel Angst.«

»Wie viele von euch sind hier unten?«, fragte ich.

»Viele sind gewesen, aber jetzt sie sind weg. Andere Männer kommen, nehmen sie mit. Nie sie kommen zurück.«

»Erzähl mir von den anderen Männern. Wie viele sind es?«

»Ihr habt Essen?«, fragte er.

Ich nickte Tatyana zu, die ihm eines der harten Brote aus ihrem kleinen Bündel in die Hand drückte. Jovar riss es entzwei und reichte eine Hälfte der Frau und dem Jungen. Einige Augenblicke nagte er daran, dann nickte er.

»Fünf, vielleicht sechs«, sagte er. »Immer in Kutten mit Kapuzen. Manchmal nur zwei kommen, aber meiste Zeit ich sehe fünf oder sechs. Sehr grausam.«

»Fünf oder sechs. Das ist nicht so schlimm«, befand Tatyana.

Jovar schüttelte den Kopf und ließ die Kruste sinken, an der er kaute. »Fünf oder sechs Männer, dazu aber viele tote Männer.«

»Tote Männer?«, hakte ich nach.

»Tote Männer«, bestätigte er und nickte erneut. »Sehr, sehr böse. Männer in Kutten sprechen, und tote Männer hören zu. Sogar unser eigene Leute. Väter nehmen eigene Söhne, und macht ihnen nichts. Grausame Hände, und manchmal sie beißen, und Männer in Kutten lachen.«

»Totenbeschwörer«, flüsterte Tatyana. »Aber das kann nicht sein. Die Paladine …«

»Paladine böse«, warf Jovar ein. »Sie uns bringen hierher.«

Tatyana taumelte, als wäre sie geschlagen worden, und im silbrigen Licht der Kugel konnte ich sehen, wie blass ihre Haut war. »Tatyana?«

»Gott in der Höhe, Stratus. Weißt du, was das bedeutet?«

»Dass die Paladine mit dem Herrn der Würmer unter einer Decke stecken?«

»Das kann nicht stimmen, das kann es einfach nicht. Sie sind die *Paladine*. Ist dir klar, was das heißt? Ja, sie sind voreingenommen und allgemein ungefähr so umgänglich wie ein Schwarm zorniger Wespen, aber sie sind *die Paladine*. Sie sind nicht …« Sie kauerte sich hin und presste sich die Handflächen gegen die Stirn. Jovar beobachtete sie, während er weiter an der Kruste kaute. Gelegentlich warf er dabei auch einen Blick zu mir.

»Vielleicht sind es ja nur ein paar von ihnen«, schlug ich vor. »Wir finden die Antworten.«

Tatyana brummte, und schließlich stand sie auf und wischte sich das Gesicht ab. »Du hast recht, du hast recht.«

»Jovar auch kommt mit«, meldete sich Jovar mit dem Mund voll Brot zu Wort.

»Das ist keine gute Idee«, befand Tatyana.

»Jovar gut mit Messer«, brüstete er sich, dann zeigte er auf den Gang draußen. »Und ist zu dunkel zum Sehen.«

»Mir macht das nichts aus«, warf ich ein. »Er bewegt sich wirklich ziemlich leise.«

Tatyana zeigte drohend mit einem Finger auf ihn. »Na schön, aber du bleibst hinter mir, verstanden?«

Er nickte zustimmend, und so begab es sich, dass wir zu fünft zu der Gabelung zurückkehrten. Falls Jovar irgendjemanden der anderen Leute in den Zellen kannte, äußerte er dahingehend nichts, und wir fragten nicht nach.

Kapitel 28

»Vertraust du ihm?«

Wir kauerten zwanzig oder mehr Schritte vor Jovar und seinen Gefährten, während ich zögerlich die Lichtkugel zur Erkundung der Finsternis vorausschickte. Als sie sich mit ihrem Licht von uns entfernte, konnte ich beinah fühlen, wie die Dunkelheit gegen mich presste. Ein Gefühl, wie trockene Haut, die erst abgestreift werden musste. Ich konnte ein genervtes Seufzen nicht unterdrücken, als Tatyanas Flüstern wie ein Messer in meine Konzentration fuhr.

»Ja.«

Den Weg zurück zur Gabelung hatten wir mühelos gefunden. Wir hatten nur einmal angehalten, um meinen Verdacht zu bestätigen, was den Mann anging, der weggerannt war. Der rechte Gang wies einen geringfügig besseren Zustand auf als der linke, und wenngleich ich vermutete, dass die Männer, die Lucien angegriffen hatten, dieselben sechs Totenbeschwörer waren, von denen Jovar gesprochen hatte, war ich nicht scharf darauf, unnötige Risiken einzugehen.

»Ich frage nur, weil er all das ziemlich gut weggesteckt zu haben scheint, wenn man bedenkt, dass die anderen alle ein bisschen verrückt geworden sind.«

Ich rief die Kugel zurück und drehte mich der Stelle der Dunkelheit zu, aus der ihre Stimme zu mir drang.

»Ich finde aber den Umstand wichtiger, dass er versucht hat, dich zu töten, als er dachte, du wärst einer von denen.«

»Mag sein.«

Das Licht erfasste uns wieder, und als es die Dunkelheit verdrängte, stellte ich fest, dass Jovar keine zwei Schritte hinter Tatyana auf den Fersen hockte. Die Frau und der Junge befanden sich unmittelbar hinter ihm. Sie bewegten sich wirklich unfassbar leise fort.

»Kannst du Jovar vertrauen!«, beteuerte er, womit er Tatyana jäh zusammenzucken ließ. Seine Zähne blitzten auf, zeichneten sich fast so hell gegen seine Haut ab wie die meinen bei mir. »Stehle ich viele Sachen, aber nicht Kinder.«

»Tut mir leid«, murmelte Tatyana. »Ich hab's nicht böse gemeint.«

Ich ließ sie reden, während ich meine Magie erneut den Gang hinuntersandte. In Anbetracht des Geschreis der Gefangenen und solange die einzige Lichtquelle weit und breit unmittelbar über meiner Schulter schwebte, würde es unsere Gegenwart auch nicht verbergen helfen, wenn ich sie aufforderte, still zu sein. Etwas an dem Gang vor uns fühlte sich nicht richtig an, doch ich vermochte nicht zu sagen, was. Schutzbanne konnte ich keine ertasten, und dennoch versuchte irgendein namenloser Instinkt in meinem Innersten, mir etwas mitzuteilen.

»Worauf warten wir?«, fragte Tatyana.

»Ich habe ein seltsames Gefühl bei dem Gang vor uns.«

»Inwiefern seltsam?«

»Dass uns etwas entgeht.«

Mit zusammengekniffenen Augen spähte sie in den Gang. »Mal sehen. Blinde Spinnen, schleimige Pfützen und Ziegelsteine, die sich wie aufgeweichtes Brot anfühlen. Scheint mir normal zu sein.«

»Das sind keine normalen Dinge.«

»Na ja, wir können aber nicht ewig hier hocken. Immerhin könntest du dich auch irren.«

»Ich denke, das wäre möglich.« Ich stand auf und wischte mir ein paar verirrte Spinnen vom Ärmel. »Bleib ein paar Schritte hinter mir.«

Tatyana brummte zustimmend, und ich setzte mich wieder in Begegnung, die Arme leicht angewinkelt und ausgestreckt. Meine Schutzbanne funkelten ein wenig, als ich etwas mehr Macht in sie presste. Ich überprüfte jeden Schritt, bevor ich den Fuß aufsetzte, gelangte jedoch ohne Zwischenfall durch den Abschnitt. An der

Ecke blieb ich stehen und winkte die anderen vorwärts. Tatyana befand sich kaum zwei Schritte von mir entfernt, als ich zurückschaute und begriff, was wir übersehen hatten. Der Gang wurde in der Richtung, aus der wir gerade gekommen waren, etwas schmaler, gerade genug, um vier flache Nischen zu verbergen, die jeweils einen toten Mann beherbergten.

Und als hätten sie auf meinen Gedanken gewartet, hoben die Toten die Köpfe, und ihre Augen leuchteten mit einem kalten Licht. Ich rief eine Warnung, und Tatyana wirbelte zur Seite. Ihr Schwert zischte aus der Scheide und befand sich nach einer silbrig verschwommenen Bewegung in ihrer Hand. Hinter ihr drehte sich Jovar gerade rechtzeitig um, dass er sehen konnte, wie die Toten mit Keulen in den Händen aus den Nischen traten.

Mir entfuhr ein Fluch, während ich hastig mein Messer zog. Da die allgegenwärtige Aura der Nekromantie meine Sinne regelrecht betäubte, war mir die Anwesenheit dieser Toten völlig entgangen. Was immer sie animierte, musste auf etwas beruhen, das ohne die direkte Kontrolle eines Zauberers auskam, sonst hätte ich gespürt, wie der Befehl erteilt wurde.

Tatyana erreichte die Angreifer als Erste und schlitzte mit einem schnellen Hieb den Arm des vordersten Toten auf, als sie seiner Keule auswich. Der Schnitt legte den bleichen Knochen in seinem Fleisch frei. Er versuchte, ihr mit der Keule zu folgen, aber da die Muskeln durchtrennt waren, fiel ihm die Waffe aus der Hand, als sich das Gewicht verlagerte.

Ich stieß Jovar zurück, als zwei der toten Männer ohne Anzeichen von Eile auf mich zukamen und mir genug Zeit ließen, die Helligkeit meines Lichts zu erhöhen und endlich mein Messer in die Hand zu bekommen. Ich trat zur Seite, sodass mich nur einer angreifen konnte, was er prompt tat. Die Geschwindigkeit des Streichs war wesentlich beeindruckender, als sein schlurfender Gang erahnen ließ, und ich entging dem Schlag um kaum eine Fingerbreite, als ich zurückzuckte. Seine Brust präsentierte sich ungeschützt, als die Keule herabsauste, und ich nutzte die Gelegenheit, um das Messer durch sein Brustbein zu treiben. Ich stieß so hart zu, dass mein Daumen in seinem Fleisch versank. Es war ein befriedigender Treffer, der ihn zu Boden gehen ließ, mir allerdings auch das Messer entriss. Die Keule des Nächsten schwang herab, bevor ich mich erneut bewegen konnte, und sie prallte von meinem Arm ab, als ich zurückzuweichen versuchte. Die Wucht erwies sich als heftig genug, um Ringfinger und kleinen Finger taub werden zu lassen. Ich rammte ihn mit der Schulter, und die Masse meines Körpers sandte ihn ausgestreckt auf den Boden.

Die vormals menschliche Kreatur mit meinem Messer in der Brust rappelte sich langsam, mit unbeholfenen Bewegungen auf die Beine. Ich stampfte auf ihren Rücken, presste sie mit meinem Gewicht zurück auf den Boden, dass die Spitze des Messers durch den Rücken wieder austrat. Mit einem weiteren Stampfen brach ich ihr das Rückgrat, und als sie zuckend dalag, entwand ich ihr die Keule und schlug ihr damit den Schädel ein. Ich wusste zwar nicht, was die Toten auferstehen ließ, ging aber davon aus, dass der Kopf eine wichtige Rolle spielte.

Als ich aufschaute, war Jovar damit beschäftigt, mit seinem angespitzten Metallsplitter auf denjenigen einzustechen, den ich zu Boden gerammt hatte. Wieder und wieder rammte er den Splitter in die Brust der Kreatur. Die schien das nicht weiter zu stören, und während ich das Geschehen beobachtete, hob der Tote einen Arm und streckte die Hand nach Jovars Gesicht aus. Fluchen und Prusten erklangen, als die Finger einen Weg in seinen Mund fanden. Ich eilte hinüber und zerschmetterte den Schädel des Toten mit einem schwungvollen Hieb der Keule. Ich musste zurückspringen, um nicht über und über mit Gehirnmasse vollgespritzt zu werden.

Tatyana hatte mit ihren beiden Gegnern keine Schwierigkeiten. Sie bestanden nur noch aus einer Masse zerschnittenen Fleisches und freiliegender Knochen. Einem fehlte sogar ein Arm, trotzdem griffen sie weiter an. Fasziniert beobachtete ich, wie einer stolperte, als Tatyanas Schwert die Sehnen in seinem Bein mit einem weiteren pfeilschnellen Streich durchtrennte. Was immer sie antrieb, sie waren immer noch auf das Funktionieren der normalen menschlichen Körpermechanik angewiesen, nur den dazugehörigen Blutkreislauf benötigten sie offenbar nicht. Die Menge an Schaden, die Tatyana bei den Kadavern angerichtet hatte, wäre ausreichend gewesen, um beide Männer zweifach verbluten zu lassen, soweit ich die Wunden beurteilen konnte.

Tatyana schaute in unsere Richtung, dann duckte sie sich unter einer klauenartigen Hand hindurch und trieb die Klinge so durch ein Auge des ersten Leichnams, dass eine gute Handbreit Stahl durch den Hinterkopf austrat. Sie ließ die Klinge los, als die Kreatur fiel, und wich der anderen aus, die im vergeblichen Versuch, sie zu packen, den Stumpf ihres abgetrennten Arms schwenkte. Tatyana trat dem Kadaver die Kniescheibe ein, wodurch er zu Boden ging, dann huschte sie hinter ihn und brach ihm mit einer einzigen, kraftvollen Bewegung das Genick, als wäre er ein Hühnchen statt ein ausgewachsener Mann.

»Verstehst du jetzt, was ich gemeint habe, das in Aknak passiert ist?«, fragte sie, während sie nach Luft schnappte. »Sie hören nicht auf, ehe man ihnen den Schädel einschlägt.«

»Ah. Ich dachte, du hättest es vielleicht vergessen. Es ist in der Tat faszinierend.«

Ich kniete mich neben denjenigen, den ich erledigt hatte, und legte die Hand dort auf die Brust, wo sich die zerfetzte Kleidung geteilt hatte. Der Körper fühlte sich so kalt wie erwartet an. Er war zugleich jedoch unerwartet glitschig, als wäre er unlängst eingeölt worden. Nur roch der Glitsch nach keinem mir bekannten Öl. Ich stand auf und ging zu Tatyana hinüber, die leise neben einem der Kadaver würgte.

»Kennst du diesen Geruch?«, fragte ich und hob die Finger.

Es gelang ihr, »Hau ab damit« hervorzupressen, ehe sich ihr Magen erneut zusammenkrampfte.

»Was ist? Bist du verletzt?« Sie schüttelte den Kopf. »Hast du irgendetwas von ihren Körperflüssigkeiten aufgenommen?«

»Nein, verdammt noch mal.« Tatyana trank einen Schluck aus einer kleinen Flasche, spuckte aus und trank danach ausgiebiger. »Die Toten. Verdammt noch mal. Mit ihnen zu rechnen und sie tatsächlich zu sehen, sind zwei völlig verschiedene Paar Stiefel.«

»Ich weiß.« Ich kniete mich neben denjenigen, dem sie das Gesicht durchstochen hatte, und betastete den tiefen Schnitt, den sie in sein Bein geschlitzt hatte. Es quollen keine Würmer aus dem Gewebe, das fleckig und kaum feucht war.

»Es hat keinen Befehl gegeben«, sagte ich mehr zu mir selbst als zu ihr.

»Was?«

»Es hat keinen Befehl gegeben. Sie haben mehr oder weniger aus freien Stücken gehandelt.« Ich schüttelte den Kopf, teils vor Verwirrung, teils in Verleugnung dessen, was das bedeuten mochte. »Das dürfte eigentlich nicht möglich sein.«

Jovar befand sich etwas abseits und redete leise mit der Frau und dem Knaben, denen er je eine Keule gegeben hatte.

»Und?«

»Und? Und das bedeutet, ich habe mich geirrt. Ich dachte, das hier seien Marionetten, die vom Herrn der Würmer und seinen Schergen gesteuert werden. Wenn sie aber unabhängig sind, bedeutet das, es ist mehr als nur der Grundsatz der Magie verderbt, der sie wiederbelebt.«

»Das sagt mir nichts. Und warum sollte ich überhaupt an deinen vermaledeiten Fingern riechen?«

»Oh. Na ja, diese Kreaturen sind schleimig, aber ich kann den Geruch nicht einordnen. Hier unten sind meine Sinne nicht ganz auf der Höhe.«

Sie ergriff meine Finger, starrte mich dabei ununterbrochen an, hob sich die Finger an die winzige Nase und schnupperte mehrmals daran. Ihre Augenbrauen zogen sich dabei so weit zusammen, dass sie einander beinahe berührten.

»Riecht wie der Froschlaich aus dem alten Mühlteich.«

»Froschlaich.« Ich dachte an den Wurm und die Spritzvorrichtung in der Kammer über uns nach und insbesondere an den dunklen Glibber, der den Wurm umgeben hatte.

Kurz entschlossen stach ich mein Messer in die große Wunde im Gesicht der Kreatur und brach den Schädel grunzend unter Einsatz meines anderen Daumens auf. Die Bestätigung meiner Befürchtung lag in der gefleckten Masse des Gehirns vergraben. Als das Licht den vollgefressenen Wurm berührte, verschwand er sich schlängelnd wie ein Aal zurück in die Tiefen des toten Gewebes.

»Die Würmer sind der Schlüssel«, stellte ich fest, aber Tatyana hatte sich entfernt, lief mit den Händen an den Hüften auf und ab. »Hast du mich gehört?«

»Ja! Und bei Gott, ich wünschte, ich hätte es nicht.« Sie rieb die Hände an ihrem Gewand. »Verfluchte, mistige Würmer in ihren verfluchten, mistigen Köpfen.«

Ich wischte mir das Messer an der Kleidung ab und stand auf. »Die Würmer sind allerdings nur ein Teil davon.«

»Ist mir egal!«, brüllte Tatyana, und das Echo des Geräuschs hallte durch den Gang. »Ich sollte eigentlich Leibwächterin sein, und nicht tun, was immer ich hier tue.« Sie deutete auf die Kadaver und auf mich.

»Beruhige dich.«

»Ich soll mich beruhigen? Das sind *tote* Menschen. Mit Würmern in den Köpfen.« Sie betonte jedes Wort, als hätte ich ihr nicht gerade davon erzählt.

»Das ist nicht natürlich.«

»Ach, wirklich?«

»Selbstverständlich nicht.« Ich atmete tief ein, blies die Luft langsam aus und hoffte, die Verbindung zwischen uns würde dabei helfen, einen Teil der Ruhe, die mir das bescherte, auf Tatyana zu übertragen. »Ich bin nicht sicher, ob ich die richtigen Worte finde, um dir zu erklären, in welchem gewaltigen Ausmaß das allem widerspricht, was ich über Hexerei weiß. Oder die Welt insgesamt. Was ich aber weiß, ist, dass es aufgehalten werden muss. Und um es aufzuhalten, muss ich es verstehen.« Ich sah sie an, forderte sie stumm auf, meinem Blick zu begegnen. »Und dafür werde ich deine Hilfe brauchen.«

Zunächst erwiderte Tatyana nichts, starrte nur auf die Leichen hinter mir und kaute auf ihrer Unterlippe. Schließlich nickte sie.

»Na schön. Ich helfe dir. Aber ich schwöre, wenn du auch nur die geringsten Anstalten machst, eines dieser Dinger in meine

Nähe zu bringen oder eines ihrer verdammten Gehirne zu essen, verfüttere ich eine Elle Dendral mit einer Geschwindigkeit an dich, die dir nicht gefallen wird.«

»Dendral?«

»Stahl, um Gottes willen.«

»Warum nennst du ihn Dendral?«

Sie hob den Blick zur Decke, bevor sie wieder mich ansah. »Das ist eine bestimmte Stahlsorte. Die Beste, aus dem Norden.«

»Ich dachte, es wäre vielleicht der Name des Schwertes.«

Tatyana lachte. »Ich habe nur zwei Leute gekannt, die ihren Schwertern Namen gegeben haben. Beides waren Trottel, und beide sind jetzt tot.« Sie schwenkte die Hand. »Pass auf, vergiss das alles. Verstehst du die Bedingungen? Ich meine es völlig ernst damit.«

»Du hilfst mir zwar, tötest mich aber, wenn ich ein Gehirn mit Würmern esse. Ja, das verstehe ich.«

»Und dasselbe gilt für dich, Jovar«, fügte Tatyana hinzu.

Jovar nickte nur. Er schien mir übertrieben erfreut über seine neu eroberte Keule zu sein, die er gerade weitaus penibler reinigte als wohl je sich selbst.

»Gut. Und jetzt hör mir zu. Ich habe schon gegen die Toten gekämpft, und wenngleich du stark bist und Jovar gut und listig ist, bedeutet das gar nichts, wenn sie uns in großer Zahl angreifen, vor allem in einem beengten Raum. Falls es dazu kommt, unterstützt ihr mich, einer auf jeder Seite. Ihr stürmt nicht davon. Ihr deckt meine Flanken und lasst mich eine Schneise schlagen.«

»Ich sollte in der Mitte stehen«, wand ich ein.

»Nein. Du bist zwar stark, aber schlampig.« Dagegen wollte ich gerade protestieren, doch Tatyana vollführte mit der Hand eine Hackbewegung. »Nein. Ich versuche nicht, dich über Magie zu belehren, und du belehrst mich nicht, was das Kämpfen angeht.«

Mit einem Schulterzucken lenkte ich ein. Es gab weit wichtigere Dinge, über die wir uns den Kopf zerbrechen mussten, als die Reihenfolge, in der wir uns der Toten zu erwehren versuchen würden. Allerdings weigerte ich mich, nachzugeben, als es um die Frage ging, wer beim weiteren Vorrücken durch den Gang vorausgehen sollte. Tatyana mochte gut im Umgang mit dem Schwert sein, doch in Hinblick auf Magie war sie wirklich nutzlos. Nachdem wir das geklärt hatten, schickte ich wieder die Lichtkugel voraus und erhöhte ihre Helligkeit in der Hoffnung, sie würde die Sinne etwaiger Gegner durcheinanderbringen, die uns auflauerten.

Nach der nächsten Ecke verbreiterte sich der Gang zu einer länglichen, grob ovalen Kammer mit einer Kuppeldecke, die nur noch von der Fülle an Wurzeln gestützt zu werden schien, die sie durchdrungen hatten. Welchen erhabenen Zweck diese Kammer einst auch erfüllt haben mochte, er war längst vergessen, wenngleich an einzelnen Stellen noch Anzeichen ihrer früheren Pracht im Licht der Kugel funkelten; goldene Formen, verborgen unter dem über Jahrhunderte hinweg angesammelten Dreck. Allerdings war der Raum nicht verlassen.

Kapitel 29

»Was ist das?«, fragte Tatyana in gedämpftem Tonfall.

Ich konnte ihr keine Antwort geben, als das Licht die Dunkelheit zurückdrängte und die vor uns angeordneten Toten offenbarte. Sie füllten die höhlenartige Kammer aus und brachten mich dazu, meine vorherige Einschätzung zu überdenken, dieser Tag könnte nichts mehr zu bieten haben, was mich mehr überraschen würde, als von lebenden Leichnamen angegriffen zu werden.

Auf einer Seite der Kammer lagen sie nebeneinander in zwei ordentlichen Reihen und sahen so aus, wie tote Menschen aussehen sollten. Auf der anderen Seite hingen mindestens zwanzig Körper in etwas, das nach Metallkäfigen aussah, über Fässern. Und in der Mitte dazwischen stand eine üppige Masse wiedererweckter Toter. Ich lenkte das Licht in ihre Richtung und führte ihm etwas mehr Macht zu, um die Schatten weiter zurückzudrängen. Es handelte sich sicherlich um mehr als hundert, doch zu meiner großen Erleichterung blieben sie schlaff und regungslos, während das Licht ihre schimmernden Körper beleuchtete. Mindestens doppelt so viele lagen in den Reihen auf der linken Seite, und der bloße Gedanke daran, dreihundert oder mehr dieser Kreaturen so nah zu sein, jagte einen unangenehmen Schauder meine Seiten hinab.

»Sie reagieren nicht«, sagte ich so leise wie möglich.

»Eine kleine Gnade«, meinte Tatyana, die fest ihr Schwert umklammerte. »Was willst du tun?«

Ich schickte das Licht voraus, so weit ich konnte, bevor die Flut der seltsamen Finsternis es trübte. Das genügte, um auf der gegenüberliegenden Seite der Kammer Türen auszumachen. »Dasselbe wie beim Betreten der Gruft. Antworten finden.«

»Das ist eine schlechte Idee.«

»Hast du schon gesagt, aber da wir schon so weit gekommen sind, können wir es auch zu Ende bringen.«

Dazu brummte sie. »Na schön. Mist. Behalt die Stehenden im Auge. Wenn sie anfangen, sich zu bewegen, flüchten wir, bevor sie loslegen. Wenn wir Glück haben, sehen uns nur die am äußeren Rand. Verstanden?«

»Klingt sinnvoll.«

»Jovar?«, fragte sie.

Er nickte nur und zog seine Gefährtin und das Kind näher zu sich. Nachdem wir das geklärt hatten, bahnten wir uns den Weg so leise wie möglich vorwärts. Wir achteten angespannt auf jedes Anzeichen darauf, dass die Toten unserer Gegenwart gewahr wurden. Doch abgesehen vom Gurgeln ihrer Gase und einem gelegentlichen Zucken, das uns alle jedes Mal jäh erstarren ließ, blieben sie regungslos, die Augen trüb, die Münder offen.

Ich steuerte auf den vordersten der auf dem Boden liegenden Toten zu und kauerte mich neben ihm hin. Als Erstes fiel mir an diesen Leichen auf, dass sie nicht wie die teilweise verwesten und ausgemergelt wirkenden Kreaturen aussahen, die uns beim Abstieg begegnet waren – im Vergleich zu denen kamen mir die hier einigermaßen frisch vor. Ich holte mein Licht näher, sodass ich den Körper genauer betrachten konnte. Wenngleich es mich grundsätzlich immer freut, recht zu haben, fühlte es sich bei dieser Gelegenheit nicht besonders befriedigend an. Der Körper erwies sich als so schleimig wie alle anderen hier unten, hatte jedoch eine zusätzliche Schicht von dem Zeug in seinem Gesicht. Nach einer vorsichtigen Berührung klebte an meinem Finger dieselbe eigenartige, raue, brackige Schmiere.

»Es stecken Würmer in ihnen«, sagte ich zu Tatyana und wischte den Finger mehrfach am Boden ab.

»Was?«

Ich zeigte auf den Glibber unter der Nase des Mannes. »Das ist dieselbe Substanz, die den Wurm bedeckte.«

»Bist du sicher?«

»Nur zu, riech daran.«

»Nein, schon gut, ich vertraue deiner Einschätzung.«

»Ich würde ja gern den Kopf öffnen, um mich zu vergewissern, aber wenn es ein einziger Wurm ist, könnte es zu lange dauern, ihn zu finden.«

Ich tippte mit dem Messer gegen den Kopf des Kadavers, während ich die Reihen der Toten entlangblickte. Wenngleich ich überzeugt davon war, dass der Wein und die Würmer in Verbindung miteinander standen, übersah ich irgendetwas.

»Magische Mann.«

Ich schaute auf. Jovar stand in der Nähe einer der in den Käfigen schwebenden Leichen. Die Keule ruhte auf seiner Schulter. Ich steckte mein Messer zurück in die Scheide und ging zu ihm, wobei ich darauf achtete, keinem der stehenden Toten zu nah zu kommen.

»Ja?«

Er nickte in Richtung des Käfigs, eines hohen, annähernd runden Gebildes, das stark jenen ähnelte, in denen die Straßenverkäufer Singvögel verwahrten, nur größer und gröber gearbeitet. Der Käfig war hoch genug, dass die Körper darin verkehrt herum hängen konnten, ohne dass der Kopf den Boden berührte, und nun stellte ich fest, dass die in den Käfig vor uns geschnallte Leiche eine Vorrichtung aus Kupfer und Glas in der Nase hatte. Das Ding erinnerte an eine eigenartige Pfeife, die jemand versehentlich in die Nase statt in den Mund gesteckt hatte. Der Kopf wurde von mehreren Messingstangen fixiert, die vermutlich verhindern sollten, dass die feine Glasarbeit verrutschte oder beschädigt wurde. Etwas Vergleichbares hatte ich noch nie gesehen.

»Also, das ist jetzt neu«, sagte ich, beugte mich vor und holte meine Lichtkugel näher.

Jovar gehörte nicht zu den gesprächigsten Menschen, die mir je begegnet waren, dennoch hätte ich zumindest eine Warnung von ihm erwartet, dass der Mann im Käfig lebte. Die hätte mir zumindest das würdelose Quieken erspart, das sich meiner Kehle entrang, als sich die blutunterlaufenen Augen des Gefangenen plötzlich öffneten und in die meinen starrten.

»Lebendig«, sagte Jovar verspätet, als Tatyana herübergeeilt kam.

Der Mund des Mannes klappte auf, aber statt etwas zu sagen, hustete er etwas Blutiges aus, das ihm über die Augen lief, bevor er feucht und angestrengt einatmete.

»Was? Holen wir ihn da raus«, schlug Tatyana vor.

»Warte«, widersprach ich und hob eine Hand.

»Warum?«

»Die Käfige haben magische Schutzbanne«, log ich. Hatten sie vielleicht wirklich, aber ich hatte weder Zeit noch Lust, mich in ein weiteres moralisches Dilemma über die Rettung dieser armen Seelen verstricken zu lassen. Wer immer sie in die Käfige geschnallt und diese Glasvorrichtungen angefertigt haben mochte, derjenige hatte sich erhebliche Mühe damit gegeben. Und das bedeutete, dass sie wichtig sein mussten. Tatyana gab sich geschlagen und verschränkte die Arme vor der Brust, während ich vorsichtig tastende Magieranken in den Käfig entsandte. Ich hatte Mühe, aus dem schlau zu werden, was sie mir offenbarten. Die stärkste Nekromantie ging von der Glasvorrichtung aus, und das war nun keine Überraschung. Allerdings strotzte auch der Mann selbst vor dieser negativen Energie, und zwar so sehr, dass er eigentlich hätte tot sein müssen. Dennoch schlug sein Herz nach wie vor, und seine Lunge füllte sich mit Atemluft.

»Kannst du sprechen?«, fragte ich. Es hatte keinen Sinn, meine Macht zu vergeuden, wenn er mir selbst erzählen konnte, was ich wissen wollte. Er hustete und stöhnte, wodurch die prallen Blutgefäße in seinem Gesicht noch zusätzlich anschwollen. Ich trat vor und ergriff den Käfig, dann stemmte ich die Füße fest auf den Boden, als ich einen sorgsam kontrollierten Energiestoß in die Eisenkette jagte, von der er baumelte. Mit einem klirrenden Geräusch riss die Kette, und ich senkte den Käfig behutsam zu Boden, während der Rest der Kette herabsackte und mit einem lauten Rasseln landete, das die stöhnenden Laute des Mannes übertönte. Er stöhnte weiter, als ich den Käfig so weit rollte, bis er zu uns aufschaute. Dabei verstummte er nur kurz, um zähflüssige Batzen aus Blut und Schleim auszuspucken.

»Kannst du sprechen?«, fragte ich erneut, und diesmal krächzte er ein mattes »Ja« als Antwort. Ich bedachte ihn mit einem ermutigenden Lächeln. »Was haben die mit dir gemacht?«

»Tut weh«, stieß er japsend und wenig hilfreich hervor. Ich lächelte weiter. »Mein Kopf.« Durch die Röhren in seiner Nase klang es undeutlich und mehr wie »Mei-of«.

»Wie lange hängst du schon hier?«, fragte Tatyana über meine Schulter. Ich sah, wie er aufschaute und sich seine Augen weiteten, als er sie erblickte.

»Weiß nicht.« Er biss die Zähne zusammen, und Blut begann aus seiner misshandelten Nase und den Augenwinkeln zu sickern. Seine Hände öffneten und schlossen sich, griffen ins Leere, bis sich Tatyana unverhofft hinkniete und eine von ihnen ergriff. Seine Augen öffneten sich wieder, und er blinzelte das Blut daraus weg, als er zu ihr emporstarrte. »Sie … sie sind in mir drin«, sagte er, und die Worte liefen ineinander, verschmolzen zu einem langen Stöhnen.

»Was ist in dir drin, wollte Tatyana von ihm wissen. Die richtige Frage, und er schien gut auf Tatyana anzusprechen.

»Blu… Blu… Blutsaat.« Schaudernd holte er Luft, und durch den Filter meiner Magie konnte ich fühlen, wie das Geflecht der Nekromantie, das ihn umgab, stärker wurde. »Kann es spüren. In mir. Wü… wühlt in mir. Flüstert.« Er biss die Zähne zusammen, und ich hörte, wie einer abbrach, als er damit knirschte.

»Tatyana«, flüsterte ich. »Lass ihn los.« *Blutsaat.* Das hatte ich schon einmal gehört.

»Ich kann nicht.« Sie versuchte, ihm ihre Hand zu entwinden, aber seine Knöchel traten weiß hervor, so fest umklammerte er sie.

»Tötet mich«, bat er stöhnend, als sich seine Augen mit Blut füllten und zu tränen begannen. Ich wusste nicht, wie ich ihm beibringen sollte, dass es wahrscheinlich nichts ändern würde, wenn wir es täten.

»Lass los«, forderte ihn Tatyana auf, aber was immer gerade mit ihm geschah, schien auch seinen Verstand übernommen zu haben.

Ich fasste in den Käfig und brach ihm die Finger, damit Tatyana ihre Hand herausziehen konnte. Nur einen Herzschlag später begann Blut aus seiner Haut zu sickern, als schwitze er es aus. Voller Grauen und gebannt beobachtete ich, wie ihn eine Veränderung überkam. Erst war es der Übergang vom Leben zum Tod, dann etwas völlig anderes. Mit meinen von Hexerei verstärkten Sinnen beobachtete ich, wie er starb. Ich sah, wie der Funke der Lebensenergie in ihm den wackeren Kampf gegen die Fäulnis der Nekromantie verlor. Sie hätte zum Großen Lied zurückkehren sollen, aber das stumpfe Flackern, zu dem sie verkommen war, wurde stattdessen vor meinen Augen in sein Gehirn gesogen und tänzelte einen Lidschlag lang über das sich windende Gewirr schnurartiger Würmer in seinem Schädel, bevor die Energie in die Masse sank und finster wurde. Bevor sie verschwand, flimmerte das aus seiner Haut austretende Blut mit einer absoluten Schwärze, von der ein eisiger Frost ausging, kälter als alles andere, was diese Welt aufzuwarten hatte. Etwas Derartiges hatte ich noch nie zuvor gefühlt oder gesehen, aber durch die Art, wie es an meiner Magie zerrte, wusste ich haargenau, worum es sich handelte.

Tod.

Hastig stieß ich mich ab und wich zurück, weit weg von dem Blut. Dann starrte ich den Leichnam an, außerstande, das Grauen dessen zu verdauen, was ich gerade mitangesehen hatte. Vermutlich hätte ich eine ganze Weile dort verharrt, benebelt und verdutzt von der Unmöglichkeit, wenn mir Tatyana nicht erneut ins Gesicht geschlagen hätte.

»Verdammt, Stratus, sie rühren sich. Hoch mit dir!«

Ich löste den Blick von dem Leichnam im Käfig und schaute hinüber zu mindestens zwanzig der Toten in der Mitte des Raumes, die sich in unsere Richtung drehten. Der silbrige Schimmer in ihren Augen schwoll zu neuer Helligkeit an. Auch das Licht meiner Kugel wurde heller, als meine Konzentration zurückkehrte, und ich stand hastig auf. Vor meinen Augen begannen die Toten, auf uns zuzukommen, die Schritte steif und unstet.

»Was habt ihr gemacht?«, fragte ich.

»Was? Wir haben gar nichts gemacht. Was hast *du* gemacht?«

»Nichts.« Der Versuch, es Tatyana zu erklären, erschien mir wenig sinnvoll, zumal ich ja selbst Mühe hatte, es zu verstehen. »Sie müssen seinen Tod gespürt haben.«

»Was sollen wir tun?«, fragte sie, die Aufmerksamkeit mittlerweile voll auf die Toten geheftet.

»Was du gesagt hast.« Ich konnte fühlen, wie die Falschheit dieser Toten an mir zerrte. Ein Teil von mir sehnte sich danach, mitten in sie hineinzuwaten und den sie animierenden Hohn auf das Leben zurück in das verfluchte Reich zu schicken, wo er hingehörte. Der Rest von mir fühlte sich schon von der Nähe ihrer Gegenwart geschändet. »Haltet auf die Türen zu. Lauft.«

Leider war das leichter gesagt als getan. Wie Ameisen eines zertretenen Haufens schwärmten die Toten in alle Richtungen aus, was es schwierig gestaltete, den Abstand zwischen ihnen und uns zu bewahren. Jovars Gefährtin geriet zu nah an einen der Käfige, und eine bleiche Hand packte ihr Haar, wohl eher aus Verzweiflung als aus Boshaftigkeit, was allerdings auf dasselbe Ergebnis hinauslief. Sie schrie spitz auf und fiel nach hinten, schlug sich den Kopf am Boden des Käfigs an. Die Gestalt hinter den Gitterstäben brabbelte blubbernd vor sich hin, als die Frau versuchte, sich aus ihrem Griff zu befreien. Der Knabe zog aus Leibeskräften an ihrer Hand, war jedoch zu schwach, um ihr zu helfen.

Jovar brüllte etwas, wahrscheinlich ihren Namen, aber ich konnte ihn nicht verstehen. Dann fasste er in ihr Haar und begann, die Finger von seiner Gefährtin zu lösen, während die Toten näherrückten.

Kapitel 30

Ich konnte nur vermuten, dass es irgendwie unangenehm war, an den Haaren gezogen zu werden, deshalb wusste ich nicht recht, ob die Frau vor Schmerz oder aus Angst schrie. Vor Schmerz zu schreien, konnte ich nachvollziehen, weil ich es selbst schon einige Male getan hatte. Ich glaubte jedoch nicht, je genug Angst gehabt zu haben, dass eine Vergeudung von Atem sich wie die angemessene Reaktion darauf anfühlen würde. Jovars namenlose Gefährtin kannte keine solche Zurückhaltung und heulte frei heraus, während er in dem Versuch, sie zu befreien, an der Hand des Mannes im Käfig zerrte.

Ich wollte ihn gerade auffordern, sich zu beeilen, als Tatyana an mir vorbei zu ihnen stürmte.

»Weg da!«, rief sie, und gleich darauf blitzte ihr Messer auf. Sie schnitt mit einigen wenigen, geschickten Bewegungen durch die Haare der Frau. Eine löbliche Aktion, dennoch blieben wir dadurch der Gefahr durch die Toten ausgesetzt, die den verbliebenen Abstand mit nunmehr unerwarteter Geschwindigkeit verringerten.

In der Nähe befanden sich mehrere Fässer, alle leer, abgesehen von Rattenausscheidungen und Horden jener bleichen Spinnen, dies sich hier unten überall zu tummeln schienen. Ich packte das nächstbeste der Fässer, drehte mich auf einem Fuß und warf es in die Reihen der näherrückenden Leichen. Die Vordersten konnte ich nicht treffen, ohne Tatyana in Gefahr zu bringen, also zielte ich auf die Seite der Masse. Es schlug hoch und hart genug ein, um mehrere zu Boden und in den Weg derjenigen hinter ihnen zu schleudern. Der Angriff geriet ins Stocken.

Als mein Fass aufprallte, hechtete Tatyana zurück, denn die Erste der Toten, eine ältere Frau mit schaukelndem Busen, griff sie mit zu Klauen verkrümmten Händen an. Statt das Schwert zu ziehen, huschte Tatyana hinter den Käfig, schwang dessen Boden aufwärts ins Gesicht der Frau und schleuderte sie durch die bloße Wucht des Treffers von den Beinen. Kaum war die Tote auf dem Boden gelandet, krachte Tatyanas Stiefel kraftvoll in ihr Kinn und ließ ihr Genick mit einem hörbaren Knirschen brechen. Jovar schwang seine Keule auf den nächsten Angreifer und schlug ihm sauber das Gesicht ein.

Doch erneut brachten ihn seine beiden Gefährten um den Erfolg seiner Mühe. Der Knabe war törichterweise langsamer geworden, um Jovar zuzusehen, und die Frau streckte sich nach hinten, um ihn zu packen und mit sich zu ziehen. Das verschaffte einem der Toten die Gelegenheit, ihren Arm zu ergreifen. Man musste der Frau zugutehalten, dass sie ihm ansatzlos die Faust ins Gesicht drosch, doch dieser Schlag konnte unmöglich kräftig genug sein, um den Toten aufzuhalten. Waffen besaß der Leichnam zwar keine, dafür jedoch Zähne und den Willen, sie zu benutzen. Gleich darauf schlug er sie in ihren Arm, was einen weiteren Aufschrei von ihr provozierte.

»Yenni!«, brüllte Jovar und hieb ihrem Angreifer seine Keule in die Rippen, was den allerdings nicht davon abhielt, den Kopf hin und her zu reißen wie ein Hund mit einer Ratte im Maul. Die Frau schrie wie am Spieß, als dreckige Zähne ihre Haut zerfetzten und ihr Blut das Gesicht des Kadavers rot färbte. Mit wortlosem Gebrüll sprang Jovar vor und schwang die Keule wie ein Besessener. Er benötigte vielleicht vier Hiebe, um den Unterkiefer des Beißers vom Schädel zu trennen. Der fünfte ließ ihn krachend zu Boden gehen.

»Übernimm du ihn!«, rief Tatyana und stieß den Jungen zu mir, während sie selbst das Schwert in den Mund eines Toten rammte. Der Stahl schabte kreischend über die Zähne. Zum Diskutieren blieb keine Zeit, also klemmte ich mir das Kind unter den Arm und trat vor, um den Toten zu packen, der gerade den immer noch wild um sich fuchtelnden Jovar anspringen wollte. Ich legte die Hand um seine Gurgel und zerdrückte ihm den Hals, verzog beim Gefühl des abscheulichen, von Tod besudelten Blutes, das aus seiner Nase strömte, angewidert das Gesicht. Nachdem ich den Kadaver einmal kräftig geschüttelt hatte, warf ich ihn achtlos beiseite. In mir knurrte die Bestie anerkennend, als die Gewalt sie weckte und die Glut ihrer Raserei schürte.

Ich spürte etwas Warmes an der Seite und wirbelte herum. Ich konnte kaum fassen, dass mich etwas verwundet haben sollte, doch es handelte sich nur um den Knaben, der mit geweiteten Augen Wasser ließ. Ohne nachzudenken, ließ ich ihn fallen. Bevor ich irgendetwas anderes tun konnte, erreichte mich ein weiterer Kadaver, umklammerte mit unnatürlich kalten Händen mein Handgelenk und schnappte mit den Zähnen nach mir. Ich spürte, wie mein Zorn anschwoll, und mich kümmerte nicht länger, dass dadurch die Grenze zwischen meinem Willen und der Wut der Bestie verschwamm.

Ihre Hitze presste gegen meinen Geist, und ihre Berührung versprach Befreiung von all den Zweifeln und Ängsten, die ich wegen meiner Hexenkunst, über mich selbst oder ob dieser neuen Nekromantie hegte. Verglichen mit alldem empfand ich die Wut als verführerisch einfach. Als ehrlich. Nichts daran wirkte falsch oder fordernd, es lockte nur die Erlösung, die es verhieß, etwas nachzugeben, von dem ich wusste, dass ich es tun wollte. Für diese Abscheulichkeiten gab es keinen Platz in der Welt der Lebenden.

Der Kokon der Wut fühlte sich vertraut und behaglich an – mehr als alles andere, was ich seit meinem Erwachen empfunden hatte. Ich gab mich dem Gefühl hin, ohne darauf zu achten, wie die Kreatur in mir jubelnd aufbrüllte. Meine Welt schrumpfte auf blanke Raserei, gebrochene Knochen, zerfetztes Fleisch, und ich schwelgte darin. Ich gab den Toten den Frieden, der ihnen verwehrt worden war, und bescherte mir selbst dadurch eine andere Art von Frieden. Heißes Blut bespritzte mich, doch ich achtete nicht weiter darauf. Dann hörte ich inmitten des atemberaubenden Gemetzels, wie mich jemand rief. Die Bestie brüllte auf und zeigte mir Bilder von noch mehr Tod, von noch mehr Vergeltung, die es zu üben galt. Doch die Stimme ließ sich nicht verdrängen.

Stratus.

Ich spürte, wie ich darauf ansprach, obwohl die Bestie weiter zähnefletschend tobte. Langsam kämpfte ich mich durch den betörenden Rausch der Raserei.

Stratus.

Die Umklammerung der Wut, die mich gepackt hatte, lockerte sich, und als sich der Nebel vor meiner Sicht lichtete, stellte ich fest, dass ich inmitten eines Kreises verheerter menschlicher Körper stand. Keiner war unversehrt geblieben, und nur die wenigsten hätten selbst von den fähigsten Heilkundlern wieder zusammengeflickt werden können. Ihr Blut klebte zähflüssig und kalt an meinen Armen und dem Rest meines Körpers. Am schlimmsten fand ich jetzt, dass ich es sogar im Mund schmecken konnte. Meine Lichtkugel schimmerte nur noch so trüb wie eine einzelne Kerze, und ich führte ihr rasch mehr Energie zu, um die mich bedrängende Dunkelheit zurückzudrängen. Ich ließ den zerschmetterten Knochen fallen, den ich in der Hand gehalten hatte, und sah mich um. Ich befand mich nach wie vor in der höhlenartigen Kammer, und weitere Tote kamen auf mich zu.

»Stratus?«

Ich drehte mich der Stimme zu und konnte nur Tatyanas Kopf über den Fässern ausmachen, hinter denen sie sich versteckte.

»Natürlich«, antwortete ich, und Tatyana stand auf. Der Junge klammerte sich an ihre Seite wie eine übergroße Spinne.

»Hast du … dich wieder im Griff?«, fragte sie.

»Im Griff?«

»Du bist gerade ein wenig durchgedreht.« Ich hörte ihr Herz schlagen, als sie sich langsam näherte. Es raste, als wäre sie gerannt, und mir entging nicht, dass sie das Schwert in der Hand behielt.

Ich ließ den Blick über die zerrissenen, zerbrochenen Überreste rings um mich wandern. Zwar konnte ich mich an einzelne Augenblicke des Kampfes erinnern, aber nicht an Zusammenhänge.

»Ich habe wenig Geduld dafür, wenn man an mir nagen will.« Ich schaute zu den restlichen Toten, die gegen uns vorrückten. Sie wirkten langsamer, bewegten sich so unbeholfen wie Betrunkene. »Wir sollten gehen.«

Tatyana erwiderte nichts, sondern folgte mir, als ich mir den Weg durch den Kreis zerfetzter Leiber bahnte. Meine Füße rutschten über hervorgequollene Eingeweide.

»Stratus.« Einige Schritte entfernt blieb sie stehen. Der Knabe wimmerte kläglich und versteckte den Kopf hinter ihrer Schulter. Sie blies einen langen Atemzug aus. »Ich glaube, du hattest doch recht. Damit, dass du ein Dämon bist.«

Ich brummte belustigt und spürte, wie trocknende Körperflüssigkeiten von meinem Gesicht bröckelten. »Ich dachte, das wäre alles nur eine Wahnvorstellung.«

»Dann ist es eine, die wir teilen. Denn was ich gerade gesehen habe, war nichts, wozu ein Mensch in der Lage wäre.«

Sie schien es ziemlich ernst zu meinen, und wenngleich sich ihr Herzschlag ein wenig verlangsamt hatte, hämmerte er immer noch wie der eines Hasen.

»Warum hast du solche Angst? Ich habe dir das von Anfang an gesagt. Was habe ich getan, dass du mir plötzlich glaubst?« Ich sah mich um. »Und wo ist Jovar?«

»Du erinnerst dich nicht daran?«

»Das ist eine Frage, die ich mit einem klaren Nein beantworten muss.«

»Du hast ihn getötet.«

»Habe ich?«

»Ja!«

»Oh.« Ich senkte den Blick auf das blutige Chaos auf dem Boden, konnte jedoch zwischen den scharfkantigen Schatten und dem vergossenen Blut nichts ausmachen, was ich unzweifelhaft ihm hätte zuordnen können. »Das wollte ich nicht. Er war … hilfreich.«

»Du wolltest es nicht.«

»Ganz und gar nicht. Ich hatte ihn gern.« Bis ich es aussprach, hatte ich gar nicht darüber nachgedacht, doch auf meine Weise hatte ich ihn wirklich gemocht. Er mochte so nah an einer Form von Ungeziefer gewesen sein, wie ich es noch nie zuvor bei einem Menschen erlebt hatte, aber er war respektvoll und hilfreich gewesen.

»Du hast ihn Ungeziefer genannt und ihm den Kopf abgerissen.«

»Ich habe ihm den Kopf abgerissen.« Eigentlich wollte ich es als Frage aussprechen.

»Ja, verdammt noch mal!« Sie hieb mit dem Schwert in die Luft. »Und der Junge hat es mit angesehen.«

»Die Frau?« Noch bevor ich die Frage aussprach, fürchtete ich, die Antwort darauf bereits zu kennen.

»Ihr Name war Yenni. Und ja, sie hast du auch umgebracht.«

»Oh.«

Es war eine Äußerung, die eine Erwiderung verlangte, nur wusste ich nicht, was ich noch sagen sollte. Tatyana erschien mir merkwürdig betrübt, wenn man bedachte, dass sie beide weniger als einen halben Tag gekannt hatte, doch ich vermutete, dass es wohl eher der Grundsatz als die eigentliche Handlung gewesen war, der sie so erschüttert hatte.

»Das wollte ich nicht«, wiederholte ich und hoffte, mein Tonfall vermittelte, dass das der Wahrheit entsprach, wie ich sie kannte. Ich hob die Hände und betrachtete die daran klebenden zähen Körperflüssigkeiten. Ich versuchte, mich an irgendetwas zu erinnern oder zumindest an den Grund, warum ich sie getötet hatte, doch alles blieb unerklärlich hinter einem verschwommenen Gewirr von verschiedenen Rottönen. »Eines allerdings möchte ich sagen: Ich bezeichne diese *Kreatur,* diese *Gegenwart* in mir nicht aus Jux und Tollerei als Bestie. Ebenso wenig habe ich die Frage, ob ich ein Dämon sein könnte, deshalb aufgeworfen, weil ich einen Schlag auf den Kopf abbekommen habe. Die Kreatur ist real, und sie ist gefährlich. Aber sie ist nicht, was ich bin. Wer ich bin. Ich fürchte sie ebenso sehr wie du.«

»Ach ja?«

»Habe ich doch gerade gesagt.« Ich bemühte mich, mir meine wachsende Ungeduld nicht anmerken zu lassen. Die Toten waren zwar langsamer geworden, verfolgten uns aber nach wie vor.

»Sag mir, Stratus, woher weißt du, dass du dasselbe nicht auch mit mir machen wirst? Dass du nicht dem Flüstern deiner Bestie erliegen, mich töten und zum Verrotten hier unten in der Finsternis zurücklassen wirst?«

Ich trat aus der Lache von Blut und hätte um ein Haar das Gleichgewicht verloren, als eine Schicht aus Fleisch und Knorpeln unter meinem Fuß nachgab. »Das würde ich niemals tun.«

»Wie kannst du dir da so sicher sein? Du sagst, du wolltest Jovar nicht töten, aber da liegt er nun. Woher soll ich wissen, dass dir der Dämon das nächste Mal nicht sagt, du sollst mir den verfluchten Kopf abreißen?«

»Ich weiß es, weil du und ich mehr als bloß zufällige Gefährten sind, Tatyana Henkman.« Ich bedachte sie mit dem herzlichsten Lächeln, das ich aufzubringen vermochte. »Das Schicksal hat uns zusammengeführt, und durch deinen Körper fließt mein Blut. Wir sind jetzt miteinander verwandt.«

Bizarrerweise brachte sie das lauthals zum Fluchen, und sie drosch blindlings auf das Nächstbeste ein, was zufällig einer der schnelleren Toten war. Der wilde Hieb ließ den Kopf holpernd über den Boden rollen, und bevor er zum Stillstand kam, sprang der Junge neben ihr auf und rannte davon. Ein seltsamer, an- und abschwellender Schrei entrang sich seiner Kehle dabei, der Ton hoch und klar.

»Komm zurück!«, rief Tatyana ihm nach und preschte hinter ihm her. Zumindest war er so klug, nicht geradewegs den Toten entgegenzulaufen, und es gelang Tatyana, ihn wieder einzufangen. Die Bewegung schien die Toten zu erregen, und mehrere schwenkten zu ihr um. Ein Teil der Schwerfälligkeit der wiederbelebten Leichen verflog. Dennoch waren sie Tatyana nach wie vor nicht gewachsen, obwohl sie den heulenden, zappelnden Knaben mit sich schleifte, während ich mit meiner Hexenkunst den Raum hinter den Türen nach Bedrohungen abtastete. Da ich keine entdeckte und keine weitere Begegnung mit den Toten riskieren wollte, scheuchte ich die beiden hastig hindurch und schloss die Türen hinter uns.

Kapitel 31

Wenigstens war da kein neues Grauen. Als sich die Tür knarrend öffnete und das aufgequollene Holz über den durchgebogenen Sturz schabte, erwies sich der Raum dahinter als noch kleiner, als ich es mit meinen Sinnen ertastet hatte, aber auch als frei von Toten. Ein Großteil des Raumes war eingestürzt. Durch das herabgefallene Stein- und Mauerwerk war ein schmaler Pfad geräumt, der zu einer kurzen, grob gearbeiteten Treppenflucht führte, die an einer glatten, leeren Steinplatte endete.

»Ich finde interessant, dass sich die am Boden liegenden Kadaver nicht erhoben haben«, sagte ich, während ich mich noch umschaute. »Woran das wohl liegen mag?«

»Was spielt das für eine Rolle?«, erwiderte Tatyana, stellte den Jungen auf den Boden, hielt ihn aber weiter am Arm fest. Seine Schreie hatten sich bis auf ein Schniefen gelegt, und statt zu versuchen, vor ihr zu fliehen, versteckte er sich hinter ihren Beinen, als ich eine behauene Steinplatte als behelfsmäßige Blockade vor die Türen schleifte.

»Lass ihn zufrieden«, verlangte Tatyana.

»Ich werde ihm nicht wehtun.«

»Das hab ich schon mal gehört«, gab sie zurück, und mir entging nicht, wie sie den Griff an ihrem Schwert verlagerte.

»Wir wissen nicht, worauf wir als Nächstes stoßen werden, und mir wäre lieber, dass keiner von uns getötet wird, weil er sich nicht im Griff behalten kann.«

»Er ist bloß ein Junge.« Der fragliche Junge spähte um ihre Beine herum, während wir sprachen. Ich suchte seinen Blick und bannte ihn, nahm seine Aufmerksamkeit gefangen. Sein Geist war einfach zu beeinflussen. Rasch beseitigte ich seine Angst und die Dummheit verursachende Panik, die ihn so fest in ihren Klauen hielten. Mir fiel ein, was Tatyana darüber gesagt hatte, er hätte meine Handlungen mitangesehen, und es bereitete mir wenig Mühe, die Erinnerung in seinen aufgewühlten, aber flachen Gedanken zu finden und daraus hervorzuziehen.

Ich verspürte einen Augenblick der Orientierungslosigkeit, als ich in die Erinnerung vordrang und meine Wahrnehmung auf die Ebene des Jungen sank.

Die Kammer ist dunkel, und die toten Leute machen kleine Geräusche, als sie angreifen, aber die große Gestalt mitten unter ihnen ist alles andere als leise. Der schwarze Mann brüllt wie ein Löwe. Das Geräusch ist lauter als alles, was ich je gehört habe. Und die Augen des Mannes leuchten rot, greller als das Blut, das durch die Luft spritzt, als er … als er einem Toten die Knochen aus dem Rücken reißt. Mir wird schlecht. Mein Vater ist da – er brüllt dem schrecklichen Mann zu. Der dreht sich zu ihm um, und ich sehe, dass auch seine Zähne wie die eines Löwen sind. Wieder brüllt mein Vater, und der Löwenmann brüllt zurück, packt Vater am Hals und biegt seinen Kopf nach hinten. Er schreit, als Mutter vorwärtsstürmt, um dem Löwenmann gegen die Brust zu schlagen, aber er bemerkt sie gar nicht, als er Vaters Kopf mit den Fingern in seinem Mund ergreift und zieht und zieht, und dann ist da Blut, mehr Blut als es auf der ganzen Welt geben sollte. Als Mutter schreit, schließe ich die Augen.

Ich sammelte die Erinnerung zusammen und pflückte sie aus seinem Geist wie eine unerwünschte Frucht. Falls er überlebte, was vor uns lag, würde er sich an den Tag zwar mit einem Gefühl von Beklommenheit und Verwirrung erinnern, mehr jedoch nicht.

»… ihm die Schuld daran zu geben.« Tatyanas Stimme war ziemlich laut geworden, als ich die Verbindung zwischen mir und dem Jungen abbrach. »Hörst du mir überhaupt zu?«

»Ja«, behauptete ich. Alles andere hätte Tatyana nur veranlasst, es zu wiederholen. »Wir sollten gehen.«

»Noch nicht«, entgegnete sie und drehte sich dem Jungen zu. Er beobachtete sie still, die Arme an den Seiten.

»Hungrig«, sagte er und tätschelte seinen Bauch.

»Siehst du?«, sagte ich, »er ist vollkommen gesund.«

Tatyana sah erst den Knaben an, dann wieder mich. »Du hast irgendetwas gemacht.«

»Ich habe ihm lediglich die Angst weggenommen.«

»Was? Wie?«

Ich seufzte. Allmählich wurde es wirklich mühsam. »Was glaubst du wohl?«

Tatyana wollte gerade ihren nächsten Einwand vorbringen, als ich mich abwandte und davonstapfte. Ich war hergekommen, um Antworten zu finden, nicht, um Streitgespräche zu führen. Angesichts dessen, was ich bisher hier unten erlebt hatte, und des erstarkenden Einflusses der Bestie hatte ich wahrlich genug, um meine Gedanken zu beschäftigen – mir blieb keine Zeit, um Energie für etwas letztlich so Sinnloses wie die menschliche Moral zu vergeuden. Ich bahnte mir den Weg zu der Mauer, auf die die grob geräumte Schneise zuführte. Es musste sich um etwas wie die verborgenen Türen handelten, die Fronsac benutzt hatte. Wieso sonst sollte jemand einen Weg dorthin geräumt haben?

Schließlich stellte sich Tatyana neben mich. »Das ist eine Tür«, meinte sie hilfsbereit.

»So ist es.« Ich verlagerte das Licht und erblickte mehrere waagerechte Linien an zwei Ecken. Ich breitete die Hände aus, stemmte mein Gewicht dagegen und begann, in Richtung der zerkratzten Ecken zu schieben. Ein wenig rührte sich die Platte, aber was immer als Gegengewicht eingesetzt war, diente auch dazu, sie geschlossen zu halten. Ich erklärte es Tatyana, und wir fingen an, nach Anzeichen für den Mechanismus zum Öffnen der Tür zu suchen. Ohne Erfolg. Die Tür schien sich nur von der anderen Seite öffnen zu lassen.

»Kannst du sie aufbrechen?«, fragte sie.

Ich dachte darüber nach. Allzu dick konnte sie nicht sein, sonst wären die Gegengewichte sperrig und schwer zu verbergen. Meine Hexenkunst war bereits ziemlich erschöpft, und es widerstrebte mir zutiefst, sie für etwas so Banales wie eine Tür zu verausgaben, aber der Gedanke, den langen und glitschigen Aufstieg zurück zur Gruft anzutreten, ohne irgendetwas vorzuweisen zu haben, erschien mir als noch weniger ansprechend. Ich kniete mich neben die Steinplatte, breitete erneut die Hände darauf aus und leerte meinen Geist. Es mochte sich um einen unbelebten Gegenstand handeln, doch Stein, der so lange so tief unter der Erde steckte, bildete auch einen Teil des größeren Ganzen, das die Liedlinien geformt hatten. Wenn ich nicht den Großteil meiner Reserven mit dem Versuch verschwenden wollte, meine Hexenkraft in den Stein zu leiten, musste ich zumindest den Ton der Energie hier erspüren. Auf diese Weise konnte ich mich in den Strom einfügen, statt versehentlich gegen ihn zu schwimmen oder ihn zu queren. Zu meiner Überraschung spürte ich, wie der Stein bereits auf meinen ersten, äußerst verhaltenen Ruf reagierte.

Obendrein unverhofft vertraut, und schon bald erkannte ich das Lied von Sankt Tomas. Bei meiner Überraschung hätte ich die Verbindung beinahe verloren, aber ich beruhigte mich rasch, und mit der Vertrautheit der Strömung im Rücken war es kein allzu schwieriges Unterfangen, einen Teil der Energie umzulenken, um die Tür zu öffnen. Außerdem gelang es mir so, etwas von der Macht wieder aufzufüllen, die ich verbraucht hatte.

»Beeindruckend«, sagte Tatyana, als der Stein fast lautlos zur Seite glitt. »Falls du beschließt, kein Dämon mehr sein zu wollen, könntest du einen hervorragenden Einbrecher abgeben.«

»Ich werde es im Kopf behalten«, erwiderte ich, obwohl ich keine solche Absicht hegte. »Vorsichtig jetzt. Diese Kammer erkenne ich nicht, und hier unten könnten Wachleute sein.«

»Warte. Du kennst diesen Ort?«

»In gewisser Weise. Wir sind unter Sankt Tomas.«

»Was? Wie kannst du dir da so sicher sein?«

»Der magische singende Regenbogen hat es mir verraten.«

Tatyana schnaubte zwar, nahm aber das Messer hoch und schob den Jungen behutsam nach hinten. Er starrte sie stumm an, doch zumindest rührte er sich nicht, als sie ihn losließ. Ein Fortschritt. Ich spähte in den quadratischen Raum hinter dem Durchgang.

Die Wände maßen ungefähr zwanzig Schritte, und auf der gegenüberliegenden Seite befanden sich in einer schmalen Nische einige Stufen, die nach oben zu einer anderen Kammer führten. Neben diesem Ausgang stand ein langer Tisch, dessen Oberfläche hauptsächlich von bauchigen Glasflaschen in verschiedenen Größen und zerbrechlich aussehenden Röhrchen bedeckt war. Ich ließ die Steinplatte los, als wir eintraten, und bewegte mich zum Tisch, während Tatyana mit dem Messer in der Hand die Stufen hinaufschlich. Die Steinplatte schloss sich rumorend hinter uns.

»Nichts«, meldete sie kurz danach. »Eine Grabkammer. An der Wand lehnt ein alter Sarg, aber wer immer sich darin befindet, ist noch fest eingewickelt.«

»Schau«, sagte ich und hob eine leere Weinflasche von einem Haufen am Ende des Tisches auf. »Dieselbe Art von Gefäß. Was immer mit dem Wein angestellt wurde, man hat es hier getan.«

»Nur sehe ich nirgendwo welchen. Keine vollen Flaschen, auch kein Fass.«

»In der Nähe der Käfige waren Fässer.«

»Mist. Und es waren ziemlich große Fässer.«

»Was meinst du, wie viele Flaschen man mit einem davon hätte füllen können?«

Tatyana kratzte sich mit dem Griff des Dolchs am Kopf. »Mehr als einhundert, weniger als zweihundert.«

Ich dachte an die Zahl der Fässer zurück, die wir gesehen hatten. »Das ist nicht gut.«

»Nein, das ist verflucht noch mal überhaupt nicht gut.« Ohne Vorwarnung schleuderte sie den Dolch quer durch die Kammer, auf dass er gegen die Wand auf der anderen Seite prallte und Funken sprühte, dann schrie sie hinterher. Grundsätzlich mochte ich fürchterlich schlecht darin sein, menschliche Gefühle zu deuten, doch Wut erkannte ich durchaus. Ich versuchte nicht, sie aufzuhalten, als sie den Tisch ergriff und umkippte, eine beeindruckende Leistung, denn der Tisch war ein schweres, grob gearbeitetes Stück. Das Geräusch der scheppernd auf dem Boden zerberstenden Glasinstrumente klang so laut und scharf wie die Scherben, die um unsere Füße tänzelten. Während sie mit zu Fäusten geballten Händen über den Trümmern stand, hob und senkte sich ihre Brust heftig. Der Knabe starrte sie mit geweiteten Augen an.

»Du bist wütend«, sagte ich in dem sicheren Bewusstsein, dass ich damit richtig lag.

Da drehte sich Tatyana mir zu. Ihr Herzschlag beruhigte sich bereits, als der Zorn aus ihr abfloss. »Ich bin nicht wütend«, behauptete sie. »Ich habe gar nicht genug Wut in mir, um dem gerecht zu werden, was ich gerade empfinde.«

Ohne mich anzusehen, ergriff sie das Messer, das ich ihr zurückgab, und ließ es lose an der Seite baumeln.

»Wir sollten gehen«, forderte ich sie auf

»Und wohin gehen wir?«

»Nach oben. Nach oben und immer weiter nach oben. Bis wir denjenigen finden, der für diese Abscheulichkeit verantwortlich ist.«

»Was spielt das für eine Rolle? Wir haben verloren.«

»Was verloren?«, fragte ich.

»Alles.« Sie schwenkte den Dolch in Richtung des zerbrochenen Glases, als erkläre das alles, aber meine Geduld wurde schon bald belohnt.

»Den Wein, Stratus!«, brüllte sie. »Alles. Warum sollen wir uns weiter anstrengen, wenn all diese Hunderte Flaschen in Umlauf sind, um die Menschen in Monster zu verwandeln? Wir sind schon während dieses ganzen verfluchten Krieges in der Defensive, und jetzt fallen uns auch noch unsere eigenen Leute in den Rücken. Was spielt es für eine Rolle, was wir hier tun? Novstans Armee kann mittlerweile jeden Tag über die Stadt herfallen. Selbst, wenn wir herausfinden, wer dieser Totenbeschwörer ist, ändert das nicht das Geringste.«

»Vielleicht nicht, trotzdem bin ich mir ziemlich sicher, dass ein toter Totenbeschwörer erheblich weniger Schaden anrichten kann als ein lebender«, gab ich zu bedenken. »Jemand hat einmal zu mir gesagt, dass selbst die größten Feuer mit einem Funken beginnen.«

»Wer?«, fragte Tatyana mit vor der Brust verschränkten Armen.

Ich lächelte freudlos. »Genau deswegen bin ich hier. Ich weiß es nicht. Diese Männer, diese Totenbeschwörer stehen irgendwie im Mittelpunkt all dessen, was ich jetzt bin. Sie haben mir alles genommen. Sie kennen mich, und deshalb jagen sie mich.« Ich ballte die Hände zu Fäusten, bis die Knöchel knackten. »Ich werde ihnen dieses Wissen entreißen, koste es, was es wolle. Lieber will ich sterben, als so zu leben.« Zur Betonung tippte ich mir seitlich an den Kopf. »Und da ist noch etwas.«

»Was?«

Triumphierend ließ ich die Zähne aufblitzen. »Ich glaube, ich weiß, wer der Totenbeschwörer ist.«

»Was?«

»Ja, ich weiß es. Der Kardinal.«

»Was?«

»Du klingt ziemlich minderbemittelt, wenn du das ständig so wiederholst.«

»Rutsch mir doch den Buckel runter. Was meinst du damit, es ist der Kardinal?«

»Wer sonst könnte all das tun? Wer anders als der Kardinal befehligt die Paladine?«

»Das … Das ist Wahnsinn. Er ist jeden Tag in der Kirche.«

»Und sieh nur, was sich unter seiner Kirche verbirgt. Und was hat seine Anwesenheit in Sankt Tomas überhaupt damit zu tun?«

»Das ist eine heilige Stätte.«

Darüber musste ich kurz lachen, was offensichtlich die falsche Reaktion war. Tatyana wirbelte zu mir herum, ihr Herzschlag beschleunigte sich jäh, und ihr Gesicht lief hochrot an.

»Was?« Sie schrie mir das Wort förmlich entgegen. »Was ist jetzt wieder?«

»So etwas gibt es nicht. Die Energie, die dieses Fleckchen Erde durchwirkt, ist nicht heiliger, als ich es bin.«

Mit beachtlichem Nachdruck stieß sie mir in die Brust, und es kam so unerwartet, dass ich einen Schritt zurückweichen musste. »Tu das nicht«, forderte sie mich mit harter Stimme auf.

»Was soll ich nicht tun?«

»Gott lästern.«

»Gott lästern? Ich habe bloß eine Tatsache ausgesprochen.« Ihre Haltung blieb steif und angriffsbereit. Sie wirkte wie eine Hündin, die nicht recht weiß, ob sie attackieren oder fliehen soll.

»Klingt, als hättest du das Erbe deiner Familie doch nicht hinter dir gelassen.«

»Das hat nichts mit meiner Familie zu tun.«

»Und meine Äußerung hat nichts mit Gotteslästerung zu tun. Alles, was ich damit gemeint habe, ist, dass die Macht an diesem Ort kein eigenes Bewusstsein, keine Empfindungsfähigkeit besitzt, wie wir es kennen. Sie nimmt immer den Willen derjenigen an, die sie nutzen und ihr eine Absicht verleihen können.«

Das schien Tatyana so weit zu beschwichtigen, dass sie aufhörte, mich unter zusammengezogenen Brauen hervor anzustarren. Stattdessen begann sie, mit seltsam verzogenem Gesicht in der Kammer auf und ab zu laufen. Als sie wieder das Wort ergriff, klang ihre Stimme höher als zuvor. »Du hast keinen Beweis, dass er auch nur eine Ahnung davon hat, was hier unten vor sich geht. Warum sollte er so etwas tun?«

Ich vermutete, dass sie den Kardinal meinte. »Warum sollte irgendjemand die Toten aufwecken? Wer weiß schon, welche Gedanken sein verkommener Geist ausspeit.«

»Das reicht nicht. Wenn das alles wäre, was man braucht, um jemandes Schuld zu beweisen, wären wir schon vor Jahren bis zum Hals in Chaos versunken.«

Ich lächelte, diesmal jedoch ohne Belustigung dahinter. »Ich bin weder ein Friedensrichter noch ein Mensch. Eure Gesetze sind nicht die meinen.«

»Was Jovar bedauert, da bin ich mir ziemlich sicher.«

»Was hat er mit dem Kardinal zu tun?«

»Nichts. Ich meinte nur …« Tatyana sprach nicht weiter und wandte sich ab. »Vergiss es. Ich möchte nur festhalten, dass du wahnsinnig bist, wenn du denkst, du könntest auch nur in seine Nähe gelangen.«

»Warum sollte ich das wollen? Er ist doch mausetot.«

»Ach ja?«

»Du selbst hast mir erzählt, dass ich ihm den Kopf abgerissen habe, also vermute ich schon, ja.«

»Nicht Jovar, du verfluchter Trottel. Der Kardinal.«

Das ergab schon mehr Sinn. »Ich werde mich weder von dir noch von sonst jemandem aufhalten lassen. Ich werde die Wahrheit aus ihm herausholen.«

Tatyana fuchtelte mit den Händen umher. »Ich rede doch nicht von mir! Ich rede von den einundzwanzig Paladinen, die seine Leibgarde bilden und vielleicht, nur vielleicht auch von den zweitausend weiteren Heiligen Kriegern, die derzeit hier unter seinem Banner versammelt sind.«

Ich rieb mir das Kinn, während ich mir das durch den Kopf gehen ließ. »Das ist eine ziemliche Übermacht.«

»Genau das versuche ich schon die ganze Zeit, dir zu sagen.«

»Nein, tust du nicht.«

»Lass mich ausreden. Wir sind hier nicht in einem alten Märchen, wo du einfach die Tür eintreten und dem bösen König den Kopf abhacken kannst. Wenn es der Kardinal ist, kommen wir nur über die Orden an ihn heran, und dafür brauchen wir deren Unterstützung. Und handfeste Beweise für seine Verdorbenheit.«

»Du willst dein Vertrauen in das Urteil der Männer setzen, die diese Schlange in ihrer Mitte nicht bemerkt haben? Die höchstwahrscheinlich von seinen niederträchtigen Erfindungen verseucht sind und in seinem Bann stehen?«

»Du hast es selbst gesagt. Ich kann nicht glauben, dass alle verseucht sind. Das werde ich einfach nicht.«

»Alles auf diese eine Überzeugung zu setzen, erscheint mir als die Hoffnung eines Narren.«

»Tja, es ist jedenfalls *meine* verfluchte Hoffnung. Es steht dir frei, deine Meinung kundzutun, wo immer du möchtest.« Damit wandte sie sich ab und stieg hinauf in die nächste Kammer, bevor ich Gelegenheit hatte, ihre Worte zu verarbeiten. Also sparte ich mir die Mühe und folgte ihr stattdessen einfach.

Die nächste Kammer war wie von Tatyana beschrieben ein Grab, wenngleich mich der Sarkophag darin durchaus neugierig machte. Es handelte sich um ein prunkvolles Machwerk aus dunklem Holz, verziert mit denselben aufwendig und erlesen geschnitzten religiösen Symbolen, die auch die Wände zierten. Sie waren eingelegt mit Gold, dünner als das feinste Pergament, und besetzt mit winzigen Mosaiken aus Elfenbein und Edelsteinen. Einst war das Ganze von einem ausgeklügelten Schloss geschützt worden, das sich nun jedoch zersplittert und kaputt präsentierte. Das, so versicherte mir Tatyana, war nicht ihr Werk. Wenngleich diese mutwillige Zerstörung eine Beleidigung für die Handwerkskunst dahinter darstellte, vereinfachte es uns, den Deckel zu öffnen und den Leichnam darin zu überprüfen. Der erwies sich als recht klein und war eingehüllt in Leinen, die sich vor Alter braun verfärbt hatten und noch leicht nach den Harzen rochen, mit denen man sie bestrichen hatte. Die Hülle um den Toten ließ keine Anzeichen dafür erkennen, das man sich an ihr zu schaffen gemacht hatte.

»Was sind das für Klumpen?«, fragte ich Tatyana und stupste den Größten an, der auf dem Brustbein des Leichnams lag. Sie starrte die verschrumpelte Gestalt mit geweiteten Augen an.

»Talismane, glaube ich«, antwortete sie kaum lauter als im Flüsterton, während sie mit verkniffenem Blick die in den Deckel geschnitzten Symbole betrachtete. »Um böse Geister abzuhalten und den Übergang der Seele zu erleichtern. Weißt du eigentlich, wer oder was das hier ist?«

»Nein, und es interessiert mich auch nicht wirklich, aber ich vermute, du wirst es mir trotzdem sagen.«

»Ich glaube, das ist Sankt Tomas.«

Ich zuckte mit den Schultern. »Nun, das würde durchaus Sinn ergeben, wenn man bedenkt, wo wir sind.«

»Das ist Sankt Tomas!« Mit wilden Gesten deutete Tatyana auf den verschrumpelten Kadaver.

»Dadurch, dass du es lauter aussprichst, kümmert es mich auch nicht mehr.«

»Ich verstehe das nicht. Er sollte nicht einfach so hier herumliegen.«

»Weißt du, was ich stattdessen sehr bemerkenswert finde?« Ich stupste erneut den Klumpen an, als in meinem Geist eine Idee Gestalt annahm. »Ich kann das Harz riechen.«

»Und?«

»Und? Und ich konnte vorher gar nichts riechen. Seit wir in diese Grube heruntergestiegen sind. Nicht einmal dich.«

»Schönen Dank auch.« Tatyana streckte einen Finger aus und fuhr damit über die braun verfärbten Wickel.

»Wieso also kann ich das Harz und dich jetzt riechen?«

»Weil du besonders bist?«

»Nein, es liegt an mehr als nur daran.« Ich richtete mich auf und kehrte in den Raum zurück, aus dem wir gekommen waren. Kaum hatte ich das getan, spürte ich, wie mich die stickige Luft wieder erdrückend umhüllte. Der saure Geruch dessen, was vergossen worden war, als Tatyana den Tisch umgekippt hatte, verschwand unter dem durchdringenden Gestank der Nekromantie. Ich bahnte mir den Weg zurück zum Sarkophag und kniete mich daneben, füllte meine Nase mit den saubereren Aromen alten Zedernholzes und meiner Freundin. Scharf sog sie die Luft ein, als ich mein Messer zog, dann erneut, als ich es in die Wickel des Leichnams einführte und begann, durch die zähen Fasern zu sägen.

»Was zur Hel machst du da?« Sie kreischte die Worte beinah.

»Man sollte doch meinen, das sei augenscheinlich.« Der Geruch des Harzes verstärkte sich, als ich bisher unter den Leinen gefangene Schichten davon freilegte. Und da, inmitten von Staub und zerschnittenem Stoff, erblickte ich das Funkeln von Gold. Ein paar weitere kräftige Schnitte verschafften mir den Freiraum, den ich brauchte, um es herauszuziehen.

»Zuerst Mord, dann Gotteslästerung und jetzt das?«

Ich schenkte ihrem Gezeter keine Beachtung, als ich das Medaillon auf meine Handfläche legte. Es handelte sich um eine flache, siebenseitige Scheibe. Die Mitte war mit einem trüben blauen Stein besetzt, befestigt mit einem Geflecht goldener Strähnen so dünn wie menschliche Haare. Beide Seiten der flachen Stellen waren von drei Reihen sauber eingeritzter Runen gekennzeichnet, und auch ohne meine Hexenkunst zu erwecken, konnte ich die Macht, die darin schlummerte, wie ein leichtes Summen auf der Haut spüren. Dies war kein bloßer Talisman, sondern ein mächtiges, von einem Meister angefertigtes Artefakt. Anscheinend war Tomas schon zu Lebzeiten recht beliebt gewesen.

»Das ist ein Wunder«, sagte ich und reichte es Tatyana, die es zunächst in den Händen hielt, als rechne sie damit, von der Scheibe gebissen zu werden. Nach etwas Zögern neigte sie das Stück im Licht hin und her.

»Es ist wunderschön«, befand sie und gab es mir zurück. »Mir gefällt der Stein. Aber Stratus, du musst es zurücklegen.«

Ich schloss die Hand um das Artefakt. »Willst du einen solchen Schatz hierlassen, auf dass ihn eure Feinde finden?«

Sie setzte dazu an, etwas zu erwidern, aber ich wurde von der vertrauten Regung der Bestie in mir abgelenkt, ein langsames, träges Erwachen wie das eines Löwen nach einem ausgiebigen Festschmaus. Stark und jäh hatte sie sich erhoben, als sie auf meinen Zorn reagiert hatte, nun jedoch fühlte es sich anders an. Ich konnte ihre Gegenwart spüren, allerdings war sie diesmal mehr als nur ein Feuersturm aus Wut und Blutdurst. Vielmehr nahm ich den Geist wahr, der in ihr lauerte, das Bewusstsein.

»Interessant.«

»Was ist?«

Ich fuhr mit dem Daumen über die Runen. »Kaum hatte ich das Medaillon berührt, ist die Bestie in mir erwacht.«

»Sollte ich mir Sorgen machen?«

»Das weiß ich noch nicht. Ich kann keine Wut wahrnehmen. Ich meine, nicht mehr jedenfalls, als ich immer mit ihr in Verbindung bringe.«

»Was ist mit der Art, die Jovar mit ihr in Verbindung bringen würde?« Tatyanas Blick wanderte zu dem Jungen, der sich mit dem Versuch beschäftigte, mit seinen weichen und ganz und gar nutzlosen Fingernägeln etwas Gold vom Sarkophag zu kratzen.

»Ich meine damit, dass du dir die sie umgebende Wut als ständig vorhandenes Gefühl vorstellen musst und nicht als eine Sache, die auf etwas Bestimmtes gebündelt ist.«

»Das beruhigt mich jetzt in keiner Weise, aber sagen wir mal, das täte es. Was bedeutet ihr Erwachen?«

»Ich habe ehrlich keine Ahnung. Bisher ist sie nur als Reaktion auf irgendetwas erwacht, und dann immer sehr plötzlich.« Ich richtete die Aufmerksamkeit in meinen Geist und spürte, wie der Druck des Bewusstseins der Bestie gegen das meine presste. »Diesmal fühlt es sich anders an. Weniger wild.« *Dafür besorgniserregender.*

»Und wiederum frage ich: ›Was bedeutet das?‹«

»Und wiederum antworte ich: ›Keine Ahnung.‹«

»Na wunderbar. Falls du mich brauchst, ich bin zwanzig Schritte hinter dir.«

Ich blickte auf das Medaillon hinab, und obwohl ich die Bestie nicht sehen konnte, wusste ich komischerweise, dass sie lächelte.

Kapitel 32

Wir liessen den aufgebrochenen Sarkophag hinter uns und traten den Weg durch einen Gang an, der schmal für mich, jedoch geräumig für Tatyana war. Es entpuppte sich als Offenbarung, die Umgebung wieder riechen zu können, auch wenn ich vorerst nur Tatyanas Duft und den schleichender Feuchtigkeit genießen konnte. Wir passierten einen stark von Bannen geschützten Durchgang, doch zum Glück richteten sich die Schutzbanne allesamt auf Eindringlinge, die von der anderen Seite aus versuchten, die Tür zu öffnen. Danach gelangten wir durch zwei größere Räume, die etliche Gefäße enthielten. Tatyana erklärte mir, dass es sich um Bestattungsurnen handelte, die Asche von Toten beherbergten. Sie stapelten sich wie die Waren von Händlern unter unzähligen Steinsärgen und Sarkophagen, und wenngleich sie mir auch den Unterschied zwischen diesen beiden erklärte, achtete ich nicht ausreichend darauf, um es zu behalten. Jedenfalls schien nichts davon angerührt worden zu sein; ein Eindruck, den eine kurze Überprüfung mithilfe meiner Magie bestätigte. Anscheinend zog es der Kardinal vor, sich die verwerflicheren seiner bösen Praktiken für die tieferen Katakomben aufzuheben.

»Wir kommen näher«, verkündete ich und atmete eine weitere Nasevoll Luft ein. Ich hatte die beinah süßen Rückstände eines Ölbrands erschnuppert, als wir eine weitere Reihe breiter Stufen erklommen hatten, und kaum öffnete ich die Tür am Ende jener Treppe, verstärkte sich der Geruch beträchtlich, ergänzt um einen Hauch von verkohltem Fleisch. Auch das Geräusch von Männerstimmen drang zu uns, und am Ende des Ganges zeichnete sich das gelbliche Licht von Laternen ab. Ich sog mein eigenes Licht in mich zurück, und wir bahnten uns auf leisen Sohlen den Weg nach vorn zu der Gabelung. Auf halbem Weg hielt ich inne, als die

Magie, die ich vorausgeschickt hatte, an der Schwelle der letzten Tür eine ausgeprägte Spur von Nekromantie wahrnahm.

»Was jetzt?«, flüsterte Tatyana.

Nachdem ich mich vergewissert hatte, dass die Oberfläche keine Schutzbanne aufwies, legte ich die Hand auf das raue Holz und ließ meine Hexenkunst hindurchfließen. Die Kammer war kleiner als die meisten, auf die wir bisher gestoßen waren, wenngleich der Inhalt auf den ersten Blick ziemlich ähnlich aussah: Urnen und Särge, dazu raue Säcke und Kisten. Die Tür erwies sich als versperrt. Das Schloss war einfach und meine Hexenkunst bewehrte sich wie üblich als Schlüssel. Ich entfachte mein Licht, als wir hindurchtraten, und ließ mich von der Magie zu der Kiste führen, die ich als die Quelle des abscheulichen Gestanks wahrnahm.

»Ist da noch mehr von dem Wein drin?«, fragte Tatyana und kniete sich daneben.

»Fühlt sich so an.«

Die Kiste war zugenagelt, also ergriff sie den oberen Rand und schüttelte sie, sodass wir beide das gedämpfte Klirren von Glas aus dem Inneren hörten.

»Soll ich sie aufbrechen?«, fragte Tatyana.

»Ja. Jede zerstörte Flasche ist ein Sieg, mag er auch klein sein.«

Sie verlor keine Zeit damit, das Messer unter den Deckel zu hämmern und ihn aufzuzwängen. Acht Flaschen lagen darin, und nach einer kurzen Diskussion darüber, wie wir sie am besten zerstören sollten, ohne auf uns aufmerksam zu machen oder einen Schnitt durch die Scherben zu riskieren, kamen wir überein, dass Hexerei unsere beste Möglichkeit sei. Es gestaltete sich nicht schwierig, das Glas zerspringen zu lassen, sobald ich die Absicht in meinem Geist gebildet hatte, und schon bald erfüllte der säuerliche Mief brennenden Weins die Kammer.

»Sieh dir das an«, sagte Tatyana, als ich die letzte der Flaschen zerbrach. Ich ließ sie leer rinnen, bevor ich alles verbrannte, dann blickte ich auf den kleinen Papierbogen, den sie hochhielt. »Das war in der Kiste.«

»Lies mir die Worte vor.«

»Kannst du nicht lesen?«

»Ich glaube, ich habe nie eine Notwendigkeit dafür gesehen.« Ich bedeutete ihr, fortzufahren.

Mit zerfurchter Stirn betrachtete sie den Bogen Papier. »Es ist ein Schreiben an den Meister der Studenten der Universität für Zauberei, das ihn zu den Abschlüssen seiner Lehrlinge beglückwünscht.« Ich wartete, während sie weiter auf das Papier starrte. »Ist ziemlich förmlich geschrieben, aber der Wein ist ein Geschenk, eine Flasche für jeden der Lehrlinge. Es ist ein Dank dafür, dass sie sich der Verteidigung von Falkenburg verschreiben.« Tatyana ließ das Papier sinken. »Kardinal Polssons Siegel prangt obenauf.«

Ich öffnete den Mund, um Tatyana nach der Universität für Zauberei zu fragen, aber die Bestie schloss ihn mir. Sie wusste davon, und dem schmerzlichen Ziehen in meinen Eingeweiden nach handelte es sich nicht um eine liebevolle Erinnerung. Zumindest bestätigte es, dass ich richtiglag, was den Kardinal anging.

»… Zauberern vertrauen«, sagte Tatyana und schwenkte das Papier in meine Richtung.

»Entschuldige, ich habe nicht zugehört. War es wichtig?«

Sie seufzte laut. »Ich sagte, es ergibt keinen Sinn, dass Polsson ihnen Geschenke schicken sollte. Er vertraut Zauberern nicht.«

»Ich dachte, es sei offensichtlich. Er wollte sie mit dem Wein vergiften.«

»Ja, das ist mir schon klar. Aber warum sollte die Universität überhaupt erst mit Polsson in Verbindung gestanden haben? Die haben sich ständig gegenseitig in den Haaren gelegen.«

»Ich habe noch nie von der Universität für Zauberei gehört.« Ich zuckte zusammen, als die Bestie meine Eingeweide zusammenkrampfte.

»Hast du unter einem Stein gelebt? Bis es ernst mit dem Krieg wurde, war das für jedermann die beliebteste Quelle für Klatsch.«

»Vielleicht gibt es in der Hel keinen Klatsch, oder zumindest nicht unter meinem Stein.«

»Es ist eine lange Geschichte, aber du musst dir vor Augen halten, dass die meisten Menschen bis zu den Zeiten meines Urgroßvaters ihr ganzes Leben lang keinen Zauberer zu Gesicht bekamen. Wenn doch, dann haben sie ihn wahrscheinlich gesteinigt.« Behutsam faltete sie den Brief zusammen und verstaute ihn in einer Tasche, während sie sprach. »Die Universität wurde ein paar Jahre vor meiner Geburt eröffnet, aber neuerdings veranstaltet sie Messen, um neue Schüler zu finden. Einige Fürsten mussten feststellen, dass die Bauern, die einst ihre Felder bestellt haben, plötzlich über die Gewalten der Natur gebieten.« Sie lächelte und schüttelte den Kopf. »Ich kann mich noch daran erinnern, dass Vater lang und breit darüber schimpfte. Ein Großteil meiner frühesten Erinnerungen dreht sich darum, wie ich mich unter der Treppe verstecke und lausche, während er und andere griesgrämige Männer in steifen Gewändern herumbrüllen und im Gesellschaftszimmer Briefe über das Thema verfassen.«

Während ich darauf wartete, dass sie etwas Nützliches von sich gab, kramte ich durch einige der Körbe in den Regalen und wurde mit der Entdeckung einiger runzliger Äpfel belohnt. Ich verlor keine Zeit und machte mich darüber her.

»Bis zum heutigen Tag veranstaltet die Kirche regelmäßig Proteste. Es sind sogar schon ein paar Leute dabei umgekommen. Jedes Mal, wenn das passiert, reden die Menschen von nichts anderem.«

»Warum?«

Tatyana zuckte mit den Schultern. »Jeder hat seine eigene Meinung über Zauberer.«

»Was ist deine?«, erkundigte ich mich aufrichtig neugierig.

»Sie sind nützlich. Ich habe außer Fronsac nur wenige kennengelernt, aber sie scheinen im Großen und Ganzen alle recht nett zu sein. Ein bisschen blass und langweilig vielleicht, aber in der Hinsicht nicht anders als Priester.« Sie lachte leise, als sie zu Ende gesprochen hatte, und man musste mir die Neugier am Gesicht angesehen haben. »Tut mir leid. Meinen Vater hätte glatt der Schlag getroffen, wenn er mich das je sagen gehört hätte.«

»Also ist diese Universität wichtig?«, lenkte ich sie zurück auf den Punkt.

»Ja, jetzt mehr denn je zuvor. Sie hat klein angefangen, wurde von den letzten Zauberern im Land gegründet und war zunächst verschlossen und geheimnisvoll. Dann haben sie im ganzen Land verkünden lassen, dass sie Lehrlinge aufnehmen. Aus einer Handvoll im ersten Jahr wurden im nächsten Jahr schon um die zwanzig, danach hat sich die Zahl mit jedem verstreichenden Jahr verdoppelt. Mittlerweile ist es eine eigene kleine Stadt mit angehenden Zauberern aus jedem Königreich.«

»Also stammt die Armee der Zauberer von dort.«

»Mehr oder weniger. Jedes Königreich fördert seine eigenen Zauberer, um nicht ins Hintertreffen zu geraten. Daher sind viele in ihre Heimat zurückgekehrt, als die Zwistigkeiten begannen. Penullin ist ein großes Reich und hatte viele Zauberer zur Ausbildung hier.«

»Und Polsson?«

»Na ja, die Kirche war von Anfang an gegen die Universität und hätte es mehrfach beinah geschafft, sie schließen zu lassen. Vor ungefähr fünf Jahren ist die halbe Ortschaft bei Aufständen niedergebrannt, nachdem Polsson dort eine Rede gehalten hatte.«

»Ich glaube, jetzt verstehe ich, weshalb du es merkwürdig findest, dass er der Universität auf einmal Briefe schreibt.«

»Vor allem einen, der namentlich an den Meister der Studenten gerichtet ist. Das klingt so, als wäre es nicht das erste Mal. Und wohin gehen wir von hier aus weiter?«

»Nach oben.«

»Nach oben?«

»Ja. Nach oben.«

»Du hast aber nicht vergessen, dass wir uns hier unter dem Bollwerk jener Leute befinden, die Jagd auf dich machen, oder?«

»Selbstverständlich nicht. Ich bin kein Idiot.«

»Ich würde gern deinen Plan hören, bevor ich mich damit einverstanden erkläre.«

Ich beendete meinen letzten Apfel, bevor ich antwortete. »Wie du ganz richtig sagst, jagen sie mich. Was bedeutet, dass viele ihrer Krieger auf den Straßen unterwegs sein werden. Und die anderen sind auf den Mauern, um sich auf die Belagerung vorzubereiten, statt darauf zu warten, dass ich in ihrer feinen Kapelle auftauche.«

»Das klingt sogar irgendwie sinnvoll.«

»Danke. Und wenn uns das Glück hold ist, gelingt es uns vielleicht, den Kardinal zu finden und ihm ein paar Fragen über seine Laufbahn als Winzer zu stellen.«

»Und über seine neue Freundschaft mit dem geschätzten Meister Navar Louw.«

Navar Louw. Mir blieb kaum ein Herzschlag zwischen dem Moment, da ich den Namen erkannte, und dem Erwachen der Bestie.

»Ack«, war alles, was ich hervorbrachte, bevor sich meine Muskeln zusammenkrampften und unter der Haut zu kräuseln begannen. Ich hatte keine Kontrolle über sie, und es fühlte sich an, als würde ein Nest von Schlangen in mir explodieren. Ich taumelte durch die Kammer, die Kiefermuskeln verbissen. Meine Zähne knirschten erst, dann quietschten sie, und die Muskeln in meinen Armen traten hervor, bis ich dachte, die Haut platzt auf. Tatyana brüllte, aber mein Geist wurde von einem Sturm bruchstückhafter Erinnerungen an Blut und Sand erfüllt. Von einer Magie, die brennend durch mich fegte, und bei all dem erscholl das Knurren der Bestie: tiefe, animalische Schwingungen, die Tatyanas Worte übertönten. Ich konnte fühlen, wie der Durst nach Rache und der blanke Hass der Bestie gegen den Teil meines Geistes anstürmten, der mir allein gehörte, und nach einer Schwäche suchte wie ein Feuersturm, der an einem einsamen Turm züngelt. Fast konnte ich die Form von etwas Riesigem und Wellenförmigem zwischen den Flammen und der Dunkelheit ausmachen, aber sich darauf zu konzentrieren, hieße, mich zu schwächen. Also wandte ich mich lieber davon ab. Das Gebrüll schwoll zu einem Höhepunkt an, bevor es sich überschlug und in tausende Echos zersplitterte, die sich mit einem Zischen verflüchtigten wie eine Welle, die sich von einem steinigen Ufer zurückzieht.

Befreit von der Umklammerung entspannten sich alle meine Muskeln gleichzeitig, was mich zu Boden sinken ließ, wenngleich ohne meine übliche Anmut.

»Was zur Hel ist los, Stratus?«, brüllte mir Tatyana entgegen, das Schwert halb gezogen. Ich war nicht sicher, ob sie vorhatte, mich zu verteidigen oder in Stücke zu hacken.

Ich rappelte mich auf die Beine und versuchte erst gar nicht, das Stöhnen zu unterdrücken, das damit einherging. Ich fühlte mich, als hätte ich gerade mit einem Höhlenbären gerungen, und ich war nicht sicher, wer von uns gewonnen hatte.

»Dieser Name«, sagte ich, und meine Worte klangen leicht erstickt. »Ich kenne ihn.«

»Louw?«, fragte sie und senkte das Schwert. »Navar Louw?«

Ein weiterer kurzer Krampf durchzuckte mich, als sie den Namen erneut aussprach. »Ja«, stieß ich hervor, »das ist er.«

»Woher kennst du ihn?«

Ich lehnte mich an die Mauer und wartete, bis das Zittern aus meinen Beinen wich. »Ich habe diesen Namen unterwegs gehört. Von einem Mann, der allein davor schon Angst hatte.«

»Du redest irgendwie wirr daher. Geht es dir gut?«

»Gut genug. Die Bestie. Sie hat ihn auch erkannt. Es hat sich angefühlt wie damals, als du mir im Palast deinen Namen sagtest, nur schlimmer. Schärfer.«

Ich rieb mir den Kopf in dem Versuch, die nachhallenden Echos der Stimme des Ungeheuers daraus zu vertreiben. Es hatte nicht annähernd so reagiert, als mir Kräh seine Geschichte erzählt hatte, warum also jetzt?

Als die Antwort zu mir kam, lieferte sie mir der Junge. Mittlerweile hatte ich ihn fast vergessen, aber ich sah aus dem Augenwinkel etwas Goldenes aufblitzen, und als ich mich umdrehte, bekam ich gerade noch mit, wie er sich mein Medaillon unter sein zerfleddertes Hemd stopfte. Er quiekte wie ein Ferkel, als ich ihn packte und es mir zurückholte, doch ich ließ von ihm ab, ohne ihm etwas anzutun. *Das Medaillon.* Die daran gebundenen Zauber waren immer noch stark. Vielleicht, weil sie während all der Zeit, die sie sich wohlbehalten in jenem Sarkophag befunden hatten, nie auf die Probe gestellt worden waren. Doch sie waren eindeutig genauso ausgeklügelt wie mächtig.

»Stratus?«

»Das Medaillon«, sagte ich. »Was immer daran gebunden ist, wirkt sich auch auf die Bestie aus, glaube ich. Es erweckt sie.«

»Erzähl mir, was du über den Namen weißt«, forderte sie mich auf, und meiner Aufmerksamkeit entging nicht, dass sie ihn zu meiner Freude nicht noch einmal laut aussprach.

»Er ist der Herr der Würmer.«

»Nav… Er? Der Lehrlingsmeister?«

»Ja.« Wieder konnte ich die Hitze der Aufmerksamkeit der Bestie fühlen. »Er ist es.«

»Oh Kacke«, fluchte Tatyana und steckte das Schwert zurück in die Scheide. »Bist du sicher? Wenn das stimmt, wie können wir dann unseren eigenen Zauberern noch vertrauen?«

»Unter Umständen haben wir unmittelbarere Probleme«, merkte ich an und deutete mit dem Kopf in Richtung der Tür. Mit ihren stumpfen Sinnen konnte sie die Männer, die sich auf uns zubewegten, wahrscheinlich noch nicht hören, ich hingegen nahm sie klar und deutlich wahr. Es handelte sich um mindestens vier verschiedene Stimmen, und das Klirren und Rasseln von Metall ließ erahnen, dass sie nicht bloß auf der Suche nach Äpfeln hier unten waren.

Kapitel 33

Wir können sie nicht töten«, zischte mir Tatyana zu.

»Selbstverständlich können wir.«

»Verdammt noch mal, Stratus, jetzt komm mir nicht neunmalklug. Du weißt schon, was ich meine.«

»Nein, weiß ich wirklich nicht.«

Bevor sie noch etwas sagen konnte, verstummte das klirrende Geräusch aus dem Gang, und eine männliche Stimme rief: »Ihr da drin! Kommt sofort heraus, dann geschieht euch nichts!«

Tatyana packte mich am Handgelenk. »Spiel einfach mit bei dem, was ich tue.«

Bevor ich ihr mitteilen konnte, dass ich nichts dergleichen im Sinn hatte, richtete sie sich auf, öffnete die Tür einen Spalt. Ihr Schwert hielt sie verborgen.

»Hallo«, sagte sie mit deutlich unbeschwerterer Stimme als mir gegenüber. »Kann ich euch helfen?«

»Hä?«, machte der unsichtbare Sprecher. »Wer bist du? Was treibst du hier unten, und was war das für ein Geschrei?«

»Ach, ihr Heiligen«, gab Tatyana zurück, »es ist so peinlich. Ich wollte nur ein paar Äpfel für … äh, den Diakon holen, als mich mein Verlobter überrascht hat. Du weißt schon.« Sie stimmte ein himmelschreiend falsches Lachen an.

»Oh«, gab der Sprecher zurück. »Tja. Das solltet ihr nicht hier unten tun, und schon gar nicht in den verdammten Lagerräumen. Das ist einfach nicht recht. Ihr müsst gehen.«

»Wir kommen gleich raus«, versprach Tatyana und schloss die Tür.

»Ich bin nicht dein Verlobter«, merkte ich an.

»Ich versuche bloß, uns hier ohne ein verdammtes Blutbad rauszuschaffen.«

»Ich verstehe. Gerissen.«

Tatyana drehte sich um und sagte etwas zu dem Knaben, also öffnete ich die Tür und trat hinaus in den Gang. Zwar trug einer der Männer eine Laterne, aber ich ging davon aus, dass ich durch das Zusammenspiel des schwachen Lichts, ihrer schlechten Sicht und Tatyanas Mummenschanz das Überraschungsmoment auf meiner Seite haben würde. Damit behielt ich wieder einmal recht.

Das Gesicht des ersten Mannes zertrümmerte ich an der Wand, dem Zweiten schlug ich gegen das Brustbein, das ich zusammen mit mehreren seiner Rippen brach, bevor die zwei hinter ihnen auch nur begriffen, dass sie in Gefahr schwebten. Der mit der Laterne zögerte, während der Letzte sofort die Flucht ergriff. Einer spontanen Eingebung folgend entriss ich dem Zögernden die Laterne und warf sie dem Flüchtenden hinterher. Sie traf seine Schultern, brachte ihn zum Stolpern und ließ ihn dann in Flammen aufgehen, als sich das verspritzte Öl entzündete. Ein schneller Faustschlag gegen den Hals des Laternenträgers schickte ihn zu Boden, bevor die Flammen dem Flüchtenden die ersten Schreie entlockten. Damit waren alle vier erledigt, ohne dass eine einzige Waffe gegen mich gezogen worden war.

Ich war zurecht zufrieden mit meiner Arbeit.

»Hel, erbarm dich!«, stieß Tatyana hinter mir hervor.

»Vielen Dan…« Sie preschte an mir vorbei, ehe ich ihr für die Ablenkung zu Ende danken konnte, dann blieb sie neben dem sich windenden Körper des brennenden Mannes stehen, um mit offenem Mund und geweiteten Augen auf ihn hinabzustarren. Ich fand, das war unnötig grausam. Mittlerweile hatte das Feuer seine Kehle versengt und seine Schreie verstummen lassen, doch er lebte noch. Ich verursache nicht gern grundlos Leid, also erlöste ich ihn durch einen schnellen Streich mit dem Schwert eines seiner toten Freunde.

»Was stimmt bloß nicht mit dir?«, fragte Tatyana.

»Es geht mir gut. Sie haben keinen einzigen Treffer gelandet.«

»Nein. Das meine ich nicht! Das da. Er!« Sie deutete auf den brennenden Leichnam.

Schulterzuckend ließ ich das Schwert fallen. »Ich habe noch nie Freude über das unnötige Leiden anderer empfunden. Wir sollten weitergehen.«

»Es war nicht nötig, sie zu töten!«, schrie Tatyana mich an. »Sie hätten uns vorbeigelassen. Das waren bloß Arbeiter, um Drogahs willen.«

»Ich hab ja nicht alle getötet.« Beinah hätte ich hinzugefügt, dass sie bloß Menschen waren, aber ich hatte den Eindruck, dass Tatyana infolge meines Unfalls mit Jovar zurzeit ungewöhnlich empfindlich reagierte. »Kannst du auch unterwegs weiterschimpfen?«

»Du bist wahnsinnig, vollkommen wahnsinnig, nicht wahr?«

»Wie kommst du darauf?«

Tatyana erwiderte nichts, presste sich nur die Handflächen an die Schläfen, bevor sie vor mir davonmarschierte. Ich entsandte eine Ranke Hexerei durch die Verbindung zwischen uns, weil ich hoffte, dadurch könnte ich begreifen, weshalb sie sich so aufführte. Doch ich erfuhr lediglich, dass sie wütend und besorgt wegen irgendetwas war, was mir beides nicht sonderlich weiterhalf.

Wie ich vermutet hatte, gelangten wir bald in den Bereich, in dem die Männer gearbeitet hatten. Der Gang, dem wir gefolgt waren, verlief parallel zu jenem, wo ich die verseuchten Leichen und den Wein bei meinem ersten Besuch verbrannt hatte, und die Hitze hatte den Stein der Mauer, die beide Gänge voneinander trennte, zerspringen lassen. Das ursprünglich entstandene Loch war verbreitert worden, und in der Nähe befanden sich saubere Stapel gelblicher Ziegelsteine sowie eine Fülle von Handwerkszeug. Ich wurde neugierig, wohin dieser Gang führte, zumal ich beim ersten Mal keine Verbindung zu ihm gesehen hatte, aber Tatyana kletterte bereits durch das Loch, also folgte ich ihr. Die Wände der Kammer dahinter hatte das Feuer geschwärzt, und die Arbeiter hatten drei Laternen aufgestellt, was mir zunächst übertrieben erschien, doch dann erschauderte Tatyana und sah sich um.

»Das gefällt mir nicht«, erklärte sie schlicht, und ihr Herzschlag wurde wieder ein bisschen schneller.

Ich leitete ein wenig Energie in meine Sicht und trat näher zu ihr. Beinahe konnte ich den genauen Moment erkennen, in dem Tatyana in den Einflussbereich des Medaillons geriet. Sie seufzte und schauderte erneut. Neugierig wich ich zurück und beobachtete, wie sie eine Gänsehaut bekam und sich die feinen Härchen an ihren Armen wieder aufrichteten.

»Was ist los?«

»Hier habe ich die Leichen verbrannt«, erklärte ich und trat wieder ein. »Ich kann zwar keine Spuren aktiver Nekromantie wahrnehmen, aber es fühlt sich so an, als hätte sich der Zauber in das verkrustete Fett eingenistet.« Ich schabte mit dem Fuß einen Klumpen davon zwischen den Ritzen der Bodensteine hervor.

»Soll das etwa heißen, das da ist … untotes Fett?«

»In gewisser Weise, ja.« Mit dem Medaillon in der Hand kauerte ich mich hin und schnupperte an dem Klumpen.

»Das ist echt eklig.«

»Nein, es ist echt interessant. Jeder halbwegs fähige Zauberer oder Hexer kann mühelos eine grobe Kontrolle über jedwedes Feuer ausüben, aber es ist beinah so zerstörerisch wie Wasser, wenn es um das Zusammenwirken mit Zaubern geht.«

»Und?«

»Das Feuer hat zwar die Arbeit des Totenbeschwörers mit diesen Leichen so gut wie ausgelöscht, trotzdem ist nach wie vor *irgendetwas* hier.«

»Ist das schlecht?«

»Schlecht? Nein, nicht an sich. Aber es ist eigenartig«, sagte ich.

»Erklärst du mir jetzt, warum, oder muss ich raten?«

Ich deutete auf den geschwärzten Boden. »Nun, es hätte sich gänzlich auflösen sollen.«

»Tja, entschuldige, dass ich keine Zauberin bin.«

Ich stand auf, als ich darüber nachgrübelte. Bei der Vertrautheit, die ich ihr gegenüber mittlerweile empfand, vergaß ich leicht, dass sie der Kriegerkaste angehörte und keine Gelehrte war. »Denk an den Stuhl, von dem wir schon mal gesprochen haben. Den Stuhl, der einen einschlafen lässt.« Sie nickte. »Und jetzt stell dir vor, dieser Stuhl fällt in ein Feuer und verbrennt zu Asche. Man würde doch erwarten, dass der Zauber verschwindet, wenn der Stuhl verbrennt. Stattdessen würdest du aber trotzdem schläfrig werden, sobald du dich hinkniest und nur die Asche berührst.«

»Und das ist eigenartig, weil der Zauber für einen Stuhl und nicht für die Asche gedacht war?«

»Ja«, bestätigte ich mit einem Lächeln, erfreut darüber, dass Tatyana in der Lage war, meinem Beispiel so schnell zu folgen.

»Dann sollte man die Asche vielleicht besser nicht berühren.«

»Guter Einwand«, gestand ich ihr zu und kratzte mir die halb verkohlte Schmiere vom Fuß. »Darüber sollten wir aber ausgiebiger nachdenken, wenn wir uns an einem sichereren Ort befinden.«

»Einverstanden.« Damit wandte sie sich ab und begann, die Treppe zu erklimmen. Der Junge folgte ihr so dicht, wie er konnte, ohne sie zum Stolpern zu bringen. »Und was machen wir, wenn die Kapelle voll ist?«

»Das kommt darauf an, mit wem oder was sie voll ist.«

»Aber du hast einen Plan, ja?«

Ich brummte unverbindlich und hoffte, das würde genügen. An sich hatte ich Tatyana zu meiner Führerin auserkoren gehabt, mittlerweile jedoch schien es so, als würde eher sie mir folgen, und ich war mir nicht recht sicher, ob ich mich in der Rolle gänzlich wohlfühlte. Oder vielleicht lag es daran, dass es bei ihr zur Gewohnheit wurde, Fragen zu stellen, die zu beantworten ich noch nicht bereit war.

Nach einer nicht unerheblichen Menge an Flüchen seitens Tatyana und wachsenden Schmerzen in meinen Beinen erreichten wir die oberen Ebenen und nahmen uns ein wenig Zeit, um zu Atem zu gelangen. Ich nutzte die Gelegenheit, um die Verbindung zwischen meinem Atem und dem ihren zu trennen. Es schien mir jetzt doch recht unwahrscheinlich, dass wir noch auf eine weitere Kammer voller verrottender Toter stießen. Das hatten wir jetzt bestimmt hinter uns gelassen. Als sie röchelnd von einem qualvollen Hustenanfall erfasst wurde, überkam mich ein Anflug von Schuldgefühlen, weil ich sie nicht vorgewarnt hatte, was ich tun würde.

Ich besann mich meiner Manieren und erkundigte mich, ob es ihr gut ging, worauf sie mit einer Handbewegung und einem tiefen, rasselnden Atemzug antwortete.

»Ist bloß … die Luft. Ist mir gerade weggeblieben«, presste Tatyana schnaufend hervor.

»Wir müssen wohl an irgendeinem Zauber vorbeigekommen sein«, log ich. »Geht es jetzt wieder?«

»Ja«, erwiderte sie und richtete sich langsam wieder auf. Danach holte sie mehrmals hintereinander zunehmend tiefer Luft. »Bei den Göttern, das ist so viel besser. Endlich riecht's nicht mehr, als würden wir durch einen Hundearsch kriechen.«

Angesichts der Lüge, die ich ihr gerade erzählt hatte, biss ich die Zähne zusammen und schluckte eine scharfe Entgegnung über ihre Undankbarkeit hinunter.

»Ja …«, brachte ich nur hervor, ehe ich uns zu den Türen führte, die in die Kapelle hineinführten. Ich legte die Hand auf das glatte Holz und entsandte Hexenkunst als meine Augen und Ohren ins Innere. Die Restenergie, die im Verlauf der Jahre in die Tür und die Kapelle gesickert war, verzerrte die meine und lenkte sie ab, sodass ich wenig mehr als undeutliche Formen in einer Art dichtem Nebel erkennen konnte. Das genügte jedoch, um zu wissen, dass sich mein Mangel an handfesten Plänen soeben von einem harmlosen Schluckauf zu einem echten Problem ausgewachsen hatte.

»Alles gut?«, fragte Tatyana.

»Ganz und gar nicht. Da draußen in der Kapelle bewegt sich mindestens ein Dutzend Leute.«

»Oh. Sind es Paladine?«

»Konnte ich nicht feststellen. In der Luft hängt ein Überschuss an Energie, der nahelegt, dass sie unlängst irgendein Ritual abgehalten haben. Dadurch ist es schwierig für mich, irgendetwas zu erkennen.«

Tatyana verschränkte die Arme vor der Brust, und der Junge tat es ihr gleich. »Hast du schon versucht, die Tür zu öffnen und hinauszulinsen?«

Ich beschränkte meinen Hohn auf ein Schnauben, bevor ich die Tür einen Spalt öffnete. Die Kapelle war genau so dunkel und mit Totenschädeln überfrachtet wie zuvor, aber mindestens die Hälfte der Bänke war aus dem Mittelteil entfernt und durch schmale Betten ersetzt worden. Entlang der Ränder dieses Bereichs hatte man Tische aufgebaut. Jeder war vollgestellt mit Leinentüchern, -binden und Flaschen, zum Glück jedoch keine von der mit Wein gefüllten Sorte. Ich zählte knapp über ein Dutzend Gestalten, allerdings bestand die Möglichkeit, dass ich angesichts der einförmigen dunklen Kutten und all der glatten, unbehaarten Schädel den einen oder anderen doppelt zählte. Ich schloss die Tür und teilte Tatyana mit, was ich gesehen hatte.

»Das ist ein Lazarett«, meinte sie dazu in selbstsicherem Ton. »Novstan muss in der Nähe sein.«

»Ich dachte, es wäre ein Tempel der Toten.«

»Ich behaupte ja nicht, dass es der angenehmste Ort ist, um darin aufzuwachen, aber sogar Totenpriester wissen, wie man Wunden vernäht.«

»Interessant. Also, wenn ich hineinstürme, sollte es mir einigermaßen leicht gelingen, zumindest die Hälfte der Priester zu töten oder außer Gefecht zu setzen. Während du die Türen links blockierst, kann ich die anderen erledigen, und wir können uns den Weg nach draußen bahnen, ohne dass Alarm geschlagen wird.«

»Nein«, widersprach Tatyana, »das kommt schlichtweg nicht infrage, Stratus. Gib mir einfach einen Moment Zeit.« Sie drängte sich an mir vorbei und öffnete erneut die Tür, presste das Gesicht gegen den Spalt wie zuvor ich, nur deutlich länger. Letztlich schloss sie die Tür wieder und rieb sich die Hände, was der Junge erneut auf eine Weise nachahmte, die schnell nervend wurde.

»Ich konnte nur drei bewaffnete Männer sehen, und die stehen da drüben am Altar rum. Wenn wir uns schnell und leise bewegen, sollte es uns gelingen, hinauszuhuschen, solange sie abgelenkt sind«, sagte Tatyana. »Und du solltest den Jungen tragen.«

»Warum? Als ich das zuletzt versucht habe, hat er mich angepinkelt.«

»Weil sie nicht nach einem Mann und einem Jungen suchen, sondern nur nach einem Mann.«

Das schien mir eine einfache, aber durchaus schlaue List zu sein, wenngleich der Knabe nicht davon überzeugt zu sein schien. Er wand sich und wollte Reißaus nehmen, überlegte es sich jedoch anders, als er außer Reichweite meines Lichts geriet. Anscheinend jagte es ihm weniger Angst ein, von mir getragen zu werden, als allein in der völligen Finsternis zurückzubleiben, die in den Eingeweiden von Sankt Tomas lauerte.

Und so betrat ich die Kapelle von Sankt Tomas ein zweites Mal, dicht gefolgt von Tatyana. Wir bewegten uns so leise wir konnten und versuchten in den tieferen Schatten entlang der Wände zu bleiben. Wir hatten nur zwanzig Schritte zu den Türen und anschließend vielleicht weitere hundert entlang eines geraden Gangs vor uns, bis wir draußen waren, und ich verspürte bereits erste Regungen von Optimismus, als sich eine Veränderung bei dem Jungen anbahnte. Genauer gesagt konnte ich fühlen, wie sich die Magie verflüchtigte, die ich in seinen Geist gepflanzt hatte.

Mir blieb keine Zeit, meine eigene Dummheit zu verwünschen. Bei all meiner schlauen Beeinflussung seiner Erinnerungen hatte ich nicht bedacht, welche Auswirkungen die Umgebungsenergien der Kirche selbst haben mochten, geschweige denn das Medaillon. Beides musste auf ihn einzuwirken begonnen haben, sobald ich mein Werk bei ihm vollendet gehabt hatte, und es löste meine Arbeit wieder auf. Während das auf Tatyana oder mich in dieser kurzen Zeit wohl keinen Einfluss gehabt hätte, verhielt es sich bei einem schwachen und formbaren Geist wie dem des Jungen völlig anders.

Die ursprünglichen Erinnerungen des Knaben traten wieder an ihren Platz, seine Ängste kehrten an die Oberfläche zurück, und die meisten davon kreisten um den Mann, der ihn gerade trug. Er schrie auf, als hätte ich ihn in Brand gesteckt, und strampelte sich von mir los. Durch das Zusammenwirken seiner von nacktem Grauen geschürten Kraft und meiner Überraschung gelang es ihm tatsächlich, sich meinen Armen zu entwinden. Er landete auf dem

Boden, rappelte sich auf und ergriff die Flucht. Ein weiterer langgezogener Schrei entrang sich seiner Kehle, bevor ich den Fluch ausstoßen konnte, der mir auf der Zunge lag.

Jeder in der Kapelle drehte sich zu uns um, während der Junge einen Priester fand und dem Mann in die Arme sprang.

»Lauf!«, brüllte Tatyana, die ihren eigenen Rat bereits beherzigte. Die Türen waren zwar nicht versperrt, aber sie waren schwer. Es dauerte ein wenig, bis wir in den Gang dahinter stolperten, verfolgt von bewaffneten Männern und ihrem Alarmgeschrei.

Kapitel 34

»Haltet sie auf!«

»Ergreift sie!«

Soweit ich es beurteilen konnte, war mein Glück immer schon ein launisches Ding. Und nun, als wir auf die Außentüren der Kirche zurannten, schien es mich wieder einmal zu verlassen. Am Ausgang standen drei weitere Soldaten, die bereits auf die hinter uns her hallenden Rufe reagierten, doch ich war zuversichtlich, dass wir mit ihnen mühelos fertig geworden wären. Dann allerdings öffnete sich der Haupteingang. Zum Vorschein kam ein gesamter Trupp Paladine und das erfüllte mich mit Bestürzung. Es war ein schwacher Trost, dass sie genauso überrascht darüber wirkten, uns zu sehen, wie umgekehrt wir es waren. Das währte auch nicht besonders lange. Sie ließen die Kisten und Helme fallen, die sie trugen, verfielen in Laufschritt und stimmten dabei ein Kriegsgebrüll an.

Tatyanas Antwort fiel kurz, derb und unter den gegebenen Umständen überraschend wortgewandt aus. Ich packte sie am Arm und zog sie in einen Nebengang auf der rechten Seite. Entlang des Korridors gab es weitere Räume, aus denen noch mehr Männer hervorströmten. Ich zog den Kopf ein, schob die Schulter nach vorn und pflügte durch sie hindurch. Nicht wenige wurden so heftig zu Boden geschleudert, dass sie dankbar über das so nahe Lazarett sein würden. Wir stürmten durch die Tür am fernen Ende des Ganges, und ich schwenkte in der vollen Erwartung nach links, dort ein Fenster vorzufinden, durch das wir springen und fliehen konnten. Aber ich stand vor einer Mauer aus dickem, rissigem Stein.

»Nein«, stieß ich hervor und drosch mit der Faust dagegen, doch es handelte sich nicht um ein Trugbild.

Ein Mann griff Tatyana an. Sie wirbelte herum und packte seinen Arm so, wie ich es bei Lucien in der Nacht beobachtet hatte, als er angegriffen worden war. Schwungvoll warf sie ihn auf den Rücken, hart genug, um ihm mindestens ein paar Rippen gebrochen zu haben.

Ich spürte, wie sich die Bestie in mir aufbäumte, und vermochte nicht zu sagen, ob sie es war, die da knurrte oder ich. Hinter uns sprangen die Paladine über die Körper hinweg, die ich umgerannt hatte, und erfüllten die Luft mit weiteren Drohungen.

»Wir müssen hier raus!«, rief Tatyana, als hätte ich etwas anderes vorgehabt.

»Komm mit«, brüllte ich und rannte auf die Tür am anderen Ende des Ganges zu. Sie war schmal und dreckig, und wie ich bereits befürchtet hatte, führte sie zurück zum Hauptgang, wo uns ein gutes Dutzend Paladine und Soldaten erwarteten. Ich konnte fühlen, wie die Wut der Bestie in mein Bewusstsein drängte. Ich hatte diesen Kampf nicht gewollt, jedenfalls nicht zu Beginn, doch etwas am Anblick dieser Gotteskrieger löste in mir den Drang aus, sie in Stücke zu reißen.

Sie zu zerfetzen und in ein verheertes, rotes Chaos zu verwandeln.

Während ich vorwärtsstapfte und vor lauter Vorfreude auf das bevorstehende Gemetzel beinah geiferte, spürte ich den schmerzhaften Druck meiner Dämonenzähne, die sich knirschend an den menschlichen Nachbildungen vorbeischoben, die ich der Welt normalerweise zeigte.

Den Angriff, der mich zu Fall brachte, sah ich weder noch hörte ich ihn, aber es musste ein ziemlich kraftvoller Schlag gewesen sein. Das Letzte, woran ich mich erinnerte, war der Geschmack von Blut. Danach folgten nur noch Schwärze und Stille, bis ich in einer völlig neuen Welt des Schmerzes erwachte.

Aufzuwachen und festzustellen, dass man verkehrt herum hängt, ist eine unheimlich verstörende Erfahrung, vor allem, wenn man schlimm verprügelt und zerschnitten wurde, während man bewusstlos war. Es bedurfte mehrerer Versuche, bis es mir gelang, eines meiner Augen zu öffnen. Das andere schmerzte so übel, dass ich fürchtete, es könnte mir herausgeschnitten worden sein – das Gewebe ringsum war zu stark geschwollen, um etwas anderes als die Schmerzen zu spüren, die davon ausgingen. Mehr zu versuchen traute ich mich nicht. Mein Körper fühlte sich wie etwas weit Entferntes an: starr fixiert von unsichtbaren Haken und Ketten und durch einen Berg von Schmerzen von meinem Geist getrennt.

Da meine Sicht so eingeschränkt war, wandte ich die Aufmerksamkeit den anderen Sinnen zu. Meine Nase stellte ein taubes Gewicht dar, und in Anbetracht des Geschmacks in meinem Mund nahm ich an, dass er voller Blut sein musste, das aus meinen Wunden hineingesickert und dann darin getrocknet war. Somit blieb noch mein Gehör, das zunächst genauso durcheinander zu sein schien wie der Rest meiner Sinne. Da ich sonst wenig tun konnte, konzentrierte ich mich darauf und arbeitete langsam das Geräusch des Blutes heraus, das durch meinen Kopf donnerte, was sicherlich dem Umstand geschuldet war, dass ich kopfüber hing. Dazu kam das stete Tropfen von etwas, das Wasser oder –wahrscheinlicher – mein Blut war. Das bildete sich zu einem Gesamteindruck heraus, als stünde man neben einem Wasserfall und versuchte, dem Lied eines Vogels zu lauschen. Anfangs nimmt man nur das Tosen des Wassers wahr, aber hat man sich daran erst einmal gewöhnt, fängt man an, auch andere Dinge aufzuschnappen, bis man jedes Geräusch um einen herum kennt.

So lauschte ich denn und erschuf mir anhand der gesamten Geräuschkulisse ein Bild des Ortes, an dem ich mich befand. Aus mir tropfte tatsächlich Blut, allerdings weitaus langsamer, als das Wasser, das von der Decke troff. Das leise Quietschen von oben legte nahe, dass ich an Eisenketten hing, die man an etwas Hölzernem befestigt hatte. Die Kammer, in der sich das alles abspielte, konnte nicht besonders groß sein, wahrscheinlich höchstens fünfzehn Schritte entlang jeder Seite und nicht annähernd so hoch.

Eindringlich horchte ich, ob etwas Neues zu vernehmen war, und bemühte mich, auszublenden, dass die Schmerzen allmählich heftiger wurden; ganz als hätte ihnen mein Erwachen die Erlaubnis gegeben, in mein Bewusstsein zu kriechen. Niemand kam, und die einzige Ablenkung von der Langeweile des Wartens bot mir eine Horde der Albinospinnen, die eine ebenso bleiche Eidechse über die Mauer vor mir verfolgten. Ich hörte ihren leisen, kläglichen Aufschrei, als sie dem Gift der Spinnen erlag, und lauschte, wie sie in eine Ritze geschleift wurde, um verschlungen zu werden. Als Omen fand ich das nicht sonderlich ermutigend.

»Leb wohl, kleine Eidechse.« In Wirklichkeit ertönte meine Stimme als Flüstern, doch für meine Ohren hörte es sich an, als hätte ich gebrüllt.

Da ich nun eine bessere Vorstellung von meiner Lage hatte, kehrte ich meine Aufmerksamkeit nach innen. Ich wollte meine Hexenkunst beschwören und eine Verbindung zu den Liedlinien suchen. Dass sich das schmerzhaft gestalten würde, war eigentlich klar, und in der Hinsicht wurde ich bedauerlicherweise auch nicht enttäuscht. Um die Schmerzen, die mich erfüllten, hinter mir zu lassen, musste ich mich durch sie hindurcharbeiten, und das bedeutete, sie *alle* zu spüren. Ich begann bei meinen Füßen und bahnte mir den Weg in Richtung meines Kopfes. Unterwegs stellte ich fest, dass meine Verletzungen zu zahlreich waren für eine vollständige Bestandsaufnahme. An mehreren Stellen waren meine Beine wundgescheuert, zweifellos, weil ich über rauen Stein geschleift worden war, und sie waren mit etwas, das sich wie Draht anfühlte, an das Gestell gefesselt, von dem ich hing. Mein Bauch und meine Brust hatten die ärgste Wucht der Schläge abbekommen, und es erwies sich als ungemein schwierig, irgendeinen Teil von mir zu finden, der keine blauen Flecken oder Schürfwunden aufwies. Wäre ich nicht bereits vorher schwarz gewesen, so wäre ich es jetzt mit Sicherheit.

Die Qualen in meiner Brust waren zu stechend und beharrlich, um von bloßen Blutergüssen zu stammen, und mir schien, dass es den Kirchenleuten gelungen war, mir den einen oder anderen Knochen zu brechen. Der Zustand meiner Arme glich dem meiner Beine und meines Kopfes. Wie sich herausstellte, hatte ich mein anderes Auge doch nicht verloren, aber durch das Zusammenspiel der Nachwirkung wiederholter Schläge und meine hängende Lage hatten Blut und andere Körperflüssigkeiten mein Gesicht grotesk anschwellen lassen.

Am schlimmsten fand ich, dass meine Hexenkunst auch nach dem neuerlichen Durchleiden all der Schmerzen verborgen blieb. Krampfhaft suchte ich danach, wurde jedoch lediglich mit einem flüchtigen Blick auf violettes Licht belohnt, auf das weitere Schmerzen in meinem Kopf folgten, die jenen auf der Außenseite um nichts nachstanden. Meine Peiniger hatten mich mit einem Bann belegt, mich meiner vielseitigsten Waffe beraubt, und mir entging keineswegs, was das bedeutete. Ich kehrte in einen normaleren Bewusstseinszustand zurück und verbrachte einige Zeit damit, erneut die Schmerzen aus meinem Geist zu drängen, sie zu einer formlosen Gegenwart zusammenzupressen, die sich eine Spur einfacher ertragen ließ. Ich steckte in Schwierigkeiten, soviel stand fest, und mit jedem verstreichenden Augenblick, den ich dort hing, wurde es schwieriger, ruhig genug zu bleiben, um nachzudenken.

Nachdem ich mich eine gefühlte Ewigkeit gezwungen hatte, dem unregelmäßigen Tappen unsichtbarer Spinnen und den Kaugeräuschen von Ratten zu lauschen, hörte ich endlich etwas Neues: die steten Laute von etwas erheblich Schwererem, das sich auf zwei Beinen fortbewegte. Es kam näher, und schon bald öffnete sich irgendwo hinter mir eine Tür. Gelbliches Licht, grell wie die Sonne, flutete die Kammer zusammen mit dem Geräusch eines zu schnell schlagenden Herzens.

»Da bist du ja.«

Ich erkannte Kardinal Polssons Stimme einen Lidschlag, bevor ich aus dem Gang hinter ihm den leisen Widerhall von Tatyanas Schreien vernahm.

»Ich werde dich umbringen«, krächzte ich ihm entgegen.

Er antwortete darauf mit einem kurzen Lachen und stapfte über den Boden auf mich zu. Gleich darauf schwankte die Welt entsetzlich, als er mich zu sich herumdrehte. Er mutete unmöglich groß an, als ich mit zusammengekniffenem Auge zu ihm ins Licht emporschaute.

»Du wirst mir meinen Mangel an Angst verzeihen müssen, Kreatur.« Er ging um mich herum, und ich fühlte mich wie einer der Vögel in den Käfigen des Fleischers auf dem Markt. Nachdem er seine Begutachtung abgeschlossen hatte, trat er mir ins Gesicht. Die Schmerzen setzten schlagartig ein. Heftig, gewaltig, unverhältnismäßig schlimmer, als der Schaden rechtfertigte, den zu verursachen seine schwachen Beinchen in der Lage hätten sein sollen. Aber ich biss die Zähne zusammen und verweigerte ihm die Befriedigung eines Aufschreis.

»Du bist erbärmlich«, sagte er, und der Hohn troff förmlich aus seiner Stimme. Ein weiterer Tritt traf mich, diesmal an der Schulter. Ich schaukelte wie ein Pendel, die Ketten knirschten und klirrten, während die Welt um mich herum schwankte.

»Sieh dich nur an. Nackt, geprügelt und völlig meiner Gnade ausgeliefert. Was sind die Mächtigen doch gefallen.«

Es fiel mir schwer, mich auf seine Worte zu konzentrieren, als die neuen, in meinem einst so erhabenen Gesicht entfesselten Qualen meine Sinne bestürmten. Entlang der Wand hinter der Tür nahm ich flüchtige Eindrücke von Fässern und Kisten wahr. Noch Lagerraum also.

Polsson bremste mein Pendeln, indem er mir mit einem in einer Sandale steckenden Fuß ins Gesicht trat. Diesmal gelang es ihm, Haut aufplatzen zu lassen, und ich sah, wie mein Blut durch den Druck in der gespannten Haut in einem langen Strahl herausspritzte. Das war schon fast eine Erleichterung. Ich spuckte weiteres Blut aus.

»Ich bin immer noch mächtig«, behauptete ich, womit ich bewirkte, dass er vor Gelächter johlte und mich abermals trat. Vermutlich verhinderten seine alternden Gelenke, dass er einen höher über dem Boden hängenden Teil von mir als Gesicht oder Schultern angreifen konnte, doch das blieb ein denkbar schwacher Trost.

Er kauerte sich vor mich hin. »Ich habe meinen Meister von

deiner Ergreifung benachrichtigt«, verriet er, und ich zuckte zusammen, als er die Haut meiner Brust berührte. Seine Hand war so unnatürlich kalt wie die Leichen, die ich vernichtet hatte. Hätte ich noch Zweifel an seiner Mittäterschaft gehegt, die Übelkeit, die sich in mir ausbreitete, als er über meine Brust strich, hätte sie restlos ausgeräumt. Ein Dutzend Tritte wäre mir lieber gewesen als das anhaltende Gefühl der Falschheit, das seine Finger hinter sich herzogen.

»Er hat unmittelbar mit mir gesprochen.« Bei den Worten durchlief ihn ein Schauder, und er verstummte kurz, um sich über die schmalen Lippen zu lecken. »Mein Lohn für deine Gefangennahme wird groß sein. Ich sollte dir wohl danken, wenn man bedenkt, wie einfach deine plumpen, erbärmlichen Versuche, unsere Pläne zu durchkreuzen, es mir gemacht haben.«

Ich versuchte, mich von seinen Händen wegzudrehen, war jedoch zu schwach und bewirkte gerade mal ein Klirren der Ketten. Wieder lachte er, was sich anhörte, als entwiche Gas aus seinem Körper. Ich war froh über meine verstopfte Nase.

»Und was genau glaubst du, was ich bin?«, fragte ich. Zuerst erwiderte der Kardinal nichts, hockte nur da und beobachtete mich mit dem starren Blick einer Natter.

»Also ist es wahr«, sagte er. »Dein Geist ist verloren. Einerseits schade, andererseits ein Vorteil, würde ich sagen. Ich hätte nur zu gern verstanden, weshalb mein Meister dich mit solcher Leidenschaft suchte, aber so war es einfacher, dich zu fangen.« Er kratzte sich am lichten Bart. »Obwohl: So besudelt dein Blut sein mag, ich vermute, die Macht darin muss schon bemerkenswert sein.«

Mir gefiel nicht, wie er mich betrachtete, als er die Worte aussprach, und mir gefiel noch weniger, dass er hinzufügte: »Ja, er hat gesagt lebendig, aber mehr nicht.« Und damit ging er hinaus. Er ließ die Tür offen. Das war wenigstens ein bisschen besser. Von der Dunkelheit hatte ich gründlich die Nase voll und ich freute mich über das Licht. Ein weiterer Schrei hallte durch den Gang, gedämpft von Stein und geschlossenen Türen, doch er stammte unverkennbar von Tatyana.

Da ich keinen Zugriff auf meine Hexenmagie hatte, konnte ich unmöglich feststellen, ob der Heilzauber noch wirkte, den ich in sie gepflanzt hatte. Das hing ganz vom Aufbau des Zaubers ab, den Polsson gewirkt hatte. Doch auch den konnte ich nicht studieren. Wo waren meine Wut und meine Bestie nun, da ihre blinde Raserei tatsächlich nützlich für mich sein könnte?

»Wo bist du?«, fragte ich und schüttelte den Kopf. »Ich weiß, dass du da drin bist. Hilf mir. Hilf *uns*.«

Sofern mich die Bestie hörte, ließ sie es sich nicht anmerken. Ich wollte mein Flehen gerade wiederholen, als Polsson in die Kammer zurückkehrte, gefolgt von einem anderen Mann, der eine Holzkiste trug. Ich kannte den Neuankömmling nicht, doch sein blasses und ausgemergeltes Erscheinungsbild ließ mich erahnen, dass er viel zu viel Zeit in einer dunklen und feuchten Umgebung verbracht hatte.

»In der Tat ein prächtiges Exemplar«, befand der blasse Mann, und sein steifes Grinsen entblößte Zähne, die schon lange nicht mehr so weiß wie seine Haut waren.

»Ja, nicht wahr?«

»Wie viel nehmen wir?«

»So viel, wie wir können. Mein Meister will ihn lebendig, mehr aber nicht.«

»Soll ich anfangen?«, fragte der Blasse und öffnete die Kiste auf einem nahen Fass.

»Natürlich«, antwortete Polsson, bevor er sich vor mich kauerte. »Du solltest dich geehrt fühlen. Skibor ist der mit Abstand begabteste meiner Lehrlinge und sehr kundig in der Kunst, Blut in Macht zu verwandeln. Ich überlasse dich seinen fähigen Händen, während ich deiner kleinen Hure einen Besuch abstatte. Na ja, dem, was von ihr übrig ist. Skibor ist nicht nur äußerst begabt, sondern auch ein leidenschaftlicher Mann.«

Er musste von Tatyana sprechen, und ich verspürte einen unerwarteten Anflug von Gefühlsregungen, als mir die Bedeutung seiner Worte ins Bewusstsein sickerte.

»Ich weiß, dass du sie hier hören kannst. Ich werde herausfinden, wie viele weitere Male sie deinen Namen schreien kann, bevor sie stattdessen anfängt, ihn zu verwünschen. Jedenfalls wird sie mir alles verraten.«

Damit ging er ohne ein weiteres Wort und ließ mich mit Skibor und dem Flüstern einer Klinge allein, die er an einem Lederriemen schärfte.

Kapitel 35

»Faszinierend.«

Er sprach es leise aus, aber sein Atem fühlte sich auf dem freigelegten Fleisch meines Armes wie ein feuriger Wind an. »Ich könnte allein deinen Arm monatelang studieren.«

Während er redete, biss ich die Zähne zusammen, um gegen die Übelkeit anzukämpfen, die auf die Schmerzen folgte, und gegen den Drang, ihm bei dem zuzusehen, was er tat. Ich hatte keine Angst vor Blut, am wenigsten vor meinem eigenen. Aber zu beobachten, wie es in Flaschen abgefüllt wurde oder wie er meine Haut aufschlitzte und zurückschälte, um die Muskelstränge darunter freizulegen, war etwas völlig anderes.

Noch hatte ich ihm die Befriedigung eines Aufschreis nicht zugestanden, wenngleich ich überrascht war, dass meine Zähne nicht splitterten unter dem Druck, mit dem ich sie zusammenbiss. Wenigstens hatte der Folterknecht meine hängende Haltung korrigiert, um meine Schulter auf Höhe des Tisches zu bringen, den er aufgestellt hatte. Die Erleichterung hatte sofort eingesetzt und neue, heftige Schmerzen nach sich gezogen. Das war aber nichts im Vergleich zu dem, was ich durchlitten hatte, während er tiefer und tiefer in meinem Arm herumgestochert und -geschnitten hatte, gelegentlich begleitet von Kommentaren über das, was er dabei sah.

Mittlerweile hatten sich seine schmalen, blassen Lippen rot verfärbt, allerdings von meinem Blut nicht infolge seiner eigenen Erregung. Laut seinem Gebrabbel besaß ich einen exotischen, aufregenden Geschmack, der sich höchstens noch um eine feine Röstung und besten Wein ergänzen ließe. Er hatte gelacht, als ich versucht hatte, meinerseits ein Stück aus ihm zu beißen, danach hatte er lediglich meinen Arm festgebunden und die Arbeit daran wieder aufgenommen. Er hatte sich vom Handgelenk den Weg nach oben zum Ellbogen geschnitten, hohle Glasröhrchen darin eingesetzt und sie miteinander verbunden, sodass sich ein steter Fluss meines Blutes in die Flaschen ergoss. Die Röhrchen erkannte ich von den Vorrichtungen, die wir in die Nasen und Münder der Menschen in den Käfigen gezwängt gesehen hatten; eine Erkenntnis, die mich umso heftiger gegen meine Fesseln ankämpfen ließ.

Ich drehte mich weg, als er eine dünne Klinge in den Muskel schob und begann, ihn zu öffnen. Das hervorquellende Blut blies er mit kurzen, aber kräftigen Atemzügen fort, die sich wie flüssiges Feuer auf dem frisch aufgeschnittenen Fleisch anfühlten. Seit er zu schneiden begonnen hatte, waren keine Schreie mehr durch den Gang zu mir gedrungen. Doch statt mich zu trösten, bewirkte die Stille das genaue Gegenteil. Tatyana mochte nur menschlich sein, aber sie war eine gute Gefährtin gewesen, ehrlich und tapfer.

Sobald ich mich befreit hatte, würde ich sie rächen.

Das sagte sich zwar leicht, im Augenblick schien es jedoch so weit entfernt und unerreichbar wie der Mond. Mittlerweile schnitt Skibors Klinge richtig tief, und wenngleich ich nicht schrie, wurde es zu doch viel, um ein aus Schmerz und Verzweiflung geborenes Stöhnen noch zurückhalten zu können.

»War der letzte schmerzhafter als die anderen Schnitte?« Wieder drückte er die Klinge hinein, und die stechenden Qualen trafen mich wie ein Blitzschlag. »Faszinierend. Zwischen den Knochen ist so etwas wie ein Muskelschlauch verkeilt. Aber ich kann mir seinen Zweck nicht erklären.« Er hielt inne, um sich Blut von den Fingern zu lecken. »Wollen doch mal sehen, was sich darin verbirgt.«

Die Schmerzen waren entsetzlich; eine Mischung aus Feuer, Eis und Blitzen, die meine gesamte linke Körperhälfte zu verzehren schienen. Alles, was ich tun konnte, war, mir vor Augen zu halten, dass ich schon Schlimmeres überlebt hatte, dass dies hier im Vergleich zu dem verblasste, was auf mein Erwachen auf jenem verfluchten Feld gefolgt war. Es waren nur Schmerzen, und ich wusste, dass sie mich nicht umbringen würden.

Skibor konzentrierte sich darauf, das Futteral in meinem Arm auszugraben, und ich knirschte mit den Zähnen, während ich versuchte, das davon hervorgerufene Gefühl irgendwie zu überstehen. Dann spürte ich, wie etwas in meinem Arm riss, und sah, dass Skibor den Schlauch herausgelöst hatte. Seltsamerweise vergaß ich für einige Augenblicke, dass es sich um die inneren Teile meines verdammten Armes handelte, die er da quetschte und an denen er zog. Der Schlauch, wie er es genannt hatte, erwies sich als bleich und starr. An der breitesten Stelle war er ungefähr so dick wie mein Finger und etwa so lang wie mein gesamter Unterarm. Als Skibor ihn drückte, konnte ich sehen, dass sich etwas Dunkles darin befand.

Etwas Dunkles.

Der Gedanke schlug etwas in meinem Geist an, doch mir blieb keine Gelegenheit, dem genauer nachzugehen. Ich bin nicht sicher, wer von dem, was als Nächstes geschah, mehr überrascht wurde. Skibor hatte sich vorgebeugt. Er untersuchte nach wie vor den Schlauch und hatte gerade dazu angesetzt, ihn am Ansatz loszuschneiden, als sich jenes langgezogene Futteral wie eine schluckende Kehle bewegte, nur mit wesentlich mehr Kraft und Nachdruck. Dabei schoss etwas daraus hervor, das wie eine einzelne Klaue aus Ebenholz aussah.

Diese Klaue schlitzte Skibor ziemlich sauber den Hals auf.

Er warf sich zurück, wodurch wir beide feststellen konnten, dass die Ebenholzklaue Widerhaken besaß. Es war zu spät für Skibor, den eigenen Schwung noch zu bremsen, und da mein Arm fest an dem Fass verankert war, verlor sein Hals den Kampf. Ich erhaschte einen flüchtigen Blick auf Streifen von Fleisch und die ausgefransten Enden seiner großen Blutgefäße, wie sie aus der Wunde flatterten. Dann stürzte mein Folterer unter einem aufspritzenden Schwall von Blut zu Boden. Er unternahm einen letzten, verzweifelten Versuch, sich zu retten und die Flut des Blutes einzudämmen, doch seine Kraft hatte ihn bereits verlassen, und es gelang ihm nur noch, den Rand der Kiste zu ergreifen, in der er seine Werkzeuge hereingetragen hatte.

Ich lachte, als ich lauschte, wie sich seine Eingeweide entleerten. Es war auf eine geradezu köstliche Weise ironisch, einen Totenbeschwörer zu töten, und dass es auf so unerwartete Weise erfolgt war, fand ich nur noch komischer. Allerdings änderte dieser kleine Spaß wenig an meiner Lage, und als sich meine Belustigung verflüchtigte, richtete ich die Aufmerksamkeit wieder auf die Klaue, die Skibor getötet hatte. Ich hatte keine Ahnung, wie sie dorthin gelangt sein mochte. Aber da sie sich in meinem Körper befand, musste sie meiner Überzeugung nach etwas sein, das vor meiner Verwandlung in diese menschliche Gestalt einen Teil von mir gebildet hatte. Vor meinen Augen zog sie sich zurück. Das Muskelfutteral weitete sich ein wenig, um die Klaue wieder zu verschlucken. Sie schmiegte sich dabei so eng an, dass Skibors Blut und Gewebe von ihr abgestreift wurden, als sie in ihrem Futteral verschwand.

Eine Bewegung seiner Hand erregte meine Aufmerksamkeit. Er konnte nicht mehr am Leben sein. Oder erstand er von den Toten wieder auf? Ich wartete, und als er sich erneut bewegte, seufzte ich vor Erleichterung. Seine Finger hatten gezuckt, als er gestorben war, und das lag lediglich am Gewicht seines Körpers, welches an der Kiste zog. Sie schabte eine Haaresbreite nach der anderen weiter, dann rutschte sie plötzlich ein größeres Stück vorwärts und kippte schließlich vom Rand des Fasses.

Es war gerade wieder still geworden, als ich spürte, wie etwas *in* meinem Kopf nachgab. Schmerz flammte auf. Doch diesmal war es ein guter Schmerz, wie der, wenn ein für lange Zeit schwärender Splitter endlich aus der Haut gezogen wird. Er legte sich so schnell, wie er eingesetzt hatte, und danach spürte ich etwas anderes, zarter als die Berührung einer sanften Brise. Ich streckte mich danach – meine Hexenkunst. Und ich konnte fühlen, wie sie an meiner Seele pulsierte, als wolle sie mich zurück willkommen heißen.

Der Bann, der mich gebunden hatte, war gebrochen. Ich überlegte nicht lange, wie oder warum, sondern entsandte meinen gesamten Willen in Richtung der Liedlinien. Ich tauchte ein in ihre Macht, und sog beinahe töricht tief daran, ließ mich von der berauschenden Erregung durchströmen, die den Schmerz vertrieb und ein völlig anderes, heilendes Feuer in meinen Verletzungen entfachte. Es gestaltete sich lachhaft einfach, die Drähte zu durchtrennen, die mich so grausam fesselten. Dass ich das so überstürzt tat, rächte sich allerdings dadurch, dass ich auf den Boden plumpste.

Trotz der mich durchströmenden Energie dauerte es ungewöhnlich lange und rang mir erhebliche Konzentration ab, meine Wunden zu heilen. Der anspruchsvolle Vorgang verbrannte die geringen, in meinem Körper verbliebenen Fettvorräte, bevor ich ihn beenden konnte. Aber mein Arm war wieder heil und die seltsame schwarze Klaue erneut verborgen. Obwohl ich nunmehr wusste, dass sie sich in mir befand, konnte ich sie nicht fühlen, und unwillkürlich fragte ich mich, welche Geheimnisse mein Körper noch vor mir verstecken mochte.

Zwar wäre es möglich gewesen, die restliche Heilung sofort zu erzwingen, doch ohne Lebensmittel und Getränke, um sie zu befeuern, würde eine Art Leere in mir entstehen, und ich müsste ständig die Liedlinien anzapfen, um zu verhindern, dass sich mein Körper selbst verzehrte. Dies Wagnis konnte und wollte ich nicht einmal unter den besten Bedingungen eingehen. Die verbleibenden Verletzungen waren unangenehm und hässlich. Sie würden mich jedoch nicht davon abhalten, den Kardinal wie ein Insekt in seine Einzelteile zu zerlegen. Ich warf die Flaschen mit meinem Blut an die Wand. Wofür man es hatte benutzen wollen, wusste ich nicht, und ich wollte es lieber auch nicht herausfinden.

Nachdem das erledigt war, machte ich mich daran, Skibor den Kopf abzuschneiden, einerseits als Vorsichtsmaßnahme, andererseits, weil ich es tun *wollte*. Es bescherte mir ein beachtliches Maß an Befriedigung, und als ich den Körper bewegte, kam auch das Medaillon zum Vorschein, das aus der umgekippten Kiste gefallen war und den Bann gebrochen hatte. Ich hob es auf und lächelte, als meine Finger über die Runen fuhren. Jedes Mal, wenn ich es sah, gewann ich es ein wenig lieber. Ich stand tief in der Schuld desjenigen, der es mit dem vor so langer Zeit verstorbenen Tomas vergraben hatte.

Ich nahm mir einen Augenblick Zeit, um das Blut aus meiner Nase zu entfernen, dann schüttelte ich das Druckgefühl von meinem Rücken ab, was eine erschreckende Fülle brüchiger Geräusche nach sich zog. Es war an der Zeit, vom Kardinal das Blut einzutreiben, das er mir schuldete, was mittlerweile in jeder Hinsicht der Worte zutraf. Ich spürte eine zustimmende Regung der Bestie in mir.

Als ich hinaus in den Gang trat, wollte ich nach dem Geruch des alten Mannes schnuppern, doch angesichts der zwei Soldaten, die ungefähr sechzig Schritte entfernt vor einer Tür standen, war das nicht nötig. Sie erblickten mich fast sofort und begannen zu brüllen. Gleichzeitig stürmten sie den schmalen Korridor entlang auf mich zu. Ich war selbst schon wütend genug, zusätzlich jedoch bäumte sich in mir die Bestie auf, und bevor ich auch nur darüber nachgedacht hatte, bleckte ich den Wachen meine Dämonenzähne entgegen und füllte den Gang mit einem Gebrüll aus, das selbst die großen Katzen der Ebenen vor Angst in die Flucht geschlagen hätte. Ich krachte in sie hinein, als sie zauderten. Die dichte Masse meiner Knöchel verwandelte ihre Rüstungen in einen Hohn und ihre Knochen in blutigen Zunder.

Hinter ihnen erschien der Kardinal in der Tür. Auch er fing sofort an, zu schreien, aber ich war zu beschäftigt damit, mich von den vergossenen Eingeweiden des zweiten Wachmanns zu lösen, um auf seine Worte zu achten. Dann war es zu spät. Es handelte sich natürlich um einen Zauber. Damit hätte ich rechnen müssen, doch obwohl ich gewusst hatte, dass wir jemanden mit mehr als nur ansatzweiser magischer Begabung jagten, überraschte er mich damit beinah völlig.

Blutrote, gezackte Blitze schnellten durch den Gang, teilten die Luft mit einem ohrenbetäubenden Donnerschlag und trafen mich mit einer Wucht wie der Tritt eines Riesen. Sie rissen mich von den Beinen und ließen mich über den Boden schlittern. Meine Sinne stockten, als mir der durchdringende Geruch von verbranntem Fleisch in die Nase stieg und ich jäh von einer Mauer gebremst wurde. Ich versuchte, mich hochzustemmen, aber meine Glieder zuckten noch unter der Restenergie des Blitzes und weigerten sich, mir zu gehorchen. Es gelang mir nur, den Kopf zu heben, sodass ich sah, wie Polsson einen weiteren Zauber wob. Ich konnte nichts unternehmen, als eine Flammenwand mit tosendem Gebrüll durch den Gang auf mich zuraste.

Kapitel 36

Feuer.

Das schönste der Elemente. Es wabert und tänzelt, als wolle es sein kurzes Leben feiern, das in tausend Schattierungen von Rot, Gold, Weiß und Orange brennt. Es rollte über mich hinweg wie eine Welle, sengte den Dreck und das Blut von meiner Haut und füllte eine Leere in mir aus, deren Tiefe mir erst bewusst wurde, als sich die Hitze und die Flammen darin ausbreiteten. Etwas Ähnliches hatte ich empfunden, als ich auf jenem Hügel die Wärme des Lagerfeuers in meine Hände gesogen hatte, doch damals hatte ich das als Zeichen meiner dämonischen Herkunft aufgefasst und war vor den Auswirkungen zurückgeschreckt.

Diesem Feuer konnte ich nicht ausweichen. Es hüllte mich wie eine Umarmung ein, der ich selbst dann nicht zu entfliehen vermocht hätte, wenn das mein Wunsch gewesen wäre, und es brachte meine Zweifel zum Verstummen und ließ keinen Teil meiner selbst unberührt. Ich sog es in mich wie der Wüstensand einen unerwarteten Sturm, aber die Flammen verschwanden allzu bald, und ich hätte beinah vor Enttäuschung aufgeschrien, als ich die Augen aufschlug und mich wieder in dem qualmenden Gang befand. Die Ränder des Mauerwerks um mich herum glühten in einem verblassenden Orange, das ihnen eine sonderbare Schönheit verlieh, und als mein Gehör zurückkehrte, vernahm ich ein Knistern und Knacken, als feuchte Luft herbeiströmte, um aufzufüllen, was das Feuer eingeatmet hatte.

Die Reste meiner Kleidung und der Körperflüssigkeiten der toten Wachleute fielen als feine Aschewolke von mir ab, als ich aufstand. Ein stetes Grollen erfüllte den Korridor, und es dauerte mehrere Atemzüge, bis ich erkannte, dass es von mir ausging. Oder vielmehr von der Bestie in mir, und ich vermochte nicht mit Sicherheit zu sagen, ob ich es mit meinem Geist oder meinen Ohren hörte. Sie mochte Feuer eindeutig sogar noch mehr als ich. Das ergab Sinn, falls wir aus derselben lodernden Grube in der Hel stammen sollten.

Der Kardinal hatte mitten im Schritt innegehalten und starrte mich mit geweiteten Augen an.

»Wir haben einige Dinge zu besprechen, Priester«, sagte ich, und meine Stimme klang verzerrt durch das Knurren der Bestie.

Er wich erst einen Schritt zurück, dann mehrere weitere, und jeder fiel schneller aus als der davor, bis er die Tür wieder erreicht hatte, durch die er herausgekommen war. Ich folgte ihm, wenngleich langsamer. Meine Füße stapften knirschend durch die gebratenen Überreste der Wachleute. Polsson blickte in den Raum und vollführte eine jähe Geste mit einer Hand. Ich spürte, wie seine Magie aufflammte, und gleich darauf erstrahlte der grelle Schein von Feuer aus dem Raum, begleitet von einem hohen, gellenden Schrei.

Tatyana.

Er drehte sich um und rannte los, und obwohl ich die Muskeln bereits angespannt hatte, um hinter ihm herzupreschen, zögerte ich, als ein weiterer Schrei durch den Korridor hallte. Der Kopf des Kardinals barg die Geheimnisse, die ich erfahren musste, und er befand sich so nah. Aber ihn aufzuhalten, hieße, Tatyana verbrennen zu lassen. So ließ ich den Kardinal fliehen und biss die Zähne zusammen, bereit, jeden Versuch der Bestie abzuwehren, mich davon abzubringen, ihr zu helfen. Doch es erfolgte keiner.

Abgesehen davon, dass die Kammer in Flammen stand, schien sie der zu gleichen, in der man mich festgehalten hatte. Auch Tatyana hing an einer kreuzförmigen Vorrichtung aus Holz, allerdings nicht verkehrt herum, wie ich gehangen hatte. Durch die beengten Verhältnisse hatte Polssons Feuer den Raum vollständig ausgefüllt und alles in Brand gesetzt, was auch nur annähernd brennbar war, einschließlich Tatyana. Wie ein gefangenes Tier wand und krümmte sie sich an dem Gestell, an das man sie gefesselt hatte. Ihre Haut schwärzte sich bereits an einem Dutzend

Stellen, das Haar war aufgeflammt wie eine Fackel. Ich jagte einen starken Impuls meiner Hexenmagie durch sie, genug, um ihre Sinne zu betäuben und sie das Bewusstsein verlieren zu lassen, bevor ich meine Aufmerksamkeit darauf bündelte, sie zu befreien und das Feuer zu löschen. Behutsam trug ich sie in den Armen, als ich den Weg zurück zu der Kammer antrat, in der ich gehangen hatte. Dort legte ich sie hin.

Ich konnte fühlen, wie ihre Verletzungen an meiner Magie zehrten. Ihr Körper heilte sich bereits selbst von innen nach außen, wobei er die verheerendsten Wunden zuerst behandelte. Aber wenn ich sie tragen wollte, würden die offenen Verletzungen an ihrer Haut äußerst ablenkend für uns beide sein, vor allem die tieferen Verbrennungen, wo die Haut kross geworden war und Fette auszulaufen begonnen hatten. Ich bündelte meine Hexenkunst und nahm mir etwas Zeit, um ein entsprechendes Gebilde vorzubereiten. Einen Schnitt zu heilen, war vergleichsweise einfach – man drückte die zwei Hälften zusammen und ließ die körpereigenen Fasern zusammenwachsen. Verbrennungen hingegen stellten eine weit größere Herausforderung dar. Die zerstörte Haut und das restliche Gewebe verwandelten die entsprechenden Bestandteile des lebenden Körpers in eine derart zerbrechliche Struktur, dass sie viel schwieriger wiederherzustellen war.

Mein dritter Versuch, das Heilgebilde zu erschaffen, verlief erfolgreich, nachdem die beiden ersten wegen genau der Ablenkungen fehlgeschlagen waren, die ich zu verhindern versuchte. Das Geflecht der Energie legte sich über ihren Körper wie eine weiche Decke, als ich die Magie entfesselte, und während es in meinem Geist wunderschön aussah, wusste ich, dass die Schmerzen, die es verursachte, Tatyana fast genauso schlimm gequält hätten wie die des Feuers, wäre sie wach gewesen. Um eine Verbrennung zu heilen, muss man den verbrannten Bereich abschöpfen, bis gesundes Gewebe zutage tritt, erst dann kann man beginnen, die fehlenden Teile wiederherzustellen. Das wusste ich, weil ich selbst wach gewesen war, als mein neu geformter Körper die Qualen seiner Entstehung in allen erlesenen Einzelheiten miterlebt hatte. So schmerzhaft es gewesen sein mochte, ich hatte dadurch zumindest handfeste Kenntnisse und Erfahrungen von dem erlangt, was ich jetzt zu tun hatte. In Hinblick auf die erforderliche Macht war es ein kostspieliger Vorgang, und hätte es sich um irgendjemand anderen als Tatyana gehandelte, hätte ich demjenigen einfach das Genick gebrochen und ihn zurückgelassen.

Sobald die Hexerei ihr Werk vollendet und sich zu einem goldenen Nebel verflüchtigt hatte, hob ich Tatyana wieder hoch und trat mit ihr wieder in den Gang hinaus. Ich hatte vor, in die feuchten und bröckeligen Katakomben zurückzukehren, die sich unter Sankt Tomas erstreckten, und anschließend den langen Aufstieg zurück zu der vergessenen Gruft zu bewältigen, durch die wir ursprünglich eingetreten waren. Den Weg durch die Kapelle konnte und wollte ich nicht wagen. Noch nicht. Natürlich gab es keine Gewähr dafür, dass uns Polssons Schergen nicht auch auf dem alten Friedhof erwarteten, aber in dem Fall war ich sicher, dass sie zumindest nicht so zahlreich wie hier in der Kirche antreten würden.

Nicht lange, nachdem ich den Gang betreten hatte, hörte ich die ersten Stimmen, auf die das Poltern und Klappern von Männern in Stiefeln und Rüstungen folgte. Anscheinend war Polsson daran gelegen, seine Beute nicht so schnell wieder zu verlieren. Ich hievte mir Tatyana über die Schulter und eilte in die entgegengesetzte Richtung davon. Mein Blick wanderte dabei auf der Suche nach irgendetwas, das ich wiedererkannte, über Wände und Boden. Es erwies sich letztlich als glücklicher Umstand, dass Tatyana geblutet hatte, als wir in unsere Zellen gebracht worden waren, denn es war die Spur ihres Blutes, die mir den Weg zurück zu dem vertrauteren Gewirr der Tunnel wies. Ich hatte die halbe Treppe hinunter in die Kammern hinter mir, als die ersten Soldaten des Kardinals uns sichteten. Sein Gebrüll hallte die Treppe herunter, aber ich sparte mir die Mühe, aufzuschauen, zumal die Geräusche hastiger Schritte entschieden zu dicht hinter mir ertönten. Unter den gegebenen Umständen kostete es mich ein wenig Überwindung, doch letztlich gelang es mir, im Laufen den Druck in meiner Blase zu erleichtern, und ich gebe zu, es bereitete mir Vergnügen.

Danach jedoch stellte sich geradezu zehnfache Freude ein, als ich das überraschte, spitze Quieken des schnellsten Verfolgers hörte, das in einen Schrei umschlug, als er auf den glitschigen Stufen ausrutschte, an mir vorbeifiel und sich ungefähr dreißig Körperlängen tiefer das Genick brach. Schon in trockenem Zustand waren die Stufen glatt gewetzt und tückisch; wie ich gehofft hatte, wurden sie gut befeuchtet zu einer regelrechten Todesfalle. Die Bestie in mir war immer noch wach, und ich verspürte ihr Amüsement, wodurch sich, wenngleich nur für einen Lidschlag, der Nebel der Wut lichtete, der sie so beständig umgab.

Ein Aufstieben von Funken und das Geräusch von Metall auf Stein zerbrachen den Augenblick, ließen mich zusammenzucken und beinah selbst den Halt verlieren. Das wäre eine entsetzliche, wenngleich irgendwie poetische Ironie gewesen.

Ich wagte einen Blick zurück, als der zerbrochene Pfeil in die Finsternis vor mir fiel. Hinter uns befand sich mindestens ein Dutzend Männer, vier davon Bogenschützen. Ich hievte mir Tatyana von den Schultern in die Arme und drückte sie an meine Brust, um ihnen meinen Rücken statt ihres Körpers als Ziel darzubieten. Immerhin war ich schon angeschossen worden, und ihre kleinen Zahnstocher jagten mir wenig Angst ein. Die Bogenschützen entfesselten ihre Schäfte in dem Augenblick, als ich die letzten Stufen hinter mir ließ, und zwei schlugen unverhofft und ziemlich unangenehm in meinen Rücken ein, aber ich wusste, dass sich das dadurch verursachte Brennen schnell legen würde.

»Töte sie.«

Zu behaupten, die Worte hätten mich überrascht, wäre eine hoffnungslose Untertreibung. Vielmehr kam es einem Wunder gleich, dass ich nicht fiel, als ich in die kleine Vorkammer am Fuß der Treppe stolperte. Die Stimme, die sie ausgesprochen hatte, war tief und volltönend. Ich hätte blankes Gold dafür bezahlt, jener Stimme zuzuhören, so viel Harmonie schwang in ihren schlichten Worten mit. Aber nicht die Schönheit der Stimme schlug mich derart in ihren Bann, sondern der Umstand, dass sie von Tatyanas Lippen gedrungen waren.

»Was?«, lautete meine wortgewandte Antwort, als ich auf sie hinabblickte. »Tatyana?«

»Du hast mich gehört.« Ihre Lippen und ihre Kehle bewegten sich, aber sie hob weder den Kopf, noch öffnete sie die Augen, während sie sprach.

»Tatyana?«, fragte ich erneut.

»Sei kein Narr.«

Diese Stimme … Tatyana. Ich taumelte, als mir klar wurde, wo ich sie schon einmal gehört hatte. *Die Träume.* Die Träume von dem einsamen Wesen in der Finsternis und der Stimme, die im Käfig aufgebrüllt hatte.

Die Bestie.

»Du sprichst.« Ich schaute zurück, als die Paladine und ihre Gefährten in die kleine Vorkammer strömten, ihre Stimmen schrill und dünn im Vergleich zu dieser einen.

»Töte sie, oder wir sterben hier.«

Behutsam legte ich Tatyana ab und wandte mich meinen Verfolgern zu. Wenig überraschend gebärdeten sich die Paladine am lautesten, und ich konnte die Kälte in ihnen fühlen. Die Bogenschützen entfesselten eine weitere Salve von Pfeilen. Ich ließ sie an meiner Haut zerbrechen. Die Angst, die sich beim Anblick ihres Unvermögens in ihren Geruch schlich, war jedes Quäntchen der damit verbundenen Schmerzen wert. Die Bogenschützen fielen hinter die Paladine zurück, die ihre Helme zuklappten und gegen mich vorrückten. Jeder trug einen der kurzen Speere, von denen ich wusste, dass sie meine Haut zu durchdringen vermochten, während die Soldaten, die sich unter ihnen befanden, lediglich mit Schwertern bewaffnet waren.

»Ein wenig Hilfe wäre ganz nett«, sagte ich, was die Soldaten dazu bewog, sich gegenseitig anzusehen.

»Niemand wird kommen, um dir zu helfen«, erwiderte der Paladin in der Mitte. »Heute ereilt dich dein Schicksal.«

Als Einheit marschierten sie weiter auf mich zu, und ich spürte, wie sich in mir Wut auf die Bestie regte. »Das also ist dein großer Plan? Dabei zuzusehen, wie ich auf diese Weise ende?«

Ich rückte von Tatyana weg, und hob die Arme. So einfach würde ich nicht sterben.

Ein hehrer Gedanke, dessen Wirkung jedoch verloren ging, als der plötzliche Schmerz in meinen Unterarmen anschwoll und dermaßen sengend wurde, dass ich unwillkürlich nach Luft schnappte. Ich spürte, wie die Knochen meiner Handgelenke gegeneinanderschabten. Von allein ballten sich die Hände zu Fäusten, und keine der beiden achtete darauf, als ich sie aufforderte, sich wieder zu öffnen. Dann glitt an jeder Hand eine gekrümmte Ebenholzklaue von der Länge meines Unterarms, aus einem blutenden Riss zwischen meinen mittleren Knöcheln hervor.

Mit blieben ein, vielleicht zwei Herzschläge, um darauf zu glotzen, bevor mich der Paladin zu meiner Rechten mit einem Satz nach vorn angriff. Er stürmte heran und stieß seinen Speer auf meine Brust zu. Es war eine kraftvolle Bewegung, die diese verheerende Spitze sauber durch mich hindurchgetrieben hätte. Ich zuckte zurück und spürte, wie eine meiner neuen, schwarzen Klauen den Schaft stutzte und wegschlug. Meine Hände blieben unveränderlich zu Fäusten geballt, also schlug ich den Paladin einfach mit der anderen und rammte die Klaue durch sein Kettenhemd. Im Zuge dessen pfählte ich zugleich mehr als ein wichtiges Organ in seinem Rumpf.

»Dämon!«, schrie einer der anderen Männer, als ich den Sterbenden von meiner nunmehr glitschigen Klaue trat. Ein Soldat versuchte es mit einem Hieb gegen meine Beine, doch mit der zusätzlichen Reichweite, über die ich plötzlich verfügte, konnte ich seine Klinge abfangen. Auch ihn schlug ich – mit noch spektakulärerem Ergebnis, zumal seine Rüstung nur aus steifem Leder bestand. Die zwei verbliebenen Paladine rückten mit einer Flut zustechender Lanzenangriffe gegen mich vor, und trotz meiner besten Bemühungen trafen mich mehrere davon. Ich blutete wie ein löchriger Eimer, als ich den letzten von ihnen erledigt hatte, indem ich die Klaue durch den Augenschlitz seines Helmes stieß.

Ich konnte nicht einmal die Hände auf meine Wunden pressen, weil sich meine Fäuste nach wie vor weigerten, sich zu öffnen.

Ich rutschte an einer Wand zu Boden und sog die Luft ein. »Etwas Größeres wäre entschieden besser gewesen«, murmelte ich. Anscheinend hörte mir die Bestie inzwischen zu, denn kaum hatte ich es ausgesprochen, spürte ich, wie erneut ein Ruck durch meine Knochen lief und sich die Klauen langsam in meine Arme zurückzogen. Ich schüttelte die Hände, als sich die Schmerzen legten, dann untersuchte ich meine neueste Ansammlung von Verletzungen. Mit den letzten Resten meiner Hexenkunst stillte ich die schlimmsten Blutungen, dann saß ich ruhig da und wartete, bis sich die Benommenheit legte. So konnte das nicht weitergehen.

Ich schleppte mich zum Nächstbesten der Toten und brach mit einem angestrengten Grunzen seinen Schädel auf, indem ich ihn gegen den Boden rammte. Im gedämpften Licht meiner Kugel kratzte ich mit der Spitze eines herumliegenden Schwerts durch die glibberige Masse, die aus dem Kopf trat. In den Flüssigkeiten schwamm oder krümmte sich nichts. Das genügte mir, und ich verlor keine weitere Zeit damit, den Mann zu zerstückeln. Bedauerlicherweise reichten meine Machtreserven nicht, um ein stetes Feuer zu entfachen, aber der Leichnam war noch warm und weich, und so erwies es sich als recht einfach, das frische Fleisch hinunterzubekommen. Noch während ich schluckte, konnte ich fühlen, wie mein Körper darüber herfiel. Mit jedem Mundvoll zogen sich die dunklen Ringe um meine Sicht weiter zurück, und meine Gedanken reihten sich wieder in eine nützlichere Ordnung. Schließlich stand ich auf und staunte darüber, wie einfach sich diese schlichte Handlung auf einmal anfühlte. Dabei musste ich mir jedoch vor Augen halten, dass ich diese neue Stärke nur deshalb als so überraschend empfand, weil ich davor so schwach gewesen war.

Ich überließ die Toten dem Ungeziefer und setzte meinen Weg in die Finsternis fort. Tatyanas Gewicht bereitete mir kaum noch Mühe, und da ich keine weiteren Geräusche von Verfolgern oder einem in Nischen lauernden, untoten Grauen wahrnahm, kehrte ich meine Aufmerksamkeit nach innen.

Ich tippte Tatyana auf die Stirn. »Warum redest du nicht mit mir?«, fragte ich, bekam jedoch keine Antwort.

Ich versuchte es erneut und danach noch ein Dutzend Mal. Ich wollte schon aufgeben und meine Enttäuschung am nächstbesten zerbrechlichen Gegenstand auslassen, der mir untergekommen wäre, als ich doch noch eine Erwiderung hörte.

»*Du.*« Die Stimme klang deutlich schwächer, die Lippen bewegten sich kaum.

»Das ist eine entsetzliche Antwort. Warum redest du jetzt, nach allem, was ich durchlitten habe? Und warum durch sie?«

»*Es ist schwierig.*«

»Schwierig? Versuch mal, dich von verzauberten Speeren abstechen zu lassen.« Darauf wurde nichts entgegnet. Durch meinen Kopf schwirrten so viele Fragen, dass die Entscheidung, welche ich aussprechen sollte, dem Versuch glich, eine einzelne Biene aus einem Schwarm herauszufischen.

»Was willst du, Kreatur?«

»*Ganz …*«

»Eine Gans?«

»*Ganz sein.*« Diese Worte ertönten deutlicher, und Tatyanas Lippen verzogen sich zu einem höhnischen Grinsen, als sie sprach. »*Frei von dir.*«

Diesen Worten folgte weitere Wut, und ich begann zu befürchten, dass dies entweder die Bestie erstarken lassen könnte oder dass es Tatyana verletzte, wenn ich auf diese Weise mit dem Ungeheuer redete.

»Dann haben wir etwas gemeinsam«, erwiderte ich nichtsdestotrotz und sah, wie sich ihr Körper versteifte, als die hexerische Verbindung zwischen uns flackerte und sich festigte. Dann spürte ich ein Ziehen in der Mitte, als schleife etwas durch die Windungen meiner Eingeweide. In meinen Gedanken blitzten die Klauen auf, die so lange in meinen Armen verborgen gewesen waren, und die Vorstellung, etwas so Fremdartiges nicht mehr in mir zu haben, erschien mir plötzlich als äußerst wünschenswert. Die melodische Stimme der Bestie senkte sich zu einem wortlosen Grollen, als sie die Ränder meines Geistes bestürmte und durch meine Gedärme peitschte, aber ich schöpfte Mut daraus, dass ich all dies schon einmal durchgemacht hatte. Wenngleich es alles andere als angenehm war, lähmte es mich doch auch nicht.

Die Bestie schien das ebenfalls zu spüren, verstummte bald wieder und zog sich in jene Spalte meines Geistes zurück, in der sie hauste. Kaum war sie weg, presste ich gegen die Seiten meines Rumpfes, unsicher, ob ich wollte, dass ich recht hatte oder mich irrte, doch ich konnte nur die Teile fühlen, die auch vorhanden sein sollten. Ein Teil von mir wollte die Bestie zurückrufen und versuchen, ihr Antworten statt weitere Fragen abzuringen, aber die Vorsicht hielt mich davon ab. Ihre Absichten erschienen mir alles andere als freundlich, und ich wollte sie nicht herausfordern, solange meine Kraft so gering war. Allein das Wissen, dass sie ungeachtet all der Gewalt, die sie in sich trug, dennoch eine Stimme und einen Verstand besaß, betrachtete ich als Sieg. Gegen blinde Wut konnte man nur kämpfen, mit einem Verstand hingegen vernünftig reden. Zumindest hoffte ich das.

Das rußverschmierte Medaillon hing zwischen Tatyanas schlaffer Gestalt und der Haut meiner Brust, als wir den Rest der Katakomben durchquerten. Ich musste kein einziges Mal wegen des Gestanks der dunklen Magie würgen. Obwohl ich überzeugt davon war, dass der Weg in die andere Richtung nicht so lang gewesen war, konnte ich keine magische Beeinträchtigung meiner Sinne wahrnehmen. Da war nur eine tief in den Knochen sitzende Erschöpfung, der allein meine spontane Mahlzeit etwas entgegenzusetzen versuchte.

Hunger war eine Sache, aber das sehnsüchtige Nagen an meinen Knochen war eine Folge des Blutverlusts und des Einsatzes von zu viel Hexenmagie und würde sich nicht so leicht verbannen lassen. Es war noch nicht schlimm genug, um mich in Versuchung zu führen, mir einen Happen von den Leichen in den oberen Kammern zu genehmigen, allerdings hielt ich in der Gruft selbst inne, um auszuruhen. Ich hatte nicht vor einzuschlafen. Ich wollte mich nur hinsetzen, um einen Teil der Schwere vergehen zu lassen, die sich in jedem meiner Glieder eingenistet hatte. Aber mein Körper entschied über mich hinweg. Ich erwachte ungewisse Zeit später, gefangen zwischen der Wirklichkeit und den ausgefransten Rändern des lebhaften Traumes, der mich geweckt hatte. Meine Lichtkugel war irgendwann erloschen. Undurchdringliche Schwärze umgab mich, und als ich das Licht wieder entfachte, musste ich größte Vorsicht walten lassen, meine Augen nicht zu verletzen.

Tatyana lag immer noch ausgestreckt neben mir. Der Tribut, den die Heilung forderte, sprach aus den tiefen Linien und dunklen Konturen ihres Gesichts, und ich fragte mich, ob ich ebenso mitgenommen aussah wie sie. Wir brauchten etwas zu essen und Zeit, um uns zu erholen. Der bloße Gedanke an etwas Saftiges und Triefendes genügte, um mir Geifer aus dem Mundwinkel tropfen zu lassen. Ich bewegte mich zur Tür und lauschte aufmerksam, konnte jedoch weder Stimmen hören noch die Erschütterung von Schritten auf dem Boden spüren. Also stemmte ich die Schulter gegen die Tür und öffnete sie, so schnell ich konnte. Die Helligkeit, die hereinströmte und über die Schatten herfiel, ließ mich unwillkürlich zusammenzucken.

Vorsichtig spähte ich aus der Gruft, aber die einzigen lebenden oder sonstigen Kreaturen, die auch nur annähernd an uns interessiert zu sein schienen, waren zwei auf einem nahen Grabstein hockende Krähen. Es tat gut, den Himmel wieder über mir zu haben, auch wenn er sich hinter einer dichten Wolkenschicht verbarg, die das Licht der Sonne zu einem trüben, silbrigen Glimmen dämpfte. Ich las meine bewusstlose Schutzbefohlene auf und kehrte zu jenem alten Haus der Totenbeschwörer zurück, dem einzigen Unterschlupf, den ich kannte … und zu dem Hinterhalt, der uns dort erwartete.

Kapitel 37

Obwohl es noch früh am Tag zu sein schien, waren die Straßen größtenteils verwaist. Die wenigen Menschen, die ich sah und die umgekehrt mich sahen, blieben stehen und glotzten mich an, bevor sie davoneilten. Fensterläden wurden zugeknallt, sobald ich mich näherte, und öffneten sich knarrend wieder, nachdem ich vorbeimarschiert war. Ich befand mich vielleicht zwei Straßen von dem Haus entfernt, das wir übernommen hatten, als mir der Geruch von Brot in die Nase stieg. Da meine Nase so lange nichts anderes als den Gestank von Ausscheidungen, Schimmel und Blut hatte ertragen müssen, sog sie jeden Hauch des betörenden Dufts aus der Luft und brachte meinen Körper mit beträchtlichem Nachdruck dazu, ihm durch mehrere schmale Gassen zu folgen, bis ich die Quelle fand. Eine Quelle, deren Herz wie das eines verängstigten Kaninchens raste, als sie sich an einer Tür zu schaffen machte, das in Stoff gehüllte Bündel unter den Arm geklemmt.

»Das Brot«, sagte ich. »Das brauche ich.« Sogar für meine Ohren hörte sich meine Stimme wie ein bedrohliches Knurren an.

Die Frau drehte sich um und starrte mich an. Irgendwie gelang es ihr dabei, die Augen so weit aufzureißen wie eine Eule.

»Nimm es!«, brüllte sie und warf mir das Bündel zu, bevor sie die Flucht ergriff.

Ich rief ihr meinen Dank hinterher, aber sie verschwand um die nächste Ecke, noch bevor ich das Bündel aufheben konnte. Darin konnte ich das harte Rund zweier Laibe ordentlicher Größe fühlen. Ich musste gehörig an mich halten, um Tatyana nicht auf der Stelle fallen zu lassen und mir beide Brote samt und sonders auf einmal in den Mund zu stopfen. Doch meine angeborene Disziplin behielt die Oberhand. So gerade eben. Über alle Maße aufgeregt angesichts dieser bescheidenen und doch so unschätzbar wertvollen Beute eilte ich zu unserem behelfsmäßigen Unterschlupf und achtete dabei kaum auf meine Umgebung. Das Haus schien so verlassen zu sein, wie ich es in Erinnerung hatte, und ich legte Tatyana in der Nähe des Tisches ab, an dem wir gegessen hatten.

»Bist du da, Bestie?«, fragte ich und stupste sie in die Rippen. Als eine Antwort ausblieb, wickelte ich den ersten Brotlaib aus. Plötzlich warnte mich mein wiedererstarkter Geruchssinn, dass sich Männer in der Nähe aufhielten.

Ich nahm einen gewaltigen Bissen von dem Brot, bevor ich mich in Bewegung setzte, um sie zu finden, doch ich brauchte nur bis zum Eingang zu marschieren. Offensichtlich hatten sie auf unsere Rückkehr gewartet. Sechs Gestalten kamen auf mich zu. Ich wollte den Vordersten bereits anspringen, als mir noch rechtzeitig auffiel, dass die Männer die blauen Schärpen der Stahrulls, nicht die der roten und weißen der Paladine trugen. Das ließ mich zögern und eröffnete dem zögerlichen Boten, der bei ihnen wartete, die Gelegenheit, das Wort zu ergreifen.

»Meneer Stratus«, sagte er mit einer Stimme, die ebenso gut einem Mann wie einer Frau hätte gehören können. »Bitte greif nicht zu deinen Waffen.«

»Wer bist du?«, verlangte ich zu erfahren und fürchtete eine Falle.

»Magus Fronsac hat uns geschickt. Ich habe eine Botschaft für dich.«

Fronsac? Das erschien mir eigenartig genug, um meine beachtlichen Muskeln ein wenig zu entspannen und mich aus der geduckten Haltung aufzurichten, die ich in Erwartung eines Kampfes eingenommen hatte.

»Habt ihr Essen dabei?«

»Essen? Ich fürchte nicht. Wir sind von der Palastgarnison.«

»Könnt ihr welches holen? So viel, wie ihr tragen könnt. Es ist dringend.«

»Ist Frau Henkman verletzt? Wir haben gesehen, wie du sie hereingetragen hast.«

»Komm mit«, forderte ich ihn auf und kehrte in den Raum zurück, in dem Tatyana immer noch schlief. »Ich habe zwar die meisten ihrer Wunden geheilt, aber sie waren ziemlich schwer. Sie wird bald erwachen, und dann braucht sie etwas zu essen. Genau genommen jede Menge. Und zwar für uns beide.«

»Ich verstehe«, murmelte der Bote auf ihre bewusstlose Gestalt starrend. Er setzte dazu an, etwas hinzuzufügen, blieb dann aber doch stumm.

»Ich kann ein paar Tagesrationen beschaffen«, bot einer der Soldaten an. Der Bote nickte, und der Sprecher sowie ein weiterer Mann steckten ihre Waffen zurück in die Scheiden und gingen. Insgeheim flehte ich sie an, zu rennen, während ich ihnen nachschaute.

»Wie lautet deine Botschaft?«

»Meine was? Oh, richtig. Die Botschaft.« Er schluckte und drehte sich mir wieder zu. »Mein Meister sagt, du wirst wissen, wie man sie liest.«

»Ich weiß nicht, wie man eure Schrift entziffert.«

»Sie ist in meinem Kopf. Glaube ich. Ich meine, das hat er mir gesagt. Aber ich fühle mich nicht anders und erinnere mich auch an nichts.«

»Bist du sein Lehrling?«, fragte ich. Er trug keine sichtbaren Ringe oder Amulette, ebenso wenig nahm ich irgendeine schlummernde Macht in ihm wahr.

»Nein, mein Herr. Ich bin sein Koch.«

»Sein Koch.«

»Und sein Vetter. Er hat gesagt, ich soll dir ausrichten, Karl sei der Grund, warum er mich schickt.«

Ich erinnerte mich an Karl. Es kam nicht jeden Tag vor, dass ich Gelegenheit hatte, den Lehrling eines Zauberers in einen Wandteppich einzuwickeln.

»Ich verstehe«, gab ich zurück. »Aber bevor ich die Botschaft lesen kann, muss ich essen.«

»Natürlich.«

Es bedurfte keiner weiteren Aufforderung, damit ich recht animalisch über das Brot herfiel. Einer der Soldaten bot mir eine Lederflasche an. Ohne zu zögern, nahm ich sie entgegen und goss mir stark verwässerten Wein in die Kehle.

»Du bist ja ganz schön hungrig«, merkte der Koch an. Das genügte, um mich kurz innehalten und erkennen zu lassen, dass ich schon beinah den zweiten Laib beendet hatte. Da ohnehin kaum noch eine Kruste davon übrig war, verschlang ich auch die. So ein kleiner Brocken würde Tatyana kaum weiterhelfen, wenn sie erwachte. Von Brot und Wein einigermaßen gestärkt wandte ich meine Aufmerksamkeit wieder dem Koch zu. Meine Hexenmacht hatte sich noch nicht wieder aufgefüllt, und wenngleich Fronsac ein gewisses Maß meines Respekts erlangt hatte, waren Zauberer bekanntermaßen ziemlich durchtrieben. Das Letzte, was ich wollte, war, überstürzt in eine magische Falle zu tappen, die er vielleicht in den Kopf des Mannes gepflanzt hatte.

»Was muss ich tun?«, fragte der Koch, und der Geruch seiner Angst würzte die Luft.

»Schau mir einfach in die Augen und bekomm keine Panik. Ich werde dir nicht wehtun.« Was insofern stimmte, als er es nicht einmal spüren würde, sollte ich sein Gehirn von innen zerstören.

Er tat, wie ihm geheißen, und ich konnte seinen Blick mühelos in meinen Bann schlagen. Kaum hatte ich ihn, begann ich, in seine Gedanken vorzudringen und nach einer Spur von Fronsacs Magie zu suchen. Zusammenzukratzen, was von meiner Hexenkunst übrig war, verlangsamte den Vorgang beträchtlich, aber ich hatte keine Lust, unvorbereitet in den Kopf eines Mannes vorzudringen, den mir ein halbwegs begabter Zauberer geschickt hatte. Nach einer Weile spürte ich das Ziehen von etwas Seltsamem in seinem Geist, und als ich dem tiefer folgte, löste sich aller Widerstand auf. Die Farben seiner Gedanken verschmolzen wirbelnd miteinander, und als es plötzlich endete, fand ich mich auf einem Stuhl wieder und Fronsac vor mir.

»So, das sollte gehen«, sagte er und stellte eine Art Bronzetablett ab. Dann strich er sich über den Bart, hüstelte und breitete anschließend die Hände aus.

»Stratus!«, rief er, und ich sah, wie Funken von seinen Ringen stoben. »Danke, dass du meine Botschaft entgegennimmst.« Ich wollte um mich blicken, als er die Arme sinken ließ, doch ich war in dieser Erinnerung lediglich ein Zuschauer und konnte nicht mehr als das sehen, was der Koch gesehen hatte.

»Ich habe genug bezeugt, um zu wissen, dass ich recht mit meiner Vermutung hatte. Du bist nicht der Feind, für den man dich uns halten lassen will. Ich will unverblümt sein, denn die Zeit arbeitet gegen uns. Novstans Armee befindet sich noch einen, höchstes zwei Tagesmärsche entfernt, und Prinz Jeans Ohren sind taub für meinen Rat. Irgendetwas Unnatürliches ist am Werk, etwas, das all meine Versuche vereitelt, es zu verbannen. Ich brauche deine Hilfe. Die Hilfe eines Hexers. Komm so schnell wie möglich zum Palast. Sag Tatyana, sie soll dich zum Nordtor führen.« Damit lehnte er sich zurück, und die Erinnerung verblasste.

Mit Willensanstrengung löste ich mich vom Geist des Kochs und ließ ihn zu Boden sacken, während ich mir Fronsacs Worte durch den Kopf gehen ließ. Ich kehrte in den Raum zurück, in dem Tatyana schlief, und hatte mich gerade hingesetzt, als sie die Augen aufschlug und sich mit einem heiseren Schrei aufsetzte. Panisch klopfte sie ihre Arme ab und sah sich um. Ihre Atmung ging gehetzt und stockend. Ich wartete, bis sie vollständig zu Besinnung gekommen war, ehe ich das Wort ergriff.

»Ich habe Essen holen lassen, und ich glaube, es ist gerade eingetroffen.«

»Was ist passiert?« Ihre Stimme klang trocken und rau, und sie berührte ihren Hals, als rechne sie damit, dort eine Wunde vorzufinden. »Es fühlt sich an, als wäre ich erhängt worden.«

»Das vergeht«, beruhigte ich sie, obwohl das hauptsächlich eine Vermutung war. »Warte hier.«

Im Nebenzimmer schnappte ich mir eine der Flaschen der Soldaten. Über ihre Proteste sah ich als das hinweg, was sie waren: leere Drohungen. Tatyana trank so gierig wie zuvor ich und setzte die Flasche erst ab, als sie leer war. Sie schaute hinüber zum Koch und zu dem Soldaten, der mit dem Essen die Kammer betrat, dann drehte sie sich mir zu. Ich spürte, wie sich ihr Herzschlag sprunghaft beschleunigte. Kannte sie die beiden als Feinde?

»Wieso zum Henker sind wir beide nackt?«

Mit einem Seufzen der Erleichterung sackte ich auf den Stuhl zurück. Ich brauchte unbedingt etwas zu essen, wenn ich einigermaßen fähig kämpfen wollte. »Unsere Kleidung war verbrannt, aber ich habe dich hinausgetragen, und wir haben uns gegenseitig gewärmt.«

»Du hast …« Tatyana zeigte mit einem zittrigen Finger auf mich, fügte jedoch nichts mehr hinzu, was ich etwas verwirrend fand. Sie wandte sich den Männern zu, die das Essen gebracht hatten und die rasch genötigt wurden, sich ihrer Jacken zu entledigen, ehe sie des Raumes verwiesen wurden. Tatyana warf mir eine Jacke zu, bedeckte sich mit der anderen und fiel dann in einen Hustenanfall. Ihr Heilzauber sprach nicht an, also achtete ich nicht weiter darauf und wartete, bis er von selbst enden würde. Inzwischen ging ich das Essen durch. Es befand sich etwas Fleisch darunter, wenngleich nicht so viel und nicht so fett, wie ich es gerne mochte, aber es würde reichen. Auch eine Flasche entdeckte ich, und zum Glück handelte es sich um Met statt um starken Wein, mit dessen Geruch ich vielleicht ein Problem gehabt hätte.

»Wie fühlst du dich?« Ich spannte den Körper an, achtete aufmerksam auf ein etwaiges Zeichen dafür, dass die Bestie immer noch in Tatyana weilte. »Unter Umständen spürst du noch Schmerzen von dem Feuer, aber das ist nichts Körperliches. Ich habe deine Verbrennungen geheilt und das verkohlte Fleisch ersetzt, nur bei den Haaren kann ich dir nicht helfen.«

»Halt gefälligst die Klappe«, sagte sie mit ihrer eigenen Stimme. Sie hielt kaum lang genug zwischen zwei Bissen inne, um es hervorzustoßen.

»Erinnerst du dich noch an irgendetwas, nachdem dich der Kardinal in Brand gesteckt hat? Nicht an die sengende Hitze, sondern an das, was danach passiert ist.«

»Verflucht noch eins, Stratus. Halt die Klappe.«

»Vielleicht weitere Träume? Hast du andere Stimmen gehört?«

Mir blieb kaum Zeit, zu bemerken, dass sie sich überhaupt bewegte, bevor mich ihre Faust traf. Doch überrumpelt oder nicht, zu ihrem Pech würden die dichten Knochen in meinem Gesicht niemals unter denen ihrer Hände nachgeben, und was sie auch an Befriedigung aus ihrem bizarren Verhalten zog, musste wohl rasch infolge der zweifellos schmerzhaften Prellung ihrer Knöchel verpufft sein. Sie umklammerte ihre Hand, als sie von dem umgekippten Stuhl zurücktrat, dann kippte sie auch noch den Tisch um. Es schien sich um ihre Lieblingsreaktion zu handeln. Ich starrte erst auf das zu Boden gefallene Essen, dann auf Tatyana, doch sie warf bereits den Stuhl quer durch den Raum.

»Was machst du da? Bäumt sie sich auf? Lass mich mit ihr sprechen.«

»Halt die Klappe, verdammt noch mal!« Ihr Gesicht schillerte rot, als sie sich mir zudrehte. »Dieses Chaos ist allein deine Schuld!« Mit einem wortlosen Aufschrei packte sie den nächstbesten Gegenstand und bewarf mich damit. Zum Glück handelte es sich lediglich um einen Apfel, doch das schien ihr auch egal zu sein. Dann schleuderte sich Tatyana mir entgegen und hieb mehrmals mit der unversehrten Faust auf meine Brust ein. Ich legte die Arme um sie, um zu verhindern, dass sie ihre Wunden wieder aufriss, und war froh, als sie schließlich aufhörte. Statt zurückzuweichen, presste sie sich an mich und schlang ihrerseits die Arme um meine Mitte, als fürchte sie, sonst umzufallen.

»Er hat mich verbrannt, Stratus.« Ihre Stimme kippte, als sie es aussprach. »Ich konnte es riechen.«

»Ich weiß.« Sie zitterte am ganzen Leib, und ich zog sie fester in meine Arme.

»Ich habe ihn angesehen, als er es getan hat. Es hat diesem bösartigen Mistkerl Vergnügen bereitet. Ihm und diesem anderen, bleichen Drecksack, der … der …«

»Skibor war sein Name.«

»Ja.«

»Falls es dir ein Trost ist, ich habe ihm in die Kehle gestochen und ihm dann mit seinem eigenen Messer den Kopf abgeschnitten.«

Ihr Griff um mich verstärkte sich. »Ich glaube, ich habe mich gerade in dich verliebt.«

»Das ist sehr freundlich, aber ich denke nicht, dass …«

»Halt die Klappe, Stratus.«

»Du bist sehr verwirrend.«

Tatyana lachte und tätschelte meinen Arm, als sie begutachtete, was für eine Schweinerei sie mit unserem Essen veranstaltet hatte. »Das war dumm.«

»Ja.«

»Schönen Dank auch.« Sie verschränkte die Arme vor der Brust. »Jetzt rede.«

»Worüber?«

»Lass dieses Spiel. Warum bist du so neugierig darauf, an was ich mich erinnere, und wieso fragst du mich nach den Träumen? Und was machen die Soldaten hier?«

»Er hat mit mir gesprochen. Der Dämon.« Ich tippte mir auf die Brust, um ihr verstehen zu helfen.

»Er hat mit dir gesprochen?«

»Ja. Es kam vollkommen unerwartet. Beinah hätte ich dich fallen gelassen.«

»Warte. Was habe ich damit zu tun?«

»Oh. Er hat durch deinen Mund gesprochen. Faszinierend daran war, dass er deinen Körper benutzt hat, um seiner Stimme Ausdruck zu verleihen, und dem Klang nach muss er Veränderungen daran vorgenommen haben. Das wiederum bedeutet, er muss Zugriff auf eigene Macht gehabt haben, ich hatte nämlich eindeutig keine Reserven übrig, um etwas dergleichen zu tun.« Ich nickte, als sie ihren Hals berührte. »Ja, und deshalb tut der weh.«

»Du hast was gemacht?«

Ihr Geruch und ihre Haltung verrieten mir, dass sie kurz vor einem weiteren heftigen Gefühlsausbruch stand, also hob ich rasch die Hände. »Ich habe gar nichts gemacht. Das war die Bestie. Irgendwie ist es ihr gelungen, sich die Verbindung zwischen uns sowie deine Bewusstlosigkeit zunutze zu machen.«

»Das reicht!«, brüllte sie, als die Wut, die ich vorhergesehen hatte, jäh aus ihr hervorströmte. »Ich habe das alles ja so verflucht satt. Alles, hast du verstanden? Ich will, dass du und dieses … *Ding* in deinem Kopf mich einfach in Ruhe lassen, zur Hel noch mal!«

»Tatyana, wie ich schon gesagt habe, ich kann das Band, das uns verbindet, nicht aufheben. Das …«

»Würde mich umbringen. Ja, hast du mir erklärt. Ist mir egal. Ich bin ohnehin gerade verbrannt worden.«

»Du lebst noch.«

»Und wofür? Damit du oder deine ›Bestie‹ mir jedes Mal, wenn ihr miteinander plaudern wollt, eine Ladung Magie in den Hintern schieben könnt, als wäre ich eine verfluchte Marionette?«

»Ich habe dir gar nichts in den Hintern geschoben«, entgegnete ich. »Du warst bereit, dein Leben zu opfern, um das meine zu retten, und das ist eine Schuld, die ich nicht leicht begleichen kann, Dämon hin, Dämon her. Wir sind miteinander verbunden, Tatyana Henkman, sowohl durch das Leben als auch durch den Tod.«

»Oh Hel«, war alles, was sie dazu sagte. Sie wiederholte es noch mehrfach, jedes Mal leiser, dann riss sie die Fensterläden auf und starrte hinaus auf den eisengrauen Himmel. Es war nicht so, dass ich sie verstand.

»Und die Soldaten sind hier, weil sie eine Botschaft von Fronsac überbracht haben.«

»Ach ja? Und wie lautet die?«

Ich teilte es Tatyana mit, und nachdem sie mich die Botschaft zwei weitere Male wiederholen gelassen hatte, verkündete sie, dass wir sofort zurück zum Palast müssten. Wenngleich ich es erfreulich fand, sie so entschlussfreudig zu sehen, verfiel sie in einen Zustand unmittelbar vor dem Ausbruch stehender Wut zurück, als ich ihr erklärte, dass ich sie nicht begleiten würde.

»Er hat um deine Hilfe gebeten, und das mit einem erheblichen Risiko für sich. Willst du ihm jetzt den Rücken zukehren?«

»Warum sollte ich nicht? Er verfügt nicht über die Antworten, die ich brauche.«

»Die du brauchst? Aber was ist mit Lucien und der Stadt?«

»Das ist nicht meine Stadt, ebenso wenig ist das mein Volk. Lucien ist interessant, und ich respektiere, dass du dein Gelübde halten willst, ihn zu beschützen. Aber ich muss meinem eigenen Pfad folgen. Geh zu Fronsac und berichte ihm, was wir herausgefunden haben. Vielleicht hilft es ihm, aber ich kann nicht zu ihm gehen. Noch nicht.«

»Dein angeblich ach so großer Plan ist Selbstmord und darüber hinaus dumm.«

Ich spürte, wie bei den Worten die verhaltene Glut meines eigenen Zorns aufflammte. »Dumm? Ist es denn so dumm von mir, erfahren zu wollen, wer ich bin? Was ich bin? Ist es dumm, wissen zu wollen, was diese Kreatur in meinem Kopf ist?« Parallel zu meiner Wut schwoll meine Stimme an, und je lauter sie wurde, desto weniger kümmerte es mich. »Ich würde lieber sterben, als so zu leben.« Die Bestie bäumte sich in der Woge meines Zornes auf, ihre Wut vermischte sich mit der meinen. Und sie schwelgte darin. »Ich werde Polsson finden, und er wird mir sagen, was ich wissen muss, und wenn ich dafür jeden einzelnen Mann töten muss, der zwischen uns steht.«

»Auch, wenn die Stadt dabei um dich herum in sich zusammenfällt?«

»Auch, wenn ich sie eigenhändig einreißen muss.«

Kapitel 38

Die erste Glocke begann kurz vor Sonnenuntergang zu läuten, doch schon bald danach hatte jeder Turm, der eine Glocke beherbergte, in das lärmende Getöse mit eingestimmt. Vom Fenster unseres Unterschlupfs aus beobachtete ich, wie die wenigen Menschen, die sich auf den Straßen herumtrieben, nach Hause eilten, als fürchteten sie, etwas Schreckliches würde aus den Wolken auf sie herabstürzen. Tatyana war vor einiger Zeit mit Fronsacs Koch und seinen Soldaten gegangen. Ich befand mich allein im Haus und wartete darauf, dass die Nacht die Herrschaft über die Stadt antrat. Vor ihrem Aufbruch hatte sie mir noch neue Kleidung und mehr zu essen besorgt. Beides war mir willkommen, wenngleich Letzteres viel wichtiger war.

Eine Zeit lang hatte ich versucht, zu meditieren, aber die Gedanken und Fragen, die zuhauf durch meinen Geist schwirrten, gestalteten das ungewöhnlich schwierig. Wenigstens konnte ich sie lange genug verdrängen, um mich mit den Liedlinien zu vereinen und meine Hexenmacht aufzufüllen. Die Bestie hatte sich seit meinem letzten Wutanfall nicht mehr richtig zurückgezogen. Ich konnte ihre Gegenwart am Rand meines Geistes spüren, wo sie wie eine Sumpfechse verharrte, die ein Reh am Flussufer beobachtet. Sie beobachtete mich und lauerte auf einen Moment der Schwäche.

Ich verdrängte den Gedanken aus meinem Geist. Ich hatte die Bestie schon vorher abgewehrt und würde es wieder schaffen. Was sie mit Tatyana gemacht hatte, war überraschend gewesen, hatte mir jedoch auch gezeigt, dass sie bei ihr nicht dieselbe Stärke zum Einsatz bringen konnte wie bei mir. Sie war gerissen genug, um das Band zwischen uns zu verwenden, aber diese Verbindung war nie dafür gedacht gewesen, mehr als vereinzelte Heilenergien zu übertragen. Als weit beunruhigender empfand ich, dass ein Teil von mir wieder Verbindung mit der Bestie aufnehmen wollte. Da ich inzwischen wusste, dass sich hinter ihr ein Geist verbarg, der mehr als blinde Wut beherbergte, gestaltete sich der Versuch, nicht daran zu denken schwierig. Es kam mir ungefähr so vor, als wolle man sich davon abhalten, mit der Zunge an einem kaputten Zahn zu tasten. Hatte sie die Antworten, die ich brauchte? Was wusste sie? Und war dieser Teil meiner selbst überhaupt wirklich ein Teil meiner selbst. Vielleicht handelte es sich ja bloß um eine hinterhältige List seitens der Bestie, etwas, das sie zurückgelassen hatte, um meine Entschlossenheit zu schwächen? In derlei Gedanken lauerte Wahnsinn, also wandte ich meine Aufmerksamkeit stattdessen der Aufgabe zu, die ich mir gestellt hatte.

Mein Plan war denkbar einfach. Ich würde Polsson finden, mir den Weg zu ihm freimetzeln und ihm dann das Wissen aus dem Geist reißen, das ich brauchte, bevor ich seine Gliedmaßen und Organe entfernte. Ich hatte Tatyana nicht belogen, als ich gesagt hatte, ich würde lieber sterben, als so zu leben; in Angst vor meinem eigenen Geist, verunsichert über alles, was ich nicht sehen und schmecken konnte. Meinetwegen konnte diese Stadt ruhig um mich herum niederbrennen. Ich wusste instinktiv, dass ich schon öfter mit angesehen hatte, wie Städte durch ein Feuer zerstört wurden. Wo lagen diese Städte, die ich brennen gesehen hatte? Warum war ich dort gewesen, und wieso hasste ich die Menschen so sehr? Ich war frustriert und hatte es so satt, all das nicht zu wissen.

Unvollständig zu sein.

Nein, in dieser Nacht würde ich meine Beute finden oder bei dem Versuch sterben. Und sollte das Wissen irgendwie die Bestie befreien und mich dadurch töten, würde ich zumindest als ich selbst sterben.

»Ich komme, Polsson, ich komme.« Ich hauchte die Worte in den Wind und hörte zu, wie er sie davontrug. Die Glocken dröhnten immer noch ihre abgehackte Melodie, als die Nacht Einzug hielt. Ich verließ das Haus und trat den Weg durch die Straßen an. In den Wolken hatte es seit dem Nachmittag immer wieder rumort, und ich hatte vielleicht die halbe Strecke zu Sankt Tomas zurückgelegt, als sie begannen, sich über die Stadt zu ergießen und alle bis auf die Beherztesten in ihre Häuser zu treiben. Mich hatte Regen noch nie gestört, und mir gefiel, wie er den Dreck und den Gestank so dicht gebündelter Menschheit von der Welt rings um mich abwusch.

Wie ich erwartet hatte, trieben sich trotz des Wetters eine Vielzahl Patrouillen und Soldaten herum, und sowohl die Paladine als auch Jeans Armee sah ich zunehmend häufiger, je näher ich den Stadtmauern und Sankt Tomas kam. Zu meinem Glück lag den meisten mehr daran, trocken zu bleiben, als auf das zu achten, was sich über ihnen ereignete. Mittlerweile konnte ich den Kirchturm von Sankt Tomas ausmachen, der sich als dunkler Schemen gegen das letzte matte Licht im Westen abzeichnete. Auch das volltönende Geläut der großen Glocke hörte ich aus all den anderen heraus. Sie schlug eine tiefere Note an, die ihre Gefährten im Vergleich dazu irgendwie albern klingen ließ, so sehr sogar, dass ich mich fragte, ob man wohl bei ihrer Erschaffung ein Zauber in das Metall eingegossen hatte. Ich erklomm eine Mauer, richtete mich zu voller Größe auf und erhaschte meinen ersten Blick auf die Ursache all der Aufregung in der Stadt – die Armee des penullischen Generals Novstan.

In Wirklichkeit konnte ich nur ein paar stecknadelkopfgroße Feuer ausmachen, aber einige dieser entfernten Lichter gehörten zu seiner Armee von Zauberern, und es lag etwas in der Luft, als ob die Wolken mit etwas Unheilvollerem schwanger gingen als schlichtem Regenwasser. Bei dem Gedanken, was Tatyana wohl dazu sagen würde, musste ich lächeln, als ich von der Mauer hopste und den Weg in Richtung der Kathedrale fortsetzte.

Ich war vielleicht noch zwei Sprünge von der Kirche entfernt, als ich die ersten auf einem Dach postierten Wachen erblickte. Bedauerlicherweise hatten sie mich auch gesichtet oder vielmehr gehört, als ich mit der Anmut eines von einem Katapult geschleuderten Ochsen hinter ihnen landete. Vermutlich hatte ich die Augenblicke der Schwerelosigkeit, wenn ich mich in die Luft beförderte, zu sehr genossen, denn ich hatte nicht daran gedacht, das Dach zu überprüfen, bevor ich gesprungen war. Drei der Wachmänner spannten bereits Bogen, während zwei andere Schwerter zückten. Sie bereiteten mir weniger Kopfzerbrechen als der eine, der in Richtung der Leiter hinter ihnen losgerannt war, um Hilfe zu rufen. Ich gelangte auf die Beine und preschte vor, wodurch ich die Bogenschützen zwang, verfrüht zu schießen, ohne ausreichend zu zielen.

Ihre Bogen erwiesen sich als kraftvoller als erwartet, und wäre ich nicht so schwer gewesen, hätte mich die Wucht der Treffer zweier Pfeile vielleicht aus dem Gleichgewicht gebracht und vom Dach gestoßen. Mittlerweile hatten sich die Schwertkämpfer in Bewegung gesetzt, und der Leitermann war verschwunden. Mir blieb keine Zeit, einen Fluch auszustoßen, bevor ich mit dem ersten Schwertkämpfer zusammenprallte, der zu spät erkannte, dass ich nicht vorhatte, anzuhalten, um gegen ihn zu kämpfen. Meine Schulter rammte seinen Schwertarm gegen seine Brust, was praktischerweise die kleine Querstange über dem Griff geradewegs zwischen seinen Rippen versenkte. Er fiel, meine Fäuste flogen, und zwei der Bogenschützen stürzten ebenfalls, als ich das Gefecht für sie beendete.

Dann schnellte ein Schwert vor und traf mich an der Schulter. Ich grunzte angesichts des plötzlichen Brennens und drosch auf den Arm des Kämpfers ein, als der ihn zu langsam zurückzog. Ich spürte, wie die beiden Knochen seines Unterarms brachen, und fing das Schwert auf, als es aus seiner schlagartig erschlafften Hand fiel. Mit einer Hand hielt ich seinen Arm fest, um ihn mit seinem eigenen Schwert abzuhacken. Verzweifelt den Stumpf umklammernd wankte er von mir weg. Der dritte Bogenschütze war zurückgewichen und hatte einen weiteren Pfeil angelegt, den er jedoch nicht mehr abfeuern konnte, bevor ich zu ihm herumwirbelte und das Schwert auf ihn schleuderte. Ich hatte gehofft, ihn an die Mauer hinter ihm zu nageln, was ein angemessenes Ende für den Zusammenstoß gewesen wäre. Stattdessen traf ihn der Griff mitten ins Gesicht und er ging mit einem heulenden Aufschrei zu Boden. Ich überließ ihn seinem Elend und hetzte hinter dem Leitermann her.

Der war auf ungefähr halbem Weg unterwegs zum nächsten Geschoss. Seine Arme und Beine fanden die schmalen, zierlichen Sprossen der Leiter mit einer Sicherheit, von der ich nicht hoffen konnte, sie nachzuahmen. Deshalb ließ ich das andere Schwert auf ihn hinabfallen. Diesmal schlug es wie gewünscht ein. Die Klinge spaltete den Schädel mit befriedigender Wucht und ließ ihn unten in einem erschlafften Haufen landen.

Vor Erleichterung seufzend atmete ich durch und ging zurück, um den Bogenschützen zu erledigen, der sein zertrümmertes Gesicht umklammerte.

»Bidde nisch'!«, quiekte er, als ich dazu ansetzte, ihm den Kopf von den Schultern zu drehen.

Ich hielt inne. »Wie viele Männer sind in der Kirche?« Um ihm zu helfen, die Gedanken zu ordnen, schüttelte ich ihn ein wenig.

»Dei o'er vier Drupps. Bidde, döde mig nisch'.«

»Was ist ein Trupp?«

»Zehn, vielleich' z'ölf Männer.«

»Wie viele Paladine?« Ich schüttelte ihn erneut, als er zu stammeln begann. Dabei ertönte ein unerwartet lautes Knacken aus seinem Hals, und seine Beine fingen heftig zu zucken an. Ich ließ ihn fallen und ging stattdessen zu dem Schwertkämpfer mit der Brustverletzung. Das Glück schien mir gewogen zu sein, denn auch der lebte noch.

»Oh Gott, ich sterbe«, stieß er hervor und verspritzte beim Sprechen Blut.

»Ja. Deine Lunge füllte sich bereits mit Blut. Das ist ziemlich tödlich. Weißt du, wie viele Paladine in der Kirche sind?« Ich zeigte auf den Turm.

»Ich will nicht sterben.«

»Jeder stirbt. Weißt du, wie viele dort sind?«

»Es tut so weh«, jammerte er stöhnend.

Ich seufzte. Das war nicht hilfreich. Mit einem gemurmelten

Fluch beschwor ich einen Hauch Hexenkunst herauf und berührte seine Stirn. Es war kein Heilgebilde, wenngleich es eine ähnliche Grundlage hatte. Es würde lediglich die Empfindungen durcheinanderwirbeln, die er wahrnahm, und seinen Körper praktisch betäuben.

Seine Augen weiteten sich erstaunt. »Danke«, hauchte er rasselnd.

»Ja, ja. Also, wie viele Paladine sind dort?«

Er öffnete den Mund und zuckte ein paar Mal. Noch mehr Blut quoll zwischen seinen Lippen hervor. Angesichts seiner Wunden dachte ich mir nichts weiter dabei, aber als sich die Zuckungen legten, hatten sich die Augen, mit denen er mich anstarrte, ebenso sehr mit Blut gefüllt wie der Mund.

»Du Narr«, stieß er mit einer Stimme hervor, die nicht die seine war. Trotz des feuchten Rasselns seiner sich mit Blut füllenden Lunge erkannte ich deutlich die Stimme der Bestie. *»Deine Unbesonnenheit bringt uns noch beide um.«*

Ich starrte den Blutenden an wie der Narr, der er mich beschuldigt hatte zu sein, und ich starrte ihn immer noch an, als der Körper leblos zu Boden sackte. Ich stupste ihn, aber alles Leben war aus dem Körper entwichen. Kurz entschlossen legte ich ihm die Hand aufs Gesicht und entsandte meine Hexenkunst in das Gehirn dahinter. Ich führte ihm gerade genug Energie zu, um es davon zu überzeugen, dass es noch nicht tot war. Es war bestenfalls eine vorübergehende Maßnahme, denn ohne durch den Körper fließendes Blut bedurfte es einer halsabschneiderischen Menge Energie, um etwas so Banales wie ein menschliches Gehirn am Leben zu erhalten. Die Grundfunktionen wie Bewegungen waren recht einfach und benötigten kaum mehr als einen Funken an der richtigen Stelle, aber wollte man dafür sorgen, dass Gedanken und Erinnerungen unversehrt blieben, wurde es ein mühsames, höchste Genauigkeit erforderndes Unterfangen. Das wusste ich, weil ich gezwungen gewesen war, es bei meinem eigenen Gehirn zu tun, und selbst dabei hatte ich ein solches Chaos angerichtet, dass ich mich im Zuge dessen gelähmt hatte.

Ich schloss die Augen und ließ die Hexenkunst, die ich in sein Gehirn entsandt hatte, für mich sehen. Rasend zog ich an halb wahrgenommenen Erinnerungen an ein kleines Dorf und eine Frau mit strohhellen Haaren vorbei und bündelte meine Energie auf seine jüngsten Erinnerungen.

Ein lautes Pochen und das Knacken von Holz. Ich drehe mich um und sehe einen Mann mit unmöglich breiten Schultern und dicken Armen ins Licht stolpern. Angst schießt mir eiskalt durch den Körper. Er ist es! Kitan und die anderen spannen die Bögen, und mir fällt im letzten Augenblick mein Schwert ein. Er greift uns an!

Die Pfeile fliegen und treffen ihn. Er taumelt, fällt aber nicht! Ich merke, dass ich mich einnässe, aber ich kann nichts dagegen tun, und es kümmert mich auch nicht. Ich hätte mein eigenes Schwert behalten sollen. Dieses fühlt sich schwerfällig an. Ich hebe es an, aber, oh Drogah, er ist zu nah. Er rammt mich, und es ist tausendmal schlimmer als der Tritt von Claras Pferd damals. Ich liege auf dem Rücken, und es fühlt sich an, als hätte ich einen Amboss auf der Brust. Ich kann nicht atmen. Kann nicht atmen. Kleine, flache Luftzüge. Oh Drogah, er bringt mich um.

Der Totenbeschwörer packt meinen Hals und meinen Kopf, und ich flehe ihn an, mich nicht zu töten, obwohl ich weiß, dass ich sterben und Clara nie wiedersehen werde. Er redet, aber die Schmerzen in meiner Brust schwellen an. Dann macht er irgendetwas, und die Schmerzen verschwinden, aber jetzt ist etwas in mir, das mein Rückgrat entlangkriecht. Ich will schreien, aber ich kriege keine Luft. Clara, ich liebe dich. Ich hätte auf dich hören sollen.

Dunkelheit verschlang seine Sicht, doch im letzten Moment kehrte sie zurück, und ich sah …

Ich sehe meine Augen, die mich aus dem menschlichen Gesicht anstarren, das ich erschuf. Er erinnert sich an nichts. Er hat uns geschwächt, und jetzt werde ich sie nie finden. Wir werden als Eidbrecher sterben.

Dann erlosch sein Gehirn, und die Erinnerungen lösten sich auf wie geschmolzenes Eis. Ich setzte mich zurück und holte die unverbrauchte Energie in mich zurück.

»Jetzt bin ich also auch noch ein Eidbrecher«, sprach ich laut aus, doch natürlich erhielt ich keine Antwort von der brütenden Gegenwart in meinem Kopf. »Wer ist sie?«, fragte ich und schüttelte die Leiche, bis der Hals lose baumelte. Fluchend ließ ich den Kadaver fallen und holte tief Luft, um mich zu beruhigen. Die Antworten schienen so nah. Ich musste mich weiter konzentrieren.

Ich ließ die Erinnerungen des Toten noch einmal in meinem Kopf ablaufen, wühlte mich durch die Belanglosigkeiten seines flüchtigen Lebens bis zu den letzten Augenblicken. Es fühlte sich seltsam an, so zu mir selbst emporzuschauen. Ich sah wirklich ziemlich bedrohlich aus. Mir war nicht bewusst gewesen, dass diese Sache, die ich mit meinen Augen tun konnte, um nachts zu sehen, sie so rot aufglühen ließ. Das musste ich mir merken. Wesentlich interessanter jedoch fand ich den Moment, in dem die Bestie in den Körper einfuhr. Der Mann war zu beschäftigt mit Selbstmitleid gewesen, um es zu bemerken, aber zumindest sein Gehirn konnte sich daran erinnern. Irgendwie hatte sich das Ungeheuer an den Energiestoß geheftet, den ich benutzt hatte, um in das Gehirn vorzudringen, und das war an sich schon äußerst bemerkenswert. Zum einen bedeutete es nämlich, dass die Bestie wusste, was ich in dem Moment gerade zu tun versuchte, zum anderen hatte sie offensichtlich aus den Erfahrungen beim Kapern von Tatyanas Träumen gelernt. Wie lange würde es dauern, bis sie sich auf dieselbe Weise gegen mich wandte?

»Ich wünschte, du würdest diese Intelligenz einsetzen, um mir zu helfen, statt mich immer nur zu beleidigen«, murmelte ich, als ich mich zum Rand des Daches begab und die Augen gegen den Regen zusammenkniff, der die Stadt regelrecht auslöschen zu wollen schien.

Zwischen mir und dem Friedhof, der die Kapelle von Sankt Tomas auf drei Seiten umgab, verblieb nur noch ein Gebäude, doch der Abstand dorthin war weiter, als ich bisher zu springen gewagt hatte. Allerdings erschien es mir unmöglich, den Platz unten unbemerkt überqueren zu können. Männer eilten hin und her, luden im Licht von einem Dutzend Laternen Kisten und Bündel von einigen Wagen ab und andere auf. Zu wenige Schatten und zu viele Augenpaare.

Ich nahm mir die Zeit, ein Hexengebilde vorzubereiten, dass mir bei dem Sprung helfen würde. Etwas Derartiges hatte ich nicht versucht, seit ich erwacht war, aber kaum hatte ich damit begonnen, fühlte es sich auch schon ziemlich vertraut an. Ohne nachdenken zu müssen, wusste ich, wie die verschiedenen Elemente zusammenpassten, und erschuf ein sauberes Netz, das selbst ein Laie als Werk ganz beträchtlicher Kunstfertigkeit erkannt hätte. Warum sollte mir etwas, das im Wesentlichen einen starken Windstoß darstellte, so vertraut sein? Die Frage schürte mein Verlangen Polsson zu finden nur zusätzlich. Schließlich war das Hexengebilde bereit, und nachdem ich mir die Messer der Toten angeeignet hatte, war ich es ebenfalls.

Ich ging zurück zum anderen Ende des Daches. Zwar fühlte ich mich nun zuversichtlich, dass ich die Entfernung bewältigen könnte, allerdings war das Dach in dem Regen rutschig geworden, und mit einem einzigen Fehltritt würde ich eher gegen die Mauer prallen, statt auf dem anderen Dach zu landen. Ich schloss die Augen, holte tief Luft und preschte vorwärts. Ein Zurück gab es nicht.

Kapitel 39

Ich rannte über die gesamte Länge des Daches, pflanzte den Fuß auf den niedrigen Sims an dessen Rand und hauchte Leben in das Windgebilde, als ich mich vom Gebäude abstieß. Ich stieg noch auf, als mich ein sommerlauer Windstoß wie eine riesige Hand von unten erfasste und den Regen in einen silbrigen Schleier verwandelte, als er mich sowohl über den Platz als auch über das Gebäude dahinter hinwegbeförderte. Mir blieb kaum Zeit, zu bemerken, dass die Männer auf dem Dach nicht einmal aufschauten, bevor ich in den Wald der bleichen Grabmale rings um die Kathedrale stürzte und über den Boden rollte. Das erste Dutzend Steine zerbrach unter meinem Gewicht und der Geschwindigkeit, mit der ich einschlug. Ich prallte zwischen ihnen hin und her, bis mir ein besonders großer Grabstein ein paar Rippen anknackste und mich schließlich zum Stillstand brachte.

Ich lag da und rang keuchend nach Luft, grinste zugleich jedoch trotz der sich ausbreitenden Schmerzen von meinen neuesten Verletzungen zu den Wolken hoch. Im Wesentlichen war ich durch die Luft *geflogen*, und ich musste an mich halten, um nicht vor schierer Freude darüber lauthals zu brüllen. Das Geräusch sich nähernder Männer holte mich in die Gegenwart zurück. Ich rollte mich in geduckter Haltung fort und biss die Zähne gegen die Schmerzen zusammen, die dabei durch meine Brust schossen.

Vier Männer stapften über den Friedhof, allerdings mit tief in die Gesichter gezogenen Kapuzen, um sich gegen das Wetter zu schützen. Sie hielten auf die zerbrochenen Grabmale zu, was mir genug Zeit verschaffte, um mich in die dunkleren Schatten entlang der Mauern der Kathedrale davonzustehlen. Während sie darüber sprachen, was den Schaden verursacht haben könnte, gönnte ich mir ein wenig Selbstheilung. Es hat wenig Sinn, über eine solche

Fähigkeit zu verfügen und mich dann auf die Gefahr einzulassen, dass mein Körper mich im Stich lässt, wenn ich ihn am meisten brauche. Ich war nicht so dumm zu glauben, ich könnte ohne einen oder sogar mehrere Kämpfe an Polsson herankommen. Wenn ich dabei triumphieren wollte, brauchte ich einen Körper in ausreichend guter Verfassung, um auf weltliche Weise mit den Paladinen fertig zu werden, damit ich mir meine Hexenkunst für die dunkle Magie des Kardinals aufsparen konnte.

Zuerst einmal musste ich ihn jedoch finden. Ich wollte nicht das Wagnis eingehen, hier in die Liedlinien einzutauchen. Auch wenn ich die Muster mittlerweile kannte, wollte ich nicht davon abgelenkt werden oder die Zeit aus den Augen verlieren, zumal es in der Gegend nur so von Wachleuten wimmelte. Außerdem gab es keine Gewähr dafür, dass ich auf diese Weise in der Lage sein würde, Polsson aufzuspüren. Also würde ich jemanden fragen müssen. Und mit dieser Absicht im Sinn schlich ich die Schatten entlang und begab mich auf Paladinjagd.

Anscheinend hatte man jede Laterne angezündet, die aufzutreiben war, und als ich näher zu den Gebäuden am anderen Ende der Kathedrale vorrückte, wurde es zunehmend schwieriger, geeignete Schatten zu finden, in denen ich mich verbergen konnte. Zumindest brachte der Überfluss an Licht ihre Nachtsicht genauso durcheinander wie meine. Auch die Berührung mit dem von den Liedlinien durchwirkten Gelände erwies sich als ausgesprochen nützlich: Als ich die äußersten Gebäude erreichte, war es mir gelungen, einen Großteil der Energie wieder aufzufüllen, die ich gerade für den Windzauber und die Heilung meiner Rippen verbraucht hatte.

Links vor mir standen zwei kleinere Gebäude, bei denen es sich wahrscheinlich um Häuser für die Priester handelte, während rechts ein gepflegter Garten in einen kopfsteingepflasterten Hof überging, der sich bis zu den Stallungen und noch weiter zu den sehr viel prunkvolleren Tempelbauten erstreckte. Auf dem kopfsteingepflasterten Hof herrschte reges Treiben. Männer kamen und gingen. Einige trugen Gegenstände, während andere brüllten oder ohne erkennbaren Zweck bald hierhin, bald dorthin rannten. Mich interessierten vorwiegend die Paladine in der Mitte des Hofs. Es waren mindestens zehn, alle in glänzende Rüstungen gehüllt. Sie scharten sich gerade um einen der ihren, dessen Hände mit ausladenden Gesten durch die Luft fuchtelten. Ich wartete eine ganze Weile.

Meine Geduld und meine gewitzte Nutzung der Schatten wurden schließlich belohnt, als sie sich in Zweiergruppen aufteilten. Ich achtete nicht weiter auf diejenigen, die in Richtung der Tempelbauten und Stallungen davonmarschierten, sondern konzentrierte mich auf die zwei, die geradewegs auf mich zukamen.

Ich wusste, wie lächerlich es war, trotzdem presste ich mich so flach an die Mauer, wie ich konnte, als sie mich passierten. Keiner der beiden schaute auch nur in meine Richtung, und ich ließ ihnen ein Stück Vorsprung, ehe ich hinterherschlich. Als sie die Nebengebäude hinter sich gelassen hatten, folgte ein längerer Abschnitt des Friedhofs, wo das einzige Licht von der Laterne stammte, die sie bei sich trugen. Ich ließ sie halb in jenen Bereich vordringen, bevor ich das Licht mit einer Prise Hexenkunst löschte.

»Hast du den Docht gekürzt?«, fragte derjenige, der sich mir am nächsten befand, wobei er fast brüllen musste, um den böigen Wind zu übertönen.

Zu seinem Leidwesen erhielt er als Antwort nur meine gegen sein Ohr krachende Faust. Ich traf ihn so hart, dass es auf dasselbe Ergebnis hinausgelaufen wäre, wenn er keinen Helm getragen hätte. Sein Gefährte reagierte mit bewundernswerter Geistesgegenwart, ließ die Laterne fallen und griff nach einem Dolch. Dass er eine Waffe zog, störte mich nicht weiter, was ich hingegen nicht wollte, war, dass er Aufmerksamkeit erregte, also schwang ich den Fuß zwischen seine Beine. Das ließ ihn vom Boden abheben und zermatschte seine Kronjuwelen. Männer blieben Männer, auch wenn sie Paladine waren. Er gab lediglich ein Krächzen von sich, als er sich einrollte wie eine Spinne und auf den Boden kippte.

Ich schnappte mir die beiden und schleifte sie zu einer Lücke zwischen zwei alten Grüften, wo die Wahrscheinlichkeit, bemerkt zu werden, geringer war. Derjenige, dem ich aufs Ohr geschlagen hatte, war nicht tot, was mich freute, da es die Aussicht darauf verdoppelte, zu erfahren, was ich wissen musste. Als Erstes tastete ich sie mit meiner Hexenkunst ab. Der Stöhnende reagierte nur darauf, als wäre er in einen schwindenden Zauber gehüllt. Angesichts der Gewohnheit von Paladinen, sich in Kirchen und dergleichen herumzutreiben, kam das nicht völlig unerwartet. Sein Gefährte mit dem eingedellten Schädel hingegen erwies sich als einer von Polssons *kalten* Handlangern. Ich tippte ihm auf die Stirn und sandte einen Energiestoß durch ihn, der etwaige Würmer darin hoffentlich durcheinanderbringen und eine Zeit lang verhindern würde, dass er aufwachte. Ihm würde ich andere Fragen stellen.

»Wo ist der Kardinal?«, wollte ich von dem Stöhnenden wissen.

Ich beobachtete, wie er sich umsah. In der Umgebung war es so dunkel, dass ich mich höchstens als noch dunklerer Schemen gegen die bemalten Fenster der Kapelle abzeichnete. Er krabbelte rückwärts, als er in meine roten Augen blickte, und hielt erst an, als er mit dem Rücken gegen einen Grabstein prallte, den Zeit und die Elemente zu wenig mehr als einem abgerundeten Felsblock hatten verkommen lassen. Krampfhaft umklammerte er das Amulett auf seiner Brust und begann, eine Beschwörung zu murmeln, die er zweifellos als Gebet betrachtete. Gleich darauf begann das Kreuzamulett zu leuchten. Es spendete kaum mehr Licht als eine Kerze, aber in der Finsternis würde sogar das unerwünschte Aufmerksamkeit erregen. Zum Glück waren Lichtzauber vergleichsweise einfach gestrickt und wie die meisten simplen Artefakte durch und durch anfällig für Eingriffe eines Hexers mit meinen Fähigkeiten. Ich beeinflusste den Zauber so, dass er statt Licht Hitze erzeugte, und nach wenigen Augenblicken zischte der Paladin überrascht und ließ das glühende Bronzeamulett los, das aussah, als käme es frisch aus einem Schmiedefeuer.

»Wenn du um Hilfe rufst, sorge ich dafür, dass du nie wieder laufen kannst«, drohte ich mit leiser Stimme, und er blies die Luft, die er gerade eingesogen hatte, als langes Seufzen aus. »Wo ist der Kardinal?«

»Dafür wirst du brennen.«

»Das hoffe ich doch. Wo ist er?«

»Du wirst ihn nie erreichen. Wir werden dich umhacken und …«

Ich war nicht in der Stimmung, mir weitere Drohungen anzuhören, und verstärkte den Energiefluss um sein kleines Amulett. Als er damit fertig war, zu beschreiben, wie mich die Leibwächter des Kardinals in Stücke hacken würden, hatte die Bronze ihre Form verloren, war zwischen die Metallringe seines Kettenhemds geflossen und begann gerade, sich in seine Brust zu brennen. Beinah hätte er vor Schmerzen aufgeschrien, aber ich presste ihm die Hand auf den Mund.

»Wenn sie mich ohnehin töten, hast du ja nichts zu verlieren, indem du mir sagst, wo er steckt, nicht wahr? Sei klug, dann lasse ich dich weiterleben, damit du an einem anderen Tag wieder kämpfen kannst.« Ich zog die restliche Hitze von der Bronze ab, hielt mich aber bereit, sie wieder zu erwärmen, wenn es sein müsste. Der Paladin nickte, und ich entfernte die Hand von seinem Mund.

»Er ist im inneren Heiligtum und betet für die Stadt.«

Ich ließ mir zweimal den Weg zum inneren Heiligtum beschreiben, einerseits, um ihn mir einzuprägen, andererseits, um sicherzustellen, dass er nicht log.

»Und jetzt erzähl mir etwas über den da«, forderte ich ihn auf und stupste seinen Gefährten.

»Was meinst du damit?«

Ich wählte meine Worte sorgfältig. »Er ist anders als du.«

»Er ist mein Waffenbruder. Wir sind alle eins.«

»Er wird nicht vom Kardinal begünstigt?«

»Nein. Unsere Heimatländer werden bedeutungslos, sobald der Eid geleistet ist.«

»Eure Heimatländer.« Kurz dachte ich darüber nach. »Stammt er aus einem anderen?«

»Aus Kenwin.« Ich bedeutete ihm fortzufahren, wie es Tatyana so oft bei mir tat. »Es ist nicht ungewöhnlich bei uns, dass wir

Gruppen von Brüdern aus derselben Provinz rekrutieren. Das trägt dazu bei, Verbundenheit zu schaffen.«

Ich spürte, wie sich ein weiteres Teil zur Lösung des Rätsels in meinem Geist offenbarte. »Polsson stammt auch aus Kenwin, nicht wahr?«

»Ja, aber das spielt keine Rolle.«

»Oh doch, das tut es.« Ich betrachtete den Mann vor mir. »Wie viele von euch sind aus Kenwin?«

»Die meisten Angehörigen der vierten Kohorte. Vielleicht zweihundert, plus minus zwei Dutzend oder so. Aber sie sind alle hier, also kannst du sie selbst zählen, während sie dich in Stücke hacken.«

Ich setzte mich zurück. Zweihundert gegen einen betrachtete ich nun nicht gerade als günstiges Verhältnis, aber was hatte ich schon für eine Wahl? Sie konnten nicht alle zur gleichen Zeit gegen mich kämpfen, und ich hatte auch noch meine Hexenkunst. Eine Chance gab es immer.

Vielleicht hatte ich mich durch seine Worte zu sehr ablenken lassen oder ich hatte nicht so viel Energie eingesetzt, wie ich gedacht hatte, jedenfalls überraschte mich der Angriff seines Gefährten völlig. Ich hatte Glück, dass er keine Waffe gezogen hatte, weil er meine Aufmerksamkeit nicht erregen wollte, aber die Panzerhandschuhe, die er trug, gaben immer noch ziemlich wirkungsvolle Keulen ab, wenn er sie zu Fäusten ballte. Der Schlag traf mich ins Genick, füllte meine Sicht mit einer grellen Flut von Sternchen und unwillkürlich stieß ich den Großteil der Luft in meiner Lunge aus. Ich fiel zur Seite, und er zog seinen Dolch und stürzte sich auf mich. Der erste Streich durchdrang meine Haut, wurde jedoch so abgelenkt, dass er über eine Rippe schabte. Er versuchte es erneut, und diesmal bekam ich seine Hand zu fassen. Mir blieb keine Zeit für etwas anderes, als die Finger um seine Hand zu schließen und seine vergleichsweise zierlichen Knochen unter meinem unnachgiebigen Griff zu brechen.

Der andere Paladin hatte sich auf die Beine gerappelt. Allerdings schienen die noch nicht wieder bereit, ihn zu tragen. Ich rammte ihm den Fuß seitlich gegen das Knie. Das zerrte seine Muskeln und ließ ihn direkt wieder auf den Boden stürzen. Sobald er gelandet war, trieb ich ihm den Dolch seines Gefährten durchs Auge, um seine Schreie verstummen zu lassen. Der Kalte mit der gebrochenen Hand wollte ebenfalls um Hilfe rufen. Es drang jedoch nur ein Röcheln aus seinem Mund, als ich ihn an der Gurgel packte und zudrückte.

»Noch nicht«, sagte ich. »Du und ich, wir unterhalten uns jetzt über Wein.«

Er reagierte mit der jäh aufflammenden Wut, die ich bei seinesgleichen schon zuvor wahrgenommen hatte, doch so wahnsinnig er sein mochte, der Körper hatte dennoch Grenzen. Da er nicht genug Luft bekam, fielen seine neuerlichen Versuche, mich anzugreifen, eher lachhaft aus. Zur Erwiderung drückte ich seine Kehle abermals halbherzig zu.

»Was bewirken die Würmer?«

»Dafür wirst du sterben«, drohte er mir röchelnd. »Du kannst nicht aufhalten, was da kommt.«

»Was kommt denn?

»Der Meister«, sagte er, und wenngleich ich ihn durch die rote Tönung meiner Nachtsicht beobachtete, sah ich, dass auf seiner Stirn Erhebungen hervortraten, wo zuvor keine gewesen waren. Ich hatte meinen eigenen Körper gebaut und wusste daher, dass es keine Blutgefäße waren, die ich da sah. »Er bringt die Göttin mit, und wir werden an ihrer Seite stehen.«

Eine Göttin?

Ich durchsuchte die kahlen Hallen meines Gedächtnisses nach Erinnerungen an eine Göttin, fand jedoch nichts.

»Wenn er eine Göttin hat, was will er dann mit mir?«

»Tod«, zischte der Mann.

Ich hatte keine Ahnung, ob das eine Antwort sein sollte oder ob er wieder zu bedeutungslosen Drohungen überging. »Antworte mir.«

Tat er natürlich nicht. Nicht darauf und auch nicht auf die anderen Fragen, die ich ihm stellte, und ich kann nicht genau sagen, ob ich ihn letztlich aus Langeweile oder Frustration umbrachte. Ich bemühte mich, nicht allzu enttäuscht zu sein. Wenigstens hatte ich nun eine Richtung, und es war mir gelungen, die Chancen eine Winzigkeit zu verbessern. Ich verbarg die Leichen tief in den Schatten und trat den Weg zurück zur Kapelle an.

Kapitel 40

Eigentlich hatte ich vorgehabt, nicht gesehen zu werden, bis der Hof leer war, weil die Soldaten ihren notwendigen Schlaf suchten. Doch die Nähe der einmarschierenden feindlichen Armee schien die Truppen zu einem übernatürlichen Maß an Aktivität anzuspornen. Ich konnte nicht nachvollziehen, was sie die ganze Zeit trieben. Es musste doch eine Grenze dafür geben, wie viele Kisten und Bündel man von einem Ort zum anderen tragen konnte, oder? Ich unterdrückte meine Ungeduld und versuchte, es mir hinter einem üppigen grünen Busch, der überwältigend nach Fuchspisse stank, so gemütlich wie möglich zu machen.

Eine ganze Weile später und ungefähr zum selben Zeitpunkt, als ich letztlich den Entschluss fasste, einfach alle zu töten, kam eine neue Gruppe von Wachleuten aus der Kapelle. Das löste eine weitere Flut von regem Treiben aus, das allerdings alsbald nachließ. Die letzten der schier endlosen Reihe von Kisten wurden in Räume getragen, Fensterläden und Türen wurden geschlossen. Einzeln und in Paaren wanderten die Männer in die Kapelle und in die Schlafsäle, schlugen die Türen und die Fensterläden geräuschvoll zu. Nur die jüngste Gruppe von Wachmännern blieb zurück. Ich zählte zwei Dutzend, doch zumindest befanden sich keine Paladine unter ihnen.

Nachdem ich hinter dem Busch hervorgehuscht war, zwängte ich mich in eine Lücke, die in einem nahen Kreis von Fässern verblieben war. Der Anführer der Soldaten verteilte die Aufgaben für die Nacht. Ich fand seine Anweisungen verwirrend, und machte nicht einmal den Versuch, sie verstehen zu wollen. Stattdessen ließ ich mich in meinem neuen Versteck nieder, beobachtete und wartete, bis sie sich ihren jeweiligen Pflichten zuwandten. Still behielt ich sie im Auge, bis ich mir sicher sein konnte, dass ich wusste, wo sich ein jeder aufhielt. An oberster Stelle stand für mich, in die Kapelle zu gelangen. Danach war die Wegbeschreibung, die mir der Paladin gegeben hatte, erfreulich einfach: Durch die Eingangshalle zur entferntesten Tür auf der rechten Seite, anschließend weiter bis zu einer Treppe gehen. Nach zwei Fluchten in einen Gang abbiegen. Die zweite Tür auf der linken Seite sollte ins innerste Heiligtum führen, hinter dem sich dann angeblich Polssons Hort befand.

Ganz einfach.

Nur war es das natürlich nicht. Als die neuen Wachleute in Stellung gegangen waren, hatten sie einander alle im Auge. Sie auszuschalten, wurde viel zu schwierig. Ich liebäugelte mit der Idee, mit meiner Hexenkunst irgendwo ein Feuer zu entfachen, aber etwas in meiner Erinnerung warnte mich davor, dass es bei einem Brandalarm nur so von weiteren Männer wimmeln würde. Die Antwort auf mein Problem präsentierte sich plötzlich in Form eines lautlosen Schemens, der an meinem Kopf vorbeisauste, um sich eine fette Maus vom Deckel eines nahen Fasses zu schnappen. Die Eule verschwand über den Köpfen der umherpatrouillierenden Wachleute in der Nacht, und die Männer verloren kein Wort darüber.

Ich konnte zwar nicht fliegen, aber meine Windzauber kamen dem zumindest einigermaßen nahe. Mein Blick wanderte hinüber zur Kathedrale und deren steilem Dach, um die Entfernung bestmöglich abzuschätzen. Bei meinem Sprung auf den Friedhof hatte ich einen größeren Abstand überwunden, und ich war zuversichtlich, dass ich diese Entfernung auch ohne den Vorteil, abwärts springen zu können, schaffen würde. Wäre ich erst auf dem Dach, könnte ich dort durchbrechen und mir einfach den Weg nach unten zum inneren Heiligtum bahnen. Die Wachleute würden schließlich nicht mit einem Angriff von oben rechnen.

Ich wartete, bis die zwei nächsten Wachen mein Versteck passierten, bevor ich daraus hervorhuschte und in die Schatten des Hauses gegenüber schlich. Dort wiederum wartete ich, bis sich die

Wachleute ein Stück entfernt hatten, dann holte ich tief Luft. Ich rückte vorsichtig um die Ecke vor, bis ich sicher sein konnte, dass sie weg waren, dann brachte ich mich auf dieselbe Höhe wie das Dach der Kathedrale und achtete sorgfältig auf den Untergrund. Die Schräge des Daches verlief ziemlich steil und war aufgrund irgendwelcher Verzierungen uneben, also würde ich behutsam landen müssen, um mich nicht zu verletzen oder davon abzuprallen.

Ich hatte vielleicht zehn Schritte Anlauf zwischen der Stelle, an der ich stand, und einer Reihe leerer Wagen in dieser Richtung. Die nächsten Wachen befanden sich im Augenblick vor mir zu meiner Rechten, und ich behielt sie im Auge, während ich erneut das bewährte Windgebilde vorbereitete. Ich spürte, wie es sich zusammenfügte, als ich ihm Macht zuführte, und wartete. Nach einer gefühlten Ewigkeit wandten sich die Wachleute endlich ab.

Ich stieß mich mit den mächtigen Muskeln in meinen Beinen ab, nutzte jeden Schritt bestmöglich aus. Beim Sechsten sprang ich los und entfesselte das Windgebilde. Der Windstoß trug mich so kraftvoll in die Höhe, so dass meine Glieder wie die Flügel einer Schwalbe hinter mir abstanden. Rasant blieb der Hof unter mir zurück, und während der kurzen Zeit, die ich brauchte, um den Höhepunkt meines Sprungs zu erreichen, fühlte es sich an, als gehöre der Himmel mir. Dann jedoch ließ der Wind nach, die Wolken schienen sich zu neigen, und ich fiel auf die Kapelle zu, die sich plötzlich lächerlich tief unter mir zu befand.

Offenbar hatte ich dem Gebilde zu viel Energie zugeführt.

Nicht nur das, es hatte zudem die Luft rings um mich zusammengezogen und einige der Wagen umstürzen lassen, als sich unsere geballte Masse emporgehoben hatte. Inzwischen hatte ich den Großteil der Kapelle hinter mir gelassen und steuerte mit beängstigender Geschwindigkeit auf den dahinterliegenden Marktplatz zu. Mir blieb gerade genug Zeit, das Windgebilde auf schlampige, unordentliche Weise wiederzubeleben, doch ich hatte keine andere Wahl. Ich befeuerte es mit Energie und hoffte, dass schiere Kraft die Unzulänglichkeiten des schlechten Aufbaus irgendwie aufwogen. Ein Großteil der Macht war vergeudet und strömte in

Form von violetten und grünen Schweifen aus den unsauberen Nähten des Gebildes, als rohe magische Energie in die Wirklichkeit eingriff. Aber das Gebilde hielt und brachte gerade genug Wind statt Funken hervor, um die gefährliche Geschwindigkeit abzubremsen, mit der ich fiel.

Ich prallte einmal kurz auf, dann schlitterte ich über das regennasse Dach. Die gesprungenen Enden der Tonziegel fetzten mir breite Streifen meiner Haut vom Leib. Die letzten Überbleibsel des Gebildes verringerten mein Tempo so weit, dass ich mich abfangen konnte, indem ich mich abrollte. Dennoch zerschmetterte ich unter mir noch eine ganze Reihe Ziegel, als ich über das Dach kullerte, ohne zu wissen, wo oben und unten war. Irrläufer meiner Hexenkunst, die aus dem Gebilde ausgetreten waren, gingen um mich herum in Flammen auf, blendeten mich und nahmen mir jeglichen Rest an Orientierung. Als ich endlich zum Stillstand kam, hatte ich das Gefühl, einen aus Vulkanglas bestehenden Berg hinuntergekullert zu sein. Mein Körper fühlte sich zugleich betäubt und vor Schmerzen pulsierend an, ähnlich wie einst meine Füße, als ich über eine Mauer gesprungen und flach auf den Sohlen gelandet war. Außerdem hatte ich mir in die Zunge gebissen, und ich spuckte den durchdringenden Geschmack meines eigenen Blutes aus. Ich versuchte, genug Macht zusammenzukratzen, um mich zu heilen, doch ich hatte alles in dem panischen Bemühen verbraucht, nicht über die Kapelle hinauszuschießen. Die ganze schöne Energie – vergeudet.

Ich hob den Kopf in dem Bemühen herauszufinden, wo ich überhaupt war. Dabei spürte ich ein schmerzhaftes Knacken in meinem Hals. Die Bewegung löste einen kleinen Erdrutsch zerbrochener Ziegel rechts von mir aus und ließ sie über den Rand fallen, an dem ich hing. Mein linker Arm war ausgestreckt, die Finger hatte ich um einen durch abgefallene Ziegel freigelegten Holzbalken gehakt, und ich spürte das langsame Ziehen in meiner Schulter und meinen Fingernägeln, die mein volles Gewicht hielten. Ich stützte mich mit der rechten Hand ab, um mich hochzustemmen, doch worauf ich mich da auch gestützt haben mochte, es gab mit einem jähen Knacken nach und ließ weitere Ziegel in die Nacht davonstürzen. Ich hörte, wie sie unten an irgendetwas zerschellten; ein jeder so laut wie ein Donnerschlag. Schließlich gelang es mir, mit einer Zehe Halt an etwas Festerem zu finden, mich auf den Bauch zu ziehen und den auf meinem Arm lastenden Druck zu verringern.

Mittlerweile hörte ich die Geräusche der Wachleute unten, und es war nur der Höhe des Daches zu verdanken, dass sie mich noch nicht gesichtet hatten. Ich blinzelte die letzten durch meine Sicht treibenden Sternchen weg und sah mich mit einem Verstand um, der sich nach und nach weniger danach anfühlte, als wäre ich gerade gegen die Seite eines Steingebäudes katapultiert worden.

Ich befand mich vielleicht vier Schritte vom anderen Ende der Kapelle entfernt, und fünf davon, sie völlig verfehlt zu haben, wodurch ich wieder auf dem Friedhof gelandet wäre. Anhand der Schneise der zerbrochenen und fehlenden Ziegel konnte ich zurückverfolgen, wo ich aufgeprallt war. Wieder war mir ein wenig Glück hold gewesen, das verhindert hatte, dass ich die Erhebung getroffen hatte, die sich entlang des Daches erstreckte, sonst wäre mehr zu Bruch gegangen als nur Ziegel. Dem Treiben der Wachen nach zu urteilen, würde ich mich rasch in Bewegung setzen müssen. Ich hatte keine Ahnung, wie einfach oder schwierig es für sie war, hierher zu gelangen, oder wie lange es dauerte, aber es bestand kein Zweifel daran, dass sie bereits unterwegs waren. Die Spur, die ich hinterlassen hatte, war zu breit und offensichtlich, um sie zu verwischen, also würde ich mich stattdessen davon entfernen müssen, was auf einer so steilen und tückischen Oberfläche einfacher gesagt als getan war.

Ich schaute zu dem Holzbalken hinauf, an dem ich mich festgehakt gehabt hatte, und griff erneut danach. Damit hatte ich wenigstens etwas, woran ich mich festhalten konnte, und zog mich höher. Meine misshandelten Muskeln zitterten unter der Anstrengung. Ich hatte vorgehabt, das Dach zu überqueren und mir eine Stelle zu suchen, an der ich in das Gebäude eindringen konnte, und zwar abseits des Bereichs, in dem die Wachen nach mir suchen würden. Jetzt musste ich zusehen, dass ich irgendwie hier fortkam. Ich war fast in Reichweite der über das Dach verlaufenden Erhebung, als das Gebälk unter mir mit nicht mehr als einem kurzen Zittern als Vorwarnung nachgab. Krachend fiel ich in einen muffigen Zwischenraum voller silbriger Spinnweben und vertrockneter toter Tauben.

Unter mir hörte ich menschliche Stimmen, und kaum hatte ich sie wahrgenommen, hob sich auch schon ein Abschnitt des Bodens vor mir. Gelbliches Licht durchdrang die staubige Düsternis um mich herum.

»Alles klar, es ist offen«, sagte eine Stimme. »Ich gehe als Erster hinauf. Haltet euch bereit, mir zu folgen.«

Ich stand hinter der Falltür, vorläufig außerhalb des Sichtfelds der Neuankömmlinge. Aber es wäre töricht gewesen zu hoffen, man würde mich nicht bemerken, wenn sie erst mit einer Laterne hier oben suchten. Die Falltür nach unten und das Loch im Dach nach oben boten sich als die einzigen Ausgänge an. Ich war hier genauso gefangen wie die verdorrten Kadaver der Tauben, die den Boden übersäten, und die Spinnen, die das Geschehen von den Dachsparren aus beobachteten.

Spinnen.

Ich hatte die Krabbeltierchen immer gemocht, wenngleich ich davon die fahle Gattung vielleicht ausnehmen würde, die unter Sankt Tomas lebte. Instinktiv wusste ich, dass ich eine Verbundenheit mit ihnen empfand, wenngleich ich mich nicht erinnern konnte, inwiefern oder weshalb. Aber jetzt suchte ich nach eben dieser Erinnerung, lockte sie geradezu mit einer aus Zorn und Verzweiflung geborenen Inbrunst aus den Tiefen meines Geistes hervor. *Hilf mir, verdammt noch mal,* herrschte ich still die Bestie in mir an. Trotz der Zweifel, mit der mich ihre früheren Weigerungen zurückgelassen hatten, schien es diesmal zu wirken. Kurz spürte ich, wie etwas in meinem Geist erblühte. Es war nichts Dramatischeres als das Gefühl der Erleichterung, wenn man sich an ein Wort erinnert, das einem entfallen ist, doch plötzlich stellte sich die Erinnerung ein, als wäre sie nie verschwunden gewesen.

Ich schaute zu den dunklen Nestern zwischen den Dachsparren hoch und lächelte, als ich die federleichte Berührung ihrer winzigen Geister an meinem fühlte.

Ich kauerte mich hin, als der Soldat die Falltür weiter aufschob und den Raum betrat, eine kleine Laterne in einer Hand, ein Schwert in der anderen.

»Da ist ein Loch!«, rief er zu seinen Gefährten hinunter. Er trat einen Schritt vor. »Ergib dich sofort, dann wird dir kein Leid geschehen«, behauptete er laut und hob dabei die Laterne an. Ihr Licht ließ ihn einen flüchtigen Blick auf ein gutes Dutzend dunkler Gestalten erhaschen, die sich auf ihn herabfallen ließen. Er brüllte einen Fluch und schwang das Schwert in wildem Bogen. Einen meiner kleinen Verbündeten zerteilte er damit, doch sie waren zu zahlreich. Als die letzte der Spinnen auf ihm landete, lagen sowohl sein Schwert als auch die Laterne auf dem Boden, und er sprang durch die Falltür hinaus. Mittlerweile klangen seine Flüche wie eine Mischung zwischen einem schrillen Kreischen und einem gellenden Schrei.

Ich griff mir sein Schwert und folgte ihm nach unten, wenngleich ich auf das an- und abschwellende Gebrüll verzichtete, das ihn dabei begleitet hatte. Er lag ausgestreckt auf dem Boden und rollte sich hin und her, während seine drei Gefährten auf die Spinnen eintraten, die ihre Fänge in jegliche ungeschützte Haut schlugen, die ihnen unterkam. Die drei Männer drehten sich um, als ich hinter ihnen landete, und die kostbaren Lidschläge, die sie brauchten, um zu erkennen, was das bedeutete, kamen sie teuer zu stehen.

Ich hackte das geliehene Schwert in den nächstbesten Schädel und schleuderte mich den beiden anderen Männern entgegen. Das vereitelte ihren Versuch, die Waffen anzuheben. Einer von ihnen rammte mir die Stirn ins Gesicht, eine gerissene Reaktion, die mich überraschte, und wäre ich ein bloßer Mensch gewesen, hätte es das Zünglein an der Waage zu seinen Gunsten sein können.

Aber ich war kein bloßer Mensch.

Als er infolge des Einschlags auf den harten Knochen meines

Schädels zurücktaumelte, hieb ich meine scharfen Dämonenzähne in die großen Blutgefäße seitlich an seinem Hals. Sein Gefährte schrie auf, als ihn ein Blutstrahl aus der zerklüfteten Wunde blendete. Während er noch dazu ansetzte, sich die Augen auszuwischen, packte ich ihn an der Gurgel und würgte das Leben aus ihm heraus. Damit blieb noch der Spinnenmann, aber befreit von den auf sie eintretenden Füßen und fuchtelnden Händen hatten die Spinnen bemerkenswerte Arbeit geleistet. Der Mann lebte zwar noch, doch sein Herzschlag wurde bereits deutlich schwächer.

Danke, meine kleinen Freunde, sandte ich ihnen zu, als ich mich an die Wand lehnte und beobachtete, wie sich die überlebende Spinnenschar auf seiner Brust versammelte. Ich spürte, wie ihr Verlangen meinen Geist streifte, und obwohl es mich einige Anstrengung kostete, hievte ich mir den Mann auf die Schulter und schleppte ihn nach oben in die Dachkammer. Dann schloss ich die Falltür und überließ ihnen ihre Belohnung. Es war an der Zeit, mir meine eigene zu holen.

Kapitel 41

Ich durchwühlte, was die Wachleute bei sich gehabt hatten, und jubelte stumm, als ich einen kleinen Lederbeutel entdeckte, der fermentierten Apfelwein und sogar etwas Brot und Fleisch enthielt, auch wenn sich beides so anfühlte, als sei es nur noch wenige Wochen davon entfernt, zu versteinern. Jedenfalls hielt mich das nicht davon ab, das Essen zu verschlingen, so schnell ich konnte, und die Bissen mit dem herben Wein aufzuweichen. Ich beschloss, einige kostbare Augenblicke dafür zu opfern, Verbindung mit dem Lied von Sankt Tomas aufzunehmen. Es mochte gefährlich sein, doch dasselbe galt, wenn ich mit anhaltenden Verletzungen und ohne Magie in ein Nest von Paladinen stürmte. Von dem Essen gestärkt gelang es mir beim dritten Versuch, in die Liedlinien einzutauchen, und ich seufzte vor Erleichterung, als ich spürte, wie sie begannen, die Leere in mir zu füllen. Sobald ich es wagte, lenkte ich die Hälfte des Stromes um und entsandte ihn in mein Blut, um die Heilung zu beschleunigen.

Meine Beine fühlten sich wieder stark an, als ich aufstand, und genauso ermutigend fand ich, dass gerade niemand zugegen war, der mich zu töten versuchte. Ich entschied, mich vom Geruch der Wachleute durch die Gänge leiten zu lassen, da es die einzige frische Witterung war, die ich entdeckten konnte, und die wenigen Türen, an denen ich vorbeikam, sich als fest verschlossen erwiesen. Ich verlangsamte die Schritte, als ich zu einer Kreuzung mit einem breiteren Korridor gelangte, und rückte vorsichtig um die Ecke vor. Stirnrunzelnd rief ich mir ins Bewusstsein, dass mir etwas daran bekannt vorkam.

Mein Kopf war wieder klar genug, dass ich meine Nachtsicht einsetzen konnte, und ich begrüßte, wie sich die Schatten beim Einsetzen der rötlichen Tönung lichteten. Die Luft hier war frischer, und als ich weiter vorrückte, nahm ich die Gerüche mehrerer Männer wahr; mit Sicherheit mehr als zwei, aber weniger als sechs. Ich konnte mich entweder nach links oder nach rechts wenden, aber in beiden Richtungen folgte in einer Entfernung von ungefähr vierzig Schritten eine scharfe Biegung. Die Schatten links kamen mir geringfügig dichter vor, daher schlug ich diesen Weg ein und vertraute darauf, dass ich etwaige Männer hören und sehen könnte, bevor sie mich wahrnehmen würden.

So vorsichtig, wie es nur ging, hielt ich an der Ecke inne. Der Gang vor mir erwies sich ebenfalls als verwaist. Nur eine einzige Lampe brannte in einer Nische am anderen Ende, ungefähr fünfzig Schritte entfernt. Auf der linken Seite befanden sich vier Türen, auf der rechten erstreckte sich über die gesamte Länge eine niedrige, durchgehende Mauer. Ich war nicht besonders versessen darauf, es mit Wachen zu tun zu bekommen, doch ich hatte eigentlich mit einem höheren Aufkommen gerechnet. Wachsam bewegte ich mich weiter vorwärts und hatte etwa die Hälfte des Ganges durchquert, als von irgendwo unten das schrille, tonlose Geläut von Glocken erklang.

»Alarm!«, brüllte eine gedämpfte Stimme. »Alarm!«

Die Tür, von der ich mich nur eine Armeslänge entfernt befand, schwang auf, und ein nackter Mann kam auf den Gang gerannt. Als er um die Ecke preschte, hätte er beinah versehentlich die Lampe gelöscht.

»Was ist los?«, ertönte kurz danach ein Ruf, lauter, als ich erwartet hatte.

»Zwei der Brüder sind getötet worden!«, kam die Antwort.

»Was? Wer?«

»Das weiß ich nicht, aber der Kardinal hat alle Mann auf die Posten befohlen!«

»Wir sind doch gerade erst hereingekommen!«

»Das ist euer Problem!«, brüllte die Stimme unten.

Ich stieß die Tür zu und eilte den Gang entlang hinter dem Mann her. Unterwegs löschte ich die Lampe. Der Gang wurde schmaler, und der Nackte beugte sich gerade über die niedrige

Mauer, um in den teilweise umfriedeten Hof unten hinabzurufen. Plötzlich geriet mir zu Bewusstsein, wo ich mich befand. Der Raum, in den man mich gesperrt hatte, als ich zum ersten Mal hierhergebracht worden war, befand sich auf der gegenüberliegenden Seite jenes Hofs, was bedeutete, dass die Treppe, die hinunter zur Kapelle und zu Polssons Heiligtum führte, überhaupt nicht weit entfernt lag. Noch während ich mich zu der Erkenntnis beglückwünschte, drehte sich mir der Mann zu. Er runzelte die Stirn, wie es auch Tatyana oft tat, wenn sie verwirrter als üblich war.

»Wer bist du?«, fragte er mich.

»*Der Todeswind.*« Ich spürte, wie sich mein Mund bewegte, und hörte meine Stimme, aber nicht ich sagte die Worte. Sie drangen wie von selbst über meine Lippen.

»Der was?«

»Schwert. Krähe. Straße. Katze. Pferd.« Ich schien nach wie vor die volle Kontrolle über meinen Mund zu haben, und meine Stimme klang wie die meine. Was zur Hel war also geschehen? Von dort, wo die Bestie hauste, nahm ich weder Wut noch Triumph wahr, nur ein Gefühl von Neugier.

»Warte, du bist *er!*«, stieß der Nackte hervor. Er drehte sich dem Hof zu und holte Luft, um eine Warnung oder dergleichen zu brüllen, aber ich klatschte ihm die Hand über das Gesicht, würgte seinen Ruf ab und schleuderte ihn auf den Rücken.

»Was hast du mit mir gemacht?«, fragte ich. Der Mann wand sich unter mir. »Nein, nicht du«, erklärte ich. »Die Kreatur in mir.«

Ich biss die Zähne zusammen, als ich spürte, wie sie erwachte und sich aufbäumte, mich wieder mit jenem schrecklichen Empfinden erfüllte, dass etwas durch meine Eingeweide kroch. Ich jagte einen Stoß Hexenmagie durch den nackten Mann, der ihn völlig betäubte.

»Ich weiß, dass du da drin bist«, sagte ich zu dem bewusstlosen Körper. »Also rede.«

Er begann zu zittern, und gleich darauf öffnete er die Augen. Das Weiß darin hatte sich so rot verfärbt wie bei mir, und Blut lief ihm aus den Winkeln beider Augen und aus den Ohren.

»Narr«, sagte er. *»Du riskierst zu viel.«*

»Der Todeswind. Was bedeutet das? Und wie hast du es ausgesprochen?«

»Das ist ein Teil deines Namens, aber du bist zu schwach, um es zu wissen.«

»Wer bin ich? Verflucht sollst du sein, rede mit mir!«

Ich hielt den Kopf des Mannes, und während ich sprach, konnte ich beobachten, wie sich drei Flecken dunklen Blutes über sein Gesicht ausbreiteten. Ich ließ ihn los, und an meinen Fingern klebte Blut, als ich meine Nase berührte.

»Was ist das?«

»Dein Geist ist gebrochen«, sagte er. Die Worte blubberten durch das Blut, das ihm nunmehr wie vergossener Wein aus dem Mund strömte. Auch in meinem Mund schmeckte ich Blut. *»Du musst mich hineinlassen, bevor es zu spät für uns ist.«*

Ich spürte, wie meine Hexenkunst zurückprallte, als das letzte Wort seufzend über seine Lippen trat. Sein Körper erzitterte heftiger, dann lag er in einer sich ausbreitenden Lache seiner Körperflüssigkeiten und seines Blutes still. Ich leckte mir das Blut von den Lippen und wischte mir den Rest aus dem Gesicht.

»Wunderbar«, meinte ich zu dem Leichnam, doch von ihm kam nichts mehr. »Der Todeswind«, murmelte ich ein paar Mal. Es fühlte sich irgendwie gut an. Ich wusste nicht, *wie* man es sagen musste, damit es die richtige Schwingung für die Liedlinien aufwies, aber Namen besaßen ungeachtet dessen Macht.

»Stratus, der Todeswind. Der Todeswind, Stratus.« Während ich das aussprach, fühlte ich die Aufmerksamkeit der Bestie. Die von ihr ausgehende Wut und Enttäuschung waren von noch etwas anderem durchzogen, von etwas Kühlerem, das nur noch nicht ausgeprägt genug war, um es benennen zu können.

Weiteres Glockengeläut und Gebrüll von dem Hof unten rissen mich aus meinen Überlegungen, und ich spähte über den Rand der Mauer. Unten hatten sich Soldaten und Paladine versammelt, und eine schnelle Zählung verriet mir, dass beide Gruppen durch jeweils etwas mehr als zwanzig Exemplare vertreten waren; und das ohne die Priester und Jungen, die ich an den Rändern der ordentlichen, von den bewaffneten Männern gebildeten Rechteckformation umherwuseln sah. Ich musste mich beeilen und handeln, bevor sie sich verteilten. Zusätzlich trieb mich die Frage an: »Was ist denn eigentlich los?«, die hinter mir ertönte, als sich dort eine Tür öffnete. Als der Neuankömmling den Toten fand und um Hilfe rief, stieg ich bereits die Treppe hinunter.

Ohne die Grüfte und Katakomben mitzuzählen, besaß das Gebäude fünf Ebenen, und ich befand mich auf der fünften davon. Wenn es an der Machart der Treppe etwas auszusetzen gab, dann den Umstand, dass sie eindeutig in einer Zeit entstanden war, in der Männer noch dürren Zwergen geglichen hatten. Während meine Füße über die niedrigen Stufen rutschten und einige verfehlten, schabte ich die Wände entlang und prallte zwischen ihnen hin und her. Das hinterließ Blutschlieren auf dem Stein, und als ich auf die nach oben eilenden Wachen stieß, die auf den Hilferuf reagierten, griff ich sie weniger an, als dass ich auf sie fiel.

Ein Speer schnitt eine blutige Furche in meinen Arm, doch das blieb die schlimmste Wunde, die sie mir zufügten. Unter meinem Einschlag stürzten sie hingegen rückwärts, was jenen Männern, die die volle Wucht meines Falls abbekamen, zumindest einige Knochen brach. Gliedmaßen fuchtelten umher und zappelten unter meinen Füßen, als ich wieder auf den Beinen stand. Wer das noch konnte rief die draußen versammelten Soldaten um Hilfe an.

Fluchend warf ich die Toten und Verletzten von der Treppe, so schnell ich konnte, um den Weg zu räumen. Ich trat in den Gang, der auf die Stufen folgte, und eilte zur zweiten Tür auf meiner linken Seite, mich der Wegbeschreibung des Paladins erinnernd. Im Gegensatz zu den anderen Türen bestand diese aus dunklem Holz und erwies sich als üppig mit Schnitzereien der üblichen Fülle von Totenschädeln, Runen und jenen sonderbar verstörenden, dicken Kindern mit Flügeln und Trompeten verziert. Jedenfalls schien sie mir etwas Besonderes zu sein, und als ich sie aus den Angeln trat, konnte ich nur hoffen, dass sie tatsächlich zum inneren Heiligtum führen würde, das ich suchte.

Die Tür landete krachend auf dem Boden, zusammen mit der schlaffen Gestalt des Priesters, der sich dahinter versteckt hatte. Ich stieg über beide hinweg und betrat einen mittelgroßen Raum. Entlang der Wände reihten sich mehr Bücher und Schriftrollen, als ich in Fronsacs Gemächern gesehen hatte, und die Luft war stickig vom Weihrauch etlicher Jahre. Auf der gegenüberliegenden Seite erwarteten mich noch ein Priester und eine weitere Tür, und als ich mich ihnen näherte, mischte sich der Geruch von Harn zum uralten, holzigen Aroma, das die Luft würzte.

»Guten Abend. Ist der Kardinal da?«, fragte ich den bibbernden Priester. Schließlich kosteten gute Manieren nichts.

Der Priester hob etwas an, das ich für ein weiteres Symbol ihres Gottes hielt. Ich erhaschte einen flüchtigen Blick auf Gold von der Farbe schwelenden Feuers und das Funkeln von Edelsteinen. »H-hinfort!«, rief er und schüttelte das Symbol.

Ich umklammerte mein Gesicht, als hätte mich ein Schlag getroffen, und als er das Symbol sinken ließ, riss ich es ihm mit einer brillanten Demonstration von Geschwindigkeit und Geschick aus der Hand. Er starrte mich mit Augen an, die ihm mit Sicherheit aus dem Kopf gefallen wären, wenn er sich nur ein wenig vorgelehnt hätte.

»Das ist wunderschön«, befand ich, als ich mit dem Daumen über das Gold rieb, das sich als echt erwies. Ich packte den Mann an den Roben und warf ihn zur anderen Seite des Raumes, wo er neben seinem gleichermaßen besinnungslosen Gefährten landete. Den von ihm erbeuteten Schatz drehte ich in der Hand, doch bevor ich ihn einstecken und die Tür eintreten konnte, wie ich es vorgehabt hatte, sah ich, wie die Edelsteine vor Macht aufblitzten. Der Priester hatte das Symbol aktiviert, aber ich hatte es nicht gespürt und es ihm entrissen, bevor er den Kreis schließen konnte, um der Energie eine Richtung zu geben.

Ich sah, wie sich Risse über das Symbol ausbreiteten. Zuerst blieben die gezackten Linien dunkel, dann jedoch füllten sie sich mit einem gleißenden grünen Licht, das sie weiter und weiter auseinanderzwängte, bis der unkontrollierte Schwall von Magie das gesamte Ding in tausende Splitter funkelnden Metalls zersprengte. Sie waren zu scharfkantig, um zu spüren, wie sie in mich schnitten, sehr wohl jedoch fühlte ich die durch Mark und Bein vibrierende Erschütterung der sich entladenden Magie. Sie fühlte sich zugleich kälter als Eis und heißer als Lava an, und während sich meine Haut schälte und ich gegen die Wand geschleudert wurde, jagten die Splitter, die sich in mich gebohrt hatten, ihre wilde Magie in mein Fleisch.

Die Wucht warf mich zu Boden, und ich schätzte mich glücklich, dass Bücher und Schriftrollen meinen Aufprall dämpften. Mühsam rappelte ich mich wieder auf die Beine. Meine Muskeln zitterten und zuckten, während die richtungslose Magie hindurchraste. Mir blieb kaum Zeit, mich über die gewaltige Macht dieser Priesterartefakte zu wundern, denn als ich mich aufrichtete, nahm ich wahr, wie sich die Bestie in mir mit einer Kraft aufbäumte, die ich noch nie zuvor von ihr gespürt hatte. Ihre Wut wirbelte durch meinen Kopf, und sie betäubte mich beinah mit einem Gebrüll, das die Welt zu erschüttern schien, sog mir die Kraft aus den Gliedern und beraubte meinen Geist der Herrschaft über sie. Ihre Gegenwart schloss sich um meinen Verstand wie eine Faust, und ich kämpfte mit einer Stärke gegen sie an, von der ich wusste, dass sie mich bereits verließ.

Die Bestie erstarkte durch unkontrollierte Magie der Art, der ich gerade ausgesetzt gewesen war, die mich buchstäblich durchdrungen hatte.

Es war eine Offenbarung, die mich schon vor Wochen hätte ereilen sollen. Für Fragen oder Bedauern blieb keine Zeit. Die Wucht ihres Willens, mich zu beherrschen, presste mich nieder, ohne auf das Blut zu achten, das begonnen hatte, mir aus der Nase und den Ohren zu strömen, oder auf die Männer, die nahten, um mich zu töten.

Lass mich hinein, lass mich hinein, brüllte die Bestie in jener wunderschönen Stimme, immer und immer wieder.

Sie brauchte keinen Atem und kein anderes Mantra, und zuerst zerschellten ihre Worte an meinem Willen wie die Brandung an einem Felsen. Aber noch keine Welle war je so angriffslustig oder entschlossen gewesen, und ich spürte, wie der Fels meines Willens allmählich nachgab und ausgehöhlt wurde, während der Ansturm gnadenlos und ohne Unterlass auf ihn einhämmerte.

Lass mich hinein.

Ich umklammerte meinen Kopf in dem animalischen, jedoch vergeblichen Versuch, die Stimme zu ersticken, und ich stand immer noch so da, als meine in Rüstungen gekleideten Mörder kamen, um ihr Werk zu beenden.

Lass mich hinein.

Nur am Rande nahm ich wahr, dass die Neuankömmlinge brüllten, aber es erschien mir nicht wichtig, nicht einmal, als die Ersten versuchten, mich zu Boden zu ringen.

Lass mich hinein.

Bildete ich mir das nur ein, oder klang die Bestie wirklich verzweifelt? Der Halt ihrer Wut an mir ließ nach, als die Energien der in mir eingebetteten Splitter allmählich versiegten und mit ihnen ein Großteil der Macht der Bestie.

Ich spuckte Blut aus. »Jetzt habe ich dich«, sagte ich zu ihr, erhielt jedoch keine Antwort.

»Auf die Knie!«

Ich blinzelte, als mir der Befehl mit einem Atemstoß ins Gesicht gebrüllt wurde, der selbst einen Aasgeier zum Würgen gebracht hätte. Ein Teil von mir rechnete damit, einen schrecklichen Dämon mit lodernden Augen und blitzenden Zähnen vor mir zu sehen, doch stattdessen stand da nur ein rotgesichtiger Mann mit Lücken zwischen den Zähnen, die größer als die Abstände der Grabsteine auf dem Friedhof draußen wirkten.

»Hinknien!«, schrie er.

Nach dem jüngsten Angriff der Bestie fühlte ich mich ziemlich mies, und das eigene Blut zu schlucken, würde jeden in gereizte Stimmung versetzen, daher weise ich jede Schuld daran von mir, dass ich ihm das Genick brach. Erst, als er fiel, wurde ich der Männer gewahr, die hinter ihm standen und in der beengten Kammer gegenseitig bedrängten, als sie ihre Waffen mit neuer Entschlossenheit gegen mich in Anschlag brachten. Da fiel mir Tatyanas Warnung vor den einundzwanzig Elitepaladinen ein, die den Kardinal beschützten.

Lass mich hinein, flüsterte die Stimme.

Kapitel 42

Ich wich erst einen Schritt zurück, dann noch einen, und spürte, wie mein Rücken gegen die Tür zum inneren Heiligtum stieß. Ich fasste hinter mich und überprüfte, ob sie versperrt war. In der Tat. Die Paladine rückten vor. Diese schrecklichen Kurzspeere, die sie mir entgegenstreckten, bildeten eine durchgehende Barriere. Der Stahl schimmerte, die Runen darauf loderten mit der Macht, mich zu töten.

Ich befand mich meinem Ziel so nah, dennoch sah es so aus, als würde meine Geschichte hier enden: in einem schäbigen, muffigen Raum in die Enge getrieben. Ich konnte spüren, wie die Angriffslust in den Paladinen schwoll. Ihre Herzen arbeiteten angestrengter, als sie sich darauf vorbereiteten, mich endlich zur Strecke zu bringen. Ich hob die Fäuste und biss die Zähne zusammen, als ich mit Willenskraft die schwarzen Klauen aus meinen Armen ausfahren ließ. Belohnt wurde ich mit dem Geruch von Angst, als sich die schimmernden, langen Tötungswerkzeuge den Männern offenbarten. So schwach der auch sein mochte, sie schraken doch zurück. Aber ein scharfer Befehl von einem der Silberhaarigen ließ sie ihre Reihe wieder schließen.

»Dämon!«, brüllte derselbe Paladin und richtete sein Schwert auf mich, falls mich einer der in Rüstung steckenden Trottel noch nicht gesehen hatte. »Drogah hat sein Urteil über dich gefällt.«

Tatsächlich achtete ich nicht mehr sonderlich darauf, was er dem noch hinzufügte. Es wäre bloß eine weitere Ablenkung gewesen, und ich musste mich konzentrieren, wenn Hoffnung darauf bestehen sollte, dass ich den nächsten Tagesanbruch noch erlebte.

Sie griffen an, als ein Blitz den Himmel draußen erhellte. Das gleißende Licht wurde vom bunten Glas der Fenster in Regenbogenfarben gebrochen und tünchte ihren hirnlosen Hass einen Lidschlag lang in etwas beinahe Wunderschönes. Ihre Speere befanden sich nur wenige Fingerbreiten von meiner Brust entfernt, als ich das Windgebilde auslöste, das ich hastig während der schwülstigen Schimpftirade des silberhaarigen Paladins vorbereitet hatte. Die Verzögerung ihres Angriffs hatte mir genug Zeit verschafft, um das Gebilde in Erinnerung zu rufen, und diesmal hatte ich es ordentlich gefertigt, um die bestmögliche Wirkung einer geringen Menge Macht zu erreichen.

Und in der Enge der Kammer erwies sich die Wirkung auf die dicht gedrängten Ränge der Paladine als herrlich – ich schrie vor hämischer Freude, als sie gegeneinander geschleudert wurden, während der Wind den Raum mit einem Tosen erfüllte, das genügt hätte, um die Altvorderen zu erwecken. Das gemusterte Glas der Fenster wurde vom Luftbedarf des Gebildes aus den Rahmen gerissen, und die scharfkantigen, brüchigen Scherben verstärkten das Chaos, als der heulende Wind jede einzelne in ein fliegendes Messer verwandelte. Es hielt nicht sehr lange an, aber als ich den Donner von draußen wieder hören konnte, lagen die halb betäubten und blutenden Paladine als wirrer Haufen vor mir.

Ich zog meine schwarzen Klauen wieder ein, hob zwei ihrer Speere auf und fiel über die benommenen Männer her. Meine Kraft reichte aus, um die Klingen durch zwei oder drei Leiber gleichzeitig zu rammen. Ihre Rüstungen boten ihnen dabei ungefähr so viel Schutz wie ihre gelallten Gebete und das Flehen um Gnade. Sie erzitterten und schrien, als ich sie in das Leben nach dem Tod schickte, an das sie glaubten, und ich war froh über die offenen Fenster, als sich ihre Körper durch natürliche und sonstige Öffnungen ihres Inhalts entleerten.

Meine Kleidung strotzte vor Blut, als ich zurücktrat, und meine Brust hob und senkte sich heftig, während ich mir tief die vom Unwetter frische Luft in die Lungen sog, bis mein Kopf wieder klar war. Danach straffte ich die Schultern und wandte mich der Tür zu.

Es war an der Zeit, all dem ein Ende zu bereiten.

Ich nahm drei Schritte Anlauf, dann schleuderte ich mich der Tür entgegen. Mein Plan war einfach: Ich würde schnell und tief geduckt hineinstürmen, der Falle ausweichen, die Polsson zweifellos für mich vorbereitet hatte und ihm dann meine beiden geliehenen Speere in den Leib schleudern. Selbst, wenn es ihm gelänge, ihnen auszuweichen, würde mir das genug Zeit verschaffen, um die kleine Kammer zu durchqueren und die Hände um seinen Hals zu bekommen.

Ich traf die Tür mit vollem Schwung, und als sie nach innen splitterte, nahm ich flüchtig das Aufblitzen der verborgenen Schutzbanne wahr, die der Kardinal an der Innenseite des Durchgangs angebracht hatte. Die Magie erwachte jäh zum Leben und hüllte mich in violettes Feuer. Ich fürchtete mich an sich nicht vor Feuer, doch diese schillernde Erscheinungsform fühlte sich anders an als alles, was ich bisher gekannt hatte. Es traf mich mit einer brutalen Gewalt, die mich durch die Luft schleuderte und gleichzeitig mit einer Heftigkeit versengte, als hätte Polsson irgendwie einen ausgewachsenen Waldbrand in jede einzelne der trügerisch schwach aussehenden Flammen gepackt. Selbst, wenn ich nicht wie ein blindwütiger Narr hineingestolpert wäre, hätte mich nichts auf etwas Derartiges vorbereiten können.

Es gelang mir, mich auf die Knie zu rollen und dann ganz aufzustehen, während ich mir die Kleider in blinder Raserei vom Leib riss. Die gespenstischen Flammen, die über meine Arme, mein Gesicht und meine Beine tobten, meine Haut zum Platzen brachten und mein Blut zu Dampf kochten, bremste das jedoch nicht im Geringsten. Dieses Feuer war *hungrig*. Ich schlug mir die Hände aufs Gesicht, um die Flammen zu ersticken, doch ich konnte spüren, wie sie weiterbrannten. Das unnatürliche Feuer fühlte sich auf meiner Haut lebendig an. Jeder Atemzug, den ich tat, briet mir langsam die Kehle, und ich wagte nicht, die Lider zu öffnen, weil ich fürchtete, die klebrigen Flammen könnten sich geradewegs auf meine Augäpfel stürzen. Meine Beine stießen gegen etwas Hartes, Schweres, und ich fiel. Ich versuchte, die Flammen zu dämpfen, indem ich mich über den Boden rollte, bewirkte dadurch jedoch lediglich, dass sich schwarze Schichten verbrannter Haut abschälten und auf den Steinplatten klebten.

Ich schrie, während Polsson lachte.

»Also kannst du doch brennen. Was für eine erlesene Ironie, dass ich dich mit Feuer in die Knie gezwungen habe. Wollte dich mein Meister nicht lebendig haben, würde ich mit Vergnügen zusehen, wie es dich verschlingt.«

Ein Tritt klatschte gegen meine Rippen, und wenngleich er schwach ausfiel, ließ er mehr meiner von Blasen überzogenen Haut aufplatzen und mich lauthals aufschreien. Dadurch erhielten die unersättlichen Flammen eine Gelegenheit meinem Mund zu versengen.

»Andererseits ist *lebendig* ein breit gefasster Begriff.« Ein weiterer Tritt, doch diesmal biss ich die Zähne zusammen und spürte, wie die Flammen über sie leckten, einen davon zum Zerspringen brachten und mir das Zahnfleisch wegbrannten. Dann stimmte Polsson einen Sprechgesang an, um seine Magie zu bündeln. Jeder Gedanke, zurückzuschlagen, wurde vom Beißen des Feuers verschlungen, bevor er sich vollständig in meinem Kopf bilden konnte. Schmerzen waren mir beileibe nicht fremd, aber diese Qualen waren etwas Angriffslustiges, das einem steten Wandel unterlag und sich mit jedem Schlag meiner Herzen tiefer und tiefer in mich bohrte.

Lass mich hinein.

Die Stimme der Bestie tönte durch meinen Geist, so klar und wunderschön wie eh und je.

Lass mich hinein.

Ich verspürte keinen Schmerz, wenn sie sprach, und als hätte sie mein stummes Flehen gehört, begann sie, die Worte zu wiederholen.

Lass mich hinein, lass mich hinein.

Lass mich hinein. Eine eigenartige Wortwahl. Ich sollte sie in mich lassen, mich ihr nicht unterwerfen oder selbst verschwinden. Es mochte ein Befehl und eine Drohung oder auch nur eine Bitte sein. Ein weiterer Tritt krachte in mich, während ich versuchte, ihm auszuweichen, aber ich sackte kraftlos zu Boden. Zu geschwächt waren meine Muskeln und Willenskraft von der Pein, die mich umklammerte und meinen Verstand vernebelte. Es fiel mir zunehmend schwerer, zu denken. Ich musste atmen, wagte es jedoch nicht. Hinter meinen geschlossenen Lidern nahm der Tanz der von den Flammen geschaffenen Schatten neue Formen an.

Ein Berg. Eine Stadt in Flammen. Ein Feld lodernder Knochen. Eine Festung zwischen den Wolken. Ein Käfig.

Etwas Kaltes presste gegen meinen Arm, und die Flammen und der Reigen der aufblitzenden Bilder geriet für einen Atemzug ins Stocken. Ich streckte die Hand aus, berührte den Gegenstand. Eine gravierte Scheibe. Das Medaillon, das aus meinen zerrissenen Kleidern gefallen war. Es wirkte dunkler Magie entgegen, und das hieß, dass diese Flammen nicht natürlich, sondern ein Zauber waren. Magie, entfesselt, um von mir zu zehren.

Lass mich hinein, brummte mir die Bestie entgegen.

Ich spürte, wie sie gegen meinen Geist drückte, wie diese gewaltige Wut vorwärtsstrebte, aber außerstande war, die Mauern zu durchdringen, die dafür sorgten, dass ich blieb, was ich war. Nein. Nicht *außerstande*. Ihre Stärke und ihr Wille übertrafen die meinen bei Weitem, waren größer als je zuvor. Sie war nicht *willens, durchzubrechen*. Sie war nicht mein Feind, sie war ein Teil von mir. Ein monströser Teil, der nur gebändigt wurde, weil ich ihn verleugnete. Aber was war ich eigentlich? Ich hatte keinen Namen und keine Zukunft. Ich war besiegt und ich brannte. Lag im Sterben. Hatte verloren.

Lass mich hinein.

Ich spürte, wie ich den Arm ausstreckte, als mein äußerer Leib die Absicht in meinem bröckelnden Geist nachahmte. Ich sog meine Lunge voll Feuer, und als ich die nächsten Worte aussprach, zischten sie als Feuer aus mir.

»Komm zu mir.«

Kapitel 43

Der Druck setzte als Erstes ein. Es fühlte sich an, als schrumpfe mein Schädel und als würde mir das Gehirn aus Augen und Ohren gequetscht. Schmerzen gingen damit einher, aber Schmerzen verspürte ich ja die ganze Zeit. Hinter meinen geschlossenen Lidern zerbarst die Welt in glitzernde Scherben, und in dem Klirren, während sie zerbrach, da hörte ich meinen Namen, so ausgesprochen wie damals, als meine Seele vor einer Ewigkeit in den Sternen geschmiedet worden war.

Meinen wahren Namen.

Er erstreckte sich in mich, tiefer, als es ein Zahn oder ein Schwert je vermocht hätten, über mein neu geformtes Fleisch hinaus.

Stratus, nannte mich die Stimme. *Der Todeswind.*

Mit jedem Teil meines Namens sah ich, wie Scherben in mich fielen, sich drehten, miteinander verschmolzen und mich mit einem wunderschönen Licht erfüllten, das mich durchzuckte, sich wie die Blitze am Himmel draußen verzweigte und sich von mir zu der Liedlinie wölbte, die mich umgab. Ich spürte, wie ihre tiefe, uralte Macht auf meinen Namen reagierte. Ihre stete Harmonie fand die Teile meiner selbst, die ich verloren hatte; jenes Verlusts, der den Zwist in meinem Innern erst erschaffen hatte. Die Macht floss durch mich hindurch, stellte wieder her, was ich verloren hatte, beseitigte die Unvollkommenheiten, die jene große Harmonie beeinträchtigten, und berichtigte dadurch die Fehler, die mir beim Erschaffen dieses Körpers unterlaufen waren. Dieses Geistes.

Und die Scherben verformten sich und wuchsen zu etwas Neuem zusammen, während sich der Druck in meinem Kopf zehnfach verstärkte. Ich musste wohl geschrien haben, aber ich konnte nur ein monströses Gebrüll hören, das dem Donnergrollen um nichts nachstand. Innerhalb der Scherben nahm ich etwas wahr, etwas, das versuchte, seine Form zu finden, dabei jedoch immer wieder abglitt, zerbrach und sich erneut zusammenfügte. Mein Leib zitterte und schauderte, als sich jenes Etwas langsam – so langsam – abermals bildete und Laute hervorbrachte, die allein bedeutungslos waren, vereint jedoch zu einer neuen Harmonie verschmolzen.

Zu einem Wort. Einem Namen. Einem der fehlenden Teile meines wahren Namens.

Feuerhimmel, sagte die Stimme, und ich spürte, wie meine Herzen kurz aussetzten, bevor sie mit frischer Kraft weiterschlugen, als die Liedlinie erstrahlte und ihre pure Energie in mich entsandte. Eine Energie, deren Reinheit die verbliebenen Zweifel, Ängste und Schmerzen verbrannte. Es war ein Strudel goldenen Lichts, und ich beobachtete, wie sich inmitten des hellen Golds eine bernsteinfarbene Gestalt verdichtete. Ich sah sie, und ich erkannte sie als das, was sie war, als sie sich mir näherte und mir mit ihrer gewaltigen Form die Wahrheit aufdrückte, die mir die Liedlinien bereits zugeflüstert hatten. Es handelte sich um die Bestie, und doch um mehr. Sie war ich, und ich war sie. Wir berührten uns, und wie beim Zusammentreffen zweier mächtiger Flüsse wirbelten wir ineinander und vereinten uns zu etwas Neuem und Mächtigerem.

Stratus Feuerhimmel, der Todeswind, sagte eine Stimme, und ich erkannte sie.

Ich erkannte die schreckliche Traurigkeit und Freude, die sich darin verbargen, als sie meinen Namen aussprach, ein Echo des Kummers und des Wahnsinns, die ich empfunden hatte, als sie zum ersten Mal in Tatyanas Traum mit mir gesprochen hatte.

»Es ist kalt, Stratus, und du hast es versprochen. Du hast es versprochen.«

Ich wollte ihr zurufen, sie fragen, wer und was sie war, doch bevor ich die Worte formen konnte, brandeten die Liedlinien erneut auf, überfluteten meinen Geist, als mich die Macht zerlegte und als etwas völlig Neues wieder zusammenfügte. Bilder und Geräusche blitzten durch das, was in jener seltsamen Wirklichkeit mein Bewusstsein darstellte, als sich jener Teil von mir, der die Bestie gewesen war, letztlich ergab und den Zusammenhang für die Erinnerungen lieferte, die mir so lange Rätsel aufgegeben hatten. Mir fiel wieder ein, dass der brennende Berg mein Zuhause gewesen war – unser Zuhause. Ich entsann mich, dass die Paladine, die auf mich zumarschierten, jene waren, die es zu ihrem Kreuzzug erklärt hatten, uns von dem Berg zu vertreiben. Jede Niederlage, die wir ihnen zugefügt hatten, hatte sie zu neuem Wahnsinn, zu neuer Wildheit angestachelt.

Ich erinnerte mich an den Käfig und den Hohn derjenigen, die gekommen waren, um sich unterhalten zu lassen und sich über uns lustig zu machen, was sie nur vermochten, weil das Knistern der grausamen Schutzbanne in den Gitterstäben ihnen falschen Mut verlieh. Ich erinnerte mich an die unzähligen Jahre der Gefangenschaft und an die kalte Gleichgültigkeit meiner Wärter, der Nachkommen des großen Henkman, und an meinen Traum, seine gesamte Blutlinie für alle Zeiten enden zu lassen. Stumm lachte ich darüber, dass nun alles ausgerechnet von der Letzten seines Geschlechts vereitelt zu werden schien.

»Ist er tot?«

Die Stimme stürmte auf mich ein, und mir wurde schlagartig bewusst, dass mein Körper nach wie vor dort lag, wo er gefallen war, während der Riss in meinem Verstand heilte. Es fühlte sich kalt an, dieses Fleisch, das meinen Geist umhüllte, und es schien so weit entfernt wie bei meinem ursprünglichen Erwachen im Schatten jener Geier.

»Er sieht jedenfalls eindeutig tot aus«, meinte eine andere Stimme.

»Ich gehe nicht noch einmal ein Wagnis ein. Fessle ihn gut.« *Diese* Stimme kannte ich. Irgendein Priester?

»Ja, Vater. Ich habe gesehen, was er mit meinen Brüdern gemacht hat.«

Diesmal jedoch brauchte ich keinen Diakon, um zu flicken, was in mir zerbrochen war. Ich hatte diesen Körper erschaffen, als meine Hexenkunst mit meinem wahren Namen widergehallt hatte. Die Spaltung in meinem Geist hatte ihn verzerrt, wodurch die Verbindung zwischen Willen und Fleisch unterbrochen worden war. Inzwischen war sie so gut wie wiederhergestellt, und nun, da ich verstand, worin das Problem lag, war ich in der Lage mich zu vervollständigen. Ich spürte, wie ich mich ausweitete, als mich mein Leib willkommen hieß und Lebenskraft durch jede Faser, jede Sehne flutete. Ich konnte wieder das Gewicht meines Körpers und die Härte des Bodens unter mir fühlen. Dann schlug ich die Augen auf.

Ich brauchte einige Atemzüge, um zu verstehen, was ich sah, als sich mein Geist ordnete. Ich lag auf dem Rücken mit Aussicht auf die Kuppeldecke, die mit Darstellungen der Konstellationen bemalt war, was ich zuvor nicht bemerkt hatte. Männer standen beiderseits von mir, einer in Rüstung mit dem Symbol der Paladine auf der Brust, der andere in Roben.

»Henkman?«, fragte ich, aber natürlich war er es nicht. Er war schon vor Jahrhunderten zu Staub zerfallen.

»Die gepanzerte Hure wird dich jetzt auch nicht mehr retten.« Der Mann in Roben blickte auf mich herab, und sein Geruch vertrieb die letzten Nebelreste aus meinem Geist. *Polsson. Die Kapelle. Tatyana. Die Bestie, der Dämon, der ich war. Das bin ich.* Plötzlich erwachten tausend Gedanken in meinem Gehirn zum Leben.

Polsson redete nach wie vor, und ich nahm das Geräusch seiner Stimme wie das lästige Summen eines Insekts wahr. »Die Schlacht hat begonnen, und mein Meister wird bald hier sein, um die Marionetten des Königs niederzuwerfen. Und dann, mein Freund, dann werden wir sehen, wie viel ihre feine Herkunft und ihre Mitgiften wert sind, wenn sie zu meinen Füßen kriechen. Und mich um Gnade anwinseln.«

Ich nahm Verbindung mit meiner Hexenkunst auf und spürte, dass sie bereitwillig antwortete. Mein Vorrat an Macht quoll förmlich über und bettelte darum, entfesselt zu werden. Meine Fähigkeiten als Hexer waren untrennbar damit verbunden, wer ich war, und mit meinem fast vollständig wiederhergestellten, wahren Namen glich die Macht, auf die ich davor hatte zugreifen können, einem bloßen Schatten dessen, was nun auf mich wartete. Ich streckte die Arme aus und zerbrach die Ketten, mit denen man mich gefesselt hatte. Beide Männer sprangen zurück, als ich aufstand und die zerrissenen Glieder klirrend zu Boden fielen. Ich sah Polsson an und nahm ihn als das Gewürm wahr, das er verkörperte.

»Töte ihn!«, kreischte er schrill. Ich trat zur Seite und erblickte den Paladin, als er auf mich zusprang, den Speer hoch erhoben, kurz davor, damit zuzustechen. Mit der Flamme einer nahen Lampe als Katalysator begegnete ich seinem Angriff mit einem Feuerstoß, der ihn von den Beinen hob und dorthin zurücksegeln ließ, von wo er gekommen war. Jetzt allerdings schrie er wie am Spieß, da das Feuer sein Fleisch und die Rüstung zu einer einzigen Masse verschmolz. Ich hörte in dem Geräusch ein Echo von Tatyanas Schmerz und Grauen und spürte, wie sich meine Oberlippe knurrend von den Zähnen zurückzog, als der Laut die Wut und den Hass neu entfachte, die mich während all der langen Jahrhunderte meiner Gefangenschaft am Leben erhalten hatten.

»Ich denke, ich habe genug von deinem erbärmlichen Gestank«, sagte ich mit tief grollender Stimme.

»Brenne, du Abscheulichkeit!« Polsson streckte mir seine Faust entgegen, als er die Macht in seinen Ringen entfachte und einen Schwall jenes violetten Feuers entfesselte, das mich erneut verhüllen sollte.

»Nein«, sagte ich nur. Ich bündelte meine Hexenmacht und durchtrennte die Verbindung zu den Liedlinien, die er anzapfte, um seine Feuer so schrecklich brennen zu lassen. Artefakte konnten nützliche Hilfsmittel sein, doch als Preis bezahlte man, dass sie sowohl unflexibel als auch anfällig waren.

Der Ring hatte seine Zauber noch nicht zu Ende entladen, und Polsson blieb gerade genug Zeit für einen spitzen Aufschrei, bevor er explodierte und ihm drei Finger von der Hand riss. Er taumelte von mir weg, verstreute unterwegs Schriftrollen und Bücher. Wie er seine Hand umklammerte, sah es aus, als überrasche ihn die Feststellung, dass auch er bluten konnte. Ich holte ihn mühelos ein, bevor er sich weit genug zusammenriss, um etwas anderes zu versuchen. Mit einer Pranke packte ich seine beiden Hände und drückte zu, bis ich keine einzelnen Knochen mehr spüren konnte. Seine Schreie waren wie Nektar für mich, allerdings sorgten sie auch dafür, dass weitere Wachleute angerannt kamen. Weitere Männer, die blindlings etwas angriffen, das sie nicht verstanden. Ich warf den Kardinal beiseite und wandte mich seinen verbliebenen Beschützern zu.

Die Männer im vordersten Rang starben, bevor sie auch nur mit einer Waffe auf mich zielen konnten. Das Feuer, das noch die Fette des tot am Boden liegenden Paladins verbrannte, bot mir die Grundlage für einen Strom gelber Flammen, die ich mit meinem Windgebilde ineinanderflocht, um die Angreifer unter der vereinten Wucht von Sturm und Hitze bis auf die Knochen zu häuten. Die Überlebenden verzagten beim Anblick ihrer verheerten Gefährten. Die vordersten Männer drängten zurück, während die hinteren noch nach vorn zu gelangen suchten. Ich sprang sie über die noch züngelnden Flammen hinweg an, brach mit den Fäusten Knochen, riss mit meinen echten Zähnen Kehlen heraus und lachte dabei. Danach war ich in ihre Säfte gebadet, dennoch fühlte ich mich rundum zufrieden, als ich zu den Letzten von ihnen hinabblickte, die zerbrochen zu meinen Füßen lagen.

Ich kehrte zum Kardinal zurück und kniete mich neben ihn. »Alles, was ich hier getan habe, hat diesem Augenblick gedient – um zu erfahren, wer ich bin.«

»Du bist nichts. Du gehörst meinem Meister«, presste er hervor, die Stimme unter dem Eindruck der Schmerzen seiner zerquetschten Hände matt.

»Dein Meister ist nur ein Mensch, und er wird vor meinen Augen brennen für das, was er mir angetan hat.«

»Er hat dich schon einmal gebrochen, er wird dich wieder brechen.«

»Willst du wirklich deine letzten Atemzüge für leere Drohungen vergeuden?«

Das brachte ihn doch tatsächlich zum Lachen. »Leere Drohungen? Er führt eine Armee an, wie diese Lande sie noch nie gesehen haben. Er hat Krandin in die Knie gezwungen, als Erster seit den großen Kriegerkönigen zu Anbeginn der Zeit. Sobald das Reich fällt, gehört ihm die Welt.«

»Damit wird er nicht viel anfangen können, wenn ich ihn in Asche verwandelt habe.« Ich beugte mich nah zu ihm. »Und du vergisst, wer jene großen Kriegerkönige einst besiegte.« In meinem Lächeln schwang keinerlei Humor mit, und sein Geruch stockte bei dem Anblick. »Aber sag mir, warum verfolgt er mich immer noch so leidenschaftlich? Sprich die Wahrheit, und ich gewähre dir vielleicht einen schnellen Tod.«

»Der Tod birgt keine Furcht für mich, Kreatur. Wir haben ihn bezwungen.«

»Nicht den Tod solltest du fürchten, sondern die Art und Weise, wie du ihm begegnest.«

»Das übersteigt dein Verständnis.« Er spuckte mich an. »Blut ist Macht.«

Dazu schnaubte ich. »Blut ist nichts. Jeder hat es.«

Er bleckte mir die Zähne entgegen. »Dein Blut.«

»Abgesehen davon, dass es mir gehört, ist mein Blut trotzdem nur Blut. Was sonst?«

»Du weißt es wirklich nicht, oder?« Wieder lachte er auf. Jegliche Geduld, dieses Geräusch anzuhören, erschöpfte sich rasch.

»Meine Freundin Tatyana hat mir einmal eine Geschichte über einen Mann wie dich erzählt, der in einer Stadt namens Aknak gefangen genommen wurde.«

»Schon wieder diese Dirne.«

Ich packte sein Kinn, zwängte seinen Kiefer auf und riss ihm ein paar Zähne aus.

»Verwechsle meinen Anstand nicht mit Gnädigkeit oder Duldsamkeit, du Insekt. Ich bezeichne sie als eine Freundin, und wer sie beleidigt, der beleidigt auch mich.« Ich quetschte seinen Kiefer und beugte mich näher. »Beleidige sie noch einmal, und ich zerbreche dich auf eine Weise, die selbst die Toten zum Weinen bringt.«

Meine Nase verriet mir, dass er mir glaubte, also ließ ich sein Gesicht los und setzte mich wieder zurück. »Wie ich schon sagte, sie hat mir eine Geschichte über einen Mann wie dich erzählt, der bereitwillig alles ausspuckte, was er wusste, nachdem man ihn dem einen oder anderen Feuer ausgesetzt hatte. Und du müsstest eigentlich wissen, wie sehr ich Feuer mag.«

»Ich kann nicht«, stieß er hervor.

»Oh doch, ich denke schon, dass du kannst.« Ich beschwor eine Flammenkugel herauf und ließ sie damit beginnen, sich den Weg durch seine Gewänder zu glimmen. Vielleicht lag es an seiner Beschäftigung mit Alchemie, jedenfalls hatte ich eindeutig nicht vorhergesehen, dass seine Gewänder so jäh in Flammen aufgehen würden, und Polssons Reaktion zufolge hätte er es wohl auch nicht erwartet. Zu sehen und zu spüren, wie seine gesamte Brust aufloderte, schien seine letzten Reserven verpuffen zu lassen.

»Mach es aus! Er braucht dein Blut, aber er hat mir nicht gesagt, weshalb. Es brennt!«

»Natürlich brennt es, immerhin ist es Feuer. Ich kann riechen, wie deine Haut knusprig gebraten wird.« Das war gelogen – selbst aus dieser Nähe nahm ich nur den ranzigen Gestank seiner Kleidung wahr. »Und die Würmer? Was sind sie?«

»Aaah! Hilfe! Sie sind von … sie sind die Göttin. Sie gewähren Macht. Bitte!«

»Warum?«

Er war zu beschäftigt damit, zu schreien, um zu antworten, also drehte ich ihn auf den Bauch, um das Feuer zu ersticken, dann rollte ich ihn wieder herum. Ein beträchtlicher Teil seiner Haut blieb auf dem Boden zurück. »Ist nicht mehr so unterhaltsam, wenn man selbst derjenige ist, der in Flammen steht, nicht wahr?«

»Bitte, hör auf.«

»Was für Macht gewähren sie?«

»Brücke … Sie bil…« Seine Augen weiteten sich einen Lidschlag lang, bevor sich sein Rücken so heftig durchbog, dass ich die Knochen knacken hörte. Es dauerte so lange, wie man brauchte, um es zu beschreiben, bevor er zurückfiel und ihm Blut und verflüssigte Gehirnmasse aus der Nase sickerten. Anscheinend wollte der Herr der Würmer nicht, dass seine Untergebenen über bestimmte Dinge sprachen. Angewidert und ehrlich enttäuscht starrte ich auf Polssons Kadaver, bevor ich eine Laterne darüber zerbrach.

Dann erhob ich mich und bahnte mir den Weg aus dem inneren Heiligtum, während die Flammen über die Oberfläche des Öls tänzelten und gierig auf Bücher und Schriftrollen übergriffen. Draußen tobte immer noch das Unwetter. Das war überraschend, da es sich anfühlte, als wäre weit mehr Zeit verstrichen, seit ich mir Zugang zur Kirche verschafft hatte.

Ich hielt inne, als ich ein plötzliches Ziehen an meiner Hexenkunst verspürte, genauer gesagt, das Erwachen von Tatyanas Heilfähigkeit. Sie war verletzt worden. Meine *Freundin.* Während der Unterhaltung mit dem Kardinal hatte ich nicht wirklich darüber nachgedacht, aber auch ohne unsere magische Verbindung fühlte sich die Bezeichnung richtig an, und das, obwohl ich mittlerweile in vollem Umfang begriff, wen sie verkörperte. Ich lächelte, als ich den Rest eines der Fenster zerschlug, um ein Loch zu schaffen, das groß genug war, damit ich hinausklettern konnte.

Stratus Feuerhimmel, Freund einer Nachkommin von Henkman dem Eroberer.

Das war etwas, das ich nicht gedacht hätte, je zu hören, nicht in all den langen Jahrhunderten meines Lebens.

Kapitel 44

Viel von dem Wissen seit Anbeginn der Zeit ging verloren, als Furcht und Unwissenheit die Könige, die wir in solche Höhen gehoben hatten, sich gegen unseren Orden wandten. Welchen Preis hat die Herrschaft über die Menschheit, wenn der Lohn eine Welt ist, in der man die Unwissenheit feiert? Wir haben viel verloren, aber wir haben auch vieles gelernt. Lasst den Mut nicht fahren, denn obschon der Zerstörer gebunden bleibt, besteht weiterhin die Hoffnung auf eine Rückkehr zum Zeitalter der Weisheit.

Einleitung zum Pfad der Macht von Tiberius Talgoth, Erzmagier

Die Luft fühlte sich sauberer an als je zuvor seit meiner Ankunft in dieser Stadt, und ich verharrte am Rand des Fensters, um ihren Geschmack und das Gefühl des Regens auf meiner Haut zu genießen. Ich atmete tief durch, ließ die Luft den Gestank aus meiner Nase vertreiben, während mir der Regen das Blut abwusch. Ich erweckte meine Nachtsicht und musste unwillkürlich lachen, als mir einfiel, wie sehr sie mich bei der ersten Verwendung in jenem Wald erschreckt hatte.

Dass ich so lange überlebt hatte – tollpatschig umhertapsend wie ein ahnungsloser Welpe, verängstigt von meinem eigenen Körper –, kam einem größeren Wunder gleich, als die Verwandlung meines Leibes in diese neue Form eines gewesen war. Sollte mir jener Diakon je wieder über den Weg laufen, schwor ich mir, dass ich mich bestmöglich bemühen würde, sein Leben zu verschonen oder es zumindest schmerzlos zu beenden. Ohne sein Eingreifen hätte ich schon vor langer Zeit als Geierkacke geendet.

Ich schüttelte den Kopf, um klarer zu denken. Ich musste Henkman finden, bevor ich versuchte, aus dem Gewirr der Erinnerungen schlau zu werden, die durch die Heilung meines Geistes freigesetzt worden waren. Das war nichts, was sich im Sturm auf einem Fenstersims kauernd erledigen ließ. Ich ging in die Hocke, belustigt über das Gefühl meiner Knie, die sich angesichts der Erinnerung an meine eigenen Beine in die falsche Richtung beugten, und stieß mich in die nächtliche Luft empor. Mein Windgebilde entfaltete sich unter mir, trug mich hinweg über den Friedhof und die Reihen der Menschen dahinter. So nah war ich dem Gefühl, zu fliegen, seit einer Ewigkeit nicht mehr gekommen. Wäre ich zu Tränen fähig gewesen, ich hätte vielleicht welche vergossen.

Wesentlich anmutiger als bei meinen vorherigen Versuchen landete ich in einer Nebenstraße und brach im Laufschritt in die Richtung auf, aus der mich Tatyanas Heilzauber rief. Zwei Patrouillen wollten mich unterwegs aufhalten. Über die Erste sprang ich hinweg und ließ sie brüllend hinter mir zurück, als ich über eine Reihe von Häusern segelte, die Zweite blendete ich mit einem Lichtblitz, der sie in der Dunkelheit aufheulen ließ.

Als die Abstände zwischen den Gebäuden größer wurden und sich vor mir der Palast abzeichnete, verlangsamte ich meine Schritte zum Gehen. Sämtliche Tore in der Außenmauer erwiesen sich als verschlossen, und ich konnte überall Wachleute ausmachen. Ich bahnte mir den Weg außen herum, bis ich eine Stelle erreichte, die mit meiner Vorstellung davon übereinstimmte, wo sich Fronsacs Gemächer befinden mussten. Mehr als eine rein körperliche Anstrengung war nicht nötig, um die Außenmauer zu überwinden, und zufrieden stellte ich fest, dass ich mehr oder weniger dort landete, wo ich gehofft hatte aufzukommen. Ich durchquerte die Gärten und hatte beinah die Türen erreicht, als mich ein Wachmann herausforderte.

»Wer ist da?«, rief er, was ich lächerlich fand. Wenn er wirklich nicht wusste, wer ich war, konnte ich ruhig behaupten, irgendjemand zu sein.

»Der Todeswind«, antwortete ich und freute mich über die Gelegenheit, auszuprobieren, wie es sich anfühlte, den Namen auszusprechen.

»Der was?«

»Ich bin hier, weil ich zu Magus Fronsac will. Es ist dringend.«

»Nicht so schnell, mein schwarzer Freund.« Er stellte sich mir in den Weg und brachte den Speer in Anschlag. »Du gehst höchstens in den Kerker.«

»Ich sagte, es ist dringend.« Ich trat vor, aber er stach mit dem Speer in meine Richtung.

»Und ich sagte, du gehst höchstens …«

»Genug!«, schnitt ich ihm das Wort ab und steuerte auf ihn zu. Er wollte mir den Speer in die Brust rammen, doch ich packte die Spitze, bevor sie mich berühren konnte, und verbog sie nach hinten. Das Metall ächzte hörbar. Der Wachmann starrte mich an, und da ich nie gern eine Gelegenheit ungenützt verstreichen lasse, bannte ich seinen Blick und zerschmetterte seinen Willen mit dem meinen. Mittlerweile fiel es mir fast schon lachhaft leicht.

»Bring mich zu ihm. Sofort.« Ich durchforstete seine jüngsten Erinnerungen nach irgendetwas Nützlichem, fand jedoch nur menschlichen Unsinn. Sehr wohl jedoch erhaschte ich dabei einen flüchtigen Blick auf mich aus seiner Sicht, und ich ließ ihn aus seinem Mantel und Gürtel einen kurzen Rock für mich anfertigen, den er als Kilt bezeichnete. Menschen verhielten sich abstrus zimperlich, wann immer sie nackte Körper sahen, und ich wollte nicht davon gestört werden, dass sie mir wieder und wieder das Offensichtliche erklärten. Auch den stark verwässerten Wein, den er bei sich trug, nahm ich mir. Allein die Sterne wussten, wie viele Mundvoll Blut ich in jener Nacht über mich hatte ergehen lassen müssen. In Anbetracht dessen fand ich den herben Geschmack des Weins erfrischend.

»Er ist da drin«, verkündete er Wachmann, als wir schließlich vor einer auffällig unauffälligen Tür stehen blieben.

Nachdem ich meine Sicht mit etwas Macht verstärkt hatte, bewunderte ich das feine und kunstvolle Geflecht der Schutzbanne, die das Holz überzogen. Ich gab den Willen des Wachmanns frei und ließ ihn davonmarschieren, bevor ich an die Tür klopfte. Immerhin bildeten diese Räumlichkeiten trotz allem einen Bestandteil des Palasts, und wären die Schutzbanne so empfindlich, dass sie schon auf ein Klopfen reagierten, würde sich ein Stapel toter Diener neben der Tür türmen.

»Wer ist da?«

Ich widerstand der Versuchung und entschied, bei dem Namen zu bleiben, den er kannte. »Stratus.«

Ich war ziemlich erfreut, als Fronsac höchstpersönlich die Tür öffnete, und noch mehr darüber, dass er keinerlei Waffe in der Hand hielt. Tatsächlich präsentierte er sich beinah so spärlich bekleidet wie ich. Sein Körper war von Bannen überzogen, von denen ich spürte, dass sie dauerhafter Natur waren.

»Du *bist* es! Komm herein, schnell.« Er zog mich förmlich hinein, und ich konnte fühlen, wie er die Banne wieder versiegelte, als er die Tür schloss.

Es handelte sich um seine persönlichen Gemächer, die sehr viel eher so aussahen, wie ich mir die Räumlichkeiten eines Zauberers vorstellte. Auf den ersten Blick handelte es sich um ein verworrenes Durcheinander. Ein breiter Schreibtisch vor einem Fenster mit Samtvorhängen nahm mindestens ein Drittel der Bodenfläche ein. Die Tischplatte stellte die vermutlich einzige ebene Fläche dar, die ich sehen konnte, auf der die Dinge ordentlich lagen. Überall sonst bildeten sie wirre Haufen, und aus jedem Buch ragte mindestens ein halbes Dutzend Federn oder Papierschnipsel. Eine gesamte Wand säumten Regale, die unter dem Gewicht der dicht gedrängten Kinkerlitzchen, Flaschen und Einmachgläser auf ihnen durchhingen wie gespannte Bögen. An die gegenüberliegende Wand gepfercht stand ein schmales Bett, das derzeit einen großen Kristallspat in einem goldenen Käfig beherbergte.

Mit fleckigen Fingern wischte Fronsac einen Stapel Schriftrollen von einem Stuhl und bedeutete mir, Platz zu nehmen, während er für uns eine sogar für meine Begriffe großzügige Menge Wein einschenkte. Ich schnupperte daran, konnte jedoch keine Spur von Würmern oder irgendeiner Art von Magie feststellen.

»Ich dachte, du wärst tot«, sagte er und erhob sein Glas in meine Richtung.

»Das dachte ich auch«, erwiderte ich, ahmte die Geste nach und trank, als er es tat. Der Wein erwies sich als das Vorzüglichste, was ich bis jetzt gekostet hatte. Als ich das Glas leerte, genoss ich das Gefühl vergessener Sommer, das mir der edle Tropfen vermittelte.

»Du hast dich verändert«, merkte er an, als er sein Glas senkte. »Du bist stärker. Ich kann den Druck deiner Hexenmagie auf der Haut spüren. Das ist ziemlich bemerkenswert.«

Es war schon beeindruckend, aber wir befanden uns in seinen innersten Gemächern, und selbst, ohne mich anzustrengen, konnte ich die Schichten der Schutzbanne an den Wänden und auf dem Boden fühlen.

»Als ich dich zum ersten Mal aufgesucht habe, litt ich an einem Gebrechen, an so etwas wie einer alten Verletzung, die in der Zwischenzeit geheilt wurde.«

»Das freut mich für dich, mein Freund, denn wir werden deine Stärke in den bevorstehenden Tagen brauchen. Ich bin erleichtert, dass du meine Botschaft erhalten hast.«

»Wo ist Tatyana Henkman?«

»Tatyana? Ich weiß es nicht. Warum?«

»Ich habe sie mit einer Botschaft zu dir geschickt.«

»Ich habe sie seit jenem Tag mit Jean nicht mehr gesehen.«

Ich stellte mein Glas ab, bevor ich es zerdrückte. »Sie ist in der Nähe und sie ist verletzt. Ich kann es spüren.«

»Ich schwöre, dass ich nichts von ihr gehört habe. Wie lautete die Botschaft?«

»Vertraust du mir?« Seine Antwort bestand lediglich darin, dass er auf sich selbst und den Raum zeigte, und ich verstand, was er meinte. »Dann sieh mir in die Augen und hab keine Furcht.«

Er schürzte die Lippen, und einen Atemzug lang dachte ich, er würde sich weigern, dann jedoch seufzte er und beugte sich vor, sah mir mit den blauen Augen in die meinen. Ich wusste, er würde seine Banne aufrechterhalten, aber das hatte keine echte Wirkung auf das, was ich tat, zumal ich ihn in meine Erinnerungen einlud statt umgekehrt. Ich nahm ihn als starke und sorgsam zurückhaltende Gegenwart wahr, zögerlich, aber nicht von Angst gelähmt.

Ich hieß ihn willkommen und teilte mit ihm, was wir in den Tunneln unter Sankt Tomas gesehen hatten – die Leichen, den Wurmwein, alles – bis hin zu der Stelle, als ich Polssons Körper verbrannt hatte. Allerdings ließ ich die Berührung der Liedlinien und die Wahrheit über mich aus.

Dies Geheimnis behielt ich vorerst für mich.

Als ich fertig war, lehnten wir uns beide zurück, entflochten unsere Geister in gegenseitigem Einvernehmen voneinander. Unerwarteterweise fühlte ich mich befreit, nachdem ich das Wissen weitergegeben hatte, und ich wartete, während Fronsac einen weiteren Schluck Wein geradewegs aus der Flasche trank.

»Wir müssen Jean warnen«, sagte er. »Oh, ihr Götter, was für ein Schlamassel.« Der Magus erhob sich und begann, sich aus einem Haufen Kleidung in der Nähe der Tür zu bedienen, um sich anzuziehen. Auch mir warf er ein paar Teile zu. Ich fand eine recht weite Hose, die sich für Fronsac anfühlen musste, als trüge er ein Schiffssegel, sowie einen Kittel, der im Gegensatz dazu ziemlich eng anlag. Aber beide fühlten sich weich an und rochen sauber, daher störte mich das nicht allzu sehr.

»Deshalb habe ich sie geschickt«, erklärte ich, während ich mich unbeholfen anzog. »Ich gehe sie suchen. Könnte sie bei Lucien sein?«

»Vielleicht. Prinz Lucien hat es sich angewöhnt, viel Zeit mit den Befehlshabern seiner neuen Armee zu verbringen. Mittlerweile bedauere ich, ihn dazu ermutigt zu haben.« Er sah mich an, als er einen stark verzauberten Armreifen aus einer Zierschatulle hervorholte. »Neben der Legion, die Jean ihm überantwortet hat, befehligt Lucien nun auch die vierte Kohorte des Ordens des Schwertes.«

»Die Paladine aus Kenwin.« Ich verzog das Gesicht, als sich die Umrisse von Polssons Plan zu offenbaren begannen. »Sag, Magus, hältst du deine Banne bei Lucien immer noch aufrecht?«

»Natürlich. Bei ihm und bei Jean. Aber meine Magie kann sie nicht gegen gewitzte Zungen abschirmen. Oder gegen gespaltene, was das angeht.« Er band sich die Haare mit einem Lederstreifen zurück. »Aber falls er vom Wein des Kardinals getrunken hat, kann ich nicht sicher sein, wie fest die Grundlagen noch sind, ohne sie persönlich überprüft zu haben.«

»Ich verstehe. Ich werde ihn aufsuchen, sobald ich Tatyana gefunden habe. Ich vermute, die zwei werden nicht weit voneinander entfernt sein.«

»Du hast dich in der Tat verändert, Stratus, und nicht nur dadurch, dass du mehr Macht besitzt. Ich habe es schon gespürt, als ich die Tür öffnete, und jetzt höre ich es in deiner Stimme.«

»Du besitzt einen scharfen und aufmerksamen Verstand, Magus. Das ist einer der Gründe, warum ich dich mag.« Die Wahrheit meiner Worte brachte mich zum Lächeln. »Diese alte Verletzung hat sowohl meinen Körper als auch meinen Geist betroffen, und nun, da sie geheilt ist, gibt es noch andere Belange, die wir besprechen müssen.«

»Belange der Hexerei?«

»Ja. Ursprünglich habe ich eine Stadt der Menschen aufgesucht, weil ich mit ihren Weisen reden wollte. In der Zwischenzeit hat sich viel ereignet, doch dieses Ziel ist unverändert geblieben.«

»Eine Stadt der Menschen.« Er starrte mich an, als sähe er mich zum ersten Mal, und ich spürte, wie ein zarter Hauch von Magie meine Haut streifte. »Was bist du, Stratus?«

»Gestärkt«, antwortete ich mit einem Lächeln, damit er nicht beleidigt angesichts meines Ausweichmanövers wäre. Hätte er mich gefragt, *wer* ich war, ich hätte es ihm vielleicht gesagt. »Wir unterhalten uns später.«

»Sobald wir eine Heerschar verderbter Paladine überwältigt haben, eine Armee von Totenbeschwörern und zehntausend gewöhnliche penullische Soldaten, die in zwei Jahreszeiten voller Feldzüge keine Niederlage mehr schmecken mussten.«

»Ja, ich finde, das fasst es ziemlich gut zusammen. Wir können uns auf einen Spaziergang freuen.«

Da lachte er, und ich folgte ihm hinaus. »Viel Glück, Stratus.«

»Dir auch, Magus. Stirb nicht.«

»Ein weiser Rat«, befand er und marschierte den Gang hinunter davon.

Angeregt von den mit Tinte in Fronsacs Haut geritzten Bannen nahm ich mir ein wenig Zeit, um meine Hexenkunst heraufzubeschwören und etwas Ähnliches für meinen eigenen Schutz vorzubereiten. Falls er überlebte, was uns bevorstand, wollte ich, dass Fronsac mir etwas über Runenkunde beibrachte, da ich darin nur wenig bewandert war. Die Schutzbanne, die ich für mich selbst wob, blieben grobe Imitate der seinen und erforderten einen ständigen, wenngleich dünnen Zustrom von den Liedlinien, um wirksam zu bleiben. Seine hingegen konnten anscheinend schlummern und sich allein erhalten. Dennoch fühlte ich mich gut, als ich fertig war. Die leichte Hitze der Banne wärmte mich, wie es kein Kittel oder Mantel je getan hatte, und ich vermutete, dass Menschen so ähnlich empfinden, wenn sie Rüstungen um ihre weichen, kleinen Körper schnallen.

Der Palast allerdings blieb ein sinnloser, frustrierender Irrgarten aus verwirrenden Gängen für mich, und nachdem ich mich zum vielleicht dritten Mal dabei ertappte hatte, durch denselben Gang zu laufen, schlug meine Frustration in Zorn um. Da jedoch schnappte ich einen vertrauten Geruch auf. Ich wurde langsamer und atmete tiefer ein. *Lucien.*

Ich folgte der Witterung zu einem anderen, schmaleren Gang und erspähte ein Stück vor mir eine Gruppe von Männern. Mindestens ein Dutzend waren Paladine, aber am Blau seiner Rüstung erkannte ich auch Lucien. Neben dem Prinzen marschierte ein stämmiger Paladin, und als ich rief, drehte er sich als Erster um. Er raunte Lucien etwas zu, bevor er sich den Weg durch die anderen drängte und auf mich zugestapft kam. Der würzige Geruch seiner Streitlust eilte ihm voraus.

»Dämon!«, brüllte er und ließ eine Hand auf den Griff seines Schwerts fallen. »Du wirst dich mir ergeben, und zwar sofort!«

»Sei doch still«, erwiderte ich nur, überwand den Abstand zwischen uns mit zwei schnellen Schritten und presste seinen Schwertarm so gegen seinen Brustpanzer, dass er ihn nicht mehr bewegen konnte. Er wollte zurückweichen, doch dabei begegnete er meinem Blick. Er war nicht der erste Paladin, der das tat, und wieder musste ich mich unwillkürlich fragen, ob Hochmut oder Ahnungslosigkeit diese Leute so nachlässig machte. Allerdings schlug ich Geschenke selten aus, und ich legte rasch ein wenig Macht in meinen Blick, als er ihm begegnete. Sein Geist verfing sich wie ein Vogel in einem Netz. Ich konnte seine Verwirrung an den Rändern der unnatürlichen Angriffslust fühlen, die seinen Verstand beherrschte, achtete jedoch nicht weiter darauf, als ich den Befehl, zu schweigen, in seinen Geist bohrte. Nachdem ich gespürt hatte, wie er darin Halt fand, drängte ich mich an ihm vorbei und ließ ihn mir hinterherglotzen, während die Verwirrung in ihm mit seiner Angriffslust kämpfte.

»Hallo, Stratus«, begrüßte mich Lucien mit einer verwaschenen Stimme, die ich früher nicht von ihm gekannt hatte. »Ich muss zugeben, ich hätte nicht damit gerechnet, dich hier zu sehen.«

»Wir müssen reden.« Ich nahm das Getuschel der anderen Männer um uns herum wahr und fügte ein »Hoheit« hinzu, um sie zu beschwichtigen. Zwei oder mehr waren bereits den Gang hinunter davongehuscht, und ich hegte keinen Zweifel daran, dass sie so bald wie möglich die Wachleute rufen würden.

»Ich bin sehr beschäftigt. Wir reiten bei Tagesanbruch los, um mit Baron Karsten zusammenzutreffen.«

»Hast du Tatyana gesehen? Hat sie mit dir gesprochen?«

»Tatyana?« Er rieb sich das Gesicht. »Nein.«

»Lucien, du musst Fronsac aufsuchen. Rede mit ihm, bevor du aufbrichst.«

»Das wollte ich noch, aber es gibt einfach so viel zu tun«, erwiderte er und schwenkte eine Hand in Richtung der rings um uns flüsternden Männer. Hätte ich ihn nicht bereits gerochen gehabt, ich hätte geglaubt, er sei wieder betrunken, so eigenartig stand er da und klang er. Plötzlich hörte ich den Paladin fluchen, als er meinen Befehl abschüttelte. Anscheinend besaßen einige seiner Zauber und Segnungen tatsächlich ein wenig Macht. Ich wollte ihn nicht töten, oder genauer gesagt wollte ich ihn nicht vor Luciens Augen töten. Nicht, bevor ich nicht eine bessere Vorstellung davon hatte, was immer sie mit ihm machten.

»Lucien Stahrull, gib mir dein Wort, dass du mit ihm reden wirst.«

Er starrte mich an, als hätte er mich gerade zum ersten Mal bemerkt, dann nickte er. »In Ordnung.«

Das genügte mir. Ich drängte mich durch die Umstehenden, als der Paladin auf Lucien zustürmte. Bestimmt würde er mir demnächst Schwierigkeiten bereiten, aber darum konnte ich mich auch noch kümmern, nachdem Tatyana außer Gefahr wäre.

Kaum befand ich mich außer Sicht, beschwor ich meine Hexenkunst herauf und jagte sie durch die Korridore vor mir. Ich folgte dabei jener hauchdünnen Spur der Verbindung zwischen uns. Daran hätte ich von Anfang an denken sollen. Nachdem ich meine Macht so lange wie ein Pfennigfuchser gehütet hatte, fühlte es sich seltsam und ziemlich belebend an, aus dem Vollen schöpfen zu können, ohne befürchten zu müssen, dass sie bald aufgebraucht sein würde. Da sich der Weg nunmehr als leuchtende Spur vor mir erstreckte, die nur ich sehen konnte, kam ich durch den Rest des Palasts flott voran.

Schließlich gelangte ich zu einer Tür, auf die mich meine Hexenmagie verwies – eine Tür, die von zwei in das mittlerweile vertraute Weiß und Rot der Paladine gekleideten Männern bewacht wurde. Sie erkannten mich, als ich mich näherte, und es überraschte mich nicht, als sie die Speere senkten und auf mich zumarschierten. Einer brüllte mir die Aufforderung zu, auf die Knie zu gehen.

Die Tage, in denen ich vor Menschen gekniet hatte, waren vorbei.

Der Gang war gerade breit genug, dass sie nebeneinander auf mich zugerannt kommen konnten, wodurch mir kaum Platz geblieben wäre, um ihnen auszuweichen. Wenn ich das gewollt hätte. Sie holten mit den Armen aus, um mit ihren Speeren zuzustoßen. Dann brüllten sie vor Schmerz und Schreck, als die hölzernen Schäfte schlagartig in Flammen standen. Ein simpler Trick, den ich schon viele Male bei Bogenschützen eingesetzt hatte. Meine schwarzen Klauen schnellten hervor, als sie ihre Schwerter ziehen wollten, doch mittlerweile befanden sie sich zu nah, und ich war zu schnell. Ich stieß je eine Klaue durch die beiden Köpfe und ließ sie auf dem Boden zuckend und strampelnd ihre letzten Schnaufer verhauchen.

Die Tür war versperrt, aber nicht mit Bannen geschützt, also trat ich sie einfach auf. Sie schwang auf nur einer Angel gegen die Wand, bevor sie krachend zu Boden fiel. Der Raum dahinter präsentierte sich verwaist, doch in der Luft hing der unverkennbare Gestank von Nekromantie, gegen den mittlerweile gefeit zu sein ich törichterweise gedacht hatte. Ich durchquerte die Kammer und folgte einem Gang, der zu drei Holztüren führte. Hinter der Ersten verbarg sich der Schlafsaal der Paladine im Palast, was sich nicht übersehen ließ, weil sich sechs von ihnen darin aufhielten, wenngleich nicht alle schliefen. Rasch schlug ich die Tür zu und dämpfte damit ihr Gebrüll. Die Tür besaß ein mechanisches Schloss, das ich flink verriegelte. Als zusätzliche Vorsichtsmaßnahme verschmolz ich mehrere kleine Metallstäbe miteinander. Wenn sie herauswollten, würden sie sich den Weg durch das dicke Holz hacken müssen.

Die zweite Tür führte zu einer kleineren Version einer Kapelle, von der eindeutig jener Gestank ausging, der die Luft hier durchdrang. Ich verlor keine Zeit, warf die Holzbänke gegen den Altar und entfachte mit meinem Willen ein Feuer darunter. Wovon genau die dunkle Magie ausging, wusste ich nicht, doch ich konnte mich nicht dazu überwinden, ihr keine Beachtung zu schenken.

Schließlich entriegelte ich die dritte Tür und betrat den Raum dahinter. Diese letzte Kammer erwies sich als klein und vollkommen kahl, abgesehen von der Frau, die sich mir von ihrem Versteck neben der Tür entgegenschleuderte. Mir blieb gerade noch Zeit, zusammenzuzucken, bevor eine Eisenschelle von meiner Schläfe zurückprallte und ein Gewirr von Sternchen durch meine Sicht tänzeln ließ. Es wäre ein gewaltiger und höchstwahrscheinlich tödlicher Treffer gewesen, hätte es sich bei mir um einen gewöhnlichen Mann gehandelt.

»Eine schöne Begrüßung«, meinte ich und betastete die Verletzung, während die Frau zurücktaumelte, das andere Ende der Handschellen fest umklammernd. Ihr Handgelenk, das sie aus der Metallschelle gewunden hatte, glich einer blutigen, rohen Masse, und ich entsandte meinen Willen, um die Heilung ihrer Hand zu beschleunigen, während ich gleichzeitig meinen Kopf versorgte. Sie spürte es natürlich, und das brachte sie so fließend zum Fluchen wie eh und je, bevor sie schließlich zu mir aufschaute.

»Hallo«, sagte sie dann, und ihr Lächeln strafte ihren schroffen Tonfall Lügen. »Du hast dir ja ganz schön Zeit gelassen.«

Ich musterte sie, betrachtete sie zum ersten Mal mit dem vollen Verständnis dessen, was das bedeutete, sowohl als Freundin wie auch als Henkman. Sie verkörperte die Letzte seines Geschlechts, und hätte ich den Schwur erfüllen wollen, den ich vor so vielen Jahre geleistet hatte, hätte ich die Hand ausgestreckt und ihr an Ort und Stelle das Genick gebrochen. Oder wenn ich es ganz genau damit nehmen wollte, hätte ich sie über langsamer Flamme braten und dann ihr Herz essen müssen.

»Was ist? Wieso glotzt du mich so an?«

»Ich erinnere mich.« Ein Teil von mir wollte über die aberwitzigen Geschehnisse lachen, die dazu geführt hatten, dass ich hier gelandet war und eine Henkman gerettet hatte.

»Das ist großartig. Wie wär's, wenn du dich daran erinnerst, dass wir auch schon an angenehmeren Orten waren als in einer von Ratten versuchten Gefängniszelle?«

»Ich habe mich bereits erinnert. Wir müssen reden, du und ich.«

»Na schön, na schön. Aber lass uns woanders reden.« Sie spähte in den Gang hinaus. »Was ist das für ein Lärm?«

»Ich habe ein paar der Paladine in ihrem Schlafsaal eingesperrt. Wahrscheinlich hacken sie gerade die Tür auf.«

»Das nennt sich Quartier. Ehrlich gesagt überrascht mich, dass du sie nicht getötet hast.«

»Ich wollte zuerst dich finden.« Wie würde es sich wohl anfühlen, Tatyana zu töten? Würde es anders als bei den anderen sein, die ich gemetzelt hatte? Ich hatte ein unterschwelliges Vergnügen dabei empfunden, Polssons Leben zu beenden, auch wenn es nicht unmittelbar durch meine Hand geschehen war. Und dabei hatte mir dieser Mann nur für einige Tage übel mitgespielt, während Henkmans Untaten über Jahrhunderte zurückreichten.

»Oh Mann, was bist du doch für ein süßer Dämon. Komm jetzt, du großer Ochse.«

»Ich bin kein Dämon.«

»Siehst du? Das hab ich dir doch von Anfang an gesagt. Du solltest öfter auf mich hören.«

Ich folgte ihr am Quartier der Paladine vorbei und hinaus in den Gang, in dem die Kadaver der Wachen in einer Lache abkühlenden Blutes lagen. Tatyana blieb stehen und entledigte einen der Männer mit beneidenswerter Mühelosigkeit seiner Rüstung, während sie sich gleichzeitig von dem Blut fernhielt, das aus seinem gespaltenen Schädel ausgetreten war.

»Verdammt, das fühlt sich schon viel besser an«, meinte sie, als sie verschiedene Riemen festzog. »Also, wie ist die Lage? Stratus? Dämmerst du mir schon wieder weg? Habe ich dich zu hart geschlagen? Das tut mir übrigens leid. Die letzten Tage sind wirklich beschissen gewesen.«

»Nein, ich bin nicht verletzt. Es ist nur eigenartig, dich wieder in der Kluft eines Paladins zu sehen.«

»Weg damit«, sagte sie und riss das Symbol und den Umhang von der Rüstung ab. »Also, sag schon. Was ist da draußen los? Diese Pisser« – sie verstummte kurz, um dem seiner Rüstung beraubten Leichnam einen Tritt zu versetzen – »haben mich ergriffen, kaum dass ich mich hier habe blicken lassen. Die haben behauptet, es geschähe auf Luciens Befehl.«

»Ich fürchte, das könnte stimmen.«

»Was?«

»Als ich unterwegs war, um nach dir zu suchen, habe ich mit Lucien gesprochen, und es war, als wäre er betrunken. Ich fürchte, die Paladine arbeiten daran, Fronsacs Schutzbanne zu entfernen.«

»Aber er war keiner von *ihnen*?« Sie tippte sich gegen die Schläfe, und ich begriff, was sie meinte. »Das war er doch nicht, oder?«

»Ich glaube nicht, nein, jedenfalls nicht, solange die Banne noch unversehrt und vorhanden sind.«

»Ich werde Polsson erledigen.«

»Damit bist zu spät dran. Polsson ist tot.«

»Du hast ihn umgebracht?«

»Ich habe ihn angezündet, bevor sein Gehirn geschmolzen ist. Dann habe ich seine Leiche verbrannt.«

»Tja, mir fällt niemand ein, der es mehr verdient hätte. Das ist eine Geschichte, die ich noch ausführlicher hören will, aber zuerst müssen wir Fronsac finden. Er kann …«

»Noch nicht.«

»Was? Wieso zur Hel nicht?«

»Ich bin zurückgekommen, um dich zu finden«, erklärte ich und beobachtete sie aufmerksam. »Um herauszufinden, was ich fühlen würde, wenn ich dich so sehe, wie du bist.«

»Was soll das jetzt heißen? Du wirst schon wieder merkwürdig.«

»Als Tatyana bist du mir eine wahre Freundin gewesen. Aber ich habe vor langer Zeit den Eid geleistet, das Geschlecht von Henkman dem Eroberer auszulöschen.«

»Was? Das ergibt überhaupt keinen Sinn.« Ihre Hand senkte sich auf den Griff des Schwertes des toten Mannes, als ich mich ihr einen Schritt näherte.

»Nur wenig davon ergibt überhaupt einen Sinn, aber wie ich vor langer Zeit gelernt habe, ist das Schicksal nicht nur genauso grausam wie launisch, es besitzt auch einen Sinn für Humor.«

»Damit kommen wir der Sinnhaftigkeit immer noch nicht näher.«

»Deine Freundlichkeit und dein Mut sind mir mehr wert als etwas, das ich einem Mann geschworen habe, der für dich kaum mehr als ein Mythos und für mich inzwischen nur noch Staub ist. Ich habe ihm die Worte voller Zorn entgegengeschleudert und mich daran gehalten, bis ich dir begegnete. Der Letzten seines Geschlechts. Irgendwie ist das sogar recht passend, denn ich bin auch der Letzte meines Geschlechts.«

»Von wem redest du da?«

»Von Henkman dem Eroberer.«

»Du redest Unsinn, Stratus. Er ist seit fast siebenhundert Jahren tot.«

Ist es wirklich schon so lange her?

»Sein Name war Aethbert. Niemand scheint sich daran zu erinnern, dass er Aethbert der Eroberer war, bevor jemand entschied, dass man sich Henkman leichter merken könne.« Tatyana erwiderte mein Lächeln nicht. »Dein Vater. Hat er je von einem Zirkus gesprochen?«

Tatyana runzelte die Stirn und knautschte die Augenbrauen zusammen, wie sie es immer tat, wenn sie angestrengt nachdachte. »Ja, ich glaube schon. Das war vor langer Zeit, noch zu Lebzeiten des Vaters seines Vaters. Er hat zwar nicht mit mir darüber gesprochen, aber ich habe ihn mit meinem Bruder darüber reden gehört. Ich kann mich an nichts davon erinnern, nur, dass ich es nicht verstand.«

»Ich erinnere mich an den Zirkus.« Vor meinem geistigen Auge sah ich, wie die Vorhänge vor meinem Käfig aufgezogen wurden, und wieder hörte ich die Schreie der Menschenmenge draußen, als man mich erblickte. Mütter zogen ihre Kinder an sich, Ehemänner ihre Weiber. Schreie der Angst und des Hasses, die sich zu einem undeutlichen Ganzen vermischten. »Weil ich dort war. Ich war der Grund für den Zirkus.«

»Was redest du da? Stratus, was hat Polsson dir erzählt? Was hat er getan?«

»Polsson war bloß Gewürm, aber er lieferte mir den Schlüssel, den ich brauchte. Verstehst du? Jetzt erinnere ich mich. Ich erinnere mich daran, wer ich bin und was ich bin, meine Freundin. Ich bin kein Dämon, und ich bin kein Mensch.«

»Stratus, deine Augen.«

Ich lächelte, und erschrocken von der Glut, die in meinen Augen aufleuchtete, wankte Tatyana zurück, als meine wahren Zähne meinen Mund ausfüllten.

»Mein Name ist Stratus Feuerhimmel. Von den ersten Menschen wurde ich *Der Todeswind* genannt.«

»Was? Nein. Du bist … du bist wahnsinnig.«

»Andere haben mich der *Zerstörer* und das *Verhängnis von Krandin* geheißen. Ich habe jede eurer Städte niedergebrannt, und es wurde ein ganzes Jahr der Feierlichkeiten ausgerufen, als ich letztlich fiel.« Meine Stimme wurde sanfter, als sich die Erinnerungen an jene Zeit in meinen Geist drängten. »Der Met floss wie ein mächtiger Strom.«

Ich schloss die Augen und rief mir die Bestie so ins Gedächtnis, wie sie mir in der Umarmung der Liedlinien begegnet war, das goldene Licht von mitternachtsschwarzen Schuppen zurückgeworfen, der Hals stark, aber anmutig, die mächtigen Schwingen auf dem Rücken zusammengelegt. Ich blickte Tatyana in die Augen und ließ es sie sehen, dieses vertraulichste meiner Geheimnisse. Die Wahrheit darüber, wer ich war.

»Oh großer Gott …« Abermals taumelte sie, dann sank sie auf ein Knie, das Schwert, das sie halb gezogen hatte, mittlerweile vergessen. »Das kann nicht sein. Es war nur eine Legende, eine Geschichte.«

»Alle Geschichten haben irgendwo ihren Ursprung.«

»Aber er hat ihn getötet. Dich.«

»Nein. Dabei hat dein Vorfahre versagt. Ich wurde gefangen genommen, nicht getötet, obwohl ich mir in den Jahren, die danach kamen, oft gewünscht habe, er hätte mich richtig getroffen. Verschrumpelt und von den mächtigen Zaubern des Erzmagiers gebunden, der ihm diente, wurde ich zum Mündel deiner Familie. Ich war nicht mehr als eine verherrlichte Kriegstrophäe, die vom Vater an den Sohn weitergegeben wurde.« Erinnerungen an eine andere Zeit stiegen ungebeten in meinem Geist auf, und ich schluckte mühsam die Gefühlsregungen hinunter, die sie heraufbeschworen. »Ich wurde zu einer Kuriosität, die man anglotzte und bespuckte, über die man lachte und die man beschimpfte.

Jahrhundertelang wurde ich wie etwas zur Schau gestellt, das es zu bemitleiden statt zu fürchten galt. Mein Ruhm war vergessen und mein Name brachte Gelächter hervor, kein Grauen. *Kommt und seht*, haben sie gerufen, während sie ihre verfluchten Glocken geläutet haben. *Kommt und seht den mächtigen Todeswind, den letzten der Drachen.*«

Danksagung

Einige Leute haben mich gefragt, wie lange es gedauert hat, *Der Fluch des Feuers* zu schreiben, und in gewisser Weise habe ich damit begonnen, als ich zum ersten Mal einen Würfel aufhob. Damit wäre es eine sehr lange Zeit.

Zum größten Dank bin ich ohne jeden Zweifel meiner Frau Liz verpflichtet, weil sie immer an meiner Seite gestanden und Stratus für mich im ersten Entwurf der Geschichte zurück ins Leben geholt hat. Er hat dann zwar nicht bis zum letzten Entwurf überlebt, aber dazusitzen und über ihn zu reden, hat das Feuer geschürt.

Viele Menschen haben dazu beigetragen, ihn und die Welt, in der er lebt, für mich zu etwas Realem zu formen, aber in der tiefsten Schuld stehe ich bei dem Team, das die Schlacht von Balfont mit mir geschlagen hat. Die Magie war real, auch wenn sie gelegentlich von meiner Mutter unterbrochen wurde, die sich vergewissern wollte, dass wir keine Satanisten oder etwas ähnlich Peinliches sind.